KB261708

중용의 글쓰기

장영우 문학평론집

중용의 글쓰기

□ 책 머리에

그 동안 이곳 저곳 발표한 글을 모아 놓고 보니 눈에 거슬리는 곳이 한 두 군데가 아니다. 첫 딸을 시집 보내는 어머니의 마음이 이와 유사할까, 도통 만족스럽지 못하지만 이제 시작일 뿐이라고 스스로 위로하며 책을 묶는다.

누구나 자기 나름의 비평적 관점이 있을 테지만, 나는 가급적 비판의 균형 감각을 유지하려 애써왔다. 이 책 어디선가에도 쓴 것처럼, 나는 카프의 정치 지향적인 작품에 별 매력을 못느끼는 한편, 젊은 학생들이 꽃다운 목숨을 던지던 80년대 당시 현실과 무관하게 인간의 본질이 어떻고 자연이 어떻고 한 일부 문인들의 작품도 좋아하지 않는다. 문학이 현실을 반영하는 것이라면 당대의 핵심적 문제를 예각적으로 드러내는 것이 무엇보다 중요한만큼, 그와 함께 우리가 보존하고 가꾸어야 할 어떤 정신의 아름다움마저 포기해서는 안 된다고 믿기 때문이다. 새삼스러운 말 같지만 '무엇을'과 '어떻게'는 서로 불가분의 관계에 있는, 모든 예술의 궁극적 목표라고 생각한다. 그 중 하나를 소홀히 했을 때 야기되는 불균형과 파탄은 우리 문학사가 증명하고 있다.

하지만 날카로운 현실 인식과 역사 인식을 잃지 않고도 탁월한 미적 성취를 이루어낸 보다 많은 작가와 시인이 우리 문학사를 풍요롭게 장식하고 있다는 사실처럼 우리를 고무하는 일도 달리 없을 듯하다. 그들은 자아와 세계 사이의 단절감을 지양하고 우리의 정신을 살찌우기 위해 많은 노력을 기울여 왔다. 따라서 비평가로서의 우리의 할 일은 그들의 작품을 성실하게 읽는 일이어야 한다. 이 책의 제목을 '중용의 글쓰기'라 이름한 것도 그와 같은 태도를 밝히려는 의도 때문이다.

저울질을 해 본 사람이면 쉽게 이해할 수 있는 것이지만, 그 일이 생각처럼 쉬운 것은 아니다. 예민한 저울일수록 그것은 좀처럼 평형을 이루지 못하고 한 쪽으로 기울어진다. 그렇다고 다른 편에 약간의 힘을 가하면 그것은 금세 그쪽으로 경사되게 마련이다. 그런 터수에 내가 중용과 균형을 말하는 것이 과연 온당한가 하는 우려도 없지 않다. 나는 어쩌면 중용과 균형을 말하면서 어느 한 쪽에 은근히 마음을 두고 있는 것은 아닌가 하는 반성이 내 의식을 구속하기 때문이다. 하지만 나는 앞으로도 내가 선택한 비평적 관점을 포기하지 않을 것이다. 그것이야말로 궁극적으로 화해를 지향하는 문학의 본질과 일맥상통하는 일이 아닐 수 없으며, 갈수록 심해지는 섹티즘화 경향에서 자유로울 수 있는 방법이라 생각한다.

70년대 후반 대학에 입학하여 지금까지 나는 많은 이들의 분에 넘치는 정을 받았다. 그들의 이름을 일일이 밝히지는 않으려니와, 그들 덕분에 여기까지 왔음을 고백하고 함께 기쁨을 나누고 싶다. 깊은샘 박현숙 사장과 박성기 실장에게도 감사한다.

1996년 겨울

장　영　우

□차 례

■중용의 글쓰기

□책을 내면서

恨의 內燃과 生命 思想
─박경리, 『토지』론

1.

   소설 『토지』가 조선의 몰락부터 일제의 패망에 이르는 약 반 세기동안 한반도와 그 주변국에 거주했던 한국인의 삶을 사실적으로 그리고 있는 점은 이 작품의 중요한 특징 가운데 하나를 시사한다. 그것은 이 작품이 한국 근대사의 핵심적인 국면을 다양한 계층과 성향의 인물들이 겪어야 했던 갈등과 좌절, 욕망과 한, 사랑과 증오 등 삶의 본질적인 문제와 직접 연결시킨 것으로 생각되기 때문이다. 경남 하동 평사리에서 발원하여 가까이는 진주·하동·서울에서 멀리는 간도·연해주·일본으로 공간적 영역을 확대해 나가는 한편, 양반·지주·하인·소작인 등 전통적 신분 계층에서 차츰 근대적 교육을 받은 지식인·예술가 및 동학교도·기독교인·사회주의자·공산주의자 등 새로운 계층의 인물들을 망라하고 있는 이 작품은 한국근대사의 대체적 기능을 훌륭히 수행한다. 전 16권[1]으로 구성된

---

1) 최근에 완간된 『토지』는 전5부 16권(각부 3권, 제5부 4권)으로 구성되어 있다. 필자가 대상으로 한 판본은 지식산업사 판(제1부~제4부)과 솔출판사 판(제5부)으로, 작품을 인용할 경우에는 부:권;페이지 수만 괄호 안에 밝히겠다. 이 두 판본을 세밀하게 비교하지는 않았지만 명시적으로 드러나는 몇 가지 문제를 지적하면 다음과 같다. 첫째, 김환의 영향을 받아 민족 운동에 참여하는 인물의 이름이 특별한 해명 없이 바뀐다는 점이다. 제1부~제3부까지에는 '사팔눈 판술이'로 등장하다가 제4부부터 '강쇠'로 불리우는 인물이 바로 그 사람이다. 참고로 덧붙이자면, '판술이'는 김

『토지』는 그 분량의 엄청남에 걸맞게 수백 명의 등장인물이 직접 겪거나 남에게 전해 들었던 사건들이 중층적·복합적으로 제시되어 보다 섬세한 책읽기 태도를 요구한다. 최참판댁의 불륜, 최참판댁의 만석 재산을 탈취하기 위하여 벌어지는 음모와 살인, 재산을 빼앗기지 않으려는 어린 주인과 충직한 하인들의 암중모색으로 진행되던 제1부가 닫혀진 공간에서의 개인사에 치중한 것이라면, 후반으로 갈수록 작품의 공간이 확장되고 사건 또한 복잡하게 얽힘으로써 개인사(혹은 가족사)와 민족사가 유기적인 연관 관계를 맺는다. 또『토지』는 옛 것이 새로운 것에 의해 급속히 대체되어가는 역사의 불가항력적 흐름을 일정하게 반영하고 있다. 뿐만 아니라 제4부와 제5부에서는 조선의 전통적 문화와 일본의 침략적 문명이 날카롭게 대비되면서 한·일 문화에 대한 비평적 담론의 성격을 띠기도 하고, 운명론적 허무주의에 빠졌던 앞부분과 달리 후반부로 갈수록 모든 생명체를 긍정하고 포용하는 대지적 생명사상을 강하게 드러냄으로써 보다 원숙하고 폭넓은 작가의 세계관을 보여주기도 한다. 그리고 국내외에서 활발히 전개되던 독립운동의 다양한 흐름을 개성적 인물들의 직접 담화나 토론의 방식으로 대비하여 서구적 이데올로기의 모순과 배타성을 상기시켜준다. 요컨대 이 소설의 밑바탕에는 개인사와 민족사가 유기체적 연관 속에서 이해되어야 한다는 이른바 〈낭만주의적 민족관〉[2]과 인간 존엄의 생명사상이 자리하고 있음을 알 수 있다.

　　1897년 한가위, 최참판댁에서 벌어진 사건에서 시작하여 서희가 일왕(日

____

　　영팔의 아들 이름이다. 둘째, 이홍과 김범석의 호칭 문제를 들 수 있다. 제3부에서는 나이가 두살 많은 홍이에게 범석이 형의 칭호를 붙였는데(3:1;389), 제5부에서는 홍이가 범석을 '형님'이라 부르는 것이다. 셋째, 정석의 여동생 '복연'이 제5부에서 '복년'으로 지칭된다. 이런 호칭의 혼란은 작가의 단순한 착오에서 비롯된 것으로 작품 전체를 이해하는 데 별다른 지장을 초래하지 않을지 모른다. 그러나 민족 운동의 중심부에서 활동하는 인물의 이름이 바뀐 것이라든지 홍이와 범석의 호칭 문제 등은 한번 쯤 지적하고 넘어가야 할 사항이라 생각한다.

2) 낭만주의와 민족사상의 연관에 대해서는 김대환,『한국인의 민족의식』, 이화여자대학교 출판부, 1985, pp. 109~129 참조.

王)의 항복 선언을 전해 듣는 것으로 일단락[3]되는 이 소설의 중심에 최씨 일가가 있다는 점은 명약관화하다. 말하자면 이 소설에 등장하는 무수한 인물들은 어떤 방식으로든지 최씨 가문과 인연을 맺고 있을 뿐만 아니라, 최씨 가문의 영고성쇠는 조선왕조의 몰락과 일제에의 종속이라는 우리 민족의 역사적 운명과 유기적인 연관을 맺는다. 예를 들면 평사리 주민들은 오랜 동안 최참판댁의 작인으로 있었던 신분적 관계로 얽혀지며, 간도의 공노인·송장환·권필응·장인걸 등은 김길상 혹은 김환과 유대를 갖는다. 서울의 근대적 지식인들 역시 길상·서희·환국 등과 직간접으로 긴밀한 관계를 맺는다. 또 지리산에 숨어든 사람들은 길상·관수·연학 등과 동지적 관계를 형성한다. 이들의 인연은 단순한 사적 이해 관계를 벗어나 공적 이데올로기에 의해 더욱 견고하게 밀착되면서 식민지 시대의 민족사를 압축하여 보여주는 것이다. 따라서 윤씨 부인에서 환국·윤국으로 이어지는 최씨 일가 4대의 삶을 조망하는 일은 『토지』의 울창한 삼림과 비옥한 평야를 탐사하는 데 필요한 지남(指南)의 하나가 되리라 생각

----

3) 『토지』가 완결된 것이 아니라 일단락되었다고 보는 데에는 나름대로의 이유가 있다. 그것은 무엇보다 작가 자신의 애초 계획과 차질을 빚고 있기 때문인데, 작가는 어느 글에선가 이 작품의 시대적 배경을 6·25까지로 잡고 있다는 말을 한 적이 있기 때문이다. 또 한 대담에서 박경리는 "『토지』는 나의 죽음 이후에도 계속되는 얘기"(송호근, 「삶에의 연민, 한의 미학」, 《작가세계》 1994, 가을호 참조.)라 하여 이 작품이 계속 씌어질 수 있는 가능성을 배제하지 않고 있으며, 대담자 역시 "토지가 일단락되는 이제"라는 말로 작품의 완결을 인정하지 않는다. 또한 『토지』가 완결된 것이 아니라는 판단에는 일왕의 항복으로 작품에서 제기되었던 모든 갈등이 해소되는 것인가 하는 본질적인 문제가 바탕에 깔려 있다. 작가는 작품 곳곳에서 일제에서 해방되었을 때 친일파의 처신이나 민족주의와 서구 이데올로기와의 갈등 같은 것을 문제삼고 있는데, 이런 문제들이 실제로 해방 이후의 정국이나 민족의 정통성을 훼손시킨 역사적 사실은 우리 모두 너무나 잘 알고 있는 것이다. 일제의 식민지 통치 기간에는 〈항일(반일) 사상〉으로 귀납될 수 있었던 다양한 이데올로기들이 해방이후 민족 분단의 결정적 요인으로 작용하였고 참혹한 동족상잔의 비극을 초래하였던 점에 비추어 볼 때 『토지』는 무거운 과제를 남긴 채 일단락된 것으로 볼 수밖에 없다.

한다.

 필자는 이 글에서 주로 최씨 가문과 직접적 관련을 맺은 인물들이 어떻게 한을 맺고 풀어가는가 하는 문제로 논의의 대상을 한정하려 한다. 그것은, 4만여 매의 엄청난 분량 속에 결코 단순하지 않은 내용을 담은 『토지』의 전모를 한 편의 글로 감당하기 버겁다는 필자의 역량 때문이기도 하지만, 무엇보다 최참판댁을 중심으로 한 인물들의 삶이 작품의 주제 형상화에 거의 결정적인 요인으로 작용하고 있다는 판단에 기댄 것이다.

 『토지』를 〈한·연민·소망·생명주의〉와 같은 한국인 특유의 정신주의와 관련시키지 않고 이해하기 어렵다는 점에 대해서는 여러 논자들이 대체로 동의하고 있다. 이 작품에 등장하는 인물들의 대다수는 제도와 관습, 윤리적 규범 등 외부적 조건의 질기고 억센 사슬에 속박당하여 자신의 삶을 연소시킨 사람들이다. 중인출신 김개주에게 겁탈당한 뒤 어미의 자격을 스스로 포기한 윤씨 부인, 어머니의 과거에 끝없는 의문을 품으며 육체와 정신을 파괴하다가 마침내 교살당하는 최치수, 모친 별당아씨의 증발과 부친 최치수의 끔찍한 종말, 그리고 괴질로 돌아가신 할머니와 조준구의 재산 약탈 등 집안의 온갖 흉사(凶事)를 어린 나이에 겪으면서 "음험하고 교만한" 성격으로 성장하는 서희, 형수를 사랑하다가 그녀가 죽은 뒤 절망의 열정으로 살다 자살한 김환, 하인의 신분으로 서희와 결혼하지만 가족과 일정한 거리를 둘 수밖에 없었던 김길상…… 그 자체로 독립적인 서사를 구축하는 이들의 삶의 근본에는 인간의 힘으로 어찌할 도리가 없는 숙명적인 한이 내재해 있으며, 김환·길상 등은 그것의 내연화(內燃化)를 통해 자신과 타인을 구원하고자 애쓴 사람들이다.[4] 이와 더불어 이용과

---

 4) 이런 점에서 김길상과 송관수 등의 행동을 "자기 신분에 대한 한풀이"(5:1;57)로 이해하는 홍이의 관점은 민족 운동에 참여하고 있는 이들 대부분의 내면의식을 대변하고 있는 것으로 보인다. 생모(임이네)의 신분과 탐욕때문에 고통스러운 청소년기를 보내야 했던 홍이가 이 운동에 뛰어든 동기도 신분이 주는 강박관념에서 탈출하고자 한 것으로 이해할 수 있으며 한복의 사정 또한 마찬가지이다. 이들이 독립운동에 투신하게 된 심리적 배경을 이해하는 데는 다음 인용이 많은 도움이 될 것

조병수가 부러워 했던 윤보, 서금돌, 주갑 등은 제도나 관습 등 외적 조건에 전혀 구애받지 않으면서 스스로의 삶을 아름답고 고귀하게 가꾼 특이한 존재들이다. 뒤에서 자세히 살피겠지만 이들 영원한 자유인이 하나같이 예술적 신명[5]을 생래적으로 타고난 사람들이라는 점은 주목할 만하다. 한편 이들과 다른 축에는 물질적 욕망의 거센 불길에 갇혀 자신과 타인을 파멸 상태로 몰고간 조준구, 부친보다 더욱 잔인하고 악마적인 삶을 영위하는 김두수(거복), 서울의 상류사회에 틈입하여 만나는 사람마다 치명적인 상처를 입히다가 살해당한 배설자 등 파괴적인 삶을 산 인물군이 자리하고 있다. 이들의 인연은 종횡으로 얽히면서 한국 근대사의 핵심을 관통하고 인간살이의 다양한 스펙트럼을 형성하면서 『토지』의 지평을 한층 풍요하고 비옥하게 일군다.

2.

박경리가 소설 『토지』에서 끈질기게 추구하고 있는 한의 문제는 숙명

이다.

① '길상의 경우, 대의와 가족을 두고 선택한 길은 결코 아니었다. 자아와 가족을 두고 선택한 길이었다.'(5:1;295) ② '관수가 이 지점까지 온 것은 우연도 작심에서도 아니다. 동학당으로 죽음을 당한 장돌뱅이였던 아비, 김훈장을 따라 산에 들어간 사이 행방을 모르게 된 어미, 그리고 은신처에서 만나 부부로 맺어진 백정의 딸인 아내, 그 응어리가 여기까지 오게 했으며 또 앞으로 가야 할 길에는 아들 영광의 한이 짙게 서릴 것이다'(4:2;345) ③ "관수 형님이 처음 지(한복―인용자)보고 만주 가라 했을 직에는 원망스럽기도 했제요. 하지마는 만주 가서 길상 형님을 만나보고 그곳 사정을 보이, 야 길상 형님이 나를 깨우쳐준 기라요. 니는 과거의 굴레를 벗어라 벗어라 그것은 니 잘못이 아니다. 남이사 머라 카든지 서러버도 억울해도 이자 나는 기대고 떠받힐 기둥 하나를 잡은 기라요. 사람답게 살자. 나는 발 못뺍니다. 나도 이 강산에 태어나서 소리 칠 곤리가 있인께요."(4:2;233)

5) 〈한〉과 〈신명〉의 이질성과 공통적 특성에 관해서는 권오룡, 「『토지』의 인물과 역사 의식」, (제1회 『토지』 세미나, 1994. 10. 5. 연세대학교) 발제문을 참조할 것.

론에의 순응이 아니라 그것을 통해 새로운 생명을 잉태하는 미래지향적 성격을 드러낸다. 그러므로 이 작품에서 한이 신비주의와 현실주의의 상호 모순되는 두 가치가 적절하게 융화된, 한국인에게만 고유한 감정 체계로 정의되는 것은 당연한 귀결이다.

> 신비와 현실적인 두 관념을 수용한 것에 한(恨)이란 말이 있습니다. 일본말로는 한을 원한으로 쓰고 그것은 복수라는 묘하게 엽기적인 분위기를 갖는데 우리가 말하는 한에는 거의 모든 것이 포함되어 있어요. 한이 된다, 한이 맺혔다, 할 때는 물질적이든 정신적이든, 빼앗겼든 당초 주어지지 않았든지간에 결핍을 뜻하고, 한을 풀었다, 할 때는 채워졌음을 의미하는 것입니다. 해서 결핍은 존재할 수 없는 방향으로, 채워졌음은 존재하는 방향으로, 그렇다면 그것은 생명 자체에 관한 것이에요. 한은 생명과 더불어 왔다 할 수 있겠어요. 한의 근원은 생명에 있다 할 수도 있겠어요. 흔히 지옥이다 극락이다 하는 말을 쓰는데 하나는 공포의 상태, 하나는 안락의 상태, 그것은 정지된 상태로 볼 수 있지 않을까요? 그러니까 극락이나 지옥보다 실감 있게 쓰는 말이 내세(來世)와 차생(次生)이에요. 이어짐으로써 시간 위에서 있음으로 해서 생명은 존재하는 거니까요. 한은 내세에까지 하나의 회구 소망으로서 조선 사람들 가슴에 있고, 때문에 현실주의와 신비주의는 조선 사람에게 융화된 사상이라 한 거예요. (4:2;278)

유인실이 오가다 지로에게 말한 위 인용문에서 주목되는 것은 한의 지속성과 미래지향적 특성이다. 다시 말해 유인실은 우리 민족 특유의 한의 정서를 소극적·파괴적인 것으로 이해하기보다 적극적·창조적인 것으로 해석하고 있는 것이다. 그리고 한을 결핍과 존재의 양면적 가치로 이해하여 그것의 생성 원인과 해소 조건을 분명하게 제시한 대목도 주목할 만하다. 한이 맺힌 상태를 〈결핍〉으로, 한이 풀린 상태를 〈존재〉의 관념으로 이해하는 유인실의 관점은 생명을 가진 것 모두가 숙명적으로 한을 지닌 채 살아갈 수밖에 없다는 사실을 일깨워준다. 현세는 고해라고 하는 불교적 가치관에 친숙한 한국인들은 현실의 열악한 조건에 절망하기보다 그것을 극복하려는 노력을 포기하지 않는다. 설사 그런 소망이 좌절되는 경우에도 그들은 내세를 기약하는 삶의 지혜를 보여준다. 그것은 『토지』의 작중인물들이 현실의 고통스러운 삶을 생명의 〈정지〉 상태가 아닌 생명의 〈지속〉[6], 즉 고통받는 생명에 연민의 정[7]을 느끼면서 보다 나은 삶을 지향하는 하나의 과정으로 이해하고 있음을 말해주는 것이다. 그렇다면 『토지』의 작중인물들은 삶의 어떤 국면에서 한을 쌓으며 또 어떤 방식으로 그것을 풀어나가는가. 한은, 어느 평자에 따르면, "봉건적 신분 질서, 봉건적 토지 소유 구조, 식민지 상황 등등의 외적 조건이 자연에 따르는 욕망과 기대와 삶의 균형 감각을 좌절시키고 혼란시킬 때, 다시 말해 생명의 온전한 발현이 가로막히거나 뒤틀릴 때 생겨나는 영혼의 어혈, 응어리"[8]로 설명된다. 한 마디로 한은 생명의 온전한 발현이 외적 조건에 의해 차단당할 때 생겨나는 것이라 할 수 있는데, 그것을 풀어가는 방식이 외적 조건에 대한 저항의 방법이거나 새로운 생명에의 지향의 성격을 띠게 될 것은 당연하다. 이런 한풀이 방식은 동전의 양면 같은 것이지만 인간의 본성에 따라 각양각색의 형태로 나타난다. 그것을 아주 단순히 유형화하면 한의 내연(內燃)을 통해 자신과 타인을 구원하는 정신주의에의 지향과 물질적 욕망의 추구로 자신과 타인을 파멸시키는 물질주의에의 지향으로 구

---

6) 〈지속〉은 단순히 한 가계가 단절되지 않고 계속 이어진다는 물리적 개념에서 "역사의 생명, 그 생명의 운동"(4:1;291)이라는 역사 발전의 보편적 법칙으로 나아간다. 역사는 시대와 인간의 생성·소멸의 거듭이라는 운동성을 갖기 때문에 하나의 유기체라 볼 수 있다. 식민지 시대가 약육강식의 시대적 논리에 따른 불가피한 상황이었다는 점은 인정하더라도 그것이 우리 민족사 전체와 분리되는 것은 아니다. 그 시대를 한의·맺힘 상태로 이해한다면 해방 이후의 우리 역사는 해한의 고통스러운 과정이라 해도 무방하다. 인간의 한 역시 당대에서 끝나지 않고 후손에게까지 이어진다는 점에서 생명의 지속이며 그 자체로 하나의 역사를 구성한다. 요컨대 한과 역사는 인간 생명 지속의 원천적 에네르기라는 속성을 공유하는 것이다.

7) 연민은 "순수한 애정의 출발"(4:3;206)이며 정은 "천지만물, 생명이 움직이는 근본"(4:2;247)으로 설명된다.

8) 정호웅, 「『토지』의 주제 —한(恨)·생명(生命)·대자대비(大慈大悲)」, 제1회 『토지』 세미나 발제문, p. 46.

분할 수 있을 것으로 보인다. 전자의 유형으로는 윤씨 부인·김환·김길상·이용·월선·송관수·조병수 등 대부분의 인물들을 들 수 있고, 후자의 경우에는 조준구·김평산·임이네·김두수·배설자·우개동 등이 포함된다. 이밖에 위 유형 어디에도 소속되지 않고 한을 품은 채 살아가는 인물들(가령 최치수·이상현 등)이 있고, 애초부터 한을 신명으로 승화시켜 자유인(윤보·서금돌·주갑 등)이 된 사람도 있다.

윤씨 부인은 두 자식에게 어머니의 자격과 권리를 포기함으로써 사면받을 수 없는 한의 견고한 뇌옥에 스스로를 유폐시킨다. 말하자면 그녀의 한의 근원에는 모성의 결핍이 자리하고 있는 것이다. 그녀에게서 모성을 앗아간 것은 바로 성리학적 윤리관과 봉건적 신분제도 이외의 다른 것이 아니다. 젊은 나이에 남편과 사별하고 중인출신의 씨앗을 배태한 그녀는 전통적 윤리관념에 비추어 볼 때 마땅히 자결해 가문의 명예를 지켰어야 옳다. 실제로 그녀는 김개주에게 몸을 더럽힌 즉시 목숨을 끊으려 하지만 바우·월선네·문의원 등 하층계급의 보살핌과 배려로 불의(不義)의 아들을 낳아 절에 두고 온다. 즉, 반가의 여인으로 결코 있을 수 없는 능욕을 당했다는 윤리적 죄책감과 젖 한 번 먹이지 못한 아들에 대한 어머니로서의 한이 그녀에게서 모성의 결핍을 자초하게 만든 원인이 되는 것이다. 윤씨 부인이 신분이 낮은 남성의 씨앗을 낳고 또 그보다 더욱 낮은 신분의 사람들에 의해 목숨을 건진 사건을 두고 단순히 한 개인이 겪어야 했던 비운이라고 말하기 어렵다. 그것은 오히려 견고하게만 여겨졌던 신분제도의 붕괴를 상징적으로 나타내주는 사건9)으로 신분적 차별을 떠나 인간 대 인간으로 새로운 관계를 형성하게 되는 계기로서의 의미가 크다. "결국 자기는 최씨 문중의 사람이 아니었고 다만 타인, 고공살이에 지나지 않았다는 의식은 그의 죄책감을 많이 무마해주는 결과가 되었다. 나는 당신네

---

9) 이런 점에서 윤씨 부인이 치수와 환이를 대등하게 받아들이는 것을 단순한 모성의 끌림이라기보다 새로운 질서와 가치를 수용하는 것으로 해석한 이재선의 글이 참조할 만하다. (이재선, 「숨은 역사·인간 사슬·욕망의 서사시」, 정현기 편, 『한과 삶』, 솔출판사, 1994, pp. 204~206 참조)

들 편의 사람이 아니요, 나는 저 죽은 바우나 간난 할멈 월선네와 같은 처지의 사람이었소. 윤씨 부인은 그렇게 말하고 싶은 것이다.”(1:2;67)라는 윤씨 부인의 내적 독백은 모성의 포기를 강요했던 제도에 대한 날카롭고 솔직한 항의인 동시에 신분제도의 억압을 거부하는 징후라 할 수 있다. 두 아들에게 영원히 변제할 수 없는 정신적 부채를 짊어지고 있는 윤씨 부인이 환이와 별당아씨의 불륜을 용납하고 도주시킨 이율배반적 행위 이면에는 사랑이 전제되지 않은 부부관계가 얼마나 허망한 것인가를 뒤늦게 깨달은 여성의 심리가 잠재해 있다. 그녀가 이십 년 동안 김개주를 향한 사랑의 불씨를 꺼뜨리지 않았다는 데서 알 수 있듯이 치수의 죽음 이후 그녀는 인간에게 가장 소중한 덕목이 무엇인지를 깨닫게 된 것이다. 억압적 신분 제도와 고루한 윤리관에 갇혀 모성을 포기해야 했던 윤씨 부인은 두 아들과 영영 이별하면서 인습의 족쇄를 벗어버린다. 그녀가 최치수를 교살한 범인을 밝혀내고 환이에게 오백석 지기 농토를 물려주는 것 등은 불행했던 어머니의 마지막 모성인 동시에 새로운 세계의 탄생을 긍정하는 의미를 내포한다.[10] 요컨대 윤씨 부인은 봉건제도의 인습을 부정함으로써 최씨 가문의 새로운 역사를 예고하는 시원적 인물이라 할 수 있다.

　최치수의 생애는 자기 의지와 전혀 상관없이 어머니 윤씨 부인의 운명에 따라 결정된다. 그의 주변 사람들은 그가 장암 선생의 염세론적 비판론, 학문의 순수를 망집하는 현실 부정, 성악설에 근거한 인간 멸시, 편협과 오만, 냉소, 극단적인 개인주의 사상(1:1;289)을 그대로 전수받았다고 생각하지만, 그 내면에는 어머니를 향한 인력(引力)과 반발력의 상호 길항작용이 있음을 간과할 수 없다. 서울에서의 황음으로 생식력을 잃은 것이나 여성에게 극도의 혐오감을 갖게 된 것도 따지고 보면 김개주와 어머니 사이에 개입된 모종의 비밀에 대한 의문에서 비롯된 자학적 파괴심리에 지나지 않는다. 하지만 그가 귀녀의 어처구니 없는 욕망을 알면서도 용인

---

10) 이런 점에서 윤씨 부인을 “한 가계의 여인이라기보다는 역사의 태반(胎盤)으로서의 상징적 의의”를 가진 인물로 보는 이재선의 견해는 타당한 것으로 보인다. (이재선, 앞의 글, p. 207)

한다든가, 산 속에서 구천이를 사살하려는 순간 수동이가 방해한 것을 두고 "초록은 동색"이라며 더이상 문제삼지 않는 것, 그리고 용이를 대할 때의 따뜻한 시선[11]등은 그의 본성이 결코 차갑거나 배타적이지 않다는 사실을 일깨워 준다. 길상의 회고에서도 알 수 있는 것처럼, 그는 한이라 할 수 있는 슬픔과 이 세상 아무도 믿지 않는 외로움을 간직한 "정직한 사람"(2:1;247)이었을 뿐이다. 그럼에도 불구하고 소년시절의 어두운 기억은 그의 성격을 신경증적으로 퇴행시킨다. 절에서 돌아온 뒤 자기를 완강히 거부하는 어머니의 이해할 수 없는 태도, 바우 내외와 문의원이 주고받았던 밀담의 내용, 월선네가 무조건 죽을 죄를 지었다고 사죄하는 까닭, 동학군의 내습에도 아무 피해가 없었던 이유 등이 어머니에 대한 의문을 증폭시키는 원인으로 작용하지만 그것을 드러내놓고 문제삼을 수 없다는 데서 그의 갈등은 안으로 심화될 수밖에 없다. 갈등의 모든 발단이 어머니의 비밀과 연관된 것이기에 누구와도 의논하지 못하여 한이 되는데, 치수는 영혼과 육체의 학대라는 자학적 방법으로 그것을 연소(燃燒)시킨다. 그런 치수가 이제까지 자제해왔던 감정을 드러내놓고 폭발시킬 수 있는 계기로 작용하는 것이 하인 구천이와 아내의 불륜 사건이다. 즉, 그는 구천이를 응징하는 행위가 어머니의 모성 포기에 대한 보복이라 생각하지만 결정적인 순간에 수동이 훼방을 놓아 실패하고 만다. 두 차례의 지리산행에서 아무런 소득도 얻지 못한 그는 핏줄을 거역하려는 행위의 무모함을 깨닫게 된 듯하다. 그러한 깨달음은 치수로 하여금 사회 생활의 길을 포기

---

11) 여러 논자가 인용하고 있는 이 부분은 치수의 용이에 대한 평가이면서 자신의 소망을 투사한 것으로 이해된다. 그가 용이의 인간성을 설명하는 데 들었던 몇 가지 미덕이야말로 외적 조건때문에 포기할 수밖에 없었던 스스로의 삶의 지표였을 가능성이 크다. 참고로 이 부분을 인용하면 다음과 같다.

……치수는 용이를 가만히 바라본다. 이상하게도 그의 날카로운 눈에는 따스한 빛이 돌았다. (…중략…)"사람이 존엄하다는 것을 용이놈은 잘 알고 있지요. 그놈이 글을 배웠더라면 시인이 되었을 게고 말을 타고 창을 들었으면 앞장섰을 게고 부모 묘소 벌초할 때마다 머리카락에까지 울음이 맺히고 여인을 보석으로 생각하는, 그렇지요. 복많은 이땅의 농부요."(1:1;256)

하고 죽음의 길[12]을 선택할 것을 강요한다. 어머니로부터 버려졌다는 심리적 고립감은 현실에의 부적응과 새로운 세계의 거부라는 폐쇄성으로 나타나며 마침내 죽음을 자초하게 하는 것이다. 따라서 최씨 가문의 역사는 치수 당대에서 종결되며 서희―환국·윤국으로 이어지는 가계는 전혀 이질적인 성격을 띤다. 그것은 전통적 가부장적 질서가 붕괴되고 모계에 의해 새로운 가계가 시작됨을 뜻하며, 조선의 멸망과 대한민국의 건국이라는 역사적 변화의 알레고리로 해석할 수 있다.[13] 따라서 서희의 삶은 인습에 희생되었던 최씨 가족사가 마감되고 새로운 세계가 시작되는 상징적 의미를 갖는다.

윤씨 부인과 치수의 생활 공간이 평사리, 즉 사적 범위에 한정되어 있으면서도 그들의 삶이 민족사의 명암을 암암리에 반영한 것이라면 서희의 파란만장하다고밖에 할 수 없는 삶은 한국 근대사의 굴욕적인 전개와 보다 긴밀하게 연계된다. 최씨 가문의 유일한 핏줄인 서희가 재산을 되찾고 가계를 계승하기 위해 기울이는 노력은 가히 필사적이라 할 만하다. 『토지』 전체를 통한 그녀의 삶은 〈빼앗김〉과 〈되찾음〉의 과정으로 요약된다. 그녀는 자신이 소유한 거의 모든 것을 주변 사람들에게 빼앗기는데, 가령 하인(구천이)에게 어머니를, 동네사람(칠성이)에게 아버지를, 친척(조준구)에게는 재산을 빼앗기면서 "포악스럽고 음험하고 의심 많고 교만"한 동시에 "마음은 나이보다 늙었고 미친듯이 노할 적에도 마음 바닥에는 사태를 가늠하는 냉정함"(1:2;378)을 가진 복수의 화신으로 성장한

---

12) 자끄 라깡에 따르면, 이런 죽음의 길은 나르시시즘을 유발하게 마련이다. 주체인 타자와 자아와의 이자적(二者的)인 상상 관계로서 그 자아가 타인(자) 몫임을 거부하는 행위인 나르시시즘에는 오직 사랑과 증오의 원초적 감정 외에는 존재하지 않는다. 그러나 치수의 경우는 나르시시즘으로 설명하기 어려운 것이, 그는 모든 대상을 증오의 감정으로만 대한다는 점에 있다. 말하자면 그는 이른바 〈아버지의 이름 le nom du père〉으로 언표화되는 상징 단계로 나아가기를 거부하고 상상 단계로 퇴행하려는 신경증적 태도를 보여준다.

13) 권오룡, 앞의 글, p. 39 참조.

다. 간도에 건너간 그녀가 엄청난 재화를 축적하게 된 배경에는 공노인과 길상의 헌신적인 협조가 있었지만, 무엇보다 중요한 동인은 어떻게든 귀향하여 조준구에게 보복하고 잃어버린 재산과 가문을 다시 일으켜야 한다는 집념이라 할 수 있다. 이 집념때문에 그녀는 아버지와 다를 바 없는 이동진의 군자금 요청을 한 마디로 거절하고 이상현의 모욕을 감수하면서까지 길상과 혼인을 하는 것이다. "살을 찢고 뼈를 깎고 피를 말리는 고초를 겪는 한이 있더라도(…) 원수를 갚을 수만 있다면 친일인들 아니할손가?"(2:1;142)라는 다짐이 말해 주듯이 그녀는 "태산보다 크고 바다보다 깊은 원한"을 갚는 일과 관계되는 것이라면 어떤 비난이라도 감내하면서 그것을 제 소유로 만드는 악착을 부린다. 하지만 그녀가 길상과 결혼을 결심한 것은 "끈질긴 숙원과 원한에 사무친 보복심"에서 벗어나 자유와 사랑을 찾고 싶다는 여성 본연의 감정에 이끌렸기 때문이다.

> 결코 용서하지 않으리. 그 무자비한 감정을 무엇이 풀어놨다. 풀린 것은 그것만이 아니다. 서희는 스스로, 자기 자신마저 질곡에서 풀어버린 것이다. 용정에 쌓아올려 놓은 자기 성(城)으로 돌아간다면 또 어떻게 변할지 알 수 없으나 끈질긴 숙원과 원한에 사무친 보복심과 잠들 수 없는 자긍심을 내어버린 자유, 무겁고 숨막히는 철갑을 벗어버린 자유다. 사랑할 수 있는 자유, 다 버리고 어디든 떠날 수도 있다는 생각, 그러나 바람에 날려가는 나뭇잎같이 왜 슬프고 외로운지, 고아의 느낌이 가슴을 저미는지 서희는 알 수가 없다.(2:1; 625~626)

서희가 자제력을 잃고 자기 감정을 폭발시키는 일은 지극히 예외적인 사건에 속한다. 어린 시절 어머니를 찾아오라고 패악을 부릴 수 있었던 것은 그녀 곁에 든든한 보호자 있었기에 가능했지만, 할머니와 봉순네·수동이마저 괴질로 죽어나간 뒤 그녀는 여간해서 생떼를 부리지 않았던 것이다. 그런 서희가 길상 앞에서 보여준 두 차례의 감정 폭발[14] 이 이성과

---

14) 첫째는 옥이엄마를 만나고 온 뒤 길상에게 "난, 난 길상이하고 도망갈 생각까지 했단

의 사랑 문제에 기인한 것이라는 사실은 여간 흥미로운 일이 아닐 수 없
다. 어쨌든 그녀는 고향으로 돌아와 조준구의 마지막 재산을 사들인다.[15]
서희의 한이 물리적 〈빼앗김〉에서 비롯되었다하더라도 그것의 〈되찾음〉
으로 해한이 된다고 생각하는 것은 한의 정신적 특성을 몰각한 지극히 안
이한 판단이다. 그녀가 조준구에게 빼앗겼던 재산을 모두 회수하고도 승리
감에 자족하기보다 오히려 "나비가 날아가 버린 번데기, 긴 겨울을 견디
었건만 승리의 찬란한 나비는 어디로 날아갔는가? 서희는 자신이 살아 있
는 사람이 아니지 않는가 하고 생각해보는 것이다."(3:1;144)라며 허무의
심연에 빠져드는 것도 그 때문이다. 말하자면 그녀는 또다른 결핍감과 위
기감에 고통스러워 하는데, 그것은 전적으로 남편의 부재에서 연유하는 것
처럼 보인다.

부모가 부재한 상황에서 성장했던 고통스러운 경험을 자식에게 반복시
킬지도 모른다는 불안감이 유발하는 정신적 상처는 그 어떤 것보다 깊고
크다. "껍데기를 찢어 발기고 핵을 보존하기 위해 오히려 양반의 율법에
반역"(3:1;147)하는 일조차 마다하지 않았던 서희였지만 그들 부부는 신
분에 따른 거리감을 완전히 극복하지 못한다. 서희와 길상은 신분적 차이
에서 생겨난 상처를 사랑과 이해로 감싸주거나 어루만져주지 못하고 그것
을 못본 척하며 상처를 키우는 일정한 거리를 유지한다. 그러나 서희는 모
성을 통해 남편의 행동을 이해하게 되고 자신을 허무의 심연으로부터 구
출하고 일상적 자아로의 귀환을 꾀한다. 순철이 환국에게 얻어맞아 상처를

말이야. 다 버리고 달아나도 좋다는 생각을 했단 말이야." 라며 울음을 터뜨리는 사건
이고, 둘째는 박의사의 자살 소식을 길상에게 말하면서 철없이 운 일(5:1;303)이다.
15) 그녀가 법률이라는 제도적 장치에 의존하지 않고 처음부터 끝까지 상업적 거래 관계
에 의해 조준구의 재산을 회수하는 까닭은 무엇일까. 그것은 사건의 극적 긴장감을 고
조시키기 위한 장치일 수도 있고, "원수의 칼로 원수를 치리라."는 철저한 보복감에서
비롯된 것일 수도 있다. 이와는 다른 문제이지만, 광산과 미두로 조준구를 파산 상태
로 몰아가는 과정을 보면서 우리는 초기 자본주의 사회의 금융 거래 양상을 짐작할 수
있게 된다.

입었을 때 "환국이 아버지는(…) 나라 위해 몸 바친 분이었단다."(3:1;
501)고 말할 수 있었던 것은 모든 것을 희생할 각오가 되어 있는 모성의
위대한 힘 때문이다. 조준구에 대한 보복감에서 벗어나 일상적 자아로 귀
환한 서희의 모성은 친일과 항일이라는 이중성을 띠면서 역사적 의미를
확보하게 되고 신분을 떠난 정감적 관계를 형성하면서 봉건제도의 완강한
사슬에서 해방되는 것이다. 그러므로 진주에서의 서희의 활동 반경은 두
아들의 정상적인 성장을 보장하면서 평사리 주민들의 정신적 지주 역할을
하는 것으로 축소한다. 그것은 어머니로서의 서희의 위치를 확고히 규정짓
는 한편, 과거와 판연히 다른 정신적. 문화적 바탕을 가진 역사가 시작되
고 있음을 시사하는 것이다.

3.

　김환과 길상은 최씨 가문과 깊은 인연을 맺으면서도 순혈(純血)의 정통
성을 계승할 수 없다는 점에서 국외자적 입장을 공유한다. 김개주 · 김환
· 김길상 등 최씨 성받이가 아닌 이 세 남성이 하나같이 모순된 사회 제
도의 희생자이면서 그것에 대한 항거로 존재 의의를 찾는다는 것은 여간
흥미로운 일이 아니다. 김개주와 김환의 개인적 일탈 행위는 동학운동이라
는 공적 활동에 의해 덮어지고 길상의 신분적 열등감도 독립 운동에의 참
여로 상쇄된다. 그러나, 앞질러 결론을 내세운다면 김환은 허무와 절망의
정열로 한을 품은 채 자살한 반면 길상은 독립운동과 탱화 조성으로 새
운명을 개척했다는 점에서 변별된다.[16] 다분히 신비적인 존재로 묘사되고
있는 김환의 삶은 통곡 그 자체이다. 그가 용정으로 길상을 찾아와 출생의
비밀을 고백한 뒤 터뜨리는 통곡은 그의 한의 정체를 적나라하게 밝혀준
다.

---

16) 이와 유사한 삶의 궤적을 보인 인물로 송관수와 조병수를 들 수 있다. 송관수는 김
　　환의 전철을 밟다 이국에서 병사(病死)한 반면, 조준구의 아들 병수는 예술을 통해
　　창조적 세계로 나아간다.

"형수를 범한 내가 백주대로에서 내 불륜을 외치고 또 외칠지언정 차마 내 어머니의 불륜은 햇빛이 부끄럽구나! 내 아버지의 만행은 햇빛이 부끄럽구나. 어찌하여 하늘은 그들을 벌하십니까! 어찌하여 나는 햇빛에서 어둠으로, 네! 어둠으로 내 부모를 몰고 가고 있는 겁니까!(…) 어머니! 어머니! 당신은 두 아들을 섬긴 한 며느리를 용서하셨읍니다! 왜 그러셨읍니까! 내게 진 빚 때문에 그러셨읍니까! 아니면 그 강간자를 당신은 사랑하셨기 때문에 그러셨읍니까! 대답해 주십시요. 양반의 법도를 저주했노라고 말씀해 주십시요! 어머님! 당신보다 며느님이 진실했다고 말씀해 주십시요. 어머님! 저는 한번 짖어보려고 만주땅에 왔읍니다! 짖어보려고, 무거운 쇠철갑을 벗어보려구요.(…)"(2:2;419)

반가의 청상을 겁탈한 김개주와 그로 인해 불륜의 아들을 낳은 윤씨 부인, 씨다른 형의 아내를 가로챈 김환 등 이들 2대에 걸친 기구한 운명의 연쇄 고리는 봉건적 신분제도의 억압과 그것에의 저항이라는 상징성을 띤다. 특히 진주 경찰서에서 자살한 김환의 오십 평생은 "투쟁과 방랑, 애증과 원한의 가파로운 고개"(3:2;93)로 요약되는데, 그가 "절망의 정열"로 매순간 불꽃 같은 삶을 지탱했던 것은 생명의 완전한 연소를 통해 구원의 방식을 모색했기 때문으로 보인다. 다분히 아버지의 영향을 입었을 것으로 짐작되는 그의 민본주의적 독립 사상은 김강쇠, 송관수의 삶에 결정적인 변화를 가져오며 소지감, 해도사 등에 의해 지속적인 생명력을 획득한다. 작품 후반부에 등장하는 소지감과 해도사는 김환의 성격적 특성을 부분적으로 공유하는 인물로서 작가가 의도적으로 설정한 인물일 가능성이 크기 때문이다.[17] 어쨌든 김환이 독립운동에 참여한 많은 사람들의 정신적 지주 역할을 자임하며 그들을 신분적 질곡에서 해방시켰으면서도 자신의 영혼은

---

17) 세 번이나 장가를 들었다가 두 번 상처를 하고 마지막 여자는 가출함으로써 홀아비가 된 해도사(본명이 성도섭인 그는 동학의 늙은 장수 양재곤의 생질이다), 의병에 가담한 형이 포살당하고 을사보호조약의 체결을 본 부친이 자결하는 개인적 고통을 겪은 뒤 출가한 소지감 등에게서 강쇠·관수는 김환의 체취를 강하게 느끼는 것으로 나타난다. 또 이들 두 인물이 김환의 자살 이후에 등장하는 것으로 미루어 김환의 대리역으로 성격화되었으리라 추정된다.

허무주의의 깊은 나락에서 건져올리지 못했다는 것은 아이러니가 아닐 수 없다. 평생 죽음을 두려워 하지 않고 오히려 죽음에 이르는 길만을 찾아다녔다고도 할 수 있는 그의 방랑은 사랑이 전제되어 있다는 점에서 치수의 그것과 다르다. 그의 별당 아씨에 대한 사랑은 "존재의 신비"에의 사랑이었기 때문에 절망적 정열 또한 "그의 불행과 행복과는 상관없이 생동하는 생명의 지속"(4:2;34)으로서의 가치를 인정받기에 이른다. 김강쇠의 회고에서 드러나는 것처럼 "천길 높이 외줄 위에서 차라리 떨어져 가루가 되기를 바라는 그 역설적 여유 때문에 지탱하였던 삶"(4:2;33)을 살다가 "삼강오륜도 아니고 목구멍 때문도 아니고 사람들 한을 풀기 위해"(4:2;35) 죽은 김환이 "한 인간이 도달할 수 있는 지극히 높은 영혼의 경지"(3:1;400)에 다다를 수 있었던 것은 무엇때문일까. 그 까닭은 앞서 말한 것처럼 존재의 신비에 대한 사랑이며 한의 내연을 통해 구원받고자 했던 강렬한 소망에서 찾아진다. 김환이 투쟁적 방법으로 자신과 타인을 한의 늪에서 구출해냈다면 송관수 역시 유사한 방식을 따랐다고 할 수 있다. 아들 영광 때문에 더 큰 한을 품었던 그가 "새삼스럽게 지나온 길을 돌아보이 정말 괜찮기 살았구나 싶다."(5:1;159)고 술회하는 것도 그 때문이다.

어렸을 적 절에서 길려지다 최참판댁 하인으로 보내진 길상은 생래의 예술가적 기질과 생명에 대한 연민의 정을 간직한 인물이다. 그가 간도에 남을 수밖에 없었던 가장 큰 요인은 신분적 제약이 주는 열등감 때문이었지만, 독립운동을 통해 현실을 포용하는 힘을 얻어 마침내 의식의 자유인으로 우뚝 서게 된다. "의지로써 뛰어넘고 시련을 극복한 후에 오는 깊이, 의지의 깊이"와 "현실과의 융화"(3:1;237)에 뿌리를 둔 그의 포용력은 한복을 압도하고 이상현에게는 짙은 패배감[18]을 안겨주며 조찬하와 오가

---

18) 이상현이 자신의 삶을 낭비하게 된 것은, 그의 고집스러운 양반 의식과 함께 길상에 대한 패배감을 극복하지 못해서이다. 간도에서 아버지로부터 "아마 연해주 간도 바닥을 다 찾아도 길상이만한 신랑감은 없을걸? 뿐이겠느냐? 하동땅에 있었다하더라도 그만한 배필을 얻기 힘들었을게야."(2:1;282)라는 말을 듣고 좌절했던 그가 재차 용정땅을 밟았을 때 "김길상의 존재가 부친 이동진의 존재로 대치"(3:2;356)된 것

다 등에게는 훌륭한 선배에 대한 예의를 갖추게 하는 동인이 된다. 서희와 결혼하기 전의 "얼마간 냉소적이며 비꼬였고 자기 모순 속에서 허위적" 거리던 길상이 이런 힘을 갖게 된 것은 물론 독립 운동이라는 대의 명분에 기인한 것이지만 무엇보다 동류에 대한 애정과 귀소본능에 힘입은 것이라 할 수 있다. 가령 이동진이 산천을 위해 강을 넘었고 돌아오기 위해 떠났다면 길상은 제 무리들에게 돌아가기 위해 간도에 남았던 것이고, 고향에 돌아와 관음탱화를 그린 것도 귀소본능의 요구에 따른 행위이다.

> "아버지는 참 외로운 분 같습니다."
> 환국이 말문을 열었다.
> "관음상을 본 감상인가?"
> "네."
> "자네 말이 맞네. 원력(願力)을 걸지 않고는 그같이 그릴 수는 없지. 삶의 본질에 대한 원력이라면 슬픔과 외로움 아니겠나."(5:1;311)

길상의 선량한 본성과 예술가적 기질을 거의 그대로 물려받은 환국이 관음탱화를 보고 부친의 외로움을 절감하는 것은 당연한 일이겠으나, 내부에 숨겨진 청량한 오성으로 부친의 물욕을 부끄러워 했던 조병수가 "영혼과 영혼이 서로 닿아서 느껴지는 충일감"을 경험하고 "사람의 가장 아름다운 영혼이 다가와서 손을 굳게 잡는 것" 같은 환희에 빠져드는 것은 참된 것과 아름다운 것을 간절하게 소망했던 사람끼리의 동질감에서 비롯되

에서 받은 충격은 그의 자존심에 지울 수 없는 낙인을 찍는다. 연해주에서 피폐한 생활을 하는 동안 갈등과 고뇌와 죄책감을 가라앉혀 마음의 평정을 되찾았으면서도 그것을 사람으로 향한 새로운 인식으로 전환시키지 못한 것은 상현의 어쩔 수 없는 자기한계다. 그의 비정성은 기화(봉순)이 자신의 딸을 낳았다는 소식을 듣고도 "기화에 대한 죄책감보다 최참판댁 침모의 딸이며 기생인 기화 몸에서 자신의 핏줄이 내어났다는 사실을 치욕감없이 되새길 수가 없는 것이다."(3:1;480)와 같은 대목에서 극명히 드러난다. 그런 점에서 상현은 생명의 존재에 대한 연민을 부정함으로써 불행해진 사람이며 봉건적 제도에 침독(沈毒)되어 소모적인 삶을 산 마지막 세대라 할 수 있다.

는 것이다. 양반의 신분이되 불구의 몸이어서 부모에게 버림받고 그들의
탐욕 때문에 이중 삼중의 고통을 받았던 병수가 삶의 값어치를 그런 대로
지키며 살 수 있었던 것은, 타고난 내부의 청랑한 오성과 참되고 아름다운
것에 대한 간절한 소망이 있었기 때문이다.[19] 길상과 병수가 터득한 외로
움과 슬픔의 경지는 동일한 것이면서 의식의 자유라는 측면에서는 현격한
차이를 드러낸다. 말하자면 길상은 관음탱화를 그리고도 사로잡혀 있다는
생각에서 벗어나지 못한 반면, 병수는 조준구의 죽음과 함께 모든 구속에
서 해방되는 것이다.[20] 이들의 삶이 의식의 자유를 확보하기 위한 고통의
역정이었다면, 윤보와 주갑은 타고난 본성 그대로 살았던 자유인이라 할
수 있다.

"사는 재미는 사람의 맘 속에 있는 기라. 두 활개 치고 훨훨 댕기는 기
이 나는 젤 좋더마."(1:1;72)며 제도의 인습에 강력히 저항했던 윤보, 욕
심만 빼고 모든 인간적 요소를 다 갖춘 것 같은 주갑 등의 삶이 아름답게
여겨지는 까닭은 그들이 자신의 한을 인간에 대한 신뢰와 존경, 또는 그
무엇에도 꺾이지 않는 자존심으로 승화시켰기 때문이다. 외롭고 서러운 사
람끼리 위로를 주고 받는 것이 가장 소중한 인간의 도리라고 생각하는 이

---

19) 부모의 죄업으로 쌓여진 한을 병수는 끝없이 내연화시켰던 것이며 그 결과 소목일이
라는 천직(賤職)에서도 예술의 경지를 터득할 수 있었던 것으로 보인다. 같은 양반 출
신으로 신분이 주는 압박감에 짓눌려 황폐한 삶을 산 이상현과 온갖 굴욕을 견디며 자
기 세계를 구축한 병수는 여러 면에서 대조되는 인물 유형이라 생각된다. 한편 평사리
에서 의병을 일으켰다가 용정에서 사망한 김훈장은 조선조 오백년 동안 지속되어 온
주자학적 윤리에 가장 깊이 감염된 인물답게 고지식하고 융통성 없는 태도를 버리지
않는다. 그러나 김훈장은 윤보·서금돌 등과 인간적인 교분을 나누는 다정한 일면을
가지고 있으며 사람이 사람답게 사는 도리를 실천적으로 보여주기도 한다.

20) 조준구의 사망 소식을 김평산의 손자(영호)가 조준구의 손자(남현)에게 알리는 것
은 이들의 관계로 보아 기막힌 인연이 아닐 수 없다. 그러나 이것은 조준구의 죽음
으로 어둡고 음습했던 과거사가 종식되고 손자 세대에는 새로운 인연이 시작될 것
이라는 운명의 요구에 따른 것이다. 영호가 '이제는 끝이다!'(5:2;295)라는 충격적인
깨달음에 전율하는 것도 운명의 절묘한 배려를 이해했기 때문이다.

들이 가끔 창공의 새로 비유되는 것은 조금도 이상한 일이 아니다. 그것은 평생 토지에 매여 살아야 하는 농민들의 자유에 대한 갈망이 새에 투사되었기 때문이지만 그렇다고 새를 방랑의 상징으로만 해석하는 것은 적절하지 않다. 앞에서 길상의 〈귀소본능〉을 살펴본 바 있지만, 새는 아무리 멀리 날아가도 반드시 제 집을 찾아드는 본능을 가지고 있는데, 윤보 또한 불쑥 고향을 떠났다가 평사리로 찾아드는 조류의 습관을 그대로 따르고 있는 것이다.[21] 또한 윤보·주갑 등이 양반 앞에서도 주눅들지 않는 것은 그들이 사람의 근본을 믿고 도리를 지키며 살아간다는 자존심에 뒷받침되기 때문이다. 평사리에서 윤보가 이평에게 "번갯불에 콩 꾸워묵을 놈"이라 놀렸던 것이나 김훈장에게 "양반님네들, 날장구라도 치야 할 거 아닙니까! 굿 뒤에 날장구라도 치야 할 것 아닙니까! 체멘하고 염치를 목심보다 중히 여기는 양반님네, 나라 뺏긴 거는 안 부끄럽고 왜놈한테 빌붙은 역적놈 목 베자는 것은 부끄럽다 그 말씸입니까?"(1:2;459〜460)고 항의한 것도 이와 관계되며, 용정에서 술 취한 주갑이 "근본 잃은 놈은 산에도 물에도 못 가는 법이여."라고 길상을 질타할 수 있었던 것도 모두 이런 배경에서 이해 가능한 것이다. 윤보·주갑 등이 자유로운 삶을 영위했던 또 하나의 조건이 그들의 예술적 자질이나 신명과 관련 있다는 것도 흥미로운 대목이다.[22] 그 신명이야말로 인간을 인간답게 살게 하는 원동력

---

21) 타고난 목청으로 명창에 버금가는 소리꾼인 주갑의 특기가 〈새타령〉인 것도 의미심장하거니와, 혜관이 '허허어참, 저 사내는 전생에 새였을까? 노송 위에 홀로 앉은 한 마리 학이었을까?'(3:2;347)고 감탄하는 것도 이런 맥락에서 이해할 수 있다. 그런데 제5부에서 홍이의 걱정에도 불구하고 주갑의 소식이 묘연한 것은 납득하기 힘든 일이다. 이와 함께 혜관의 종적이 아무런 해명 없이 중간에 끊어진 것도 지적되어져야 한다.

22) 예술적 자질이나 신명을 타고 난 사람으로 길상·병수·봉순 등을 더 들 수 있는데, 길상과 병수는 현실의 질긴 인연에서 완전히 자유롭진 못하더라도 자기의 소망을 어느 정도 성취했다는 점에서 윤보의 삶에 근접한 사람들이다. 그러나 봉순이 천부적인 목소리를 타고 태어났음에도 불구하고 끝내 강물에 투신할 수밖에 없었던 것은 사람살이가 결코 단순하지 않다는 사실을 말해준다. 작가의 직접적 개입이나

이며 생명의 무한한 지속을 가능하게 하는 불씨라 할 수 있는 것이다.

용이·월선·한복·석이 등 평사리의 주요 구성원들은 한의 내연화를 통해 자신과 타인을 구원하고 생명의 지속을 보장한다. 평사리에서 가장 풍신 좋고 인물 잘난 사내, 치수에게조차 "복받은 이 땅의 농부"로 일컬어지는 용이의 평생은 월선을 향한 사랑과 한 쌓기였다고 해도 지나치지 않다. 월선을 사랑하면서도 부모의 뜻을 거역하지·못하고 강청댁과 결혼한 용이나 결혼에 실패한 뒤 용이 주변을 맴돌면서 국밥장사를 하는 월선의 사랑을 가로막는 장애는 전통적 윤리의식과 억압적 신분제도 등 외적 조건이다. 강청댁과 임이네가 월선에게 당당할 수 있는 것도 바로 부모가 맺어준 배필이며 아들을 낳은 생모라는 자긍심에 토대를 둔 것이며 용이는 이와 같은 윤리적 규범을 절대적 가치로 받아들인다. 그것은 오백 년 동안 지속되어 온 주자학적 윤리가 양반들 사회에서는 〈체통〉으로 변질되었지만 서민들에게는 생활규범으로서의 〈도리〉로 완강하게 자리잡고 있다는 증거이다. 용이와 월선의 사랑이 비장하면서 숭고한 까닭도 따지고 보면 인간의 〈도리〉에 충실하고자 본원적 욕망을 통어한 극기의 자세에서 연유한다. 월선의 죽음을 예감하면서 자기인내의 극대치를 체험하고 돌아온 용이가 월선의 임종을 지키는 장면은 이 소설에서 가장 아름답고 슬픈 대목 가운데 하나이다. 여한이 없을 수 없는 사람들끼리 여한이 없음을 서로 확인하는 역설을 통해 우리는 인간에 대한 깊은 신뢰와 뼈에 사무치는 한을 절감하게 된다. 흰 무명처럼 투명한 삶을 산 월선의 일생 역시 한 쌓기의 연속이었지만, 그녀의 헌신적인 모성애는 홍의 마음을 명경처럼 영롱하게 지켜주었으며 여러가지 불행한 인과관계를 넘어서게 함으로써(3:1; 185) 영원한 생명력을 보장받는다. 요컨대 한의 내연을 통해 자아와 타아를 구원한 가장 아름다운 예와, 온갖 갈등과 욕망을 무화시키면서 정결한

판단이 많은 것이 『토지』의 특징이지만, 작가가 등장인물의 삶에 직접 관여하거나 영향을 미치는 것 같지 않다. 봉순의 경우도 그렇거니와 철저한 악인으로 살다가 간 조준구의 〈무구(無救)의 삶〉에서 우리는 작가 정신의 냉정함과 인생에 대한 폭넓은 애정이나 해석을 배우게 된다.

새 생명을 잉태하는 대지적 모성의 전형을 우리는 월선을 통해 확인하게 되는 것이다.

한복·석이의 개인적 불행과 한은 조준구와의 악연에 바탕을 두고 있다. 한복의 부친 김평산은 결국 조준구의 손아귀에 놀아나다 처형되었고, 석의 부친 정한조 또한 조준구에 밉보여 억울한 죽음을 당했던 것이다. 부친의 죄업을 숙명으로 받아들이면서 처신을 조심하던 한복이나 조준구에 대한 원한으로 강파른 삶을 살던 석이는 길상·관수 등과 관계를 맺고 독립 운동이 직·간접적으로 참여함으로써 과거의 늪에서 빠져 나온다. 특히 한복은 형(거복)의 신분을 이용해 운동 자금을 전달하는 중요한 역할을 담당한 뒤 "나도 이 강산에 태어나서 소리칠 곤리"가 있다는 자부심을 갖게 된다. 부친의 성정을 빼닮은 형이 만주에서 밀정 노릇을 하는 것과 달리 한복이 평사리에 정주할 수 있었던 것은 어머니의 가르침, 즉 인간의 도리[23)가 무엇인지를 일찍 깨달았기 때문이라 할 수 있다. 그리고 그의 겸손하고 도리에 어긋나지 않는 처신은 마침내 평사리 주민들의 고착된 마음을 녹여주는 계기가 된다.

이제까지 우리는 최참판댁을 중심으로 한 평사리 주민들이 어떻게 한을 맺고 풀어가는가의 문제를 탐색해왔다. 앞의 논의를 간단히 요약하면, 그들의 한은 대부분 봉건적 신분제도와 주자학적 도덕관념에 기인하고 있으며 그것의 내연화 방식을 통해 해법을 찾고자 했던 것이라 할 수 있다. 그리고 이와 같은 한의 내연은 생명의 지속을 담보하는 대지적 생명 사상과 긴밀한 상관관계를 유지한다. 이들은 상극 관계에 처한 현실에 저항하여

---

23) 생활의 규범으로 소민들의 의식과 행동을 지배하는 인간의 도리를 모범적으로 실천한 이는 두만네이다. 자식에게조차 "오만 사람 다 봐도 우리 엄니같이 사리 밝고 인정 많고 대범한 사람 없더라."(3:1;172)고 평가되는 두만네는 마을을 떠났던 임이네와 한복이 돌아왔을 때 제일 따뜻하게 대하는 한편, 큰아들 두만이가 축첩을 하자 누구보다 아들을 나무라는 엄격함을 보여준다. 최씨 가문에서 면천한 것에 조금도 부끄러움을 갖지 않으면서 사람이 사는 올바른 방향을 제시한 그녀는 월선과 또다른 의미의 대지적 포용력과 모성을 간직한 인물이라 할 수 있다.

서로의 인연을 상생적인 것으로 승화시킴으로써 역사와 생명의 지속을 담보하게 되는 것이다. 이와 함께 『토지』의 주요 인물들의 갈등과 한이 결코 원만하다고 말하기 어려운 가족 관계 때문에 깊어지는 점에 유의할 필요가 있다. 윤씨 부인과 최치수, 최치수와 별당 아씨, 길상과 서희, 이용과 강청댁·임이네 등의 모자 또는 부부 사이에 흘러야 할 정의 강은 푸석한 먼지를 일으키는 메마른 강이다. 가족에 매어 있다는 생각을 버리지 못하는 길상의 경우도 크게 다르지 않거니와 강청댁이나 임이네를 대하는 용이의 태도에서 따뜻한 정감적 요소를 찾아내기란 결코 용이한 일이 아니다. 특히 거의 대부분의 사람들에게 정감 깊은 인간의 한 전형으로 인지되는 용이가 유독 강청댁과 임이네 두 여자에게만은 냉담한 것은 선뜻 납득하기 어려운 일이 아닐 수 없다. 그가 두 여자를 버리지 않는 유일한 이유는 부모가 맺어준 아내(강청댁)이거나 아들을 낳아준 생모(임이네)라는 형식적 조건 뿐이다. 다시 말해 강청댁과 임이네는 남편에게 철저히 소외당함으로써 한이 깊어진 여인들인 것이다. 그럼에도 불구하고 최씨 가문의 역사는 지속되고 용이 또한 홍이를 통해 가계를 이어 나간다. 씨와 밭이 달라도 싹은 자라 마침내 결실을 맺고 또 다른 발아를 준비하는 생명의 순환성과 지속성이 이들의 관계에서 분명히 입증되는데, 그것이 본래의 속성과 여러가지 측면에서 차이점을 갖게되는 것은 두 말할 필요조차 없는 일이다. 즉 『토지』 1,2세대와 그 후손들의 삶은 판이한 성격을 띠게 되고 그것은 낡은 것이 새로운 것에 의해 대체되어가는 역사의 진행과정과 부합되는 것이기도 하다.

4.

앞에서 우리는 최참판댁을 중심으로 한 인물들이 한의 내연 방식을 통해 상생세계를 지향하는 삶의 궤적을 탐색해 보았다. 이 과정을 통해 확인된 사실은, 약간의 예외가 없지 않지만, 외적 조건의 결핍에서 비롯된 한을 내적으로 심화·연소시켜 자아와 타인의 구원을 가능하게 했다는 점이다. 그것은 무엇보다 해한의 방법을 정신적인 것에서 찾고자 했기 때문인데, 이들과 달리 물질적 욕망의 충족으로 한풀이를 꾀했던 인물들이 파괴적인 삶을 영위할 수밖에 없었던 것은 따라서 지극히 자연스러운 현상이다.

조준구·김평산·김두수(거복)·임이네·배설자·우개동 등 『토지』에 등장하는 악인들에게서 발견되는 공통점은 이들이 물신숭배자이며 가족들에게 철저히 소외당한다는 점에 있다. 조준구와 홍씨의 어처구니 없는 탐욕과 냉랭한 부부 관계, 김평산과 함안댁의 신분적 상하 관계에 따른 형식적 부부 관계, 하녀와의 관계를 통해 자식을 낳을 뿐만 아니라 호적에 올린 여인조차 동생에게 인사시키지 않는 김두수, 칠성과 용이에게 따뜻한 말 한마디 듣지 못하면서 자연의 본성을 물질적인 것에 의해 침해당하는 임이네. 이들의 삭막한 부부 관계는 단순히 개인의 불행한 가정사를 반영한 것이라기보다 전통적인 유대감과 상호신뢰에 의해 유지되어 왔던 공동체 사회 Gemeinschaft가 붕괴되어가는 시대적 조짐에 대한 상징적 징표로 보아도 좋다.[24]

『토지』에 등장하는 사악한 인물들, 이를테면 조준구·김평산·김두수·임이네 등에게서 공통적으로 찾아지는 것은 "도둑질한 과일이 가장 맛있다 stolen fruits are sweetest."[25]는 착취지향적 성격, 또는 유서깊은 정신주의와 대척점을 이루는 페티시즘이다. 이들은 세상을 원망하고 남을 믿지 않으며 지독한 자기애(自己愛)와 채워질 수 없는 물욕으로 자기 영혼을 고갈시키고 타인의 삶을 파괴한다. 재종(再從, 조준구는 치수의 조모 조씨 부인 오라버니의 맏손자로서 치수와 재종 관계이다.)의 교살을 사주하여

---

24) 『토지』에서 화목한 가정을 이루고 자식들에게 봉양을 받는 인물이 극히 예외적인 존재에 속하는 것도 흥미롭다. 가정적으로 별다른 문제가 없는 인물로 손쉽게 떠올릴 수 있는 사람은 영팔 내외 등 소수에 불과한데(김이평 내외는 큰 아들 두만 때문에 정신적 고초를 겪는다.), 이런 현상이 작가의 가족관·애정관·결혼관과 어떤 관련을 갖는가는 달리 고찰해야 할 문제이다.

25) Eric Fromm, Man for Himself: An Inquiry into the Understanding Dream, Fairtales, and Myths, New York, Bantham Books, 1967, p. 65.

마침내 최참판댁 만석 재산을 가로챈 조준구, 위관댁 자손이면서 노름으로 소일하다가 귀녀와 공모해 치수를 죽이는 김평산, 살인죄인의 자식이라는 신분적 치부를 감추고 악질 밀정으로 변신한 김두수 등은 인간 본성의 한 극단적 유형을 대표하는 예이다. 앞 장에서 살펴본 인물들이 봉건적 신분제도·주지학적 도덕 관념의 희생자이면서 그것을 내적으로 극복하려는 자세를 보여주었다면 조준구 등의 정신 세계를 지배하는 모든 조건은 물질적 결핍에서 말미암는다. 물질적 결핍에 대한 불만과 그것의 충족에 대한 욕망은 수단을 가리지 않는 〈빼앗음〉의 양상을 띠면서 이들의 삶을 파괴적이고 단절적인 것으로 몰아간다. 따라서 이들이 어느 누구에게도 구원받지 못하는 〈무구(無救)의 삶〉을 살다가 비참한 최후를 맞는 것은 조금도 이상한 일이 못된다.

조준구와 김평산은 양반 계층이면서 양반으로서의 최소한의 자존심이나 품격도 찾아볼 수 없는 파렴치한들이다. 이들은 지극히 탐욕스러우면서 자기 몸을 끔찍히 위한다는 이기심과 가족에 대한 친연적 애정이라고는 찾아볼 수 없는 냉혹한 성정을 공유하고 있다. 그러나 간교하고 사악하며 가학적인 면에서 조준구를 넘어설 사람은 없어 보인다. 그는 김평산과 귀녀의 터무니 없는 욕망을 눈치채고 은근히 치수의 살해를 사주할뿐 아니라 병신 자식을 내버리고도 전혀 마음의 가책을 느끼지 않는다. "박람회에 내놔서, 만 사람이 저런 애비도 있는가, 구경할 만한 인물"(3:1;215)로 지탄받는 그가 마지막 쇠전 한푼까지 털어먹고 아들을 찾은 것도 뒤늦게나마 부정(父情)에 끌려서가 아니다. 그것은 평생 남의 것을 빼앗는 일에 실존적 의미를 부여했던 인간의 이기심과 욕망이 얼마나 악랄하고 추악한 것인가를 극명하게 보여주는 사례이다.

일년 동안 조준구는 호의호식, 보약이다 뭐다 하며 입에 맞지 않는 음식은 몇 번이고 퇴하면서 아들의 살림을 뿌리째 뽑으려 들었다. 그는 잔인한 폭군이요 악마였다. 특히 아들에게는 가학적(加虐的) 쾌감으로 괴롭혔다. 때론 노망이 든 것처럼 가장을 하면서 행패를 부렸고 때론 노골적인 잔인성을 얼굴 가득히 나타내며 아들의 불구를 조롱하곤 했다. 희망도 낙도 없이, 죽음의 공포를 잊으려고 그랬는지 모른다. 아니면 마약같이 강도를 높이지 않으면 안

되는 것처럼 악(惡)도 그러한 생리일까. 악을 행하는 것도 쾌감일까.(…) 실로 저주받은 생애라 할밖에 없다(5:1;191)

착취와 가학의 쾌락만이 실존의 유일한 목적이었던 조준구의 악마적인 삶은 도저히 구원이 불가능한 "저주받은 생애"였다고 할밖에 없는 것이다. 그의 일생은 빼앗고 버리고 부수는 일로 시종하고 있는데, 그것은 다른 인물들이 신분제도·도덕관습 등 정신적인 억압에 의해 갈등을 겪었던 것과는 전혀 성격이 다르다. 말하자면 그는 물질적인 결핍을 충족시키기 위해서라면 어떤 개인적 인연이나 친분 관계도 저버릴 수 있는 잔악함의 극대치를 보여주었던 인물로, 그런 점에서 조준구는 우리 현대소설사에서 달리 예를 찾기가 쉽지 않은, 부정적인 인물 유형의 한 전형으로 기억될 만하다.[26]

처음 만난 여자를 농락하고 유곽에 팔아먹은 일에서 시작하여 간도와 연해주 일대를 무대삼아 악질 밀정 노릇을 해온 김두수의 행위 또한 조준구의 그것에 비해 결코 손색이 없다. 그러나 그의 행위 이면에는 아버지의 죄과와 어머니의 자살에 대한 한, 그리고 동생 한복에 대한 애정 등이 착종(錯綜)하고 있음을 감안하지 않을 수 없다. 동생과 함께 외가에 갔던 그가 어떻게 일본 밀정으로 변신했는가에 대한 정보는 자세하지 않지만, 친탁을 한 그의 성정으로 미루어 그 과정이 충분히 짐작되고도 남는다. 권필

---

26) 귀녀의 경우, 그녀가 김평산과 공모한 까닭은 계급제도에 갇혀 누구에게도 인간적인 대접을 받아보지 못한 신분적 제약에서 비롯된 한 때문이라 할 수 있다. "세차게 치면 세차게 돌아오는 공 같은 여자, 그것도 신경질적이 아닌 찐득하게 물고 늘어지는 그런 집요한 반격"(1:1;40)으로 묘사되는 그녀의 표한한 성정은 타고난 것이겠으나, 계집종이기 때문에 당해야 했던 인간적 모멸이 그녀를 엄청난 모의에 가담케 하는 요인이 된 것만은 분명하다. 그러나 강포수의 옥바라지를 받으며 사랑의 의미를 깨달은 그녀는 "세상을 원망하지 않고"(1:1;515) 죽는데, 이를 통해 우리는 인간의 본성이 주변 환경에 따라 얼마든지 바뀔 수도 있다는 작가의 인간관을 이해하게 된다. 뒤에서 밝혀지겠지만, 임이네가 탐욕의 화신이 된 것도 따지고 보면 물질주의 사조와 무관하지 않은 것이다.

응·김길상 등 간도나 연해주에서 활동하는 인물들을 긴장시킬만큼 밀정으로서 탁월한 능력을 인정받고 있는 그는 성격 또한 광포하고 잔인하다. 그런데 윤이병·송애·심금녀 등 여러 사람을 타락시키거나 죽인 김두수가 용정에서 만난 이용에게 부끄러움을 느끼고 한복에게 유달리 따뜻한 정을 표시하는 것은 예사 일이라 하기 어렵다. 그가 예전의 위세를 거의 상실한 뒤 홍이와 동업할 것을 제의하면서 자기 과거를 회고하는 다음 인용은 그런 점에서 주목된다.

"내가 세상에 나서 딱 한번 부끄럽다는 생각을 한 일이 있지. 용정촌에 불이 났던 그 해였을 게야. 그 불을 자네도 기억하고 있는지 모르지만, 그때 자네 아버지를 우연히 만났네. 만나는 순간 달아나고 싶었고 울컥 부끄러운 생각이 치밀더군. 그것이 죽은 내 부친에 대한 부끄러움이었는지 내 걸어온 길에 대한 부끄러움이었는지, 모르겠어. 내가 옛날 은공을 생각하여 술을 사드렸지. (…) 가끔 생각이 난다. 어머니를 묻어놓고 솔꼬쟁이에 머리를 짓찧든 일, 어머니를 묻어준 사람들, 그분들은 다 세상을 뜨고 한 사람도 남아 있질 않아. 목에 걸린 까시같이, 내 맘을 멍들게 하는 것은 한복이, 내 동생놈 뿐이다. 계집들은 욕심으로 좋았고 자식놈들도 애틋하지가 않다"(4:3;226)

천하의 악종 김두수가 자기의 마음을 조금이라도 열어 보일 수 있었던 것은 홍이가 용의 아들이라는 인연때문이었을 것으로 보인다. 어쨌든 그는 "이 세상엔 아무 것도 믿을 것이 없고 내가 나를 위해 할 일밖에 없다"(2:3;219)는 각오로 험악한 일생을 살아왔지만, 가슴 한 구석에는 부모의 흉사(凶死)로 맺힌 한, 어머니의 장례를 도와준 어른들에 대한 고마움, 착한 심성의 동생에 대한 애틋함 등 정감적인 면이 미미하게나마 남아 있는데, 그것은 전적으로 어머니(함안댁)의 엄한 가르침 덕분이라 할 수 있다. 그러나 그에게서 인간적인 면모를 엿볼 수 있는 경우는 매우 드물다. 다시 말해 아버지의 죄업을 빈부 차이가 심했던 세상 탓으로 왜곡되게 해석하며 물리적 방법으로 한풀이를 하려 했던 그가 악인이라는 사실은 변명의 여지가 없는 것이다. 그럼에도 불구하고 빼앗긴 것 하나 없으면서도 남의 것을 탈취하기만 했던 조준구에 비해, 어떤 연유에서든지 부모를 빼앗긴 쓰라린 경험을 가지고 있고 동생에게만은 형제로서의 정을 주고 받았던 김두수에게서 훨씬 인간적인 체취를 감득하게 된다. 말을 바꾸면, 김두수는 인간의 도리가 무엇인가를 알고 있었지만 개인적 한 때문에 그것에 역행하는 삶을 살았다면, 조준구는 애초부터 그것과는 전혀 거리가 먼 가치관으로 자신과 주변인물 모두를 파괴시켰던 것이다. 더욱이 조준구의 경우는 손자 남현이 그의 봉제사를 거부함으로써 조씨 가계에서 실종되는 비운을 맞는다.

임이네의 욕망은 자연 그대로의 넘쳐 흐르는 생명력의 표현이라는 점에서 특별하다. 칠성의 아내였던 시절, "풍만한 정기(精氣)를 풀어서 용이 얼굴에다 설설 뿌리는 것 같은 웃음"(1:1;85)을 뿌렸던 임이네가 전혀 음탕하게 보이지 않는 것도 본래 죄의식이 엷은 그녀의 무성한 생명력 때문이다. 남편(칠성)의 살인 공모죄로 마을을 떠났던 그녀는 잡초 같은 생명력으로 목숨을 보존할 수 있었으며 마을에 돌아와서도 온갖 구박과 시련을 특유의 생명력으로 이겨 나간다. 애초에 인간적인 연민에서 도와주었던 용이는 임이네에게서 여성을 느끼고 잃었던 남성을 되찾게 되는데, 용이와의 관계에서 홍이를 생산한 임이네의 생식력은 다산성을 특징으로 하는 대지적 생명력 바로 그것이다. 그렇지만 홍이를 낳은 일도 임이네의 왕성하고 끈질긴 자연적 생명력을 착근시켜주지는 못한다. 임이네는 자신이 강청댁이나 월선의 자리를 대체할 수 없다는 사실에 절망하면서 서서히 거친 성격으로 변한다. 즉 두 남편(칠성·용이)에게 부부로서의 정신적인 유대를 갖지 못한 그녀는 김두수와 마찬가지로 혼자 사는 법을 익혀야 했고, 잡풀같이 끈질긴 그녀의 생명력이 자본주의라는 외래 문물과 결합하면서 아귀 같은 물신숭배자가 되는 것이다. 남편(용이)이나 자식(홍이)에게조차 정신적으로 아무런 위로를 받지 못하는 그녀가 물질에서 소외감을 보상받으려 했던 것은 충분히 납득할 수 있는 일이다. 그리고 어떤 면에서 임이네의 변질된 생명력은 식민지 시대에 이악스럽게 변해가는 농민들의 성정을 대변하는 것으로 보아도 큰 잘못이 아니다. "양도 아니고 늑대도 아닌 요새 농부들, 양도 아니고 늑대도 아니라믄 그거는 고앵이(고양이)다, 고앵이라. 제 편한 자리 찾을라카고, 속으론 늑대 겉으로는 양, 그런께로 해

꼬지나 해서 울분 푸는 고앵이"(3:2;55)라는 관수의 지적은 선량했던 농민의 심성마저 이기적이고 탐욕적인 것으로 변질시키는 일본 제국주의, 즉 물질주의의 야만성을 고발한 것이라 할 수 있다. 완강한 수구파였던 농민의 성정을 바꾸어 놓을 만큼 엄청난 힘을 가진 자본주의의 마력을 월선의 국밥집 경험에서 본능적으로 터득한 임이네가 물신의 노예가 된 것은 따라서 지극히 당연하다. 농경사회에서의 임이네가 "식욕과 물욕과 성욕이 터질 듯 살가죽에 팽팽"하여 "대지에 뿌리박은 여자, 풍요한 생산(生産)의 터전"의 상징이라면 용정에서의 그녀는 "남편 없어도 돈만 있으면 산다"는 자본주의 사회의 핵심을 꿰뚫고 그것의 노예가 되기를 원했던 인물이라 할 수 있다. 말하자면 그녀는 농경사회에서나 자본주의 사회 어디에서나 끈질기게 살아남을 수 있는 왕성한 생명력을 생래적으로 타고난 인물인데, 물질에 지나치게 탐닉함으로써 생산의 터전으로서의 대지를 불모화시켜 버렸던 것이다. 용정에서 돌아온 그녀가 예전의 생명력을 소진하고 채워지지 않는 물욕 때문에 괴로워하다가 죽는 것도 그 때문이다. 농경사회에서 그녀가 원했던 것은 정신적 유대를 나눌 수 있는 부부관계와 기름기 흐르는 생활에서 많은 자식을 생산하는 것(이를 〈식물적 다산성〉으로 명명할 수 있을 것이다)이었다면, 자본주의 사회에서 그녀의 삶의 목표는 자기 혼자만의 물질적 욕망 추구(이것은 〈광물적 불임성〉이라 할 수 있다)로 변질된 것으로 보인다. 요컨대 임이네는 농경사회에서의 대지적 욕망과 자본주의 사회에서의 물질적 욕망이 본질적으로 어떻게 다르며, 어떤 과정을 통해 대지적 생명력이 탕진되는지를 보여준 상징적 인물이라 할 수 있다.

5.

무한 포용의 가능성으로 수 만 가지 생명을 키워내는 토지는 모든 생명체의 원형적 상징이며 영원한 모태이다. 그것은 온갖 갈등과 원한을 융화시키면서 인간의 도리를 성찰하게 하고 무수한 잡종 교배를 통해 새로운 생명의 탄생을 담보한다. 또 그것은 광활한 지평을 펼쳐 보임으로써 자유를 꿈꾸게 하고 긴 방랑에 지친 영혼과 육체를 위로받을 수 있는 비옥한 들판과 울울창창한 삼림을 제공한다. 그리고 토지는 무서운 광풍에 뿌리를 드러낸 고목을 감싸안으며 거기에서 새로운 싹을 틔워내고 혹심한 가뭄에 갈라진 논바닥에서 생명의 원형질을 보존한다. 그렇다고 하여 토지가 항상 비옥하고 풍요로운 생산의 터전인 것만은 아니다. 인간의 인위적 조작이 가해지면 그것은 특유의 왕성한 생명력을 상실하고 생명체의 잉태를 거부한다. 자연이 먼저 인간을 배반하는 일은 없지만, 인간이 자연을 파괴할 때 그것은 상상할 수 없을 만큼 가혹한 보복을 가하는 것이다.

소설 『토지』는 최참판댁을 구심점으로 하여 여러 개의 동심원을 그리면서 무한히 의미 영역을 확장해 나아간다. 그것은 공간적으로 한반도·만주·일본을 포괄하고 시간적으로 근 반세기에 걸친 한국 근대사의 핵심을 관통하면서 개인사(가족사)와 민족사의 유기적 연관을 밝히는 한편 인간의 삶에 대한 겸허한 성찰을 요구한다. 이 소설에 등장하는 인물들은 봉건적 신분 제도 및 토지 소유 구조의 모순, 사랑과 증오, 물질적 결핍 등 외적 조건에 의해 한을 쌓고 그것을 정신주의·물질주의의 지향이라는 상이한 방법으로 해소하고자 노력한다. 전자는 자아와 타인을 구원하고 화해와 상생의 새로운 세계를 개척하는 반면, 후자는 자신과 타인을 파괴하고 생명의 단절을 초래한다. 그런데 이 소설의 후세대들이 전세대에 비해 훨씬 넉넉하고 포용력 있는 삶의 자세를 보여준다는 점에 유의할 필요가 있다. 예컨대 조준구의 악마적 부성(父性)을 운명으로 받아들이며 자식의 의무를 다하는 병수, 김평산의 추악한 삶을 부끄러워 하며 인간의 도리를 지키는 한복, 생모(임이네)의 탐욕 때문에 고통스러운 청년기를 보내고 마침내 그 삶에 연민을 느끼는 홍이, 아버지(이상현)를 대신해 양현에게 혈연적 애정을 보이는 시우. 이들의 포용력은 타고난 내부적 청량한 오성에 바탕을 둔 것이라기보다 선대들의 삶에 대한 반성과 생명의 존엄성에 대한 긍정에서 연유한 것이다. 그것은 대립과 갈등을 지양하고 화해와 긍정의 새로운 세계로 나아가는 것이며, 낡은 것이 새로운 것으로 대체되면서 상생적 세계가 전개된다는 작가의 낙관적 비전을 함축하고 있는 것으로 보인다. 김평산의 손자 영호와 조준구의 손자 남현이 새로운 우정을 맺는 데서 분명히 드러나는 것처럼, 이들 청년들에 의해 전개될 역사는 더 이상 〈광물적 불임성〉에 의한 생명의 단절이 아니다. 그들의 역사는 선대들의 그것과 또다른 의미에서의 대지적 모성에 바탕을 둔 상생의 삶으로 나아가며 〈식물적 다산성〉에 의한 풍요를 약속한다.

　이 글은, 거듭 반복하는 말이지만, 최씨 가문을 중심으로 한 평사리 주민들의 삶에 초점을 맞추었기 때문에 일정한 한계를 드러낼 수밖에 없다. 인실―오가다 지로, 윤국―양현, 영광―양현, 조찬하―임명희 등의 비극적인 인연과 사랑의 문제가 거론되어야 했음에도 불구하고 이 글이 설정한 범주의 한계 때문에 누락될 수밖에 없었다. 또한 국내와 국외에서의 활발한 주권 회복 운동, 자생적 이념과 서구 이데올로기의 갈등, 서울에 거주하는 근대적 지식인들의 소설적 위상, 민중 언어와 지식인 언어의 간극, 한일 문화 비교론에 대한 비판적 성찰, 작가의 자유스러운 개입에 따른 담론적 특성 등의 문제는 앞으로도 지속적으로 검토되고 검증받아야 할 것이다.

史實의 再構와 遠近法의 水位
—조정래,『아리랑』론

1.『아리랑』과『한국통사』의 거리

   1970, 80년대 우리 소설의 특징 가운데 하나가 남북 분단과 이산, 이데올로기의 대립과 갈등에 관한 본격적인 관심의 표명이었다는 것은 누구나 인정하는 사실이다. 그에 비하여 지금까지 나타난 징후만으로 90년대 장편 소설의 두드러진 성향 중 하나를 지목한다면, 그것은 아마도 식민지 시대를 새로운 시각에서 조망하려는 원근법(perspective)의 변화라는 점일 터이다. 그 단적인 예로, 전16권이라는 방대한 분량으로 쓰여진『토지』(박경리)를 비롯하여『늘 푸른 소나무』(김원일),『누가 이 땅에 사람이 없다 하랴』(이원규)와 같은 대하소설이 치욕의 식민지 역사를 민족주의적 관점에서 투쟁의 역사로 재해석하고 있는 예를 적시할 수 있을 것이다. 이들 대하소설은 식민지 시대 한국인이 겪어야 했던 온갖 시련과 오욕의 체험을 생생하게 묘파하는 한편, 민족적 자존심과 독립 의지를 끝까지 포기하지 않은 인물들의 영웅적 삶을 사실적으로 형상화함으로써 아직까지 그 독소가 사회 곳곳에 배어 있는 식민사관을 제거하는 데 간과할 수 없는 역할을 한 것으로 생각된다. 여기에 '광복50주년'을 맞이한 해에『아리랑』(조정래)이 완간된 것은 각별한 의미가 있어 보인다. 말을 바꾸면, 조정래의『아리랑』의 완성이 갖는 의미를 기왕의 대하소설군(大河小說群)에 또 한 편의 역작이 보태어졌다는 수량적 가치로만 측정할 게 아니라, 민중적 상상력과 민족주의적 관점으로 식민지 역사의 여백을 채웠다는 점에서 찾아야 온당하리라 여겨지는 것이다.

다소 과장된 평가라는 느낌이 들기도 하지만, "작가 조정래 문학의 정점이면서 동시에 해방 이후 분단문학의 역사가 일구어 낸 하나의 거대한 성과"[1]라는 『태백산맥』에 대해서조차 문단과 학계에서 본격적 논의가 이루어지고 있지 않은 이때 『아리랑』이 탄생한 사실에 우리는 적지 않은 부담감을 갖게 된다. 그것은 80년대 후반기의 다소 과열된 정치·사회적 분위기 속에서 쓰여진 『태백산맥』을 차분히 검토할 여유도 없이 또 하나의 버거운 과제를 부과받은 것과 진배없기 때문이다. 더군다나 작가 조정래가 두 편의 대하소설에서 다루고 있는 시대적 배경이나 주요 사건들이 한국 현대사에서 가장 큰 손상을 입고 아직도 치유되지 않은 상처의 핵심 부위라는 사실이 이중의 부하(負荷)로 작용하여 우리의 편안한 독서 욕구를 억압한다. 예전과는 비교할 수 없을 정도라 하더라도 좌익 세력에 대한 긍정적 이해를 표명하는 행위는 여전히 많은 용기와 담력을 필요로 할만큼 우리의 의식을 겸제(箝制)하고 있으며, 일제의 교묘한 식민사관과 해방 이후의 반공논리에 길들여진 대다수 사람들에게 식민지 역사나 친일파 문제는 가급적 들추어내고 싶지 않은 화농투성이의 치부 같은 것일 수밖에 없기 때문이다. 특히 8·15를 강대국이 가져다준 선물, 또는 "도둑처럼 찾아온 해방"으로 비유하여 민족의 자존심에 타격을 가한 일부의 견해는, 그 본의야 어쨌든 대다수 국민들을 패배와 종속의 논리에 길들이는 부정적 결과를 초래한 것도 새롭게 비판되어야 하리라 본다.

해방 후 반민족주의자 척결이 실패로 돌아간 뒤 친일파의 발호가 더욱 극심해진 부끄러운 상황에 대하여 어느 작가는 "친일파는 탐관오리를 낳고, 탐관오리는 악덕기업인을 낳고, 애국투사는 수위를 낳고, 수위는 도배장이를 낳"[2]는다고 일침을 놓은 바 있지만, '광복50주년' 기념 행사가 사회 각계에서 요란하게 벌어졌던 1995년 당시나 그 뒤에도 식민지 역사와 그 이후의 역사 전개에 대한 일반적 관심은 여전히 교정되지 않고 있는

---

1) 권영민, 「역사적 상상력의 집중과 확산」, 《작가세계》, 1995. 가을. p. 60.
2) 박완서, 『오만과 몽상』, 한국문학사, 1982, p. 49.

실정이다. 해방 후 반세기가 지난 현재에도 식민지 잔재가 사회 곳곳에 악성종양처럼 잠복하고 있을 뿐만 아니라 그것이 정치·사회 발전의 최대 장애요인이 되고 있다는 것은 우리 모두가 절실하게 체험하고 있는 바 그대로이다. 친일파를 비호함으로써 초대 대통령 자리에 오른 이승만 이후, 한국 정권을 굴절과 파행의 연쇄로 보는 견해가 정론으로 인정받을만큼 민족의 정기나 정권의 정통성은 만신창이가 되다시피 하였던 것이다. 이러한 국내적 여건의 불안정 때문만은 아니겠지만, 일제시대에 이역만리로 쫓겨난 동포들에게 특별한 민족적·정치적 관심을 보이지 못하고 거의 방치 상태로 내버려두었던 것도 식민지 역사에 대한 우리의 무비판적 인식의 수준을 잘 알려주는 사례 가운데 하나라 할 수 있다.

언젠가 TV의 광복50주년 기념 특집방송에서 동남아와 남미에 흩어져 사는 한국인(한국말을 거의 해독하지 못하는) 2,3세가 "아이고, 죽겠다." 라는 넋두리와 당시 한국인이 가장 많이 불렀을 민요였던 '아리랑' 가락만큼은 분명하게 기억하는 것을 본 적이 있다. 일제 때 이국만리로 쫓겨와 혹독한 가난과 중노동에 시달리던 부모나 조부모가 늘상 입버릇처럼 달고 다녔을 "아이고, 죽겠다."와 '아리랑'이 그들로서는 유일하게 기억하고 있는 모어(母語)인 셈이다. 그 장면을 보며 내 머릿속을 떠나지 않았던 몇 가지 생각은 다음과 같은 것들이었다. 도대체 '아리랑'이 무엇이기에 그들은 지구의 반대편에서 전혀 다른 환경과 풍속에 젖어 살면서도 그 노래 가락과 가사를 잊지 않고 있는가. 지금도 연해주나 연변에 살고 있는 조선족들이 모이면 빠뜨리지 않고 합창하는 이 노래는 우리 민족의 어떤 원형질로 자리잡고 있는가. 저들은 한국인인가 아니면 이방인인가. 저들을 위해 우리가 한 일은 무엇이고 또 해야 할 일은 어떤 것인가.

소설 『아리랑』은 바로 이러한 시점에 쓰여졌고, 원고지 2만 매의 결코 만만치 않은 분량으로 완성되었다. 그러나 다시 한번 강조하거니와, 이 소설의 가치와 의의는 산술적인 수치로 측량될 수 있는 것이 아니다. 1904년 하와이 노동 이민으로 시작하여 1945년 만주의 한국인이 중국인들에게 집단 린치를 당하는 것으로 종지부를 찍은 『아리랑』은 말 그대로 식민지 한국통사(韓國痛史)라 해도 지나치지 않다. 박은식과 신채호가 민족혼의 고양과 진작을 위해 근대 역사학의 기술 방법론에 의거하여 『한국통사』 (1915)와 『조선상고사』(1926)를 썼다면 조정래는 그것과 크게 다르지 않는 사관에 입각하여 소설 『아리랑』의 글감옥에 스스로를 유폐하였던 것이다. 박은식·신채호 등 복벽주의를 반대하고 공화주의를 주장한 선구적 민족 주의자와 치밀한 자료조사와 민족주의적 역사관으로 식민지 시대를 재조 명한 작가 조정래 사이에는 80년이라는 장구한 세월의 강이 흐르고 있지 만, 패배와 굴욕의 논리에 오염된 민족정신을 수혈하여 민족적 자긍심을 회복하였다는 점에서는 상당한 유사성을 보여준다. 그러므로 이 글은 이제 까지 패배와 굴욕의 역사로 인식되었던 식민지 시대를 철저한 자료와 총 체적 전망을 바탕으로 투쟁과 승리의 역사로 재구한 대하역사소설 『아리 랑』의 문학적 의의와 작가의 역사적 상상력 사이의 상관관계를 규명하는 작업이 될 것이다. 그것은 80여년의 시간차를 두고 쓰여진 역사(『한국통 사』)와 문학(『아리랑』[3]) 사이의 거리를 밝히는 일임과 아울러 이른바 신 민족주의의 역사적 의의에 대한 비판적 검토 작업이 되리라 생각한다.

2. 공간의 확장과 전망의 심화

소설 『아리랑』의 공간적 배경은 군산의 뱃길을 통해 하와이·간도·연 해주·방콕 등으로 넓혀짐으로써 유럽과 오세아니아주를 제외한 전세계적 인 지평의 확장을 이룩한다. 이 소설이 20세기 초·중반의 한반도 지역만 이 아니라 한국인이 살았던 곳 거의 전부를 포괄하고 있다는 것은 우리 근현대사의 핵심적인 국면을 직접 문제삼음으로써 민족사의 굴욕과 장애 를 정면으로 돌파하려 하고 있음을 알려준다. 여러 평자가 지적한대로 항 구도시인 군산은 온갖 문물 제도와 인간의 유동이 빈번하게 이루어지고 따라서 시대의 변화에 가장 민감한 영향을 받는 지역적 특성을 가지고 있

---

3) 조정래, 『아리랑』, 해냄 출판사, 1995. 이 작품은 전4부 12권(각부 3권)으로 구성되 었는데, 이하 작품 인용은 괄호 속에 부:권;페이지 수만 밝힌다.

다. 실제로 『아리랑』에 등장하는 대다수 인물들이 군산을 중심으로 유전(流轉)하고 있으며 이국만리로 내쫓기고 있는 것이다. 이것은 『토지』가 하동 평사리 최참판댁을 중심으로 여러 개의 동심원을 그리는 것이나 『태백산맥』이 벌교와 지리산을 중심으로 구심화되는 것과 좋은 대비를 이룬다. 말하자면 『아리랑』에서 제일 눈에 띄는 특징은 군산이란 항구도시를 매개로 중국 대륙과 동남아, 미국과 러시아로 공간이 확장되면서 식민지 시대 한민족 전체가 겪었던 고통과 치욕을 거의 사실적으로 재현한 데서 찾을 수 있다.

동학군으로 나섰던 아버지 때문에 갚을 수 없는 빚을 지고 하와이 농노로 팔려 간 방영근과 한반도에 남은 그의 가족은 이 소설에서 가장 중요한 역할을 담당하는 인물군이다4). 방영근이 하와이에 도착하여 제일 먼저 확인한 것은 자신을 비롯한 조선인이 검둥이와 다를 게 전혀 없는 노예라는 사실의 자각이다. 즉 그는 먼저 하와이에 정착하고 있던 사람들에 의해 "여긴 생지옥이고, 우린 횐둥이 미국놈들 종으로 팔려 온"(1:1;138) 인간 이하의 존재라는 냉엄한 현실을 확인하는 일로부터 하와이에서의 굴욕적 삶을 시작하는 것이다. 이것은 이미 그때부터 조선 정부가 국민을 위해 아

---

4) 방영근의 가계를 살펴보면 이런 추정이 과장이 아니란 사실을 알게 된다. 방영근의 아버지가 동학군이었고 맏아들 영근이 그 일 때문에 하와이로 가게 된 것은 이미 밝힌 바와 같거니와, 그후 고국에 남은 가족들의 생애는 식민치하에서 하층민이 겪어야 했던 삶의 우여곡절과 대타적 민중으로의 성장과정을 전형적으로 보여준다. 방영근 일가의 행적을 간략히 요약하면, 큰딸 보름이는 시아버지와 남편이 일제에 의해 억울한 죽음을 당한 뒤 장칠문·세끼야 등의 첩노릇을 하면서도 아들 오삼봉을 독립투사로 성장시켰고, 작은딸 수국이 또한 백남일에게 순결을 빼앗긴 뒤 만주로 건너가 독립운동 전선에 뛰어들었으며, 작은아들 대근은 의열단에 가입하여 적극적인 대의를 실천하는 인물로 그려진다. 이것은 양반 계층의 신분으로 공화주의를 주장하여 서간도 독립투사들의 정신적 지주가 된 송수익 및 그의 두 아들의 행적과 좋은 비교가 된다. 다시 말해 송수익 일가가 구습을 타파하고 민중의 지도자로 성장한 양반 계층을 대표한다면 방영근 일가는 즉자적 민중(An-sich proletariät)에서 대타적 민중(Für-sich proletariät)으로 성장한 하층민의 성공적인 삶을 대변한다고 할 수 있다.

무런 보호장치도 될 수 없음을 강력히 암시하는 것인데, 멕시코로 팔려 간 동포의 참상이 조국에 알려진 뒤 사태의 전모를 파악하기 위해 조선정부에서 파견한 외무대신 윤치호가 하와이에서 발길을 되돌리고 만 사건 같은 것은 그러한 실정을 웅변적으로 증거하는 보기라 할 수 있다. 이러한 상황에서 하와이 이주민들의 민족적 자존심을 고양하고 조국독립의 열망을 자극한 사건이 장인환과 같은 민중들의 살신성인적 행위라는 것은 의미심장한 일이다. 장익환은 조선의 외교고문을 자처하면서 왜놈의 스파이 역할에 앞장섰던 스티븐스를 저격한 뒤 크로니클 신문과의 인터뷰에서 "내가 스티븐스를 죽이고 죽을 수 있다면 내 나라를 위한 영광으로 생각하겠습니다."(1:2;107)라고 당당히 발언함으로써 일부 미국 지식인들의 공감을 불러일으키는 데 성공한다. 그러나 전조선인이 성금을 모아 구명운동을 벌이는 상황에서 변호사 자격을 가지고 있던 이승만은 논문 준비를 핑계삼거나, 살인은 하나님의 뜻에 거역되는 죄악 운운하며 변론을 거절하여 하와이 동포들에게 극심한 배신감과 좌절감을 안겨주기도 한다.

  이 소설에서 이승만은 시세에 암매하고 무소불위의 독재를 감행하며 포용과 덕성이 결핍한 성격 때문에 마침내 대한민국 임시정부의 탄핵을 받아 대통령직에서 면직되는 부정적 성격으로 묘사된다. 그의 정치적 입장은 이른바 교육준비론을 겸한 외교점진론으로 요약할 수 있는데, 이것은 1920년 시정연설에서 모든 국민의 병사화로 독립전쟁을 수행해야 한다는 것을 명백하게 밝혀 과거의 교육준비론을 청산했던 도산 안창호나 처음부터 무력급진론을 주장했던 신채호 등의 시각과 날카롭게 대조되는 정세관으로 전혀 비현실적이고 외세 의존적인 발상일 뿐만 아니라 우리 민족의 주체적이고 능동적인 독립의지를 훼손시키는 원인으로 작용하기도 한다.[5] 해

―――――――――――――――――

5) 이승만의 이른바 외교점진론의 허구성은 '테프트—카쓰라 밀약'이 실증적으로 보여주고 있거니와, 연해주 조선 사람 20만 명을 시베리아로 강제 이주시킨 소련의 행동만 보아도 외세에의 의존이 얼마나 비현실적 발상인지 자명해진다. 스탈린의 명령에 따라 강제로 쫓겨난 조선인들의 여과되지 않은 분노와 절망은 사회주의자 윤선숙의 다음과 같은 분노에 잘 집약되어 있다.
  「(……) 전인류적 해방을 외치고 있는 공산주의 모국 쏘련이 왜 이 모양인가. 약

방 후 대다수 국민들로부터 〈국부(國父)〉 칭호를 듣기 원했고 실제로 그렇게 불려지기도 했던 이승만의 위와 같은 행적이 새삼스러운 비화가 아님에도 불구하고 굳이 이승만의 파당적·독선적 행위만을 강조하는 작가의 의도를 파악하는 일은 그다지 어렵지 않다. 그것은, 뒤에서 자세히 살필 기회가 있겠지만, 식민지 역사를 민족 대다수가 참여하여 쟁취한 승리의 역사로 이해하고 바람직한 조국의 독립은 좌우 연합에 의한 것이어야 한다는 작가의 역사관의 직접적 투사 외에 다른 게 아니다.[6)]

작가는 농노로 팔려 간 하와이 조선인이나 하바로프스크 한국인들의 강인한 삶의 의지와 국권회복에의 꺼지지 않는 열정을 세밀히 부조(浮彫)해내는 데 각별한 노력을 기울인다. 조국을 떠나 노예와 다름없는 생활을 하는 이들이 다른 소수민족들에 비해 긍정적인 평가를 받을 수 있었던 것은 부지런하고 끈질기고 영리하다는, 일본인에 의해 〈수전민족(水田民族)의 기질〉로 명명된 민족성에 바탕한 것이다. 과장급 이상의 총독부 관리의 정신재무장 교육에서 동경제대 교수가 강의한 수전민족 기질론은 한국인의 민족적 특성을 정확하게 파악하여 식민통치를 보다 효과적으로 수행하기 위한 방편으로 제기된 것이다. 그런데, 바로 그 점이 수전민족 기질론의 객관성을 보장하는 근거가 된다. 말을 바꾸면 수전민족 기질론은 일본의 한국에 대한 우호적인 관심의 반영이 아니라 거꾸로 한국인의 단점을 부각시키는 과정에서 체계화된 것이기에 누구도 부정하기 어려운 공정성이 담보되는 것이다. 경성제대 교수가 요약해서 들려주는 수전민족의 기질은 "수천년의 세월 동안 그 어려운 수전농사를 지어오면서 자연조건에 적

소민족의 독립을 지원한다는 쏘련이 어찌 이럴 수가 있는가. (……) 흉악무도한 놈들! 인민해방, 인민혁명, 인민의 천국, 전인류적 해방, 약소민족의 독립 지원, 새빨간 거짓말! 도둑놈들! 사기꾼 집단!」(4:2;29)

6) 작가는 특히 우리 민족과 국가의 명운과 관련된 중요한 사건이 발발할 때마다 이승만이 취한 이해 못할 행동을 부각시키고 있다. 하와이에서의 이승만과 박용만의 알력과 대립, 3·1운동을 전후해 보여준 이승만의 독선적 행동, 이승만 탄핵에 대한 동경 유학생 및 하와이 조선인들의 반응을 자세히 다룬 것 등이 그 단적인 예에 속한다.

응해 나가는 부지런함과 자연재해를 견디고 이겨내는 끈질김과 자연환경을 이용할 줄 아는 영리함"(2:2;340) 등 세 가지로 정리된다. 이 가운데서 일본인이 가장 경계하는 우리 민족의 특질은 영리하다는 것과 끈질기다는 것이고, 무엇보다 끈질긴 성정이 일본의 식민통치를 어렵게 하는 요인이 된다고 경고하고 있다. 일본인이 경계하는 한국인의 끈질김은 곧바로 간단없는 민족 저항 운동과 연관되는 것이며, 이런 점에서 작가가 한 장(章)을 수전민족 기질론의 자세한 설명에 할애한 이유를 짐작할 수 있게 된다. 즉 조정래는 일본인의 입을 통해 한국인의 장점을 말하는 전략을 씀으로써 두 가지 성과를 얻고자 한 것이다. 그 하나는 한국인의 민족적 우수성에 대한 자긍이고 다른 하나는 민족적 저항이 지속되어 마침내 승리하게 될 것이라는 부동의 믿음이다. 요컨대 작가는 우리 민족이 일제의 압제에서 해방될 수 있었던 가장 중요한 동인을 우리 민족의 끈질긴 저항 정신, 즉 주체적 독립 의지에서 찾고자 했던 것이다.

이와 같은 민족적 특질은 하와이나 하바로프스크로 이주한 사람들에게서도 공통적으로 찾아볼 수 있는 것이며, 그러한 기질이 다른 소수민족과 한민족을 구분짓는 계기가 되어 좀더 나은 대접을 받기도 하지만 역설적으로 극한지대로 추방당하는 원인으로 작용하기도 한다.[7] 그러나 수전민족 기질론의 가장 커다란 의의는, 춘원의 이른바 '민족개조론'[8]에 의해 부

---

7) 하와이 조선 노동자는 부지런하고 일을 잘 하는 것으로 알려져 아무 농장에서나 환영 받고 임금도 오른 것(1:2;228 참조)이 수전민족 기질론의 긍정적 측면이라 할 수 있다면, 연해주 조선인의 강제 이주는 그 부정적 영향이라 할 수 있다. 조선인 20만 명을 강제이주시키기로 결정한 소련 인민위원회 및 중앙위원회의 보고서(제 1428-326cc)에는 이 결정이 중앙아시아와 카자흐스탄의 농업인력 공급을 위한 것이라는 단서가 붙어 있다.(4:1;277 참조) 다시 말해서 소련은 한국인의 수전민족 기질을 적절하게 이용해 다면적 성과를 거두고자 했던 것이고, 연해주 한인동포는 부지런하고 끈질긴 기질 때문에 동토로 쫓겨난 것이라 보아도 큰 잘못이 아니다.

8) 이 작품에 소개된 춘원의 「민족개조론」은 극히 부분적인 것이지만 글 내용의 핵심과 어느 정도 근접해 있다. 작가가 요약한 민족개조론의 내용은 다음과 같다.
　 "조선인은 허위와 공상과 공론만 즐기고 게으르며 서로 신의와 충성이 없으니 이

정적으로 인식되었던 민족성과 극명히 대조되는 것으로, 우리 민족의 장점을 새롭게 해석할 수 있는 토양을 제공했다는 점에서 찾아야 마땅하리라 본다. 익명의 동경제대 교수와 당대 한국의 최고 지성을 자처한 춘원이 거의 비슷한 시기에 상반된 견해를 표명한 것도 우연이지만, 이들의 입론이 일제에 의해 조선지배전략의 도구로 사용된 것은 역사의 아이러니라 하지 않을 수 없다. 하지만 우리의 관심을 견인하는 것은 작가가 수전민족 기질론을 한민족의 저항과 투쟁의 정신적 토대로 제공함으로써 일제 36년을 패배와 굴욕의 역사로 해석했던 종래의 식민사관에 정면 도전하고 있다는 사실이다. 소설 『아리랑』이 일부 친일파들의 반민족적·몰역사적 행위를 고발하는 일에 많은 관심을 할애하기보다 신분과 계층을 초월해 독립의지를 불태우는 지사적 인물의 거룩한 행위에 초점을 맞추고 있는 것도 이런 사정과 관련된다. 즉, 이 소설에서 친일파를 대표하는 인물로 설정된 백종두 부자·이동만·장칠문 부자·양칠성 등의 반민족적 행위조차도 우리가 역사적 기술물이나 전언을 통해 알고 있는 것과 대동소이하거나 어떤 경우 그것에도 훨씬 못 미친 양태로 그려진다. 그에 비해 송수익·공허·방대근 등 민족주의적 이념에 입각하여 빼앗긴 주권의 회복을 위해 온몸을 던진 이들의 흔들리지 않는 신념과 직접적 투쟁의 장면에 관한 묘사와 서술은 상대적으로 세세하고 박진감이 넘치며, 그들을 영웅화하려는 의도마저 없지 않은 것으로 보여지기까지 한다. 이렇듯 작가로서의 객관적 균형 감각에 손상을 입혀 가면서까지 송수익 등 프로타고니스트의 행적에 긍정적 의미를 부여하고자 한 작가의 의도는 특별한 설명이 따로 필요 없을 만큼 명백한 것이다. 그것은, 여러 논자가 지적한 것처럼(그것이 긍정적인 입장의 표명이었든 시대착오적 발상이라는 우려와 비아냥거림의 어투였든 상관없이), 이 작품이 민족주의 사상의 정신적 배경을 근간으로 하여 장대한 서사 구조를 형성하고 있음을 강력하게 시사한다. 그러나 이 작품의 사상적 기반을 형성하는 민족주의가 한국인의 혈통적 특수성과 역사

를 반대방향으로 개조해야 한다."(3:1;210 참조)

체험의 공통성만을 강조하는 것과 같은 통속적 차원의 논의가 아니라는
점은 분명하다. 그것은 다른 무엇보다도 계층적 신분 관계의 종식을 내세
우며 서구적 공화주의를 표방하여 대다수 국민들의 공감을 확보하고 그
힘을 민족적 항일 의지로 결집한 이들의 삶이 전면에 부각된 것만으로도
쉽게 증명할 수 있는 일이다.

3. 좌우 연합과 공화주의

작가는 이 소설에서 우리 민족이 극복해야 할 두 세력을 설정해 놓고
있는데, 그 하나는 당연히 일본 제국주의이고 다른 하나는 과거 전제주의
국가로의 회귀를 동경하는 복벽주의라 할 수 있다. 단군이래 수많은 외침
에 시달렸어도 국토와 주권을 완전히 박탈당한 경험이 없는, 그리고 단일
민족이라는 자존심이 유달리 강한 것으로 알려진 우리 민족에게 일제가
극복과 타도의 일차적 대상으로 지목된 것은 조금도 이상한 일이 못된다.
따라서 소설 『아리랑』의 특색은 항일투사들의 영웅적 삶을 밀도 있게 조
명했다는 점에서 찾을 것이 아니라, 항일투사들간의 내면적 대립과 갈등을
사실적으로 재현하면서 좌우 연합과 공화주의의 당위성을 거듭 강조하고
있는 점에서 찾아야 옳다. 송수익이란 허구적 인물이 문제되는 까닭은, 그
가 단재 신채호라는 실존적 인물과 대단히 유사한 진취적 사상을 보유하
면서도 단재처럼 극단적 행로를 밟지 않고 공화주의 체제에 타협 없는 신
뢰를 보이면서 좌우 민족세력의 연합을 끝까지 포기하지 않았다는 사실에
서 기인한다. 실제로 『아리랑』에는 송수익의 항일 투쟁에 대한 세세하고
감동적인 보고보다도 의병활동 시절부터 넘을 수 없는 벽에 부닥친 그가
어떻게 그 장벽을 극복하면서 민족적 동질감을 구축해 나가는가에 관한
내용이 더 많은 지면을 차지한다. "생사를 미리 알아 묘수불패라네 천년
장수 송수익"으로 일반 민중들 사이에 이미 영웅의 이미지로 각인된 그에
게는 애초부터 계급 의식이 존재하지 않았고[9] 따라서 그는 "의병으로 나

---

9) 송수익의 인간됨에 대한 직접적 서술은 작품 전체를 통해 정재규의 회고가 유일한

서서 싸우다 죽은 사람들은 다 장한 사람들이다. 누구든지 그 사람들을 본
받아야 한다.”고 당당히 말할 수 있었던 것이다. 송수익이 조국을 떠나기
전 고루한 유생이었던 신세호[10]에게 터뜨린 사자후야말로 그의 정치적 입
장을 극명하게 드러낸 것이다.

「……나라가 망하는 풍전등화의 위기 앞에서 상감이 짊어져야 할 책무가
더 큰 것인가, 아니면 신하고 백성이 짊어져야 할 책무가 더 큰 것인가. 보호
조약이 체결되자 신하들이 줄줄이 자결하고, 백성들이 죽기를 각오하고 도처
에서 의병을 일으켰네. 그때 상감은 무엇을 했는가. (……) 헤이그에 밀사를
보낸 것을 자네는 상감이 수행할 수 있는 최상의 책무라고 생각하는 모양이네
만, 그거야말로 한 나라 상감으로서 얼마나 비굴하고 무책임한 처사인가. 무기
를 들고 쳐들어온 놈들을 수만리 밖에 있는 딴 나라 사람들에게 물러가게 해
달라고 부탁하다니, 그런 답답한 노릇이 어디 또 있겠는가. 보호조약이 체결되
었을 때, 그때 실기를 했으면 그 다음 양위를 당했을 때 상감은 만백성을 향해

듯하다. 정재규의 기억에 따르면 송수익은 “마음씨가 고운 것 같으면서도 고집이
세고, 공맹지도보다는 실학을 더 중히 여기는 눈치였고, 갑오년 난리 때도 관리들의
탐학을 욕해대며 은근히 농민들을 싸고 돌아 눈총을 받지 않았나. 왜놈이야 하면 치
를 떨어대고, 계집도 아닌 사내가 언문은 또 그리 좋아하고, 속이 어찌된 물건인지
참 별난 종자야. 저것이 양반 탯줄을 타고 났어도 저 모양인데 상놈 탯줄 타고났더
라면 전봉준이가 따로 없을 판”(1:1;223)인 체제의 반항아로 성격화된다. 이후 송수
익의 성격에 대한 직접적 서술이 없는 것으로 미루어 이 부분은 작가의 의도적 전
략에 따른 것으로 생각되는데, 어쨌든 그가 어린 시절부터 개명된 의식을 가진 상부
지식인 계층이었음은 명약관화하다.
10) 신세호가 스스로 농사를 짓고 서당을 세워 아이들을 가르치게 된 것은 전적으로 송
수익의 영향 때문이라 할 수 있다. 또 그가 송수익의 큰아들(송중원)을 사위로 맞은
것도 그에 대한 정신적 부채를 갚으려는 생각에 바탕을 둔 것이다. 신세호가 말년에
‘오줌대감’이란 우스운 호칭을 얻을 만큼 반일 의식을 가진 것은 분명하지만, 과거
신분제도의 고루한 인습에서 완전히 탈피하지는 못한 것으로 보인다. 득보와 월엽의
혼사를 반대하며 “시상이 지아무리 변혀도 그리넌 안될 일이다.”(3:3;281)라는 신
분의 차이를 직접 문제삼은 사실이 그것을 단적으로 드러낸다.

서 외쳤어야 하네. 백성들이여, 나와 더불어 왜적들과 싸우자고 말이네. 그러고 군대를 이끌고 앞장섰어야 했네. 그러면 왜놈들이 곧 죽이고 말았을 거라고? 죽이면 죽어야지. 그게 나라를 뺏긴 상감이 책무를 다하는 길이네. 상감이 해산령을 내려도 나라를 구하겠다고 의병으로 나서서 수만 명씩 죽어가는 백성들인데 만약 상감이 군대를 이끌고 나섰다가 왜놈들의 총칼에 죽었다면 백성들은 어찌 했겠나. 이 땅에 합방이란 없었네. (……)」(1:2;204)

인용이 약간 길어진 흠이 있지만, 위 인용 속에는 소설 『아리랑』의 주제와 관련하여 간과할 수 없는 내용이 담겨져 있는 것으로 보인다. 그것은 먼저 종묘사직과 백성의 안위를 책임져야 할 상감이나 조정대신들의 지도자로서의 기본적 의무에 관한 예리한 성찰의 성격을 띤다. 나라가 풍전등화의 위기에 몰렸을 때 속수무책이었을 뿐만 아니라, 국권을 빼앗긴 후에도 분연히 떨쳐 일어나지 못하고 외세의 도움에 의존하는 무기력한 행위가 송수익의 비판의 초점이 되는 셈인데, 이것은 앞서 짧게 언급한 것처럼 임정의 지도자였던 이승만의 외교점진론에 대한 비판과 일맥상통한다. 이른바 을사보호조약 이후 상감이 보여준 일련의 정치적 행위는 국가와 백성을 자신의 사유물로 여겨 그들의 인격과 권리를 전혀 인정하지 않으려는 전제주의적 사고방식의 직접적 투영이라 보아도 무방하며, 논의를 확장시키면 미국에서 신학문을 배운 이승만조차 고루하고 시대역행적 행태를 답습하는 데 대한 작가의 비판적 사고가 내재해 있는 것으로 생각된다. 또 상감이나 조정대신들의 비굴하고 무책임한 현실 대응 방식에 비해 일반 백성들의 구국의지가 더욱 현실적이고 강력한 실천력을 담보하고 있다는 점을 강조한 데서 송수익의 반전제주의적 공화주의 사상의 요체를 짐작할 수 있다. 요컨대 위 담화를 통해 드러난 송수익의 정치적 이념은 민본주의적 공화주의라 이름할 수 있을 것이다. 그것은 신세호와 주고 받은 위 담화를 끝내며 결론삼아 한 송수익의 다음과 같은 말, 즉 "자네(신세호 −인용자)는 나라의 주인이 임금이고 백성들은 그 종이라고 생각하는 거고, 난 나라의 주인은 백성이고 임금은 백성들을 위해 치정의 책임을 져야 한다는 생각"(1:2;206)이란 언급을 통해 거듭 확인되는 것이기도 하다.

　　국내에서의 의병활동을 통한 항일전선의 연합이 무위화되자 송수익은 만주로 건너가 새로운 활동 방안을 다각적으로 모색한다. 만주로 항일투쟁의 거점을 옮긴 송수익은 대부분의 의병장들이 복벽주의자들로 구성되었다는 사실에 절망하지만, 이회영·신채호 등을 만나거나 그들의 철저한 민족주의 의식을 전해 들으면서 자신의 신념을 더욱 공고히 다진다. 송수익이 "배달겨레의 시조인 단군을 섬기면서 나라 찾는 독립운동을 실천하고자 하는" 대종교에 기꺼이 입문한 배경에는 그것이 "민족종교라는 설득력뿐만 아니라 독립운동이라는 호소력"(2:2;18)을 동시에 가지고 있다는 본질적 조건이 자리하고 있지만, 그에 못지않게 박은식·신채호 등 선구적 지식인들이 대종교 교도로 참여하고 있다는 사실에 크게 고무받은 것이라 할 수 있다.[11] 이 소설에서 허구적 인물 송수익과 실존적 역사 인물인 신채호와의 만남은 요약적 방식으로 처리되고 있으나 송수익의 사상이나 행동이 단재(丹齋)·백암(白巖) 등의 그것과 거의 부합하는 면모를 보여주는 것은 그의 성격(character)이 단재 등 실존 인물의 사상과 삶의 투사(projection)라는 점을 명백하게 증거한다. 말하자면 작가 조정래는 국내외에서 항일전선을 구축한 거대한 두 세력을 복벽주의와 공화주의로 대별하고 후자의 대표적 인물로 단재를 내세운 뒤 단재 사상의 실제적 구현자로 송수익이라는 허구적 인물을 창조한 것으로 볼 수 있다.[12] 이런 관점에

---

11) 사회학자들은 이미 오래 전부터 민족주의 운동과 종교 운동 사이의 긴밀한 관계에 주목해 왔다. 민족주의 운동과 종교 운동은 근본적으로 영감에 호소하는 문화 운동으로서의 성격을 공유하며, 그것은 역사 발전의 단계에서 필연적으로 정치적 결과를 초래한다. 다시 말해 역사의 어느 주어진 시점에서, 본질적으로 정신적인 운동인 종교가 매우 근본적이고 실질적인 정치적 의미를 띠게 되고 그것이 민족주의와 결합하여 정치와 사회를 형성하고 지배하게 된 것이다.(이상의 논의는 Hans Kohn,「민족주의의 개념」, 백낙청 엮음,『민족주의란 무엇인가』, 창작과비평사, 1993, p. 45 참조.)

12) 민족주의자 송수익이 무정부주의 투쟁 전략으로 방향 전환을 한 데에는 삼부통합 실패와 단재의 체포 사건이 주요한 원인으로 작용한 것으로 진술된다(3:3;94 참조). 이 점만 보더라도 송수익과 단재의 정신적 유대감이 얼마나 긴밀한가가 충분히 입증될 수 있을 것으로 여겨진다. 작품의 후반부에 가면 민족주의와 사회주의 (공산주

서 볼 때 이동휘가 한인사회당을 조직한 것에 대한 송수익의 긍정적 이해
(2:3;108), "국체를 공화주의로 내세운 속에 복벽주의자 공화주의자 공산
주의자가 연합"(2:3;248)을 이룬 상해임시정부의 가치를 높이 평가하는
김명훈의 말, 그리고 대한독립단의 탄생을 그 동안 종교 중심적이거나 신
분 중심적으로 이루어질 수밖에 없었던 각 독립군부대들의 분산된 힘을
통합한 것으로 의미 부여한 서술자의 논평(3:1;96)과, 무정부주의·공산
주의 세력을 포용하기로 한 상해 임정(臨政)의 결정 및 김원봉의 광복군
부사령관 취임(4:2;321) 등과 같은 사례는 모든 정치적 이념을 초월한 연
합전선의 형성이야말로 당시 우리 민족에게 주어진 초미의 과제였음을 강
조하는 작가의 역사 해석적 관점이 완강하게 자리하고 있음을 확인하게
한다.[13] 따라서 좌우 연합의 구체적 성과라 할 수 있는 신간회가 본격적인
활동을 전개하기 시작한 시점에서 해소된 것을 두고 급진적 사회주의자들
이 빈대 잡을 생각에만 빠져 초가삼간을 다 태운 것과 같은 오류라고 비
판(3:3;143)한 송가원의 지적은 전적으로 타당한 것이라 할 수 있다.

의)의 내밀한 대립과 갈등이 드러나기도 하지만, 송수익이 사회주의에 얼마간 회의
를 품는 것으로 그려진 점으로 미루어 작가의 관심은 민족주의 이념에 대한 전폭적
인 신뢰로 기울고 있는 듯하다. 이 점은 조정래의 출세작 『태백산맥』에서 염상진
등 사회주의자들의 이념과 실천적 행동을 긍정적으로 해석한 것과 흥미로운 대비를
이루는 것인데, 이 점은 고를 달리하여 논의해야 옳으리라 본다.

13) 작가는 복벽주의와 공화주의가 끝내 화합하지 못한 것을 독립운동 전선의 분열이라
거나 독립운동 세력의 파쟁으로 이해하는 태도야말로 몰상식한 공론(空論)에 지나
지 않는다고 단정한다. 작가에 따르면, 독립운동의 궁극적 목적은 나라를 탈취한 자
들만 원수로 삼자는 게 아니라 나라를 빼앗긴 자들의 잘못까지도 단죄하자는 뜻이
내포되어 있는 것이므로 새 나라의 국체는 공화주의가 아니어서는 안 된다는 것이
다(3:2;149 참조). 이런 작가의 역사 해석적 관점은 송수익과 그를 정신적으로 추앙
하는 세력들에 의해 구체화되면서 작품의 주제와 유기적 관련을 맺는다. 특히 공허
·대근·필녀가 보여주는 송수익의 인격과 사상에 대한 절대적 신뢰는 국민 대다수
가 민본주의적 공화주의 또는 민족주의 사상에 상당한 기대와 희망을 걸고 있었음
을 암시하는 서사적 전략 외에 다른 게 아니다.

단재의 무정부주의 노선을 따르기로 결심한 송수익이지만 그가 사회주의(공산주의) 사상까지 수용하기로 결심한 것 같지는 않다. 누구보다 그를 따르고 존경하는 방대근이 "나넌 시방 송선생님 밑에서 무정부주의 투쟁얼 허제만 언제 또 공산주의자로 활동헐란가 모르네. 독립에 더 도움이 된다고 생각허먼 주의야 언제든지 바꾼다는 것이 내 주의잉게로."(3:3;174)라며 정치 이데올로기 고유의 배타적 속성에 구애받지 않고 그것의 수용 방법론을 중시하는 탄력적 태도를 보이는데, 정작 송수익은 공산주의에 대해 시종 유보적인 입장을 취한다. 공산주의보다는 민족자결주의에 더 관심을 써왔던(2:3;111) 송수익의 입장은 국내에서 그의 충실한 대리인 역할을 수행하는 공허에 의해 좀더 확연한 양상으로 나타난다. 가령 공허가 공산주의를 평가하는 자리에서 "무산자를 위헌 혁명이라는 것이 저그 저 동학허고 달를 것이 머시냐" 라고 부정적인 견해를 피력하거나, 그것이 하필이면 타국에서 들어온 물건이라는 것(3:2;60)에 심리적 거부감을 드러내는 대목이 그러하다.[14] 요컨대 송수익은 조국의 독립을 위해서는 어떤 세력과도 연합할 수 있다는 개방적 자세를 기본으로 하면서도, 그 핵심은 반드시 민족주의여야 한다는 원칙론에 관해서는 일체의 양보와 타협이 있을 수 없다는 확고한 신념을 가진 것으로 볼 수 있다.

지금까지의 논의를 통해 어느 정도 밝혀졌다고 믿거니와, 소설 『아리랑』의 뼈대를 형성하는 정신적 기반은 민족주의라 할 수 있다. 말하자면 『아리랑』은 일본 제국주의가 한민족의 역사를 강압적으로 교란하고 왜곡시켰던 시기를 시간적 배경으로 하여, 그 기간 동안 우리 민족의 끊임없는

---

14) 만석 지주의 아들로 사회주의 운동을 전개하는 정도규조차 노동자를 절대시하고 농민을 부차시하는 쏘런혁명의 원칙에 대한 맹목적 추종과 무조건적 대입을 비판(3:3;296~7)하는 데서도 작가의 공산주의 사상에 대한 일정한 거리감을 읽을 수 있다. 또 기독교 사회주의자 고서완과 김교신이 "조선기독교가 완전히 발육되려면 우선 온갖 미국과의 관계를 그 교회와 교육기관에서부터 절연하여야 하리라."(4:2;240)고 민족종교론을 주장한 사례 같은 것은 민족주의 사상이 종교와 정치 이데올로기에 우선되어야 한다는 작가의 입장을 대변한 것으로 보인다.

항일 의지와 그 속에서 필연적으로 배태되고 구체화된 민족주의 사상의 실체가 무엇인가를 문제삼고 있는 것이다. 민족주의는 민족을 형성하는 대집단의 일부의 신앙이며 그 신앙이 독립국가에 대한 권리와 그 공동체에 대한 충성을 발휘하게 하는 요소가 된다[15]는 견해는 "식민지시대의 역사를 구체적이며 총체적으로 바로 알고, 우리 모두가 식민지시대에 대해 가지고 있는 굴복감과 패배감, 수치심을 진실한 역사 사실들을 통해 우리의 식민지시대는 저항과 투쟁과 승리의 역사였음을 확인시키고, 우리 모두에게 상실되어 있는 민족적 긍지감과 자긍심, 자존심을 회복하게 하려는 것이었다(4:3;323,「글감옥에서 가출옥」)."는 작가의 창작 동기를 논리적으로 뒷받침해주는 근거가 되기에 조금도 부족함이 없을 것으로 생각된다.

식민지시대 역사를 바로 안다는 것은 일제로부터의 해방이 우리 민족의 끈질긴 저항과 투쟁에 의해 성취된 것이라는 주체적 사고의 확인과 진배 없다. 그것은 광복50주년을 보내고 새로운 반세기를 맞는 우리의 정치·사회·문화적 지향이 조국의 완전한 통일이란 명제로 수렴되는 이 시점에서 매우 적절한 주장이 아닐 수 없다. 일부에서 사시적(斜視的)으로 바라보는 것처럼 민족주의를 옹호하는 것이 시대착오적 구태의 연장이거나 또다른 형태의 국수주의적 발상인 것은 결코 아니다. 오히려 그것은 언어와 문화 공동체의 역사를 몇천년 간 지속해온 우리 민족에게 조상을 함께 하고 있다는 신념을 확산시켜 이데올로기의 차이를 극복하고 민족의 결합을 가능하게 하는 필요 충분 조건이 될 수 있는 것이다.

4. 민족·민족주의, 그리고 민족혼으로서의 '아리랑'

민족 또는 민족주의의 개념에 대한 논의의 혼란이 계속되는 까닭은, 그것이 이민족에 대한 압제의 논리로서도 그리고 민족해방 운동의 강령으로서도 원용이 된다는 이율배반적 특성에서 기인한다. 특히 민족주의를 부정

---

15) 김대환,『한국인의 민족의식』, 이화여자대학교출판부, 1985, p. 67.

적으로 폄하하는 사람들은 그것이 금세기 초 강대국들이 약소국을 침략하고 그 존엄성을 손상시키는 수단으로 사용했던 역사적 사실을 강조하면서 새로운 민족주의의 대두를 적극 경계한다. "민족은 절대적인 것이 아니다. 그것을 절대적인 것, 선험적인 객체, 모든 정치적·문화적 생활의 원천으로 생각하는 것은 큰 잘못이며, 이러한 잘못이야말로 현대의 온갖 극단적 사태들의 대부분을 낳은 발단"[16] 이라는 견해가 부분적으로 타당한 것도 그러한 역사 인식과 성찰의 태도에 바탕을 두고 있기 때문이다. 그러나 콘의 지적은 민족주의를 파시즘 또는 군국주의로 변형시킨 강대국들의 오류에 대한 비판으로서는 합당할지 모르나, 피식민 국가로 전락하여 민족과 국가의 독립이 최우선적 과제로 대두되었던 우리의 입장에서는 선뜻 수용하기 어려운 것이다. 왜냐하면 민족주의란 원래 강대국의 지배에 대한 약소국의 자연적인 반응이므로 "억압 민족의 민족주의와 피억압 민족의 민족주의, 대민족의 민족주의와 소민족의 민족주의를 구별"[17] 하여 논의해야 옳기 때문이다.

민족이란, 범박하게 정의하자면, 혈연과 지연 위에 성립하며 정치·경제·문화 등 생활의 공동과 역사적 운명의 공동 그리고 거기에 따른 공통의 의식을 특징으로 하는 포괄적 기초 집단이라 할 수 있다.[18] 민족의 형성이 일률적일 수 없다는 점은 자명하지만, 비교적 단일민족에 의한 단일국가 형성의 경우 그 민족은 공통의 문화와 운명을 간직한 공동체라는 정신을 공유하기 때문에 민족을 피(Blut)와 땅(Boden)을 함께 하는 운명공동체로 파악하는 연대감이나 공속 의식의 수용에 별다른 저항감을 느끼지 않는 것 또한 어렵지 않게 확인할 수 있는 사실이다.[19] 비근한 예로, 우리는 단군을 민족의 시조로 존숭하는 일에 심리적 저항감을 느끼지 않을 뿐만 아니라 오히려 단일민족으로서 독특한 문화를 형성하고 역사적 운명을

---

16) 한스 콘, 앞의 글, p. 30.

17) 레닌, 「少數民族の問題」, 『レーニン全集』, 六月書店版 36卷, p. 718.

18) 김대환, 앞의 책, p. 16 참조.

19) 김대환, 위의 책, p. 37 참조.

함께 해온 사실에 자부심을 갖는 민족으로 인식되어 왔다. 나당연합군에 의해 나라가 멸망된 뒤에도 중국 세력을 몰아내기 위해 고구려와 백제의 유민이 대동단결했던 역사적 사실만 보더라도 우리 민족의 연대감과 공속 의식은 세계사에서 전례를 찾기 어려울만큼 유다른 바가 있다. 삼국시대 이후 단일 민족의 단일 국가 체제가 지속될 수 있었던 여러 요인 가운데 이와 같은 민족 정신이 가장 중요한 추동력이 되었을 것이라는 가정도 그래서 성립하는 것이다.

우리 민족에게 땅(토지)은 단순한 물리적 환경 이상의 정신적 의지처 혹은 대대로 계승되어야 할 유산같은 것으로 인식된다. 땅은 조상으로부터 물려받아 다시 자손에게 물려주어야 할 유산의 하나이기 때문에 고향을 떠나는 것은 조상과 자손에게 "곱쟁이로 죄짓는 중죄인이 되는"(2:2;62) 일과 다를 바 없는 행위이다. 고향 또는 땅에 대한 이와 같은 집착이 자본주의 시대의 이른바 물신사상과 본질적으로 다르다는 것은 두말할 필요조차 없는 일이다. 그러나 어쨌든 한국인의 민족주의 사상이 고향(땅)과 불가분의 관련을 맺고 있는 것은 분명한 사실이며, 식민지 시대를 통틀어 가장 심각한 문제를 야기한 것도 땅을 둘러싼 일본인과 한국인 사이의 대립과 갈등이었다고 해도 과언이 아니다. 즉 "토지를 빼앗긴 민족의 운명은 곧 민족과 국토 사이에 깊게 숨겨진 공속을 이해하게 하며……민족 공동체의 내부 생활에까지 토지의 마력이 충만"[20] 할만큼 토지와 민족의 관련성은 동전의 양면과도 같다. 그런 점에서 『아리랑』이 『태백산맥』과 유사하게 땅의 중요성을 충분히 강조하는 것은 당연한 귀결이라 할 수 있다.

일제의 압제에서 혹독한 시련을 겪던 한민족의 정신적 유대를 결속시키는 데 결정적 역할을 한 것이 땅에 대한 친연적 애정과 집착이라는 점은 불문가지의 사실이다. 이와 함께 급속도로 한민족 전체의 공감을 획득하면서 그것을 하나의 이념으로까지 승화시킨 원동력이 '아리랑'이었다는 것은 몇 번이고 강조해도 오히려 미흡하다. 나운규가 직접 각본을 쓰고 감독과

---

20) Leopold von Wiese, System der allgemeine Soziologie 2. Aufl. M nchen, 1938, p. 561.

주연까지 맡은 영화 〈아리랑〉에 대한 민중들의 폭발적 반응은, 허탁의 적
절한 설명 그대로, "조선 사람들이 가슴 가슴마다 독립의 염원을 뜨겁게
품고 있다는 증거"(3:2;215)가 되기에 충분하다. 물론 나운규의 〈아리랑〉
이전에도 한민족 특유의 한의 정서를 담은 민요 '아리랑'은 존재했으며,
그것이 하와이 이주민들의 애환과 시름을 삭이는 데 다른 무엇보다 큰 힘
이 되었다는 사실은 『아리랑』 곳곳에서 확인된다.

> 아리랑은 때와 기분에 따라 얼마든지 가락을 달리해 가며 부를 수 있는 신
> 통한 노래였고, 장소와 사연에 따라 사람이 아무리 많아도 제각기 가사를 엮
> 어가면서 새록새록 신명을 돋우어나갈 수 있는 가상한 노래였다. 그리고 차례
> 로 돌아가며 가사를 엮어낼 때면 논마지기가 더 있고 없고, 집칸이 더 크고 작
> 고, 인물이 더 잘나고 못나고 간에 아무런 차등도 차별도 없었다.(1:3;322)

위 인용은 하와이 이주민들이 부른 '아리랑'에 대한 서술자의 논평이지
만, 힘든 노역을 하며 모두가 돌려가며 부르는 민요의 특성을 명료하게 요
약하고 있다. 즉 '아리랑'은 가사와 가락에 상관없이 모든 사람이 함께 부
를 수 있는 신명을 불러 일으키고, 신분의 고하와 빈부의 차이를 잊게하여
일체감을 형성하는 매력을 가진 노래인 것이다. 뿐만 아니라 그것은 적과
동지의 구별마저 잊게 하는 엄청난 위력을 발휘하기도 한다. 일제 말기 북
해도로 징용당한 사람들에 의해 전파된 '아리랑'을 일본 감독이나 북해도
원주민인 아이누족까지 부르게 되었다는 사실(4:3;252)은 이 노래의 가공
할 만한 포용력과 전파력을 웅변적으로 증거한다. 지극히 단조로운 가락과
별다른 상징적 의미도 개입되지 않은 '아리랑'이 이처럼 신분과 계급, 적
과 동지의 구별을 무화시키는 놀라운 힘의 원천은 무엇일까. 그것을 이 자
리에서 규명하는 일은 간단하지 않지만, 단순하면서도 애잔한 가락이 그것
을 부르고 듣는 사람의 영혼을 강력히 흡인하여 정서적 공감대를 형성하
기 때문인 것으로 보인다. 특히 고향(땅)을 떠나 이역만리에서 생활하는
이들이 '아리랑'을 합창하였다는 데서 이 노래를 통해 향수를 달래고 한민
족의 동질성을 확인하려는 의도가 있었음을 짐작하는 것은 그리 어렵지

않다. 즉 '아리랑'은 국내에서는 간접적으로나마 민족 개개인의 독립 의지를 드러내는 방편이었고, 국외에서 그것은 민족의 결속을 재확인하는 더할 수 없이 소중한 도구로 사용되었던 것으로 생각된다. 말을 바꾸면 우리 민족은 한국인이어서 '아리랑'을 부른 경우도 없지 않겠지만, 거꾸로 '아리랑'을 함께 부르면서 한국인으로서의 동질감과 정체성(identity)을 확인할 수 있었고 그 과정을 통해 자연스럽게 민족주의 사상을 이해하게 되었던 것으로 볼 수 있다. '아리랑', 그것은 한민족의 잠든 혼을 일깨우고 쇠잔한 기(氣)에 생명력을 불어넣어 민족 초유의 고난을 극복하게 한 원동력 가운데 하나였다고 해도 결코 지나치지 않다.

지금까지 필자는 소설 『아리랑』에 나타난 한민족의 강렬한 항일 의지를 민족주의와 관련하여 해명하는 데 초점을 맞추어 왔다. 이러한 의도에 충실하기 위하여 이 소설에 내재한 또다른 중요한 특징들, 이를테면 역사적 사실의 소설적 수용에 관한 담론 방식의 특징, 마치 풍속사를 읽는 착각을 일으킬 정도로 세세하게 요약해 보여주는 풍속과 인심의 변화, 의병이나 만세꾼을 삶아 죽이고 생매장하는 일본인의 잔혹무비한 성정, 조선은 결코 죽지 않았으며 일본이 반드시 패망할 것이라는 대다수 한국인들의 굳건한 믿음, 조국 광복 이후에 대한 지식인들의 낙관적 전망, 대를 이어 지속되는 숭고한 항일 투쟁, 일제말기 사이비 지식인이 보여준 순응적 기회주의, 탄광 노동자 또는 정신대로 끌려간 조선인들의 처절한 생존과 탈출 의지 등에 대해서는 거의 언급을 못하고 말았다. 그러나 해방 이후 친일파 처리 문제에 관한 송가원의 주장은 이 작품의 주제와 직접 연결되는 것이므로 다소 중복되는 감이 있더라도 반드시 짚고 넘어가야 할 사항이다.

「……3백만이라도 다 죽여야 합니다. 왜냐하면 그놈들은 왜놈들과 함께 동족을 살해한 공동살인범이기 때문이고, 민족 전체를 박해하고 고통 속에 몰아넣은 공동가해자들이기 때문이고, 그놈들이 훼손시킨 민족정기를 되살리고 그놈들이 짓밟은 민족정의를 바로 세워야 하기 때문입니다. 일제 강점 이후 지금까지 도처에서 죽어간 동포들이 과연 얼마나 되겠습니까. 줄잡아 3백만이

훨씬 넘습니다. 그래도 그들을 다 죽이는 게 수가 너무 많습니까. ……2년 전
인 41년에 임정이 발표한 대한민국건국강령에서 제일 마음에 드는 게 친일파
와 민족반역자들에 대한 가차없는 처벌을 첫 번째로 꼽은 점입니다. 그 문제
의 처리는 독립투쟁만큼 중요합니다.」(4:2;317)

조정래는 해방 후 우리 역사가 왜곡과 파행으로 치닫게 된 원인이 친일
파의 잔존과 발호에 기인한다고 말하면서 소설『아리랑』의 의미를 "문학
이 세운 반민특위"라 규정한 적이 있다. 민족의 자존심을 여지없이 훼손
하고 역사를 왜곡한 기회주의자・이기주의자・파렴치한에 대한 그의 이성
적 분노와 논리적 증오야말로『태백산맥』과『아리랑』의 숨가쁜 도정을
줄기차게 추동해온 원동력이라 할 수 있다. 그런 점에서 조정래는 대다수
한국인들의 친일모리배에 대한 분노와 증오의 대변자이며 사실(史實)에
정직하지 못한 일부 관변학자들을 대신한 참된 역사가라 부를 만하다. 지
구를 세 바퀴 이상 돌면서 취재한 객관적 자료를 날줄로 하고 우리 역사
와 민족에 대한 친연적 사랑과 자긍심을 씨줄로 한『아리랑』은 단순한
소설이 아니다.『태백산맥』이 해방기 좌익 세력의 실상을 객관적으로 조
명하여 올바른 한국 현대사의 등뼈를 세운 일로 비유할 수 있다면,『아리
랑』은 거기에 혼과 기를 불어넣어 하나의 생명체로 재탄생시킨 것으로 보
아도 큰 잘못이 아니다. 말을 바꾸면 조정래가 쓴 두 편의 대하소설은 기
형(畸形)의 모체를 부정하고 새로운 민족사의 시원을 제시한 우리 모두의
정신적 자산이며 자존의 보화(寶貨)인 것이다.
　『태백산맥』의 민족적 비극사에 대한 전사(前史)로서의 성격이 강한
『아리랑』은 대하역사소설로 분류할 수 있다. 역사 소설가를 괴롭히는 고
민거리 가운데 하나는 역사(史實)와 소설(虛構)이라는 상호모순되는 가치
를 어떻게 조화시킬 것인가 하는 점일 터이다. 역사적 사실의 재현에 충실
할 것인가 아니면 작가의 의도에 따라 사실을 굴절・변형시킬 것인가에
따라 작품의 성격과 지향점이 달라지리라는 점은 불문가지의 사실이다. 조
정래는 이런 난관을 등장인물의 철저한 허구화, 불필요한 수식과 작가의
개입을 배제한 냉정하리만치 객관적인 서술방식으로 극복하여 소설적 진

실성과 감동을 일구어낸다.

조정래는 식민지시대가 굴종과 패배의 역사라는 일반적 시각을 완강히 거부한다. 실제로 『아리랑』의 전편에는 일제에 항거하는 유명 무명의 한국인들이 허다하게 출몰하고 있는데, 그들은 생명을 담보하고 온몸으로 일제에 맞서 승리하였던 것이다. 또한 이 소설에는 일제가 얼마나 잔인하고도 악랄한 수단으로 한국인을 착취하고 인간적 존엄성을 유린했는가, 그리고 친일모리배는 어떻게 권력에 기생하여 치부하고 출세하였는가 하는 것들이 생생하게 묘사되고 있다. 그러므로 한국 근·현대사의 기술(記述)에 만족하지 못하고 일제 침략사를 보다 상세히 알고 싶은 사람들에게 이 소설은 역사서 이상의 정보와 가치를 주리라 생각한다.

이상향의 동경과 휴머니즘의 정신
―李範宣論

1. 현실의 반영과 굴절

이범선(1920~1982)은 그의 아호 '학촌(鶴村)'의 축자적 의미가 암시하는 것처럼 단아하고 염결한, 그리고 부드러우면서도 강직한 삶을 산 작가로 널리 알려져 있다. 이러한 전언들은 곧 그의 외유내강한 성품을 말해주는 것일 터이지만, 그의 문학 또한 자신의 성격과 상부하는 면모를 보여준다. 언젠가 김동리는 "문장이 그 사람의 거울이라면 아마 이범선같은 사람을 지칭하는 것"이라는 말을 한 적이 있다고 하거니와, 학촌을 기억하고 있는 거의 모든 사람들이 김동리의 위 지적에 토를 달지 않는 것만으로도 그의 인품과 문학의 상관성이 짐작되고도 남는다.

　이범선 소설의 특징을 감상적 리리시즘과 사회에 대한 정직한 고발로 성격화하면서 그 정신적 기반을 휴머니즘에서 찾고자 하는 것은 이제 일반적 통설로 굳어진 듯하다.[1] 실제로 그의 대부분의 소설이 인간의 착한 본성에 대한 굳건한 신뢰와 공동체적 삶에 대한 안타까운 향수를 기반으로 하고 있어서 그런 평가가 대체로 정당하다는 것이 입증되기도 한다. 그

---

[1] 이러한 평가는 천승준(「서민의 미학」, 『현대한국문학전집·6』, 신구문화사, 1967) 이후 표현만 다를 뿐 거의 정식화된 것으로 생각된다. 심지어 이범선 스스로도 자신의 작품 경향을 "따스한 마음으로 인간을 관찰한 서정적인 것과 비판을 앞세운 대사회적인 것" 두 계열로 분류하고 있을 정도이다. (「대담취재」, 《문학사상》, 1974. 2, p. 214 참조)

러나 기본적으로 자아와 세계의 대결구조를 다루는 서사 장르(소설)에 서
정적 특질이 어떻게 구현되는가의 문제에 대하여는 심도있는 논의가 이루
어지지 않고 있는 실정이다. 다시 말해 이범선 소설의 주요한 특성으로 지
적되는 리리시즘적 경향은 확고한 논리적 기반을 마련하지 못한 채 심정
적·인상적 차원에서 논의되고 있다는 혐의가 강하다. 이 점을 좀더 자세
히 살피기 위해 이른바 〈감상적인 리리시즘〉으로 이범선 소설의 특질을
규명하고 있는 천승준의 글을 자세히 읽을 필요가 있다.

그의 출세작 「학마을 사람들」의 일절에서 보여 주는 이 쾌속미의 서술과
스케치적인 정황 묘사는 바로 그의 센티멘털한 리리시즘의 성격을 조형하는
데 적절한 역할을 감당하고 있다. 즉 그의 작품에서 마주치는 센티멘털리즘의
향기는 어떤 심리적인 면에서나 의식적인 면에서 표현되거나 호소되지 않고,
차라리 스토오리 그 자체나 수채화의 화폭처럼 전반적인 정황을 펼쳐 놓는 데
서 감수되는 성질의 것이다.[2]

천승준이 이범선 소설의 특징을 '센티멘털한 리리시즘'으로 규정하는 이
유는 "쾌속미의 서술과 스케치적인 (상황)묘사"라고 하는 비교적 소박한
논리에 의존한 것이다. 그는 이범선 소설에 사용되는 언어가 음악성(쾌속
미의 서술)과 회화성(스케치적인 묘사)을 고루 갖추고 있음에 주목하고
있지만, 이러한 언어적 요소만으로 서사문학의 서정성을 설명하는 것이 타
당한가의 문제는 여전히 해결되지 않는다. 또 하필이면 '감상적'이란 수식
어를 굳이 첨가한 이유도 선명하지 않다. 음성과 이미저리의 내적 모방이
야말로 서정적인 것(서정시)의 요체라고 말한 이는 프라이 N. Frye이지만,
소설에서 그것이 어떤 양상으로 나타나며 어떤 효과를 지향하는가는 다른
관점에서 논의해야 하리라 믿는다. 이때 이른바 '서정소설'이란 용어는
우리의 논의를 발전시키는 데 유효한 개념이라 할 수 있다. 천승준이 이범
선 소설을 직접 서정소설이라 지칭한 적은 없어도, 그의 논의를 확대하면

---

2) 천승준, 앞의 글, p. 441.

이범선 소설을 광의의 서정소설 범주로 이해하는 것이 큰 잘못은 아닐 터이기 때문이다.

'서정소설 the lylic novel'의 개념을 체계화한 랄프 프리드만 Ralph Freedman에 따르면 서정소설이 소설의 전통 속에서 시적 세계를 추구할 때 소설과 시가 만나는 접경은 의식의 직접적인 묘사와 깊이 관련되며, 자아와 세계의 단축을 통해 대상으로서의 세계를 감각화함으로써 가능한 것으로 정의된다.[3] 그리고 서정소설의 주인공(또는 화자)은 대체로 수동적인 입장에서 사건에 직접 참여하기보다 관찰하는 인물로 묘사되는데, 이것은 결국 소설의 배경과 분위기를 통해 주제를 드러내려는 작가의 전략에서 비롯되는 것이다. 요컨대 소설에서의 서정성은 인물·사건의 중요성이 현저히 약화되고 주변 정황에 대한 간략하고도 암시적인 묘사로 획득되는 미적 효과의 일종이라 생각된다.

이범선의 몇몇 작품, 이를테면 「갈매기」·「愁心歌」·「表具된 休紙」 등에서 독자의 의식을 충격하고 인상깊게 기억되는 인물이나 사건을 만나기란 그다지 용이한 일이 아니다. 오히려 이들 작품에서 우리는 각박하고 살벌한 현실의 저편에 있는 인정적 인물들의 따뜻한 심성에 고무되어 인간의 순연한 본성에 대한 신뢰를 재확인하기에 이른다. 그러한 미적 효과가 소설의 리리시즘적 경향에서 비롯되는 것은 부정할 수 없는 사실이지만, 그 앞에 감상적이란 수식어를 붙이는 것이 온당한가에 대하여는 회의적이다. '감상적 sentimental'이란 말의 어원과 문학적 함의를 이 자리에서 언급하는 것은 번거로운 일이라 여겨지거니와, 이범선 소설이 내포하고 있는 서정성을 감상적이라는 수식어와 연관시키려는 것은 아무래도 과장된 수사의 남용이란 의심의 눈초리를 받을 수밖에 없다. 이범선 소설이 절제된 감정과 언어로 구축되어 있으며 그것이 작품의 플롯과 긴밀한 상관관계를 유지하여 작품 내적 필연성을 획득하고 있다는 점에 대해서 특별한 이견이 제기되지 않고 있기 때문이다.

---

3) Ralph Freedman / 신동욱 역, 『서정소설론』, 현대문학사, 1989. pp. 28~44 참조.

  이범선 소설에서 우리가 일관되게 확인할 수 있는 정신적 기반은 인간의 착한 본성에 대한 신뢰와 전통적 공동체사회에 대한 동경이다. 특히 그는 전쟁이후 인간 성정의 균열과 왜곡화 현상에 집요한 관심을 표명하고 있으며 그런 변화를 초래한 외적 환경에 직접적인 분노를 터뜨린다. 그가 그린 현실은 작가가 직접 체험한 것이지만 정작 지향하는 정신적 고향은 있어야 할, 또는 예전에 있었던 현실이다. 그가 부정하는 것이 전쟁과 더불어 만연하기 시작한 개인주의이므로 과거의 공동체 의식의 회복을 강조하는 것은 따라서 필연이라 말할 수 있다. 순연한 인간 가치의 단층 현상을 가속화하고 인간의 존엄성을 여지없이 유린하는 전쟁의 비인도적 속성에 정직한 분노를 숨기지 않는 그를 휴머니스트라 부르는 것은 그런 점에서 온당하다. 왜냐하면 휴머니스트는 인간의 착한 본성에 대한 믿음과 인간의 존엄성에 대한 절대적 승인, 그리고 인간 소외에의 항거에 앞장서는 인간을 가리키는 개념이기 때문이다. 폭넓은 휴머니즘의 정신을 바탕으로 한 그의 작품은 있는 현실을 직접 반영 reflection하거나 굴절 refraction하여 보여주기도 하고, 있어야 할 현실에 대한 강한 집착을 보이기도 하는데, 그를 낭만주의자라 부를 수 있는 근거가 여기서 마련된다.[4] 현실의 직접적 반영과 굴절의 투시법이 전쟁의 폭력성에 대한 작가의 완강한 거부감에서 연유한 것임은 말할 필요조차 없다. 따라서 필자는 이 글에서 전쟁을 배경으로 한 작품의 분석을 통해 이범선 단편소설의 특징을 재조명해보고자 한다.

---

 4) 〈동경 Sehnsucht〉은 영원히 도달할 수 없는 목적을 추구하는 것, 즉 결핍이며 동시에 욕구인 것으로 설명된다. 낭만주의자들에게 있어 동경의 대상은 물론 완성과 행복이지만 단지 이상이라고만 표현되고, 그들은 동경이 언젠가 충족될 것이라는 신념을 포기하지 않는다. 따라서 낭만주의자들에게 동경은 전 심령에 충만하는 행복의 상징으로 기능하며 실천적 행위에 대하여는 그다지 관심이 없다. 이범선 소설에서 작중인물의 실천적 행동이 결여되었다는 일부의 지적은 이런 관점에서 타당한 것이라 할 수 있다. 이상의 논의는 장남준, 『독일 낭만주의 연구』, 나남, 1989, pp. 111~22 참조.

2. 낭만적 동경과 공동체적 삶의 지향

월남 피난민인 이범선이 당시로서는 늦은 나이에 소설가로 등단하면서 주로 고향에서 쫓겨난 사람들의 궁핍과 좌절의 양상에 깊은 관심을 기울인 것은 전혀 이상한 일이라 할 수 없다. 또, 그가 태어나 가정을 이룰 때까지의 약 한 세대에 걸친 일제시대에 관하여는 거의 침묵하면서 전후 상황에 민감한 반응을 보이는 것이 의아하기는 해도 이해 못할 것도 아니다. 적어도 월남하기 이전의 그의 집안은 5백석 정도의 지주5)로 인정받았다고 한다. 그러한 경제적 풍요가 식민지 시대에 어떻게 가능했는가를 문제삼는 것은 여기서 그다지 긴요한 사항이 못된다. 기독교 지주 집안에서 성장한 그가 공산당에게 재산을 빼앗기고 월남한 후 겪어야 했을 경제적 어려움이 한 가족의 생계를 책임져야 할 가장의 책무가 지워진 그에게 엄청난 정신적 중압감으로 작용하고 그것이 작품에 어떻게든지 반영되었으리라는 것에 우리의 근본적인 관심이 놓여지기 때문이다. 말하자면 작가에게 있어 과거는 그 시절이 일제시대라는 역사적 인식에 따른 비판적 거리로 조망되기보다 경제적으로 불편이 없었고 이웃들간에 인정이 오고갔던 평화로운 시절이었다는 심정적 차원의 회억으로 반추된 것으로 보인다. 그렇다고 그의 작품세계가 현실과 괴리된 낭만적 이상향의 동경에만 머문 것으로 판단하는 것은 지나치게 성급하고 사려깊지 못한 태도가 될 터이다. 작품의 완성도를 떠나 자신의 분신같이 여겨져 가장 애착을 느낀다6)는 「愁心歌」(《현대문학》, 1957. 11)의 경우, 해방이후 전개된 북한의 토지조사사업은 주변사건 satellites에 불과하고 주인공 집안의 머슴이었던 천식(千植)과 민(珉) 사이의 나이와 신분을 초월한 우정이 핵사건 kernels으로 취급된다. 토지조사사업 이후 사람들은 마을의 단 한 집 지주였던 민네 집과의 접촉을 꺼리는데, 정작 민이 가장 가슴아프게 생각하는 것은 천식의

---

5) 「대담취재」, p. 218.
6) 「대담 취재」, 《문학사상》, 1974. 2., p. 219 참조.

변화이다. 어린 나이에 머슴으로 들어와 근 삼십년 간 가족처럼 재내온 천식이 길에서 마주쳐도 외면을 하는 것이 주인공에게는 울고 싶을 정도로 슬픈 일이었던 것이다. 그러나 민이 삼팔선을 넘어 남하하기로 결심한 뒤 우연히 갖게된 술자리에서 천식은 "민 너만은 이 천식의 속을 알거다. 너만은, 응 알디."라는 말만을 반복하고, 민 또한 무엇을 알았느냐는 것인지 알 수 없는 채로 모든 것을 알 수 있을 것 같은 느낌을 받는다. 그러니까 이 작품은 해방이후 북한의 정치적·사회적 변화를 정면에서 투시하지 않고 외적 상황이 달라져도 변하지 않는 인정의 소중함을 강조함으로써 이데올로기나 체제의 비인간적 속성을 간접적으로 비판한 것으로 볼 수 있다.

　이범선의 소설적 관심이 이처럼 투쟁과 갈등의 산문적 현실세계와 거리가 있는 피안의 토속적 인정세계에 집중되는 것은, 앞서 말한 바처럼, 인간의 선한 본성에 대한 근본적인 신뢰와 원초적 고향에 대한 동경에 바탕을 둔 것이다. 그의 대표작 가운데 하나로 지목되는 「학마을 사람들」(《현대문학》, 1957. 1)이 일제시대와 동족상잔이라는 민족사적 비극을 정면으로 다루기보다 설화적 양식에 크게 의존한 것도 이런 점과 관련된다. 도시문명과 거의 단절된 궁벽한 산촌에 취락을 이루고 사는 학마을 사람들에게 매년 봄에 찾아드는 한 쌍의 학은 마을의 운명과 주민들의 희로애락을 관장하는 수호신과 진배없는 동물이다. 물동이에 학 똥이 떨어지면 그 처녀가 시집을 가게 된다든가, 학이 오지 않으면 마을에 흉사가 생긴다든가 하는 따위의 믿음은 학의 신성성에 추호도 의심을 품지 않는 마을사람들의 삶의 질서를 규율하는 오랜 관습이다. 그러므로 일제에게 국권을 박탈당하던 해 느닷없이 모습을 감추었던 학이 돌아오자 해방이 된 것, 어린 학이 떨어져 죽자 6·25가 발발한 것 등도 근대적 이성과 합리적 세계관으로는 이해하기 어려운 샤머니즘적 발상에 불과하지만 학마을의 전통적 관습에 따르면 무도한 인간을 징벌하기 위한 하늘의 계시나 그 징조 외에 다른 게 아니다. 한 마을의 역사와 운명을 초자연적 상징물의 행동과 관련시켜 이해하는 작가의 관점은 타락한 현실에 대한 우회적 비판의 방법론이라는 점에서 사건 자체보다 그것의 내적 의미, 즉 비유와 상징의 의미 해명에 초점을 맞추어야 한다. 이성과 합리를 초월한 전근대적 세계관 및 설화적 양식에 기초한 이 소설이 현대사의 암영과 굴절을 예각적으로 파헤치는 데 다소 소홀한 것은 사실이지만, 우리의 집단무의식 속에 깊이 뿌리내린 정신적 가치의 복원을 갈구하는 작가의 일관된 주제의식이 가장 잘 반영된 것 가운데 하나인 점은 부정될 수 없다.

전통적 공동체사회를 유지하는 원동력은 정신적인 것, 좀더 자세히 말하자면 그 구성원의 행위와 정신을 규율하는 도덕적 관습이나 신앙체계 같은 것들이다. 학마을 사람들이 박훈장과 이장 영감을 중심으로 별다른 분란없이 평화로운 생활을 지속할 수 있었던 것도 장로존경의 아름다운 정신과 학의 영험력에 대한 종교적 믿음을 마을 전체의 율법으로 받아들이는 데 모두가 동의했기 때문에 가능한 일이다. 그들은 관청이나 외지 사람들이야 뭐라건 상관없이 동리(洞里) 이름을 학마을로 정할 만큼 학에 대한 자부와 의존이 강한 것으로 그려진다. 따라서 학이 마을의 어느 누구도 기억할 수 없는 옛날부터 이곳에 찾아왔고 마을의 길흉화복을 정확하게 점지하는 신이한 능력을 갖춘 존재로 묘사되는 것은 당연하다.

> 옛날 학마을에는 해마다 봄이 되면 한 쌍의 학이 찾아오곤 하였다. 언제부터 학이 이 마을을 찾아오기 시작하였던지는 아무도 모른다. 어쨌든 올해 여든인 이장 영감이 아직 나기 전부터라 했다. 또 그의 아버지가 나기도 더 전부터라 했다.[7]

마을의 역사를 증거를 증거하고 주민들의 일상 대소사를 주재하는 초월적 존재로 신앙되는 학의 일거수 일투족에 마을 사람들이 예민한 반응을 보이는 것은 의당 있을 법한 일인데, 어느 날 갑자기 학이 오지 않으면서 마을사람들은 엄청난 불안과 공포의 심연에 빠져든다. 마을에 가뭄과 열병이 지속되는 것과 학이 오지않는 것, 그리고 나라가 망한 것 사이에 어떤 상관관계가 존재하는가를 명쾌하게 설명해주는 것은 합리적 이성이나 과학적 사유가 아니라 애니미즘 혹은 샤머니즘 등 초자연적 세계에 대한 확

---

7) 이범선, 「학마을 사람들」, 『현대한국문학전집 권6』, 신구문화사, 1967, p. 292.

고한 믿음과 순종적 태도이다. 샤머니즘은 혼돈과 질서, 신과 인간, 시간과 공간의 미분화(未分化)를 전제로 한 세계관으로 인간의 사유와 행동을 폐쇄적·고립적 방향으로 제한하는 경향도 있으나, 그것이 마을 공동체의 욕망과 부합될 때 너와 나의 구별을 없애고 융화와 유대감을 증진시키는 기능을 담당한다.[8] 이것은 인간 스스로 자연과 분리되었다고 생각하고 자연을 상대적 개체로 보면서 인위적 경험과 논리를 존중하는 합리주의와 근본적으로 다르다. 일종의 문화적 제로 상태라 명명할 수 있는 샤머니즘적 세계관은 인위적 문명 이전의 원초적 자연상태로 회귀하려는 인간의 욕망이 투사된 형태이며 따라서 그 속에서 모든 갈등과 분쟁은 인간의 의지나 능력을 벗어나 신적 존재의 매개에 의해 해결되게 마련이다. 동식물의 특별한 속성을 우의적으로 해석하여 경세적 교훈의 자료로 삼는 관습은 동양에서 매우 오랜 연원을 갖고 있거니와, 무수한 동물 가운데서도 동양의 이상적 인간상인 군자와 가장 유사한 영물로 존숭되어 온 것이 학이라는 사실은 잘 알려진 바와 같다. 이런 맥락에서 학을 마을의 수호신으로 생각하는 이 마을 사람들이 학의 출몰에 따라 자신들의 운명이 달라진다고 생각하는 것은 비과학적 세계인식의 결과라기보다 동양적 정신주의에 대한 타협없는 신뢰라 보아야 옳다. 그들이 경술국치나 동족상잔과 같은 국가적 위기를 걱정하기에 앞서 학의 출현을 말 그대로 학수고대하는 것은 국가와 마을의 안녕과 평화를 기원하는 마음에서 연유하는 것과 다를 바 없으며, 학이 제 새끼를 물어죽이는 참혹한 사건같은 것 또한 6·25의 반민족성·반인륜성을 고발하기 위한 문학적 장치로 해석해야 온당하리라 본다.[9] 따라서 전쟁으로 마을을 떠났던 주민들이 되돌아와 박훈장과 이장

---

8) 김태곤, 『한국무속연구』, 집문당, 1981, pp. 479-95 참조.

9) 1950년대 작가들이 6·25를 근친상간 혹은 가족살해와 같은 패륜적 행위나 금기 위반으로 애해하는 것이 일반적 추세였던 것으로 보인다. 동시대 작가였던 장용학이 『원형의 전설』에서 다중적 근친상간 관계를 설정해 충격을 주었던 것이 대표적 예라 할 수 있고, 이범선의 「還元」도 그러한 범주에 포함시켜 논의할 수 있을 것으로 생각된다.

영감의 장례를 치르면서 노송이 불타고 학이 사라진 극한적 상황에 좌절하지 않고 '흰 보자기로 뿌리를 싼 조그마한 애송나무를' 간직하는 결말부분은, 이범선 소설의 문제점으로 등장인물들의 소극적 행위를 거론했던 일부의 지적이 얼마나 이데올로기 편향적 해석에 기댄 것인가를 확인시켜준다. 다시 말해 학마을 사람들은 6·25를 이데올로기적 대립과 갈등의 시각으로 바라보지 않고 공동체사회 질서의 파탄으로 이해하고 있으며 애송나무를 이식하는 행위를 통해 전통사회로 복귀하려는 마을 전체의 의지를 강력하게 드러내고 있는 것이다.

동양적 이상향에 대한 이범선의 동경이 가장 충격적인 형태로, 다시 말해 현대문명과 완전히 단절하고 원시적 가족공동체를 지향하는 양상으로 드러난 작품은 「還元」(《사상계》, 1959, 10)이다. 이 작품 역시 6·25를 배경으로 하고 있지만, 작가가 직접 문제삼는 것은 남북의 이데올로기적 대립이나 전쟁을 치르는 인간의 악마주의적 심성같은 것이 아니다. 염결한 도덕주의자 이범선의 작품세계에서 유별나게 눈에 띄는 제재를 취급하고 있는 이 작품은 원시적 공간에서 원시적 삶을 살아가는 삼대의 기구한 운명을 통해 사회적 도덕·관습, 신의 존재 등이 인간에게 얼마나 무력하면서 잔인한 형벌을 가하는가를 성찰하고 있다. 전쟁 중 헬리콥터 추락으로 간신히 목숨을 건진 통역장교 김소위는 자신이 '흰 수염이 길게 목을 가린 노인', '타잔 모양 겨우 앞만 가린' 채 '이상스레 요기를 띤 야성적인 아름다움이 그늘 밑의 샘물처럼 솟아 소리없이 넘쳐 흐르'는 여인, 그리고 젖먹이 아이 하나가 살고 있는 원시림 속에 내던져졌음을 알게 된다. 고아원에서 자란 노인은 유망한 바이올리니스트가 되어 여학교의 음악선생과 결혼하지만 그들이 동복(同服) 남매라는 사실이 드러나면서 사회로부터 추방당한다. 그들은 길도 없는 원시림으로 들어와 '신과도 또 인간들과도 절연된 여기에 그들의 우주를 건설'하고 살면서 딸을 낳지만, 아내가 죽고 딸이 점차 성장하게 되면서 노인은 심한 번민과 갈등에 시달린다. 육체적 본능 때문에 괴로워하는 딸의 모습과 자신이 죽고난 뒤 딸의 앞날 걱정으로 노인은 딸과 육체관계를 갖고 사내아이를 보게 된다. 처음 아내와의 패륜은 서로가 모른 상태에서 진행된 것이지만, 딸과의 관계는 부녀 사이가 분명한 상황에서 이루어진 것이라는 점에서 독자의 충격은 훨씬 증폭된다.

> 「청년! 이 산중에서 내가 죽은 날 그날 그애 혼자 어떻게 살아나갈 수 있
> 소? 지금 어린애는 내 아들이오. 내 손자요. 청년! 이것만은 알아 주오. 난 그
> 무엇에 진 것은 아니오. 목숨을 걸고. 끝까지 이기기 위해서였소. 살기 위해서
> 였소. 딸을 위해서였소.」[10]

　레비 스트로스는 자연과 문화사회의 관계를 〈연속적인 것 le continu〉과
〈분별있는 것 le discret〉으로 구분하는 한편, 근친상간의 금지를 자연에서
사회의 출현을 알리는 최초의 신호로 규정한다. 여기서 〈분별있는 것〉이
란 규범적인 것의 의미와 동일하며 그것에 의해 문화사회에 의미체계가
구성된다. 따라서 자연세계에서 문화사회로의 이행은 연속에서 비연속으
로의 이행과 같으며, 사회화·문명화의 길이란 다름아니라 타락화의 과정
이기도 하다. 이러한 레비 스트로스의 자연/문화 대비론은 양자를 모순관
계로 파악한 것이지만, 그는 여기서 한걸음 더 나아가 자연과 문화를 상보
적 관계로 이해하는 통로를 열어 놓는데 그것이 바로 〈근친상간의 금지
la prohibition de l'inceste〉 규칙에 관한 구조주의적 해석이다. 근친상간의
금지가 사회의 출현을 알리는 첫신호인 근거는 그로 인해 여자의 교환이
가능해지고 친족관계가 형성되기 때문이다. 쉽게 말하자면 '근친상간의 금
지는 어머니·누이·딸과 결혼하는 것을 금지하는 규칙이라기보다 오히려
그들을 남에게 주어야 하는 규칙'이어서 사회생활의 확대를 초래하게 되는
것이다.[11]
　「환원」의 노인이 자신의 의지와는 전혀 상관없이 동복 누이와 부부가
된 것은 운명의 희롱에 의한 어쩔 수 없는 일이라 할 수 있지만 어쨌든
사회의 규범을 위반한 것은 분명하며 그의 도피는 사실상 사회로부터의

---

10) 이범선, 「환원」, 『현대한국문학전집 권6』, 신구문화사, 1967, p. 351.
11) 김형효, 「구조주의의 사회과학적 접근」, 한국사회과학연구소 편, 『현대사회과학방
　　법론』, 민음사, 1977, pp. 41～56 참조.

간접적 추방의 성격을 띤다. 그런데 그가 사회와 완전히 단절된 원시림에 거주하면서 스스로의 의지에 따라 딸과 육체관계를 맺음으로써 문화사회에서 자연상태로의 완벽한 환원을 기도하는 것이다. 그런 점에서 '처음이 재래종 한국 개였을 뿐이고 거의 스무 대나 승냥이와 사이에 나온 것이고 보면 그것은 혈통으로도 승냥이에 틀림없'(p. 342)는 개는 완전한 자연상태로 환원한 노인의 처지를 상징적으로 대변하는 매개물이라 할 수 있다. 헬리콥터 사고로 원시적 공간에 떨어진 김소위가 문명세계로 돌아가기를 포기하고 딸과 함께 살기를 희망하는 노인은 그러나 두 남녀의 정사장면을 목격하고 사내로서의 격정과 분노에 사로잡힌다. 그러한 노인의 질투감정은 아내와 딸을 다른 사내에게 주어야 하는 사회제도에 대한 솔직한 분노와 좌절의 감정으로 이해될 수 있는 것이다. 문명사회로 귀환하려는 욕망을 버리지 않은 김소위가 개를 사살하는 것을 본 노인은 결국 딸과의 관계에서 태어난 어린아이를 쏘아죽이고 자신도 자살하는데 이러한 행동은 합리와 이성으로 치장한 문명사회 이면의 타락상을 철저하게 불신하고 원시 자연상태로 환원하려는 가장 적극적인 의지의 발현 외에 다른 게 아니다.

지금까지 살펴본 이범선의 몇 작품은 현실 공간에서 발생하는 정치·사회·역사적 쟁점을 직접적으로 다루지 않고 설화 또는 신화의 세계로 끌어들여 인간본연의 순수성이 어떻게 훼손되고 마멸되는가에 더 큰 관심을 기울이는 독특한 현실 투시법을 보여준다. 그것은 전쟁과 살륙, 불신과 증오, 기아와 질병 등으로 상징되는 전후 사회현실을 〈몸 전체로〉 부정하고 '섬 안 그대로 한집안'[12] 처럼 살기를 희망하는 낭만주의적 동경의 투사와 다를 바 없다. 그러나 이범선 소설이 이처럼 낭만주의적 이상향의 동경에만 집착하는 것은 아니어서 전후 한국사회의 병리적 현상과 인간성의 마모를 거의 사실적으로 묘파하는 작품을 발표하게 된다. 전통적 공동체사회의 인정이 넘치는 세계로의 복귀라는 낭만적 동경의 세계관에서 현실의

---

12) 이범선, 「갈매기」, 『현대한국문학전집 권6』, 신구문화사, 1976, p. 331.

모순과 불합리를 냉정하게 해부·고발하는 리얼리스트의 냉정한 거리감각
을 확보하게 된 것이다. 관념을 버리고 현상을 직시하기 시작한 이범선의
소설은 세계와 자아의 도저히 화해할 수 없는 대결양상 또는 우리 의식의
붕괴에 따른 개인주의의 미만(彌滿) 현상을 문제삼으면서 서사의 본질에
좀더 가깝게 접근한다.

3. 굴절된 현실과 인간 본성에의 신뢰

한때 라디오 방송의 고정 사회비판 프로그램 제목으로까지 사용될 정도
로 인구에 회자되었던 「오발탄」(《현대문학》, 1959, 10)[13]이 이범선 소설
의 위상과 성가를 한층 높여주었다는 점에 대해 특별한 이견이 제기되는
것같지는 않다. 이 소설은 전후 서울의 빈민촌을 공간배경으로 하면서 이
북에서 월남한 일가족의 정신적·육체적 전락과정을 '짙은 점액질과 조각
적인 요소까지 함유'[14]한 드라이한 묘사로 탁월하게 형상화한 작품이다.
해방전까지 고향에서 남부러운 삶을 살았던 송철호 일가가 극심한 가난과
질병에 시달리게 된 배경에는 북한의 공산주의 정권과 6·25가 놓여 있
다. '무슨 하늘이 알 만큼 큰 부자는 아니었지만 그래도 꽤 큰 지주로서
한 마을의 주인 격으로 제법 풍족하게'(p. 361) 살아온 그의 가족은 생계비
도 못되는 월급을 받으며 계리사 사무실에 나가는 장자 철호, 상이군인이
되어 한탕주의의 허망한 꿈을 좇는 동생 영호, 구멍이 뚫린 나일론 양말을

---

13) 이 작품은 제5회 동인문학상(1961)을 수상했다는 문학적 이유에서라기보다 유현목
    감독에 의해 영화화되면서 일반인의 의식에 더욱 뚜렷이 각인되었다고 보는 편이
    옳다. 자유당 시절에 이 작품(영화)은 지나치게 현실을 어둡게 묘사했고 등장인물의
    "가자!"라는 절규가 불온한 사상을 담고 있다고 해서 상영금지 처분을 받은 적이
    있다. 그러나 아이러니칼하게도 이 영화가 샌프란시스코 영화제 본선에 진출함으로
    써 오히려 해외에서 작품성을 인정받게 되었고 그후 정부당국에 의해 재상영이 허
    가된 일이 있었던 것이다. 본문의 작품 인용은 『현대한국문학전집 권6』(신구문화사)
    에 따르며 면수만 인용함.
14) 천승준, 앞의 글, p. 446.

신은 채 양공주 생활을 하는 명숙, E여대 음악과를 졸업한 화려한 과거를 잊은 채 아무런 희망도 가지려 하지 않는 아내, 그리고 고향으로 돌아가지 못하는 것이 한이 되어 실성한 노모 등 하나같이 비정상적인 상황에 놓인 인간들이다. 전쟁이 과거의 인간관계의 유대를 파괴하고 사회구조나 삶의 가치체계에 질적인 변화를 초래한다는 것은 잘 알려진 일이거니와, 「오발탄」의 등장인물들처럼 과거의 삶과 완전히 상반된 삶의 역정을 걷는 이들도 그리 흔치 않아 보인다. 그런데 송철호 일가의 현실 대응방식은 크게 두 부류로 나누어 생각할 수 있다. 그 하나는 현실의 질곡과 고통을 숙명으로 감수하면서 인내하는 송철호와 그의 아내, 그리고 명숙 등과 같은 체념론자들이고 다른 한 부류는 어떻게든지 현재의 암흑에서 벗어나려는 의지를 보이는 노모와 영호 등 현실부정론자들이다.[15) 당면한 현실문제에 대한 이해와 수용태세가 상이한 이들이 정신적 갈등과 불화를 빚는 것은 당연한 일이겠는데, 철호/어머니, 철호/영호의 관계는 남북 분단 또는 정신주의와 물질주의의 대립적 성격을 띠어 작품의 주제와 직접 관련된다. 삼팔선이니 자유민주주의니 하는 이념을 도저히 이해할 수 없는 어머니는 실성하여 발작적으로 "가자!"라고 절규하는데, 그것은 단순히 고향으로 돌아가자는 의미를 넘어 남북분단 현상을 역사적 필연으로 묵인하는 동시대인의 반역사성을 통렬하게 질타하는 것이라 할 수 있다. '나라를 찾았다면서 집을 잃어버려야 한다'(p. 362)는 현실의 모순을 이해할 만한 이성을 갖지 못한 어머니는 아들을 원망하다 끝내 광인이 되고 만 것인데, 이것은 전쟁의 폭력성과 이데올로기의 허위의식에 짓눌려 본래의 순박성을 상실하고 현실에서 도태되는 월남 피난민들의 정신적 아픔을 극대화한 것으로 보여진다.

송철호 일가가 겪는 밑바닥 삶은 전후 대다수 피난민들이 경험했던 최악의 삶의 조건을 여실하게 반영한 것으로 그러한 열악한 상황에 대처하

---

15) 노모와 영호는 현실을 전혀 인정하지 않는 점에서는 입장을 공유하지만, 노모가 과거지향적이라면 영호는 철저히 현실지향적이라는 점에서 변별된다.

는 양상은 각자의 사정에 따라 천차만별로 나타나게 될 것이다. 그러나 이 작품에서는 현실의 중압과 폭력에 전혀 무방비하게 대처하는 철호의 무기력한 자세와 '양심이고, 윤리고, 관습이고, 법률이고 다 벗어 던지고'(p. 366) 사람답게 살아보자는 영호의 도전적 태도 등 상반된 양태를 띠는데, 그것은 당시 현실대응 방식의 티피컬한 두 유형을 대표한다. 이들 형제의 갈등과 대립은 밀림의 적자생존 법칙을 수용하느냐 인륜·도덕의 포기를 거부하느냐 하는 것으로 요약되지만 두 사람 모두가 인정과 양심 때문에 비참한 결말을 맞는 현실에 패배한 인간상으로 그려져 주목된다. 지식인으로서 순결한 양심과 도덕을 지키고자 노력했던 철호는 노모의 실성, 누이의 전락, 아내의 죽음 등 모든 것을 상실한 채 자신도 발치(拔齒) 후의 과다한 출혈에 의해 의식을 잃게 된다. 또 영호는 권총강도로 변신해 거금을 탈취하는 일에는 성공하지만 운전수와 회사원을 쏴 죽이지 못해 곧바로 체포당한다. 그러니까 철호 일가족이 온갖 고초와 시련을 겪다가 마침내 가족전체가 파탄에 직면하게 되는 가장 근본적인 원인은 그들 모두가 선량한 본성을 버리기 못했기 때문이라 할 수 있다. 경찰서에 구금된 자신을 찾아온 철호에게 "형님, 미안합니다. 인정선(人情線)에서 걸렸어요. 법률선까지는 무난히 뛰어넘었는데. 쏘아버렸어야 하는 건데."(p. 375)라고 말하는 영호는 어린 조카에게 화신백화점 구경시켜주겠다는 약속을 지키지 못하게 된 일에 마음이 쓰일 만큼 다정다감하고 선량한 인간이다. 다시 말해 이 소설에서 가장 반항적이고 현실적인 가치관을 가진 것처럼 그려진 영호조차도 기실은 누구보다 착한 본성의 소유자라는 사실이 밝혀지면서 작가의 휴머니즘의 정신이 얼마나 폭넓고 뿌리 깊은 것인가를 확인하게 된다. 요컨대 작가 이범선의 분노의 표적이 되는 것은 사악하고 이기적인 인간의 성정이 아니라 순박한 성품을 마모시키는 전후의 물신주의 또는 공동체의식의 소멸같은 것이다.

이범선 소설의 작중인물이 표면적으로는 냉정하고 이기적인 성격으로 묘사되지만, 그런 성격은 전쟁을 통해 겪어야 했던 처절한 경험에 의해 형성된 것일 뿐 본성은 지극히 선량하다는 것은 그의 대다수 작품에서 언제라도 찾아볼 수 있는 특징이다. 열두 살난 아들에게 정상적인 룰을 벗어난 권투를 가르치는 하숙집 주인의 이야기를 다룬 「몸 전체로」[16]에서 작가가 관심을 갖는 것도 작중인물을 과잉된 전투의욕으로 무장하게 자극한 전쟁의 비정함이다. 고등학교 영어교사인 하숙집 주인이 "눈은 똑바로 뜨고. 보초선(步哨線)에 선 병정모양, 방아쇠에 손가락을 걸고 싸늘하게 상대방의 심장을 겨누고 있어야 자기 생명을 지킬 수 있는 세상"(p. 320)이란 가치관을 갖게 된 이면에는 전쟁의 참담하고 잔혹한 상실의 경험이 밑바탕에 깔려 있다. 부산 피난 시절 일곱 살 난 어린 딸을 저 세상으로 보낸 것은 영양실조와 백일해와 같은 기아와 질병이라는 조건 외에도 같은 피난민들의 야만적 이기심이 보다 직접적인 동인으로 작용한다. 백일해에 걸린 딸을 안고 피난민 수용 창고에서 쫓겨난 그는 창고방화범으로 몰려 사흘만에 풀려나지만, 이미 어린 딸은 숨을 거둔 뒤였다. 딸의 스웨터 주머니에서 차곡차곡 접은 초콜렛 빈 껍데기를 발견하고 목이 멘 그는 부두 노동자 박씨의 권유대로 아편장사를 하게 된다. 동업자 박씨가 흑인 부대 뒷산에서 시체로 발견된 뒤 그의 재산을 갑자기 세 배로 불어나는데, 수익을 반분하기로 했던 박씨는 실제로 그보다 두 배의 이익을 챙기고 있었던 것이다. 아편장사를 그만 둔 그는 서울로 올라와 헐값에 집을 사 재산을 축적한 뒤 어떠한 경우에도 남에게 동정을 베풀지 않을뿐 아니라 철저히 강해지기 위해 어린 아들에게 승리만을 목적으로 하는 권투를 강요하는 것이다. 그것은 과거의 전통적 〈우리〉 의식이 소멸하고 그 자리에 〈나〉 의식이 흉물스럽게 또아리를 틀고 있는 현실에서 "지고 물러나 앉으면 그 순간부터 그대로 거지"(p. 323)라는 절박한 상황 인식을 하게 되었기 때문이다.

　「백사장, 그건 꼭 〈우리〉라는 말과 같은 것이 아닐까요. 그저 수없이 많은 모래알, 그것이 어쩌다 한 곳에 모였을 뿐, 아무런 유기적 관계도 없이. 안 그렇습니까? 〈우리〉, 참 좋아하고 많이 쓰던 말입니다. 우리! 그런데 피난 중에

---

16) 이범선, 「몸 全體로」, 《사상계》, 1958, 5. 이하 작품인용은 『현대한국문학전집 권6』에 따르며 괄호 속에 면수만 제시함.

저는 그만 그 말을 잃어버렸습니다. 폭탄의 힘은 참 위대하더군요. 저는 돌아
온 이 서울 거리에서 〈우리〉 대신 폐허 위에 수많은 〈나〉를 발견했읍니다.
나, 나, 나, 나, 나, 나. 정말 한강의 모래알만치나 많은 〈나〉……」(p. 321)

　피난 시절 주위 어느 누구로부터도 인간적 배려와 따뜻한 도움을 받아
보지 못한 그는 기아와 질병, 불신과 증오, 이기주의가 팽배한 전쟁의 소
용돌이에서 자신의 가족을 보호하기 위해서는 철저히 영악하고 교활하며
냉혹해지지 않으면 안된다는 사실을 절감한다. 현실의 삶에서 정직하게 루
울을 따르다가는 여지없이 낙오되거나 도태된다는 점을 정확하게 인식하
고 있으면서도 구걸하는 거지에게 적선하지 않는 자신을 부끄럽게 생각하
는 그는 분명 위악적 인간처럼 보인다. 전쟁 전만하더라도 〈우리〉라는 말
을 ‘참 좋아하고 많이 쓰던’ 그가 이처럼 이기적이고 위악적인 인간으로
변신하게 된 근본적인 동기가 전쟁이라는 것은 너무나 명백하지만, 무엇보
다 소중한 이범선 소설의 미덕은 전쟁의 잔혹한 폭력성도 인간 본성을 완
전히 뒤바꿀 수 없다는 확고한 믿음을 가진 이 작가의 변함없는 휴머니즘
적 가치관에서 찾아진다. 가령 이범선 소설에서 가장 잔인하고 섬찍한 성
정을 가진 인물로 묘사되는 「殺母蛇」[17]의 궁남에 대해서도 서술자는 마
지막 판단을 유보하고 있다. 어릴 때부터 독기와 살기를 가지고 모든 사람
을 적대시하던 그는 공산당 정권이 들어서자 누구보다 악랄한 공산당원이
되어 자신의 생부와 생모까지 살해하는, 우리 문학에서 유례를 찾기 어려
운 잔악한 인물이다. 그렇다고 작가가 인간의 착한 본성에 대한 절대적 신
뢰를 버리고 세상사람들을 선인과 악인으로 나눠야만 직성이 풀리는 마니
교도(敎徒) 식의 사고방식을 취한 것이라 보아서는 안된다. 오히려 작가는
이 작품에서 인간이 상상할 수 있는 가장 흉악무도한 인간상을 설정해 과
연 인간의 본성이 이처럼 악할 수 있겠는가라는 본질적 문제를 제기하고
있는 것으로 보아 무방하다. 작품의 결미에서 서술자가 「너는 정말 살모

---

17) 이범선, 「殺母蛇」, 《사상계》, 1964, 11. 이하 작품 인용은 『현대한국문학전집 권6』
　　에 따르며 괄호 속에 면수만 제시함.

사인가? 너는 정말 살모사인가!」라는 질문을 의문부호와 감탄부호를 사용하며 거듭 질문하고 있는 것도 그러한 악마적 본성의 인간 존재를 강력히 부정하고자 하는 의도라 여겨진다.

이범선 소설에서 전후의 사회상은 거의 예외없이 굴절되고 왜곡된 형태로 묘사된다. 폐결핵을 앓고 죽어가면서도 자신의 사망 소식을 하루 연기하라고 유언하는 교사의 이야기를 다룬 「사망보류」[18]나 상이군인이 되어 사랑하는 여인의 간곡한 구애도 물리친 채 자신과 같이 다리가 불구인 개의 목을 죄어 죽이는 청년의 비정상적 행태를 그린 「자살당한 개」[19] 등에서 작가는 인간의 생명보다 돈을 우선하는 추악한 페티시즘이나 가족의 상처와 아픔을 철저하게 남의 것으로 치부하는 사람들의 이기심을 냉정하게 관찰한다. 작가가 파악하고 있는 현실은 전통적 가치체계에서 어긋나고 비틀린 것으로 나타나지만 인간 본성에의 믿음마저 포기한 것 같지는 않다. 죽음과 광기, 범죄와 윤락 등 전쟁이 유발하는 온갖 징후로 한 가정이 파탄에 이를 때까지 속수무책인 「오발탄」의 철호, 발정한 암캐가 접근해도 무관심한 태도를 보이는 죤(개 이름)을 교살하는 「자살당한 개」의 영철 등은 분명 현실 패배주의자라 할 수 있다. 그러나 현실을 투시하는 작가의 원근법과 세계관이 작품의 주제와 유기적 관련을 맺느냐 하는 점에 관심의 초점을 집중할 때 현실과의 대결에서의 승패는 본질적인 문제에서 벗어난 것이 된다. 요컨대 전후 사회를 배경으로 한 이범선 소설은 전쟁이 인간의 삶과 정신 전반에 미친 부정적 영향을 다각적으로 해부하여 보여주는 한편 인간 본성에 대한 신뢰를 포기하지 않음으로써 전쟁의 참혹성과 폭력성을 고발하고 휴머니즘을 지향하는 전쟁문학의 기본적 특질을 가장 잘 구현한 것으로 볼 수 있다.

---

18) 이범선, 「死亡保留」, 《사상계》, 1958, 2.
19) 이범선, 「自殺당한 개」, 『신작33인집』, 1963.

4. 맺는 말

1950년대 쓰여진 전쟁소설이 대상의 객체화에 실패해서 대체로 서사 양식에 미달하고 있다는 문학사적 평가는 부분적으로 타당한 것으로 보인다. 일제의 질곡에서 해방되자마자 이념적 편싸움으로 국토가 분단되고 민족을 적대세력으로 간주해야 하는 부조리한 상황을 객관화된 시각으로 조감하기에는 여러 가지 어려운 점이 많았을 터이기 때문이다. 그럼에도 불구하고 대다수 작가들이 전쟁의 참혹성을 고발하고 그 심각한 후유증을 증언하는 작가 본연의 과업에 정력을 기울여 일정한 성과를 거둔 점은 결코 간과되어서 안 될 미덕이다. 작가 스스로 전쟁의 험난한 급류에 휩쓸려 있었던 만큼 사태의 본질과 핵심적 문제를 파악하는 데 다소 주관적 감정과 제한된 시각이 개입되었으리라 생각되지만, 핍진한 현장성의 확보에 있어서는 후배작가들과 비견할 수 없을 만큼 탁월한 성취를 이루고 있다.

이범선의 소설이 인간에 대한 따뜻한 애정과 공동체사회에 대한 동경을 바탕으로 전후 사회의 각박한 현실을 문제삼고 있다는 것은 앞에서 살펴본 바와 같다. 작가의 이와 같은 소박한 휴머니즘 또는 낭만주의적 사고가 작중인물의 소극적·패배적 행위의 원인이 되고 작품성향을 비산문적이게 한다는 일부의 지적은 수긍할 만한 것이다. 그러나 이범선 소설을 연대순으로 읽다보면 전쟁의 상흔을 치유하기 위한 작가적 관심이 일정한 방향으로 발전하고 있음을 발견하게 된다. 「학마을 사람들」·「수심가」 등에서 공동체적 질서와 인정의 파괴에 보다 가슴 아파하던 작가가 「사망보류」·「몸 전체로」·「오발탄」 등 작품에서는 전후의 피폐한 도시적 삶과 강파르게 변한 인정세태를 세부적으로 드러냄으로써 서정적 세계에서 산문적 세계로의 발전을 예고한다.[20] 타락한 현실에서 수직적 초월을 이룩하

---

20) 이 글의 논의를 전쟁 체험 소설에 국한할 때 그렇다. 말을 바꾸면 이범선 소설은 「표구된 휴지」·「하늘에 흰구름이」 등 후기작에서 다시 서정성을 바탕으로 인간 본연의 문제를 탐구하는 방향으로 나아가고 있는 것이다. 이 글에서는 자세히 언급

려는 문제적 인물들의 행위가 패배로 귀결되는 것은 그들의 현실 극복의 지가 미약해서라기보다 현실의 하중이 그만큼 억압적이기 때문이다. 이범선이 창조한 허구적 세계가 현실과 밀접하게 닿아 있으면서도 관념적 색채를 완전히 제거하지 못한 인상을 주는 것도 그 때문이지만, 어쨌든 인간성에 대한 깊은 신뢰가 작품의 전체적 분위기를 지배하는 이범선 소설이 1950년대 전후소설에서 독특한 자장을 형성하고 있는 것만은 부인될 수 없는 사실이다.

하지 못했지만, 이범선 소설은 주제의식이나 기법적인 면에서 다양한 변화의 모색을 보여주기도 하는데, 이 점에 대하여는 천승준의 글(「서민의 미학」)이 좋은 참조가 된다.

慟哭의 현실, 苦笑의 미학
─南廷賢論

1.

    남정현은 우리 서사문학의 주요한 특질이었던 해학과 풍자의 정신을 재창조하여 속악한 현실에 정면 도전한 작가라 할 수 있다. 현학과 요설로 이루어진 그의 소설 문장을 읽으며 우리는 그의 선배 소설가인 이상·김유정·채만식·손창섭 소설의 어느 한 부분을 읽는 듯한 느낌에 종종 빠져든다. 남정현 소설의 주인공은 대부분 집안에 갇혀 있다시피 한 채 사회와 적극적인 교섭을 하지 않는 지식인 계층이라는 점에서 「날개」의 주인공과 비견될 만하고, 주위 사람들로부터 숙맥 취급을 받는 점에서는 김유정이나 손창섭 소설의 인물들과 상당히 닮아 있다. 또 그의 작품이 부조리하고 왜곡된 현실을 가차없이 폭로하고 끈질기게 저항하는 인물을 다룬다는 점에서 채만식 소설의 풍자 정신과 긴밀하게 접맥되는 것으로 보인다. 이들 작가들은 30년대와 50년대의 비틀린 사회 상황을 사실적으로 반영하는 한편, 위트와 기지 또는 해학과 풍자의 기법을 종횡무진으로 구사하여 유니크한 작품 세계를 창조한 작가로 알려져 있다. 이들 작가의 작품에 나타나는 독특한 개성은 주로 기법적 참신성에서 연유되는 것인데, 가령 이상 소설의 두드러진 특징인 지적 재치와 심리주의의 도입, 김유정·손창섭의 작품에 자주 등장하는 어리석은 인물과 시점의 자유로운 선택, 그리고 판소리 사설에 그 연원을 두고 있는 채만식 소설의 점착력 강한 문체 등이 그 보기이다.[1] 남정현 소설이 선배 작가들의 작품에서 발견되는 특징을 상당부분 공유하고 있는 것은 인정되지만, 그렇다고 그의 작품이 선배의 아류에 불과하다고 말할 수는 없다. 그리고 남정현이 한창 활동하던 시기가 이상 등 선배작가들이 살았던 일제시대와 여건의 차이가 있는 것은 사실이더라도, 통시적 관점에서 볼 때 남정현처럼 가열하게 억압된 현실 정치상황을 고발해온 작가도 그리 흔치 않다. 뿐만 아니라 그의 현실 대응 방식은 시종 풍자로 일관했는데, 이점 또한 여타 작가들과 확연히 구별되는 특징이다. 요컨대 남정현의 소설은 풍자와 해학을 미학적 기반으로 하여 4·19 이후 지속된 군사정권에 가장 강력한 항의를 제출한 것으로 볼 수 있다. 그런 점에서 그의 소설과 삶의 역정에 관하여 "누구보다 민감한 반항 작가로서 그 동안 구원받기 어려운 한국 정치 풍토의 상황악에 대하여 정면으로 선전포고를 일삼아 온 셈"이라 평한 임중빈의 지적은[2] 대체로 온당한 것으로 보인다.

남정현 소설에 주목해 온 연구가들에게서 보여지는 공통점은, 그의 소설이 왜곡된 상황과의 정면적 대결을 통해 민족적 정체성(Identity)과 자긍심의 회복을 주제로 한다는 사실의 승인이다. 이와 같은 주제를 형상화하기 위해 그는 거의 천편일률적이다 싶을 정도로 풍자와 알레고리의 기법을 사용하며, 현실 상황과 등장인물을 일부러 굴절(refraction)시키거나 희화화(caricaturization)하는 작업을 반복한다. 김병걸의 말처럼, 일부에서 그의 소설을 가리켜 "과연 문학이라는 이름에 값어치 하는가, 도식주의의 올가미로 스스로를 구축하고 있는 작가가 아닌가."[3] 하는 우려와 회의를

---

1) 남정현 소설이 이상·김유정·손창섭·채만식 소설과 기법이나 양식적 측면에서 유사하다는 점은 이밖에도 곳곳에서 확인할 수 있다. 가령 남정현 초기 작품에 보이는 생경한 언어와 세련되지 못한 문체에서 우리는 이상(李想)을 떠올리게 되며, "―것이다."로 종결되는 어미를 즐겨 사용하는 문장에서는 어쩔 수 없이 손창섭을 연상하게 된다. 그리고 영악한 주변 인물들에 비해 형편없는 바보로 그려지는 남성 주인공의 모습은 김유정이 창조한 숙맥형 인물들과 좋은 비교 대상이 된다. 하지만 이 글의 목적이 남정현과 선배 작가들의 공통점과 차이점을 드러내는 것이 아니므로, 상론은 유보하기로 한다.

2) 임중빈, 「상황악과의 대결」, 『현대한국문학전집·15』, 신구문화사, 1981, p. 505.

3) 김병걸, 「상황악에 대한 끈질긴 도전」, 『분지』, 훈겨레, 1990, p. 354.

제기하는 것도 이런 사정과 무관하지 않다. 그것은 일차적으로 남정현의 소설이 '어떻게' 보다는 '무엇을'에 더 많은 관심을 기울이는 리얼리즘 소설의 전통에 의존해 있고 또 실제로 그러한 문학 원리에 의거해 창작활동을 전개하고 있기 때문이라 생각할 수 있다. 잘 알려진 것처럼 그는 「분지(糞地, 1965)」로 필화 사건을 겪는 등 우편향적 반공논리가 횡행하던 시대에 극심한 정신적·육체적 고통을 경험하면서도 자신의 문학관과 가치관을 포기하지 않은 몇 안 되는 작가 가운데 하나이다. 「분지」 이후 연작 형식으로 발표된 「허허 선생」이 초기 작품과 얼만큼의 거리를 두고 있는 징후는 뚜렷해 보이지만, 그렇다고 세계관의 근본적인 동요를 감지하게 하는 요소가 발견되는 것은 아니다. 말을 바꾸면 「경고구역」·「굴뚝 밑의 유산」 등으로 창작 활동을 시작한 남정현은 「분지」 이후 약간의 변모를 보여주고 있긴 해도 폭로와 비판의 정신을 자신의 문학과 삶을 지탱하는 화두로 삼고 있다고 보아 무방하다.

이 글에서는 기왕의 남정현론에서 여러 차례 언급된 사항에 대해서는 동어반복을 피하려 한다. 오히려 필자가 관심을 갖는 것은 남정현 소설의 거의 모든 주인공들이 과감하게 집(가정)에서 탈출하지 못한 채 갇혀 있는 상황, 갈등의 양상이 부부관계에서 부자관계로 전이된 사정, 지나치게 부정적으로 묘사되고 있는 여성 이미지 또는 너무 자유로와 자칫 혼란을 유발하는 시점의 문제 등과 같은 부분의 의미망을 드러내고 해석하는 일이다.

2.

「경고구역」[4]에는 남정현 소설의 특질과 성격, 이를테면 냉철한 현실 인식에 바탕을 둔 풍자 정신, 자유 민주주의에의 갈망, 반외세주의 사상

___

4) 남정현, 「경고구역(警告區域)」, 《자유문학》, 1958. 9. 『한국소설문학대계·43』, 동아출판사, 1995에서 재인용. 이하 작품 인용은 괄호 속에 면수만 제시함.

등이 투박하고 거친 모습으로나마 거의 그 전모가 나타나고 있어 주목된다. 이 작품의 기본 구도는 경제적으로 무능한 남편과 육체를 팔아 남편을 사육하면서 그를 무시하는 아내 사이의 대립적 관계로 이루어져 있는데, 이러한 골격은 「너는 뭐냐」까지 변함없이 계속되는 남정현 소설의 기본적 갈등 구조라 할 수 있다. 대학을 2년 중퇴하고 병역 의무를 필한, '탁 바라진 가슴하며 우람한 사지의 근육'(p. 15)을 가진 건강한 사내 종수와 '잘룩 오무라지고 말았는가 하다가 활짝 파라솔처럼 시원하게 열린 둔부의 곡선'으로 '거리의 군데군데에서 난숙한 연기'(p. 19)를 벌이며 돈을 버는 아내 숙, 그리고 제임스란 놈에게 짓밟혀 '질병의 접대부'(p. 11)가 된 종수의 누이 순이 등 세 남녀의 비정상적 모습과 그들이 연출하는 행태는 전후 한국 실상의 희화화라 해도 무방하다. 이 작품의 화자인 종수는 아내가 밖에서 구체적으로 어떤 일을 하는지 구태여 알려 하지 않은 채, 집에서 누이동생의 처참한 몰골을 바라보거나 신문 기사를 보며 공상하는 일에 매달린다.

> 신문에는 늘 '자유'와 '민주'를 좀먹으며 살찌는 자의 모습이, 아니 돈이 없고 빽이 없어 억울한 자의 모습이, 아니 부정부패에 시달리는 자의 모습이 제각기 다양한 형태로 담겨 있으니까 말이다. 그리하여 종수는 그 신문을 펴들 때마다 온갖 억울한 자를 대신해서 힘껏 주먹을 휘두르며 사자후를 토하는 자신의 장한 모습을 공상해 보는 것이다. 그러한 공상을 향락하는 시간은 도무지 그 시간이란 것이 지루하질 않아서 좋았다. (p. 19)

종수는, 마치 「날개」의 주인공이 돋보기 장난을 하듯, 신문을 펴들고 사자후를 토하는 자신의 모습을 공상하는데, 그의 행동은 부패하고 타락한 현실의 모순을 정확히 이해하고 해결책을 강구하려는 의지라기보다 단순히 권태로운 시간을 보내기 위한 행위라는 혐의가 강하다. 실제로 남정현 소설의 주인공 가운데 상황의 개선을 위해 능동적으로 행동하는 사람은 극히 소수에 불과하고 대부분 그런 생각을 가지고 있는 수준을 넘어서지 못한다.5) 그러나 보다 문제적인 것은 남정현 소설의 주인공이 보여주는 비행동성이 아니라 그들을 위축시키는 외적 폭력의 존재이다. 이를테면 「너는 뭐냐」[6]의 관수는 '똥은 기어이 방에서 싸셔야겠다는 아내의 견해는 확실히 한 번쯤 재고할 필요가 있다'(p. 38)고 믿지만, 그러한 관수의 의향은 '아내의 강렬한 특권의식'(p. 46)에 의해 번번이 좌절당한다. 「너는 뭐냐」의 아내 신옥은 '〈現代〉라는 한자 두 자에다 전 생애를 걸다시피 하고 생활신조를 오로지 〈現代〉라는 한자 두 자에다만 국한'시키는, 가장 현대적인 여성이라 할 수 있다. 그녀가 종교처럼 신봉하는 〈현대〉의 정체는 "네가 살자면 내가 죽고, 내가 살자면 네가 죽어야 하는 그렇게 엄격한 룰 속에서 아주 조직적으로 빈틈없이 움직이는 그런 일종의 잔인하고 거대한 무슨 기계나 괴물"(p. 48)이고, 따라서 그것은 전통적 공동체 사회의 윤리 의식에 익숙한 관수로서는 도저히 수긍하기 곤란한 것이 아닐 수 없다.

남정현 소설의 여성[7]들이 거리로, 다방으로, 재즈홀로 바쁘게 돌아다니

---

5) 「분지」의 홍만수가 미국 여성을 겁탈한 것, 「부주전상서」의 주인공이 아내를 살해한 행위 등을 제외하고는 적극적인 행위를 하는 인물은 보이지 않는다. 「허허 선생」 연작의 허만도 고작해야 '아버님을 연구하여 앞으로 다신 아버님과 같은 사람이 이 세상에 나타나지 못하도록 단단히 무슨 조치를 취할 생각'(「허허 선생 2─발길질」)만 하고 있을 뿐이다.

6) 남정현, 「너는 뭐냐」, 《자유문학》, 1961, 3. 이하 작품 인용은 『한국소설문학대계 · 43』(동아출판사, 1995)를 따르고 괄호 속에 면수만 제시함.

7) 남정현 소설에서는 어머니를 제외한 거의 모든 여성들이 부정적인 성격으로 묘사되는 특징을 보인다. 그들은 처음에는 남편의 우위에 서 있는 듯하지만, 결국 남편에게 가혹한 린치를 당하거나(「광태」) 살해당하는(「부주전상서」) 비극적인 종말을 맞는다. 남성에 대한 여성의 우위가 가장 극단적으로 드러나는 「너는 뭐냐」의 경우도 심층적으로는 여성을 비하시키려는 의도가 내재해 있음을 부정하기 어렵다. 이를테면 그녀가 아침마다 요강에다 대변을 보는 행위에 대한 장황한 서술은 그녀의 알라존적 허세를 풍자하려는 작가의 의도를 분명히 드러낸다. 뿐만 아니라 「부주전상서」의 화자가 여자의 존재를 우습게 여기는 원인으로 아내가 생리대를 차는 광경을 목격한 사건을 들고 있는데, 이러한 상황 설정을 우의(Allegory)나 풍자(Satire)의 차원에서 해석하려는 것은 무리라 여겨진다. 오히려 그것은 이 작가가 여성 존재 자체

는 반면 남성들은 거의 집안에 틀어박혀 있거나 '폐기된 물품처럼 매양 그저 무의미하게 공간만을 점령하고 있는 한 무더기의 거추장스러운 부피에 지나지 않는'(「사회봉(司會棒)」) 존재로 묘사된다. 그들이 가정이라는 좁은 울타리에서 유폐에 가까운 생활을 하는 까닭은 자유와 민주, 그리고 통일을 운위했다는 죄목 때문이다. 다시 말해 남정현 소설의 남성들을 무기력한 숙맥으로 만드는 근본적인 원인은 '사물에 관해서 좀 관심을 표명하다 보면 어떻게 저도 모르는 사이에 배반 반(叛) 자를 거느린 민족의 씻을 수 없는 죄인으로 낙착'(「기상도(氣象圖)」)되는 괴이한 현실 논리에 기반을 두고 있다. 가령, 「현장」의 이춘궁 박사는 단지 민주제도에 순종했다는 이유만으로 수인(囚人)이나 진배없는 생활을 하며, 「사회봉」의 동문 선생 또한 조국 통일에의 열망을 토로했다는 죄로 해방 이후 20여 년간을 경찰서와 검찰청, 그리고 공판정과 형무소 사이를 전전하게 되었던 것이다. 또 「허허 선생」의 허만은 아버지(허허 선생)의 과거 비행을 누구보다 소상히 알고 있다는 것 때문에 '절대로 사람이 보아서는 안 될 그런 무슨 흉흉한 흉물'(「허허 선생 1—괴물체」)로 취급된다. 말하자면 남정현 소설에서 주변의 배척을 받는 사람은 하나같이 민주와 정의를 무엇보다 소중한 가치로 확신하고 그것을 실천하려는 긍정적 인물들이다. 따라서 그들이 왜곡된 현실을 '종창(腫脹)에서 흘러나오는 고름같이 노리퀴퀴한 악취'(「기상도」)가 진동하고 '피부병 질환과 같이 푸릇푸릇하게 멍든 반점이 전신을 뒤덮'어 만신창이가 된(「광태(狂態)」) 육체로 인식하는 것은 충분히 납득할 수 있는 일이다. 이런 맥락에서 우리는 「부주전상서(父主前上書)」의 주인공이 아내를 죽인 뒤 그녀의 하반신에 흘러 넘치는 피를 보고 "왜 그런지 저는 피로 보이지 않더군요. 그것은 고름이었습니다. 청자의, 저의, 아니 정부(政府)의, 조국의, 좌우간 어디에선가 크게 곪은 부종(浮腫)이 콸콸 무너져 내리는 고름의 강하(江河)"라고 강변하는 것에도 웬만큼 공감을

를 무시하거나 폄하하는 가부장제 사회의 남근중심주의의 폭력에 얼마나 익숙해 있는가, 그리고 그러한 관습적 사고에 대해 얼마나 무비판적으로 대응하고 있는가를 드러내는 명백한 증거라 생각되는 것이다.

표할 수 있게 된다.[8)]

「부주전상서」[9)]는 남정현 소설 가운데서도 작가의 현실 비판인식이 가장 직접적으로 표출되었고, 따라서 남정현의 문학관을 명쾌하게 알려주는 작품이라 할 수 있다. 그에 따르면 조국 대한민국은 "한 인간의 상상력을 가지고는 도저히 추정할 수 없는 그렇게 기이하고도 엉뚱한 일들이 출몰(出沒)"하는 "현실에 참패한 픽션, 픽션을 제압한 현실"의 카오스와 진배 없는 곳일 따름이다.[10)] 카오스적 현실에 대한 주인공(또는 작가)의 분노가

---

8) 그러나 남정현 소설의 취약점 가운데 하나를 지적하자면, 주제의 강화를 위해 상황을 지나치게 굴절시킨다는 사실이다. 손쉬운 예로 「부주전상서」에서 주인공이 아내 청자를 살해한 동기로 임신 중절을 내세운 것은 논리적 필연성의 결핍을 스스로 드러낸 것에 불과하다. 또 여러 평자가 긍정적으로 이해하고 있지만, 「너는 뭐냐」의 결말 부분도 주제 의식의 과잉으로밖에 생각되지 않는다. 이런 점은 '지나친 사변적 요설 때문에 주제의식을 흐트려 버리고 있다. '(임헌영, 「승리자의 울음과 패배자의 웃음」, 『분지』, 監겨레, 1990, p. 371)는 식으로 여러 차례 지적되어 왔다. 뒤에서 다시 언급할 기회가 있겠지만, 남정현 소설을 읽는 독자들은 그의 현란하다고까지 말할 수 있는 사변과 요설을 즐기다 어느 순간 강렬한 토운으로 진술되는 서술자(작가)의 웅변에다 귀를 기울이면 그만이다.

9) 남정현, 「부주전상서」, 《사상계》, 1964, 6. 이하 작품 인용은 『한국소설문학대계 · 43』의 것을 따르며, 괄호 속에 면수만 제시함.

10) 서술자(또는 작가)가 파악하는 조국의 현실은 '외세의 행패로 나라가 두 동강이 나서 망가질 대로 망가'(「기상도」)졌을 뿐만 아니라, '나라의 곳곳을 가로막은 철조망'(「경고구역」)과 '북한엔 뿔 돋친 공산당이 산다고만 알지, 사람이 산다는 사실은 좀처럼 인정하지 않'(「부주전상서」)는 반공 논리에 의해 '이 땅 위에서 민족의 숙원인 통일에 대한 열망이 곧장 불온한 사상으로 낙찰'(「사회봉」)되기 때문에 '대한민국에서 살기 위해선 공산당이 아닌 것'(「기상도」)이 무엇보다 중요한 생존의 조건이 된다. 또한 '4 · 19 이후 삼천리 방방곡곡에 갖가지 형태의 아름다운 꽃으로서 가슴 설레이게 피어 오르던 자유와 통일에 대한 민중의 열망을 짓부순 5 · 16 군사 쿠데타'(「광태」) 이후 대한민국은 '사실을 구체적으로 표현할 수 있는 자유'(「분지」)를 박탈당한 채 '민족을 등지고 일신의 영화만을 탐하는 그런 더러운 놈들이 휘어잡고 있'(「천지현황」)어 '헌법은 우리 아기 잡기장(雜記帳). 생각날 때마다 지우고 또 쓰고 하면 되는'(「광태」) 걸레조각과도 같은 것으로 인식될 만큼 국가의 권위가 철저히

주로 정치인들을 향한 것이라는 점에서 이 작품은 명백하게 정치적 의도를 띤다. 이 작품의 서술자에게 정치인들은 인간이 아닌 악마와도 같은 불온한 존재이고 따라서 그들의 하수인에 불과한 법관들의 판결을 전적으로 불신하는 서술자의 태도는 상당한 설득력을 인정받게 된다.

> "눈깔을 앗아 가는 그것은 정치가 아닙니다. 악마들의 장난이지요. 수천만의 생명과 재산이 흔들리는 정치를 악마들의 장난처럼 해서야 되겠습니까. 이 땅에서는 될 수 있는 대로 양심이 없는 것이 양심인지도 모르겠습니다. 그리하여 저는 판사가 그렇게 양심적으로 판결했다고 주장하는 저에 대한 판결도 과히 신용하지 않습니다."(p. 166)

하지만 남정현 소설의 작중인물이 부정하는 대상이 정치인이나 그와 공생 관계에 있는 계층에 한정되지 않는다는 데 문제의 심각성이 존재한다. 남정현 소설에서는 우리가 일상 생활에서 흔히 만날 수 있는 화목한 부자, 우애 깊은 형제, 다정한 부부를 거의 찾기 힘든데, 그들에게는 가족 관계를 근본적으로 가능하게 하는 상호 신뢰와 존경심 같은 것이 아예 증발된 것처럼 보인다. 특히 한 가족이 서로 '원수끼리 모여 앉은 판국'으로 묘사되는 「천지현황(天地玄黃)」[11]의 경우 '부모와 자식과 형제와 부부는, 그들은 제각기 서로를 향한 무엇인가 사무친 원한을 견디지 못'(p. 209)한 채 허구한 날 분쟁을 되풀이할 뿐 아니라 자식이 아버지를 가리켜 "우리

불신 당한다. 이런 판국에 대다수 사람들은 '좌우간 대한민국이 아닌 외국으로 가는 여권'(「기상도」)을 얻어 '이방인들의 호적에 파고들어 갈 기회를 찾지 못해 거의 병객(病客)처럼 화색을 잃'(「분지」)을 만큼 아메리카 드림에 현혹되어 있을 뿐 생산적인 활동에는 전혀 무관심한 것으로 드러남으로써 전후 한국은 마치 치유 불가능한 질병에 신음하는 환자로 인식된다. 이와 같은 상황에서 정상적인 상식을 가진 사람이 '흉흉한 웃음'(「굴뚝 밑의 유산」)을 웃거나 '선하던 성미가 무참히 변모하여 거의 짐승이 다 되어버'(「광태」)리는 것은 어쩌면 필연적 귀결인지도 모를 일이다.

11) 남정현, 「천지현황」, 《사상계》, 1965. 6. 이하 작품 인용은 『한국소설문학대계·43』을 따르며, 괄호 속에 면수만 제시함.

껍데긴 틀림없이 간첩"이라며 당국에 고발할 결심까지 하기에 이른다. 이처럼 사회를 구성하는 가장 기본적인 단위인 가족 관계를 통째로 부정하고 왜곡시킨 예를 우리 문학에서 달리 찾을 수 있을지조차 의문스럽다. 부자·형제·부부 사이는 사랑과 이해를 바탕으로 가정을 형성하고 가족 관계를 지탱해 나가는 버팀목과도 같은 것이어서, 이들의 관계가 반목과 질시, 모함과 분쟁을 일삼는다면 그 가정(가족)이 붕괴될 것이라는 사실은 명약관화하다. 말을 바꾸면 작가 남정현은 당시 사회가 금방이라도 파탄지경에 이를 것이라는 위기 의식을 가지고 있었던 것으로 보인다. 그러한 위기 의식은 남북 분단, 통일을 저해하는 반공 논리, 외세의 간섭과 한국인의 아메리칸 드림, 정치꾼들의 탐욕과 부정 등 사회 전 부문에 걸친 부패 상황을 정치적 감각으로 이해했기 때문에 가능한 것이다. 따라서 남정현의 소설에서 민중의 직접적 투쟁과 그들의 카니발리즘적 보복 행위를 선동하는 목소리가 작가의 육성으로 드러나는 것도 별로 이상한 일이 못된다.

> "벼락은 당신이 만드셔야 합니다. 삽으로 톱으로 낫으로 망치로 벼락은 당신들이 손수 만드셔야 하는 겁니다." (「부주전상서」)

> '우릴 업신 여기는 외세를, 아니 자유를 싫어하고, 민주주의를 싫어하고, 통일을 싫어하는 일체의 세력의 가슴을, 배를 시원스럽게 한 번 푹푹 쑤셔 보고 싶을 따름인 것이다.' (「광태」)

남정현의 초기 소설은 미국으로 대표되는 외세에의 누를 길 없는 증오와 그에 대한 저항 의지를 주제로 하고 있다. 이를테면 「기상도」의 화자는 우리 민족이 어처구니없는 상황에 처해 있으면서도 전혀 저항할 의사를 보이지 않는 것도 '외세가 심어놓은 민족허무주의'(p. 220) 때문으로 파악하는 것이다. 이러한 작가의 반미 사상에 어떤 변화의 조짐이 보이기 시작하는 것이 「분지」 이후라는 사실은 현실의 정치적 폭력이 작가의 상상력을 얼마나 구속하는가를 보여주는 적절한 예라 할 수 있다.[12]

3..

「허허 선생」 연작[13]이 본격적으로 쓰여지기 시작한 것은 1970년 이후이며, 이 연작을 통해 비판되는 대상은 '시대의 구령에 발 한 번 안 틀리고 착착 들어맞'(「허허 선생1 –괴물체」)게 처신하여 일제시대는 물론 오늘날까지 '재계와 정계에서의 만만치 않은 실력자'(「허허 선생 2 –발길질)로 부귀영화를 누리는 허허 선생의 '순 허구와 모순으로 옹친'(「발길질」, 이하 「발길질」로 줄임) 모습이다. 그리고 허허 선생을 가장 강력하게 비판할 뿐만 아니라 '다신 아버님과 같은 사람이 이 세상에 나타나지 못하도록 단단히 무슨 조치를 취할 생각'(「발길질」)에 골몰해 있는 당사자가 다름 아닌 그의 맏아들(長子)이라는 점에서 이 작품의 풍자성이 단연 빛난다. 또 이 연작에서 미국은 여전히 비판의 주된 대상이지만, 이전의 작품에서는 거의 언급되지 않았던 친일파 문제가 강력히 대두되고 있다는 사실에 주목할 필요가 있다. 그리고 초기 작품에서는 작중인물의 대립과 긴장 관계가 부부 사이[14]였는데 반해, 「허허 선생」 연작에서는 부자 관계로 전이된다는 점도 예사로 지나칠 사항이 아니다. 유교 윤리가 지배하는 전

---

12) 작가가 한국 사회의 구조적 모순을 모두 외세 탓으로 돌리는 것이 과연 타당한가의 문제는 다른 관점에서 분석할 문제이다. 다만, 필자로서는 일제 때 누구보다 악질적으로 조선인을 괴롭혔던 허허 선생이 해방 이후에도 정치적으로나 경제적으로 막강한 위세를 누리는 현실을 풍자하는 「허허 선생」 연작의 밑바탕에 깔린 탈식민지적 역사 인식이 좀더 균형감각을 갖춘 것으로 생각한다.

13) 「허허 선생」 연작은 모두 7편으로 이루어져 있으며 그 순서가 판본마다 약간 차이가 있지만, 본고에서는 『한국소설문학대계 · 43』에 실린 작품을 정본으로 한다.

14) 「너는 뭐냐」에서 가장 극명히 드러나듯이, 남정현 초기소설의 부부 관계는 「날개」의 그것과 유사하게 숙명적으로 발이 안맞는 성격적 절름발이 부부로 그려진다. 경제적으로 거의 금치산자와 다름없이 무능한 남편과, 전적으로 남편을 무시하거나 속이면서 방만한 성을 즐기는 아내 사이에는 회복할 수 없는 불신과 증오의 감정이 가로놓여 있다. 이것은, 앞서 잠깐 지적한 것처럼, 사회의 가장 기본이 되는 가정의 붕괴를 암시하는 것일 수도 있고, 작가의 여성에 대한 편견의 극대화로 이해할 수도 있다.

통적 농경사회에서 부부 사이는 수직 관계적 성격이 짙었지만, 현대 사회에서 그것은 평등 관계로 바뀌었음은 주지의 사실이다. 그러나 현대 사회에서도 부자 사이의 상하 질서는 여전히 막강한 영향력을 행사하고 있음에 비추어, 「허허 선생」 연작이 하필이면 아버지를 비판·풍자한다는 것은 각별한 의미를 지니는 것으로 보인다. 말을 바꾸면, 남정현 초기소설에 나타난 부부의 갈등과 대립이 동시대적 시각에서의 현실비판적 성향이 강하다면 「허허 선생」 연작 이후의 갈등과 대립은 통시적 관점에서의 역사와 현실 비판이라고 보아도 큰 무리가 아니라 생각되는 것이다.

　허허 선생은 일제 때 순사(또는 군수)로 재직하면서 누구보다 악질적으로 조선인(특히 독립지사)을 괴롭힌 대가로 일왕으로부터 회중용 금시계(또는 일본도)를 하사 받은 것을 최고의 영광으로 생각하는 전형적인 친일 모리배이다. 해방이 되자 동네사람들의 몽둥이를 피해 도망치던 그는 운 좋게 미군 장교를 만나 "미스터 허허 같은 분이야말로 앞으로 이 나라 기둥감입니다. 일본 시대 허허 씨가 훌륭한 일을 많이 한 것처럼, 우리 미국 시대엔 더욱 훌륭한 일 많이많이 해야 합니다."(「허허 선생7-신사고」)라는 괴이한 논리에 힘입어 관직에 복귀한다. 그후 허허 선생은 '무슨 서장이 되고 총장이 되고 사장이 되고 국회의원이 되고 또 장관이 되고 하더니, 어느새 재계와 정계의 만만치 않은 실력자'(「허허 선생3-귀향길」)로 환골탈태했을 뿐만 아니라, 친일파인 본색을 감추고 공공연히 독립유공자를 표창하는 엄숙한 식전에서 축사를 하는(「허허 선생4-옛날 이야기」, 이하 「옛날 이야기」로 줄임.) 역사적 아이러니의 주인공으로 부상한다. 이러한 아버지의 진면목을 누구보다 잘 알고 있는 아들의 눈에 허허 선생은 실물이 아닌 허상이나 유령 같은 존재로 비쳐진다.

　　아빠의 어제와 오늘을, 아니 아빠가 왜 어제처럼 오늘도 잘 살아야 하는가를, 아니 왜 아빠가 죽지 않고 아직 살아있는가를 곰곰이 생각하고 있었다. 하지만 아무리 생각해도 아빠의 넋은, 피는, 알맹이는 불행하게도 우리네, 즉 한국 사람이 아닌 것 같았다. 일본 사람이었다. 서양 사람이었다. 아니 일본 사람 서양 사람을 요리조리 뜯어 맞춘, 그리하여 전혀 소속불명의 허허(虛虛)한

인종 같았다. 그저 말끝마다 '한국놈'을 연발하며 그 한국놈은 별 수 없다고
연일 한국놈을 깎아 내리기에 여념이 없으신 아버지(「허허 선생2—발길질」, p.
224)

아들이 아버지를 비판하고 부정하는 것은, 효를 무엇보다 강조해왔던
우리 전통 윤리 규범에 비추어 볼 때 결코 있을 수 없는 패륜 행위처럼
여겨진다. 그러나 삼강오륜을 최고 덕목으로 내세웠던 과거 전통사회에서
도 임금이나 아버지의 결정적 잘못을 간곡히 간(諫)하는 일이 오히려 미
덕으로 권장되었던 사실은 정·야사(正·野史) 어디서나 확인할 수 있다.
더군다나 이 작품에 나타나는 '아비 부정'이 사사로운 감정이나 가정사에
국한된 것이라기보다 공적 입장에서 아버지로 대표되는 기성세대의 역사
적 과오를 문제삼는 것이어서 아들의 행위를 단순한 효 윤리로 재단하려
는 행위는 일종의 논리적 횡포가 된다. 「허허 선생」 연작에서 정작 우리
가 주목해야 할 점은 허허 선생의 현실 순응주의적 삶과 그것을 허용했던
우리 사회의 정치 도덕적 불감증이나 몰역사인식에 대한 비판적 성찰이어
야 옳기 때문이다.

「허허 선생」에 등장하는 인물들은 '현실에 발을 딛고 옛날을 생활하는'
기성 세대15)와 그들이 환상적 이야기의 주인공이나 실물이 아닌 허상 같
아 도저히 이해할 수 없는 소수의 젊은이 등 두 유형의 성격으로 대별된
다. 전자의 대표적 인물로 허허 선생이, 후자의 대표적 존재로 그의 아들
로 설정된 데서 우리는 「허허 선생」 연작이 표면적으로 가정사(家庭事)적
이야기의 성격을 띠고 있지만 그것을 민족의 역사와 관련시켜 보다 적극
적으로 수용하기 바라는 작가의 의도를 짐작하게 된다.16) 반복을 무릅쓰고

---

15) 특히 「옛날 이야기」에 등장하는 '신기료 장수 공영감·시계 수리공 각서방·국서
　기·박주사·창녀 진이' 등 사회의 하부 계층에 속하는 사람들이 이구동성으로 옛
　날(일제시대)이 좋았다고 말하는 것은 타기할 만한 회고조의 퇴영 인식과 식민지 노
　예근성이 당시 우리 사회에 매우 광범위하게 전파되어 있음을 알려주는 사례이다.
16) 로만스(romance)와 소설(novel)의 차이는, 사적(私的) 삶이 사회·정치적 사건에 비추
　어 해석되느냐 또는 그 반대로 사회적이고 정치적인 사건들이 사생활과의 관계를

다시 강조하자면, 「허허 선생」 연작을 통해 제기되는 문제는 허허 선생이라고 하는 허구적 인물의 반도덕적이고 몰역사적인 과거 비행이 아니라, 그러한 작태가 아무렇지도 않게 자행되고 있는 현실에 관한 강력한 이의 제기이다. 이 연작에서 거의 유일하게 긍정적 인물로 성격화된 허만이 끊임없이 의아해 하는 것은 아버지가 과연 실존적 인물인가 허상인가 하는 점이다. 그는 아버지를 비롯한 많은 사람들이 '도무지 현실에서 실질적으로 살아 움직이는 오늘의 인물들 같지가 않고'(「옛날 이야기」) '이승과 저승이 한데 어울려서 날조해놓은 그런 무슨 기이한 형태의 허깨비일지도 모른다는 생각'(「발길질」)에서 벗어나지 못한다. 그러한 인식의 바탕에 일반인의 건전한 상식으로는 도저히 이해하고 용납하기 어려운 부친 허허 선생의 카멜레온적 변신과 처세에 관한 뜨거운 비판과 풍자 정신이 놓여 있다는 것은 거듭 지적되어 온 바와 같다. 실제로 그는 기회가 닿을 때마다 아들에게 "나는 네 나이에 벌써 군수를 했다."거나 "네 애비는 벌써 네 나이에 일본 천황한테 훈장을 받았다는 사실을 명심"(「옛날 이야기」)하라고 자기 자랑을 늘어놓는 과대망상증 환자에 가까우며, 한국인 전체를 여지없이 비하하고 능멸했던 일제의 논리를 공식 석상에서 아무렇지도 않게 내뱉는 식민지 노예 근성의 소유자이기도 하다. 그런 점에서 그는 전형적인 '엉터리'(알라존)[17] 성향의 인물이라 할 수 있다.

그에 반해 허허 선생으로부터 '바보, 천치, 숙맥 또는 절망적인 정신병

통해서만 소설적 의미를 획득하느냐로 구분된다. M. 바흐찐은 후자를 전형적인 그리스 로만스의 특징으로 파악하고 있는데, 이 관점에 따르면 남정현 소설은 로만스보다는 소설에 훨씬 근접한 것으로 보인다. (미하일 바흐찐 지음, 전승희·서경희·박유미 옮김, 『장편소설과 민중언어』, 창작과비평사, 1988, p. 290 참조.) 소설은 하나의 일반적 사회적 조건을 예시하기 위하여 개인의 삶으로부터 끌어낸 하나의 보기로 간주되며, 전적으로 현실적인 문제들, 가령 정치적·정신병적·윤리적 문제들과의 상관성에 의해 측정되기 때문이다.

17) 우리 서사 문학에 등장하는 바보 인물은 '숙맥'과 '엉터리'로 유형화할 수 있다고 본다. 이 점에 관해서는 필자의 글(「바보인물의 성격 유형화 試論」, 《동악어문논집》 제28집, 1993)을 참조할 것.

자'로 취급되는 아들의 성격을 굳이 유형화하자면 '온달형 바보'[18]의 범주에 포함시킬 수 있다. 그는 가족 구성원 모두에게 백안시 당하는 형편이지만 올바른 가치관과 역사 인식을 소유하여 사리분별이 비교적 정확한 지식인으로 성격화되어 있다. 따라서 그가 주변사람들에게 '바보'로 인지되는 것은 허허 선생이 조작한 소문을 맹목적으로 수용한 그들의 잘못일 따름이다. 허허 선생과 그 아들 허만은 부자자효(父慈子孝)의 전통적 윤리 관습으로는 도저히 이해하기 곤란한 갈등과 대립의 관계를 날카롭게 노정한다. 앞서 살핀 것처럼, 허허 선생은 아들을 '그 어떠한 방법으로든 진작 제거했어야 할 오물' 정도로 여기고 아들은 아버지를 이 세상에 다시 나타나서는 안될 유령 같은 존재로 배척하는 것이다. 이들 부자가 주고받는 대화가 늘상 본질에서 벗어나거나 어휘 구사에서 충돌하는 것은 그들의 가치관·세계관이 현격한 차이를 드러냄을 뜻한다. 그럼에도 불구하고 이들 부자 관계가 결정적인 파국으로 치닫지 않는 것이 의문으로 떠오르는데, 그것은 아버지를 비판할 수는 있어도 완전히 부정할 수 없다는 유교 윤리 또는 역사의 연속성에 대한 작가 인식이 개입된 것으로 여겨진다. 다시 말해 우리 사회에는 아직도 일제의 잔재를 청산하기는커녕 그것을 출세의 교두보로 삼아 부귀영화를 누리는 사회악적 존재가 미만해 있다는 현실 인식이 「허허 선생」 연작의 뼈대를 형성하는 것이다. 허허 선생의 성격이 실제를 과장하고 편집광적 자기 확신에 빠진 '엉터리형 인물'로 형상화되고 아들이 세상물정에 전혀 어두운 바보로 성격화됨으로써 이들 모두는 소설의 가장 기본적인 임무들 중의 하나가 모든 종류의 인습을 폭로하는 것, 즉 인간관계들 속에서 잘못 인식되고 그릇되게 상투화된 모든 것을 폭로하는 것이라는 점[19]의 강조에 기여하고 있다. 특히 아들의 경우, 그는 아버지의 탐욕스러운 허위와 위선에 대해 시종일관 이기적이지 않은 단순

---

18) '온달형 바보'란, 주변 사람들에게 바보로 인식되지만 실제로는 정상인과 다르지 않거나 그들보다 여러 면에서 뛰어난 사람을 가리킨다. 이에 대한 상세한 논의는 필자의 글을 참조 바람.

19) 미하일 바흐찐, 앞의 책, p. 354.

성과 건강의 몰이해[20]로 대응함으로써 작품의 풍자적 효과를 증대시키고 있는 것이다.

「허허 선생」 연작은 직업이 없는 삼십대의 노총각 허만이 아버지의 과거사와 현재 활동을 비판적 시각으로 관찰하여 서술하는 형식을 차용하고 있는데, 그는 W. C. 부스의 이른바 '내포저자(implied author)'[21]에 해당하는 인물이다. 특히 허만의 경우, 우리는 그의 언행을 허구적 인물의 그것으로 이해하기보다 작가의 육성으로 받아들이려는 충동을 끊임없이 느끼게 된다. 그것은 내포 저자와 화자의 '거리'가 그만큼 가깝다는 사실을 뜻하고, 그런 점에서 그는 '믿을 수 있는 화자(reliable narrator)'로 작가의 의도를 충실히 드러내는 역할을 한다. 그렇다고 우리가 허만의 이야기를 액면 그대로 믿어야 할 책임을 떠맡는 것은 아니다. 오히려 우리는 그의 바보스러운 언행 속에 숨겨져 있는 의미를 캐내어 재합성해야 하는 부담을 감수해야 하는 것이다. 요컨대, 남정현 소설의 주인공은 대부분 '내포 저자'이면서 '믿을 수 있는 화자'의 특징적 요소를 공유하기 때문에 우리는 무엇보다 작가와 화자 사이의 '미적 거리'에 유의해야 하는 것이다. 남정현은 작품의 풍자적 의도를 강화하기 위하여 일인칭 화자를 내세우는 경

---

20) 앞의 책, p. 355 참조.

　　「허허 선생」의 아들 허만은 일정한 직업이 없는 삼십대의 노총각으로 일제시대에 유년시절을 보낸 것으로 나타난다. 그는 삼십이 넘은 나이에도 허허 선생을 '아빠'라 부르기도 하며(「발길질」), 아버지와의 대화에서 "글쎄 말입니다.", "－옵소서." 등과 같은 어투를 자주 사용하는 유아적·전근대적 사유의 흔적을 드러내기도 한다. 그러나 이러한 어투 역시 화자(허만)의 순진한 바보스러움과 허허 선생의 위선과 허위위식을 강조하기 위한 작가적 전략의 하나로 이해된다.

21) '내포 저자'는 독자가 추출해낸 의미뿐만 아니라 등장인물 모두의 고통과 행동 하나하나에 걸린 도덕적이고 감정적인 내용까지도 포함한다. 그것은 예술 형식 전체에 대한 직관적인 파악 그 자체이다. 따라서 독자는 그를 실제 작가가 이상적이고도 문학적으로 창조한 또 다른 모습이라고 생각할 수 있다. (이상의 논의는 Wayne C. Booth, *The Rhetoric of Fiction*, Chicago : the University of Chicago Press, 1961, pp. 73～75를 참조할 것.)

우가 많은데, 설령 삼인칭 서술자(또는 목격자나 관찰자)가 등장하는 작품이라 하더라도 어느 새 그는 스토리 안으로 들어와 작가적 입장에서 판단하고 평가한다. 그런 점에서 남정현 소설의 화자는 서구의 전통적 시점·화자 이론에 대입시키기 곤란하고, 오히려 신적인 권능과 자유를 향유하는 옛날 이야기의 서술자에 가깝다고 할 수 있다. 이처럼 현대 소설이론이 제기하는 전지적 시점의 제한 원리를 무시하고 고대 서사의 이야기 방식을 채용한 중요한 원인 가운데 하나가 작품의 풍자성과 관련이 있을 것이라는 점을 짐작하기란 그다지 어렵지 않다. 그러나 풍자의 효과를 작중 인물의 대화나 전지적 시점의 화자에 지나치게 의존할 경우 그 효과가 평면적이 되어 단조로운 인상을 주리라는 점에 관한 유의 사항은 거듭 강조되어도 좋다. 남정현 소설이 기지와 반어, 해학과 역설의 기법을 적절히 활용한 선배 작가의 작품과 여러모로 닮아 있다는 사실은 이미 지적한 바 있거니와, 특히 그의 풍자 기법은 30년대 채만식의 그것과 상당히 유사하다. 채만식과 남정현 소설에서 비난의 대상이 되는 인물이 처음부터 '엉터리형' 인물로 성격이 고착된 점 21) 도 그렇거니와, 그들이 과장된 포즈로 떠벌리는 현실 인식이 '과분한 승인의 형식으로 신랄하게 조롱하며 무시하는 것' 22) 이라는 풍자의 성격과 부합하는 것이 그러하다. 특히 두 작가의 요설에 가까운 문체는 심각한 문제를 전혀 심각하지 않은 것처럼 말하는 '에둘러 말하기(婉曲語法, understatement)'의 한 변형이라 보아도 큰 잘못이 아니다. 또 남정현 소설의 프로타고니스트는 가능한 데까지 세상을 바로잡으려는 풍자의 목적에 부합하기 위하여 고의로 희화화된 인물인데, 이들이 난삽한 관념어와 비속어를 마구 뒤섞어 사용하는 것도 일차적으로 웃음을 자아내기 위한 수단으로 이해할 수 있다. 그러나 남정현 소설이 현학적 요설과 옛날 이야기 방식에 힘입어 뒤틀린 현실을 여지없이 풍자하고 있긴 하지

---

22) 풍자적인 인물은 '그 인물로 되는 것'이 아니라 애초부터 '그 인물이다.' 즉, 그의 성격을 발전하지 않고 고정되어 있는 것이다. (Arthur Pollard, *Satire*, 손낙헌 역,『풍자』, 서울대학교출판부, 1978, p. 75.)

23) N. Hartman, *Aesthetik*, 전원배 역,『미학』, 을유문화사, 1969, p. 437.

만, 그 자체에 매료된 나머지 주제의 약화를 초래할 우려가 있다. 남정현 자신도 그 점을 의식해서인지 작품 곳곳에 주제를 생경하게 노출하는 경향을 보인다. 말을 바꾸면 남정현 소설에서 우리는 '내포 저자'의 도도한 변설(辯舌)을 좇아 읽는 재미를 만끽하다가, 문득 그가 정색한 채 웅변을 토하는 주장에 귀를 기울이면 작가의 의도를 쉽사리 눈치챌 수 있는 것이다. 바로 이점이 즐거움과 교훈을 동시에 주는 풍자 문학의 기능에 충실하려는 남정현 소설의 특징이지만, 단일한 기법에 지나치게 의존함으로써 독자의 식상을 초래할 우려가 있다는 점을 간과해서는 안 된다.「경고구역」 이후 근 40년에 걸친 그의 문학 세계가 풍자로 일관하고 있다는 것에서 우리는 시대 상황과 현실을 이해하고 해석하는 작가의 관점이 예전과 크게 달라지지 않았다는 사실을 우울하게 확인하게 되기 때문이다.

4.

남정현은 자신이 발딛고 살아가는 현실이 근본적으로 왜곡되어 있다고 믿고 그 사회악을 교정시키려는 교도관(warder)이면서 바람직한 사회를 동경하는 이상의 옹호자라 할 만하다. 또 그는 공격의 대상을 미칠 정도로 화나게 하지만 독자를 포복절도하게 만드는 자질을 갖춘 인물을 창조해낸 탁월한 풍자가 이기도 하다. 그가 우리 시대의 가장 대표적인 풍자 작가가 된 배경에는 이야기꾼으로서의 개인적 기질과 함께 파행의 연속이었던 현대사의 비극이 자리하고 있다. 무엇보다 그는 개인과 민족의 주체성을 압살하는 일체의 폭력을 악으로 규정하고 비판하는 데 추호의 망설임도 없다. 1950년대 후반에 등단한 그의 초미의 관심이 외세 축출, 특히 반미적 사상이었던 것 하나만 가지고도 동시대 작가들과 대비되는 그의 개성과 색깔을 짐작할 수 있다. 6·25의 전흔이 곳곳에 남아 있는 상황에서, 그리고 대다수 한국 사람들이 미국을 유토피아로 생각하고 그들이 베푼 은혜에 감읍(?)했던 것이 일반적 흐름이었던 상황에서 미국에 대한 정면적 비판을 감행한 것이 그냥 예사롭게 넘어갈 수 있는 일은 아니었던 것이다. 하물며 미국의 자존심인 펜타곤 당국과 일대 결전을 불사할 뿐 아니라

"예수의 기적만 귀에 익힌 저들에게 제 선조인 홍길동이 베푼 그 엄청난 기적을 통쾌하게 재연함으로써 저들의 심령을 한 번 뿌리째 흔들어 놓"(「분지」)으려는 야무진 생각을 가진 홍만수라는 주인공의 성격 창조는 많은 사람들의 둔감한 의식을 충격하기에 족했던 것으로 보인다. 더군다나 그는 반공을 국시(國是)로 하는 과격한 우익 논리가 횡행하는 상황 속에서도 그릇된 반공 교육을 비판하는 일에도 주저하는 법이 없다. 이를테면 며칠을 굶은 채 건설이 먼저냐 통일이 먼저냐를 가지고 말도 안되는 입씨름을 벌이던 두 인물이 "이래도(배가 고파서 현기증이 나도…인용자) 공산당 보단 낫다."(「기상도」)는 말에 덩달아 맞장구치는 것은, 국가 제도와 권력에 항의하는 모든 세력을 공산당으로 몰아붙이는 현대판 마녀 사냥이 공공연히 전개되고 있었다는 사실의 반증 외에 다른 게 아니다.

지금까지 살펴본대로 남정현의 소설의 의의는 알레고리와 풍자를 무기로 당대 현실의 가치전도 현상과 속악한 물신주의를 정면 부정해왔던 것으로 요약할 수 있다. 50년대 말에 작품을 쓰기 시작한 그는 처음부터 외세의 침략과 간섭에 강한 저항의식을 보였는데, 그 정점이 필화사건을 초래한 「분지」이다. 작가의 의사와는 전혀 상관없이 북한 잡지에 실린 것이 이적성 문제로 비화되어 문단과 사회를 떠들썩하게 만들었던 이 사건[24]은 선고유예라는 애매한 판결로 종식되었지만, 작가의 창작의욕을 좌절시키고 문학의 무력화를 초래하는 기폭제가 되었던 것이다. 당시 이 사건의 변호를 맡았던 한승헌은 "필화사건은 있어도 불행하고 없어도 불행하다. 앞의 경우에 규제자의 몰이해나 억압 그리고 작가의 수난이 불행이라면 뒤의 경우에는 작가의 무력이 문학 부재의 반사적 안정일 수 있어 역시 불행"[25]이라 말한 적이 있거니와, 한국 작가들이 이른바 '레드 컴플렉스(red complex)'의 증후군에 시달리기 시작한 것도 이 무렵을 전후한 시기가 아닌가 싶다. 남정현은 「분지」 이후 4년여 동안 침묵을 지키다가 「옛날 이야

---

24) 「분지」 필화 사건에 대한 자료는 『분지』(훈겨레, 1990)에 잘 정리되어 있다.
25) 한승헌, 「남정현의 필화, '분지' 사건」, 『분지』, 훈겨레, 1990, p. 393.

기」(1969)로 다시 작품 활동을 시작하지만, 「허허 선생」 연작으로 대표되는 그의 후기 소설은 예전에 비해 그 날카로움이나 직접성에 있어 상당히 완곡하거나 무뎌진 듯한 인상을 주는 게 사실이다.

우리 서사문학에서 풍자와 해학의 전통은 그 연원을 삼국시대까지 거슬러 올라갈 수 있다. 또 조선후기에 다양한 양식으로 출현한 문예 양식에서 풍자와 해학은 민중들의 가치관을 반영하는 데 유효한 장치(device)였다고 해도 지나치지 않다. 필자는 지금까지 남정현 소설의풍자 저신이 통곡의 현실에 절망한 나머지 역설적으로 고소(苦笑)의 미학으로 변형시켜 왔다는 사실을 논증해왔다. 그러나 그의 작품 세계를 관통하는 풍자 정신이 동어반복적 요소가 강해 유형화에 머문 것이 아닌가 하는 회의는 여전히 남는다.

위선의 파탄과 他者性의 긍정
—宋基元 論

1. '성스러운 긍정'에 이르는 길

송기원의 글을 읽는 일은 쉽지 않다. 그러나 그 어려움은 송기원 문학의 내적 조건에 근거한다기보다 오히려 외적 조건에서 원인을 찾아야 마땅하리라 생각된다. 그의 소설은 비틀린 언어, 현란한 기교로써 독자를 혼란의 숲으로 유인하거나, 혹은 사변적이고 무거운 주제로 심리적 부담을 강요하는 일이 거의 없다. 어떤 면에서 그의 글은 정통적 리얼리즘의 기법에 충실하여 새롭고 충격적인 그 무엇을 갈망하는 독자를 가볍게 실망시키기도 하고, 민주화 운동과 관련된 사적 체험을 의식적으로 기피하려는 결벽성을 드러내기도 한다. 이런 여러가지 사정 외에도, 그가 시인이면서 소설가로 문단에 나선 뒤 이십여 년이 지나는 동안 고작해야 두 권의 단편집과 똑같은 양의 시집을 상재하고 최근에야 비로소 장편소설을 발표한, 유다른 과작의 작가라는 사실이 그의 글을 읽기 어렵게 만드는 요인임은 분명해 보인다.

그러나 송기원의 소설은 탄탄한 구성과 서정적인 문체, 그리고 개인사와 민중사를 연계시키는 작업으로 일관된 독자적 세계를 구축하고 있다. 특히 「아름다운 얼굴」(1993)은 여러가지 측면에서 그 의의가 각별하다. 이 작품은 송기원이라는 한 실존적 개인을 세상에 보다 널리 알리는 계기가 되었고, 그의 문학 세계를 본격적으로 해명할 수 있는 발판을 마련해 주었다. 무엇보다도 「아름다운 얼굴」이 가지는 문학적 의미는 오랜 세월 동안 작가의 의식을 구속하여 왔던 파괴적 자기 혐오의 어두운 터널을 벗어나

타자성(他者性)을 긍정하는 화해의 세계를 제시해 주었다는 점에서 찾아야 하리라 생각한다. 다시 말해 이 작품은 '증오하다 못해 무슨 치부처럼 여겼'던 자신의 출신 성분에 뿌리를 둔 끈질긴 자기 혐오의 각질을 벗고, 외부 세계와 사물 혹은 타인을 자신과 같은 인격적 존재로 인정하는 유연한 세계관을 갖게 되었음을 증명해 보여준다. 그런 의미에서 「아름다운 얼굴」은 송기원의 문학을 이해하는 데 간과할 수 없는 관문같은 역할을 맡는다. 요컨대 작가의 의사(擬似) 자서전 pseudo- autobiography 격에 해당하는 이 소설은 개인사의 이면 탐구에 갇혀 사소설의 범주에 머물렀던 그의 작품 세계가 현실의 문제에 밀착하여 새로운 지평을 열어가는 단초적 기능을 수행하고 있는 것이다.

송기원 문학을 연대기적 관점에서 나누면 다음 세 가지 주제별 유형화가 가능하다. 첫째, 작가의 개인사와 관련된 고뇌와 갈등의 극복 과정. 둘째, 좌우 이데올로기의 대립·갈등과 화해. 셋째, 창녀·수감자 등 소외계층에 대한 폭넓은 이해와 사랑 등이 그것이다. 그의 문학은 초기의 파괴적인 허무에의 경사 또는 '죽음 같은 탐미주의'(「月門里에서 1」)에서 출발하여 최근의 화해의 세계에 이르기까지 일관된 정신의 흐름을 유지한다. 그것은 철저한 자기 혐오 및 부정을 통해 자신과 세계를 긍정하는 변증법적 세계 인식인 동시에 한 단계 높은 차원의 화해 정신이라 말할 수 있다. 자신의 삶을 거의 숙명적으로 규정해놓았다고 믿는 출생·계층적 성분은 일종의 원죄 의식으로 청년기 정신을 억압하지만, 오랜 세월의 방황 끝에 마침내 위악의 가면을 벗고 개인의 삶을 사회와 연계시키면서 그의 작품 세계는 자아와 세계에 대한 포용과 사랑으로 승화한다. 이런 의미에서 송기원이 위악의 가면을 쓰고 살아온 반평생 삶의 도정이야말로 니체의 이른바 〈성스러운 긍정 Ein heiliges Jasagen〉에 도달하기 위한 필연적 자아 형성 과정이라 할 만하다. 이 글에서는 작가의 청년기를 지속적으로 억압하던 여러가지 갈등 요인들이 어떤 양상으로 화해의 지평에 이르는지를 탐색함으로써 송기원 문학의 특질을 규명해보고자 한다.

2. 죽음의 역설과 화해의 징후

송기원의 초기 소설 주인공에게서 보여지는 공통적인 특징은 죽음을 마치 '마약과 같은 존재'로 받아들이고 타인의 주검에서 '눈부시게 아름다운 인간과 오히려 새로운 의미가 되어 나를 취하게 하는 싱싱한 삶'(「經外聖書」)을 발견하는 엽기적 심리 상태이다. 자신이 발딛고 살아가는 사회를 하나의 '풍물화'처럼 인식하는 한편, 그에 대한 복수 심리로써 살인의 예감에 빠져든 청년의 파괴적 심리를 다룬 「경외성서」(1974), 「廢塔 아래서」(1977)는 작가의 청년기 의식을 지배했던 탐미주의의 본질을 해명하는 열쇠가 되기에 충분하다. 「경외성서」에 나타나는 돌발적인 살인에의 충동과 그것의 행동화, 「폐탑 아래서」의 작중 인물이 연출하는 위악과 허무는 '하나의 가상을 실상처럼 굳게 믿'는 관념 혹은 착각에서 연유된 것일 따름이어서 미학적 차원으로 고양되지 못한다. 다시 말해 작중인물의 출신적 · 계층적 성분에서 비롯된 자기 혐오가 살인에의 강렬한 유혹에 자신을 함몰시키고 있음에도 불구하고, 그것은 '똘마니 시절에 배운 세상을 속이는 방법'(「아름다운 얼굴」)의 위악적 양상 이상의 의미를 지니지 않는다. 예컨대 「폐탑 아래서」의 허무도는 자신의 치부를 역이용해 세상에 복수하고자 생각하는데, 그의 아름다움에 대한 파괴 행위는 '강하지 않으면 단 하루도 견더낼 수가 없'다는 절망감의 〈반동 형성 reaction formation〉과 다를 바 없는 것이다. 이러한 반동 형성은 생부를 증오하면서도 생부의 전철을 그대로 답습하는 행위, 즉 책임지지도 못할 황폐한 연애 행각을 계속한다든가, 혹은 어머니의 굴곡된 삶의 역정에 대해서는 일체 함구하거나 모든 것을 이해하는 듯한 태도를 보이는 데서 확인할 수 있다.

송기원의 초기작에 나타나는 허무에의 경사는 다분히 관념적이고 위악적이다. 그것은 소설 속의 인물들이 '풍물화'로 인식되는 현실과 절연하려기보다 오히려 거기에 하나의 풍물로 존재하고자 하는 강인한 욕망의 반어적 표현이다. 따라서 「경외성서」 등이 월남전을 배경으로 하면서도 전쟁의 본질에 대한 날카로운 성찰을 중단하고 죽음(주검)의 문제에 빠져드는 것은, 아버지에 대한 애증 또는 현실과 관념 사이에서 방황하는 주인공의 심리적 추이로 보아 당연한 귀결일지 모른다. 말을 바꾸면, 「경외성서」의 화자는 현실을 증오하고 부정하는 한편 현실에 대한 집착과 애정을 숨기지 않는데, 그것이 '자신의 죽음에서 자신의 실제 삶을 확인'하려는 역설로 나타나는 것이다. 그러나 이와 같은 죽음의 역설은 관념의 조작에 따른 것이어서 충격을 주기는 해도 독자의 공감을 끌어내는 데는 결국 실패한다. 백정인 아버지에 대한 혐오감 때문에 아름다운 것과 의식적으로 거리를 두었던 화자가 월남 여인의 주검에서 아름다움을 체험한 뒤 마약에 취한 듯 살인에 빠져드는 행위와 아버지의 도살(屠殺) 사이에는 메울 수 없는 간극이 존재한다. 아버지의 도살은 '짐승에 대한 무한한 애정'이 밑바탕에 깔린 역설적 행위이지만, 화자의 살인은 현실에 적응하지 못한 자의 복수 심리가 주된 원인이거나 관념에 뿌리를 둔 돌발적 행동이기 때문이다. 화자의 행위는 현실적 인간을 규정하는 사회적·역사적 조건과 개인적·실존적 조건 가운데 후자 쪽에만 집착함으로써 역사적 구체성을 획득하는 데 실패하고 있을 뿐 아니라, 자아와 세계의 대립이 불투명하게 제시되는 문제점을 드러낸다. 이같은 관념적 성향은 「폐탑 아래서」의 화자가 죽음의 순간 폐탑을 발견하고 그것이 만들어지고 붕괴되기 까지의 온 과정을 자신의 내부에서 느끼는 대목을 통해 거듭 반복된다. 이 작품의 화자에 따르면 탑의 생성에서 파멸에 이르는 전 과정은 월남의 근·현대사와 빈틈없이 부합하며 동시에 자신의 출생과 성장 그리고 현재의 죽음에 이르는 과정과도 일치하는 것으로 인지된다. 그는 자신의 내부에도 하나의 탑이 있었을 것이라 생각하는데, '그 탑은 내가 인간답게 살고 싶은 권리, 스스로를 사랑하고 또한 스스로를 인정하고 싶은 권리'라는 현실 긍정적 욕구를 대변하고 있다.

> 탑이 무너진 후부터 나는 파멸 쪽에 자신의 모든 것을 맡겨버렸을 것이었다. 파멸은 결국 나에게 주검에 대한 관념을 갖게 했고, 그러한 관념은 나로서는 최후의 생존권 같은 것이었는지도 몰랐다. '주검의 관념'이라는 생존권으로부터 나는 모든 불리한 삶의 조건에 대하여 반항하였으며, 거부하였으며 또한 스스로 인간의 권리를 주장하였을 것이었다.   (「폐탑 아래서」에서)

　주검에의 관념을 최후의 생존권 같은 것으로 인식하는 화자의 세계관을 허무주의의 틀 안에 가둘 필요는 없을 듯하다. 그가 생각하는 죽음이란 '아름다움으로 통하는 문'이거나 '스스로를 인정하고 사랑하고 싶은 권리'로서의 현실적 의의, 즉 소년 시절에 이해했던 비유와 상징의 장치로써 스스로를 감추는 위악적 세계 인식의 태도에서 현실과 좀더 따뜻한 교감을 나누고자 하는 작가의 내밀한 욕망의 분출이기 때문이다. 송기원의 초기작에 나타나는 몇 가지 부정적 관념들, 이를테면 위악·탐미·허무 등은 하나같이 타자에 대한 자아의 고립을 전제로 하면서도 간단없이 그들과의 교섭을 희망한다는 특징을 드러낸다. 그리고 「경외성서」에 보이는 아버지에 대한 애증의 감정, 「폐탑 아래서」의 주조음을 이루는 자신의 치부와 관련된 열등감과 그것으로부터의 탈출 의지 등은 송기원 소설의 핵심적 모티프로 기능한다는 점에서 주목되는 것들이다.

　그의 초기작을 대표하는 「月行」(1977)과 비교적 긴 분량으로 쓰여진 「配所의 꽃」(1979)이 작중 인물의 과거사를 포용하는 긍정적 세계를 제시하고 있다는 사실은 송기원의 문학이 보다 현실 긍정의 방향으로 발전될 것을 예고한다. 이 두 작품은 좌우익의 대립과 그 후유증을 소재로 하고 있는데, 과거의 사건을 상세히 보고하는 방식을 지양하고 현재적 입장에서 화해의 방법을 모색한다는 점에서 이런 유형의 작품을 즐겨 다룬 작가들의 그것과 뚜렷이 변별된다.

　서정적이면서도 정제된 문체로 짜여진 「월행」은 한 사내의 귀향을 통해 사내 집안의 참담한 과거사와 몰락이 암시적인 형태로 진술된다. 이 작품의 핵 사건(核事件, kernels)은 사내-노인, 사내-청년, 청년-아이, 노인-아이의 만남이라는 현재적 상황으로 구조화되고, 과거사의 중요성은 현저히 약화되어 주변 사건(satelites)화 한다. 과거사의 주변 사건화는 송기원 문학의 기법적 특징이기도 한데, 특히 좌우 대립과 화해의 관계를 모색하는 작품들에서 그것은 유다른 의미를 확보하고 있다. 예컨대 '발가벗긴 채, 사타구니 사이에 단도를 꽂고 나자빠진' 아내의 시체를 보고 이성을 잃은 사내가 벌인 복수 행각이라든가 그 후의 사건들이 어떠했는지에 대해서 작가는 구구히 설명하려 들지 않는다. 왜냐하면 작가는 과거의 사실보다도 현재적 입장에서 그것을 어떻게 이해하고 상처를 치유하는가의 문제에 보다 많은 관심을 투여하고 있기 때문이다. 사내와 노인의 재회는 부자 관계의 완전한 회복에까지 이르지 못하지만, 아이를 맡겠다는 노인의 언약에 따라 새로운 관계로 발전한다. 노인은 사내를 용서할 권한이 자기에게 부여되지 않았다는 점을 충분히 인식하고 있다. 그럼에도 그는 이미 오래 전부터 사내를 용서하고 있었던 것으로 보이는데, 아이를 받아들이고 사내의 주검을 거두어 주겠다는 노인의 약속이 그것을 증명한다. 노인의 언약은 가령, 교도소에 갇힌 손자에게 좌익 활동을 벌여 오래 전에 죽은 것으로 취급했던 애비의 죽음을 '득의와 자랑스러움에 넘치는 표정'으로 알려주는 「면회」(1983)의 할아버지의 행적과 같은 맥락에서 이해할 수 있는 것이다. 사내와 노인은 피해자 혹은 가해자의 입장에서 그 어떤 제도적 형벌로도 가능하지 않은 고통을 감내할 수밖에 없었지만, 과거의 모든 잘잘못은 그들 세대의 죽음과 함께 어떤 형태로든지 해소되게 마련이다. 설령 미진한 구석이 남더라도 그것은 뒷세대가 갈등하고 해결해야 할 역사의 문제로 남겨질 뿐이다. 청년과 아이에게는 자신들에게 직접적 책임도 없는 무거운 과제를 떠맡아 이해와 용서로써 풀어나가야 할 무거운 과제기 주어지는데, 특히 청년은 과거사를 개인 혹은 가족사의 문제로서가 아니라 민족 혹은 역사의 문제로 이해하려는 폭넓은 사고를 보여주어 주목된다. 이를테면 그는 사내에게 어떠한 원망의 감정도 품지 않고 오히려 "어디 그것이 큰아버님 탓이겠읍니까? 다 시절이 흉했기 때문이지요."라고 사내를 위로하거나 사내의 주름살과 흉한 칼자국에서 연민을 느끼는 것으로 그려진다.

　아버지를 죽인 원수라고 할 수도 있는 월곡댁의 모든 행적을 용서하는 「배소의 꽃」은 「월행」에서 제시되었던 화해의 방법이 가족사적 차원에서 민중사적 차원으로 확장되는 과정을 추적하고 있다. 화자는 어린 시절 아버지의 죽음을 목격한 뒤에도 전혀 월곡댁을 원망하지 않으며 성인이 되어서도 그녀의 모든 행위를 긍정적으로 이해하려 노력한다. 뿐만 아니라 그는 과거사에 집요하게 매달리는 노모와 숙부의 태도에 대하여 '삼십 년 가까운 세월 속에서도 조금도 풍화되지 않고 바로 어제의 일처럼 생생히 간직되어 온 원한이나 분노가 나에게는 차라리 두려울 뿐’이라는 생각을 갖는다. 이것은 그가 과거의 충격적 체험을 개인의 문제로 이해하는 것이 아니라 누구도 피할 수 없었던 안타까운 역사적 사실로 받아들이고 있다는 사실을 말해준다. 화자가 과거사에 대한 자신의 감정을 ‘무언가 안개가 잔뜩 낀 풍경’으로 인식하는 것을 가지고 냉철한 이성적 판단이 결여된 역사 인식태도라고 비난할 수도 있을 것이다. 하지만 당시 화자가 열 살도 채 안된 소년이었다는 사실을 고려하면 이데올로기의 갈등과 그로부터 연유한 원한이 어떤 관점에서 해결의 실마리를 찾아야 할 것인가는 자명해진다. 거기에는 이미 애증의 시각이 고착되어버린 성인의 판단 방식에 기대어 사상 문제를 해결하려 할 경우 오히려 상황을 더욱 복잡하게 만들 뿐이라는 작가적 인식이 암암리에 내포되어 있는 것이다. 그것은 또한 과거사와 관련된 당사자들끼리만의 화해로 모든 문제가 종결되지 않음을 뜻하며, 이미 「월행」에서 보았던 것처럼 가해자와 피해자 뿐만 아니라 그들의 후손들을 인격적 존재로 대면할 때 비로소 해한의 지평에 이르게 된다는 것을 의미한다. 월곡댁이 자신을 찾아온 화자에게 외손 남매의 앞날을 부탁하고 화자 역시 선선히 그 일을 수락하는 대목은 그런 점에서 퍽이나 감동적이다. 그것은 작가가 자기 혐오의 미궁을 헤매던 시절의 광기와 복수심을 극복하고 화해의 망망대해를 향해 힘차게 노젓기 시작했다는 사실을 예고하는 징후로 여겨지기 때문이다.

3. 상대성의 부정과 이중의 탈 벗기

창작 초기의 파괴적 탐미 성향에서 벗어난 송기원은 술집 작부나 수인(囚人)들의 지친 삶에 깊은 애정과 관심을 보인다. 술집 작부나 수감자의 이야기를 다룬 「연못시장 은정이」(1976), 「오늘도 조용히」(1978), 「흐르는 물에」(1980) 등과 같은 작품에서 공통적으로 확인되는 것은 소외된 계층에 대한 작가의 뜨거운 육친애적 사랑이다. ‘홀땅’·‘영방 빨간 바지 아가씨’ 등 두 개의 삽화로 구성된 「오늘도 조용히」는 교도소에서 벌어지는 다양한 사건들, 예컨대 신입자 신고식이라든가 수감자들의 전도사에 대한 집단

야유 등이 생생하게 묘사된다. 그 중에서 이감을 앞둔 청년 재소자(너구리)와 절도죄로 수감된 빨간 바지 아가씨(이여경)가 창살을 사이에 두고 편지를 주고 받는 이야기를 그린 '영방 빨간 바지 아가씨'는 철창에 갇힌 사람들의 순박하고도 티 없는 삶의 양상을 실감있게 전달하고 있다. 특히 이 삽화의 마지막 부분에서, 빨간 바지가 너구리에게 자기 집주소를 건네주는 장면을 지켜보던 수감자들이 박수를 치고, "내 빵간 드나들기 다섯 번 만에 저렇게 이쁜 꼴 첨 보네. 아, 거 하나님의 은혜가 따로 있어? 저게 바로 하나님 은혜지."하고 감격하는 것은, 비록 죄를 짓고 교도소에 간혀있을망정 인간다운 삶을 포기하지 않으려는 수감자들의 심리를 그대로 반영한 것이다.

지독한 가난 때문에 처녀 장사에게 팔려가 외진 포구에서 술과 노래로 시름을 달래는 점례 이모의 기구하다고밖에 말할 수 없는 삶을 그린 「흐르는 물에」는, 예토(穢土)에서도 시들지 않고 〈마음 속 붉은 꽃잎〉을 피워낸 술집 작부의 아름다운 정신이 밀도있게 그려진다. 강원도 광부에게 시집가기로 되어 있던 점례 이모는 깡패에게 처녀성을 빼앗긴 뒤 술집에 팔려 화류계 생활을 시작하고, 삼십년 세월을 떠돌다 석포 선창까지 흘러들어 밤만되면 '아무 술집이나 기어들어가 작부 행세'를 해서 미친년 소리를 듣는다. 하지만 그녀는 정작 자신을 술집에 팔아넘긴 사내를 잊지 못할 뿐 아니라 "이 나이가 되니깐 글쎄 누구보다도 그 신랑이 보구 싶어"진다고 고백한다. 자기 앞에 앉은 젊은이가 친정 조카라는 사실도 모른 채 지나온 반평생을 남의 애기처럼 늘어놓는 그녀의 어투에는 인생의 간난신고를 겪은 이에게서만 느낄 수 있는 여유와 포한이 배어져 나온다. 이모를 찾아온 화자는 '전혀 가면이라고 할 수 없는 여자의 자연스러운 웃음 속'에서 일종의 불가사의한 정신적 충격을 경험하는데, 그것은 석포 선창에서 폐선을 보고 느꼈던 통증이나 오한과는 전혀 성격을 달리하는 것이다. 점례 이모의 소외 계층에 대한 따뜻한 사랑과 이해의 감정은 어느 늙은 창녀의 다음과 같은 고백으로 이어져서 작가의 굴절되고 왜곡된 정신을 자극하고, 나아가 작가로 하여금 〈사람살이에 있어서 좀더 올바른 방향〉(『마음 속 붉은 꽃잎』後記)을 모색하도록 부추기는 원동력이 된다.

        나이가 마흔이 넘응께
        이런 징헌 디도 정이 들어라우.
        열여덟살짜리 처녀가
        남자가 뭔지도 몰르고 들어와
        오매, 이십 년이 넘었구만이라우.
        꼭 돈 땜시 그란달 것도 없이
        손님들이 모다 남 같지 않어서
        안즉까장 여그를 못 떠나라우.
        썩은 몸뚱어리도 좋다고
        탐허는 손님들이
        인자는 참말로 살붙이 같어라우.   (「살붙이」 전문)

  삶의 시궁창 속에 몸담고 있으면서 인간에 대한 근원적 사랑의 감정을
잃지 않는 「흐르는 물에」의 점례 이모나 「살붙이」의 늙은 창녀야말로 작
가가 끈질기게 추구해온 〈성스러운 긍정〉의 세계의 의미를 표상하는 인
물이라 할 수 있다. 〈성스러운 긍정〉에의 도정은 발전의 논리로서 변증법
을 제시한 헤겔의 그것과 달리 과거에 대한 절대적 부정이 아니라 상대성
의 부정이며, 상대성의 부정은 부정이 아니라 더욱 큰 긍정으로 나아가기
위한 방편이 되기 때문이다.
  1980년을 전후로 하여 발표된 소설은 작가의 신변 체험담적 성격을 주
로 드러내는데, 특히 「월문리에서 1·2」와 「어허라 달궁」(1979), 「다시
월문리에서」(1983), 「처자식」(1984) 등 일련의 작품은 「아름다운 얼굴」에
나타난 〈성스러운 긍정〉의 세계와 직접 닿아 있다. 파괴적 탐미주의와 위
악적 자학의 긴 터널에서 해방되어 '살아가는 일이 무슨 위대한 사상 따위
보다는 우선'이라는 현실 인식에 도달한 「월문리에서 1」(1979)이나, 시골
에서의 잡다한 일상을 다룬 「월문리에서 2」(1980) 등은 얼핏보면 흔해빠
진 농촌소설의 범주에 안주하는 듯한 인상을 완전히 배제할 수 없다. 그러
나 「어허라 달궁」을 포함한 「월문리」 연작을 통해 끈질기게 추구하는 주
제가 다름아닌 어머니 혹은 생부와의 화해라고 하는 근본 문제와 직접 연

결되는 점에 유의할 필요가 있다. 이를테면 「어허라 달궁」의 다음과 같은 대목은 화자가 오래 전에 생부를 '용서'했을 뿐아니라 '용납'하고 있었음을 알려주는 것이다.

> "용서고 뭐고 없수. 용서했다면 벌써 오래 전에 용서한 셈이지라우. 그 양반도 참 불쌍하게 살다간 분이우."
> 말끝에 자식은 눈을 크게 떴다. 예순 살도 훨씬 넘은 늙은 어머니가 갑자기 삼십 년은 젊어져서 무슨 노을 같은 붉은 그림자를 양 볼에 가득 띠운 채 울고 있었다. 그렇게 울면서 삼십 년은 젊어진 얼굴이 말했다.
> "인자 아무 데서나 죽어도 상관읎다. 니한테 그 양반 욕만 했던 것이 그러케나 맘에 걸렸었는디. 인자 되얏다."　　　　　　　　（「어허라 달궁」에서）

노모의 한평생은 남편에 대한 저주와 모멸 그리고 자식에 대한 기대와 절망으로 뒤범벅된 회한의 삶이라 할 수 있다. 그러한 노모가 환갑이 넘어 수의를 준비하고 아들이 생부를 어떻게 생각하고 있는지에 가슴 졸이는 것은 당연한 일이라 하겠는데, 한때 그토록 생부를 증오하던 아들은 생부를 "불쌍하게 살다간 분"이라며 너그럽게 받아들이는 것이다. 이러한 너그러움은 작가가 출옥하여 어머니의 비극적인 죽음과 마주치기 전, 즉 「다시 월문리에서」와 같은 자전적 성향의 작품을 발표할 때까지 지속된다. 그러나 이 너그러움은 주로 작가 자신과 가족의 이야기를 다룬 작품에서 나타나는 특징으로, 최원식의 지적대로 자칫 '사소설의 위험'에 빠질 한계를 내포하고 있다. 가령 「처자식」같은 경우만 보더라도 작가 개인의 사생활을 좀더 자세히 알려주는 정보 이상의 의미를 전달하지 못하는 것이다. 이와 같은 사소설에의 추락을 극복하고 개인의 문제를 사회의 문제와 접맥시키는 데 성공한 작품이 「다시 월문리에서」, 「아름다운 얼굴」, 「수선화를 찾아서」. 「늙은 창녀의 노래」(1993) 등이다.

노모의 자살에서 연유한 충격과 회한, 그리고 노모의 한을 자기화하는 고통의 과정을 기록한 「다시 월문리에서」를 통해 화자는 비로소 가족사의 끈질긴 인연과 절연하기에 이른다. 이 작품의 화자는 교도소에서 출감한 뒤 노모의 무덤을 찾지만 그곳에서 노모가 목매 자살하였다는 소식을 접하고 폭음과 자학으로 자신의 삶을 더욱 황폐화시킨다. 마침내 죽음에 대한 유혹에 빠질 무렵 그는 중음신(中陰神)으로 떠돌며 살아 있을 어머니의 죽음과 부딪치기로 결심하고 월문리를 찾는다. 동갑내기 친구(정동호)의 도움으로 폐가가 된 집의 잡초를 뽑고 노모의 산소를 벌초하면서, 그리고 어머니의 잠자리에서 꿈을 꾸며 화자는 젊은 시절의 어머니와 새롭게 화해한다. 화자가 하필이면 젊은 시절의 어머니와 화해한다는 것은 어머니와 관련된 과거 일체, 즉 신분·계층적인 불행한 경험적 세계로부터 자유롭게 되었음을 시사한다. 따라서 그것은 다음 생을 받지 못하고 허공을 떠도는 노모의 영혼을 위한 천도재(薦度齋)인 동시에 자기 구제의 간접화 방식이라 할 수 있다.

「아름다운 얼굴」을 송기원의 대표작이라 말하기는 어려울지라도, 그의 문학을 살피는 데 빠뜨릴 수 없는 의의를 가진 것으로 보는 데는 별다른 이견이 없으리라 생각된다. 그의 문학은 자기 혐오·위악·허무·탐미 등 부정적 관념만으로 일관한 듯 하지만, 세심히 들여다 보면 거기에는 한평생 아름다움을 찾아 진흙탕에 몸을 던졌던 한 인간의 치열한 삶이 투명하게 반사되어 나타난다. 자신의 '치부'를 감추려는 안간힘이 결국 긍정과 화해에 이르는 우회로(迂廻路)였음을 작가는 정직하게 고백하고 있는데, 이와 같은 '경험의 진정성과 표현의 진정성'(유종호, 「抱恨과 解恨의 갈등」)은 「아름다운 얼굴」의 가장 두드러진 특징이라 할 수 있다. 특히 이 소설은 작가의 체험이 사적(私的) 영역을 넘어 공적(公的) 공간으로 확대되는 의식의 발전적 징후를 보여주어 각별한 관심이 요청된다. 말하자면 그의 소설을 구성하는 대부분의 사건들이 작가의 사사로운 체험에 한정되어 사소설적 성격이 강했던 반면, 「아름다운 얼굴」에서는 화자의 삶과 운동권 후배의 삶이 유기적 관련을 맺으면서 사적 체험이 공적 공간으로 확대되고 개인사와 민중사가 하나로 묶여지는 아름다운 광경이 연출되고 있는 것이다.

이 작품의 전반부는 화자의 유년 시절과 자기 혐오의 감정을 갖게 된 사춘기 시절이 상세히 다루어져 있어서 「경외성서」 이후 지속된 위악과 허무의 주제를 이해하는 데 적지 않은 도움이 된다. 가령, 자기(화자)가

사생아이며 자신의 생부는 호가 난 노름꾼·건달패인데다 아편 중독자라는 사실, 의부를 '사촌 아부지'라 부르며 어린 시절의 외로움과 배고픔을 이겨냈던 일, 사춘기 시절 문학을 '내가 세상에 끼어들 수 있는 일종의 문'으로 인식했고 그 시절의 위악이야말로 자신의 아름다움을 살찌우는 자양분이 되었다는 고백적 진술 등이 그 대표적인 예에 속한다. 그러나 화자의 사회적 경험을 반성적으로 회고하는 소설의 후반부가 보다 문제적이라 할 수 있는데, 그것은 민중 운동에 대한 자기 비판과 함께 중요한 개인적 고백이 토로되어 있기 때문이다. 출판사 일에 얼만큼 회의가 생길 무렵, 화자는 대학 강사 자리를 마다하고 노동 운동에 뛰어든 한 후배와 만나면서 부러움과 조바심에 사로 잡힌다. 그가 위악적 행동으로 자신과 남을 속이고 괴롭히는 동안 '노동 운동을 무기로 세상을 변화시키는 싸움에 몸을 던진' 후배의 치열한 삶에서 부러움을, 이제까지 숨겨왔던 위선의 가면이 후배 앞에서는 통하지 않으리란 예감에서 조바심을 느끼는 것이다. 어떤 점에서 화자가 과거에 집착하였던 것도 자신의 위선이 폭로되는 것이 두려웠기 때문인지도 모른다. 위악은 세상에 대한 복수 심리의 반동 형성이라는 점에서 공감을 얻을 수 있는 것이지만, 위선은 자신보다 남에게 더 큰 해악을 끼친다는 점에서 용서받기 힘든 것이다. 위악이란, 범박하게 말해서 사회구조의 부조리나 불합리에 항거하기 위한 방편의 하나로 규범에서 일탈하는 행위를 의도적으로 자행하는 것을 가리킨다. 따라서 겉으로 드러난 행위가 사회 규범과 완강하게 대립하는 것일지라도 그 내면은 순수하거나 적어도 그것의 역설적 형태라는 사실이 인정되어져야 위악이라 말할 수 있다. 그러나 송기원 소설의 주인공들은 개인적 치부를 감추거나 그것을 폭로함으로써 타인의 동정심을 얻으려는 파괴적 성향만이 돌출되는, 지극히 개인적인 것에 지나지 않는다. 이것은 위선의 사전적 의미에 가까운 행위이지 위악과는 전혀 거리가 멀다. 「아름다운 얼굴」의 화자가 자신의 치부를 낱낱이 공개해야 하는 소설보다 '자신의 치부는 전혀 건드리지 않으면서 무엇인가 있는 듯 없는 듯 잘도 꼬리를 감추는 시 쪽이 훨씬 매력적'이라 고백하는 대목에서 그의 위악은 위악이 아니라 사실은 위선이었다는 사실이 여지없이 폭로된다. 이와 함께 출판사라는 조직에서 스스로를 숙청

하지 전 냉정히 자기 검열을 하는 다음 대목도 유의할 만하다.

> 　나는 너무 깊이 숲에 든 나머지 민중 운동이라는 큰 산은 보지 못한 채, 무슨 당위성이나 분파주의 혹은 교조주의나 조직 논리에 따른 비인간화 따위 악목들만 본 셈인지도 몰랐다. 그러나 운동이란 그 길이 잘 가는 것이건 못가는 것이건 어쨌든 앞을 향해 나가고 있는 이들의 몫이고, 그것이 바로 진보 아니랴. 십 년 가까운 출판사 생활에 나는 자신도 미처 깨닫지 못하는 사이에 거의 모든 사고가 보수화되어 있었다.　　　　　　　(「아름다운 얼굴」에서)

화자는 민중 운동 자체의 의의는 긍정하면서도 자신의 행동이 민중 운동의 본질에서 상당히 이탈한 것이었음을 솔직히 인정한다. 그 이유를 화자는 자신의 보수적 성향에서 찾고자 하는데, 사실 송기원의 소설이나 주인공들에게서 축자적 의미로서의 진보적인 사상이나 행동을 발견하기란 결코 용이한 일이 아니다. 그의 소설은, 앞서 잠깐 지적한 바대로, 전통적 소설 문법에 충실해 있으며 주인공의 성격 또한 정치적 진보 성향을 노골적으로 표명하는 투사형의 인물과는 거리가 멀다. 송기원 소설의 주인공들은 세상과의 원만한 교섭을 희망하면서도 자아를 위선과 위악의 이중적 탈 속에 가두어 놓고, 자신의 모든 행위를 위악적인 것으로 규정지음으로써 그 이면의 위선이 드러나지 않기를 희망한다. 이런 맥락에서 후배의 자기절제 행위가 극단적인 양상으로 치닫는 것을 경계해 "좋은 뜻도 지나치면 위선이 아닐까?" 하고 조심스러운 우려를 표명하는 것은, 지금까지 의식적으로 외면해왔던 또 하나의 자아와 정직하게 대면하려는 화자의 심경을 간접적으로 제시한 것으로 볼 수 있다. 자신의 위악적 행위가 생부에 대한 증오심에서 분출된 왜곡심리라고 생각하던 화자는 한 해 농사를 죄다 소작료로 바치고 돌아온 날 술에 취해 울면서 노래부르던 아버지를 "차라리 미워하고 싶어도 도무지 미워할 수조차 없"었다고 고백하는 후배의 모습에서 생부와 화해할 수 있는 진정한 방법이 무엇인가를 시사받는다. 그것은 생부에게서 정신적 상처를 입은 피해자는 자기가 아니라 생부야말로 자신의 이기적인 증오심의 희생자일지도 모른다는 통찰이다. 요컨대 「아름다운 얼굴」은 위악과 위선의 이중적 가면으로 세상과 자신을 속이며 살아온 화자가 한 후배와의 만남을 통해 정직한 자기세계로 귀환하는 정신적 편력의 과정을 형상화한 작품으로, 작가 송기원이 문자 그대로 발가벗다시피한 자기성찰의 상태에서 기록한 고백록같은 것이다.

송기원의 문학의 전과정은, 이제까지 살펴본 바와 같이, 부정을 통한 긍정의 일관된 통로를 따라 지속된 작업으로 정리된다. 때문에 「아름다운 얼굴」을 통해 위선의 파탄마저 경험한 그가 새로운 긍정을 예비하면서 고통스러워 하고 있으리라는 점은 어렵지 않게 추론할 수 있다. 그가 생각하는 새로운 긍정의 세계가 어떤 것인지는 확실하지 않아도, "중요한 것은 그 '무엇'이 아니다."라는 단정적 어구에서 알 수 있는 것처럼 '무엇'과 대척점에 서 있는 '어떻게'의 문제와 관련이 있으리라 여겨진다. '어떻게'의 문제는 작가 송기원이 앞으로 섬세하게 풀어야 할 뒤엉킨 실타래와도 같은 것일지도 모른다.

4. 새로운 세계로의 모색을 위하여

송기원의 소설은 허무·탐미·위악의 폐쇄 공간을 벗어나 개인의 삶을 사회와 연계시키려는 화해와 긍정의 세계를 지향한다. 그의 초기작은 작가의 출신적 성분에 근거한 자기 혐오와 파괴적 복수 심리로 가득 차 있지만, 그것조차도 철저히 내면화되지 못하고 '관념의 조작' 상태에 머물고 만다. 이를테면, 「경외성서」·「폐탑 아래서」 등은 허무와 탐미에의 경사가 작품의 토대를 이루는데, 그것은 현실과의 교섭을 결코 포기하지 않으려는 화자의 심리가 역설적으로 표출된 것으로 이해된다. 따라서 이들 작품에 나타나는 주검에의 관념 같은 것을 단순한 허무주의로 단정지을 수 없다는 점은 분명하다. 송기원이 과거보다 현재에 관심을 기울이고 화해의 방법을 모색하려는 조심스런 태도는 「월행」과 「배소의 꽃」 등을 통해 확인된다. 특히 「배소의 꽃」의 화자는 과거의 충격적 체험을 역사적 사실로 수용하면서 월곡댁의 외손 남매를 보살피겠다고 약속하는데, 이것은 작가가 추구하는 화해 정신의 지향점을 짐작케하는 징후이다. 이러한 화해의 정신은 작부·수감자 등 소외 계층에게로 관심의 향방이 옮겨지면서, 그리고 월문리에서의 일상적 경험을 다룬 소설에서 좀더 구체적인 양상을 띤다. 그것은 생부를 용납하고 젊은 시절의 어머니와 화해함으로써 과거사의 족쇄를 깨고 의식의 자유를 회복하였음을 뜻한다. 송기원이 선택한 부정의 방식은 절대적 부정이 아니라 상대성의 부정이었으며, 그것은 이른바 〈성스러운 긍정〉으로 나아가기 위한 방편이라 할 수 있다. 말하자면 그는 사생아·장돌뱅이라는 개인적 '치부' 때문에 삶의 시궁창 속에 스스로 몸을 던졌지만, 그곳에서 '마음 속 붉은 꽃잎'을 피우는 늙은 창녀와의 조우를 통해 생부와 어머니, 그리고 자신을 있는 그대로 받아들이게 되는 것이다. 송기원의 의사 자서전에 해당하는 「아름다운 얼굴」에서 우리는 작가가 끈질기게 숨겨왔던 또 하나의 비밀과 마주치는 충격을 경험한다. 운동권 후배의 치열한 삶의 태도에 자극되어 위선의 파탄을 고백하는 화자의 진술에서, 우리는 송기원 소설이 새로운 시작을 예비하고 있다는 강렬한 암시를 받게 되는 것이다. 그것은 '무엇'에 집착하였던 과거와 달리 '어떻게'의 문제를 풀어나가는 작업이 될 것이며, 「수선화를 찾아서」·「늙은 창녀의 노래」는 보다 투명한 음색으로 연주된 그 전주곡이라 할 수 있다.

한 비평가는 송기원의 문학이 '예술적 완성도가 완벽에 가깝다'는 극찬에 가까운 평가를 하는 자리에서, 바로 그런 장점이 '삶과 문학의 연속성을 차단'할 장애 요소가 될 수 있음을 일깨우고 있다. 실제로 우리는 그의 소설을 읽으며 작가의 뜨거운 영혼과 역사에 대한 준열한 비판 정신에 공감하기보다 허공에 떠도는 중음신의 도저한 원한의 중압에 가위눌려 상상력의 자유를 구속당한다. 「경외성서」에서 「아름다운 얼굴」에 이르기까지 작중인물의 영혼은 과거의 늪에 침잠하여 현실을 직시하기를 거부한다. 과거는 마치 원초적 친밀성의 공간과도 같은 강인한 흡인력으로 거기서 벗어나려는 작중인물의 의식을 잡아당기고 있기 때문이다. 그러나 작가가 자신의 삶을 유전적으로 규정해 놓았던 것으로 믿었던 출신·계층적 치부를 알 몸 그대로 드러낸 이상, 또다시 과거의 늪에서 방황하는 일은 없으리라 여겨진다. 자기 부정과 자기 혐오의 왜곡된 과거사와 거짓없이 대면하기로 결심한 작가에게 부과된 과제는 한두 가지가 아니다. 그가 타자성을 긍정하고 화해의 바다로 헤엄쳐 나오기까지는 여러가지 의식(儀式)을 치러야 했으리라 짐작되는데, 그는 이제 이러한 정신적 의식을 의미화하는 일에 착수해야 한다. 그리하여 과거 월남전에서 쌓았던 관념의 탑에 시대적·역사적 의의를 부여하고, 이제까지 의식적으로 멀리했던 민중 운동과 관련된 개인적 체험을 객관적 스펙트럼으로 검증할 숙제를 마쳐야 하는 것이다. 그럼에도 불구하고 최근 송기원의 장편소설이 사적 체험의 영역에서 탈출하지 못한 듯한 인상을 주는 것은 안타까운 일이 아닐 수 없다. 예전과 다른 왕성한 창작욕을 보이는 이 작가의 문학적 관심이 인간과 삶에 대한 다양하고도 본질적인 해석의 방향으로 나아갈 때까지 우리는 좀더 인내해야 할 것같다.

바보인물의 성격 유형화에 관한 시론

1.들어가는 말

우리 서사 문학에서 바보스러운 인물의 모습을 찾아보기란 그리 어려운 일이 아니다. 우리 주변에서 손쉽게 접할 수 있는 민담과 희학(戲謔)의 주인공들이 기상천외한 우행(愚行)으로 독자의 웃음을 자아내는 바보형 인물로 성격화되어 있는 것이 그 단적인 예이다. 이들 바보 인물의 우둔하면서도 순박한 언행은 건조한 일상적 삶을 충격하여 밝은 웃음을 주거나, 각박하고 긴장된 정신을 느슨하게 풀어주는 '사회적 안전판' 역할을 담당하기도 한다. 이런 양상은 서양의 경우도 별로 예외는 아닌 것으로 보이는데, 고대 그리스 희극이 알라존·에이론 등의 전형적 인물에 의해 극의 효과가 상승도이었다는 사실이 그것을 증명한다.

고대 서사문학의 바보 인물에 의해 형성된 희극적 전통은 주로 그들의 외양에 대한 일면적 관찰의 결과이다. 다시 말해 우리는 그들의 어리숙하고 엉뚱하기조차 한 언어 습관이나 행동에만 주목했을 뿐, 그들의 언행 내면에 숨겨진 삶의 진실이라든지 똑똑한 체하는 인간들에 대한 날카로운 비판 정신에 대해서는 별다른 관심을 기울이지 않았던 것이다. 현대소설의 바보가 이제까지의 관행과 달리 비극의 주인공으로 분장·인식되는 원인은 이들의 어리숙한 행위에 숨겨진 모종의 의도를 찾아 읽으려는 노력의 소산이라 할 수 있다. 그러나 희극의 차원에서 비극의 차원으로 전이되는 과정에서도 바보 인물 특유의 어리숙함과 순진한 본성은 별로 손상되는 것 같지 않다. 그들은 여전히 점잖아야 할 자리에서 엉뚱한 언행으로 주위 사람들을 당혹시키거나 예상을 뒤엎는 행동으로 폭소를 유발하지만, 은연중에 자신을 조롱하는 똑똑한 사람들의 허위 의식을 고발하는 보다 중요한 기능을 부여받는다. 이런 과정에서 이른바 가치전도(transvaluation)가 발생하는데, 가치전도란 바보의 어리석고 용렬하며 무지한 속성 내면에 숨겨져 있는 천진한 성품과 슬기를 예찬함으로써 그들을 비웃는 사람들의 겸손함·진지함 이면에 감추어진 위선과 가식을 폭로, 그 가치를 폄하하는 것이다. 따라서 가치전도는 인간의 숨겨진 허위의식을 폭로시켜주는 매우 유용한 개념이라 할 수 있다.

바보란, 신체적 불구자나 기형인(畸形人)을 가리킨다기보다 정신적으로 어리석고 못난 사람을 지칭하는 경우가 일반적이다. 그러나 이와 같은 사전적 의미는 그 망(網)이 너무 성글고 넓어서 특정한 사상(事象)에 내재한 함의나 비유·상징 등을 담아내기 곤란한 예가 종종 있어 왔다. 문학 작품 속에서 독자적 생명력을 가지고 활동하는 비보는 작가의 의도와 책략에 따라 창조된 허구적 인물이므로 그의 존재 의미를 일상적 가치 기준에 따라 판단하는 것은 적절하지 않아 보인다. 다시 말해 소설에 등장하는 바보 인물의 성격을 규정하는 데 적용되는 기준은 별도로 마련되어야 하리라 생각한다.

바보는 타인에 비해 지적으로 열등하므로 상황판단에 있어 곧잘 실수를 범한다. 즉 그는 자기 앞에 펼쳐진 상황이 자신의 의도와는 전혀 다른 방향으로 전개될 수도 있다는 사실을 받아들이지 않으며, 그런 그릇된 확신을 고집스럽게 밀고 나가기 때문에 애초의 계획이 좌절되고 그 결과 남의 웃음거리로 전락한다. 그의 성격이나 외양은 흔히 희화적으로 묘사되지만, 어린애같은 천진한 성품을 지녔기에 남을 위해(危害)하는 일 따위는 하지 못한다. 바보로 인지되는 인물이 타인을 비방하고 모욕하는 경우에도, 그 비난의 화살은 언제나 비난의 주체자에게 되돌려지게 마련이다. 바보의 언행이 결코 수동적이거나 비개성적이지 않은 점도 특징적이다. 그는 자기 앞에 전개된 상황을 곧이 곧대로 받아들이고 스스로 판단한 해결책이야말로 최선의 방책임을 끝까지 확신한다. 이런 의미에서 편집적 성격은 바보의 특성을 결정짓는 대단히 중요한 요인 중의 하나라 할 수 있다.

　정상인에 비해 훨씬 열등한 지능을 가진 인물로 판명되는 바보가 작가들의 지속적인 관심거리로 대두되는 원인은 무엇일까. 아마도 바보의 역할이 단지 독자의 지적 우월감을 만족시켜주는 단순한 기능에 머물고 말았다면, 일찌감치 그 존재 가치가 소멸되어 작가의 관심 영역 밖으로 사라지고 말았을 것이다. 그러나 바보의 모습은 현대 소설 속에서도 건강하고 발랄한 생명력을 자랑하며 예전과 같은 친숙한 모습으로 재창조된다. 따라서 우리는 문학 작품 속에 나타나는 바보 인물의 굴절되고 왜곡된 현실인식에 대해 시비할 것이 아니라, 거꾸로 그들을 열등하고 왜소한 존재로 평가하는 사회 관습이나 구조의 본질적 속성에 주목해야 마땅하리라 생각한다.

　비극의 본질이 연민과 공포를 환기하여 독자(관객)의 감정을 정화하는 데 있다면, 바보는 독자의 긴장을 완화시킴으로써 희극 정신에 가깝게 다가간다. 다시 말해 바보의 우스꽝스러운 말과 행동은 곧 규격화·정형화된 사회관·세계관에 대한 정면적 도전이며, 도덕적 관습에 은폐된 정상인들의 위선과 허세를 적나라하게 드러내 주는 비판의 칼날인 것이다. 이런 인물이 작품의 주인공으로 등장하면 그 소설은 아이러니나 풍자의 양상을 띤다.

　서양문학의 바보 인물을 유형화한 선례는 N. 프라이에서 찾을 수 있다.[1] 그는 고대 그리스 희극의 바보를 알라존(Alazon)·에이론(Eiron)·보모로코스(Bomolochos)·아그로이코스(Agroikos) 등으로 구분하면서 알라존과 에이론을 희극의 전형적 인물로 규정한다.[2] 우리 문학연구가들은 N. 프라이의 견해를 별다른 검토과정을 거치지 않고 받아 들여 한국 서사 문학 속의 바보인물을 알라존적 혹은 에이론적 인물로 해명하여 왔다. 그러나 우리의 바보는 서양의 알라존(혹은 에이론)과 피부색깔부터 다르며 생각이

---

1) N. Frye는 *Tractatus Coislinianus*를 원용하여 고대 그리스 희극에 보편화되었던 세 유형의 인물을 제시한 뒤, 거기에 아리스토텔레스가 제안한 아그로이코스형 인물을 추가하였다.

2) N. Frye, *Anatomy of Criticism*, 임철규 역, 『비평의 해부』, 한길사, 1982, pp. 240~248 참조.

나 행동 또한 전혀 딴판인 한국 토종이다. 따라서 한국형 인물을 서양 문학이론의 틀에 짜맞추려는 태도는 자칫 불성실하고 비판의식이 결여된 연구자세라는 질책을 받을 경우 변명의 여지가 없어 보인다.

이 글은 한국현대소설 속의 바보 주인공의 성격을 유형화하여 그들에게 걸맞는 이름을 부여하려는 시론적 성격을 띤다. 이 글에서 김유정과 채만식의 작품이 주텍스트로 선정된 까닭은 그들이 바보를 주요 작중인물로 설정하여 인물의 소설적 성격화에 상당한 성공을 거두었다는 일반적 평가를 바탕으로 한 것이다. 필자는 이들 작품에 나타나는 바보의 성격을 '숙맥'과 '엉터리'로 유형화한 뒤, 그들의 어리석은 언행이 작품에 미치는 효과가 무엇인지를 규명하여 보았다.[3]

2. 바보의 유형 구분 — '숙맥'과 '엉터리'

국어사전을 뒤져보면 바보를 지칭하는 어휘가 다양하게 발견되는데, 이것은 우리 민족이 바보에 대해 친숙한 감정을 가지고 깊은 관심을 기울여 왔음을 반증하는 것으로 보인다. 천치, 백치, 반편이, 팔푼이, 팔불출, 얼뜨기, 숙맥, 엉터리, 맹꽁이, 허풍선이…… 등 얼핏 생각나는 어휘만 보더라

---

3) 지금까지 한국 문학에 나타난 바보 인물에 대하여 본격적인 관심을 보인 논자는 이재선과 한만수 등이다. 이재선은 "한국의 바보는 그 유형상 흔히 단순 바보 및 현명한 바보로 나뉘어진다."고 하여 이분법적 유형화 방식을 취한 반면(이재선, 「바보 文學論」, 『우리 문학은 어디에서 왔는가』, 소설문학사, 1986, p. 374), 한만수는 "일제시대 바보인물은 생활의 논리, 돈의 논리에 충실한가 아닌가에 따라서, 또 생활논리의 성격이 더 부유해지려는 욕망이냐 아니면 최소한의 생존을 위한 것이냐에 따라서 '아다다형', '윤직원형', '춘홀형'"의 세 유형으로 나누어 생각할 수 있다는 의견을 제시한다. (한만수, 「식민지 시대 소설의 바보인물」, 《동악어문논집》 제28집, 1992, 12, p. 298) 이재선의 경우는 유형화의 기준이 단순하고, 현명한 바보는 엄격한 의미에서 바보가 아니라는 점에서 비판된다. 또한 한만수의 경우는 돈의 논리, 즉 경제적 욕망의 문제가 인물 성격의 유형화 기준으로 합당한가, 그리고 세 유형의 인물에 대응되는 존재는 어떤 성격의 소유자인가 하는 문제가 해명되지 않는다.

도 바보의 성격이 결코 단순하지 않음을 알 수 있다. 일상생활에서는 이 명칭을 적절히 사용하면 큰 문제가 없겠으나 비평적 글쓰기에서는 사정이 그렇지 못하다. 객관적 가치판단을 중요시하는 비평의 속성상 바보의 성격을 유형화할 필요는 더욱 절실한 것인지도 모른다. 어떤 사상(事象)을 유형화하기 위해서는 그것의 특성을 구체적이고 분명하게 개념화하는 작업이 우선되어야 할 것이며, 그와 함께 하나의 유형에 대응되는 짝이 발견되는가 하는 문제를 고려해야 하리라 생각한다. 이런 원칙에 따라 바보 인물을 유형화할 때 우선적으로 생각되는 것은 고대서사물에 등장하는 저명한 바보들이다. 온달·배비장·이춘풍·방자·말뚝이 등과 같은 인물은 우리에게 매우 친숙한 바보들로서 위의 원칙에 상당히 근접한 것으로 보인다. 독특한 성격의 서사 주인공이 인간의 성격을 해명하는 유효한 기준으로 이용되는 것은 일반적 현상이며, 놀부형·심청형 혹은 햄릿형·동키호테형 인물이란 술어는 인간 성격의 어떤 특정한 자질을 설명하는 적절한 근거가 된다. 그러나, 뒤에 다시 언급이 되겠지만, 온달이나 방자는 온전한 의미의 바보가 아니라는 데 문제가 있으며, 배비장·이춘풍의 경우는 그에 대응되는 적당한 인물형이 없다는 점에서 유형화를 곤란하게 만든다. 이러한 판단에 따라 필자는 다소 거칠고 포괄적인 용어이지만 '숙맥'과 '엉터리'로 바보 인물의 성격적 특성을 구분하고자 한다.

걸으로 드러나는 행동이나 정신 자체가 어리석어서 도저히 어찌해 볼 도리가 없는 바보('숙맥')가 있는가 하면, 외양은 멀쩡하고 잘난 척 우쭐대지만 그 정신은 텅 빈 곳간 같은 바보('엉터리')가 있다. 그리고, 우리가 흔히 바보라 일컫는 유형 가운데 겉보기에는 바보같지만 실제로는 뛰어난 슬기와 재능을 숨긴 인물이 있다.[4] 이 유형은 온달을 비조(鼻祖)로 하여 방자·말뚝이에게로 그 성격이 계승된다. 그러나 이들이 과연 바보라는 이름에 적합한 특성을 가진 인물인가에 대하여 필자는 약간 다른 의견을

---

4) 이재선은 이 유형의 바보를 '현명한 바보wise fool 또는 clever fool'라 분류하고, 온달·처용·서동 등이 이 범주에 속하는 인물이라고 말한다.(이재선, 앞의 책, p. 374)

갖는다. 한마디로 온달은 바보가 아니었으며, 그가 바보로 인식되었던 것은 이른바 '시장의 우상'이란 편견이 우리의 객관적 판단을 방해하는 요인으로 작용했기 때문이었다. 손쉬운 예로, 온달과 평강의 설화를 되새겨 보면 온달이 바보가 아니었다는 사실은 보다 분명해진다. 그가 진짜로 바보였다면 평강의 내조와 교육이 아무리 탁월한 것이었다 하더라도 그렇게 짧은 시일 내에 영웅으로 환골탈태할 수는 없었을 것이기 때문이다. 온달은 그저 순박하고 선량한 성품을 가지고 남이 뭐라건 자기 일에 충실하게 살아왔던 사람이었던 것이다.

방자나 말뚝이 역시 바보가 아닌 점에서는 온달과 같다. 그들은 겉으로는 바보인 체 하지만, 양반의 약점을 포착하는 순간 날카로운 기지와 노회한 책략으로 양반을 궁지로 몰아 넣는다. 그러면서도 양반이 정색을 하고 신분의 차이를 들고 나서면, 어느 새 비굴한 하인의 몸짓으로 자신을 숨기는 것이다. 말하자면 그들은 계급사회에서 생존하기 위한 전략의 일환으로 바보의 가면을 썼던 것이고 실제로는 가장 신랄하게 양반을 야유한 인물이었다. 한편 이들의 성격이 현대소설에 뚜렷이 전승되지 않고 있다는 점도 이들을 바보 인물의 유형에 삽입시키기 곤란한 조건이 된다.

이상의 논의를 종합하면 대체로 다음과 같은 유형 분류가 가능해 지리라 생각된다. 즉, 겉으로나 속으로 모두 바보인 유형 및 그와 정반대인 경우가 한 짝을 이루고, 겉보기에는 바보같지만 실제는 똑똑한 유형의 인물과 그 반대인 경우를 예상할 수 있다. 이를 간단히 도식화하면 아래와 같다.

(1) 겉바보 −속바보 / (1)' 겉똑똑이 −속똑똑이
(2) 겉바보 −속똑똑이 / (2)' 겉똑똑이 −속바보

(1)의 유형을 필자는 '숙맥형'이라 부르고자 한다. 그에 대응되는 (1)'형은 전혀 바보가 아니라는 점에서 논의의 대상에서 제외된다. (2)는 온달·방자·말뚝이 형 인물의 특성과 부합되는데, 실제로 똑똑한(정상적인) 인물이므로 역시 바보를 논의하는 자리에서 일단 배제될 수밖에 없다. (2)'는

‘엉터리 유형’에 속하는 인물이다. 따라서 바보 인물의 성격은 겉으로 파악되는 인물의 특성보다 내면적으로 어떤 성격을 가지고 있느냐에 따라 (1)의 유형과 (2)’의 유형으로 대별되며, 문학작품 속에서도 그 사정은 별로 달라지지 않는다.

순수한 바보, 다시 말해 외양이나 정신 세계가 한결같이 열등하고 모자란 위인은 ‘숙맥’형에 속한다. ‘숙맥(菽麥)’이란, 그 어휘가 가진 내포 그대로, 콩과 보리조차 구별하지 못할 만큼 아둔한 천생의 바보를 가리킨다. 이와 비슷한 의미를 가진 용어에 ‘맹꽁이’가 있는데, 맹자를 공자의 스승이라 거꾸로 아는 바보를 일컫는다. 그러나 이 용어는 민간어원에서 유래한 명칭이므로 아쉽지만 쓰지 않는다. 우리 민담이나 희학에서 대단히 낯익은 표정으로 나타나는 ‘바보 사위’는 숙맥형 인물의 전범이라 할 만하다. 그는 사물의 이름도 제대로 구별하지 못하고 상황의 변화에 순발력있게 적응하지 못함으로써 놀림감이 된다. 그러나 주위사람의 의견을―그것이 사태를 그르치거나 당사자를 더욱 곤경에 빠뜨리는 경우라 할 지라도―여과없이 받아들이는 순진한 본성은 숙맥형 바보의 가장 큰 장점이라 할 수 있다. 김유정의 작품은, 어느 평자의 말대로, ‘바보열전’[5]이라 할 수 있으며, 작중인물의 성격이 대부분 ‘숙맥’으로 형상화되어 있다는 점은 우리의 관심을 끌기에 충분하다.

자신을 실제 이상으로 과장하고 혼자 똑똑한 체하지만 실상은 전혀 반대이거나 터무니없는 말이나 행동을 일삼는 인물을 ‘엉터리’라 부른다. 그는 확신에 찬 언행으로 타인을 압도하고 바보로 몰아 붙이지만, 정작 바보로 판명되어 타인의 우스개감이 되는 것은 자신이다. 「배비장전」과 「이춘풍전」과 같은 서사물의 남성 주인공은 엉터리로서의 성격적 특성을 전형적으로 보여준다. 그들은 남성중심적인 가치관이나 자기 우월의식에 사로잡혀 잘난 체함으로써 종내 자기가 파놓은 함정에 빠져든다. 현대소설에서 이런 인물의 몰역사인식과 속물성을 예리하게 풍자한 작가로 채만식을

---

5) 이재선, 앞의 책, p. 384

들 수 있다.

3. '숙맥', 순진한 본성의 단순 바보

등장인물이 하나의 온전한 생명체로 살아 행동하게 하기 위하여 작가가
쏟아 붓는 노력과 정성은 예사로운 게 아니다. 그 인물이 소설이란 허구의
세계에서 어떻게 의미화되느냐에 따라 작품의 성패가 결정되는 것이 일반
적 현상이기 때문이다. 햄릿과 동키호테는 인간의 특별한 성격을 설명하는
데 아주 유용한 전범으로 인용되는 허구적 인물이며, 심청과 놀부 또한 소
설의 폐쇄된 공간을 박차고 일반명사로 굳어진 인물이다. 김유정은 바보에
게 각별한 애정을 보이면서 그들에게 새로운 생명의 입김을 불어넣어 주
었다. 그의 길지 않은 창작기간을 통해 생산된 작품이 대부분 바보인물로
채워져 있지만, 이 점에 주목한 평자가 그리 많지 않은 것은 의외의 일로
여겨진다. 더군다나 그들조차도 우리 고유의 인간형을 계발하려는 진지한
노력을 기울이기보다, 서양의 에이론(알라존)과 비교하는 단계를 넘어서지
못한 듯하여 아쉬움이 남는다. 김유정은 한동안 우리의 기억 저편으로 잊
혀졌던 바보를 다시 불러내 새로운 얼굴로 단장시켰으며, 그 결과 한국소
설은 전통적 성격을 계승한 새로운 인간형을 창조할 수 있게 되었다. 따라
서 김유정의 바보 인물을 의미화하는 것은 그가 일구어 놓은 문학의 토양
에서 알찬 수확을 거두는 일인 동시에 우리 문학 풍토에 적합한 논리의
집을 세우는 작업에 작은 주춧돌 하나를 얹는 일이 되리라 생각한다.
「봄·봄」은 데릴사위제라는 결혼 풍속을 매개로 하여 마름(舍音)의 횡
포를 반어적으로 고발한 작품이다. 이 소설의 주인공은 제 나이값도 못하
는 얼뜨기 숙맥으로 설정되어 있다.

   (1) 숙맥이 그걸 모르고 점순이의 키 자라기만 까맣게 기다리지 않았나.
   (2) 아하, 물동이를 자꾸 이니까 뼈다귀가 움추러드나부다, 하고 내가 넌즛
넌즈시 그 물을 대신 길어도 주었다.
   (3) 내 담으로 네번 째 놈이 들어올 것을 내가 일도 참 잘하고 그리고 사람

이 좀 어리숙하니까 장인님이 잔뜩 붙들고 놓질 않는다.

  (4) 점순이도 미워하는 이까짓 놈의 장인님 나하곤 아무 것도 아니니까 막 때려도 좋지만 사정보아서 수염만 채고(제 원대로 했으니까 이때 점순이도 퍽 기뻤겠지…)[6]

인용문을 보면 화자의 지적 수준이 어느 정도인가 한 눈에 들어 온다. 그는 상대의 의중은 전혀 고려치 않고 담화의 외연에만 매달리는 숙맥인 것이다. (1)은 화자가 점순이와 성례를 올려줄 것을 주장하자, 봉필이 "이 자식아! 성례구 뭐구 미처 자라야지."하며 면박을 주는데, 그제서야 사태가 잘못 꼬이고 있음을 깨닫는 대목이다. 그는 '자란다'의 의미를 '키가 커진다'라는 뜻으로만 알아듣는 바보로, 담화의 내포를 이해할 정도의 지적 능력도 갖고 있지 못하다. (2)와 (4)도 그 연장선상에서 이해할 수 있다. 이러한 어처구니없는 상황 판단 때문에 화자의 의도는 늘 좌절되게 마련이다. 더욱이 점순의 부추김에 의해 봉필의 수염을 잡아당기는 대목과 그런 행동을 하는 와중에서도 슬금슬금 점순의 눈치를 살피는 장면에 이르면 작품의 해학성은 더욱 고조된다. 말귀를 전혀 알아듣지 못하는 그에게 비유적 표현으로 자신의 속마음을 전달했던 점순도 그렇지만, 점순의 말을 축자적으로만 받아들이는 그의 의식과 행동은 '바보 사위'의 차원에서 크게 벗어나지 못하는 것이다. (3)은 자신을 그런대로 객관적으로 평가한 진술이라는 점에서 특별하다. 나(화자)는 스스로 생각해도 어리숙한 구석이 있다. 그리고 장인(봉필)과의 계약도 아퀴가 맞질 않는다는 것도 눈치껏 알고 있다. 그러나 화자는 점순을 제 아냇감으로 점찍어 놓았기 때문에 봉필 곁을 떠날 수 없는 것이다. 그런 면에서 화자는 비록 숙맥이긴 해도 이 작품에서 가장 선량하고 순박한 성품을 지닌 인물이라는 것이 분명해 진다.

---

6) 김유정, 「봄·봄」, 전신재 편, 『원본 김유정 전집』, 한림대학 출판부, 1987, pp. 139~150. 이하 김유정 작품 인용은 위 판본을 따르며, 괄호 안에 작품 이름과 해당 면수만 제시함.

봉필은 화자와 대척적 입장에서 악질 마름을 대표한다. 욕을 하도 잘하여 '욕필이'라 별칭되는 그는

> 허나 인심을 잃었다면 욕보다 읍의 배참봉 마름으로 더 잃었다. 번이 마름이란 욕 잘하고 사람 잘 치고 그리고 생김생기길 호박개 같아야 쓰는 거지만 장인님은 외양이 꼭 됐다. 작인이 닭 마리나 좀 보내지 않는다든지 애벌논 때 품을 좀 안준다든가 하면 그 해 가을에는 영락없이 땅이 뚝뚝 떨어진다. 그러면 미리부터 돈도 먹고 술도 먹이고 안달재신으로 돌아치든 놈이 그 땅을 슬쩍 돌라 안는다. (「봄. 봄」, p. 140)

에서 보듯 봉필은 소작인의 고혈을 짜는 악질 마름이다.

이런 봉필에게 덜미 잡힌 화자는 주인없는 봉 신세와 다를 바 없고, 봉필은 과년한 딸을 미끼로 순박한 농촌 총각들의 노동력을 착취하는 부정적 인간상의 표본으로 부각된다. 더군다나 그는 첫째 딸을 미끼로 열네 명의 머슴겸 데릴사위를 갈아치운 전력이 있고 보면, 화자의 소망이 언제 이루어질 지 감감하다. "셋째 딸이 인제 겨우 여섯 살, 적어두 열 살은 돼야 데릴사위를 할 테므로" 앞으로도 사오 년은 새경없는 머슴으로 혹사당해야 할 형편이다. 배 부르고 등 따뜻한 마름인 봉필의 위와 같은 생각은 그의 비인간성을 더욱 두드러지게 강조하는 기능을 맡는다. 따라서 「봄·봄」은 지주를 등에 업은 마름이 얼마나 간특한 존재이며, 그들로 인해 작인(作人)들이 얼마나 많은 착취를 강요당해야 했는지를 고발한 작품으로 이해된다. 알면서도 속아야 하고 제 것이면서도 빼앗겨야 하는 소작인의 울분과 원한이 숙맥의 희화적으로 과장된 행동에 가려진 듯 하지만, 그 내면을 이해하게 되면 사정은 전혀 다르게 나타난다. 그러므로 화자와 봉필의 대립은 순진한 바보와 욕심꾸러기의 대립인 동시에 머슴과 주인의 대립이라는 계급적 성격을 띤다. 그의 비인간적인 면은 과년한 딸을 동네 총각들에게 상품으로 내놓은 점과, 사위감으로 들인 남성을, 장인의 입장으로가 아니라 주인의 신분에서, 철저히 머슴으로 인정하는 점에서 찾을 수 있다. 말하자면 봉필은 결혼이라는 인륜대사를 상품화시킨 물신숭배자라 할 수 있는데, 이 사실이 밝혀지는 순간 화자의 바보스러운 행동이 오히려

긍정적 가치로 인지되는 가치전도의 현상이 빚어진다.

맹꽁이같은 총각이 들병이를 아내로 맞을 욕심에 닭까지 잡아 대접하지만 결과는 죽 쑤어 개 준 격이 되어버린 「총각과 맹꽁이」의 주인공 역시 숙맥으로 묘사된다. 작품의 표제에 보이는 '맹꽁이'는 배경 역할을 하는 동시에 '총각'의 성격적 특성을 그대로 제시해 주고 있어 흥미롭다. 또한 이 소설의 전반부는 당시 농촌 실상을 상징적으로 드러내 주는 듯하여 인상적이다.

  (1) 잎잎이 비를 바라나 오늘도 그렷타. 풀잎은 먼지가 보얏게 나홀거린다. 말쑹한 하늘에는 불덤이가튼 해가 눈을 크게 셧다.
  땅은 달아서 뜨거운 김을 턱밋테다 품긴다. 호미를 옮겨 찍을 적마다 무더운 숨을 헉헉 뿜는다. (중략) 콧등에서 턱에서 짭은 물 흐르듯 셔러지며 호밋자루를 적시고 또 흙에 슴인다.
  그들은 묵묵하였다. 조밭고랑에 쭉 느러백여서 머리를 숙이고 기어갈 쑨이다. 마치 쌩을 파는 두더지처럼 ―.
  (2) 가혹한 도지다. 입쌀 석 섬. 보리, 콩, 두 포의 소출은 근근 댓 섬. 논아먹기도 못된다.
  (3) 친구들은 일상 덕만이가 사람이 병신스러워, 하고 이 밧을 침배타 비난하였다. (「총각과 맹꽁이」, pp. 14-15)

일제의 토지수탈로 날로 황폐화되어가는 농촌 현실을 한여름의 가뭄과 연계시킨 (1)은 「고향(이기영)」, 「사하촌(김정한)」의 서두와 매우 비슷하여 시선을 끈다. 또한 김유정의 「땡볕」에서는 고향에서 쫓겨나 끝내 아내마저 병으로 잃어야 할 처지에 있는 주인공의 참담한 현실이 '땡볕'으로 상징되고 있는데, 이와도 좋은 비교가 된다.

한창 김을 매야할 때 비가 오지 않으면 농민의 심정은 메마른 논바닥 이상으로 균열될 터이지만, 날씨의 심술은 하늘 탓으로 치부할 수도 있는 것이다. 오히려 그들을 더욱 좌절하고 절망하게 하는 요인은 가혹한 소작제도이다. 인용문 (2)에서 보는 것처럼 밭이랄 것도 없는 황무지를 소작준 지주는 추수철이 되면 어김없이 도지를 챙긴다. 추수하는 순간 빈털털이가 되는 사정을 사실적으로 그린 작품으로 「만무방」이 있다.

> 그러나 캄캄하도록 털고나서 지주에게 도지를 제하고, 장리쌀을 제하고 색초를 제하고 보니 남는 것은 등줄기를 흐르는 식은 땀이 잇슬 따름. 그것은 슬프다 하니보다 끗업시 부끄러陜다. (「만무방」, p. 84)

그래서 제 논의 벼를 훔치는 웃지 못할 상황이 벌어지는데, 당시 소작인의 형편을 이토록 실감나게 묘사한 작품도 흔치 않다. 그러나 「만무방」의 응오와 「맹꽁이와 총각」의 덕만의 현실 대응 방식은 전적으로 다르다. 전자는 자기 것[7]을 빼앗기지 않으려고 적극적으로 행동하는 인물이다. 반면에 후자는 친구들의 병신스럽다는 비난마저 묵묵히 감수하고, 마음에 둔 여자를 빼앗기고도[8] 제대로 항의조차 못하는 소극적. 패배적인 성격의 인물이다.

덕만은 동네에 들병이가 들어오자 엉뚱한 공상을 편다. 그녀를 아내로 맞아 술장사를 시키겠다는 속셈이 그것이다. 그런 꿍꿍이 속으로 의형제를 맺은 뭉태에게 도움을 청하지만, 정작 재미를 보는 것은 뭉태이다. 덕만의 허황된 생각도 그렇거니와 그의 행동은 갈 데 없는 숙맥의 그것이다.

> "뵈기는 아싸부터 봇스나 인사는 처음 엿줍니다." 하고 죽어가는 음성으로 억지로 봉을 쪗다. 그로는 참 큰 용기다.
> "저는 강원두 춘성군 신남면 증리 아랫말에 사는 김덕만입니다. 우라버지가 승이 광산 김갑니다."
> 두 손을 작구 비비드니
> "어머니허구 단 두식굽니다. 하치못한 사람을 차저 주서서 너무 고맙습니

---

7) 응오는 자기가 지은 농사이기 때문에 그 수확물을 자기 것이라 생각하지만, 엄연히 지주가 따로 있다는 점에서 그 곡식은 응오의 것이 될 수 없다.

8) 술좌석에 앉은 사람들 누구도 그런 생각을 하지 않지만, 화자의 입장에서 볼 때는 뭉태가 자신의 여자를 빼앗은 것이 된다.

다. 저는 서른넛인대두 총각입니다."(「총각과 맹꽁이」, p. 20)

아무리 기다려도 제 차례가 올 것같지 않자 자기 소개를 자청하고 나선
그는 자기만의 생각에 골몰해 당사자의 의중 따위는 염두에도 없다. 오직
자기 일에만 관심의 촉수가 뻗는 그는 사정이 전혀 그렇지 않을 수도 있
다는 사실을 짐작조차 못하는 것이다. 들병이로서는 술 팔려는 욕심에 앉
아있는 처지이므로 그의 행동이 전혀 이해되지 않는다. 따라서 그의 의도
는 마침내 좌절되고 "살재두 인저는 안 살터이유—"라는 울음섞인 항변
을 늘어 놓는다. 이제까지 독자의 폐부를 간지르던 웃음기는 사라지고 섬
광같은 아픔이 우리의 의식을 강하게 충격한다. 그것은 덕만의 순진한 본
성이 꾀바른 이웃들에 의해 훼손당하고 끝내 상황의 희생자가 되고마는
속악한 현실에 대한 분노의 감정과 무관하지 않다.

「총각과 맹꽁이」는 덕만/뭉태의 대립을 외적 구조로, 덕만이 하필이면
들병이를 아내로 삼겠다고 마음먹는 사정을 내적 구조로 하여 짜여진 작
품으로 보인다. 다시 말해 뭉태는 겉으로 의리있는 척하고 그럴 듯한 언변
을 늘어놓지만 사실은 제 이익 차리기에 혈안이 된 속물의 표상이며, 그들
의 위선을 발가벗기려는 것이 작가의 숨겨진 전략 가운데 하나인 것으로
이해된다. 그리고 서른 살이 넘도록 총각으로 늙어야 하는 현실과 인륜대
사인 아내맞기에 여자의 상품가치가 우선되는 메마른 상황이 반어적으로
그려짐으로써 또 하나의 주제를 형성한다. 아내에게 매음을 사주하고(「소
낙비」), 소장수에게 팔아 넘기며(「가을」), 들병이를 시켜 살림을 펴겠다는
생각(「아내」)이 비단 덕만의 것만이 아니기에 문제는 보다 심각하다. 가장
소중히 아껴야 할 대상을 타인에게 양도할 수도 있다는 생각을 도덕적으
로 매도하기에 앞서 그럴 수밖에 없는 상황의 비극성을 먼저 이해해야 할
것이다. 그리고 김유정이 그런 비극적 상황을 지속적으로 문제삼고 있는
이유도 간과할 수 없는 점이다. 그가 살았던 강원도 산골의 당시 형편은
아내를 팔거나 매음을 사주하는 일이 큰 욕이 아닐 정도의 철빈(鐵貧)이
었으며, 먹을 것을 앞에 두고 부모와 자식이 갈등을 일으키는(「떡」) 처절
한 상황이었다. 그런 아수라장 속에서 목숨을 이어야 했던 농민들의 뼈저

린 생존투쟁을 김유정은 가슴 깊이 이해하고 감싸안으려 했던 것으로 보이며, 바보는 작가의 의도를 효과적으로 드러내는 데 여러모로 편리한 인물이었으리라 생각한다.

김유정이 창조한 '숙맥'형 인물은 작품의 미적 범주를 반어적 색채로 물들인다. 그는 현실 타개를 위해 끊임없이 노력하는 자이면서도 성격 탓으로 실패의 나락에 빠져 든다. 따라서 김유정의 바보는 작가의 의도를 효과적으로 전달하는 한편, 정상인의 이기심과 도착된 가치관을 폭로하려는 전략적 장치이다.

숙맥형 인물의 순진한 본성은 현대소설에서도 급격한 성격의 변화를 보이지 않는다. 이 점은 서양의 에이론이 현대 사회에 이르러 방향감각, 도덕적 판단, 책임의식 등의 혼란을 감당하지 못한 채 소외되고 분열된 인간상으로 표상되는 것과 좋은 대조를 이룬다. 서양의 에이론(꾀바른 노예)은 우리 고대 서사문학의 방자·말뚝이와 유사한 성격과 신분적 배경을 이용하여 웃음을 자아내지만, 권력 계층을 야유하거나 공격하려는 의도를 드러내지 않는다는 점에서 변별된다. 말하자면 그는 단순한 희극적 상황의 보조자 역할에 만족할 뿐, 극적 사건을 주도적으로 전개시킬 만한 위치에 있지 않다. 사건의 중심부에서 벗어나 주동인물의 보조자 역에 만족해야 하는 에이론이 복잡한 현실 속에서 방향감각을 상실하고 자아의 분열현상을 경험하는 것은 어떤 의미에서 당연한 귀결일 지도 모른다. 숙맥과 에이론의 성격적 차이를 극명하게 드러내 주는 것은, 전자가 상황에 대한 이해의 폭과 너비가 매우 협소한 데 반해, 후자는 상황의 실상을 거의 알고 있다는 점에 있다. 즉, 에이론은 앞뒤 사정을 환히 꿰뚫고 있는 입장에서 의도적으로 웃음을 창출해내는 인물이라면, 숙맥은 자신이 처한 곤궁한 입장에서 벗어나기 위해 벌이는 최선의 노력 자체가 웃음거리가 되는 것이다.

4. '엉터리', 자기우월감의 희생자인 겉똑똑이

김유정이 '숙맥'의 성격화에 남다른 특징을 보였다면 '엉터리'를 내세워 그들의 속물근성 및 몰역사인식을 예리하게 풍자한 작가가 채만식이다. 그는 판소리의 유장한 가락과 촌철살인의 따끔한 풍자정신을 계승하여 현대화에 성공했다는 평가를 받는다. 그의 대표작이라 할『태평천하』를 비롯, 「치숙(痴叔)」·「소망(少妄)」 등에는 '엉터리'형 인물이 희화적으로 그려짐으로써 그들의 위선과 무지가 적나라하게 폭로된다. 채만식이 창조한 여러 인물 가운데 일제가 길러낸 전형적인 식민지인상(植民地人像)의 표상이 「치숙」의 화자이다. 이 작품의 풍자성은 소학교 중퇴의 학력을 가진 화자가 대학을 졸업한 당고모부를 제법 근엄하게 훈계하는 역설적 구조에서 발견된다. 화자는 사회주의 운동에 참여한 당고모부의 사회주의관·경제관·국제관을 맹렬히 비판하는데, 그가 당고모부를 비판하는 논리적 근거가 하나같이 일본인 주인('다이쇼')에게서 습득한 천박한 지식이라는 데 문제가 있다. 말하자면 그는 일제의 식민정책을 맹목적으로 따르는 몰역사인식의 눈뜬 장님이며, 자신의 능력을 실제 이상으로 과대평가하는 '엉터리'의 성격적 특성을 가진 속물이다.

(1) 글쎄 아무러면 자기처럼 공부는 못하고 남의 집 '고조' 노릇으로 '반또(番頭)' 노릇으로 이렇게 굴러먹을갑시 이래보아도 표창을 두 번이나 받은 모범점원이요 남들이 똑똑하고 재주있고 얌전하다고 칭찬이 놀랍고 앞길이 환히 트인 유망한 청년인데 그래 자기 눈에는 내가 버린 놈이고 아무 짝에도 못쓰게 길이 든 놈으로 보였단 말이지?

(2) 아저씨! 경제라 껏은 돈 모아서 부자되는 거 아니요? 그런데 사회주의라 껏은 모아 둔 부자 사람의 돈을 빼앗아 쓰는 거 아니요?

(3) 나라나는 게 무언데? 그런 걸 다아 잘 분간해서 이런 건 이러고 저런 건 저러라고 지시하고 그 덕에 백성들은 제가끔 제 분수대루 편안히 살두룩 애써 주는 게 나라 아니요?[9]

인용문 (1)에서 보듯, 화자는 스스로 "앞길이 환히트인 유망한 청년"으

---

9) 채만식, 「치숙(痴叔)」, 《동아일보》, 1938. 3. 7~14, 『한국단편문학전집』 26, 정음사, 1973, pp. 52~78에서 재인용.

로 자처한다. 화자에 있어 가장 중요한 인생의 목적은 자신과 자신의 가족 모두를 완전히 일본인화하는 데 바쳐진다. 좀 더 정확히 말하면, 그는 일본말을 하고, 일본 옷을 입으며, 일본식 집에서 일본 음식을 먹으며 사는 것이 인생에서 가장 의미있는 일이라고 생각한다. 그런 사고방식을 지닌 그에게 '내지(일본)'와 관련된 모든 것이 지고지상의 가치를 갖는 대상으로 인식되는 것은 당연한 현상이다. 일본이 부정하는 것은 악이고, 일본이 긍정하는 것만이 선이라는 지극히 도식적이고 위험한 사고가 그의 의식을 지배하고 있기 때문에, 일본에 의해 전과자로 낙인 찍힌 당고모부는 악의 화신으로 비쳐질 수밖에 없다. 더욱이 화자는 자기가 그토록 선망해 마지 않는 일본인들에게 칭찬을 듣고 표창까지 받았으니 우쭐하는 마음이 더욱 증폭될 것은 뻔하다. 그에 반해 당고모부는 일본이 금지하는 사상 사건에 연루되어 전과자로 낙인 찍힌 현실 사회의 낙오자이다. 다시 말해 당고모부의 처지는, 앞길이 훤히 트인 자신과 비교할 때, 충분히 동정받아 마땅하고 잘못된 생각을 바로 잡아주어야 할 대상으로 전락한다. 타락한 사회를 타락한 방식으로 살아가면서 사회의 본질적 성격과 자신의 행동에 대해 문제의식을 느끼지 못하는 인간은 필경 그 사회의 지배계층에 속하거나 그들의 꼭둑각시에 지나지 않는 존재일 것이다. 전자는 내면적 갈등을 느낄 수도 있지만 거의 완벽하게 자신을 감춤으로써 권위를 유지하고, 후자는 현실 상황과 자신의 태도에 대한 편집적 신념을 절대적 진리로 생각하며 살아간다. 이 작품의 화자는 바로 후자의 성격적 특성을 전형적으로 보여주는 인물이다. 그는 지배계층의 권위 유지를 위해 날조된 허위의식의 맹신자이며, 그들에게 신뢰받기를 간절히 소망한다. 하지만 지배계층에게 인정받는다는 것은 그들의 지배논리에 맹종한 결과일 터이고 보면 그는 일제의 의도대로 양육된 전형적인 식민지 청년에 지나지 않는다. 바보이면서도 그 사실을 전혀 깨닫지 못한 채 스스로를 실제 이상으로 과대포장하는 '엉터리'의 희화적 언술 속에는, 궁핍한 시대를 청맹과니로 살아가는 속물들을 향한 강렬한 비판과 풍자의 정신이 내재되어 있다. 따라서 화자에게 조롱당하는 당고모부야말로 식민지 조선을 아프게 견뎌나가는 긍정적 인물로 환치되기에 이르고, 그를 비난하는 화자는 부정적 인물로서 가치 전도 현상이 발생하게 되는 것이다.

인용문 (2), (3)은 화자의 얄팍한 지식의 정체를 폭로시켜 준다. 그는 '다이쇼'에게서 값싼 경제관·사회주의관을 전수받았을 뿐아니라, 제국주의자의 왜곡된 국가관을 가장 옳은 것으로 받아 들이고 있다. 국가를 최고의 존재로서 그 전능을인정하고 개인의 전면적 복종과 지배를 요구하는 사고는 국가 절대주의 또는 에타티즘(Etatisme) 사상에 근거를 두고 있다. 이것은 전체주의의 다른 이름으로, 국가 절대주의는 개인주의. 자유주의와 정면으로 대립되는 가치체계이다. 근대사회는 과거 절대주의적 통치의 극단적 국가권력 남용에 대한 비판적 대안으로 '국가로부터의 자유(freedom from state)'를 주장하였다. 그 결과 근대 시민은 자유와 권리의 영역을 확대 증진시킬 수 있었고, 국가의 개인에 대한 제약과 규제는 일정한 범위 밖으로 유보될 수밖에 없었다. 그럼에도 불구하고 이 작품의 화자는 개인의 모든 자유와 권리를 국가가 떠맡아 챙겨 주어야 한다는 절대주의적 가치관에 사로잡혀 있는 것이다. 결국 그는 사태의 본질이 무엇인가에 대하여 이해하려는 진지한 노력을 전혀 보이지 않으면서 그릇된 자기확신에 가득 차 상대를 비난하는 '엉터리'의 표본이다.

전근대적 국가 절대주의의 신봉자는 『태평천하』의 윤직원과 「논 이야기」의 한생원에게서도 거의 유사한 형태로 발견된다. 채만식의 대표작으로 평가되는 『태평천하』의 윤직원은 일본이 재배하는 식민지 사회가 태평성대라는 그릇된 자기확신에 빠져 있는 엉터리이다. 그는 구한말 고을 수령에게 재산을 약취당하고 부친마저 잃게 되자, 나라에 대해 극도의 원망과 혐오심을 품는다. 그런데 일본은 제 나라 지키기에도 힘들텐데 수만 병력을 동원하여 치안을 담당하여 주니 얼마나 살기 좋은 세상이냐고 생각할 만도 한 일이다.

「논 이야기」의 한생원도 윤직원과 거의 흡사한 국가관을 갖고 있다. 그는 고을 수령에게 재산을 빼앗기자 나라를 원망하고, 일본인이 시세보다 높은 값으로 농토를 사들이자 제 논을 팔면서 일본이 물러가면 그것은 다시 제 것이 될 것이라는 허무맹랑한 계산법으로 자신을 합리화하는 엉터리이다. 그러나 예상치도 않았던 해방이 되고 자신의 계산과 실제 상황이

다르게 전개되자, 그는 다음과 같은 어처구니 없는 불만을 토로한다.

　　① "나라가 다 무어 말라 비틀어진 거야? 나라 명색이 내게 무얼 해준 게 있길래, 이번엔, 일인이 내놓고 가는 내 땅을 저희가 팔아먹으려구 들어? 그게 나라야?"
　　② "난 오늘버틈 도루 나라없는 백성이네. 제에길 삼십 육 년두 나라 없이 살아 왔을러드냐. 아아니 글쎄, 나라가 있으면 백성한테 무얼 좀 고마운 노릇을 해 주어야, 백성두 나라를 믿구, 나라에다 마음 붙이구 살지. 독립이 됐다면서 고작 그래, 백성이 차지할 땅 뺏어서 팔아먹는 게 나라 명색야?"
　　그러고는 털고 일어서면서 혼자말로,
　　"독립됐다구 했을 제, 내, 만세 안 부르기 잘했지."[10]

　「치숙」의 화자, 『태평천하』의 윤직원, 「논 이야기」의 한생원에게서 공통적으로 발견되는 특징은 자신의 가치관이 가장 올바르다는 편집적 사고와 전근대적 국가관이다. 그들은 구한말의 정치・사회적 혼란기와 식민지적 상황의 모순을 이해할 만한 지적 능력도 없을 뿐더러, 그런 노력도 기울이지 않으면서 자신에게 불리한 모든 것을 악으로 돌려 버리는 단순한 사고를 가지고 있다. 그러나 그들의 확신에 가까운 사고방식에 동조하는 사람이 아무도 없으며, 그들의 의도가 결코 성공을 거두지 못한다는 점에서 그들은 주위의 웃음거리가 되고 만다. 즉, 그들은 자신 이외의 모든 것을 부정하며 스스로를 과대평가하지만 종국에는 그들 자신이 바보로 판명되는 엉터리형 인물인 것이다.
　채만식이 '엉터리'형 인물에 민감한 반응을 보였던 이유는 그의 허무적 세계관과 깊은 상관관계를 가진 것으로 보인다.[11] 즉 그는 식민지 상황의

---

10) 채만식, 「논 이야기」, 『신한국문학전집』, 어문각, 1972, pp. 456~7.
11) 채만식의 작품에서 "강렬한 비판정신과 죽음의 냄새까지 풍기는 허무주의"의 징후를 읽은 논자는 홍기삼인데(홍기삼, 「풍자와 간접화법」, 《문학사상》, 1973, 2), 그 이후 이러한 견해는 폭넓은 지지를 받고 있다.

종언(終焉)에 회의적이었던 까닭에 오히려 공격성이 강한 풍자에 매력을 느꼈던 것으로 생각된다. 결국 그는 이기적이며 소아병적 기질이 농후한 '엉터리'형 인물을 내세워 그들의 교만함과 과장된 몸짓에 가리워진 허위의식을 통매하고, 나아가 일제 식민 정책의 허구성을 폭로하고자 했던 것이다.

김유정이 창조한 인물이 숙맥형에 한정되지 않는 점도 특기할 만한 사항이다. 그는 지적으로 열등한 인물에게 공통되는 또 하나의 특성으로 타인의 부추김에 의해 사태를 그르치는 경우를 「금따는 콩밭」이란 작품에서 실증해 보이고 있다. 이 작품의 주인공 영식은, 금점에 이력이 났다는 수재의 꾐에 넘어가 콩밭을 뒤집어 엎지만, 결과는 그들의 기대를 완전히 배신하는 것으로 종결된다. 금에의 허황된 욕심은 일제의 간교한 부추김에서 촉발된 것으로, 그로 인해 수많은 조선인이 가산탕진과 패가망신이라는 파멸의 길을 걸어야 했다. 1930년대 광풍(狂風)으로 몰아쳤던 골드러시의 허구성을 비판한 이 작품의 주인공은 김유정의 작품에서는 드물게 '엉터리'로 묘사된다.[12] 김유정의 작중인물은 비록 어리숙한 언행을 해도 그 정신만은 순박하고 건강한 것이 특징이다. 또한 그들이 소망하는 부(富)의 개념도 기껏해야 "코다리(명태), 흰 고무신, 분(粉)"(「금따는 콩밭」)에 지나지 않아 더욱 골계스럽다. 찢어지게 가난한 살림살이에 진저리를 쳤던 그들은 현재의 궁핍에서 헤어나기 위해 아내팔기·매음·도둑질·금광에의 미련과 같은 비정상적 방법에의 유혹을 버리지 못한다. 따라서 그들이 숙맥의 어처구니없는 우행(愚行)을 펼치건 엉터리로 제 꾀에 넘어가건 그 모두가 현실의 질곡을 타파하려는 안간힘이며, 그런 행동이 전도되어 제삼자의 음험함을 비난하는 쪽에 초점화된다는 사실이 중요하다.

---

12) 「소낙비」의 주인공 춘호도 '엉터리형'에 속하는 인물이라 할 수 있다. 그는 돈 이원만 가지면 투전판에서 삼사십 원을 만들 수 있고, 그것으로 대충 빚을 가린 뒤 서울에 올라가 아내는 안잠을 재우고 자신은 노동을 하면 안락한 생활을 할 수 있을 것이라는 확신을 갖는다. 말하자면 그는 자신의 기대와 정반대의 상황이 전개될 수도 있다는 사실을 인정하지 않는다는 점에서 '엉터리'의 성격적 특성을 드러내고 있다.

김유정과 채만식은 서로 다른 각도에서 바보를 관찰한 결과, '숙맥'형 바보와 '엉터리'형 바보로 재창조할 수 있었다. 이들의 성격을 간단히 도해하면 다음과 같다.

특성／유형	숙 맥	엉 터 리
성　　격	단순, 겸손	복잡, 자기우월감
피 해 자	자 신	제삼자(혹은 자신)
작자의 의도	정상인의 위선 고발	엉터리의 허위의식 풍자
미 적 범 주	해 학	풍 자

'숙맥'의 어리숙한 언행은 작품의 해학성을 높이고, '엉터리'는 풍자적 효과를 고양시킨다. 전자는 현실의 피해자로서 비정상적 상황을 고발하는 순기능을 담당하는 한편, 후자는 가해자이지만 상대를 향한 비난이 자신에게 되돌려짐으로써 결국 자신이 비난의 표적이 되는 역기능적 인물이라는 차이가 있다. 바보 인물의 문학적 기능이 자신에게 가해지는 탄압에 대한 교묘한 은폐의 기술이라면, '숙맥'의 어눌한 행동 내면의 현실고발적 성향이 풍자를 통한 비난보다 훨씬 고급한 차원의 전략적 장치라 할 수 있을 것이다. 그러나 중요한 것은 '숙맥'이나 '엉터리'의 역할의 우열이 아니라, 그들이 문학의 장(場)에서 얼마나 가치있는 존재로 취급되며 현대 작가들에게 영향을 미치는가에 달려 있다. 김유정과 채만식은 바보 인물을 내세워 일제 총독부 검열계의 촘촘한 그물을 피할 수 있었고, 일제와 일제에 기생하는 소위 정상인들의 위선·허세·그릇된 가치관 등을 적나라하게 파헤쳐 보여 주었다.

5. 결론을 대신하여

국권을 박탈당하여 전민족이 극도의 가난과 통제하에 신음하던 시절, 김유정과 채만식은 바보 인물을 재창조하여 시대의 모순을 고발. 비판하였다. 1920년대 후반 카프맹원들이 가난과 굶주림의 문제를 첨예하게 부각시킨 싯점에서 약간 벗어난 시기에 바보의 우둔한 언행으로 식민지 현실의 문제점을 성실하게 지적했던 두 작가의 역량은 결코 낮추어 평가될 게 아니다. 이들 두 작가가 특유의 예민한 더듬이로 당시의 모순을 포착했다는 사실과 함께 바보 인물의 전형화에 투여한 그들의 노력과 열정은 몇 번이고 강조되어야 할 미덕이 아닐 수 없다. 그들의 값진 노력에 의해 고대 서사장르에 편재했던 바보 모티프의 전통 승계가 훌륭히 이루어졌으며, 우리 소설 문학도 독특한 인물 유형을 확보할 수 있는 거점을 마련하게 되었다.

　사실 우리 평민문학은 바보들의 울분과 한이 어우러진 한바탕의 춤마당이라해도 지나치지 않다. 계급사회에서는 평민으로 태어난 것 부터가 바보의 남루(襤褸)를 뒤집어 쓰게 하는 숙명적 굴레가 되었으며, 그들은 평생 그 옷을 벗지 못한 채 천대받으며 살았다. 천덕꾸러기로서의 울분과 한을 삭이기 위해 그들은 골계와 해학, 그리고 풍자의 방법을 계발했으며, 방자와 말뚝이는 이러한 평민의 울분과 한을 진솔하게 대변한 존재로 특유한 생명력을 발휘한다. 방자와 말뚝이가 태어난 시대가 봉건사회라는 점에서 그들의 가치는 한층 도드라져 보인다. 그러나 그들이 지나치게 노골적으로 지배계층을 풍자한 것은 시대의 변화에 따라 적절한 자기 변화를 수행하기에 곤란한 부담으로 작용하였다. 그렇기에 자신의 속마음을 감추고 일부러 우스꽝스러운 몸짓으로 지배계층을 욕보였던 방자형 인물은 보다 영악하고 음흉한 지배자에겐 결코 용납될 수 없는 주인공이라 할 수 있다. 또한, 판소리나 탈춤이 성행하던 시기가 사회기강이 다소 해이해지고 신분변동이 심했으며 평민층의 일탈행위가 어느 정도 묵인되던 때였음도 간과할 수 없다. 그러나 일제는 우리 민족에게 유례없는 강압통치를 자행한 집단이었기에 방자형 인물이 설 자리는 더 이상 존재하지 않았다. 작가는 자신의 의도를 은폐하기 위하여 보다 신중한 전략을 강구해야 할 필요가 있었고, 고전의 바다에서 바보의 원형을 낚아올린 김유정과 채만식의 감각은 놀라운 것이었다. 바보는 우리에게 친숙한 느낌을 주는 한편, 무시해도 좋을 열등한 존재였으므로 여간해서는 검열의 그물에 걸려들 위험이 적었을 것이다. 또한 조선인을 우민화(愚民化)하려 했던 일제를 눈가림하는 데는 더없이 적절한 수단이었던 것으로 보인다. 김유정과 채만식은 고전의 울창한 숲에서 길잃고 헤매는 바보를 찾아내 그들에게 새로운 삶을 주었다. 그리고 그들의 우행에 빗대어 일제의 간교한 식민정책과 정상인의 속물근성을 꼬집었던 것이다.

바보의 원형에서 '숙맥'과 '엉터리'를 발굴하여 유형화하는 작업은 우리 소설사를 하나의 흐름 안에서 파악할 수 있는 근거를 제공하리라 믿는다. 다시 말해 고대와 현대라는 이분법적 사고를 극복하고 비로소 한국소설사를 통시적으로 조망하게 할 통일된 시각을 확보할 수 있게 되는 것이다. 그러나 이 글에서는 김유정과 채만식의 작품을 중점적으로 다루었기 때문에 일정한 한계를 처음부터 내포하고 있다.

한국 바보에게 서양 어릿광대의 옷을 입혀 국적이 불투명한 존재로 비하시키려는 문학 연구 방식은 몸에 맞지도 않을 뿐만 아니라 곰팡이마저 슬은 서양식 의상과도 같은 것이다. 이제 우리는 박래품이라는 호기심에서 거북함을 감수하고 걸쳤던 옷을 벗고 몸에까지 찌든 냄새를 털어버릴 때가 되었다. 한국 현대소설에 나타난 바보인물을 '숙맥'과 '엉터리'로 유형화한 이 글의 의도 또한 그런 관점과 무관하지 않다. 이 글이 비록 시론적 성격의 글이어서 나름대로의 한계를 가지고 있다 하더라도, 한국문학은 한국적 사유체계의 바탕 위에서 이해해야 한다는 기본 원칙을 재확인하고 하나의 가설을 제기한 데서 그 의의를 찾을 수 있으리라 본다.

한국 여성의 문학적 초상

1.

    우리 사회에서 여성의 성정(性情)과 특징을 요약해서 보여주는 말 가운데 가장 폭넓은 지지를 받는 것은 아마도 '여성은 약하지만 어머니는 강하다'라는 속설이라 여겨진다. 언뜻 모순되어 보이는 듯한 이러한 인식이 언제부터 전파된 것인지는 정확히 알 수 없으나, 그것을 유교적 가부장제 사회의 부산물로 이해해도 별 무리가 없을 것으로 생각된다. 여성이 남성을 압도할 만큼 역동적으로 활약하는 문단적 상황이 다양한 화제와 논란을 불러일으키는 것처럼 남성 중심적 사고와 관습이 사회 곳곳에서 아직 막강한 위력을 행사하고 있는 오늘날의 실정을 잘 설명해주는 사례도 흔치 않을 듯하다. 특히 80년대 이후 여성들의 문단 진출은 막혔던 물꼬가 터지듯 거침없었고, 그들의 왕성한 창작 활동은 대다수 남성작가들을 자극하기에 충분했던 것으로 보인다. 실제로 최근 몇 년간 각종 문학상의 후보자나 수상자 가운데 여성이 차지하는 비율은 도저히 과거와 비교할 수 없을 정도로 증가하였고, 베스트셀러 목록에는 으레 여성작가들의 작품이 상위에 랭크되었던 것이다. .다소 상투적인 문투이지만, '여성작가들의 약진'이란 구문이 별다른 저항감없이 다가오는 것도 이런 사정과 전혀 무관하지 않다. 하지만 보다 중요한 문제점은 여성작가의 숫자가 단순히 산술적 증가 추세를 보인다는 데 있는 것이 아니라, 그들의 작품이 오늘날 한국 문학(소설)의 주요한 특징을 대변하는 것으로 비쳐진다는 사실이다. 몇몇 여성작가를 제외하고는 아직 그들의 문학적 성취가 검증된 것이 아니라 하더라도, 이들 여성작가의 작품을 제외한 90년대 문학(소설)에 관한 논의가 상당부분 공소해질 수 있다는 점에 관해서는 많은 사람들이 싫든 좋든 공감을 표하고 있다. 그러나 이 글의 의도는 최근 문단에 급부상하고 있는 여성작가들의 작품 성향과 특징을 살피는 것과 거리가 멀다. 다만 이 글에서 문제삼고자 하는 것은 한국 문학에 나타난 여성상이 시대적·지역적 차이에 따라 어떤 변별성을 드러내며, 그것이 우리 문학의 어떤 특징을 대변하는가, 또 사회의 변화와는 어떤 상관관계가 있는가 하는 점이다.

　　2.

　　주지하다시피, 한국 사회에서 여성은 많은 억압을 받아왔고 지금도 그 사정은 별로 호전되지 않은 것으로 알려져 있다. 물론 이러한 견해에 대해서는 강력한 반론이 제기되기도 한다. 그 중 하나가 "한국 여성은 전통적으로 모권(母權)이 강했다"는 점에의 강조인데, 이 또한 가부장제 사회질서 속에서 여성들이 고육책으로 수용할 수밖에 없었던 삶의 한 양상이라는 사실에 대해서는 대다수 사람들이 간과하고 있는 듯하다. 엄격한 남녀유별의 실천 윤리가 지배적 이데올로기로 수용되었던 조선조 가부장제 사회에서 어머니의 권한만 특별히 인정되었던 것이 간단히 우연으로 설명될 수는 없는 일이다. 그러므로 〈현대 한국 여성의 문학적 초상〉이란 주제에 접근하기 위해서는 어쩔 수 없이 조선조 가부장제의 특징과 여성의 역할을 거칠게나마 개관하는 것이 글의 전개상 당연한 순서라 생각한다.
　　조선조 가부장제의 특징은 공적 영역과 사적 영역의 구분을 엄격히 적용해왔으며, 여성의 공적 영역에서의 활동은 철저히 배제해왔던 것으로 요약된다. 말을 바꾸면 조선조 가부장제는 부계혈통의 순수성을 강조하는 혈족의 개념과 신분을 유지하려는 계급적 관념이 어우러진 절묘한 상관관계에 의해 지탱될 수 있었다. 좀더 구체적으로 설명하자면, 조선조 가부장제는 부계 혈통 체계의 경직화와 가문 중시의 현상에 따라 여성적 삶의 통제가 강화되었던 것인데, 그 통제의 성격이 '열녀관·재가금지·출가외인' 이데올로기와 같은 비인도적 양상으로 표출되었던 사실은 잘 알려진 바와 같다. 주역(周易)에서 말하는 음양의 원리는 원래 '우주 창조의 근원 —창조된 것의 유지', '천상적인 것 —지상적인 것', '움직임과 강함 —고요함과 부드러움'의 상호보완적 성격이 강했으나, 권력의 남성집중화에 따라 여성의 역할과 운명은 보조적이거나 숙명적인 것으로 고착되기에 이른다. 여성이 남성과 관계를 맺지 못하면 사회적 존재가 될 수 없음을 명백히 규정한 이른바 〈삼종지도(三從之道)〉의 윤리는 조선조 여성의 억압적 삶의 양상을 단적으로 증거하는 사례가 된다. 그러나 실생활에서는 〈삼종지도〉 또는 〈출가외인〉으로 지칭되는 여성 억압 이데올로기가 여성의 가족 내적 지위를 확고히 다져주는 토대로 작용하는 역설이 빚어진다. 말을 바꾸면, 일정 기간 자신에게 주어진 시련과 고통을 감내한 여성에게는 이른바 '자궁가족(uterine family)'[1]이라 일컬어지는 지지 세력을 확보할 수 있는 가능성이 열려 있었으며, 이 가능성이 여성들로 하여금 갖은 억압과 고난을 자발적으로 수용하게 하는 심리적 동인이 되었던 것이다. 조선조 사회에서 여성이 어머니로서의 강인함과 공격성을 드러내는 것은 사회적으로 용인되거나 장려되었는데, 그것은 명분적 삶에 집착하여 실생활과 유리된 삶을 살아가는 남성의 역할을 보완해주는 기능을 여성들이 담당했기 때문이라 할 수 있다. '엄부자모(嚴父慈母)'로 언표화되는 아버지와 어머니의 역할 구분은 가정에서 아버지의 위치를 상징적인 것으로 만들기에 충분했고, 아이들의 양육을 담당한 어머니는 노후에 자식들에게 어머니로서 또는 조상으로서 남편(아버지) 못지 않은 극진한 대접을 받을 수 있는 기제가 조선조 가부장제를 유지시킨 가장 큰 원동력이라 해도 큰 잘못을 아닐 터이다.

　강하고 억센 어머니에 관한 이야기를 살펴보면, 거기에는 흥미롭게도 아버지(남편)의 무능력 또는 부재라는 공통적 현상이 매개하고 있음을 확인하게 된다. 더군다나 일제시대나 6·25를 거치면서 문학 속의 남성들은 거의 대부분 부재하는 것으로 그려지는데, 남성의 부재는 항상 일시적 현

---

1) M. Wolf, *Women and the Family in Rural Taiwan*., Stanford : Stanford University Press, 1972 참조.

상으로 간주되었던 사실이 우리의 관심을 끈다. 요컨대 남성(아버지 또는 남편)이 집에 없어도 그는 상징적 존재로 늘 가족의 중심에 위치하고 있었고, 그의 빈자리는 적극적이고 진취적인 여성상에 의해 부족한대로나마 충족될 수 있었던 것이다. 따라서 '부권'이란 실제적인 아버지의 역할과는 무관하게 상징적 가치로만 존재했으며, 가정은 어머니 중심적 성향을 강하게 드러내게 되었던 것으로 보인다.[2] 이처럼 남성(아버지 또는 남편)이 부재한 상황에서 어머니의 위상과 역할이 점차 증대될 수밖에 없었고, 이때 가족은 과거 '자궁 가족'과 달리 '모 중심 가족(matrifocal family)'[3]의 양상을 띤다. '모 중심 가족'의 특징은 제도적·구조적·정신적으로 어머니가 가족의 중심적 역할을 하는 것으로 요약할 수 있다.

현대 한국 소설에서 어머니의 역할은 항상 강조되고 미화되어 왔으며, 그 점에 관하여는 남녀 사이에 아무런 간극도 존재하지 않았다. 물론 이악스럽고 강팍한 성정의 어머니가 전혀 등장하지 않은 것은 아니지만, 그것은 특별히 예외적인 보기로 간주되었을 뿐이다. 그러나 어머니를 제외한 여성, 특히 현대 직장여성이나 가정주부의 일탈적 사고와 행위에 관하여는 성의 구분없이 대체로 비판적 시각을 고수하였던 것도 사실이다. 필자는 이 글에서 강하고 억센 어머니의 한 전형적 모습을 보여준다고 판단되는 윤흥길의 『에미』와, 우리 소설사에서 달리 그 예를 찾을 수 없을 만큼 현대 여성을 부정적 대상으로 인식하고 있는 남정현의 소설을 주텍스트로 하여 남성작가 소설에 나타난 여성상을 살펴볼 생각이다. 이와 더불어 박경리의 『토지』, 박완서의 『도시의 흉년』·『휘청거리는 오후』의 분석을 통해 식민지 시대와 산업화 시대 및 그 이후의 여성상의 변모와 그 문학적·사회적 의미를 추적하는 방법으로 필자에게 주어진 주제에 접근하려 한다.

---

2) 지금까지의 논의는 조혜정,『한국의 여성과 남성』, 문학과지성사, 1988. pp. 60~98 을 참조할 것.

3) N. Tanner, *Woman, Culture and Society*, ed. M. Rosaldo & L. Lamphere, Stanford: Stanford University Press, 1974. p. 131.

3.

    윤흥길의 『에미』4)에 등장하는 어머니는 다정하고 푸근하며 온화한 덕성을 고루 갖춘 전통적 어머니상에 대한 우리의 고정관념을 수정할 것을 요구한다. 이 소설의 어머니는 그악스러울 정도로 강한 생활력을 가진 인물, 이를테면 친정 오라버니에게 악다구니를 퍼붓거나 아들 몰래 배추꼬랑이를 먹으면서도 별로 민망스러워 하지 않으며 자신에게는 아들을 죽일 권리가 있다고 공공연히 내뱉는 그런 인물로 그려진다. 남편과 친정으로부터 버림받으면서 '한 여자로서의 생명을 잃'(p. 22)은 것이나 진배없는 그녀가 두 아들을 정상적으로 키우기 위해 '영위해 온 삶의 양태란 차라리 야차(夜叉) 같았다고나 해야 훨씬 제격'(p. 53)이라 할 수 있을 만큼 신산스러운 것이다. 부잣집 딸로 태어났으되 사팔뜨기란 신체적 약점 때문에 축복 받는 결혼을 할 수 없었고, 신혼 첫날 이미 소박을 당한 그녀는 아들(기범)을 낳은 후 친정에서도 매몰차게 내쫓김을 당하면서 '탐욕의 덩어리'(p. 107)가 되어 '그 자신만의 독특한 방식으로 목숨을 건 외로운 싸움'(p. 125)을 벌이며 씨 다른 아이를 낳고 기른다. 그녀의 고단한 삶을 마지막 순간까지 지탱해주는 토양은 대다수 한국 어머니들에게 일종의 유전적 인자와도 같이 전수되는 여성의 숙명에 대한 본능적 통찰, 즉 '얼마만큼 인내하고 자기를 희생했느냐에 따라서 여자의 일생은 굼벵이로 끝나기도 하고 매미로 다시 시작되기도 한다.'(p. 127)는 인식에의 전폭적인 승인에서 비롯된다. 그리고 그것은 맏며느리가 첫아이를 가졌을 때 며느리에게 들려준 다음과 같은 말, "험악허고도 험악헌 세상을 사는 여편네들이라깨 본시 지 한 몸뗑이 불살르는 각오 없이는 새끼들을 뜨뜻이 거나릴 수가 없느니라. (…) 어떻게든지 새끼가 뜨뜻허고 온전헌 저편짝 세상으로 근너갈 수 있게코롬 맨들어 주는 것이 바로 어지럽고 어지런 세상에서 우리 에미

---

4) 윤흥길, 『에미』, 『제삼세대 한국문학 4』, 삼성출판사, 1986. 이하 작품 인용은 괄호 속에 면수만 표시함.

네한티 떠맡겨진 일이니라."(p. 128)에서 재차 확인되는 것이기도 하다. 그녀에 따르면 여자란 원래 '지면서 이기고, 이기면서 지는' 이중의 구조로 복잡하게 태어난 존재인데, 실제로 그녀의 한평생 삶은 남편과 친정 오라버니와의 대결에서 마침내 승리했을 뿐만 아니라 하늘마저도 이겨내고야만 것으로 귀착된다.

『에미』는 가부장적 제도의 횡포가 극심한 사회에서 이중적 존재로서의 여성이 어떤 고난을 겪어야 하며 또 그 시련을 어떻게 극복해나가는가를 세세히 관찰하고 드러내는 데 작가의 관심이 모아지고 있다. '에미'라는 제목이 암시하는 것처럼, 그녀가 두 아들의 어머니로서 감내해야 했던 모진 삶의 양태는 존엄한 인간의 그것이라기보다 다분히 '암컷'으로서의 동물적 본능에 가까운 것이라 할 수 있다. 다시 말해 남편과 친정 오라버니에게서 철저히 외면당한 그녀가 선택할 수 있는 최선의 생존 방식은 더 이상 여성이기를 포기하고 중성적 삶을 살아야 한다는 것에 대한 실존적 자각이었을 터이다. 그녀는 그것을 여성의 모성적 본능과 직감으로 터득한 것으로 보이는데, 그녀에게서 전통적인 자모상(慈母像)의 잔영조차 발견하기 쉽지 않은 것도 그 때문이다. 하지만 그녀가 열녀적 이미지를 상실하지 않는 점에 각별히 주목할 필요가 있을 것으로 보인다. 작품의 결말 부분에서 밝혀지는 것처럼, 기범과 기춘이 서로 씨 다른 형제라는 충격적인 사실마저도 그녀의 확고히 구축된 열녀적 이미지에 별다른 충격을 가하지 못하는 것 같다. 뿐만 아니라 기범이 성장과정 내내 증오의 감정으로 지켜보았던 어머니의 비밀의식(매일 저녁 머리카락 한 올을 뽑아 수레바퀴에 매다는 주술적 행위)에 뒤늦게나마 동참하는 것도 그녀의 열녀적 이미지를 강조하는 보기가 된다. 그녀가 이처럼 열녀로서의 삶을 고수할 수 있었던 것은 전적으로 조선조 가부장제 사회에서 열녀를 칭송하고 떠받드는 사회적 관습에 바탕을 둔 것이다. 다시 말해 그녀는 조선조의 '열녀 이데올로기'가 여성 억압의 극단적 지표이면서, 일단 열녀로 인정받으면 사회적 지위를 보장받거나 신분이 크게 향상되는 오랜 관습을 잘 이해하고 있었던 것이다.

이에 반해 『에미』에 등장하는 과거 세대의 남성들은 하나같이 명분과 체면만 중시하면서 위선적 삶을 살아가는 인위적 인물들로 묘사된다. 그녀의 남편은 단지 자신의 세속적 욕망을 성취하기 위해 그녀와 결혼한 뒤 곧 가출해 가족을 내팽개친 부정적 인물로 나타나고, 친정 오라버니 또한 동생의 인생을 망쳐놓은 죄책감 때문에 되레 그녀를 박대하는 것으로 그려진다. 말하자면 그들은 가부장제 사회에서 남성에게만 허용되었던 공적 영역에서의 출세와 가문의 체면을 위해 인간적 삶을 도외시하는 제도적(문화적) 인간상인 셈이다. 그러므로 『에미』의 어머니가 겪어야 했던 고달프고 신산스러운 한평생 삶의 배경에는 남성 중심주의 이데올로기가 음흉하게 또아리를 틀고 있음을 적확히 이해할 필요가 있다. 이렇듯 명분과 관습의 노예처럼 살아가는 남성과 달리 『에미』의 어머니는 자신의 삶을 스스로 경영하는 주체적 인물로 나타나지만, 그녀의 운명이 가부장적 사회 질서나 역사적 현실에서 아무 영향도 받지 않았다고 말하는 것은 옳지 않다. 특히 열녀상으로서의 그녀의 이미지에 오점을 남길 만한 기춘의 출생은 6·25라는 역사적 사건과 밀접하게 관련된다. 그녀는 인공치하에서 구속당한 남편을 살리기 위한 자신의 애절한 간구와 노력을 미륵님이 받아들였다고 강변하고 있지만, 작품 후반부에 이르면 평소 그녀를 사모하던 한 사내가 남편의 생명을 구하는 데 결정적인 역할을 한 것으로 밝혀지고 있기 때문이다. 요컨대 6·25는 그녀에게 아비를 알 수 없는 생명을 잉태한 물리적 폭력으로 작용했으며, 그 때문에 그녀와 기범의 모자 관계는 왜곡될 수밖에 없었던 것이다. 다시 말해 역사가 그녀의 삶에 전면적인 변화는 아닐지라도 상당한 영향을 행사한 점은 부인하기 어려운데, 그런 굴절된 삶을 통해 그녀의 모성성은 온갖 생명을 포용하고 양육하는 대지적 모성으로 나아갈 수 있었던 것으로 보인다.

『에미』에서 우리는 관념화된 모성상과는 전혀 그 성격을 달리하는 억척스럽고 질긴 어머니와 대면하게 된다. 하지만 『에미』의 어머니는 우리 실생활 주변에서 언제나 만날 수 있는 활기차고 피가 돌아 싱싱한 어머니의 형상이기도 하다. 그녀는 전통적 열녀상과 자애로운 어머니상을 거부하고 주체적인 삶을 살아가면서 모질게 인내하며 화해의 바다로 헤엄쳐 가는 새로운 여성상을 구축해 내었다. 임종을 앞둔 그녀가 "숨이 붙어 있는 동안에 이 에미는 니가 그 분을 아버님이라고 불르는 소리를 듣고 잣었니라."(p. 174)고 말하는 것, "깔강아 깔강아 / 서카리 울리지말어라 / 나는 요몬텡이 돌가면은 / 죽어올지 살어올지 몰른다"(p. 209)라는 구전민요를 끊임없이 환기시킴으로써 형제의 우애를 거듭 반복하여 강조하는 것, 목숨이 다해 가는 마당에 비로소 미륵님이라는 절대적인 존재를 아무 미련없이 자신의 삶에서 열외시켜 버린 것 등은 그녀의 숱한 간난과 오욕으로 점철된 신산스런 생애가 온전히 자식들에 대한 희생과 사랑이었음을 말해 주는 증거가 된다.

남정현 소설에서 현대 여성은 시종일관 부정적인 인물로 묘사되는 특징을 드러낸다. 경제적으로 무능한 남편과 육체를 팔아 남편을 사육하면서 그를 무시하는 아내 사이의 대립적 관계로 짜여진 작품의 골격은 남정현 초기 소설의 기본적 갈등 구조라 할 수 있는 것이다. 그러나 아내의 역할을 맡은 여성들이 소설 전반부에서 남편의 우위에 서 있는 것으로 그려지다가 결국 남편에게 가혹한 린치를 당하거나(「광태」) 살해당하는(「부주전상서」) 비극적 종말 구조는 이 작가의 여성관을 짐작할 수 있게 하는 중요한 근거가 된다. 남성에 대한 여성의 표면적 우위가 가장 극단적인 형태로 그려진 「너는 뭐냐」의 경우만 하더라도 심층적으로는 몰주체적인 사고를 가진 현대 여성에 대한 비난의 의도가 내재해 있음을 파악하는 것은 그다지 어려운 일이 아니다. 예컨대 그녀가 아침마다 요강에다 대변을 보는 행위에 대한 장황한 서술과 풍자적 어조는 그녀의 알라존적 허세를 여지없이 폭로하기 위한 전략적 장치라 여겨진다. 뿐만 아니라 「부주전상서」의 화자가 여자란 존재를 대수롭지 않게 여기게 된 이유로 아내가 생리대를 차는 광경을 목격한 사건을 들고 있는데, 이러한 상황 설정은 이 작가가 남근중심주의의 폭력과 관습적 사고에 얼마나 길들여져 있으며 거기에 무비판적으로 대응하는가를 드러내는 징표라 할 수 있다.

「너는 뭐냐」(《자유문학》, 1961. 3.)에 등장하는 여성들, 이를테면 작중화자(관수)의 아내 신옥, 식모 인숙, 그리고 주인집 아낙네 등은 하나같이 자본주의의 향락적·퇴폐적 분위기의 세례를 받은 물신주의자들이다. 그

리고 아내 신옥이 남편을 우습게 여기기 시작한 계기가 첫날밤 남편의 서
툰 성행위 때문이었다는 사실은 6·25 이후 급격히 붕괴하기 시작한 전통
윤리관의 파탄상을 극명하게 보여준다. 더군다나 그녀 자신은 이미 고등학
교 담임에게서 성교육을 받아 마스터했노라고 당당히 말하는 대목에 이르
면 과거의 정절 관념을 고집하는 것이 얼마나 부질없는 일인가는 자명해
진다. 그녀는 현대 교육을 받고 서구 문화의 세례를 받은 여성답게 매사를
'현대'와 관련시켜 남편의 체면을 깎아 내린다. 하지만 그녀가 조자룡 헌
칼 쓰듯 내세우는 '현대'란, 자기 편리에 따라 신축(伸縮)이 자재로운 공소
한 말장난에 불과한 것이어서 아무런 설득력도 획득하지 못한다. 예컨대
그녀는 식모 인숙에게서 박테리아가 옮을지도 모른다며 입에 마스크를 씌
우고 재래식 화장실이 불결하다고 요강에다 큰일을 보면서도 관수가 유사
한 주장을 하면 그를 형편없이 무식한 사내로 몰아붙인다. 관수를 이 세상
에 전혀 쓸모 없는 불쌍한 존재로 치부하는 일에 식모 인숙, 그리고 주인
집 아낙네와 그녀의 자식들은 모두 공범의 유대감으로 결속된다. 오로지
인생의 목표를 '예술'에 두고 있는 인숙은 통속잡지야말로 가장 위대한 예
술 교과서로 인식하기 때문에 '예술'을 모르는 관수를 깔보기 일쑤이고,
주인집 아낙과 그 자식들의 관심은 오로지 라디오 연속극의 전개과정에만
고정되어 있기에 인숙과 비슷한 이유로 관수를 불쌍히 여긴다. 그러니까
관수 주변의 여성인물은 사회 역사적 현실과는 아무 상관이 없이 지극히
개인적인 일에만 매달리는 이기적이고 편집적인 성격으로 형상화되어 있
는 것이다. 이에 반해 남편 관수는 일정한 직업 없이 집에서 소설 번역이
나 하며 지내는 위인이다. 이로 미루어 그의 학력이 만만치 않음을 알 수
있으나, 그는 거의 사회적 접촉이 없고 경제적으로도 아내에게 완전히 예
속되어 있는 것으로 그려진다. 과거 가부장제 사회에서도 여성이 경제 활
동을 한 예가 없지 않으나, 공적·사적 영역에서 남성과 여성의 위치 전
도가 이처럼 확연한 양상으로 나타난 것은 근대 이후의 현상이라 할 수
있다. 여기서도 확인할 수 있는 것처럼, 우리 현대소설사에서 그악스럽고
당찬 성정의 여성 또는 육체적·정신적 황폐상을 드러내는 여성의 뒤에는
경제적으로 무능하거나 사회로부터 배척당한 남성이 웅크리고 있다는 점

에는 거의 예외가 없어 보인다.[5)]

남정현 소설에서 대부분의 여성들은 대학을 나온 인텔리이면서 맹목적으로 외래문화(특히 미국 문화)를 추종하는 부정적 인물상으로 나타난다. 그러나 남정현 소설의 일관된 주제가 자유 민주주의에의 갈망, 철저한 반외세 사상, 민족 주체성의 강조라는 점을 감안한다면 그의 소설에서 거듭 반복되어 나타나는 부정적 여성의 이미지는 작품의 풍자적 효과를 증진시키기 위한 기법적 장치의 하나로 이해하는 것이 옳다. 왜냐하면「너는 뭐냐」의 결말 부분에서 아내가 자유와 정의를 압살하는 폭력의 주체로 상징화된 것(그 지나친 작위성에 관하여는 좀더 세심한 분석과 이 글과는 다른 관점이 요청된다.)이나,「부부전상서」의 주인공이 아내를 살해한 동기로 임신 중절을 내세운 것은 논리적 필연성의 파탄을 스스로 노정한 것에 불과하다고 생각되기 때문이다. 요컨대 남정현은 6·25 이후 노골적인 양상을 드러내기 시작한 전통적 가치관의 파단, 민족적 주체성의 상실, 아메리칸 드림에의 맹목적 동경 등과 같은 부정적 징후의 대표적 표상으로 현대 여성을 내세운 것이라 할 수 있는데, 이런 도식적 설정이 남근주의적 사고의 산물이라는 것만은 분명하다.

4.

박경리의 『토지』는 대하소설답게 수많은 여성들이 출몰하여 각양각색의 삶을 연출한다. 하지만 이 소설이 하동 평사리 최참판댁을 정점으로 다수의 동심원을 그리고 있으므로 최씨 일가를 중심으로 작품을 이해해도 별 무리가 뒤따르지 않는다. 전5부로 구성되어 있는 『토지』에서 윤씨 부인의 등장은 제1부 평사리로 한정되어 있지만, 그녀가 차지하는 상징적 의미는 작품 전체에 영향을 행사한다고 해도 지나치지 않다. 구한말세대에

---

5) 비근한 예로「감자」(김동인)의 복녀가 사회의 가장 밑바닥 삶을 살다가 비참한 최후를 맞게 된 까닭은 거의 전적으로 남편의 게으름과 무능력 때문이라 할 수 있다.

속하는 윤씨 부인은 조선조 여성의 삶을 겸제했던 정절 이데올로기를 위반함으로써 스스로의 삶을 구속한 것처럼 보이지만, 그것이 남성중심적 가족 관계를 타파하고 새로운 질서를 형성하는 전기(轉機)가 된다[6]는 사실에 의의가 있다. 아들과 며느리를 모두 잃고 자신의 죽음마저 예감한 윤씨 부인이 "결국 자기는 최씨 문중의 사람이 아니었고, 다만 타인, 고공살이에 지나지 않았다"고 독백하는 대목에서 우리는 모성의 포기를 강요했던 제도에 대한 날카롭고도 솔직한 어머니의 항의를 대할 수 있다. 윤씨 부인이 신분제도의 억압을 거부하고 새로운 세계로 나아가려는 노력은 최씨 가문의 유일한 상속자인 서희에 의해 보다 구체화된다. 그녀는 신분이 분명치 않은 길상과 결혼하여 두 아들을 낳는데, 그들에게 자신의 성(姓)을 물려줌으로써 가계의 단절을 차단하는 것이다.[7] 이런 관점에서 윤씨 부인에서 서희, 그리고 환국·윤국으로 이어지는 최씨 가문의 가족사는 혈통의 순수성에 대한 배반의 역사라 말할 수 있다. 어려서 집안의 온갖 흉사를 목도하고 천애고아가 된 서희는 '음험하고 교활한' 성정의 처녀로 성장하여 마침내 최씨 가문을 재건하는 데 성공한다. 그것은 윤씨 부인이 여성 혼자의 몸으로 최씨 가문을 지키려다 실패한 과거사와 달리 서희에게는 길상이라고 하는 물심 양면의 조력자가 있었기에 가능한 일이었다. 길상이 서희와 결혼한 후에도 주로 집밖으로 떠도는 것은 가장이 부재해도 그는 늘 집안의 상징적 존재로 인정받았던 가부장제 사회의 관습과 긴밀한 상관관계를 이룬다. 조준구에게 빼앗겼던 재산을 되찾은 뒤 서희가 느끼는

---

6) 윤씨 부인이 치수와 환이를 차별없이 대하는 것을 단순한 모성의 끌림이라기보다 새로운 질서와 가치의 수용 태도로 이해한 이재선의 글이 좋은 참조가 된다.(이재선, 「숨은 역사, 인간 사슬, 욕망의 서사시」, 정현기 편, 『한과 삶』, 솔출판사, 1994, pp. 204-206.)

7) 길상이 이 점에 대해 아무런 의사 표명을 하지 않는 것은 납득하기 어렵다. 그가 세속적 삶보다 금어로서의 삶에 미련을 갖고 있다는 진술이 자주 보이기는 하지만, 그것만으로 아들의 처가 성씨 승계를 수락했다고 볼 수는 없기 때문이다. 결혼 전에 이 점에 대해 서희와 길상이 묵계를 맺었으리라는 추정도 가능하지만, 이는 텍스트의 과잉 해석이라는 혐의에서 벗어날 수 없다.

결핍감과 위기감은 전적으로 남편의 부재에서 기인한 것으로 나타나는 것
도 이와 무관한 게 아니다. 요컨대, 윤씨 부인과 서희는 가장이 부재한 집
안에서 가문을 지켰던 전통적 어머니의 역할을 충실히 감당하면서 새로운
역사의 발판을 마련한 대지적 생산성의 상징적 인물이라 할 만하다. 또한
『토지』에서 가장 순결하고 아름다운 영혼을 가진 것으로 묘사되는 월선,
생활의 규범으로 서민들의 의식과 행동을 지배했던 인간의 도리를 모범적
으로 실천한 두만네 등도 이 범주에 포함되는 유형의 인물이다.

이에 반해 조준구의 아내 홍씨와 칠성의 아내 임이네는 편협한 사고와
피학성 등으로 나타나는 여성성의 또다른 측면을 대표한다. 불구아들에 대
해 전혀 무관심한 채 오직 물질적 탐욕만 살찌우는 홍씨와, 칠성의 죽음
이후 '풍만한 정기(精氣)'와 '잡초같이 질긴 생명력'을 상실하고 돈의 노예
가 된 임이네의 추악한 삶은 황폐한 불모지를 연상시킨다. 그들은 타인을
자신과 동일한 인격적 존재로 여기는 타자성(他者性)의 참된 의미에는 전
혀 관심이 없고 오직 자기 한 몸의 향락과 편안을 위해 주위 사람에게 끊
임없이 위해를 가한다. 이것은 조준구의 '무구(無救)의 삶'과 좋은 비교가
되는데, 조준구 또한 임종 순간까지 자식을 괴롭힌 악마적 삶을 살아가기
때문이다. 『토지』에 등장하는 사악한 인물들, 이를테면 조준구·김두수·
홍씨·임이네·배설자 등에게서 공통적으로 찾아지는 특징은 "도둑질한
과일이 가장 맛있다.(stolen fruits are sweetest)."는 착취지향적 성격, 또는
유서 깊은 정신주의와 대척점을 이루는 페티시즘이다. 이들은 세상을 원망
하고 남을 믿지 않으며 지독한 자기애와 채워질 수 없는 물욕으로 자기
영혼을 고갈시키고 타인의 삶마저 파괴한다. 그러나 조병수와 홍이가 보여
주는 고통스럽되 애타적인 삶의 방식은 부모 세대의 죄업이 당대로 종식
되고 자식 세대에는 새 세계의 지평이 활짝 열려있음을 말해주는 것으로
이해된다.

소설 『토지』에 등장하는 무수한 인물들은 봉건적 신분 제도 및 토지
소유 구조의 모순, 사랑과 증오, 물질적 결핍 등으로 갈등하지만, 그것을
해소하는 방법에 있어서는 판이한 양상을 보여준다. 윤씨 부인이나 월선
등이 선택한 한의 해소 방식이 정신주의적인 것이라면, 홍씨·임이네 등

은 물질주의에의 지향을 선택했다고 할 수 있는데, 전자가 자아와 타인을 구원하고 화해와 상생의 새로운 세계를 개척한 반면 후자는 자신과 타인을 파괴하고 생명을 단절마저 초래한 것으로 보인다. 그러나 이들의 삶을 결정적으로 변화시킨 가장 중요한 동인은 만민평등 사상과 물신주의라고 하는 급변하는 시대 흐름의 쌍생아였다고 할 수 있다.

1960년대 이후 본격적인 근대화 작업이 이루어지면서 우리 사회는 급격한 사회 변혁을 경험하게 되었는데, 이에 따라 새로운 형태의 가부장적 가족이 등장한다. 흔히 '핵가족'이라 불리는 새로운 형태의 가족제도는 가계 계승과 부모 봉양을 최상의 가치로 여겼던 과거 직계 가족과 달리 부부 중심·남녀 평등 이데올로기를 내세우지만, 남성과 여성의 역할 분담을 명백히 규정한 이 제도는 여러 가지 문제점을 배태하고 있었다. 자레스키 Zaretsky가 여섯 가지로 항목화하여 보여주는 핵가족의 문제점은 대부분 우리가 실생활에서 직접 느끼고 체험할 수 있는 것들로서, 부부가 가정과 사회라는 매우 다른 경험 사회에 처함으로써 친밀성을 유지하기가 어렵다는 것, 핵가족 구성원들 간에 폭력과 증오가 가득하다는 것, 개인적 삶과 사회적 삶의 통합이 극히 어려워졌다는 것 등은 산업화 이후의 사회변화를 설명하는 다양한 논의에서 이미 수차례 지적된 사항들이다. 특히 산업화 사회에서 고등교육을 받은 여성의 궁극적 목표는 '남편을 잘 만나 일을 하지 않고 취미 생활을 즐기며 사는 것'으로 요약되며, 핵가족 시대의 가정주부는 남성의 보조적·정서적 역할과 함께 가족의 '지위 재생산(status reproduction)'[8]에 거의 대부분의 정력과 시간을 할애한다.

---

8) H. Papanek, "Family Status—Production Work : Women's Contribution to Class Differentiation and Social Mobility". 조혜정, 앞의 책에서 재인용.
　지위 재생산의 역할은 ① 계나 부동산 매매와 같은 경제적 역할 ② 자녀의 과외 지도와 의도적인 교사방문 등 교육적 투자 ③ 제사와 친척관리 등 가족의 체면과 명망 관리 ④ 적극적인 내조와 연줄 결성을 통한 남편의 출세 관리 ⑤ 자녀의 결혼 성사 등 다섯 가지 형태로 나타난다

1970~80년대 박완서 소설에 대한 현장 비평가들의 반응은 그다지 호의 적이지 못했던 것으로 보인다. 심한 경우 어떤 이는 작품을 독립된 텍스트 로 읽기를 거부하고 작품에 나타난 문제점을 작가 자신의 문제점과 동일 시하여 노골적인 적대감을 드러내기까지 한다. 이런 비평적 관점에 동조하 는 이들은 박완서 소설의 여성들이 무서운 집념을 가진 독종이고 작가가 인간 심리의 악마적인 부분만을 특별히 강조한다는 점을 구체적 예로 든 다. 실제로 박완서 소설의 독자들은 영리하고 고집이 센 여성을 자주 대하 면서 심한 거부감을 느끼는 게 사실인데, 필자 역시 그 부분에 있어서는 공감되는 바가 없지 않다. 그러나 시각을 달리하면, 박완서처럼 여성의 이 중적 심리를 예리하게 포착하고 그것을 솔직하게 드러낸 작가가 이제까지 아무도 없었다는 말로 환치된다. 한 논자의 적절한 지적처럼 박완서는 서 로 위해준답시고 하는 가족들끼리 일상적으로 조성해내는 상황의 고통스 러움이나 잔인함 같은 것을 예리하고 생생하게 보여주는 데[9] 탁월한 재능 을 발휘한 작가라 할 수 있다. 박완서가 1970~80년대 소설에서 집중적으 로 추구하고 있는 문제는 도시 중산층의 물질주의적 삶에 대한 날카로운 비판이다. 이런 점에서 『도시의 흉년』[10]·『휘청거리는 오후』[11]는 산업 화 사회 이후 도시 중산층 여성의 탐욕과 파멸을 전형적으로 보여주는 작 품이라 생각된다.

『도시의 흉년』은 남녀 쌍둥이의 근친상간 모티프를 주조로 하면서 전 쟁 이후 졸부가 된 지대풍 일가의 위선적이고 퇴폐적인 삶을 소상하게 폭 로하는 구조로 이루어져 있다. 이 작품의 배경이 되는 지대풍씨 가족은 네 명의 여성과 두 명의 남성으로 구성되어 있는데 주인공 남녀를 제외한 여 성은 억척스럽고 교활한 숙맥으로, 남성(지대풍)은 점잖은 악마라는 이중 적 성격의 인물로 그려진다. 동란 중 색시(양갈보) 장사를 하여 돈을 벌어 지금은 포목점을 경영하는 수연의 모친(김복실)은 돈 버는 것과 자식들을

---

9) 백낙청, 「내가 생각하는 민족주의 문학」(좌담), 《창작과비평》, 1978.
10) 박완서, 『도시의 흉년』(전3부), 문학사상사, 1977.
11) 박완서, 『휘청거리는 오후』(상·하), 창작과비평사, 1977.

일류학교에 보내 사회적으로 출세시키는 것 외에는 아무런 관심도 없다. 그녀는 색시 장사를 하는 자신을 나무라는 언니에게 "난 개들을 쳐서 돈 버는데 어때? 하숙 치고 돼지 닭 치듯이 색시를 쳐서 돈 버는데 어때."라고 강력히 항의하는 데서 알 수 있듯이, 자기 가족을 제외한 모든 사람들을 치부의 수단 또는 물질적 가치로만 환산한다. 지대풍씨 집안의 어른들이 평소에는 반목과 증오의 관계를 유지하다가 자식의 출세와 성공적인 결혼 문제에 직면하면 절묘한 의견의 합치를 보이는 것처럼 이들의 개인주의·물신주의에의 경사를 잘 드러내는 예도 드물다. 그러나 집안의 사회적 지위(social status)를 높이기 위해 맞아들인 검사 사위는 마침내 아내(수희)를 간통죄로 얽어매어 강제 이혼하고, 김복실 또한 남편(지대풍)의 간교한 계략에 빠져 운전사(지대풍의 첩의 오빠)와 불륜의 관계를 맺다 파멸하고 만다. 김복실 여사는 경제적으로 무능한 남편을 대신하여 집안을 일으키고 자식들의 출세를 위해 애쓰다 남편으로부터 배반당하고 식물인간이 된다. 또한 동생에게 열등감을 느끼던 수희는 검사 남편과 결혼함으로써 패배의식을 보상받으려 하지만, 가난한 집안에서 자란 수재들의 비틀린 출세욕으로 뭉친 남편에게 버림받고 인생의 처절한 패배자가 된다. 금전과 불륜이야말로 지대풍씨 일가의 여성들을 파멸로 치닫게 한 궁극적 원인이라 할 수 있을 터인데, 이것은 산업화 이후의 자본주의 사회의 타락상이 주로 황금과 섹스에 의해 규정되는 현상과 일맥상통하는 것이다. 이 작품에 등장하는 인물이 왜곡된 윤리관과 타락한 성관념에 감염되어 있다는 점에서는 거의 예외가 없다. 그런데 수연과 수빈은 장차 '상피' 붙을지도 모른다는 가족들의 저주 속에서 비틀린 성장을 하지만, 오히려 그들이 세속적 욕망과 죄악에 덜 오염되어 있다는 진실이 밝혀지면서 이 작품의 의도가 확연히 드러난다. 그것은 70년대 이후 서울이 세계적 대도시로 성장하는 한편 내적으로는 뿌리깊은 종창을 앓으면서 사회 곳곳에서 썩어가고 있다는 충격적 고발이라 할 수 있다. 다시 말해 지대풍씨 일가의 파탄은 물질만능의 왜곡된 가치관에 의한 개인의 타락과 한 집안의 파멸을 드러내는 것이면서 동시에 서울이라는 도시 전체가 거대한 화농덩어리로 악취를 풍기며 썩어가고 있다는 작가의 현실 인식의 반영이라 할 수 있다.

『휘청거리는 오후』는 세 딸의 결혼을 둘러싸고 벌어지는 추악한 세태 풍속을 고발한 작품이다. 박완서가 특유의 예리한 촉수로 상세히 묘사하여 보여주는 것은 정신보다는 물질을, 진실보다는 허위와 가식이, 실질보다는 허세가 판치는 요지경 속을 살아가는 중산층의 속물적 삶이다. 전직 교감으로 소규모 가내공장을 경영하는 허성씨의 맏딸 초희가 맞선을 보기 위해 부산을 떠는 장면으로 시작되는 이 소설은 현대 사회의 결혼 풍속이 얼마나 추악하게 변질되었는가를 거의 사실적으로 그려내고 있다. 어떻게든 딸을 돈 많은 사람에게 시집보내려는 어머니와 결혼 목적을 '쓰레기 같은 가난의 현장'에서 탈출하여 신분상승의 계기로 삼으려는 초희는 '지위 재생산' 및 '좋은 남편 만나는 것'을 삶의 최우선적 목표로 삼았던 산업화 시대 여성의 한 전형이라 보아 무방하다. 그녀는 자신의 맞선을 애완용 개의 그것과 견주어 "언니는 일류호텔 커피숍에서 맞선보고, 해피는 가축병원에서 맞선 봤으니까. 그렇지만 맞선보고 꼬리친 동기는 해피 쪽이 더 순수했을걸."이라고 비아냥거리는 동생(우희)의 노골적인 경멸에도 별다른 반응을 보이지 않는다. 그러나 공회장과 결혼한 초희가 맞닥뜨린 것은 '의붓자식들과의 말없는 불화, 아직도 집안 구석구석을 완강하게 지배하고 있는 전처(前妻)의 취미, 가정부의 텃세, 금력과 정력만 있으면 어떤 여자고 행복하게 할 수 있다고 믿어 의심치 않는 공회장의 여자에 대한 무지와 자기만족' 등 결혼의 파탄을 예고하는 불길한 조짐들이다. 공회장 가족들의 텃세와 적의를 감당하지 못한 초희는 결혼 전에 사귀던 남자친구를 찾아 위로를 받으려 하지만, 그 사건은 그녀의 파탄을 앞당기는 결정적 계기가 되고 그녀는 심한 정신분열 증세에 시달리게 된다. 우희와 말희 등 허성씨의 나머지 딸들은 초희에 비해 건전한 사고를 가진 것으로 나타나지만, 우희는 결혼 이후 속물적인 삶을 살아가고 있다는 점에서, 그리고 말희는 아버지의 경제적 능력과 상관없이 과도한 혼수를 요구하여 유학을 떠난다는 점에서 초희와 크게 구별되지 않는다. 허성씨는 말희의 결혼 자금을 마련하기 위하여 생애 최초로 부정을 저지르고 그것이 탄로 나자 자살하기 때문이다. 결국 이 소설은 세 딸의 결혼을 제재로 하여 그들의 결혼이 각각 다른 양상으로 전개되는 것 같지만 그 과정에서 다른 어떤 것보다 물질적 조건이 우선시된다는 점에서는 근본적인 차이를 보이지 않는다. 초희·우희·말희 등 세 딸이 결혼하는 과정에서 아버지 허성씨의 역할은 극도로 제한되고 매사가 어머니에 의해 주도되는 것도 유의할 사항이다. 초희의 어머니는 자기 남편을 과대 포장하여 전직 교장 출신의 수출전망이 좋은 중소기업체 사장이라 허세를 부리는 등 가면성과 과대망상증이라는 여성성의 부정적 특성을 집약적으로 드러내 보여주는 인물이다. 그러한 어머니에 의해 양육된 세 딸이 '인격적 동일시(personal identification)' 과정을 통해 비슷한 삶의 행로를 겪게 되는 것은 따라서 전혀 우연한 일이 아니다. 이 점은 『도시의 흉년』의 지대풍, 『휘청거리는 오후』의 허성씨 등 남성들이 가족의 생계를 전적으로 책임져야 할 가장으로서의 '부양자의 윤리(the breadwinner ethic)[12]'를 성실히 수행하지 못한 사정과도 유관하다. 또 수빈이 소극적이고 나약한 성정으로 자라면서 어머니 품에서 한사코 벗어나려 하는 것은 '인격적 동일시'와 대조되는 '위치적 동일시(positional identification)'[13]를 통한 자기 정체성 확립의 과정에서 으레 나타나는 행동이다.

지금까지 살펴본 것처럼, 박완서가 파악한 70년대 한국 사회의 실체는 공동체적 사회 질서의 부분적 균열이 전통적 혼인 풍속과 정절 의식의 근본적 왜곡을 초래하고 급기야 그것이 개인과 가족 또는 사회 전체의 파탄을 예고하는 가공할 폭력으로 현현(顯現)된다. 박완서 소설에서 특히 여성이 부정적인 이미지로 그려지는 까닭은 가정의 권력이 점차 주부에게 집중되는 산업화 이후의 사회 변화상을 그대로 반영했기 때문이다. 말하자면 그녀는 여성 심리의 이중적인 속성, 즉 덕녀(德女)의 이미지와 악녀(惡女)의 이미지 가운데 여성의 악마적 심성에 특별히 주목하면서 그것을 아무런 분식과 과장없이 드러내는 놀라운 솜씨를 발휘하였던 것이다. 90년대 여성 작가들이 남성의 폭력에 강력히 저항하는 투쟁적 여성을 옹호하는

---

12) B. Ehrenreich, *Hearts of Men's*, New York : Anchor Books. 1983. p. 11.
13) 헤스터 아이젠슈타인, 한정자 역, 『현대 여성 해방 사상』, 이화여자대학교출판부, 1986.

것으로 가부장제 사회의 모순을 폭로하고 여성의 정체성을 확보할 수 있다고 생각하는 것과 달리 박완서는 여성의 모습을 있는 그대로 그려냄으로써 여성의 진실을 우리에게 제시할 수 있었다. 그런 점에서 박완서 소설에 등장하는 여성이야말로 남성의 보조적 역할에 만족하면서 가족적 이기주의를 고수하는 가부장제 사회의 유습에 길든 여성의 표상으로 보아 무방하다.

5.

우리 사회에서 여성의 전형적인 성정은 '유순성·민감성·연약성·감성적·순종적·희생적'과 같은 술어로 규정되는데, 이것은 '책임감·합리성·자제력·결단력·여성보호적 태도'로 정의되는 남성다움의 대립항에 위치하는 용어로 가부장제의 남성우위적 태도를 단적으로 설명해준다. 이런 현상은 오랜 세월 동안 문학적 관습의 하나로 인정받으면서 여전히 완강한 지지 세력을 확보하고 있는데, 자기희생적 모성애조차도 암컷의 동물적 본능으로 해석하는 비평적 관행이 저간의 사정을 잘 요약하고 있다. 요컨대 우리 문학에서 여성의 긍정적인 이미지는 '강하고 희생적인 어머니상', '구원의 여성상', '착하고 순종적인 아내(며느리, 딸)상' 등 대체로 소극적이고 자기 희생적인 모습으로 그려지는 데 반해, '인습에 적극적으로 저항하는 여성', '자기 주장이 강하고 인생의 목표가 뚜렷한 여성', '남성보다 뛰어난 능력을 가진 여성' 등은 비난과 질시의 대상이 되어왔다. 유달리 어머니의 거세고 모진 성정에 관하여 관용적인 태도를 보여왔던 것은 과거 조선조 사회부터 어머니가 '자궁 가족'을 형성하면서 이룩한 권위의 후광 때문이라 할 수 있다. 그러나 '자궁 가족'의 어머니의 권위조차 명분만 따지는 무기력한 남성들 사이에서 혹독한 시련과 고통을 겪으며 젊음을 탕진한 뒤 뒤늦게 차지한 영예임을 고려한다면 그 권위와 영예의 가치는 달리 해석되어야 하리라 본다. 왜냐하면 남성 중심 사회에서의 모성 예찬은 여성을 타자적 존재로 인정하지 않고 환상의 대상으로 관념화하려는 가부장적 감상주의의 색다른 표현이어서 여성비하 이데올로기와 별반 다를 게 없어 보이기 때문이다. 따라서 우리는 문학 작품에 형상화된 여성의 특징이 어떤 조건하에서 형성된 것이고 어느 집단에 의해 그 성격이 규정된 것인가에 유의할 필요가 있다. 이를테면 『에미』의 어머니는 자식에게는 위대하고 성스러운 어머니일 수 있지만 주변인물들에겐 상종하기조차 꺼려지는 이악스런 여편네일 수도 있기 때문이다. 이와 마찬가지로 박완서 소설의 여성들은 때때로 인간의 악마적 심성을 숨김없이 드러내지만 그것이 여성이기 때문에 비난되어야 한다면 대단히 불공정한 처사가 아닐 수 없다. 여성은 본질적으로 생명을 잉태하고 출산하여 양육해야 하는 숙명을 타고 태어났기에 생명과 삶에 대한 애착이 남성의 그것에 비할 수 없을 만큼 강하다. 따라서 그들은 증오보다는 사랑을, 보복보다는 용서를, 자신의 이익보다는 가족(자식)을 위한 희생을, 분열보다는 화합의 세계를 지향하는 특성을 모계의 핏줄로 이어받은 강한 족속이라 할 수 있다. 그런 점에서 우리는 여성성에 대한 일반의 고정관념을 수정하여 어떤 외적 조건이 여성의 자유를 구속하고 있는가를 문제삼아야 할 것이다.

여성의 자기 정체성을 찾기 위한 노력은 여성만의 문제가 아니다. 어느 정도의 과장을 무릅쓰고 말하자면, 여성의 그러한 노력은 부권 사회 이후 집요하게 계속되어 온 운동이며 오늘날에는 남녀가 대등한 인격적 존재로 자아와 사회의 발전을 도모하는 데 필수불가결한 조건의 하나라 할 수 있기 때문이다. 가부장제 이데올로기가 규정한 '여성은 약하나 어머니는 강하다.'라는 명제는 남성의 기득권과 특권 의식을 잃지 않으려는 허위의식의 대표적 산물이다. 그렇다고 사회의 제반 질서가 여성 중심으로 전환되고 여성이 남성을 지배해야 한다는 논리가 성립되는 것은 아니다. 그러한 극단적 페미니즘의 정당성에 관하여는 서구의 페미니스트들의 강력한 반발에 직면해 폐기되어야 할 것으로 평가받고 있다. 문제는 우리 사회에서 아직도 질긴 생명력과 영향력을 포기하지 않은 남성 중심 이데올로기가 과연 여성의 자유를 어떻게 억압하고 구속하는가, 우리가 상식적으로 이해하고 있는 여성성이 그 본질과 얼마나 현격한 격차를 드러내며 여성을 억압하는 폭력적 기제로 작용하는가, 최근 빈번하고도 다소 도전적인 양상으로 전개되는 여성 작가들의 자기 정체성 찾기 노력이 왜곡된 성차(性差)

를 극복하는데 실제적인 도움이 되는가 하는 것에 대한 진지한 탐구와 토
론이 선행되어야 할 것으로 본다.

불교 소설의 세 층위

1.

　대부분의 탁월한 문학 연구가들이 문학과 종교의 상관 관계에 주목하여 그 친연성과 변별적 자질을 해명하려는 진지한 탐구를 지속해 왔다는 것은 널리 알려진 사실이다. 그들은 문학과 종교가 기본적으로 언어의 비유적 표현에 의존하여 인간의 감성에 호소하고 궁극적으로는 실존적 가치를 체험하는 데 그 목표를 두고 있다는 점을 지적하면서 양자의 경계가 대단히 모호하다고 말한다. 실제로 많은 종교의 경전들이 문학적 형식을 갖추고 있을 뿐만 아니라 훌륭한 문학 텍스트로 읽히고 있는 현실을 감안하면 종교와 문학을 엄격히 구별하려는 논의 자체가 무의미한 행위인 것처럼 보이기도 한다. 하지만 문학과 종교가 똑같이 언어에 토대를 두고 있다 하더라도 전자가 언어 자체의 실현을 목적으로 삼는 데 반해 후자는 언어를 종교적 진리를 설파하기 위한 수단으로 이용한다는 점에서 확연히 구별된다. 또한 종교가 초월적 존재를 대상으로 하여 인간이 마땅히 지켜야 할 행위 규범을 강조하는 특징을 갖는다면, 문학은 '있(을 수 있)는' 현실을 문제삼아 그것을 보다 새롭게 제시하는 방법론적인 측면에 관심을 갖는 것도 다르다. 이처럼 문학과 종교 사이에는 도저히 합치되기 곤란한 기능적 차이가 존재하지만, 대다수의 훌륭한 문학이 종교적 내용을 주제로 다루고 종교 또한 문학적 형식을 상당 부분 차용하고 있다는 사실만은 부인하기 어렵다. 문학의 하위 갈래인 '종교문학'의 범주 성립이 가능한 것도 모두 이런 사정과 깊이 관련되는 것이다.

종교문학의 하위 개념으로서의 불교문학에 관한 일반적인 정의는 첫째, 불교의 경전 및 부처의 가르침에 관계되는 저작물 일체 둘째, 불교 경전 및 불교적인 것을 포함한 문학 일체 셋째, 불교적인 관심을 문학 형식으로 창작한 것이라는 세 가지 관점에서 크게 벗어나지 못한 것으로 보인다. 이러한 견해는 대체로 일본 학자의 주장을 참조한 것이거나 그것을 좀더 구체적으로 설명한 것들로 볼 수 있으나 불교와 문학의 결합 양상이라는 보다 본질적인 문제에 관해서는 여전히 만족할 만한 대답을 제시하지 못하고 있는 듯하다. 그런데 최근 한 연구가는 「불교문학이란 무엇인가」라는 주목할 만한 글을 통해 종교문학의 핵심적 과제를 세계관의 수용 양상에서 찾아야 할 것이라고 주장하고, 그것이 세계에 대한 궁극적이고도 최종적인 인식이 아니라 세계에 대응하는 태도 내지 방법의 유형으로 이해되어야 함을 역설하고 있다. 무엇보다 이 연구가는 불교를 소재로 하고 있다고 해서 모두 불교문학이 되는 것이 아니며, 불교적 소재를 직접 다루지 않았다고 해서 그것을 비불교문학이라고 단정지어서도 안 된다는 입장을 분명히 함으로써 불교문학에 대한 일부의 그릇된 시각을 근본적으로 수정할 것을 요청하고 있는 것이다. 불교적 소재를 다룬 것만을 불교문학으로 이해하려는 고정관념은 소재주의라는 해묵은 논쟁을 떠올리게 하며, 그에 따라 불교를 자신의 진지한 문학적 제재(주제)로 삼고자 하는 작가들의 의욕을 냉각시키는 부정적 결과를 초래한 일도 없지 않았을 것으로 보인다. 이런 관점에서 진정한 불교문학이란 어떤 것이어야 하는가를 근본적으로 문제삼은 위 연구가의 글은 불교문학에 관심을 가진 사람이라면 소홀히 다루어서는 안 될 긴급한 문제를 제기한 것으로 생각된다.

대다수의 뛰어난 문학 작품이 종교적 내용을 다루고 있다는 것은 문학 연구가(문학사가)들에 의해 다각적으로 검증된 사실이다. 인간의 여러 관심사 가운데 가장 중요한 사안이 삶과 죽음의 문제라는 것에 대하여는 특별한 이견이 없을 것으로 여겨지는데 종교야말로 이 문제에 관해 가장 신뢰할 만한 답변을 마련하고 있기 때문이다. 특히 인간의 생로병사에 대한 근원적인 의문에서 출발한 불교의 가르침이 삶과 죽음 또는 참된 사랑의 문제에 집요한 관심을 가진 시인(작가)들의 정신 세계에 다대한 영향을 미쳤으리라는 것은 쉽사리 짐작할 수 있는 일이다. 이를테면 우리는 전혀 불교적 색채가 가미되지 않은 것 같은 작품 속에서도 불교적 세계관을 감득해낼 수 있는데, 「삼포 가는 길」(황석영)의 백화가 보여준 무소유의 사랑을 그 훌륭한 보기로 지적할 수 있을 것이다. 이 소설에서 백화는 어린 나이에 삶의 시궁창 속에 몸담고 있으면서도 세상을 원망하지 않고 오히려 군인 죄수의 뒷바라지를 하는 것으로 그려진다. 일체의 대가도 바라지 않은 채 이루어지는 그녀의 행위는 마치 자식을 돌보는 어미의 무조건적인 사랑과도 진배없는 것이라 말할 수 있다. 그럼에도 불구하고 이 작품을 불교적 관점에서 해석하려는 노력은 거의 찾아보기 힘든 형편이다. 말하자면 우리는 이제까지 문학과 종교의 관계를 그 수용 방법이나 정신에서 찾고자 했던 것이 아니라 표면구조에만 지나치게 매달렸다는 비판에서 자유롭지 못한 것이다.

불교문학이란 무엇인가에 대하여 명쾌한 해답을 제시하기란 말처럼 쉬운 일이 아니다. 그 해답을 찾기 위한 우리의 노력은 앞으로도 더 계속되어야 할 터이지만, 무엇보다 중요한 것은 구체적 작품의 철저한 분석을 통해 그 작업이 이루어져야 하리라는 인식의 공감대의 형성이다. 구체적 작품의 분석이 생략된 이론적 논의가 감당해야 할 저항은 만만치 않으며 실제로 그러한 논의가 공소한 것으로 귀결되는 예는 종종 있어 왔기 때문이다. 따라서 필자는 이 글에서 불교문학에 관한 위 연구가의 견해를 긍정적으로 수용하면서 몇몇 소설의 실제적 분석을 통해 불교적 세계관의 문학적 수용 양상을 살펴고자 한다. 「등신불」(김동리)과 『만다라』(김성동)는 불교소설로 분류되어 많은 논의가 이루어진 작품이지만 불교의 궁극적 목표에 도달하려는 작중인물의 의식은 판이한 양상을 드러낸다. 그리고 「천지간」(윤대녕)은, 앞의 작품들과 달리 승려를 등장시키지 않았을 뿐만 아니라 불교적 색채를 노골적으로 드러내지 않고 있지만, 작품의 골간을 형성하는 것이 불교적 인연관이라는 판단에서 선택한 것이다.

2.

　잘 알려진 것처럼 「등신불」(1959)은 만적선사의 소신공양(燒身供養)에 관한 이야기를 작중화자가 보고하는 형식의, 이른바 액자소설의 구성방식으로 짜여진 작품이다. 이 소설에서 작중화자인 '나'는 태평양전쟁 당시 학도병으로 끌려나갔다가 중국인의 도움으로 목숨을 구했을 뿐만 아니라 만적선사의 성불과정에 관한 감동스러운 전설을 전해 듣는다. 특히 이 소설의 결말 부분은 〈불립문자 교외별전 이심전심〉이라는 선종의 비의를 성공적으로 그려냈다는 평가에 힘입어 일반에게도 널리 기억되고 있다. 실제로 만적선사의 소신공양에 관한 행적을 소상히 알려준 원혜대사가 화자더러 "자네 바른손 식지를 들어 보게."라고 한 뒤 침묵한 것이라든가, 그 침묵 뒤에 이어지는 북과 목어 소리의 절묘한 화음 같은 문학적 장치들이 독자에게 강렬한 인상과 감동을 심어 주었으리라는 것을 추측하기란 그리 어렵지 않다. 또한 「등신불」이 만적선사의 소신공양이란 충격적 제재를 액자속 이야기의 핵심사건으로 삼아 가장 처절하고도 아름다운 성불의 한 유형을 그려냈다는 점에서도 높은 평가를 받기도 한다. 그럼에도 불구하고 이 작품에서 화자의 불교에 대한 이해와 인식은 매우 소박한 수준을 넘어서지 못하며, 그것조차도 정통적 불교 사상에 입각한 것이라기보다 토속적 종교와 습합된 기복적 불교로서의 성격이 강한 것으로 여겨진다.

　작중화자인 '나'는 일본 대정대학 재학 중에 학도병으로 끌려간 것으로 되어 있지만, 그가 구체적으로 어떤 분야의 학문을 전공으로 선택했는지는 밝혀져 있지 않다. 물론 대정대학이 일본에서도 유서 깊은 명문 불교대학이라는 사실과, 그가 일본 대정대학에 유학을 하고 돌아간 중국 불교학자의 명단을 미리 조사해 놓았다는 것 등이 작중화자와 불교의 관계를 유추할 수 있는 단서로 기능하고 있으나, 그것은 말 그대로 단서 이상의 의미를 지니지 못한다. 만약 그가 대정대학에서 불교학을 전공했다면 아래 인용문과 같은 어처구니없는 비교는 하지 않았을 것으로 생각되기 때문이다.

　　그러나 내가 법당에서 얻은 감명은 우리 나라의 큰절이나 일본의 그것에 견주어 그렇게 자별하다고 할 것이 없었다. 기둥이 더 굵대야 그저 그렇고, 불상이 더 크대야 놀랄 정도는 아니요, 그밖에 채색이나 조각에 있어서도 한국이나 일본의 그것에 비하여 더 정교(精巧)한 편은 아닌 듯했다. 다만 정면 한가운데 높직이 모셔져 있는 세 위(位)의 불상(훌륭히 도금을 입힌)을 그대로 살아 있는 사람으로 간주하고 힘겨룸을 시켜 본다면 한국이나 일본의 그것보다 더 놀라운 힘을 쓸 수 있지 않을까 하는 생각이었다.

화자의 위와 같은 기발한 상상력은 대학에서 불교를 전공한 학생의 식견이라고 하기에는 지나치게 소박하고 치졸한 것이기조차 하다. 이것은 마치 『태평천하』(채만식)의 윤직원이 공자와 맹자가 팔씨름을 하면 누가 이길까 하는 것에 관심을 두었던 것과 크게 다를 바 없는 유치한 상상력이기 때문이다. 또 화자가 정원사(淨願寺)에 기거하면서 한 일들이 청소와 식량 채취, 그리고 약간의 불경 읽기와 중국어 배우기 등 주로 게으름 피우지 않으려는 행동으로 요약되어 있는 것만 보아도 그의 불교에 대한 관심이 매우 초보적 수준에 지나지 않음을 알게 된다. 무엇보다 중요한 점은 화자가 학도병으로 끌려간 이후 어떻게든 목숨을 보존해야 한다는 생각을 가지고 있었다는 것이며, 바로 그 위기의식이 혈서("願免殺生 歸依佛恩")를 쓰게 한 근본적인 동인이 되었을 것이라는 사실이다. 물론 이러한 화자의 행위가 단순히 목숨을 연장하기 위한 책략적 수단에 불과한 것이었다고 말하는 것은 옳지 않다. 하필이면 화자가 대정대학에 유학을 왔던 중국인 불교학자의 명단을 조사해 둔 것이라든가 평소 책상머리에 관세음보살상을 걸어 두고 있었다는 진술은 화자가 평소 불교를 가깝게 대했다는 하나의 징표가 되기 때문이다. 그러나 화자에게 있어 불교는 절대적 진리와 최상의 가치로 중생을 구제하는 종교라기보다 개인의 무병장수를 약속하는 기복(祈福)의 대상으로 인식되고 있는 듯하다. 이와 더불어 소설 「등신불」에 등장하는 인물들은 대개 불교의 기복적 성격에 많은 관심을 기울이고 있는 것으로 나타나는데, 가령 등신불이 정원사에선 가장 영검이 많고 따라서 새전도 많다는 청운의 설명은 기복 불교에 대한 일반적 믿음을 단적으로 보여주는 예가 된다.

「등신불」의 핵심사건에 해당하는 만적선사의 소신성불과 관련된 이야기는 전후 세 차례에 걸쳐 점층적으로 제시된다. 청운이 화자에게 들려준 것은 만적선사가 소신공양으로 부처가 되었다는 지극히 단순한 사건의 축약이고, 「만적선사소신성불기」의 기록 역시 만적의 세속적 인연을 보충하여 설명하는 수준에서 크게 벗어나지 않는다. 청운의 전언과 「만적선사소신성불기」의 기록에도 만족하지 못하는 화자에게 원혜대사가 들려준 내력은 보다 소상하다. 원혜대사에 의해 보완된 내용은 문둥병에 걸린 사신(謝信)을 만난 뒤 만적이 화식(火食)을 일체 끊고 소신공양 준비에 들어간 과정과 소신공양 당시의 장엄한 이적에 관한 이야기가 주종을 이룬다. 그러므로 원혜대사의 이야기는 만적선사의 소신 성불을 보다 구체적으로 설명하고 있는 듯하지만 다음과 같은 점에서 근본적인 문제의 해결에는 여전히 미흡하다. 첫째, 만적의 소신 동기가 매우 불분명하다는 점을 우선적으로 지적할 수 있을 것이다. 원혜대사의 전언에 따르면, 만적이 처음 소신을 결심한 것은 은사 취뢰 스님이 입적하자 그 은혜를 갚기 위한 것으로 되어 있다. 그러다가 5년 뒤 나환자가 되어 고통을 겪고 있는 사신을 만나고 소신공양의 결심을 굳힌 것으로 전해지고 있는데, 이 두 사건 사이의 상관관계가 명확하지 않은 것이다. 전자는 자신을 부모처럼 돌보아 준 스승의 은혜에 보답하기 위한 소승적 동기에서 비롯된 것이고, 후자는 불쌍한 중생을 제도하기 위한 대승적 결단에서 연유한 것으로 보면 전혀 이해 못할 것도 아니다. 그러나 만적이 취뢰대사의 은혜를 잊지 못하고 사신을 불쌍히 여겼다는 전언은 강조되고 있어도 정작 그가 누구보다 먼저 제도해야 할 사악하고 탐욕스러운 어머니에 대한 이야기는 어느 곳에서도 찾을 수가 없다. 만적의 소신 동기가 앞뒤가 맞지 않는다는 느낌은 불교설화 중에서도 가장 널리 알려진 〈목련구모(目連救母)〉 설화와 비교할 때 더욱 확연해진다.

둘째, 만적의 소신 이후 일어난 여러 가지 이적과 영험에 관한 부분도 불교의 근본 정신과는 부합하지 않는 것으로 보여진다. 이 소설에서 지속적으로 강조되고 있는 것이 등신불의 영검인데, 이 점 또한 화자가 목숨을 보존하게 된 사건과 관련하여 생각하면 납득 못할 바도 아니다. 하지만 이와 같은 영검의 강조는 불교를 세속화하는 데는 기여할지 몰라도 '상구보리 하화중생'으로 요약되는 불교 정신의 요체를 깨닫는 데는 별다른 역할을 하지 못할 게 분명하다. 종교에서의 기복 행위는 정신적 안정과 중생의 제도를 위한 것이라기보다 물리적 풍요와 개인의 성공을 바라는 것이 대부분으로, 엄격한 의미에서 그러한 행위야말로 종교의 본질과 정면으로 배치되는 것이 아닐 수 없기 때문이다. 물론 현실 종교에서 기복 행위를 완전히 금지한다면 엄청난 혼란이 야기될 수도 있을 것이다. 아무리 그렇다 하더라도 기복 행위와 그에 따른 영검이 종교의 가장 중요한 역할과 기능이라고 말할 수는 없으며, 그런 인식의 수용과 전파야말로 종교의 올바른 발전을 위해 마땅히 경계해야 할 요소라 생각되는 것이다.

셋째, 만적의 소신과 화자의 행동 사이의 상관 관계도 애매하기는 마찬가지이다. 「등신불」에서 가장 많이 인용되는 이 부분을 다시 끌어들일 필요는 못 느끼지만, 소설의 결말이 매우 감동적으로 처리되어 있는 것만은 부정하기 어렵다. 그러나 그 감동의 원천이 무엇인가를 따지는 일은 대단히 긴요한 일이라 여겨진다. 만적과 화자의 행위가 궁극적으로는 동일한 것이라는 평가는 이 작품을 전혀 오독한 것이라 할 수 있으며, 만적의 행위를 '성사(聖事)'로 화자의 행위를 '속사(俗事)'로 구분하여 이해하는 관점도 우리의 궁금증을 속시원히 해결해주지는 못하는 듯하다. 전자의 해석은 만적의 그것이 불쌍한 중생을 위한 것임에 반해 화자의 행위는 자신의 목숨을 구하기 위한 것이라는 점에서 그 오류가 분명해진다. 이런 관점에서 볼 때 후자의 해석적 관점에 얼마간 타당성을 부여할 수 있는 게 사실이다. 특히 만적의 육체가 화염에 휩싸여 있을 때 머리 뒤로 보름달 같은 원광이 형성되었다거나 그의 소신 이후 많은 사람들이 영검을 보았다는 진술에서 우리는 만적이 속인의 범주에서 벗어났음을 짐작할 수 있기 때문이다. 하지만 이런 정도의 영검이란 진정한 각자(覺者)의 몫이 아니라 나한이나 보살에게 기대할 수 있는 수준이라는 점에서 만적의 행위를 온전한 의미의 '성사(聖事)'라 규정짓는 데 선뜻 동의하기 어렵게 된다. 요컨대 만적의 소신이 화자의 행위와 구별되는 점만은 분명하지만 그 행위를 대승과 소승 또는 성사와 속사로 나누어 생각하는 것 자체가 일종의 편의주의는 아닐까 하는 우려를 불식하기 어렵다는 점이다.

지금까지 살펴본 것처럼, 김동리의 「등신불」은 불교에서 소재를 취하고 있지만 엄정한 의미에서의 불교소설이라 하기에는 여러 가지 난점이 뒤따른다. 아마도 작가는 이 작품을 통해 불교의 두 가지 목표 가운데 하나인 '하화중생'의 사상을 소설적으로 형상화하고자 했을지도 모를 일이다. 그리고 그러한 작가의 의도는 만적의 소신성불과 그에 따른 영검에 대한 상세한 서술로 어느 정도 달성되었다고 할 수도 있다. 하지만 위에서 지적한 바대로 그것은 불교의 '하화중생'의 근본 취지와 현격한 상거를 유지한다. 중생의 제도란 근본적으로 정신적 구제에 있는 것이지 물리적 만족과 풍요에 주어지는 것이 아님은 두말 할 필요조차 없는 일이기 때문이다. 불교적 설화를 중심으로 사건이 전개되는 이 소설이 불교의 기복적 성격에 대한 세속적 이해에서 한치도 벗어나지 못하고 있다는 것은 따라서 안타까운 일이 아닐 수 없다.

3.

김성동의 『만다라』(1979)는 원래 200매 정도의 짧은 분량(원제 : 「목탁조(木鐸鳥)」)으로 쓰여졌던 것을 장편으로 개작한 것이다. 잘 알다시피 「목탁조」는 불교계를 악의적으로 비방하고 승려를 모독한 소설이라는 불교계 내부의 심한 반발을 불러 일으켜 작가의 승적을 박탈하는 사건으로까지 발전되기에 이르렀다. 그후 단행본 『만다라』가 출간되자 불교계 안팎은 말 그대로 물 끓듯한 반응을 보였고 작가는 삽시간에 70년대를 대표하는 작가 가운데 하나로 지목되었다. 이 작품에 대한 불교계 내부의 노골적인 불만은 작가 김성동이 지산과 법운이라는 두 수도자의 대조적인 수행 방식을 첨예하게 대립시켜 불교계의 환부를 악의적으로 과장하고 있다는 생각에 바탕한 것이었다. 그러나 이제 『만다라가』가 출판되던 당시의 사시적 시각과 흥분은 상당히 완화되거나 교정된 것으로 보이며 오히려 이 작품은 현대 불교소설의 고전(古典)으로 인정받고 있는 듯하다.

어느 시대 어느 사회를 막론하고 자신의 행동과 의지를 외부적으로 규율하는 사회규범에 대해 근본적으로 회의하고 반항하는 특별한 개인은 늘 존재해 왔다. 그 가운데 인간의 정신과 육체를 구속하는 온갖 번뇌와 망상에서 벗어나 완전한 자유인이 된 사람은 거의 유일하다시피 한 것으로 알려져 있다. 부처의 위대함은 제도적 관습과 언어의 무상성(無償性)에 대한 확철한 깨달음을 통해야만 비로소 진정한 정신의 자유를 누릴 수 있음을 분명히 일깨워 주었다는 데서 찾아야 할 것으로 보인다. 이런 부처의 가르침에 충실해야 할 사문(沙門)의 계율이 어떤 사회 집단의 그것보다 엄격하고 까다롭다는 것은 일종의 아이러니일지 모른다. 그러나 승단의 청규는 불법을 올바로 이해하고 진실한 깨달음에 이르기 위한 방법적인 수단일 뿐, 그 자체가 목적이 되는 것이 아니라는 점에서 그 가치가 인정될 수 있는 것이다. 비유적으로 말하자면, 착실한 데생 공부와 구상의 작업을 거친 화가가 추상화에서도 제 능력을 발휘할 수 있듯이 엄격한 율사만이 파계도 할 수 있다는 역설적인 논리가 가능해지기 때문이다.

주지하는 바대로 김성동의 『만다라』는 잡승 지산의 파계와 한국 불교계의 타락상을 직접 문제삼은 작품이다. 청정비구 법운과 불교계의 대표적 타락승 지산과의 운명적 만남이라는 사건 설정부터 독자의 흥미를 자극하기에 충분하지만, 지산의 죽음과 법운의 파계로 귀결되는 소설의 결말이 던진 충격의 파장이 훨씬 크고 깊었을지도 모를 일이다. 그것은 불교의 청정 계율에 대한 정면적인 도전의 의미를 띠고 있었고, 따라서 내외부의 심각한 갈등에 직면해 있던 한국 불교계의 입장에서 볼 때 『만다라』의 내용이 치명적인 해종(害宗) 행위로 받아들여졌을 것은 자명한 노릇이기 때문이다. 그러나 우리는 이 작품의 밑바탕에 작가의 불교에 대한 친연적 애정이 내재해 있다는 사실을 간과해서는 안 된다. 작가가 정작 문제삼고 있는 것은 부처를 팔아 '되지 못한 선민 의식과 특권 의식'에 사로잡혀 있는 일부 사이비 승려들과 기복에만 정신이 팔려 있는 신도들의 왜곡된 불교관이며, 조사의 어록에만 의존하여 불교의 현대화에 전혀 무관심한 한국 불교의 정체성(停滯性)에 관한 가차없는 비판이라 생각되기에 그렇다.

지산과 법운의 계율에 대한 견해의 상충과 대립은 이 소설을 이해하는 데 거의 결정적이라 할 만한 암시를 내포하고 있다. 가령 지산은 "계율이란 행위가 아니라 뜻"이며 "목적이 아닌 수단"이란 확고한 믿음을 가지고 있다. 따라서 그에게 계율의 문제는 "행위 이전에 이미 마음의 지파(持破)가 결정되는 것"일 뿐 계율에 얽매일 어떤 필연성도 못 느끼는 것으로 그려진다.

> "내게도 그런 시절이 있었지. 풀먹여 빳빳이 대린 광목 장삼에 북통 같은 바랑을 지고 마음속으로 불경을 외우며 선지식(善知識)을 찾아 행각하던 때가. 나도 한땐 모든 점에서 엄격했고, 계율대로 산다고 나 자신을 기만하고 부처를 속이고 신도 앞에선 위선의 큰 기침을 하고… 무서운 얘기야. 굳이 대승 운운할 것도 없이 계율이란 행위가 아니고 뜻이 아닐까? 생각하면 종교란 것도 결국 마찬가지고. 인간은 불완전한 존재라는 것부터가 패배의식의 소산이고… 암튼 욕망과 부단히 투쟁해야 되고 극기해야 되며, 그리하여 수도가 되고 종내에는 부처가 된다는 것인데… 결국 자기 기만이 되고 이중 인격자가 되어 참말로 영원히 구제받지 못할 중생으로 끝나게 되는 게 아닌지…

위 인용은 지산이 법운에게 6년 동안 수행한 끝에 얻은 게 뭐냐고 질문한 뒤 그에 대한 답변으로 자신의 과거를 요약해 들려준 이야기의 일부이다. 그에 따르면 계율을 따르는 행위는 일종의 자기 기만이고 이중 인격자가 되어 영원히 구제받을 수 없다는 논리로 귀결된다. 이러한 논리는 "집착을 버리고 그 마음을 일으켜야 한다.(應無所住而生其心)"는 『금강반야바라밀경』의 한 구절이나, 혹은 "만약 보살이 비도(非道)를 행하면 이를 불도에 통달했다고 할 만하다.(若菩薩行於非道 是爲通達佛道)"는 유마힐의 말을 언뜻 연상시킨다. 실제로 소설 『만다라』에서 지산과 법운의 행위를 통해 강조되는 것 중의 하나가 경계에 매이지 말라는 교훈인데, 이와 같은 경계 허물기의 가르침은 역대 고승들의 일화를 통해 일반에게도 널리 유포된 것이기도 하다. 굳이 멀리 갈 것도 없이 성우 경허(惺牛 鏡虛)의 파천황적 무애행이 우리에게 전해주는 감동과 충격을 떠올리는 것만으로도 수도승의 용맹정진이 결국 '불이(不二)'의 깨달음에 이르기 위한 험난한 도정이라는 사실을 흔쾌히 수납할 수 있기 때문이다.

그렇다면 지산의 만행과 법운의 하산을 분별지에서 벗어나기 위한 방법적 파계라 할 수 있을 것인가. 이러한 의문에 대해 작가는 「하산」에서 다음과 같은 답변을 준비하고 있다.

> 진실로 진인이 진인이랄 것 같으면 세상에 할 일이 태산 같은 터수에 산간에서 이나 잡고 있겠는가.
>
> 순간, 나는 명치께를 누르고 있던 돌덩이가 쑥 내려가면서 갑자기 천지가 환해지는 느낌을 받았다.
>
> 나는 서둘러 하산(下山)을 재촉하였다. 늙은이의 한 마디에 몰록 깨달음을 얻은 것이었다. 깨달음이라고 하지만 실은 지극히 당연한 것이었다. 산을 내려가야 한다는 것이었다. 산을 내려가서 천하고 추한 저자 거리의 중생들과 함께 살을 섞어야 한다는 것이었다. 보리와 번뇌가 본래 둘이 아니며 예토(穢土)와 정토(淨土)가 본래 둘로 나누어진 별세계가 아니라는 여래(如來)의 말씀이 진실로 진언(眞言)인 것일진대, 팔풍오욕(八風五慾) 속에 끝없이 윤회(輪廻)하는 이 예토를 여의고는 다른 어느 곳에서도 정토를 구할 수가 없을 것이었다.

번뇌가 곧 보리이며, 파계와 지계가 둘이 아니라는 이러한 믿음은 불교를 소재로한 김성동 소설의 근간을 형성하는 모티프라 할 수 있다. 그러나 『만다라』의 지산은 이런 생각을 가지고 있었지만 늘 그 경계를 뛰어넘지 못해 괴로워했고, 법운의 행동 또한 확철한 깨달음을 얻어 '사람들 속으로 힘껏 달려갔다.'기보다 다분히 감상적이고 관념적인 행동이라는 느낌이 강하다. 그것이 「하산」에 이르러 좀더 분명해진 듯한 인상을 주는 것은 사실이지만, 「하산」의 위 인용 부분 역시 실천적 행동이 뒤따르지 않은 순간의 각성이 아닐까 하는 혐의에서 완전히 벗어나지 못한다. 정토와 예토가 다르지 않다는 순간적 혹은 논리적 깨달음을 얻는 것도 중요하지만 그것을 온전히 자기 것으로 소화하기에는 보다 치열한 수행과 정진이 뒤따라야 하리라는 것은 자명한 이치이다. 김성동의 많은 불교소설을 읽으며 우리가 느끼는 관념성 같은 것도 그의 소설이 이른바 한소식 깨닫는 과정의 고통스러운 경험과 충격을 이야기하다가 '몰록 깨달음'을 얻은 것으로 종결되는 구성적 상투성에 기인하는 것이라 할 수 있다. 다시 말하면 김성동의 소설은 유사한 제재(주제)가 거듭 반복되고 있는 듯한 양상을 보여주는데, 그러한 반복적 유사성은 작중인물의 신념이 실천적 행위로 이어지지 않을지 모른다는 강한 의구심만을 증폭시킬 뿐이다.

『만다라』는 기존의 불교소설이 성취했던 높이를 일거에 극복한 문제작이라 할 수 있다. 그것은 이 작품이 취급하고 있는 제재나 주제의 면에서도 그럴 뿐만 아니라 날카로운 비판 정신과 신선한 감수성의 측면에서도 과거 불교소설과는 비교할 수조차 없다는 점에서 더욱 그러하다. 또한 이 소설은 결코 간과할 수 없는 현실성과 감동을 담보하고 있는데, 그것은 작가의 직접적 체험이 밑바탕에 깔려 있기 때문으로 보인다. 그렇다고 승려 출신의 작가가 쓴 소설이 항상 이와 같은 현실성과 감동을 동시에 구유(具有)하고 있는 것은 아니다. 『만다라』 이후 승려출신의 작가가 쓴 소설이 숱하게 발표되었지만 본격적인 문학의 수준에서 논의하기 어려운 작품이 더 많았던 것이 김성동 소설의 탁월성을 입증한다. 앞서 필자는 『만다라』가 현대 불교소설의 고전으로 인정받고 있는 듯하다고 말한 바 있거니와, 이 작품의 고전적 가치는 역설적으로 경계되고 극복되어야 할 한계이기도 하다. 무엇보다 문제적인 것은 『만다라』 이후 대부분의 불교소설이 파계승과 청정비구(니)의 대립이라는 상투적 유형을 답습하게 되었다는 점에서 찾을 수 있을 것이다. 또 사건의 설정에 있어서도 파계승의 기행을 미화하거나 그들의 행적이 진정한 구도에 이르는 최선의 방책인 것처럼 묘사함으로써 불교의 교리 자체를 자칫 오해하게 하고 참된 수도승을 모독하는 부정적 결과를 초래한 문학외적 현상도 간과되어선 안 되리라 본다. 지산과 법운이 강한 동류의식으로 맺어진 배경에는 그들이 자신의 문제(화두)를 해결하지 못했다는 패배의식이 자리하고 있는데, 그러한 자포자기적 심리 상태에서 연출된 행동이 감상적 허무주의의 벽을 넘어서기란 애초부터 불가능한 일인지 모른다. 뿐만 아니라 이 소설은 두 수도승이 어떻게 하면 깨달음을 얻을 수 있는가의 문제, 즉 '상구보리'에만 관심을 국한시키고 있어서 정작 삶의 현장에서 고통받고 있는 중생의 제도라는 또 다른 중요한 문제에는 거의 침묵하고 있는 것도 지적되어야 할 것이다.

4.

　올해 〈이상문학상〉을 수상한 「천지간」의 표면구조는 「등신불」이나 『만다라』와 전혀 다른 양상을 보이고 있어 불교소설로 이해하기 어려운 점이 없지 않다. 다시 말해 이 작품은 「등신불」처럼 불교적 설화를 차용하지도 않았고, 『만다라』와 같이 승려를 작중인물로 내세우지 않고 있는 것이다. 이러한 표면구조와 달리 이 작품의 심층에는 불교의 인연관에 대한 작가의 독특한 해석적 관점이 폭넓게 깔려 있는 것으로 보인다. 작품의 표제가 암시하고 있는 것처럼, 이 작품은 천상과 지상 또는 죽음과 삶이라는 형이상학적 주제를 밀도 있게 취급하고 있는데 특히 죽음의 문제에 관하여 진지하고도 새로운 시각을 제시하고 있어 주목된다. 죽음의 문제는 인간의 영원한 화두이며 동시에 범속한 인간의 인식과 능력으로는 미치지 못하는 것이어서 생사 관계에 대한 해명은 주로 철학과 종교의 소관으로 미루어져왔던 게 사실이다. 그러므로 죽음을 어떻게 받아들이느냐의 문제는 각자의 종교관에 따라 편차가 나게 마련이고, 그것이 한 인간의 세계관의 형성과 삶의 양상에 결정적인 영향력을 행사하게 되는 것도 그 때문이라 할 수 있다.

　「천지간」에는 모두 네 가지의 죽음이 존재한다. 그것을 작품에 나타난 순서대로 살펴보면 ① 암으로 돌아가신 외숙모 ② 어릴 때 화자를 구하다 물에 빠져 죽은 친구 ③ 구계 가든을 찾았던 장님 노파의 자살 ④ 득음(得音)을 하지 못한 것을 비관해 자살한 소리꾼 등의 순서로 제시된다. 하지만 이것을 사건의 발생 순서에 따라 재구성하면 ②→③→①→④가 되는데, 이 네 가지 죽음은 그 자체로는 아무런 연관관계도 맺지 못한다. 표면적으로 서로 독립적이고 우연한 사건에 지나지 않는 이 네 가지 죽음을 유기적으로 이어주는 매개체를 이 작품에서는 인연으로 설명한다. 외숙모의 문상을 가다가 우연히 마주친 한 여자의 심상치 않은 태도에 끌려 '상여를 따라가듯 무연히 여자의 뒤를 좇'아 구계등까지 따라온 화자의 이야기를 듣고 횟집을 겸한 여관의 주인은 그것을 대뜸 '인연'으로 해석한다.

"참으로 이상한 인연이군요. 문상을 가는 길에 만나다니요."

"인연요?"

"그게 아니라면 뭐겠어요."

"하지만 어떻게 그걸 함부로 인연이라고 부를 수 있겠습니까. 제가 괜히 저 자신에게 홀려 불쑥 딴 세상을 관광하고 있는지도 모르죠."

"그야 두고 보면 알겠지요. 여자 혼자 여기까지 오는 것만 해도 흔치 않은 일인데 문상을 가던 사람이 뒤쫓아왔으니 예삿일이라 할 수 없잖아요?"

"……."

"딱히 천둥이 치고 비바람이 몰아친 다음에야 사람이 만나지는 건 아닙니다. 인연이란 게 뭐 따로 있나요."

불교에서의 '인연'은 어떤 결과를 초래하는 근본적인 이유(因)와 부수적인 원인(緣)을 가리키는 개념이다. 다시 말해 인연이란 우연한 사건들이 서로 상호 작용을 일으켜 어떤 구체적 결과를 파생하는 것을 지칭하는데, 우주 삼라만상의 생성 소멸이 필연적 인과 법칙에 의해 진행된다는 의미를 내포하고 있다. 위 인용을 통해 우리는 여관 주인이 여인의 죽음을 예견하고 있으며 문상길에 여인을 따라온 화자의 느닷없는 동행도 어떤 식으로든 여인의 죽음과 관련되리라는 직감을 가지고 있음을 알 수 있다. 따라서 다소 느닷없어 보이기도 하는 여관 주인의 인연설은 이 작품에 나타나는 백색 이미지와 함께 작품 이해의 관건이 된다. 말을 바꾸면 위에서 살펴본 네 가지의 서로 다른 죽음이 인연관을 매개로 긴밀한 연관 관계를 형성하는 것이다. 애초에 화자가 여인을 따라 나선 것은 그녀에게서 '차디찬 죽음의 그림자를 엿보고 있었'기 때문이고, 그것은 '아주 오래 전에 누군가 내 목숨을 구한 일이 있'다는 기억을 자연스럽게 떠올리게 한다. 자신의 생명이 친구의 죽음과 맞바꾸어진 것이라면 자신도 죽음을 뒤집어쓰고 있는 사람에게 무언가 해야 할 역할이 있을 것이라는 막연한 느낌이 화자를 구계등까지 이끈 원인이라 할 수 있다. 그렇기 때문에 여관 주인이 화자의 광주행을 애써 말리며 "다만 구할 수 있으면 구하는 게 좋겠다는 생각이 들어서요."라고 말할 때 어쩔 수 없이 수락의 몸짓을 해 보였던 것이다.

한 남자와 구계등에 와 첫 관계를 가진 여인은 1개월 전 그 남자에게 버림받고 다시 구계등을 찾는다. 두 번째의 구계등행은 죽음을 위한 여정이지만 뱃속의 어린아이만은 구하고 싶다는 막연한 생각을 품고 있을 때 상복을 입은 화자를 만나게 된다. 그러니까 화자와 여인 사이에는 아무런 인연도 없는 것 같지만 친구의 죽음과 맞바꾼 생명에 대한 책무감이 바로 뱃속의 생명을 구하려는 여인의 무언의 호소에 강하게 반응했던 것인데, 생명을 구원받은 사람이 다른 사람의 생명을 구원한다는 절묘한 인연의 논리가 이로써 설명되는 것이다. 말하자면 이 작품은 네 개의 죽음이라는, 결코 적지 않은 죽음의 문제를 거론하면서 실제로는 새로운 삶의 가능성을 끊임없이 환기하고 있는 것으로 보인다. 특히 화자가 빈번하게 목격하는 '차라리 아름답다고 해도 좋을 은은한 하얀빛' 또는 '미묘한 흰색'은 죽음과 조우하는 순간 일종의 계시처럼 눈앞에 전개되는 것인데, 이를테면 물에 빠져 죽은 줄 알았던 여인과 생각지 않았던 동침을 하면서 화자는 예의 '감성동 회 빛깔'을 떠올린다. 그 흰빛은 외숙의 붓(畫筆)을 놓게 한 빛깔이며 화자가 어린 시절 죽음과 함께 보거나 제대하기 얼마 전 지뢰를 밟았을 때 본 색깔이기도 하다. 이처럼 흰빛은 「천지간」 전편을 통해 삶과 죽음의 경계를 확연히 구분 짓는 장치로 사용되고 있는 것이다. 요컨대 이 소설의 배경을 이루는 하얀빛(흰색) 이미지는 깨끗하고 신성하며 생명력의 원천이 되는 천상의 색으로 표징 되고 있는데, 이것은 동양의 색채관과 일맥상통하는 점이 많은 것으로 보인다.

여관 주인이 들려준 장님 노파의 자살과 소리꾼의 투신 또한 시간상으로 3년의 상거가 있지만 별개의 사건으로 돌리기 어려운 점이 많다. 노파가 숲에 목을 매단 사건은 여관 주인에 의해 짧게 요약되고 있기 때문에 구체적인 사정은 알 수 없어도, 그녀가 장님이며 '동백 숲으로 봉황을 보러 왔다가 그렇게 됐다'는 후일담으로 미루어 맺힌 한을 다스리지 못해 결국 죽음을 택한 것이라 여겨진다. 그리고 득음을 위해 100일간 피나는 수련을 하다 마침내 자살한 소리꾼 여인도 끝내 동백꽃을 보지 못했다는 점에서 장님 노파와 유사한 죽음을 선택한 것이 된다. 동백꽃의 붉은 색은 태양의 상징이며 가장 왕성하고 화려한 생명력의 징표가 된다는 점에서 하얀빛보다 훨씬 강렬하고 선명한 느낌을 자아낸다. 다시 말해 하얀 색이 죽음과 삶의 경계에서 삶의 긍정을 표상 한다면, 붉은 색은 죽음의 대척점에서 강한 생명력을 발산하는 색깔이 되는 셈이다. 따라서 동백 숲에서 봉황을 보러 왔던 노파가 자살한 것이라든지, 소리꾼이 물에 빠져 죽은 것 등은 붉은 색(또는 흰색) 대신에 공포스러운 검은 색을 먼저 보았기 때문이라 할 수 있다.

윤대녕의 작품 세계는 흔히 삶의 근원으로 돌아가려는 회귀적 본능이 강하게 투영된 것으로 이해되고 있다. 「천지간」이 보여주는 세계관도 그러한 회귀 본능과 별반 차이가 나지 않는 것으로 보이는데, 이 작품에서는 그것을 불교의 인연관과 접맥시키고 있는 점이 특이하다. '슬픔이 슬픔을 알아보고 사랑이 사랑을 알아보듯 죽음 또한 죽음과 만나면 별수없이 서로를 알아보게 마련인가 보다.'라는 서술자의 말은 고독하고 외로운 중생들끼리 서로 의지해가며 살아갈 수밖에 없는 현실적 삶의 본질을 예리하게 통찰한 것이라 할 수 있다. 그리고 그것은 본질적으로 생명에 대한 연민과 자기희생을 통한 생명의 구제라는 불교적 세계관과 불가분의 관련을 맺는다. 죽음이 죽음을 가깝게 느끼는 것은 당연한 현상일 터이지만, 타인의 죽음을 통해 자신의 생명이 보장되고 따라서 그 생명은 다른 사람의 생명을 구하는 데 사용되어져야 한다는 식으로 사유를 전개시키는 일은 결코 손쉬운 일이 아닐 것으로 생각된다. 그러나 윤대녕은 「천지간」을 통해 바로 그러한 인식이야말로 세상을 함께 살아가는 우리 모두가 공유해야 할 참된 가치가 아니겠느냐고 역설하고 있는 듯하다.

5.

필자는 지금까지 불교를 소재로 하고 있다고 해서 모두 불교문학이 되는 것이 아니며, 불교적 소재를 직접 다루지 않았다고 해서 그것을 비불교문학이라고 단정지어서도 안 된다는 입장에서 세 편의 작품을 분석해 보았다. 김동리의 「등신불」이나 김성동의 『만다라』는 우리에게 가장 널리 알려진 불교소설 가운데 하나이며, 그들 작품이 보여주고 있는 문학적 성취도 또한 여러 논자에 의해 입증된 바 있다. 하지만 필자는 이들 작품에 내재하고 있는 문제점들이 결코 무시하고 넘어갈 정도의 수준이 아니라는 점을 밝히려 노력해 왔다. 종교 또는 종교와 관련된 사항을 작품의 직접적 제재로 삼는 경우, 작가의 잘못된 종교관이 독자에게 끼칠 해악은 생각보다 훨씬 클 것이라 생각되기 때문이다. 앞서 밝힌 바와 같이 「등신불」이나 『만다라』의 작가가 의도적으로 불교(수도승)를 비방하거나 왜곡하려는 의도는 전혀 없었다고 생각하지만, 만적선사의 영검에 지나치게 많은 관심을 보이거나 파계승의 만행이 마치 진실한 수행의 방법인 양 미화하는 태도는 냉정히 검토되어야 할 문제라 생각되는 것이다.

이와 함께 불교적 외양을 취하고 있지 않은 한 젊은 작가의 작품이 실제로는 불교적 세계관을 토대로 하고 있음을 살펴보았다. 「천지간」에는 불교적 요소와 함께 무속적 요소도 상당히 짙게 배어 있는 것이 사실이지만 여기서는 그 점을 굳이 거론하지 않았음을 고백해야겠다. 왜냐하면 이 글은 「천지간」을 집중분석하기 위한 것이라기보다 이 작품이 과연 불교적인 관점에서 해석될 소지를 지니고 있느냐가 훨씬 중요한 문제로 생각되었기 때문이다. 어쨌든 이 소설은 꽤 뛰어난 불교소설로 읽힐 충분한 자격을 가지고 있는 것으로 보인다. 이와 같은 판단이 퍽 자의적이고 독선에 가까운 것이라 비판될 수 있다는 사실을 모르지 않는다. 그럼에도 불구하고 이처럼 후하게 평가하는 까닭은 전적으로 이 소설이 불교적 제재를 직접 다루지 않고 있다는 점에 놓인다. 그것은 무엇보다 불교를 표면에 내세우지 않았으면서도 좋은 불교소설로 읽을 수 있는 작품을 우리 주변에서 얼마든지 찾아볼 수 있다는 믿음이 작가나 독자에게 널리 전파되기를 바라는 마음에서 연유한 것이라 할 수 있다.

문학의 위기, 위기의 문학

1.

정부에서 올해를 '문학의 해'로 지정한 것은, 문학계 안팎에서 논의되고 있는 문학의 위기라는 담론이 이미 중증의 상태에 이르렀다는 반증이 아닐까. 문학의 해 조직위원회 주체로 열린 〈현대 한국 사회와 문학〉 세미나에서 문학의 위기를 문단 스스로 자초한 것으로 파악하고 통렬한 자성을 촉구한 유종호의 발언에 문학인 모두가 귀 기울일 필요가 있는 것도 그런 맥락에서이다. 80년대 후반, 사회주의 이데올로기의 급속한 퇴조 이후 대다수 문학인들이 새로운 시대에 능동적으로 대처할 문학적 좌표를 마련하지 못한 것이 문학의 위기 담론을 형성하게 한 근본 원인이긴 하지만, 갈수록 심화되고 있는 문학권 내부의 섹티즘화 현상이 현재의 혼란과 위기에 일조를 했다는 것 또한 부정하기 어렵다. 과거 《현대문학》을 중심으로 한 이른바 문협정통파의 독주를 견제하고자 했던 《창작과비평》·《문학과지성》 등 계간지가 우리 문학의 수준을 향상시키는 데 간과할 수 없는 기여를 한 공적은 인정되지만, 그들이 또 하나의 세력권을 형성하여 문단의 섹티즘화를 증폭시켰다는 혐의에서 결코 자유롭지 못하다. 주로 계간 문예지를 중심으로 짜여진 8,90년대의 새로운 문학 판도는, 문학적 성향이나 이념을 함께 하는 문인들이 자연스럽게 군집을 형성했던 과거와 달리, 대중 독자들에게 어필하는 젊은 작가들을 자기 자장권 안으로 포섭하여 세력화 하려는 의도를 노골적으로 드러낸다. 올 상반기 주요 계간지에 소설을 발표한 작가의 상당수가 30대 여성이라는 사실처럼 현재의 문학적 흐름과 성향을 잘 설명해 주는 사례도 달리 없을 것이다. 이것은 계간지 편집의 주축을 이루는 계층이 삼십대 평론가들인 것과 무관하지 않을 터인데, 이들의 의식은 선배세대보다 훨씬 폐쇄적이고 상업주의적인 것처럼 보인다. 요컨대 과거 《창비》와 《문지》 세대들이 각각 상이한 문학적 지향을 선명히 하면서도 상호 교통로를 완전히 차단하지 않았던 반면에, 이들은 문학의 위기 상황을 공공연히 거론하면서도 그것을 타개하려는 어떤 구체적인 행동도 시도하지 않는 것이다. 비근한 예로, 현재 문학계에서 활발한 논쟁을 찾아보기 어렵다는 것은 서로 입장을 달리하는 문학관을 백안시하거나 등거리 관계에서 바라보기만 할 뿐, 갈등과 대립의 지양을 통해 위기 상황을 정면으로 돌파할 의지는 없다는 암묵적인 의사로 보인다.

계간지 창간에 참여했던 1세대와 그 바통을 이어받은 2세대의 대표주자들이 문학적 입장과 계파를 초월해 한 데 모여 오늘의 한국문학을 총괄적으로 점검하고 반성하는 자리를 마련하는 것은 어떨까. 그 일이 쉽게 성사되겠는가고 지레 뒤로 물러앉을 게 아니라, 미구에 닥칠 새로운 세기에도 문학이 여전히 독자들의 관심과 사랑을 잃지 않기 위해서라도 한 번쯤 깊이 생각해 볼만한 일이 아닌가 한다.

올 상반기 주요 문예지에 두 편 이상의 소설을 발표한 작가는 모두 29명인데, 김소진·김이태·박명희·송석제 등이 3편, 송경아·차현숙 등이 4편을 발표하여 가장 왕성한 작품 활동을 전개하고 있음을 알 수 있다.

공선옥 : 그 푸른 바다 눈에 보이네(사상·4), 그 여자 난주(현대·6)
김병언 : 금색 크레용(동서·여름), 천치의 사랑(현대·5)
김경욱 : 베티를 만나러 가다(현대·5), 변기 위의 돌고래(중앙·여름)
김소진 : 길(사상·3), 양파(작가·봄), 쐬주(소설·여름)
김연수 : 타르타필루스(현대·5), 사랑이여 영원하라(중앙·여름)
김이태 : 궤도를 이탈한 별(사상·1), 식성(세계·여름), 전함 큐브릭(소설·여름)
김인숙 : 풍경(현대·3), 봉우리 어디쯤…(한국·봄)
김향숙 : 미나(사상·1), 그 여자의 아들(문사·여름)

  김형경:솔잎란식물의 약속(사상·2), 세상의 둥근 지붕(세계·여름)

  박상우:1942년 여름의 포인세티아(중앙·봄), 물 그림자(사상·4)

  박경철:다락방에 갇힌 새(현대·4), 훌라후프를 돌리는 소녀(세계·여름)

  박명희:바람벽 (사상·1), 마음의 가위질(현대·2), 못난이 인형(작가·여름)

  박청호:단 한 편의 연애소설(문사·봄), 폴란드산 마녀의 외출(현대·4)

  배수아:검은 저녁 하얀 버스(동네·봄) 내 그리운 빛나(중앙·여름)

  서하진:김장(소설·봄), 홍길동(현대·5)

  성석제:첫사랑(세계·봄), 이른 봄(현대·5), 새가 되었네(동네·여름)

  송경아:엘리베이터(세계·봄), 바리(현대·5), 호랑이(사상·6), 집(중앙·여름)

  신경숙:마당에 관한 짧은 얘기(동네·봄), 감자 먹는 사람들(창비·여름)

  윤대녕:천지간(사상·4), 상춘곡, 1966(동네·여름)

  은희경:빈처(현대·1), 타인에게 말걸기(동네·봄)

  이응준:아무 것도 기억나지 않는 나라의 분명한 기록(정신·봄), 담의 뒤편으로 가는 자전거 여행(문사·여름)

  이혜경:어스름녘(한국·여름), 불의 전차(창비·여름)

  전상국:시인의 겨울(중앙·봄), 개미거미들의 화음(작가·봄)

  조경란:환절기(현대·3), 아름다운 칼(중앙·여름)

  차현숙:나비, 봄을 만나다(문사·봄), 불임나무(한국·봄), 삼십삼세(사상·5), 블루 버터플라이(소설·여름)

  최수철:황금과 납(동서·봄), 어둠의 후광(현대·6)

  하성란:두 개의 다우징(현대·3), 지구와 가까운 소행성과의 랑데부(중앙·여름)

  한승원:와불을 찾아서(현대·2), 다시 아버지를 위하여(사상·2)

  함정임:행복(중앙·봄), 바다로(정신·봄)

  〈*현대:현대문학, 사상:문학사상, 창비:창작과비평, 문사:문학과사회, 세계:세계의문학, 중앙:문예중앙, 한국:한국문학, 소설:소설과사상, 작가:작가세계, 정신:문학정신, 동서:동서문학, 실천:실천문학〉

  전상국·한승원·김향숙·최수철 등 선배작가들의 지속적인 활동도 눈에 띄지만, 8,90년대 등장한 신예들이 활발한 창작활동을 전개하고 있다는 것 자체가 크게 문제될 까닭은 없을 터이다. 등단과 함께 절필에 가까운 완강한 침묵을 보여주었던 예가 적지 않았던 우리 문학계에서 이들 젊은 작가들의 왕성한 활동이 문학의 위기를 타개할 소중한 계기로 작용할 수도 있겠기 때문이다. 실제로 몇몇 신진들의 작품은 뚜렷한 개성과 문학적 성취로 탄탄한 자기 위치를 이미 확보하고 있다. 윤대녕·신경숙 등은 이제 신예라는 칭호가 어색할 만큼 훌쩍 커버렸고, 송경아와 차현숙은 지금까지 축적해 놓았던 물을 한꺼번에 방류하기로 한 저수지처럼 정력적인 작품 활동을 보여 주목된다. 그러나 무엇보다 눈에 띄는 것은 여성작가들의 괄목할만한 성장과 두드러진 활약상이다. 그들은 우선 수적으로 남성작가를 압도하고 있으며 작품성에서 상당한 역량을 가진 것으로 평가되는 예도 적지 않다. 몇 년 전부터 낌새가 느껴지던 문학계에서의 여성우위가 이제는 엄연한 현실로 자리잡은 것이다.

80년대 말 이후 여성작가의 숫자가 급작스럽게 증가하고, 그들의 활약이 남성을 앞지른 현상을 한두 마디로 설명하기는 결코 용이하지 않다. 하지만 여성작가의 대두 요인을 여성 의식의 성장과 사회적 상황의 두 가지 측면에서 파악하는 것은 별 무리가 없어 보인다. 한국소설사의 한 획을 그을 만큼 탁월한 기량을 발휘한 선배 여성작가도 많지만, 오늘날처럼 여성작가의 존재가 이목을 끈 적도 달리 없을 것이다. 그들은 대부분 대학교육을 받은 전문 직업 여성이고, 연령층으로는 신세대에 속하는 계층이다. 다시 말해 후기 자본주의 사회의 풍요한 물질과 세련된 감각에 길든 그들은 콜라·맥주·피자 및 인스턴트 식품을 즐기고, 카페나 레스토랑에서 많은 시간을 보내며, 오피스텔에서 혼자 생활하기를 좋아한다. 또 그들은 그저 "심심해서 사랑을 하(배수아, 「아멜리아의 파스텔 그림」)"거나, 가볍게 만나 아무렇지도 않게 헤어지는 일에 익숙하다. 그들은 한 끼의 식사를 하듯 오피스텔이나 호텔에서 섹스를 하지만 정작 "섹스의 기쁨도 모르고 사랑의 감동도 없다(배수아, 「푸른 사과가 있는 국도」)." 따라서 그들의 소설이 역사나 현실 같은 무거운 제재(주제)를 다루기보다 지극히 사사로운 개인의 일상에 한정되거나, 현실과 전혀 거리가 먼 환상적인 이미지의 비연쇄적 나열로 시종하는 것은 당연한 현상이라 할 수 있다. 80년대 소설의

주된 흐름이 〈무엇을〉의 문제에 대한 고뇌였다고 한다면, 이들 여성작가
는 〈어떻게〉에 보다 깊이 경사되고 있지만 그것을 방법론적 차원으로까
지 확장·심화시키는 데는 별다른 성과를 얻지 못하고 있다. 최근 여성작
가들의 작품이 작가의 개인적 체험의 원형을 그대로 드러내 생경한 느낌
을 자아내거나, 사회 역사적 현실을 거의 철저하다시피 괄호 속에 묶어놓
고 있는 것도 이런 사정과 관련되는 것으로 보인다. 한마디로 이들 작품에
서 자아와 세계의 갈등과 화해라는 전통적 서사 정신을 발견하기란 좀처
럼 쉽지 않은 것이다.

　　2.

　　윤대녕은 두 편의 단편소설 외에도『추억의 아주 먼 곳』이란 장편소설
을 상재함으로써 마치 활화산 같은 창작열을 뿜어낸다. 최근 몇 년간 윤대
녕 소설이나 작품론(작가론)이 실리지 않는 경우가 오히려 화제가 될 정
도로 각 문예지나 비평가들은 그의 문학적 작업에 관심을 기울여왔는데,
그는 주위의 이런 관심에 호응이라도 하듯 고른 수준의 작품을 연이어 발
표하고 있는 것이다. 윤대녕의 이제까지의 문학적 관심은 존재의 근원과
본질을 추구하는 집요하고도 내밀한 작업으로 일관하고 있다. '제20회 이
상문학상' 수상작인「천지간」(문학사상·4)은 전형적인 여로형 구조를 토
대로 인간의 숙명적인 인연과 죽음의 문제를 다루고 있다. 외숙모의 장례
에 참석하기 위해 길을 떠난 화자가 불현듯 한 여성이 발산하는 강력한
흡인력에 이끌려 구계등에 가게 된 배경에는 어릴 적 목숨을 걸고 자신을
구해준 친구의 죽음에 대한 기억이 자리하고 있다. 윤대녕 소설이 항용 그
렇듯이 추리적 기법에 상당히 의존하고 있는 이 작품에서 작가는 삶과 죽
음 또는 사람과 사람 사이의 관계를 불교적 세계관, 좀더 자세히 말하면
인연론(因緣論)으로 해석하려는 태도를 보여준다. 평소에 까맣게 잊고 지
냈던 옛 기억이 죽음의 백색 그림자를 껴안고 있는 한 여자에 의해 크나
큰 정신적 부채로 다가오고, 마침내 화자가 그녀의 목숨을 구해준다는 중
심 서사는 불교의 인연관을 확장시킨 것이라 할 수 있다. 이 소설에서 남

녀 주인공의 만남은 우연한 것이지만 화자의 행위가 결국 한 여인의 생명을 구한다는 결미에 이르면 인간사가 매우 복잡하고 정교한 인연의 그물로 짜여져 있다는 사실을 깨닫게 된다. 그것은 그들 남녀가 전생에 어떤 인연을 맺었다는 상투적 인연설로는 설명이 불가능하다. 다시 말해 윤대녕은 불교적 인연관을 보다 폭넓게 이해하고 있는 것이다. 또 화자가 구계등에서 본 한 소리꾼의 자살과, 여인이 떠난 뒤 숙박업소로 찾아든 한 쌍의 남녀에 관한 삽화는 인간의 삶이 지속되는 한 이와 같은 사건이 빈번히 반복될 것이라는 작가의 삶에 대한 사유와 통찰이 밑바탕을 이루고 있다.

이와 함께 「상춘곡, 1966」(문학동네·여름)은 한 편의 깔끔한 연애소설로 읽을 수 있는데, 서간체 형식 속에 작가 특유의 감성과 서정이 절묘한 배합을 이루며 용해되어 있다. 고교 은사의 고종누이 최란영과 화자의 순탄치 못한 관계는 혼란스러운 정국과 마음속에 화톳불을 지피고 있는 그녀의 강한 성품 탓으로 처음부터 예정된 것인지 모른다. 80년대 초반의 어수선한 사회 상황에서 중심을 잃고 비틀거리던 두 남녀는 서로의 사랑을 깊이 헤아려볼 여유도 갖지 못한 채 헤어진다. "나를 사랑한다던 자는 내 인생의 가장 어려운 시기에 옆에 없었다."는 말로 둘의 관계를 매듭짓고 운동권 선배와 결혼한 최란영은, 그러나 "잔칫집만 기웃거리고 다니는 기회주의자"로 판명된 선배와 이혼하고 아이마저 빼앗긴 뒤 포천에 칩거하게 된다. 인옥이 형(화자의 고교 은사)의 반억지로 두 사람이 재회를 하게 된 것은, 그들이 처음 만난 때로부터 십 년이 흐른 뒤이다. 그 자리에서 인옥이 형이 누이에게 "제때 제때 먹지 않으면 맨날 찬밥만 먹게 된다는 거 너도 알잖아. 이젠 따뜻한 밥 먹으면 따뜻한 밥이 왜 좋은지 알겠더라."고 한 말은 상당히 인상적이다. 또 벚꽃이 피면 한 번 오라는 그녀의 말을 듣고 화자가 사월 초하루 고창 선운사로 내려간 것은 보다 적극적으로 그녀와의 화해를 모색하려는 의지로 읽힌다. 하필이면 그곳에서 미당 서정주를 만나 "타다 남은 것들을 가지고 조각조각 이어서" 재건한 '만세루'에 대한 이야기를 전해 듣는 것도 천의무봉에 가까운 소설적 장치가 아닐 수 없다. 동백이 피었더냐 는 미당의 질문에 아직 안피었다습니다 고 대답하는 화자, 그럼에도 "나는 벌써 보고 가네." 라는 미당의 능청에

"…수선화는 피어 있습니다."고 화자가 대꾸하니, "아냐, 그건 석산(石蒜)이라 부르는 걸 게야. 수선화과에 딸려 있긴 하되 아니지."라고 자상히 설명해주는 미당의 말은 미처 아집을 버리지 못한 화자의 무명(無明)을 통렬히 질타하는 것이라 보아 무방하다. 요컨대 윤대녕은 「천지간」과 「상춘곡, 1966」 등 신작을 통해 인간살이의 영겁적인 반복이 강인한 인연의 끈으로 조정되고 있다는 불교적 세계관과, 어떤 우연한 만남도 있을 수 없으며 그것을 필연적인 것으로 만드는 데 서로가 양보하고 노력해야 한다는 따뜻하고 웅숭깊은 인생관을 보여주고 있는 것이다.

신경숙의 「감자 먹는 사람들」(창작과비평·여름)은, 그녀의 출세작 「풍금이 있던 자리」의 그것과 너무도 닮아 있다. 고백적 서간체의 형식부터 그러하거니와, 주변 사람들에 관한 이야기를 하는 듯 하지만 그것이 결국 자신의 이야기라는 구조가 예전의 작품과 별로 달라진 바 없어 보인다. 「풍금이…」의 매력과 감동은 무엇보다 시앗을 본 어머니의 고통을 에어로빅이나 줄넘기를 하는 주변 인물의 집요한 노력과 통곡을 통한 낯선 방법으로 드러낸다는 점에서 찾아야 할 것이다. 시앗 때문에 가정이 파탄하는 애기가 전혀 새로울 것이 없음에도 불구하고 이 작품이 독자의 감동을 유발했던 가장 큰 원인이 더듬거리는 듯한 어투와 봄 산 색깔처럼 투명하고 화사한 문체에 힘입은 때문이란 기존의 해석은 대체로 온당하다. 하지만 그 보다 중요한 동인은 진부한 스토리를 낯설게 하기 방식으로 서술한 작가의 소설적 기법이 많은 독자들의 감성을 자극했기 때문이라 할 수 있다. 그런 점에서 「감자 먹는 사람들」은 「풍금이…」의 자리로 되돌아 온 것으로 이해되는데, 『깊은 슬픔』·『외딴 방』 등 그녀의 장편은 결국 원점으로 회귀하기 위한 동어반복적 도정에 지나지 않았음이 드러난다. 그럼에도 불구하고 『외딴 방』의 심연의 기억과 절실한 체험의 밀실을 통과한 그녀가 다시 「풍금이…」의 화사하면서도 그윽한 관조의 시각을 회복한 것이 단순한 답보라 생각되지는 않는다. 왜냐하면 그것은 주변의 끈질긴 유혹에 잠시 어리둥절했던 작가가 비로소 자신을 되돌아보고 새롭게 세상을 관찰하고 해석하려는 태도로 이해되기 때문이다.

'제20회 오늘의 작가상'을 받은 김이소의 『거울 보는 여자』(세계의문학

·여름)는 소설적 재미와 미학적인 면에서 단연 뛰어나다. 그녀는 30년대 이상(李想)이 거울로 당대 현실을 조감한 것처럼, 현대인의 부박하고도 위선적인 삶을 거울을 통해 선명하게 조상(彫像)하고 있다. 여러 심사위원이 공통적으로 지적하는 것처럼 이 작품의 묘미는 효과적인 거리의 유지와 반복의 기법에서 찾을 수 있다. 그것이야말로 〈무엇을〉에서 〈어떻게〉로 관심의 향방이 변화하는 현시점에서 하나의 전범을 보여준 것이라 해도 지나치지 않다. 여상(女商)을 졸업한 뒤 고급 의상실 판매원으로 일하는 화자와 대중에게 널리 알려진 문화 평론가인 '그'의 우연한 만남과 동거, 그리고 무책임한 이별이란 통속적인 줄거리가 신선하게 와 닿는 것은 전적으로 기법적 탁월함에 바탕을 두었기 때문이라 할 수 있다. 두 남녀의 헤어짐이 예정된 것이라는 인상을 주는 것은 학벌과 신분의 차이 때문이 아니라 "거울 속에는 또 하나의 방이 있었다. 그 안에 그와 내가 있다." 라는 진술, 또는 "책상에 앉아 있는 그에게 말을 할 때도 나는 그의 뒷모습을 바라보는 대신 고개를 옆으로 돌려 거울을 바라보았다. 그도 몸을 뒤로 돌리는 대신 의자를 조금만 옆으로 돌리면 거울 속에서 내 얼굴을 볼 수가 있었다. 우리는 그런 자세로 말을 주고받기도 했다."라는 대목을 통해 강력히 암시된다. 그들의 첫만남이 자동차 백미러를 통해 이루어졌고, "그가 거울 속에서 사라졌다."는 간명한 문장으로 소설이 종결되는 것도 이 작품이 얼마나 치밀한 구성법에 의해 직조되어 있는가를 알려주는 보기가 된다. 30년대의 이상이 파악한 거울 속의 나는 "내말을못알아듣는딱한귀"를 가지고 있고 "내握手를받을줄모르는" 왼손잡이로 그려져 있는데, 김이소의 소설에서도 두 사람은 대화가 거의 단절되어 있다는 점에서 이상의 그것과 상당히 유사한 면모를 보여준다. 다시 말해 그들의 사랑은 거짓이고 섹스도 다소 과장되어 있으며 똑같은 벽지를 놓고 서로 다른 생각을 할만큼 삶의 모든 부분에서 이질적이다. 이 작품에 등장하는 지식인(특히 '그'와 '미세스 다웃파이어')은 이기적이며 속물적인 데다가 일상의 반복에서 오는 지루함을 섹스로 해결하는 점에서 겉과 속이 판이한 위선적 지식인의 모습을 반영하고 있다. 그에 비해 이 작품의 화자는 순간적인 감정에 솔직하고 일상적 대화에서도 깍듯한 '합니다체'를 쓰는 여성으로 그

려져 있다. 일상의 대화에서 이처럼 깍듯이 '합니다체'를 쓰는 경우는 위계 질서가 분명한 사회에서나 가능한 일인데, 그것은 화자가 '그' 주변의 인물과 자신의 신분이 다르다는 점을 본능적으로 인식하고 있음을 말해준다. 가을에서 겨울로 넘어가는 한 철의 만남이 철저히 거울을 매개로 이루어진 것에서도 알 수 있듯이 이들 두 남녀는 거울 속의 환영에 영혼을 저당 잡힌 현대인의 초상이라 할 만하다.

3.

송경아·배수아·함정임 등 여성 작가들의 최근 활동을 양적인 면에서 평가한다면 다른 작가들이 주눅들만큼 정열적이라는 점에서 주목할 만하다. 그러나 필자가 보기에 이들의 소설은 기초가 대단히 부실하여 언제 붕괴될 지 모르는 불량건축물 같아 위태롭기까지 하다. 가장 문제적인 것은 신진 작가들의 몇몇 작품은 문장 구사력이 현저하게 뒤떨어지거나 기본적인 문장도 안 되어 있으며, 상징의 의미가 매우 애매하여 이해하기 곤란하다는 점이다. 따라서 이들의 작품은 공들여 읽어도 선뜻 내용이 다가오지 않을 뿐더러 정상적인 독서를 끊임없이 교란한다. 이러한 혼란은 비문과 어색한 번역체 문장에서 오는 경우가 대부분이다.

> "처음에 집을 지은 사람은 이층의 방문을 모두 하얀빛으로 칠해놓고 이층으로 올라가는 계단에는 전등이 없다."
> "바느질하는 집의 이층은 방 하나짜리 셋집들이 가득하게 들어차 있고 베란다에는 배달해주는 가스통과 널어놓은 빨래와 싸구려로 번쩍거리는 아기 유모차들과 함께 나와 있는 곳이다."
> "거리를 사이에 두고 어느 편은 쓸쓸한 바람이 불어오고 있는 들판이다."
> (배수아, 「검은 저녁 하얀 버스」, 문학동네·봄)

> "빛나의 삼촌은 대학에 전임자리를 얻고 빛나의 숙모에게는 아이가 없었다."
> "남자아이는 오랫동안 첼로를 연주하는 고등학교 오케스트라의 단원이었고

빛나의 사촌인 남동생과 같은 고등학교를 다녔다."
　"오래전에 그들이 결혼할 때도 날은 몹시 무덥고 숙모가 대학에서 퀸으로 선발된 다음해였다."

(배수아, 「내 그리운 빛나」, 문예중앙 · 여름)

　배수아는 대등한 관계로 이어지는 문장의 특질을 전혀 잘못 이해하고 있는 것처럼 보인다. 이 자리에서 문법 강의를 하려는 의도는 없지만, 대등적 연결어미로 이어지는 문장에서 주어가 증발하면 어떤 결과가 발생하는지 유념해야 하리라 믿는다. 흔히 배수아의 문장(문체)을 영상적 이미지와 연관시켜 해석하는 사람이 있는데, 솔직히 필자는 그 말이 무엇을 뜻하는지 정확히 이해할 수 없다. 또 그녀의 글쓰기가 의도적인 실험이 아니라는 점을 많은 평자들이 강조하고 있지만, 그러한 지적은 역설적으로 배수아의 문장이 기초부터 잘못되었음을 말해주는 것과 다를 바 없는 것이다.
　함정임의 소설 역시 문장론 강의에서 비문 또는 어색한 문장의 전형적 보기로 쓰일만한 구절이 적지 않다.

　"나는 그것을 지켜주고 싶었고 또한 보호받고 싶었다."
　"소설이라는 허구에 매달리는 것 자체를 옆눈질하는 얼빠진 여자로 생각했었을지……"
　"긴 시간을 달렸건만 거리의 진전을 느낄 수 없었다."
　"공연명은 도스토예프스키의 원작 소설인 「영원한 남편」이었다."

(함정임, 「바다로」, 문학정신 · 봄)

　위 인용의 첫째 문장은 "보호받고"의 객체가 생략된 비문이다. 다시 말해 이 문장은 "누구(무엇)로부터"라는 수식어가 있어야 완전한 문장이 되고 정확한 의미 전달이 가능해지는 것이다. 두 번째 이후의 문장도 어떤 문장 성분이 생략되어 있거나 단어의 선택이 적절하지 않아 독서를 방해하고 의미 해독에 지장을 주는 경우이다.
　작가가 갖추어야 할 가장 기본적인 조건인 우리말의 자연스러운 구사와 정확한 문장의 사용이 지켜지지 않고 있는 최근의 현상은 보다 많은 작가들의 작품에서 확인할 수 있는 사실이다. 이응준과 김경욱의 작품도 예외가 아닌데, 이들은 과장된 비유와 부적절한 표현, 또는 과도한 외래어의 사용으로 작품을 이해하는 데 상당한 혼란을 자초하고 작품성마저 떨어뜨린다. (아래 문장을 왜 인용했는지에 대한 상세한 설명을 할 겨를도 없으려니와 그 필요성조차 느끼지 않는다. 문장을 꼼꼼히 분석해 보면 그 이유를 짐작할 수 있으리라 본다.)

"나는 그즈음 졸업작품 겸 대한민국 건축대전의 출품을 준비하고 있었다."
"심심풀이 삼아서 눈에 들어오는 핏빛 십자가들을 세어 보았다. 거짓말 같지만, 사방 모두 스물한 개였다."
"어느 집 창문에도 새로이 불켜지지 않고 있었다."
  (이응준, 「아무것도 기억나지 않는 나라의 분명한 기록」, 문학정신 · 봄)

"커튼을 걷으며 시선을 위쪽으로 쏘아올린다. 시선을 쏘아올리는 데에는 요란한 카운트다운 같은 것은 전혀 필요하지 않다."
"하지만 무언가가 결핍, 되었다는 느낌이 머그잔 위로 뭉클거리는 허연 김처럼 피어오를 수밖에."
"어제, 그녀는 오렌지빛 베일에 희미한 그림자를 남기며 앉아 있고, 그녀의 오른손만 그 베일에서 세상 밖으로 튀어나와 있다."
  (김경욱, 「베티를 만나러 가다」, 현대문학 · 5)

문학의 위기가 문학권 내부의 잘못이라는 지적을 겸허히 수용한다면, 발전 가능성이 풍부한 신인들을 지나치게 닦달하여 고사 지경에까지 몰아붙이는 작금의 문예지 편집자들의 한탕주의도 한몫 거든 것은 아닐까. 등단 후 지면 얻기가 쉽지 않은 우리 문학계에서 원고 청탁을 과감히 뿌리칠 용기 있는 작가는 거의 없으리라 짐작된다. 그러나 습작이 충분치 않은 작가들이 모든 청탁에 응해 자신을 소진시키면 풋내기 노름꾼처럼 금방 본전을 털리고 도태될 것은 명약관화하다. 70년대의 대표적 작가 하나가 등단만 시켜놓고 나 몰라라 하는 태도를 보여왔던 발표지의 무성의를 "또 하나의 사생아가 태어났다. 그 어머니 이름은 ××"라는 식으로 비꼬았던 일은 잘 알려져 있다. 그런데 작금에는 특정 매체에서 자기 출신의 소수 특정 작가만을 감싸고도는 파행적 행태가 빈번히 발생하고 있어 우려를 자아낸다. 문학이 영상 매체의 가공할 위력에 밀려 사양의 길을 걷고 있는 이때 독자의 관심을 끌 수 있는 작가를 잡지사에서 선호하는 것은 의당 있을 수 있는 일로 여겨진다. 그러나 아무리 인기 있는 연예인이라도 여러 채널에서 동시에 얼굴을 보이면 시청자들이 식상하듯, 젊은 작가를 주력 상품으로 내세워 혹사시키는 일은 결코 바람직하지 않다. 문예지 관계자들이 진정 우리 문학을 사랑하고 작가의 미래를 생각한다면 그들에 대한 보다 따뜻한 관심과 배려가 있어야 할 것이다. 그러한 관심과 배려는 발표 지면을 많이 확보해주는 데 있는 게 아니라 그들의 작품을 애정 어린 시선으로 비판하는 작업에 깃들여 있으리라고 믿는다. 이와 더불어 작가 스스로도 엄격한 자기 검열을 통한 작품 발표와 함께 부단한 자기 갱신을 위한 노력이 뒤따라야 할 것은 두말할 필요조차 없는 일이다.

길 위의 여행, 길 끝의 비상
―정찬주,『훨훨』

> "별이 빛나는 창공을 보고, 갈 수가 있고 또 가야만 하는 길의 지도를 읽을 수 있던 시대는 얼마나 행복했던가? 그리고 별빛이 그 길을 훤히 밝혀 주던 시대는 얼마나 행복했던가? 이런 시대에 있어서 모든 것은 새로우면서도 친숙하며, 또 모험으로 가득차 있으면서도 결국은 자신의 소유로 되는 것이다. 그리고 세계는 무한히 광대하지만, 영혼 속에서 타오르는 불꽃은 별들이 발하고 있는 빛과 본질적으로 같은 것이기 때문에, 마치 자기 집에 있는 것처럼 아늑하다." (G. 루카치, 『소설의 이론』첫머리에서)

게오르그 루카치는 자신의 저서『소설의 이론』에서 서사시(epic)와 구별되는 소설(novel)의 특질을 "길이 열리고 여행은 끝났다."라는 명제로 압축하여 보여준다. 그러나 나는 정찬주의 장편소설『훨훨』을 읽으면서 루카치의 위 명제를 자신도 모르게 다음과 같이 고쳐 읽고 있었다. "길이 열리고, 여행은 다시 시작되었다."

『훨훨』은 고속도로를 질주하는 최림의 갑작스런 여행으로 시작하여 기나긴 인도 여행을 마친 뒤, 천불탑 회향식의 장엄한 의례에 참석하는 것으로 끝난다. 다시 말해 이 소설의 중심 배경은 길이라 할 수 있으며, 그 속에서 눈에 보이는 것과 눈에 보이지 않는 진실을 찾아 여행하고 수행하는 이들의 진실된 삶을 추적하는 과정이 생생하게 그려지고 있는 것이다.

루카치의 "길이 열리고 여행은 끝났다."라는 말속에는 로망스의 가장 두드러진 특징이 편력(quest)임에 반해 소설은 선험적 좌표와 형이상학적 고향을 상실하고 서사시적 총체성의 세계를 회복하려는 고독한 현대인의 모습을 다룬 것이라는 역사 철학적 의미가 내포되어 있다. 그러나 우리 앞에 길이 있는데 어찌 여행을 포기할 수 있으랴. 비록 하늘의 별빛이 예전 같은 광휘를 잃어 여행의 길잡이 노릇을 못하더라도 우리는 신비하고 환상에 가득찬 세계로의 여행을 중단할 수 없다. 이 세상 모든 사물이 자명한 것으로 인식되고 따라서 새로운 것은 더이상 존재하지 않는 듯하지만, 여행 가방을 꾸리는 순간 그런 선입관은 초여름의 햇빛에 노출된 이슬처럼 녹아 날아가 버리고 만다. 그리하여 우리는 순수한 기대와 호기심으로 길을 걷고 사람을 만나며 자연과 우주의 웅장한 조화를 경험하게 되는 순간 문득 전율하게 되는 것이다.

의태 부사어를 제목으로 삼은 이 소설은 처음부터 일반 독자의 상식을 교란한다. 우리에게 친숙한, 그리하여 하나의 관례가 되어 버린 소설 제목이란 일쑤 명사(형)나 서술문 형태로 조직되게 마련이다. 이를테면, 『무정』이나 『새는 허공에 발자국을 남기지 않는다』와 같은 제목의 관습에 익숙해져 있는 우리는 '훨훨'이란 단어가 소설의 제목으로 합당한가에 대하여 고개를 갸웃거릴 수밖에 없다. 그러나 소설이 창조적 예술의 한 장르이고 그것은 관습에의 반항이라는 사실을 고려하면 『훨훨』이야말로 창조적 예술로서의 소설의 본질에 가장 근접한 작품이라 할 수 있다. 물론 이 진술은 제목의 반관습적 독창성을 강조하고자 하는 것이지만, 그렇다고 하여 이 소설이 성취하고 있는 문학적 수준과도 전혀 무관한 말이 아님은 물론이다.

컴퓨터매니아 건축설계가 최림(崔林), 미소사 주지이면서 천불탑 조성으로 불국토를 이루려는 불사승 지웅(智雄), 의대교수로 세속적 출세와 안정이 보장된 상황에서 느닷없이 출가하여 철저한 수도자의 길을 걷는 법상(法相), 그리고 비구니 계를 받기 직전 스스로 절을 떠나지만 가장 아름답고 숭고한 수행자의 모습을 실천해 보이는 승행자 등 이 작품에 등장하는 인물들의 면모나 그들이 추구하는 삶의 구체적 모습은 이 소설을 이른바 불교소설로 분류하게 만드는 조건이 된다.

실제로 정찬주 소설의 대부분이 불교적 세계관을 바탕으로 하고 있거나 그와 같은 제재를 통해 인간의 본질을 성찰하는 내용으로 전개되어 왔음은 잘 알려진 바와 같다. 그의 첫 번째 작품집 『새는 허공에 발자국을 남기지 않는다』가 『법구경』 등 초기 경전의 한 구절을 인용한 것이라든가, 『소설 유마경』이 대승불교의 상징적 존재 유마힐 거사의 극적인 삶을 경전화한 『유마경』의 제목을 그대로 차용한 것 등은 이 작가의 불교 또는 전통적 정신주의에 대한 관심이나 이해가 보통 수준을 넘어선 것이라는 점을 알려준다.

그러나 『훨훨』을 굳이 불교소설의 범주 안으로 끌어들여 그 문학적 성과와 특징을 구속할 필요는 없어 보인다. 앞서 말한 것처럼 이 소설에 등장하는 대다수 인물들이 불교와 어떻게든 관련을 맺고 있는 것은 사실이지만, 그런 외적 조건이 작품의 성격을 규정짓는 것은 아니기 때문이다. 다소 성급하게 필자의 독후감을 말한다면, 『훨훨』의 가장 큰 장점은 불교를 바탕으로 하면서 그러한 범주적 한계를 벗어나고 있다는 점에서 찾아진다. 십여년 이상을 물질주의에 감염된 현대인의 피폐한 정신을 치유하는 문제에 깊은 관심을 기울여왔던 이 작가가 좀더 성숙된 안목으로 인간의 삶을 통찰하고 그것의 소설적 형상화에 어떤 변화의 조짐을 보여주었다는 구체적 증거로서 이 소설은 작가에게나 그를 주목하는 독자들에게 각별한 의미를 갖는다. 그것은 앞으로 전개될 정찬주의 소설이 그윽하고 심오한, 그리고 다기(多岐)하고 현란하기까지 한 인간사를 심층적으로 해부하여 사람살이의 참된 모습과 지표를 우리에게 제시하여 주리라는 기대를 갖게 하기 때문이다.

상·하 두 권으로 구성된 『훨훨』의 표면 구조는 상구보리(上求菩提)로 대각을 이루려는 법상과 하화중생(下化衆生)으로 반야를 얻으려는 지웅의 대결 구도로 이루어져 있다. 여기에 황룡사구층탑의 현대적 복원에 깊숙이 관여함으로써 법상을 찾아 인도로 떠나는 최림, 그리고 스승에게 깨달음의 경지를 인증받으려는 적음이 등장하여 작품의 긴장감을 팽팽히 당겨 놓는다.

　지웅과 법상은 어릴 적 친구이지만 그들이 걷는 길은 외면적으로 볼 때 천양지차인 것으로 그려진다. 내과의사인 아버지 밑에서 자란 법상이 유족한 환경에서 전교 수석을 도맡아 차지하다가 S대 의대로 진학하는 데 반해 지웅은 곤비(困憊)한 가정 형편 때문에 장학생으로 불교대학에 진학하여 일찍이 출가승이 된다. 그런데 한반도의 배꼽 부근에 해당하는 중원지방에 미소사를 창건하여 불사승으로 널리 알려진 지웅에게 느닷없이 법상이 찾아오면서 심각한 갈등이 야기된다. 그들은 오랜 친구이면서 깨달음에 이르는 과정에 대하여는 날카로운 의견의 대립을 보여준다. 출가후 서로 첫대면한 순간 "인생사 대의"를 묻는 법상에게 지웅은 "공양간에서는 식기가 되고 법당에서는 법기가 된다"며 자신과 법상의 길이 다름을 분명히 밝히고 나서는 것이다.

　　결국 두 사람은 수도자의 길을 서로 다르게 걷고 있는 셈이었다. 굳이 따지자면 그는 지혜를 구하여 성불하겠다는 상구보리 쪽이고, 지웅은 중생을 제도하여 성불하겠다는 하화중생 쪽이었다. 부처가 되는 길을 걸어왔지만 그것은 서로가 달랐다. 그의 길은 눈에 보이지 않는 길이고, 지웅의 길을 눈에 드러나 있는 길이었다. 말하자면 법상은 운수승이고 지웅은 불사승이었다. (상권, pp. 79~80)

　지웅이 주지로 있는 미소사의 조실로 법상이 상주하게 되면서 승려와 신도들의 편갈림이 시작된 것은 어쩌면 당연한 일이라 할 수 있다. 그러나 그들은 나름대로 인생의 본질을 꿰뚫고 있으며 자신에게 알맞은 진리 추구의 길을 찾은 사람들이어서 일체의 시비에 휩싸이지 않고 주위 사람들에게 상대방의 긍정적인 면을 부각시키는 넓은 국량을 보여준다. 다시 말해 지웅과 법상은 외견상 대립적 성격으로 묘사되고 있는 듯하지만, 이들 모두가 참된 인간의 길을 찾기 위해 개인적 욕심을 버리고 수행하는 수도자라는 점에서 상호보족적 관계에 있다고 보아도 큰 잘못이 아니다. 자기 혼자만의 깨달음으로 자족하거나 오만에 빠지면 그것은 올바른 깨달음이 못되듯이, 개인의 영예와 위의(威儀)를 앞세운 베풂적 행동은 그 순수성이 근본적으로 위협받게 될 것은 말할 필요조차 없는 일이다. 그런데 지웅과 법상이 택한 보이는 길과 보이지 않는 길이란, 자신에 대한 긍정과 사랑에서 시작하여 궁극적으로 모든 사람을 껴안고 사랑하겠다는 의지의 표현이라는 점에서 결코 다른 길이라 할 수 없는 것이다.

스승 용제스님으로부터 "너, 지웅은 눈에 보이는 것을 참구해라. 색즉시공, 색도 공이 아니더냐. 색이 네 근기에 맞느니라. 그렇다고 색견에는 빠지지 말아라."는 화두를 받고 그에 충실한 지웅이 철저하게 계율을 지키며 천불탑 불사에 혼신의 정열을 쏟는 것은 보이는 길을 통해 참된 자아를 깨닫고자 하는 일념의 구체적 행동 외에 다른 게 아니다. 그리고 인도에 가 부처의 진신사리를 인수해 올 것을 부탁 받은 법상이 8년이 넘도록 갠지스 강가에서 수행하는 것 또한 고대 인도의 한 성인과 같은 방법을 통해 세계와 우주의 진리를 내 것으로 만들려는 확철한 신념에서 연유한 것이다. 그러니까 법상과 지웅은 자아발견과 중생제도라는 목적지를 향해 같은 길을 걷되 출발점을 달리하는 것에 지나지 않는다. 그리고 그들의 진리추구 방식은 외양만 다를 뿐 철저한 고행과 극기로 이루어지는 것이어서 어느 한 편의 우열을 따질 수 없다.

스승 용제스님의 유훈을 어기고 다비식에서 사리를 훔친 지웅의 행위를 이해하기 위해서는 법상이 인도로 떠난 뒤 연락이 두절되었다는 사정이 고려되어야 한다. 신라 선덕여왕이 불국토를 건설하고자 황룡사구층탑을 창건한 것처럼, 천불탑을 조성함으로써 현세의 불국토를 이루고자 서원한 지웅으로서는 부처의 진신사리가 꼭 필요했을 터이다. 그는 진신사리를 운반할 책무를 오랜 지기(知己)이자 보이지 않는 길을 가려는 법상에게 맡김으로써 자신이 택한 길과 법상이 가는 길이 결국 다르지 않음을 증명해 보이고 싶었는지도 모를 일이다. 그러나 인도로 떠난 법상이 8년 째 소식이 없고 천불탑 조성이 마무리 단계에 이르면서 지웅은 심한 정신적 갈등과 죄책감에 시달리게 된다. 그것은 부처의 진신사리라 믿고 참배하는 보배가 실상은 용제스님의 다비장에서 훔쳐온 것이라는 죄책감과, 법상에 대한 인간적·신앙적 믿음이 흔들리는 데서 오는 갈등이라 할 수 있다. 즉 물적(卽物的) 삶을 살면서도 자신에게 맡겨진 일에는 철저히 몰입하는 괴벽을 가진 최림의 존재가 지웅의 의식을 사로잡은 것도 바로 그 즈음이다. 그는 천불탑 설계에 남달리 집착하고 있었는데, 그것이 지웅의 마음을 끌고 마침내 그를 인도로 보내게 되는 근본적인 소이이다.

상권이 중원지방의 미소사, 해안도시인 M시, 경주 부근의 불이사 등 주로 한반도 중남부 지방을 배경으로 하고 있다면, 하권은 최림과 적음의 인도여행길이 대부분을 차지하면서 우리를 인도의 불가사의하고도 충격적인 세계로 몰입시킨다. 법상을 만나 부처의 진신사리를 건네 받음으로써 자신이 설계한 천불탑을 완성시키려는 최림, 그리고 스승에게 새로운 화두를 받으려는 적음이 정작 인도 여행에서 보고 얻은 것은 무엇인가. 그들이 인도에서 본 것은 라즈기르(왕사성)·영취산·죽림정사·바라나시 등 불교 유적지나 까마수트라의 노골적인 성(性) 묘사, 또는 더할 수 없이 호화스러운 결혼식 풍경같은 것이 아니다. 그런 풍경들을 굳이 인도가 아니더라도 인간이 사는 곳 어디서나 볼 수 있는 일상적 삶의 일부에 지나지 않는다. 최림과 적음을 곤혹스럽게 만들면서도 인간 본연의 모습과 삶의 진실에 접근할 수 있게 하는 것은 인도라고 하는 거대한 대륙, 그리고 그곳에서 살아가는 수억 인도인들의 의식과 생활의 기반이 되는 혼돈(chaos) 속의 질서(cosmos)에 대한 외경심과 새로운 세계에의 각성이다.

2천 5백여년 전, 만민 평등을 주장한 인류의 위대한 정신적 스승의 족적이 아직도 곳곳에 남아 있음에도 불구하고, 인도에는 지금까지 계급제도가 엄존하고 있으며 그 불합리한 제도에 사람들은 완전히 순치(馴致)되어 전혀 저항감을 느끼지 않는 것처럼 보인다. 한편 그들은 인간과 동물이 함께 이 세상을 살아가는 동반자라고 생각하고 있으며, 만약 약속이 사람을 불편하게 하거든 그 약속을 버려야 한다는 인간주의·정신주의적 가치관을 신봉한다. 뿐만 아니라 사람이 죽으면 그 시체를 갠지스 강에 떠내려보내거나 날짐승·길짐승의 먹이로 던져주거나 혹은 화장(火葬)을 하면서, 또 그 강물을 성수(聖水)로 마시면서도 전혀 타인의 시선을 의식하지 않는 의연한 모습을 보여주기도 한다. 사실 그들의 입장에서 볼 때 과학이다 위생이다를 따지는 서구 문명인들이야말로 정작 소중한 것에는 눈감고 있으면서 사소한 것에 집착하는 눈 뜬 장님들인지도 모를 일이다.

그런 점에서 이 소설을 읽는 독자가 "인도에서는 길 위에 있는 것이 안 전했다."라는 말을 수긍하게 되는 것은 길 밖으로 벗어나면 늪지에 빠지거나 똥을 밟을 우려가 있다는 현실적 걱정 때문에서만은 아니다. 그것은 우리도 모르게 인도인의 석불과도 같은 인내와 여유, 다시 말해 "매일 아침 눈뜨는 자가 바로 부처"라고 하는 달관적 세계관과 쥐도 인간과 함께 이 세상을 살아가는 존재라는 포용력을 내 것으로 수용하게 되었다는 사실을 말해 준다. 이것은 소설 『훨훨』에서 가장 성미 급하고 저돌적인 성격을 가진 최림이 인도인 기나락 씨를 만나면서 점차 너그러운 마음을 갖게 되었거나, 새로운 화두를 받을 욕심에 사로잡혔던 적음이 정작 법상을 만나서는 "오늘 저는 스님이 바로 저의 화두라는 깨달음을 얻었습니다. 이제까지는 적음(寂音)이 화두였습니다만 오늘부터는 법상(法相)이 저의 화두가 된 것입니다."라며 눈물을 흘리는 데서 확인할 수 있는 것들이다. 요컨대, 최림과 적음이 인도에서 보고 깨달은 것이 있다면 그것은 혼돈과 질서가 다른 게 아니라 혼돈 속에 질서가 존재하며 질서정연한 것처럼 보여도 그 자체가 또하나의 커다란 혼돈이라고 하는 자명한 사실의 확인이다.

    아, 사바세계라는 것이 이런 것이었구나. 말로만 듣던, 학교에서 배웠던 사바세계라는 것이 바로 이런 모습이었구나. 죽음이 멀리 있는 것인 줄만 알았는데 바로 눈앞에, 코앞에, 발 밑에 있구나. 그런데도 나는 죽음이 병원 영안실이나 공동묘지에 멀리 있는 것처럼 속아 살아왔구나.
    그 뿐인가. 인생이 아주아주 긴 줄 알아왔구나. 생과 사의 기간이 아주 넉넉한 줄 잘못 알아왔구나. 모든 일을 다 이룰 수 있을 만큼 충분한 것이 삶인 줄 알았구나. 아, 사는 동안 얼굴을 붉으락푸르락하고 살지만 사라질 때는 허망한 연기가 되어 사르르 없어져버리고 마는구나. 아, 장작불 속에서 활활 30분만 태워지게 되면 강물에 재로 스며들어 영원히, 아주 영원 속으로 사라지고 마는구나! (하권, p. 259)

법상을 보았다는 순례자들의 말을 따라 갠지스 강에 도착한 최림은 그곳에서 전개되는 장례의식에 큰 충격을 받는다. 그러나 그 충격은 곧이어 인생에 대한 초월적 긍정, 다시 말해 삶과 죽음이 다른 게 아니고, 순간과 영원이 궁극적으로 동일하며, 사바세계가 곧 극락정토라는 일원론적 세계관으로의 깨달음으로 나아간다. 컴퓨터와 지프를 인생의 반려자로 생각할 만큼 현대 기계문명의 일부가 되어버린, 그리고 방문희와 동거를 하면서도 사생활이 침해당하는 것을 완강히 거부했던 최림은 현대 사회에서 흔히 볼 수 있는 물신주의자라 말할 수 있다. 또 그가 인도에 온 것은 인생이 무엇인가라는 철학적 명제를 해결하기 위해서가 아니라 오직 자신이 설계한 천불탑을 이 세상에 영원히 남을 명작으로 만들기 위한 현실적 욕망에 이끌린 것에 불과하다. 물신주의적 생활과 개인주의적 삶에 길들여져 있던 최림이 인도 여행에서 정신 세계의 현묘한 경지에 빠져드는 것은 그러나 그리 놀랄 만한 일이 못된다. 여행의 참다운 가치가 전혀 생소한 사상(事象)과의 접촉을 통해 이제까지의 나를 반성하고 새로운 나를 발견하는 것에 있다는 점을 인정한다면 최림의 그러한 변화는 처음부터 예견된 것이기도 하다.

최림이 법상을 만났을 때 "스님의 마음이 법상 같습니다."라고 다소 의외의 말을 하는 것은 그가 과거의 즉물적 삶에서 벗어나 유현한 정신 세계에 한 걸음 내딛고 있음을 암시한다. 때문에 그는 인도 여행에서 자신의 목적을 이루지 못했지만, 그 일로 고민하기보다 법상과 적음이 걷는 길, 다시 말해 보이지 않는 길과 보이는 길 가운데 자신이 선택해야 할 길이 과연 무엇인가 하는 문제로 더욱 깊은 상념에 빠져든다. 법상은 최림의 요구를 들어주기는커녕 되레 한국에 돌아가거든 자신의 연구실에 있는 실험용 인체를 태워달라고 부탁하면서, "이 세상이 곧 부처의 법신이고 장엄한 탑"임을 자상하게 설명한다. 이 말을 작품의 주제와 관련시켜 요약하면, 소설 『훨훨』은 길과 강과 탑을 주요한 상징적 장치로 내세우면서 그것들이 형태만 다를 뿐 궁극적으로 하나라는 사실을 말해주는 것으로 보인다. 덧붙여 말하자면, 탑은 영원한 것 같으면서도 언젠가 흔적조차 남지 않으며, 길과 강은 시시각각으로 변하는 것 같지만 무한한 생명력을 약속받는 것이다. 영원과 순간, 눈에 보이는 것과 눈에 보이지 않는 것을 굳이 분별하는 것은 인간의 얄팍한 지식에서 연유하는 것일 뿐 그 본질은 아니라는 점의 강조야말로 이 소설의 핵심적 주제라 생각된다.

그렇다면 외면적 일에는 일체 관심을 두지 않는 법상과 그것에 몰두하는 지웅 가운데 누가 옳은가. 이런 질문은 우문에 불과하다고 작가는 말하고 있는 듯 하지만, 실제 작품을 읽는 독자로서는 끝까지 풀리지 않는 화두와도 같은 것임은 부정할 수 없다. 이 두 사람의 개성 있는 수도자가 선택한 길 중에서 과연 어느 것이 삶의 진실에 이르는 길인가. 법상의 보이지 않는 길을 추구할 것인가, 지웅의 보이는 길을 따를 것인가의 문제는 비단 최림의 고민일 뿐만 아니라 우리 모두에게 던져진 난해한 숙제와도 같은 것이다. 법상이 옳다면 지웅은 이 세상 만물이 언젠가는 소멸될 것이라는 단순한 사실도 모르는 일자 무식꾼이 될 터이고, 지웅을 긍정하면 법상은 가사 입은 도둑과 다를 바 없게 된다. 더구나 지웅은 자신이 창건한 사찰을 '미소사(微笑寺)'라 이름하여 선(禪)과 교(敎)의 상호보완성을 실증적으로 보여주려 하고 있다.

그러나 작가는 이런 이분법적 가치체계 자체를 인정하지 않는 듯하다. 좀더 자세히 말하자면 작가 정찬주는 『훨훨』을 통해 선과 교, 상구보리와 하화중생의 우열이 아니라 양자가 함께 인생의 참된 방향을 알려주는 소중한 덕목이라는 사실을 일깨워주고 있는 것이다. 또 그것은 인생의 보이지 않는 길과 보이는 길을 추구하는 방법상의 옳고 그름, 낫고 못함을 따질 것이 아니라 자신의 능력과 가치관에 따라 선택한 길에 얼마나 최선을 다하는가를 문제삼아야 한다는 단순명료한 진실의 표명과 다를 바 없는 것이기도 하다. 그런 점에서 법상과 지웅은 서로 대척적 관계에 있는 인물이 아니라 상호보족적 관계를 유지하며 그들이 보여준 지극한 수행의 길은 우리 모두의 공감을 자아내기에 별로 부족한 점이 없어 보인다.

이와 같은 맥락에서 가장 인간적인 면모를 가지고 있으면서도 자신에게 엄격한 승행자의 행위는 우리의 기억 속에 깊이 각인(刻印)되는 인물이라 할 수 있다. 그녀는 누구보다 신실한 행자이지만 우연한 사고를 자신의 업보로 받아들여 수계식장을 떠난다. 하지만 그녀는 자신의 아이를 부처로 키우겠다는 원력을 세우고 아무도 원망하지 않으면서 절 생활을 계속하는 것이다. 따라서 승행자는 의과대학 교수이면서 암세포 연구가로 명성을 날리던 시절의 법상에게 충격과 감동을 주었던 한 여인, 즉 유방암을 앓고 있으면서도 그것을 껴안고 사랑하는 의연한 삶의 자세를 보여주었던 시엽(始葉)이라는 여인의 또다른 모습이라 보아도 무방하다. 사망선고를 받은 환자이면서 삶과 죽음에 초연함으로써 한 사내를 정신적으로 구원한 시엽과, 중요한 것은 자신의 마음과 행동이지 겉치레가 아니라는 점을 인식하고 있는 승행자 사이에는 어떤 간극도 존재하지 않는다. 말을 바꾸면 시엽과 승행자는 이 세상을 일원론적 세계관으로 내면화시킨 열린 마음의 소유자이며 인간의 참된 삶의 모습을 실천함으로써 타인을 감화시키는 문제적 인물이라 할 수 있다.

소설 『훨훨』은 추리소설적 기법에 일부 의존하고 있지만, 우리가 알고 있는 일반 추리물과는 확연히 변별되는 특성을 구비하고 있다. 그것은 무엇보다 이 소설이 스토리텔링 방식을 지양하고 있다는 점에서 찾아진다. 그리고 인도에 대한 상세하고도 정확한 취재를 토대로 하여 마치 인도 여행기를 읽는 듯한 박진감을 획득하고 있는 것도 이 소설의 간과할 수 없는 장점 가운데 하나이다. 옛날 혜초스님이 서역을 여행하고『왕오천축국전』을 집필하였듯이, 정찬주는 인도 기행의 체험 끝에 『훨훨』이라는 값진 성과물을 얻는다. 이 작품의 문학적 성과를『왕오천축국전』의 그것과 직접 비교하는 것이 무리이기는 하지만, 인도의 참모습과 인생사의 진실을 두루 포괄하고 있다는 점에서 그런 비유가 불가능한 것만은 아니라고 생각한다. 또한 이 소설은 70년대 이후 하나의 관행으로 굳어졌던 불교 소설, 다시 말해 원효나 경허의 무애행을 흉내내는 몇몇 사이비 승려들의 만행을 그리는 것이 좋은 불교 소설이라고 하는 일부의 잘못된 시각을 교정하고 있다. 그러한 소설들은 지계승과 파계승을 대립적 관계로 설정하여 파계가 곧 지계라는 역설을 함부로 주장하고 있는데(그렇다고 이제까지 발표된 모든 소설이 그렇다는 것은 아니다. 이 자리에서 일일이 명시할 필요를 느끼진 않지만, 뛰어난 문학적 성과를 획득한 작품의 수도 결코 적지 않다.),『훨훨』은 지웅과 법상 모두를 긍정적으로 수용되어져야 할 인물로 성격화함으로써 참신한 감동을 일구어낸다.

　우리는 최림과 함께 비가 한두 방울 듣는 고속도로를 질주하는 것으로 시작하여 인도로의 멀고 긴 여행을 마친 뒤, 문득 길은 아직 다하지 않았으며 여행 또한 끝난 것이 아니라는 강한 충동에 사로잡힌다. "길이 열리고, 여행은 다시 시작되었다."라는 앞의 명제는 이러한 충동과 깨달음에서 비롯하는 것이다. 육신의 고달픔 따위는 아랑곳 않고 자신의 신념을 구체화하는 지웅이나, 2천여 년 동안 우리의 존경을 받아왔던 한 성자의 삶을 그대로 따르는 갠지스 강가의 법상은 우리 모두에게 이 세상의 무한하게 갈라져 있는 길들이 결국 하나의 길로 수렴된다는 진리를 가르쳐준 정신적 스승들이다. 그러한 가르침에 눈뜨는 순간, 길 위의 여행은 끝나고 길 끝에서 정신적 비상(飛翔)을 경험하게 될 터이다. 천불탑 회향식에서 최림이 눈을 감는 순간 선명하게 떠오른 웅장하고 신비에 가득 찬 탑의 모습이 그러한 정신적 비상의 산물임을 굳이 지적하는 것은 새삼스러운 일이 될지 모른다.

불행한 시대 출가인의 고뇌와 수행
—이홍주, 『하산』

1969년, 민통선 넘어 철책선 부근에서 한 젊은이가 지뢰를 밟고 죽은 시체로 발견되었다. 일반인은 말할 것도 없고 그곳에 삶의 터전을 일구고 있는 토착민들조차 까다로운 통행 절차를 거쳐야 드나들 수 있을만큼 궁벽하고 살벌한 곳에서 발견된 한 구의 주검은 즉각 세간의 이목을 집중시켰는데, 주검의 신분을 증명할 유일한 유품이라 할 바랑 속에는 소설책 한 권만 달랑 들어 있어 더 큰 화제거리가 되었다. 지뢰의 강력한 폭발력에 만신창이가 된 주검 곁에 널브러져 있던 바랑 속의 책은 1967년 한 무명의 납자(衲子)가 펴내 관심을 끌었던 『하산』이란 소설이었기 때문이었다.

지금에야 승려들이 문학을 하거나 책을 펴내는 일이 전혀 아무렇지도 않게 여겨지고 오히려 문학적 소양이 부족함을 면구스러워 하는 출가자도 없지 않은 세상이 되었지만, 당시로서는 세속의 번잡을 떨치고 산 속에 들어간 수행자가 소설을 쓴다는 것 자체가 말하기 좋아하는 사람들의 수다거리가 되던 형편이었음을 고려하면 그의 죽음이 던진 파장과 충격의 정도를 짐작하고도 남음이 있을 것이다. 또 그가 하필이면 철책선 부근에서 지뢰를 밟고 죽었고, 유일한 유품이 그의 자전적 소설이라 일컬어졌던 『하산』이었던 것도 새삼스럽게 흥미의 소재가 되었다. 전하는 얘기로는, 그 사건 때문에 그와 교분을 나누었던 도반들이 관계 기관에 불려 가 심한 정신적 고초를 겪었다고 하거니와, 어째서 그가 그곳에서 주검으로 발견되었는가를 호사가적 관심으로 대하는 것은 전혀 바람직하지 못하다. 반공을 국시로 삼았던 60년대 후반의 국내 사정에 비추어 볼 때 그의 죽음은 당연히 월북 기도 실패로 낙인찍혔을 터이지만, 사자(死者)는 말이 없는 법. 누구라 그의 죽음에 대해 이렇다 저렇다 입방아를 찧을 수 있을 것인가. 하물며 그가 일상인도 아닌 수행승이었다는 점에 있어서랴.

최근 불교 소설에 제법 관심을 기울였다고 하는 필자조차도 홍주 스님의『하산』이란 소설이 있었다는 정보에 까막눈일 만큼, 그 사건 이후『하산』은 그를 기억하는 몇몇 지인 외에는 거의 잊혀진 작품이었다고 해도 과언이 아니다. 출간 당시의 문단과 불교계의 반응이나 평가에 대해 특별한 정보를 가지고 있지 않은 필자는 이번 불지사에서 재출간한『하산』의 박용열 원장의 언급이나 표지에 삽입된 김동리 · 조지훈 등의 촌평으로 저간의 사정을 짐작할 수밖에 없다. "젊은 수행자가 겪는 한국 불교의 고뇌상이 절절히 묘파된 본격적인 불교 전위문학!"(김동리), "작가가 직면했던 신앙과 관능, 교단과 사회와의 모순과 갈등이 여실히 표현되어 대담하게 던져진 문제작!"(조지훈)이라는 최상급의 찬사를 액면 그대로 믿을 수 없다 하더라도, 이 소설이 기존의 불교 소설과 근본적으로 다른 색깔을 띠고 있다는 사실만은 분명해 보인다. 다시 말해 홍주 스님의『하산』은 불교적 세계관을 정공법으로 다루었던 이광수나 김동리의 소설과는 다르게 출가 승의 파계 행위를 사실적으로 추적함으로써 무엇이 불타의 가르침을 올바르게 이해하고 실행하는 것인가를 문제삼고 있는 것이다.

지난 70년대 이후 나타난 불교 소설의 두드러진 특징 가운데 하나를 든다면, 그것은 철저한 파계(破戒)야말로 곧 참된 지계(持戒)라는 역설적 논리의 강조일 터이다. 특히 파계승 지산의 기행(奇行)을 통해 한국 불교의 근본적 모순과 갈등을 드러내는 한편, 진실한 구도의 방법론을 모색했던 『만다라』(김성동)는 파계승과 지계승의 대립을 핵심 구도로 한 불교소설의 전형적 사례라 할 수 있다. 그 이후 승려를 주요 등장인물로 설정한 소설에서 그들의 관습 파괴적 행태를 원효나 경허의 무애행과 동일한 것으로 간주하여 예찬하는 것이 하나의 문학적 관행으로 여겨져 왔던 것이다. 그런 점에서『만다라』가 우리 문학, 특히 불교소설과 일반 독자에게 미친 영향은(긍정적인 의미에서든 부정적인 의미에서든) 다대한 것으로 보인다. 하지만, 그러한 일반적 인식은『하산』을 전제하지 않을 때에 한해 유효한 것이라 생각된다. 말을 바꾸면『하산』이야말로 70년대 이후 불교소설의 독특한 유형을 선도한 작품으로 자리매김해야 옳을 것으로 여겨진다.

『하산』은 같은 스승 밑에서 수행하던 두 도반의 상이한 종교관·수행관을 대립구도로 하여 종교의 진정한 의미와 수행자의 올바른 자세를 추구한 작품이다. 이 소설의 문제적 인물인 석파 수좌의 짧은 생애는 당시의 혼란하고 복잡한 정치·종교적 상황과 밀접한 관련을 맺고 있다. 평양 태생의 그는 조실부모한 뒤 하나 뿐인 형의 보호를 받고 자랐으나 자유 사상가였던 형이 철저한 공산주의자로 북에서 고급 관리가 된 매형에 의해 처형되고 6·25가 발발하자 월남, 자진 입대하여 혁혁한 무공을 세운다. 충무 무공훈장, 화랑 은성훈장을 타고 제대한 그는 정계에 입문하지만, 선친과 항일 독립운동의 동지였던 스승이 적색 분자로 몰려 처단되자 갑자기 '가치 상실자'가 된 혼란에 빠져 불가에 귀의하게 된 것이다. 이와 같은 석파의 출가 전 이력은 그가 해방 이후 가파르게 전개된 정치 상황, 즉 남북 분단에 따른 이데올로기적 대립과 반목, 파당간의 이전투구적 정쟁(政爭)의 가장 큰 희생자였다는 사실을 말해주는 것 외에 다른 게 아니다. 인간과 세계에 대한 관심이 한창 예민하던 청년 시절에 형과 스승의 비극적 죽음을 경험한 그는 산문에 귀의하지만, 그곳도 그의 상처입은 영혼을 위무시켜주지 못한다. 그렇다고 석파가 십년 수좌생활을 하는 동안 무위도식하거나 염세적 허무주의에 빠져 자학했던 것같지는 않다. 오히려 그는 "부처가 나일 수 없고 내가 부처일 수 없는 이상, 나와 부처가 무슨 상관이란 말인가?"며 불가의 고루한 인습을 부정하기도 하고, "길이 있다면 그것은 가장 많은 사람이 걸어간 곳일 거야."라며 산속에 숨어 자신과 신도를 속이는 일부 사이비 승려들의 그릇된 수도 행각을 날카롭게 비판하기도 한다. 범주 수좌가 계율에 철저한 정통적 수행 방법을 고집하고 있다면, 석파와 서도 수좌는 불타의 가르침과 수행 방법을 보다 적극적으로 해석하여 계율에 얽매이지 않는다는 점에서 확연히 구별된다.

대각사 주지로 부임한 석파는 한달도 못되어 일부 신도들로부터 악의에 가까운 진정을 받게 된다. 그것은 그가 술을 마시고 여색을 가까이한다는, 청정비구로서는 가장 경계해야 할 금기를 위반했다는 주지 불신임에 관한 내용이어서 범주에게 커다란 충격을 준다. 대각사는 원래 사형 집행장으로 쓰이던 곳을 일본 왕실 재산으로 창건한 적산 사찰로, 국제시장과 광복동 부근의 요정에 둘러 싸여 수도승들이 화두삼매에 들기에는 적합치 않은 곳처럼 보인다. 하지만 석가의 입산은 산중이 아니라 온갖 유혹의 번뇌를 뚫고 들어간 심지법문(心地法門)이란 사실을 올바로 이해한다면, 그곳이야말로 자아의 깨달음을 완성하고 중생을 제도할 것을 인생사 최대의 목표로 삼은 출가자들에게 가장 걸맞는 수행장소라 할 수 있다. 사실 출세간이냐 입세간이냐를 구분하는 것 자체가 색즉시공 공즉시색의 불이적(不二的) 세계관을 금과옥조로 여기는 수행승으로서 가장 경계해야 할 형식논리인지 모른다. 범주가 십년 수행을 하고도 마음의 갈피를 잡지 못해 방황하는 데 비해, 석파와 서도 수좌의 막행막식(莫行莫食), 또는 비승비속(非僧非俗)적 삶이 정직하게 와닿는 것도 모두 그런 연유에서 비롯된다. 말을 바꾸면 범주의 행위는 기껏해야 10～20년 후 또는 그보다 먼 후일 파계하지 않아 구제받았노라고 자부하기 위한 이기적 수행이라면, 석파의 그것은 무슨 짓을 하더라도 자기를 알고 있으면 타락이 아니라는 적극적이고 자기 확신적인 생각에 바탕을 둔 무애행이라 할 수 있는 것이다. 이러한 자기 확신은 타인에 의해 검증받기 곤란한 것이라는 점에서 철저히 주관적이지만, 석파의 죽음 뒤에 밝혀진 세간의 소문은 그의 막행막식이 단순한 향락심에 끄달린 파계가 아니라 율법 자체를 초극하려는 내면 정화의 한 수단이었다는 사실을 명백하게 증거하고 있다.

석파는 교조 석가모니와 역대 조사들의 가르침을 가장 충실하게 따르는 눈맑은 납자인 것처럼 보인다. 무엇보다 충격적인 것은 석가·공자·예수 등 인류 역사상 가장 위대한 정신적 스승들을 정면으로 비판하는 그의 파격적 종교관이다.

> "석가는 이 세상을 고해라고 했지. 이보다 더 큰 형벌이 어디 있단 말인가! 공자는 뜻이 있는 곳에 무한한 고통이 있다고 했다. 이보다 더 큰 시련이 어디 있단 말인가! 또 예수는 인간은 태어날 때부터 죄를 걸머졌다고 하지 않았나. 이보다 더 큰 저주가 어디 있단 말인가?"(p. 100)

석파의 항변은 석가나 예수의 말 속에 담긴 속뜻을 이해하기보다 표면적 진술만 문제삼아 일부러 어깃장을 놓는 것으로 비칠 수도 있으나, 대다수 사람들이 당연한 것으로 여기는 문제를 본질적으로 회의하는 그의 의식의 명징함과 예리함은 이미 범상한 차원을 넘어선 것으로 보아야 옳다. 이 세상이 고해이며 뜻을 이루기 위해서는 무한한 고통을 감내해야 하고 우리는 원죄의식에서 벗어날 수 없다는 성자들의 말은 우리를 겸허한 인간으로 성장시키기 위한 방편이지만, 오히려 대다수 인간을 좌절과 낙망의 심연에 빠뜨리기도 한다는 사실은 흔히 간과되고 있다. 그것은 신앙이 인간을 위한 도구로 사용되지 않고 거꾸로 인간이 신앙의 부속물처럼 왜곡되는 기이한 현실에 대한 정직한 분노의 비수일 수 있다. 따라서 비판이나 반항을 허용치 않는 만장일치식 무조건 신앙은, 한낱 우상 숭배 속의 꼭두각시 노름일 뿐이고, 믿음을 가진다는 것은 보다 강한 저항력과 자유력을 길러 추진해 나아가는 제3의 자아 형성 과정이므로, 신앙으로 인해 일상생활에까지 자아를 위축시키고 자기 말살적 희생을 미덕의 봉사로 권장하는 종교는 애당초 가까이하지 않는 것만 못하다(p. 220)는 서도 수좌의 말은 종교와 신앙의 주체가 되어야 할 개인이 그것의 환영에 미혹되어 자신과 종교 모두를 타락시키는 현실의 문제점을 정확하게 갈파한 것으로 보인다.

석파의 파계 행위에 분노와 연민을 느꼈던 범주가 차츰 석파를 이해하게 된 배경에 범주의 동정(童貞) 상실이 매개되어 있다는 것은 아이러니칼하다. 석파와 함께 여관에 든 범주는 자신의 옆에 누운 여인의 유혹을 끝내 물리치지 못하고 파계를 한 것인데, 정작 석파는 술을 마시고 요정에 드나들어도 여자와 동참한 예가 한 번도 없었던 진짜 청정 비구였기 때문이다. 범주의 파계는 충분히 예견되었던 것으로 노자나, 하야 등 그의 주변을 맴도는 젊은 여성들이 끊임없이 그를 유혹해왔던 것이 단적인 증거가 된다. 흥미를 끄는 것은 이 작품의 말미에 『하산』이란 소설을 써 범주에게 보낸 여성의 이름이 노자나라는, 다분히 불교적인 이름으로 불린다는 것이다. 노자나는 비로자나(毗盧遮那)·로사나(盧舍那)와 음이 유사한 것으로 미루어 작가가 특별한 의도를 가지고 작명한 이름처럼 보인다. 이런 추론이 타당하다면, 그녀는 명칭만 다를 뿐 석가모니의 화신이거나 또는 자비와 지혜를 구족한 색신 화합(色身和合)의 세신(細身)으로 해석할 수 있는 개연성을 확보하게 된다. 말을 바꾸면 그녀와 범주의 우연한 조우와 그 이후의 만남의 과정은 결국 아집에 사로잡힌 범주의 미망을 깨뜨리고 속세로의 재출가를 돕기 위한 의도적 장치로 이해되는 것이다. 실제로 이 작품에 등장하는 세 여성이 범주의 종교·신앙 생활에 미치는 영향은 다대하다고밖에 할 수 없다. 자나의 경우는 말할 것도 없거니와 이월은 범주와 육체 관계를 맺은 후에도 그를 비난하거나 매도하는 법 없이 존경한다. 석파와 범주를 구원의 상징으로 믿고 따르는 그녀의 진심은 천년절벽 같던 범주의 아집을 폭염 밑의 빙산으로 만들어서 그는 이월이 달빛에 현신한 백의 관음이 아닌가 하는 착각에 빠지기도 한다.

범주가 계율을 어김으로써 비로소 계율의 속박에서 자유롭게 되었다는 사건 설정에 작위성이 전혀 없는 것은 아니지만, 어쨌든 그는 이월과의 만남을 통해 예전에 석파가 갈파했던 종교와 신앙의 본질에 대해 심각하게 고뇌하기 시작한다. 그는, 신앙이란 생활의 일부분이지 인생의 전부가 아니라는 걸 새삼스럽게 인식하게 되고, 잃어버린 동정·신앙·부모·고향에서부터 시작하면 자신의 신앙이 위대한 종교가 되었을 지도 모른다는 점을 깨닫는다. 그것은 다른 무엇보다 인간 그 자체가 가장 귀하다는 인간 존중 선언이며, 성현의 외양을 좇아 자신과 신도를 기만하는 일부 사이비 수도승들을 질타하는 사자후이다.

> 성현으로서의 예수, 성현으로서의 석가는 위대할지 몰라도, 인간으로서의 예수, 인간으로서의 석가는 구제받지 못했다.
> 그네들이 인간성을 떠난 존재형이라면, 단연 이 지구상에서 추방되어야 할 것이다.
> 모든 사람들은 인간이며 인간으로서 구제받아 인간으로 사는 것에 만족해야 할 뿐, 그 외에 무엇이 되기를 원하지 않는다.(pp. 178-9)

석가와 예수를 성현으로 존숭하기보다 인간으로서의 낙제자로 냉정히 비판하는 행위가 우리나라 종교인들에게 긍정적으로 수용될 수 있을 것인가. 이 질문에 대한 답은 지극히 회의적일 수밖에 없으리라 여겨지는데, 아마도 이 소설이 출간된 뒤 문단과 종단이 문제삼았던 것도 이런 메시지의 돌발성과 충격 때문이 아니었을까 짐작되기도 한다.

석파가 홀로 광야를 떠돌며 닥치는대로 고정 관념을 부정하고 적을 무찌르면서 상구보리 하화중생의 경계로 나아가는 선(禪)의 검객으로 비유할 수 있다면, 범주는 관음보살의 화신으로 보이는 뭇 여성들의 지극한 도움에 힘입어 미망의 족쇄를 깨고 보다 너른 지혜의 바다에 다다른 선의 선비로 비유할 수 있을지 모르겠다. 하지만 이런 비유는 석파와 범주의 수행 방식의 차이를 드러내기 위한 것일 뿐, 그들의 종교관·신앙관 또는 현실 인식이 궁극적으로 동일한 목표를 지향하고 있다는 점에서 수레의 두 바퀴와도 같은 것이다. 평생을 선객으로 살다 입적한 학봉 스님이 "스스로를 부처같이 존중해라. 그렇게 하는 것이 참다운 불자가 행할 바"라는 유지를 남긴 것이나, 산문출송을 당할 위기에 놓인 석파가 "나무나 가슴 벅찬 기대를 걸고 뛰어든 지 10년 만에, 다시는 헤어날 수 없는 폐인이 되어 버렸다."고 참담한 고백을 하는 것은 실제로 부처와 같은 자긍심을 가지고 수도생활을 한다는 것이 얼마나 어려운 일인가를 증명해주는 사례라 할 수 있다. 석파의 가장 큰 불행은, 입산 전에 겪었던 형이나 스승의 죽음에 기인하고 있지만, 실제 살붙이와 다름없는 동료 수행자들에게 출문의 가혹한 형벌을 당한 데서 찾아야 옳다. 다시 말해 그의 형이나 스승이 매형이나 동료들에게 이데올로기 문제로 처단당한 것처럼 석파 역시 고루한 종단의 관습을 충격하여 새로운 활기를 불어넣으려다 무자비하게 처단되고 마는 것이다. 그러나 바다에서 시체로 발견된 그의 죽음을 "유흥가에서는 도승으로 통했고, 자선사업가에게는 생불(生佛)로 통했으며, 동료 승려들 사이에서는 걸승(傑僧)으로 통했으며, 신도들 간에는 마왕(魔王)으로 통"했다고 요약한 신문 기사는 석파의 법기(法器)가 얼마나 큰 것이었는가를 극명하게 설명해준다.

『하산』은 실명인 홍주 스님이 쓴 소설이지만, 작품 속에서는 노자나가 범주의 혈구가 순환하고 있다며 보낸 소설 제목으로 등장한다. 그리고 석파는 홍주 스님의 분신으로 알려져 있는데, 이렇게 보면 『하산』과 관련된 사람은 실존 인물과 허구적 인물 모두를 포함해서 네 사람이 되는 셈이다. 요컨대 민통선에서 주검으로 발견된 홍주 스님은 자신의 자전적 기록이라 할 『하산』에 삼십여 년의 길지 않은 삶을 통해 깨달은 우리나라의 종교적 정치적 현실을 모두 담아 놓았고, 소설 속의 노자나는 범주와의 만남을 통해 올바른 수행자의 삶이 어떤 것인가를 제시한 것으로 보인다. 물론 노자나가 쓴 소설 『하산』의 구체적 내용에 대해서는 특별한 언급이 없지만, 홍주 스님의 소설 『하산』 속에 또 하나의 『하산』이 삽입되어 있다는 것은 이 작품의 사건 전개와 별차가 없을 것으로 여겨진다. 그러니까 홍주 스님의 소설에 등장하는 석파·범주·서도 등 수행자들과 노자나·이월 등 여성들은 홍주의 종교관·세계관이 투사된 허구적 인물로 보아도 무방할 터이다.

오랜 관습과 금기에 저항하여 참다운 삶의 길을 개척한다는 것은 특별한 용기와 신념을 필요로 하는 지성인의 주체적 결단의 행위이다. 우리가 영원한 정신적 스승으로 추앙해 마지않는 성자들의 삶이 바로 그 전범적 예에 해당하거니와, 석파와 범주의 외롭되 의로운 수행 또한 그것과 비견될 수 있을 것으로 생각된다. 식민지 시대와 동족상잔의 참담한 현대사를 살아오면서 숙명적으로 겪어야 했던 개인사적 비극이 비단 홍주 스님 개인에게 국한되지 않음은 물론이다. 우리 현대사와 문학사는 그보다 훨씬 가혹한 삶을 살았던 실존 인물들의 피맺힌 삶의 흔적의 창고라 해도 지나치지 않다. 그러나 홍주 또는 석파 스님이 정치와 종교 두 길에서 보여주었던 극기와 열정이 아무런 보상을 받지 못한 채 이단으로 몰리는 것과 같은 비극적 사건은 매우 드문 사례에 속한다. 그럼에도 불구하고 홍주 스님의 고뇌와 결단이 한 권의 책으로 남아 전한다는 것은 우리 모두에게 큰 다행이 아닐 수 없다. 비록 그의 사후 삼십년이 가까워 오는 시점에서 다시 발간되긴 했어도, 『하산』을 통해 얻는 우리의 감동과 충격은 오히려 그때보다 훨씬 크고 값지다.

불행한 시대를, 김수영 식으로 말해 온몸으로 정직하게 살아온 한 수행자의 정신적 고뇌가 혈흔처럼 배어있는 『하산』이 한국 현대 불교문학에 뚜렷한 족적을 남길 것이라 생각하는 것이 비단 필자만의 과장된 평가가 아니리라 믿는다. 김성동의 『만다라』가 『하산』의 영향 밑에서 쓰여졌다는 확실한 정보는 없지만, 70년대 이후 승려 출신 작가들의 작품에서 『하산』과 유사한 상상력과 세계관을 발견하는 일은 언제라도 가능한 일이다. 그렇다고 그들의 작품의 완성도가 격하되는 것은 아닐 터이지만, 『하산』의 문학사적 위상은 그것만으로도 충분히 짐작되고도 남는다. 우리에게는 이제 석파의 또다른 분신이라 할 범주가 오탁의 속세로 나아가 어떻게 부처의 가르침을 실천하고 있는가 하는 문제를 천착한 불교소설을 소망할 당연한 권리가 있는 것이다.

역사적 진실과 시적 상상력

1.

　역사와 문학의 역할과 그 차이를 일목요연하게 제시한 최초의 이론가는, 잘 알려진 것처럼, 아리스토텔레스이다. 그는 실제로 일어난 일을 기술하는 것이 역사임에 반해 문학은 일어날 수 있는 일을 다룬다는 점에서 근본적으로 다르다고 말한 뒤, 개별적인 것을 취급하는 역사와 달리 본질적인 것을 이야기하는 문학이 훨씬 중요하고 철학적이라고 덧붙임으로써 문학의 우월성을 강조한다. 아리스토텔레스의 이와 같은 주장은 그러나 시인들의 열등감을 완전히 제거해주지는 못했던 듯하다. 자신이 다루는 세계가 역사적 사실(史實)이 아니라 허구라는 것, 그리고 그것이 개연성 있는 세계를 그리고 있긴 하되 완벽한 사실과 다르다는 점에 적지 않은 시인들이 얼마간 자격지심을 느끼고 있었고, 독자들 역시 사실과 허구를 동일한 것으로 받아들이는 일에 유보적인 태도를 보여왔던 것은 잘 알려진 일이다.

　그러나 오늘날 역사를 실제로 일어났던 사건의 기록이라고 믿는 사람은 없어 보인다. 우리가 대하는 역사란 과거에 발생한 무수한 사건들 가운데 특별히 선택된 것일 뿐아니라, 그것의 기록 과정에 있어서도 역사가의 가치판단이 개입되어 있다는 것은 웬만한 사람이면 다 아는 사실이기 때문이다. "역사적 의미로 보통 사실이라고 불리는 것은 그것이 글로 쓰여졌거나 그림으로 그려졌거나 또는 자연물로 존재하건 간에 모두가 이미 내 것이 되어버린 정신 상태에서 기억을 내 마음 속에서 자극하고 지속시키지 않는다면 사실(史實)이 아니"[1]라는 베네데토 크로체의 말 속에는 역사가의 사색과 상상력에 의해 역사가 재구성된다는 의미가 내포되어 있다. 덧붙이자면, 문학과 역사가 어떤 사실을 이해하고 기술한다는 것은 그것의 외적 인과관계를 '설명(explain)'하는 것을 넘어서 내적 관계의 '이해(under-standing)'로 나아가는 것을 뜻한다. 또 역사적 사실이란 역사적 해석의 결정에 따른 것이라는 E. H. 카아의 말은 역사에 대한 축자적 해석의 오류를 방지해준다. 그렇다면 역사 또한 문학과 마찬가지로 개인적 상상력의 산물이라고 해도 큰 잘못은 아닐 것이다. 물론 이 말 속에는 여러가지 함축과 비약이 생략되어 있다는 단서 조항이 첨가되어야 할 것은 당연한 일이다.

문학과 역사가 만나는 과정이 이처럼 복잡하고 까다로운 논리적 절차를 거치는 것만은 아니다. 좀더 쉽게 말하자면, 우리는 현실을 모방하는 것이 문학이라는 『시학』의 또다른 명제에 젖어 지내왔던 터이다. 시인은 현실에서 일어나는 셀 수 없는 사건들 사이에서 자유롭게 상상력의 유영을 즐기면서 독특한 개성과 원근법(perspective)으로 그것을 확장하거나 굴절시켜 새로운 사물을 빚어낸다. 이런 과정에서 사사로운 것이 사회화·역사화되기도 하고 범속한 것으로 버려졌던 것이 특별한 의미로 포장되기도 한다. 사회의 일구성원으로 좋든 싫든 사회생활을 꾸려나가야 하는 실존적 개인으로서의 시인이 역사와 대면하게 되는 것은 따라서 필연이라 할 수 있다. 그 전형적인 사례로, 시인이 역사와 정면으로 맞서느냐 한걸음 물러서서 관조적 태도를 취하느냐와는 상관없이, 역사가 시인의 상상력을 자극하고 구속하는 경우를 우리의 현대시사에서 확인하는 것은 언제라도 가능한 일이다.

필자가 이 글에서 다루어야 할 내용은 '시의 소재로서의 역사'에 관한 것이다. 그러나 이 글은 말 그대로 소재로서의 역사, 즉 시인이 어떤 역사

---

1) B. Croce, 「자유의 이야기로서의 역사」, 차하순 편, 『새로운 역사관』, 태극출판사, 1978, p. 286.

적 사실을 시의 소재로 즐겨 선택하고 있는가를 통계적 수치를 밝히기 위해 쓰여진 것은 아니다. 한 시인이 특정한 역사적 사건을 소재(제재)로 선택하는 순간 거기에는 그의 현실 인식과 역사 의식이 상호작용을 일으키게 마련이고, 그것을 한편의 시로 완성시킨다는 것은 시인의 역사적·시적 상상력이 활발하게 작용한 과정과 결과를 드러내는 것에서 크게 벗어나지 않는다. 시인의 역사적 상상력으로 재구성되지 않은 날 것 그대로의 역사가 시인이나 시를 향유하는 독자들에게 아무런 흥미도 유발하지 못하리라는 점은 명약관화해 보인다. 그러한 날 것 그대로의 역사라면 굳이 문학의 도움을 받을 것 없이 성실한 실증적 사가의 저작을 찾아 읽으면 될 터이기 때문이다. 우리가 관심을 갖는 것은 역사가 시인의 의식과 상상력을 어떻게 충동하고 있으며 시인은 어떤 원근법으로 현실과 미래를 조망하고 있는가에 관한 문제이다. 개항 이후의 현대사만 놓고 보더라도 우리 역사는 고난과 시련, 왜곡과 파행의 과정으로 요약될 만큼 일그러져 있다. 그런 점에서 우리 시인들은 행운아라는 역설도 성립할 수 있는데 왜냐하면, 근본적으로 보다 나은 인간의 삶과 유토피아를 소망하는 시인들에게 그와 같은 역사의 질곡적 상황은 더할 수 없이 좋은 문학적 소재의 보고가 될 수 있기 때문이다. 실제로 식민지시대부터 최근에 이르기까지의 정치·사회적 문제를 소재로 한 작품은 그 수를 헤아리기조차 어려울만큼 엄청난 양에 이르고, 그것이 한국 현대시사의 중요한 흐름으로 자리하고 있는 것도 부정할 수 없는 사실이다. 제국주의에 의한 침략과 식민지로의 전락, 해방을 위한 처절한 투쟁과 해방 이후의 동족 상잔 등 한국현대사의 흐름은 민족의 운명을 주체적으로 결정할 수 있는 근거를 제공하는 데 결정적 기여를 했던 것으로 보인다. 그러므로 이 글은 우리의 가슴에 지워지지 않을 낙인으로 찍혀 있는 한국 현대사의 주요한 사건들을 시적 소재로 다룬 몇몇 시인들의 작품을 토대로 역사와 문학의 상관 관계를 검토하는 작업이 될 것임을 밝혀둔다.

2.

흔히 일제 36년이라 하지만, 우리 민족이 일본제국주의의 지배를 받은 기간은 1905년 이른바 을사조약 이후 약 40년간이라 보는 것이 옳다. 근 반세기에 이르는 이 시기에 한국인이 당했을 고초와 오욕을 한두마디로 요약하는 일은 거의 불가능하기까지 하다. 일제는 한반도 전역을 유린하며 엄청난 인명의 살상과 재산의 수탈을 자행하고 민족혼을 말살하려 획책하는 한편 우리 민족에게 식민지 노예근성을 착근하려 갖은 악착을 다 부렸던 것이다. 반만년 역사 가운데 가장 처절하고 치욕스러웠던 이 기간에 우리 문학도 정상적인 발전을 하기 어려웠다는 것은 쉽게 짐작할 수 있는 일이다. 그러나 몇몇 예언적 지성을 자임한 시인들은 민족주의에 바탕한 역사적 상상력으로 현실의 질곡을 드러내고 민족의 희망을 제시하는 일에 주저하지 않았다.

시의 신 뮤즈가 날개달린 말 페가수스를 타고 다니는 것으로 묘사한 서구의 신화는 참된 시인이라면 현실을 통찰하는 형안과 미래를 예견하는 비전 양자를 함께 갖추어야 한다는 점을 강력히 암시하고 있는 듯이 보인다. 다시 말해 시인에게는 현실의 모순과 불합리를 냉정하게 관찰하는 한편 거시적이고 유기적인 관점에서 역사와의 관련성을 탐색해야 할 책무가 주어지는 것이다. 현실과 역사, 역사와 문학을 유기적 관계 속에서 파악한다는 것은 그들 사이의 거리에 주목하는 것을 뜻하며 어느 한 쪽으로 급격히 경사되는 것을 경계한다는 것을 의미한다. 현실의 고통을 외면한 채 꿈과 이상만을 노래한 시가 독자의 기억 속에 묻히게 되듯이 지나치게 현실에 집착하여 문학성을 상실해서도 영원히 살아남지 못할 것은 자명하기 때문이다. 서구의 한 지성인은 "예술은 적어도 인간이 단순히 역사에 요약될 수 없다는 것과 인간 역시 자연의 질서 속에서 그의 존재 이유를 발견한다는 것을 우리에게 알려준다."[2]고 역사에 과도하게 집착하는 일부

---

2) A. Camus, 서호성 역, 「반항과 예술」, 『까뮈전집 Ⅲ : 반항적 인간』, 文潮社, 1970, p. 427.

지식인들의 병폐를 지적하기도 하지만, "문제는 자신의 시대를 선택하는 것이 아니라 주어진 시대에서 자신을 선택하는 것이다."라는 사르트르의 말처럼 역사적 상황 속에서 어떤 태도를 취해야 할 것인가에 시인은 남다른 고민을 해야 마땅하다.

식민지 시대 많은 시인들이 역사적 현실에 압도되어 비탄과 좌절의 노래를 불렀던 것은 부정될 수 없는 사실이다. 그러나 그들은 식민지 조국을 빼앗긴 들(이상화), 임과 집과 길이 없는 상황(김소월), 서릿발 칼날 진 그 위(이육사) 등으로 인식하면서도 결코 조국의 미래를 포기하지 않는 의지를 보여준다. 그 가운데 한용운과 이육사는 일제에 대한 저항적 삶으로 일관하면서 탁월한 시적 성취를 이루었다는 점에서 자주 거론되는 시인이다. 유마적 삶을 영위하면서 선승 특유의 직관과 역설적 수사로 조국의 독립에 대한 강한 신념을 드러낸 『님의 침묵』은 그를 "한국 최초의 근대시인이요 3·1운동이 낳은 최대의 시민시인"3)으로 인정하는 데 별로 손색이 없는 거작이다. 그가 식민지 조국을 님이 떠난 부재의 공간으로 인식하고 슬픔에 잠기기보다 님과의 재회에 대한 신앙적 확신으로 현실의 고통을 극복하고 있다는 것 또한 종종 지적되어온 사실이다. "우리는 만날 때에 떠날 것을 염려하는 것과 같이 떠날 때에 다시 만날 것을 믿습니다."(「님의 침묵」)라는 구절도 그렇거니와 「알 수 없어요」의 다음과 같은 역설적 표현은 그의 지사적 열정과 주체적 역사의식을 가장 잘 드러낸 것으로 보인다.

> 타고 남은 재가 다시 기름이 됩니다. 그칠 줄을 모르고 타는 나의 가슴은 누구의 밤을 지키는 약한 등불입니까.　　　　한용운, 「알 수 없어요」 부분

등불이 어둠을 이겨낼 수 있는 것은 기름의 지속적인 공급이 이루어질 때에만 가능한 일이다. 하지만 기름이 고갈되면 어둠의 폭력은 이내 불빛

---

3) 백낙청, 「시민문학론」, 『민족문학과 세계문학1』, 창작과비평사, 1978, p. 47 참조.

을 제압하여 전보다 심한 암흑과 공포의 세계로 변환시키는 가공할 힘을 발휘한다. 그것은, 달리 말해 우리 민족의 저항과 투쟁이 지속적인 역량을 발휘하지 못할 때 일제의 탄압과 착취가 더욱 거세질 것이라는 현실 인식을 밑바탕에 깔고 있다. 따라서 님과의 재회를 소망하는 우리에게 민족 전체의 간단없는 저항은 역사적 요청이라 할 수 있으며 "타고 남은 재가 다시 기름이" 되어야 할 필연적 이유도 이에서 달리 찾을 수 있는 게 아니다. 재(恢)가 기름이 되고 그 기름이 다시 재가 되는 반복적 순환의 과정은 현실에의 순응과 안락을 단호히 거부하는 결단적 삶의 자세를 요구한다. 시인은 바로 그 중심에 자신을 놓음으로써 능동적 행위자, 창조자로서의 시인의 역할을 강조하는 한편, 현실의 어둠에 결코 굴복해서는 안 된다는 신념을 전파하고 있는 것이다.

중국에서 사관학교를 졸업하고 정의부(正義府)·군정서(軍政署)·의열단 등 항일투쟁단체의 일원으로 활약하다 옥사한 이육사의 생애와 시작품은 식민지 지식인으로서의 역사적 소명에 대한 투철한 자각과 그것의 행동적 실천이 어떠해야 하는가를 보여주는 전범적 예라 할 수 있다. 그 역시 식민지 상황을 비극의 극한으로 인식하면서 미래에 대한 확신을 포기하지 않는다는 점에서 만해와 유사한 역사적 상상력을 보여준다. 그의 대표작으로 거론되는 「절정」의 제목이 "하나의 끝을 이야기하는 것이 아니라 시작으로서의 끝을 이야기한다."[4]는 김우창의 지적은 육사시의 두드러진 특징, 즉 가장 절망적인 상황에서 그것을 정직하게 증언함으로써 미래에의 희망을 확인하는 역설적 미학을 잘 설명해주는 것이라 할 수 있다. "내가 들개에게 길을 비켜줄 수 있는 겸양을 보는 사람이 없다고 해도 정면으로 달려드는 표범을 겁내서는 한발자국이라도 물러서지 않으려는 내 길을 사랑"[5]하고 그런 마음으로 시를 쓸지언정 유언을 쓰지 않겠다고 다짐한 육사가 "한발 재겨 디딜 곳조차 없"는 절망적 상황에서 내적 침잠

---

4) 김우창, 「시와 정치」, 『김우창전집3 : 시인의 보석』, 민음사, 1993, p. 56.
5) 이육사, 「계절의 五行」, 1938.

을 통해 "강철로 된 무지개"를 보는 것은 따라서 당연한 귀결이라 하겠다. 말하자면 그는 절망의 극한 속에서 빛을 발견해내는 시인의 예지로 현실의 역사를 재창조한다.

> 동방은 하늘도 다 끝나고
> 비 한방울 나리잖는 그 때에도
> 오히려 꽃은 빨갛게 피지 않는가
> 내 목숨을 꾸며 쉬임 없는 날이여
>
> (이육사, 「꽃」 부분)

자유로운 삶의 상징적 공간인 하늘도 폐색(閉塞)되고 자연의 생명수인 비마저 그친 불모의 땅은 우리의 상상력이 허용하는 가장 절망적인 세계 가운데 하나라 생각된다. 하지만 시의 화자는 그 속에서 빨갛게 피어날 한 송이 꽃을 기적과도 같이 발견하는데, 그 꽃이야말로 화자(더 나아가서는 민족 전체)의 안전과 생명을 담보로 하여 피어나는 것임은 말할 필요조차 없다. 생명의 성장이 차단된 척박한 공간에서 화려한 꽃의 개화를 예견한다는 것은 시인의 시선이 현실에 머물러 있지 않고 역사적 과거·현재·미래를 동시에 투시하고 있음을 말해준다. 그는 깊은 땅속에서 불가사의한 생명력으로 싹을 틔우고 있는 꽃씨가 먼 과거에 씨뿌려진 것임을 알고 있으며 그것이 민족의 부단한 투쟁과 저항의 힘에 의해 비로소 강인한 대지를 뚫고 나와 화려하게 개화하리란 믿음을 보여준다. 만해와 육사시의 탁월성은 비단 그들의 실제 삶이 증명하고 있는 정치적 실천 행위에 의존하는 것만이 아니라는 점은 분명하다. 그들은 현실의 모순을 폭로하는 데 목청을 높이거나 맹목적인 낙관주의로 자신과 민족을 속이지 않는다. 그러면서도 뛰어난 시적 상상력으로 역사적 진실을 가차없이 현시함으로써 이념과 문학의 화해로운 공존을 모색한다. 경직된 이념주의자들이 일쑤 빠지기 쉬운 정치적 편향 의식을 뛰어넘으면서 일부 정치시인들 못지않게 탁월한 정치 감각을 구현할 수 있었던 것은 전적으로 그들의 문학적 역량과 관련된다. 그리고 그것은 대부분의 민족 저항시인들이 현실의 질곡을 폭로와 비판의 대상으로 인식하는 수준을 넘어 당대의 어둠이 곧 새로운 질서의 토대임을 본질적으로 깨닫고 있었음을 말해주는 것이기도 하다.

　이밖에도 이상화·김소월·심훈·백석·이용악·윤동주 등 식민지 역사를 민족적 정서와 역사적 상상력으로 조화시킨 시인들은 열 손가락으로 다 헤아릴 수 없을 정도이다. 그러나 지면관계상 일반인들에게 그다지 널리 알려지지 않은 백석의 시 한편을 검토하는 것으로 이들 민족시인들의 현실 인식과 역사 의식의 단면을 짐작해 보고자 한다.

　　　차디찬 아침인데
　　　묘향산행 승합자동차는 텅하니 비어서
　　　나이 어린 계집아이 하나가 오른다
　　　옛말 속같이 진진초록 새 저고리를 입고
　　　손잔등이 밭고랑처럼 몹씨도 터졌다
　　　계집아이는 자성(慈城)으로 간다고 하는데
　　　자성은 예서 삼백오십 리 묘향산 백오십 리
　　　묘향산 어디메서 삼촌이 산다고 한다
　　　새하얗게 얼은 자동차 유리창 밖에
　　　내지인 주재소장 같은 어른과 어린아이 둘이 내임을 낸다
　　　계집아이는 운다 느끼며 운다
　　　텅 비인 차안 한구석에서 어느 한 사람도 눈을 씻는다
　　　계집아이는 몇 해고 내지인 주재소장 집에서
　　　밥 짓고 걸레를 치고 아이보게를 하면서
　　　이렇게 추운 아침에도 손이 꽁꽁 얼어서
　　　찬물에 걸레를 쳤을 것이다　　　　　　　　백석, 「八阮」 전문

　　백석의 「서행시초(西行詩抄)」 중 하나인 위 시는 나이어린 계집아이가 몇년 동안 일본인 식모 생활을 하다가 삼촌을 찾아 떠나는 광경을 일체의 개인적 감정을 배제한 채 객관적으로 제시함으로써 더욱 절실한 공감을 자아낸다. "진진초록 새 저고리"을 입었으되 "손잔등이 밭고랑처럼 몹씨도 터진" 나이어린 계집아이가 "몇 해고 내지인 주재소장 집에서 / 밥을 짓고 걸레를 치고 아이보게를 하"는 등 힘든 노동을 강요받아야 했던 현실적 조건을 시인은 냉혹하리만치 담담하게 제시하고 있을 뿐이다. 그러나

어린 소녀가 몇년 동안 일본인의 노예에 가까운 생활을 했다는 진술 속에 내포되어 있는 시인의 분노와 절망을 읽는 것은 눈밝은 독자들에게 조금도 어려운 일이 못된다. 마지막 두 행은 화자의 추측이 분명해 보이는데, 나이어린 계집아이가 온갖 고된 노동을 참다 못해 주소도 확실치 않은 삼촌을 찾아 떠나야 하는 현실과, 그러한 현실을 초래한 일본인을 향한 분노가 용암으로 꿈틀거리고 있다. 버스 정류장에서 우연히 마추친 사건을 민족 전체의 현실로 받아들이는 시인의 역사적 상상력은 특별한 것이 없지만, 정치성을 거의 완벽하게 배제함으로써 더 큰 정서적 공감과 울림을 창출할 수 있었던 것은 현실적 소재를 바라보는 시인의 관점이 어떠해야 하는가를 새삼 숙고하게 한다.

카프 계열 작가들의 이념 지향적 활동이 없었던 것은 아니지만, 식민지 시대는 정치의식을 직접적으로 드러내는 일이 원천적으로 봉쇄된 상황이었다. 꼭 그 때문이라고 할 수는 없어도 우리가 알고 있는 뛰어난 시편들 대부분이 이념 표현을 배경으로 장치한 작품들이라는 점은 주목을 요한다. 즉, 이념이나 정치적 의식을 명시적으로 드러낸 시편보다 그것을 가급적 내면화하면서 문학성의 추구에 신경을 기울인 작품이 주는 감동과 설득력은 몇 갑절 증폭되는 것이다. 현실을 상투적으로 고발하고 폭로하는 것보다 사실과 다소 벗어난 이상적 세계를 그리는 것이 오히려 사물의 진실을 알려주는 예가 된다. 그것은 시인의 상상력이 현실의 역사와 의미를 정확하게 조명하고 민족과 역사와의 유기적 연관 관계 속에서 새로운 의미를 창조한다는 것을 뜻한다. 문학과 역사는 별개의 존재로 대립하거나 길항관계를 고집해서는 안되며 상호 주체적 입장에서 보완의 관계를 지향해야 하는 것도 그 점에 바탕한 것이다. 그렇지 못할 때 우리는 역사와 유리된 문학의 위선 또는 폭력에 사로잡혀 역사와 문학 모두를 그릇되게 인식하는 어리석음을 반복하게 될 것이 분명하기 때문이다.

3.

해방과 6 · 25는 이데올로기의 허망한 야광등에 함몰한 일부 이데올로기

스트들의 편향적 태도로 역사와 문학 모두에 커다란 상처를 입혔다고 할 수 있다. 당시에 쓰여진 시들은 몇몇 예외적인 경우를 제외하고 남북 정치 이념의 정당성만을 강변하는 경향을 노골적으로 드러내었고, 심지어는 민족적 동질성을 고려하지 않은 적대감만 노출함으로써 문학 본연의 임무를 스스로 저버리기까지 하였던 것이다. 가령 다음과 같은 시는 적의(敵意)만 생경하게 노출되어 있어 섬뜩한 느낌마저 주는 대표적인 예의 하나이다.

> 총아!
> 너는 네 몸이 불덩어리로 녹을 때까지
> 원수들의 피를 마셔라
>
> 검아!
> 너는 네 몸이 은가루로 부숴질 때까지
> 원수들의 칼을 삼켜라
>
> 장호강, 「총검부」 부분

"총, 칼, 원수, 피, 몸이 불덩어리로 녹을 때까지, 몸이 부숴질 때까지" 등 살벌한 단어들의 나열로 시종하고 있는 이 시편에서 우리가 확인할 수 있는 것은 전쟁의 참혹함이나 비정성에 대한 고발과 휴머니즘의 고취가 아니라 적의 무자비한 살상을 선동하는 피비린내와 쇳소리일 뿐이다. 이처럼 살풍경한 시의 생산은 아무래도 시대적 환경과 요청에 의한 것으로밖에 보이지 않는데, 어쨋거나 그것은 시인의 상상력이 현실(역사적 소재)에 짓눌려 이념과 투쟁의 수단으로 전락한 전형적인 예라 생각된다. 그러나 197,80년대에도 이와 유사한 생경한 목소리들이 마구 분출된 것은 안타까운 일이 아닐 수 없다.

군사 쿠데타로 정권을 잡은 집권자의 장기 독재와 비극적 종말에 이어 또 한번의 쿠데타로 군부 독재가 이어짐으로써 한국의 정치적·사회적 현실은 앞날을 전혀 예측할 수 없는 안개 속으로 빠져들게 된다. 그와 함께 60년대초부터 시작된 산업화는 경제적 궁핍으로부터의 탈출을 가져왔지만 소득 재분배의 날카로운 불균형과 특정 지역·계층의 소외화를 가속화하여 가진 자와 못가진 자 사이의 대립과 갈등을 증폭시킨다. 70년대의 정치 상황, 즉 유신 체제를 가리켜 파시즘이나 나치즘 체제도 그보다는 덜 했을 것이라 한탄한 지식인도 있다고 전해지거니와[6], 바로 그때 우리는 "숨죽여 흐느끼며 / 네 이름을 남몰래 쓴다. / 타는 목마름으로 / 타는 목마름으로 / 민주주의여 만세"(김지하, 「타는 목마름으로」 부분)라는 절규를 듣게 된다. 그 이후 봇물처럼 쏟아진 독재 정권의 반역사성을 질타하고 자유와 민주에 대한 갈망을 노래한 시편을 일일이 열거하는 일은 부질없는 노릇이 될 터이다. 그들은 직접적 폭로의 방법 또는 우회적 풍자의 기법 등을 동원하여 우리의 자유로운 삶을 억제하는 부당한 폭력에 적극 항거함으로써 문학과 역사의 소임에 대해 깊이 성찰할 수 있는 계기를 제공하였던 것이다.

  7,80년대를 개관하기에 앞서 김수영과 신동엽과 같은 시인들의 현실 감각과 역사 의식을 부분적으로나마 검토하는 것이 필요하리라. 그것은 그들이 7,80년대 활발하게 활동한 시인들에게 적지 않은 정신적 문학적 자양분을 제공한 몇 안되는 선배시인으로 기억되고 있기 때문만은 아니다. 김수영과 신동엽이 보여준 비판적 지식인으로서의 현실적 삶과 그것의 시적 형상화는 정체불명의 서구 문예사조에 침식되어 있던 당대 분위기를 강하게 충격할 만한 것이었다. 뿐만 아니라 그들은 당시 어느 누구보다도 현실 문제에 예각적인 관심을 표명하면서도 시의 본질을 적극 옹호하는 입장을 보여주었던 것이다. 4월 혁명 이후 〈자유〉라는 단어에 유다른 집착을 보이고 그 의미 추구에 골몰하면서 설익은 난해함에서 벗어난 김수영은 "시는 온몸으로, 바로 온몸으로 밀고나가는 것이다. 그것은 그림자를 의식하지 않는다. 그림자에조차도 의지하지 않는다. 시의 형식은 내용에 의지하지 않고 그 내용은 형식에 의지하지 않는다. (…) 바로 그처럼 형식은 내용이 되고, 내용이 형식이 된다. 시는 온몸으로 바로 온몸으로 밀고나가는 것이다."[7]라는 강력한 발언을 하기에 이른다. 그의 여러 뛰어난 작품 중

---

6) 김인환, 「정치와 시」, 『상상력과 원근법』, 문학과지성사, 1993, p. 144 참조.
7) 김수영, 「시여, 침을 뱉어라」, 『시여, 침을 뱉어라』, 민음사, 1975, pp. 128~9.

에서도 필자의 주목을 견인하는 것은 4월 혁명의 참된 의미와 그것의 오
염을 불안하게 투시하고 있는「푸른 하늘을」이다.

> 푸른 하늘을 制壓하는
> 노고지리가 自由로왔다고
> 부러워하던
> 어느 詩人의 말은 修正되어야 한다
>
> 自由를 위해서
> 飛翔하여본 일이 있는
> 사람이면 알지
> 노고지리가
> 무엇을 보고
> 노래하는가를
> 어째서 自由에는
> 피의 냄새가 섞여 있는가를
> 革命은
> 왜 고독한 것인가를
>
> 革命은
> 왜 고독해야 하는 것인가를   김수영,「푸른 하늘을」전문

　필자는 이 시를 대할 때마다 만해의 "타고 남은 재가 다시 기름이 됩니
다."라는 구절을 떠올리게 되는데, 그것은 이 두 작품이 본질적으로 유사
한 현실 인식과 역사적 상상력에 기반을 두고 있다는 판단에 기댄 것이다.
앞서 잠깐 살핀 것처럼, 만해의 시에 함축되어 있는 것이 우리 민족의 지
속적인 저항의 의지와 노력이라면 김수영의 위 시가 역설하고 있는 것도
그와 조금도 다를 바 없는 것으로 보인다. 자유는 몽상으로 이루어지는 것
이 아니라 피비린내 나는 투쟁 끝에 쟁취되는 것이며, 혁명은 인간의 자유
로운 삶을 말살하는 세계의 허위와 모순에 직접 항거하는 것이기 때문에
외로울 수밖에 없다. 자유주의자와 혁명가가 고독한 까닭은 그들이 현세적

삶을 거부하고 밤하늘에 찬연히 떠있는 별을 보며 영혼의 삶을 지향하기 때문이며, 운명과 철저히 맞서기 때문에 어쩔 수 없이 비극적이다. 그러한 삶은 순간적 충동과 행동으로 성취되는 것이 아니라 타고 남은 재가 다시 기름이 되는 것과 같은 영속성의 바탕 위에서 비로소 가능하다. 김수영은 현실의 피상적 관찰과 그에 따른 관념적 사고를 결연히 부정한다. "시인의 스승은 현실이다. 나는 우리의 현실이 시대에 뒤떨어진 것을 부끄럽고 안타깝게 생각하지만, 그보다도 더 안타깝고 부끄러운 것은 이 뒤떨어진 현실을 직시하지 못하는 시인의 태도"[8] 라고 단언했던 그는 죽기 얼마 전 민중의 강인한 생명력을 상징화한 「풀」을 발표함으로써 구체적 현실 인식의 한 진경을 보여준다. 그러나 일부 후배 시인들이 〈풀〉이란 단어를 함부로 사용하여 독자의 식상감을 초래했던 것은 고인에게 면목없는 일이 아닐 수 없다. 이 점은 80년대 민중 문학이 거의 유사한 단어와 표현의 반복으로 애초의 의도를 제대로 살리지 못한 사례에서도 거듭 확인되는 비극적 현상이다.

 "껍데기는 가라"라는 힘있는 어조로 혁명의 순수성을 훼손하는 부정적 세력 일체를 질타했던 신동엽은 현실의 역사를 과거와의 긴밀한 상관관계에서 파악하는 폭넓은 원근법을 가진 시인이다. 그는 사월 혁명의 역사적 당위성의 근거를 동학 혁명에서 찾고 있으며 당시로서는 매우 드물게 한반도의 역사를 총체적 관점에서 파악해야 함을 역설한다. "껍데기는 가라. / 漢拏에서 白頭까지 / 향그러운 흙가슴만 남고 / 그, 모오든 쇠붙이는 가라."에서 "그, 모오든 쇠붙이"가 군사 쿠데타의 무력만을 뜻하지 않는다는 것은 굳이 설명하는 일조차 새삼스러울 정도이다. 4월 혁명의 최종적 목표가 남북 독재 정권의 영원한 퇴장을 겨냥한 것이라는 점은 그 앞 구절, "한라에서 백두까지"란 대목이 명약관화하게 밝혀주고 있기 때문이다. 이처럼 신동엽의 역사에 대한 관심은 한국 전체로 확산되고 과거와 현재를 유기적 관점에서 이해하는 태도를 보여준다. 근대적 서사시 『금강』

---

8) 김수영, 「모더니티의 문제」, 『퓨리턴의 초상』, 민음사, 1977, p. 121.

은 신동엽의 총체적 역사관에 바탕을 둔 시적 상상력의 광활과 심연을 고루 갖춘 작품이라 할 수 있다. 그러나 조국 통일에의 간절한 염원을 가장 감동적으로 그린 작품의 하나로 「조국」을 드는 데 특별히 반대할 사람은 없어 보인다. 시인은 이 작품에서 남북 분단과 단독정부의 수립이 민족 전체의 의사가 아님을 분명히 밝히고 있으며 말없이 인고하며 통일의 밭을 가는 민족의 힘에 강한 신뢰를 보내고 있는 것이다.

> 그 멀고 어두운 겨울날
> 異邦人들이 대포 끌고 와
> 江山의 이마 금그어 놓았을 때도
> 그 壁 핑계 삼아 딴 나라 차렸던 건
> 우리가 아니다
> 조국아, 우리는 꽃피는 南北平野에서
> 주림 참으며 말없이
> 밭을 갈고 있지 않은가.

신동엽, 「조국」 부분

시적 인간은 험악한 현실 상황을 수난과 저항을 통해 적극 포용하고 이 포용 속에서 희생되는 자아를 통해 역설적으로 자기 확인을 꾀한다.[9] 그것은 투쟁적 행동주의, 신념과 이성에 기초한 정신주의의 조화가 이루어질 때 정치(역사)와 시(문학)의 오래된 딜레마가 해결될 가능성이 모색된다는 뜻으로 이해된다. 이 두 개의 가치 개념은 대단히 이질적인 개성을 가지고 있어서 서로 길항 관계를 보여왔던 것이 사실이다. 앞에서 살펴본 몇 사례는 이러한 대립적 관계를 지양하고 역사적 진실을 시적 상상력으로 재구성하려 노력한 흔적이 확인되는 것들이었거니와, 5공화국 이후의 이른바 민중·노동 계열의 작품은 정치적 의도(운동으로서의 문학관)가 강한 나머지 〈아지·프로 agitation/propaganda〉와 구별되지 않는 경직성과 상투성을 드러낸다.

---

9) 김우창, 「시와 정치」, 앞의 책, p. 58 참조.

> 낮 12시 나는 보았다
> 총검으로 무장한 일단의 군인들을
> 낮 12시 나는 보았다
> 이민족의 침략과도 같은 일단의 군인들을
> 낮 12시 나는 보았다
> 민족의 약탈과도 같은 일단의 군인들을
> 낮 12시 나는 보았다
> 악마의 화신과도 같은 일단의 군인들을
>
> 아 얼마나 무서운 낮12시였던가
> 아 얼마나 노골적인 낮12시였던가   김남주, 「학살·2」 부분

젊음을 오로지 민주화 투쟁과 시창작에 바치다 세상을 떠난 김남주의 짧되 굵직한 생애는 마치 이육사의 그것과 방불한 느낌을 준다. 실제로 그는 "80년대 사회변혁운동의 이념과 정신을 온몸으로 감당해온 전형적인 시인이며 타의 추종을 불허하는 대표적 민족민주시인"[10]으로 추앙되는데 그러한 평가가 지나친 과장이 아니라는 점을 인정하는 데 인색한 사람은 별로 없는 듯하다. 그러나 위 인용시는 광주 민중학살에 대한 끓어오르는 증오와 절망의 정제되지 않은 분출 이상의 것이 아니라는 점을 솔직히 시인할 필요가 있다. 시는 거울만도 램프만도 아니며 거울이면서 동시에 램프여야 한다는 로버트 숄즈의 충고를 받아들인다면, 김남주의 「학살·2」 계열의 작품은 철저히 거울의 역할에 충실하고 있을 뿐 램프의 기능에 대해서는 특별히 고려하고 있지 않은 것으로 보인다. 김남주 시에 대한 호의적 분석을 시도한 평자조차도 "(그의) 시가 보여주는 단순명료함의 특성은 그의 시에 일종의 상투성을 부과할 또다른 위험을 안고 있다."[11]고 우

---

10) 염무웅, 「김남주 시에 대한 의문」, 『김남주시선집 : 사랑의 무기』跋文, 창작과비평사, 1989, pp. 218~9.

11) 윤지관, 「풍자정신과 투쟁적 리얼리즘 — 김남주론」, 『민족현실과 문학비평』, 실천문학사, 1990, p. 250.

려할 만큼 그의 일련의 시는 경직된 정치성과 투쟁 의지를 마구다지로 쏟
아붓고 있다. 물론 그에게 「사랑은」·「고목」·「하늘과 땅 사이에」와 같
은 뛰어난 작품이 적지 않음에도 불구하고 위 시를 논의의 대상으로 다룬
필자의 불공평한 태도를 비난하는 지적도 있을 수 있다. 그러한 예상을 하
면서도 굳이 「학살·2」를 거론하는 까닭은 80년대의 대표적 민족 시인과
식민지 시대의 민족 시인이 역사와 문학을 수용하는 데 어떤 차이를 노정
하고 있는가를 대비하려는 의도에서이다. 그러한 차이는 다만 시대적 상황
이나 지배 집단의 다름과 같은 단순한 차원의 문제에서 연유하는 것만은
아닐 터이다. 또 식민지 시대나 5공화국 시절 가운데 어느 시기가 더 강파
르고 험한 세월이었는가를 비교하는 것조차 소모적이고 비생산적인 말싸
움이 되기 십상이다. 중요한 것은 인간의 능동적이고 자발적인 삶의 영위
를 불가능하게 압박하는 현실을 인식하는 시인의 현실 감각과 그것을 역
사적 원근법으로 재구해내는 상상력 사이의 함수관계에 관한 것이다. 시인
의 정치적 신념과 문학적 성취가 항상 비례 관계를 유지하지 않는 것이
정치(역사)와 시(문학)의 오래된 딜레마임은 앞에서 말한 바와 같거니와,
시인의 신념이 아무리 확고하고 정당한 것이라하더라도 그것이 상상력의
위축과 경직, 현실의 편향적이고 단선적인 이해를 초래할 때 그의 신념은
공허한 것이 되기 쉽다. 그런 작품에서 우리가 확인할 수 있는 것은 대개
의 경우 시인의 현실과 역사에 대한 불만과 분노, 자신의 이념에 대한 맹
신적 과시이기가 일쑤이다. 이런 맥락에서 사회학적 상상력이 가진 자의
타락상이나 부패상을 드러내는 적절한 도구일 수는 있어도 그러한 체제를
암묵적으로 지탱시켜 주는 다수 국민의 속물성에 대해서는 둔감해지기 쉽
기 때문에 정작 깊이 고려해야 할 사항은 사색하는 자와 사색하지 않는
자의 구조[12]에 관한 것이라는 한 비평가의 말을 귀 기울여 듣는 것이 헛

---

12) 이경수, 「인문학적 상상력으로서의 현실인식」, 『상상력과 부정의 시학』, 문학과지성
   사, 1986, pp. 50~1 참조. 이경수의 글은 사회학적 상상력으로 역사와 현실을 재단하
   는 것이 유일하고도 완벽한 방법론인 것처럼 맹신하는 분위기가 사회 전체로 확산되는
   당시 상황에 대한 우려에서 나온 것이다. 우리가 이 글에서 취할 것은 현실 파악 논리
   의 균형 감각이지 어느 특정한 상상력적 방법론의 우열에 관한 것이 아님은 물론이다.

된 시간 낭비일 수는 없으리라 본다. 상상력은, 그것이 사회학적인 것이건 인문학적인 것이건 상관없이, 현실과 역사의 한계를 초월하는 데 의의가 있는 것이지 어느 특정 이념이나 주장을 선전·선동하는 수준에 머무는 것이 아니다. 여기서 문학의 다양성과 초월성이라는 다소 진부한 원리를 반복할 필요를 느끼지는 않지만, 이른바 민중문학이 정작 대다수 독자를 강하게 흡인하지 못하는 이유가 무엇인지에 대한 성찰은 있어야 하리라 본다. 시는 진술(statement)이 아니라 표현(expression)이라는 말이나, M. 바흐친이 『라블레』를 분석하는 자리에서 언급한 바처럼 진정한 민중문화는 건강한 웃음과 본능적인 삶의 환희, 그리고 차원 높은 비판의 해학으로 성취되는 것이라는 지적은 여전히 그 유효성을 상실하지 않고 있는 것이다.

　　4.

　미당 서정주를 가리켜 〈政府〉 또는 〈기만적인 접신술가〉라고 말하는 데서 알 수 있듯이, 그의 문학과 인간에 대한 세간의 평가는 극명한 대조를 보여준다. 미당 개인에 대한 비난이 한층 거세진 것은 5공화국 출범 당시 TV에 나와 특정 인물을 두둔한 일과 일제 말기 친일 작품을 썼다는 사실 때문인데, 이런 여러 가지 사정을 감안하더라도 어떤 면에서 그는 파르마코스와 같은 희생양일지도 모른다. 이것은 미당의 친일 행적과 주책에 가까운 발언을 변호하자는 게 아니라 비판의 균형감각 상실에 대해 우리 모두 대체로 둔감한 것은 아닐까 하는 우려의 표명일 뿐이다.

　역사를 시의 소재로 다루는 데 있어 미당처럼 독특한 관점을 보여준 시인은 달리 찾기 어렵다. 우리 현대시에서 주로 다루어지는 역사적 소재는 동학 혁명과 4·19, 5·18 등 근현대사에 치중되어 있음은 주지하는 바와 같다.[13] 그런데 미당은 천년 전의 역사(신라)를 오늘로 끌어내려 자유로운

---

13) 동학 혁명을 소재로 한 시를 묶은 『황토현에 부치는 노래』(창작과비평사, 1993)는 현대 시인 67명의 작품을 모은 것이다. 이밖에도 일일이 확인할 수 없었지만 4·19와 5·18을 다룬 시인이나 작품도 그보다 적은 양이 아닐 것으로 생각된다.

상상력과 유현한 정신주의의 한 정점을 구축함으로써 문학과 역사의 관계에 대한 새로운 가능성을 제시하고 있는 것이다. 이러한 정신주의에 대한 비판이 전혀 없는 것은 아니지만[14], 서정주 시의 정신 세계 추구는 한 때 우리가 간과하고 지나쳤던 시(시인)의 역할, 즉 시는 거울과 동시에 램프여야 하며 시인은 날개달린 말을 타고 있는 자라고 하는 에피그람을 새삼스럽게 환기시킨다. 말을 바꾸면, 역사를 시의 소재로 선택한 시인들이 지녀야 할 원근법과 상상력은 현실을 직시하고 미래를 투시할 만한 탄력성과 유연성을 확보해야 한다. 그렇지 않을 때 문학과 역사는 굉음을 지르며 뒤틀리게 될 것이고 시적 진실과 역사적 상상력의 왜곡을 초래할 것이 분명하다. 미당시는 우리를 신라의 유현한 세계로 초대하여 불의와 부정에 물든 속악한 현실과 전혀 다른 이상 세계에 취하게 하면서 동시에 이와 같은 정신을 향유하기 위해서라도 현실과 역사에 정직해야 한다는 역설을 가르친다. 자유·정의·민주 등 시대가 요구하는 가치와 전혀 다른 시세계를 구현하는 미당시가 우리의 공감을 자아내는 것도 이 때문이다.

지금까지 필자는 시의 소재로서의 역사에 대한 몇몇 시인들의 예를 통해 그 조화의 가능성을 살펴 보았다. 현실의 폭력과 불의에 저항하는 시인들의 신념과 행동은 언제나 아름답고 정당하다. 그러나 그것이 또다른 폭력으로 기능한다면 우리 모두를 더 큰 불행의 늪에서 허우적거리게 할 것이다. 카프 계열의 시나 민중 문학의 일부 작품들이 〈아지·프로〉화를 경계하는 까닭은 그들이 문학을 정치적·투쟁적 무기로만 인식하기 때문이다. 문학은 정치와 달리 나름대로의 고유한 특성을 구비해야 마땅하다. 최소한의 문학성도 갖추지 못한 작품은 그 이념이 아무리 숭고한 것이라하더라도 곧 잊혀질 수밖에 없는 이유도 여기서 달리 찾을 수 있는 게 아니다.

문학은 어떤 역사 사회적 조건과도 분리되어 순수만을 추구해야 한다는 입장이나 그것이 이념과 사상의 수단이어야 한다는 주장은 모두 불식되어

---

14) 서정주 시의 변화와 편력을 "현실 감각의 상실과 입체적 인식의 결여"라고 지적하는 관점에 필자역시 부분적으로 공감한다. 다만 여기서는 시의 소재로서의 역사를 취급하는 독특한 방법적 예로 미당의 시가 좋은 참고가 된다는 것을 말하고자 하는 것이다.

야 옳다. 마치 흑백논리와도 같은 극단적 입장은 대다수 독자에게 현실과 역사의 진실을 이해하는 데 장애가 될 뿐 어떤 도움도 되지 못한다. 역사가나 문학인들에게 어떤 조건보다 창조적 능력이 우선적으로 요청되는 까닭은 그들의 작업이 현실과 역사의 실증적 파악이 아니라 전체적 조망에 의한 새로운 해석이나 평가와 관련되기 때문이다. 참된 역사가나 시인은 하나의 사물을 통해 개체와 전체, 구체와 보편을 두루 포괄하는 이성적 노력을 게을리하지 않는다. 그들은 하나의 사물, 사건이 독립적으로 존재하는 별종이 아니라 어떤 방식으로든지 주변 환경, 현실과 긴밀한 연관 관계를 맺고 있다는 사실을 거의 본능적으로 직관하는 혜안의 소유자들이다. 하나의 사물, 사건의 의미를 정확히 파악하게 되면 밭고랑에서 감자를 캐듯이 그와 관련된 모든 의미가 저절로 드러나게 된다. 농부가 감자의 특성을 잘알아 별다른 유실(流失)없이 밭고랑의 감자를 캐내듯, 시인은 정확한 현실 인식과 투철한 역사 의식으로 현실을 조명하고 문제의 본질에 다가간다. 그런 점에서 시인들에게 역사적 진실을 밝히려는 의지와 더불어 자기 희생의 주체적 결단이 요구되는 것은 필연적인 일이라 할 수 있다. 자기 검열과 희생이 뒷받침되지 않는 주장이나 행동은 어떤 경우에도 공소해질 우려가 있기 때문이다. 그러나 객관적 전망과 주체적 의지를 고루 구비한 시인을 만나기란 말처럼 쉬운 게 아니다. 완벽한 인간이란 있을 수 없듯이 어느 한 쪽 능력이 우수하면 다른 쪽의 능력은 취약한 것이 일반적이다. 그럼에도 불구하고 참된 시인이라면 자아와 세계 사이의 거리 감각과 균형 감각을 유지하기 위해 최선의 노력을 기울이리라고 우리는 믿는다. 문학사는 우리의 이러한 믿음과 기대가 전혀 허황된 것이 아니라는 사실을 곳곳에서 확인시켜 주고 있다.

해방 50년의 현대시조, 전개와 변화 양상

1.

고려 중·말엽에 발아하여 가사(歌辭)와 함께 조선조를 대표하는 문학 장르 가운데 하나로 화려하게 꽃피웠던 시조의 현재 모습은 어떠한가. '시절가조(時節歌調)', 즉 당대에 가장 널리 불리우던 노래로서의 시조가 음주사종(音主詞從)의 가창적 특성을 버리고 문학성을 강하게 드러내면서 어떤 변화와 굴절 양상을 노정하고 있는가. 육당과 가람이 주도한 시조부흥운동 이후 다양한 실험과 모색의 움직임이 있었지만 현대시조가 한국문학에서 차지하고 있는 역할과 의미는 그 연륜에 합당한 무게와 깊이를 간직하고 있는가.

오늘날 《시조문학》·《시조생활》·《겨레시조》·《한국시조》·《시조시학》 등 시조전문지와 그보다 훨씬 많은 숫자의 시조동인지, 600여명을 웃도는 시조시인이 활발한 창작행위를 하고 있음에도 불구하고 현대시조가 위의 우려를 불식할 만큼 주도적인 움직임을 보이지는 않는 것 같다. 그 까닭을 이 자리에서 명쾌하게 밝혀내기는 어렵지만, 시조를 과거 유물로 인식하는 일부 문인들의 그릇된 편견과 시대의 변화에 적절히 대응하지 못한 시조시인들의 다소 안이했던 태도에서 그 원인의 일단을 찾는 것은 손쉬운 일이다. 다시 말해 대다수 문학관계 종사자들은 현대시조를 한국문학의 구색 갖추기의 한 영역으로 이해하고 있는 것처럼 보이며, 일부 문예지에서 습작기 수준의 시조시인을 양산해 온 이해하기 어려운 관례가 오늘날 시조에 대한 일반·전문인의 무관심과 배척을 자초한 것으로 생각된다. 주로 계간지로 발행되고 있는 시조전문지에 매호마다 추천 방식을 거쳐 배출되는 신인들의 자질에 대한 우려와, 중앙일간지 신춘문예에 당선하고도 또다시 그 과정을 되풀이했던 어느 시인의 사례를 대하면서 우리는 현대시조가 지금 어떤 형편에 처해있는지를 직감하게 된다. 그것은 한때 우리 민족의 정감을 가장 감동적이고 효과적으로 표현해 국민적 사랑을 받았던 시조가 외래 장르의 도저한 압박에 밀려 마침내 그 원형을 상실하고 기괴한 모습으로 탈바꿈하고 마는 것이 아닌가 하는 우려를 자아내 심란하기까지 하다.

　이 글은 해방 후 현대시조가 어떻게 변화, 전개되어왔는가를 개괄적으로 살피기 위해 씌어진다. 평소 현대시조에 특별한 관심과 애정을 갖지 않았던 필자에게 맡겨진 이 주제는 대단히 당혹스러운 것이 아닐 수 없다. 그러나 이 글을 쓰기 위해 자료를 면밀히 독해하는 동안 나의 의식을 끊임없이 자극한 것은 더이상 시조가 한국문학의 사각지대에 방치되어서는 안된다는 반성적 자각이었다. 그것은 우리 고유의 문학 장르가 터무니없이 홀대받아 온 현실에 대한 각성인 동시에 기본적 소양조차 갖추지 못한 아마츄어들의 작품을 무책임하게 활자화시키는 문학적 상업주의, 주자학적 세계관 특히 명분지향적 성격에서 탈피하지 못하고 격변하는 현실을 괄호 안에 묶는 일부 시조시인들의 관념적인 태도, 그리고 '눈치·선심·아부' 적 성격이 강한 시조비평 등 시조문학 전체에 잠복해 있는 부패의 냄새까지 풍기는 정체성(停滯性)에의 분노와 애정에서 연유된 것이다. 그러나 이 글은 해방 후 50년의 현대시조를 거칠게 개관하는 수준에 머물 수밖에 없음을 미리 밝힌다. 그것은 무엇보다 필자의 역량 부족때문이지만, 『한국현대문학사』의 한 장도 차지하지 못할 만큼 현대시조 관련 자료가 적었던 탓도 크다. 이런 여러가지 열악한 조건에도 불구하고 몇몇 문예지에서 월평 또는 년평(年評) 형식으로 보여준 시조에 대한 꾸준한 관심, 당시 시조계의 흐름과 특징을 객관적으로 기술하여 자료로서의 가치를 확보하고 있는 《문예연감》의 시조년평(時調年評) 등에서 적지 않은 시사를 받을 수 있어 그나마 다행이었다.

2.

　현대시조를 이야기할 때 가장 앞자리에 놓아야 할 인물로 육당과 가람을 드는 데 특별히 이론을 제기할 사람은 없어 보인다. 특히 가람은 「시조를 혁신하자」(《동아일보》, 1932. 1. 7)라는 글에서 현대시조의 창작 방향을 (1) 實想實情을 찾자 (2) 취재의 범위를 확장하자 (3) 용어의 數三(선택) (4) 格調의 변화 (5) 연작을 쓰자 (6) 쓰는 법, 읽는 법 등의 여섯가지로 제시하는 등 시조부흥운동에 앞장 선 대표적 인물이다. 이러한 가람의 주장은 결국 고시조에 나타나는 제재, 어휘, 형식 등의 구속과 상투성을 벗어나 실제 현실과 밀접한 관련이 있는 내용을 다루되 시어를 과감하게 확장하자는 것으로 요약된다. 이 가운데 우리의 관심을 끄는 것은 격조의 변화, 즉 노래로 불리워졌던 고시조의 특성을 대신할 수 있는 것으로 '격조'의 개념을 제시했다는 점이다. 현대시조가 더이상 노래가사로서의 기능을 수행할 수 없음을 날카롭게 통찰한 그는 시적 운율과 내용이 조화를 이루어야 한다는 판단에서 격조론을 강조한 것인데, 이 점이야말로 가람의 시조 혁신론이 거둔 가장 두드러진 성과라 여겨진다.

　가람의 문학활동에서 절대적인 비중을 차지하는 것은 현대시조의 건설을 위한 노력이었으며 그런 노력은 《문장》의 추천과정을 통해 김상옥, 이호우, 장하보와 같은 탁월한 후배를 배출함으로써 일단 가시적 성과를 획득하게 된다. 실제로 이들 신인들은 해방 후 스승격에 해당하는 가람, 노산, 담원, 조운, 김어수 등과 함께 시조의 현대화에 가히 혼신의 정열을 기울여 한국 현대시조의 지평을 확장시켰다고 해도 지나치지 않다. 해방 후에 간행된 창작시조집만 하더라도 『한라산』.『조국강산』(이은상, 1945), 『박꽃』(이희승, 1946), 『조운시조집』(조주현)·『가람시조집(중판)』(이병기)·『出帆』(양상경)·『草笛』(김상옥, 이상 1947년), 『상원시조집』(박종옥)·『담원시조집』(정인보, 이상 1948년), 『머들령』(정훈, 1949) 등 십여 권에 이를만큼 양적인 팽창을 가져온 것이 좋은 예증이라 할 수 있다. 이와 함께 일군의 젊은 시조시인들은 선배들이 소중히 간직해 온 전통성에 날카로운 현실인식과 신선한 개성을 접목시킴으로써 질적인 변화와 발전을 예고한다. 1940년을 전후하여 추천받은 김상옥, 이호우, 장하보 등의 작품에는 시조 특유의 관조적 태도와 함께 탄탄한 구성에 뒷받침된 예리한 현실인식이 조화를 이루고 있다. 특히 장하보의 「寒夜譜」(《문장》, 1940. 4)는 이육사의 몇몇 작품에 견주어도 별로 손색이 없을 만큼 세련된 작품이다.

> 찌르릉 벌목소리 끊어진지 오래인데
> 굽은 가지끝에 바람이 앉아 운다
> 구름장 벌어진 사이로 달이 반만 보이고.
>
> 낮으로 뿌린 눈이 삼고 골로 내려덮여
> 고목도 정정하여 뼈로 아림이러니
> 풍지에 바람이 새여 옷깃 자로 여민다.
>
> 뒷산 모롱이로 바람이 비도는다
> 흰 눈이 내려 덮여 밤도 여기 못오거니
> 바람은 무엇을 찾아 저리 부르짖느냐.
>
> 장하보, 「한야보」

전 3연으로 구성된 이 작품은 제1연 초장 첫구를 의성어로 시작하는 기교부터 범상치 않은 데다가 식민지 말기의 암울하기 그지없는 시대적 정황과 불투명한 미래에 대한 불안의식을 바람, 달, 눈 등의 객관적 상관물에 의탁하여 깊은 울림과 공감을 자아낸다. 특히 "흰 눈이 내려 덮여 밤도 여기 못오거니 / 바람은 무엇을 찾아 저리 부르짖느냐"는 제3연 중·종장의 반어적 표현은 막다른 상황에 몰린 한민족의 비운과 그럼에도 불구하고 외적 고난에 결코 좌절하지 않겠다는 민족의 의지를 절제된 감정과 빼어난 감각적 표현으로 형상화하는 데 성공하고 있다.

형식적 측면에서 볼 때 구각을 깨는 데 가장 과감했던 시인은 조남령이라 할 수 있다. "에잇! 알랑달랑 야망스런 저 다람쥐"(「금산사·1」 초장), "하이커 지팡이가 산허리를 두드리자"(「노호·1」 초장) 등에서 보는 바처럼 그의 시조는 종래의 엄격한 정형성과 상당한 거리를 유지한다. 시조에서 감탄사가 놓일 자리는 종장 첫구라는 고정관념을 정면에서 부정한「금산사・1」(감탄사로 초장 첫머리를 장식한 예는 이미 황진이의 "어져 내일이야 그릴 줄을 모드릇냐"에서 본 바 있는 것이지만)이나, 외래어를 초장 머리에 배치하여 신선한 언어적 자극을 획득한「노호・1」등은 그의 실험정신의 일단을 증명해주는 예이다. 그는 시상의 효과적인 전개를 위해 일체의 형식적 조건을 무시하면서 직핍적으로 감정을 전달하고자 노력했으며 언어에 대한 투철한 자각으로 새로운 시어와 표현법을 개발하는 데 적지않은 성과를 거두기도 하였다.

　문화적 유물과 역사적 유적에 깊은 관심을 보였던 김상옥은 그러한 대상을 통해 현실의 고통과 인고의 깊이를 일깨우는 한편 민족의식의 고양을 의도한 작품을 주로 쓴 작가이다.「백자부」는 고등학교 국어 교과서에 실림으로써 일반인에게도 널리 알려진 작품인데, 조선조 백자의 외형에 대한 섬세한 묘사 속에 백의민족의 강인한 생명력과 온화한 기품이 용해됨으로써 독특한 미학적 정서를 불러 일으킨다. "시는 언어로 빚은 〈도자기〉라고 말할 수 있다면, 도자기는 흙으로 빚은 〈시〉"라고 생각할만큼 도자기에 매료된 그는 이러한 소재를 고도의 은유와 상징으로 내면화하는 작업에 골몰한다. 청자・백자의 외적 아름다움과 거기에 내재한 민족정신을 '부(賦)'라고 하는 전통적 양식으로 시화하던 그가「비취인영가」・「포도영가」와 같이 '영가(靈歌)'의 형식을 빌어 노래하게 된 것은 자연 혹은 역사적 유물과의 영적 교감이 그만큼 성숙한 단계에 이르렀음을 말해주는 것이다. 한 가지 특기할 만한 사실은 그가 시조라는 명칭이 지닌 가창적(歌唱的) 요소에 불만을 느껴 첫작품집인『草笛』을 굳이 시조시집(時調詩集)으로 명명하였을 뿐만 아니라 1960년대 이후에는 아예 시조를 '三行詩'로 부를 것을 제안했다는 점이다.

　「달밤」으로 추천을 받을 당시만 하더라도 관조적・서정적 성향이 강했던 이호우의 시조가 해방 후 특히 60년대 이후에 보여준 변신은, 뒤에 자세히 살피게 되겠지만, 괄목할 만하다. 그리고 그의 누이 이영도의 등장은 해방 후 첫신인이라는 의미와 더불어 황진이 등이 도달한 시적 높이의 현대적 계승을 기대할 수 있게 되었다는 점에서 주목된다.

> 그대 그리움이 고요히 젖는 이 밤
> 한결 외로움도 보낸 양 오붓하고
> 실실이 푸는 그 사연 장지 밖에 듣는다.   이영도, 「비」

임과 이별한 여성 화자의 그리움과 외로움의 정서는 우리 시가에서 면면한 흐름을 간직해온, 따라서 매우 친숙하고 낯익은 주제이다. 임을 그리는 여성의 애달픔을 "서리서리 넣었다가 구비구비 펴리라"고 노래한 황진이의 시조는 말 그대로 절창이거니와, 이 시조 또한 감정의 곡진함에 있어서나 시어 선택의 적절함에 있어서, 그리고 이미지와 서정을 조화시키는 능력 등이 황진이의 그것에 그리 뒤지지 않아 보인다.

해방기 시조시인들의 작품 세계는 1940년대 수준의 연장이라 보아도 무방하다. 물론 김상옥, 이호우 등이 새로운 가락과 형식의 변화를 창출하려는 노력을 포기하지 않았지만, 구체적 성과는 미흡한 편이다. 해방 후 월북한 조운은 대상을 보고 느낀 순간적인 감각을 중시하거나 사대부들의 안빈·은일 사상을 계승하는 작품을 썼고(율곡의 「고산구곡가」 10수를 토대로 「石潭新吟」 9수를 쓴 것이 대표적인 예이다), 조종현과 고두동(高斗東), 정훈의 작품도 전통적 시조의 규율에서 한치도 벗어나려 하지 않았다. 하지만 가람의 후예라 할 이들 몇몇 시인들은 장강의 뒷물결 같은 출어람(出於藍)의 역량과 부단한 자기혁신으로 현대시조의 새로운 방향을 제시해 주었고 그럼으로써 5,60년대 현대시조의 다양한 개성과 실험의 모색이 가능했다.

3.

어느 선각자는 8·15 해방을 가리켜 "아닌 밤중에 찰시루떡을 받는 격"이란 표현으로 비유한 바 있거니와, 그 이후 전개된 한국사를 살펴보면 이처럼 적절한 비유는 다시 찾기 어렵다. 한밤중에 혼곤한 잠에서 깨어나 먹는 찰시루떡은 급체증상(急滯症狀)을 야기하고 그것이 악화되면 만성위장병이나 위암으로 발전할 소지가 농후하기 때문이다. 기실 해방 후 우리 역사는 강대국의 이데올로기적 세력다툼에 의해 강제로 분단되었고 그것이 민족간의 불화와 갈등을 심화하여 마침내 동족상잔의 비극적 역사를 초래하였던 것이다.

50년대는 미소간의 대리전 성격이 강한 6·25의 포연과 살륙, 공포와 증오, 생존과 죽음으로 참담한 막이 오른다. 50년대 초반의 한국문학은 현실의 비극적 상황을 통하여 전쟁의 무모함을 고발하고 시대를 증언함으로써 강한 휴머니즘과 민족의지를 드러내는 것으로 특징지을 수 있다. 가람·노산·이호우 등 시조시인 역시 문학에 대한 시대적 요청에 부합하여 전쟁 체험의 참혹성과 북진통일에의 의지, 그리고 휴머니즘에 입각한 민족애를 담은 작품을 생산하였으며 노산의 「고지가 바로 저긴데」는 6·25를 소재로 한 시조의 선도적 역할을 한 것으로 평가된다. 그러나 노산의 이 작품은 전쟁에서 반드시 이겨 통일을 완수해야 한다는 반공 이데올로기의 당위성만을 강조했다는 비판에서 자유롭지 못하다. 그의 시조가 외적 형식미를 거의 완벽하게 추구하고 언어를 다루는 데 있어서도 특별한 재능을 발휘한 공로는 인정되지만, 민족과 역사의 질곡적 상황을 깊이있게 통찰하는 안목은 다분히 근시안적이고 체제순응적이었던 것이다. 이에 반해 발표 당시 반공법에 저촉된다고 구설수에 오르기도 했던 이호우의 「바람벌」은 투철한 민족의식과 역사인식에 바탕하여 현실을 직시하고 우리가 정작 고민해야 할 문제가 무엇인지를 제시한 작품으로 노산·가람 등 선배들의 그것과 날카로운 대조를 이룬다. 그는 오늘의 현실을 "미움이 사랑을 앞선 이 각박한 거리"로 인식하면서 "차라리 남이었다면" 전쟁의 상처와 아픔이 덜했을 것이라고 절규한다.

> 욕이 조상에 이르러도 깨달을 줄 모르는 무리
> 차라리 남이었다면, 피를 이은 겨레여
> 오히려 돌아앉지 않은 강산이 눈물겹다.
>
> 벗아 너마자 미치고 외로 선 바람벌에

> 찢어진 꿈의 기폭인 양 날리는 옷자락
> 더불어 미쳐보지 못함이 도리어 섧구나.   이호우, 「바람벌」 제2, 3연

이 시를 통해 이호우가 강조하고 있는 것은 이데올로기의 우열이나 전쟁의 승패 따위가 아니라, 5천년 역사를 이어온 동족끼리 피를 흘리며 싸워야 하는 현실이 욕인지도 모르는 맹목과 무지에 대한 안타까움과 분노이다. 한핏줄로 5천년 역사를 지속해 온 것은 세계에서 유례를 찾아보기 어려운 일이라고 자랑하던 무리들이 서로 원수처럼 죽고 죽이는 현실이 시인으로서는 도저히 납득하기 어려운 역사의 아이러니로 받아들여진다. 그것은 정상적인 이성을 가진 사람들로서는 도저히 이해하기 어려운 일이며 이런 참상에 등을 돌리지 않는 강산이 시인에게는 오히려 의외일 정도이다. 이호우의 시조가 강력한 비판의식을 담고 있다는 것은 그가 시조의 본래적 의의를 명확하게 이해하고 있다는 사실을 설명해준다. 시조의 발생은 당시의 정치적 격변이나 혼란상과 유기적 연관관계를 형성한다. 다시 말해 포은 정몽주의 「단심가」와 야은 길재의 「회고가」 등은 하나같이 고려의 멸망과 조선의 건국이라는 대단히 민감한 정치적 변혁과 뗄 수 없는 상동관계를 갖는 것이다. 따라서 시조가 현실의 문제를 비판적 시각과 알레고리적 기법으로 다루는 것은 조금도 이상한 일이 아니다. 그런 점에서 조선조 사대부들의 음풍농월적 작품 성향은 시조의 본질을 왜곡한 것으로 볼 수 있으며, 사설시조에 의해 그러한 비판과 풍자정신이 계승되다가 50년대 비로소 제 모습을 찾기 시작했다고 말할 수 있다. 50년대 등장한 시조시인들, 이를테면 박재삼·이태극·정소파(鄭昭坡)·송선영(宋船影)·장순하·최승범·박경용·유성규·김성분(金尙勳) 등은 전통적 시조 양식에 충실하면서도 현실의 질곡을 예각적으로 문제삼은 작품성향을 보여준다. 그 중에서도 민족적 비극의 현장인 휴전선을 답사하고 그것의 역사적 의미를 시화한 송선영(「휴전선」), 한동안 잊혀졌던 사설시조의 현대화에 유다른 관심을 기울인 장순하 등의 작업이 돋보인다.

50년대 시조계에서 특기할 만한 사항은 가람 이후 수면 밑으로 가라앉았던 시조부흥론이 본격적으로 제기되었다는 사실이다. 이태극·고두동·

이종출·이병기 등이 시조가 현대시의 단시형(短詩形)에 귀속될 것이 아니라 평시조형 그대로 현대시와 동등한 자격으로 발전해 나아가야 하리라는 주장을 펴자 김동욱, 정병욱 등은 "평시조형이 지니고 있는 역사적 기능이 유가이념적인 충의사상을 표현하는 데에 있었다는 사실을 상기할 때 (…) 평시조형도 응당 그 역사적 기능을 상실한 오늘날에 있어서는 본격적인 시문학으로서의 자격을 포기하고 새로운 시대의 총아인 현대시에게 그 자리를 비켜주어야 마땅"(정병욱, 「시조부흥론비판—현대시로서의 발전은 가능한가」)하다고 강력하게 반발하고 나선다. 시조작가와 문학사가 사이의 시조논쟁이 점차 격렬해지자 《현대문학》(1958. 5)이 중재에 나서 「시조의 현대적 의의와 그 부활에 관한 각계 의견」을 조사하였는데, 김규동은 부흥될 수 있다는 입장을, 김우종은 부활될 수 없다는 주장을, 그리고 김현승은 절충적 견해를 각각 밝힌다. 이와 같은 시조논쟁은 시조가 민족 고유의 정형시로서 현대적 생명력을 유지하고 있는가 라는 문제로 귀착될 수 있는 것이다. 시조작가들이 시조의 현대적 의의를 내세운 것은 당연한 일이겠으나 문학사가들이 반대 입장에 선 것은 선뜻 납득하기 어렵다. 어쨌든 이 논쟁이 자기 변신에 게으름을 피우던 시조작가들을 충격하여 문학으로서의 시조로 살아남으려는 현실적인 노력을 하게 된 계기가 되었음은 분명하다.

　1950년대에 간행된 주요 시조집으로는 『素汀詩抄』(서정봉, 1953), 『靑苧集』(이영도, 1954), 『벽오동』(정훈)·『이호우시조집』(이호우)·『은어』(최성연, 이상 1955), 『山窓日記』(정소파, 1957), 「노산시조집」(이은상, 1958) 등을 예거할 수 있다.

　　4.

　1960년대 김제현·공석하(高 英)·이우종·이우출·정완영·이근배·이상범·윤금초·김 준·한춘섭·박재두·서 벌·김동준·선정주(宣珽柱)·김상묵·이은방·김승규·김호길·조오현·석성우 등이 중앙일간지 신춘문예와 《시조문학》·《자유문학》 등으로 데뷔하여 시조계는 30여명의 작가를 확보하면서 아연 활기를 띠게 된다. 그들의 작품은 현실에 밀착하여 제재를 확대하고 내면적 순수 서정의 깊이를 추구하여 관념적·주정적 성향으로부터의 탈출을 꾀하는 한편, 역동적 리듬을 수용함으로써 읽히는 시조로서의 가능성을 내비쳤다. 요컨대 1960년대는 가람·노산·담원·김상옥·이호우 등 현대시조 1세대와 2세대에 속하는 이들이 여전히 왕성한 창작의욕을 보여주는 가운데 신진들이 패기에 찬 실험과 비판 정신으로 현대시조의 새로운 영역을 개척하기 시작한 것으로 볼 수 있다.

60년대 신인들의 작품은 대부분 민족적 비극의 역사를 제재나 주제로 하고 있다는 점에서 특징적이다. 김제현의 「도라지꽃」·「중동부」, 정완영의 「애모」·「조국」, 박재두의 「목련꽃」, 장순하의 「觀圖」, 이우종의 「탑」, 이근배의 「산하일기」, 이상범의 「일식」 등 일련의 작품들은 하나같이 한국적 정감과 이미지를 활용하여 민족의 비원과 통일에의 염원을 노래한 것들이다. 전쟁 후의 황폐한 조국과 거기에서 살아가는 우리 민족의 모습이 이들의 눈에는 "수척한 산과 들"(정완영, 「애모」), "외로운 모국어로/새겨진 비명"(이근배, 「산하일기」), "신음과 기도 위로/선지피 뚝뚝 듣던 산"(김제현, 「도라지꽃」), "살아 한 되는 목숨"(박재두, 「목련꽃」)으로 각인되지만 감상적 애국심이나 우편향적 이데올로기의 강조와 같은 유치한 상투성은 단연코 거부한다. 오히려 이들은 조국의 분단을 현실로 받아들이지 않고 언젠가 통일이 될 것이라는 신앙과도 같은 확신을 소중하게 간직한다. 가령 이상범의 다음 시는 이들의 미래지향적 의지가 얼마나 견고하고 뿌리깊은 것인가를 잘 설명해주는 예이다.

이 어둠 사위는 날
꽃수레 타고 동은 트리.

宿願의 강나루며
다리 놓아 길이 되면

새 아침
「東方의 나라」

꿈도 깁고 살리야.   이상범,「일식권」제 4수

  구별배행 방식을 따르고 있는 이 작품에서 시인은 통일이 되는 그날의 광명을 "꽃수레 타고 동은 트리"로 예찬하면서 남과 북을 자유롭게 오갈 수 있는 다리가 놓일 때 비로소 우리의 꿈을 기워[縫]새 세계로 나아갈 수 있으리라는 믿음을 표명한다.
  이와 함께 몇몇 시인들은 국가주도형 근대화에 따른 인간 소외·가치관의 혼돈 등과 같은 사회 현상이나 월남참전·핵실험 등 현실적으로 예민한 소재를 독설과 기지로 날카롭게 고발하기도 한다. 예컨대 다음과 같은 작품은 현대시인들조차 다루기 꺼려했던 월남전 참전의 실상과 모순을 간결한 표현으로 꿰뚫고 있어 시조가 더이상 비현실적 관념의 산물이 아니라는 사실을 확인시켜준다.

    무슨 業緣이기
    먼 남의 骨肉戰을

    생떼같은 목숨값에
    아아 던져진 三弗 軍票여

    그래도 조국의 하늘이 고와
    그 못감고 갔을 눈   이호우,「三弗也」

  월남전 참전을 용병(傭兵)으로 볼 것인가 아니면 자유수호를 위한 파병으로 이해할 것인가는 쉽게 답을 내리기 곤란한 문제이지만, 월남의 민족전쟁에 타율적으로 개입하여 생떼같은 젊은 목숨을 잃은 일은 불행한 역사가 아닐 수 없다. 시인은 먼저, 월남전의 성격을 민족내부의 이데올로기 대립 전쟁 즉 골육전으로 이해한다. 그러한 인식의 밑바탕에 미소의 대리전적 성격이 짙었던 6·25에 대한 회한이 자리하고 있음은 어렵지 않게 간파할 수 있다. 오랜동안 제국주의의 식민지배를 받다가 이데올로기의 대립으로 민족이 분열된 점에 있어서 우리와 월남의 근대사는 공통된 운명

에 처해 있다. 그러한 양국의 역사가 시인에게는 "악연"으로밖에 생각되지 않는데, 달러를 벌기 위해 참전한 청룡부대 K하사가 월남에 상륙한 지 사흘만에 죽었고 부대 재무관은 고향으로 돌아가는 그의 유해 위에 3달러(三弗)를 올려놓고 눈물을 뿌렸다는 기사를 본 시인은 인간의 생명조차 금전으로 환산하는 강대국의 물질주의적 사고에 그동안 억눌러왔던 분노를 폭발시킨 것이다. 이호우는 현실의 왜곡적 상황에 대해 비판과 자기성찰의 메스를 가하는 한편 사물의 본질을 통찰하고 인격의 완성을 추구하는 정신적 자기수양의 작업에도 게으름을 피우지 않는다. 「龜裂—바위를 보며」,「開花」 등의 작품은 현대시조의 격을 한층 상승시킨, 그리고 자유시와 견줄 때 오히려 그 성가가 빛날 명편이라해도 조금도 지나치지 않다.

　　그러나 정형시로서의 시조의 본령은 아무래도 서정적 자아의 세계화에서 찾아야 할 것으로 판단되며, 실제로 대대수 작품들이 한국적 정서와 가락의 형상화에 주력하고 있다. 박재삼의 「내 사랑은」, 박경용의 「寂」, 송선영의 「강강수월래」, 이근배의 「가을의 書」, 정소파의 「雪梅詞」, 정완영의 「고향생각」, 이태극의 「落照」 등은 향토적 서정과 비애의 정조를 시조 형식에 담아 성공을 거둔 작품들이다.

　　　몸으로, 사내 장부가 몸으로 우는 밤은
　　　부연 들기름불이 지지지 지지지 않고
　　　달빛도 사립을 빠진 시름 갈래 만갈래　　　　　　박재삼, 「내 사랑은」 제2연

　　　살을 불지르며 아픈 정을 문지르며
　　　돌 하나 피가 돌 듯 울음으로 감싸 안은
　　　긴 밤의 풀피리 소리 천지간의 내 소리　　　　　　이근배, 「가을의 書」 제1연

　　박재삼과 이근배의 위 작품은 4음보의 시조 정형률의 규칙에 크게 벗어나지 않으면서 시적 자아의 내면풍경을 절제된 언어와 세련된 감각으로 표출하고 있다. 우리 시가에서 임과 이별한 화자는 대체로 여성으로 그려지는 것이 통례인 데 반해 「내 사랑은」의 화자는 남성으로 설정되어 특별한 정조를 자아낸다. 다시 말해 이 시조의 화자가 남성임에도 불구하고

독자의 공감을 강력하게 유인하는 독특한 매력은 "사내 장부가 몸으로 우는 밤은 / 부연 들기름불이 지지지 지지지 앓고"라는 감각적 표현이나 "달빛도 사립을 빠진 시름 갈래 만갈래"와 같은 뛰어난 비유에서 연유하는 것이다. 이근배의 시조 또한 가을의 감상과 비애를 시인 특유의 예리한 언어 포착 능력과 장인적(匠人的) 구상력으로 매끈하게 빚어놓은 도자기를 연상시킨다. 만산호엽으로 불타는 강산을 자기 육체의 불(火)로 받아들이고 무인격체인 돌에 피를 돌게 하는 그의 뛰어난 상상력은 밤 새워 들리는 풀피리 소리를 천지와 내가 교감하는 웅장한 우주의 오케스트라로 변주한다. 박재삼과 이근배의 작품은 자유시다 시조다 하는 장르의 문제를 떠나 시 자체로서의 미학적 완성도를 획득하고 있다.

　60년대 시조계가 거둔 두드러진 성과 가운데 하나가 그동안 방치상태에 놓여 있던 사설시조에 대한 새로운 인식과 실제적 창작이라는 점은 자주 지적되어 온 사실이다. 전후의 혼란과 급속한 산업화에 따라 우리 사회를 지탱해왔던 성리학의 엄격한 금욕주의적 가치관은 서구 물신주의의 도저한 충격을 이겨내지 못하고 비틀대며 점차 위축되기 시작한다. 그 결과 우리 사회는 정신적 불모화, 도덕적 황폐화의 어두운 나락을 경험하게 되었는데, 사설시조 특유의 풍자와 비판 정신은 이러한 시대적 상황을 고발하는 데 가장 유효한 책략이었던 것이다. 조운의 「구룡폭포」로 잠시 그 모습을 드러내었던 사설시조는 장순하·박경용을 거쳐 서 벌·윤금초·선정주 등으로 이어지고 70년대의 김상묵·김 종 등에 와서 한층 견고한 고발 정신과 세련된 형태를 갖추게 된다.

　　우리 이미 日月도 부끄러운 囚衣의 몸이거니
　　사람들은 어찌하여 鐵門과 猛犬 속에 스스로를 刑獄하고, 자물쇠에 자물쇠를 덧씌워 두근거리는 가슴 안고 우렁같이 사려 앉아
　　싸늘한 쇠붙이 하나 목숨으로 지키던고.

　　길길이 벼랑선 돌담이야 한낱 포개 놓은 두붓모에 지나지 못한다.
　　일찌기 도적을 望樓하던 東十字閣 저만큼 물러서고, 흥건한 피로도 어찌 못해 마침내 활짝 열어 젖힌 여기 建春門 어름에서

내 다시 아무도 불신할 이 없음을 깨닫는다.

(장순하, 「三淸路 所見」 제2, 3연)

장순하에게 있어서 사설시조는 "최소의 속박을 최대한으로 벗어날 수 있는 시조형"으로 인식된다. 말하자면 그는 평시조의 정형적 한계를 지양하고 복잡다단한 현실의 삶을 정직하게 반영하고자 사설시조의 특성에 각별히 관심을 갖게 된 것으로 보인다. 예언적 지성으로서의 비판적 형안을 가진 시인이 보기에 현대인은 하나같이 "鐵門과 猛犬 속에 스스로를 刑獄"에 유폐시키는 죄인에 지나지 않는다. 이 죄의식은 시시비비를 정확히 판별할 능력과 의지를 상실한 현대 지성인의 왜소함에 그 연원을 두고 있다. 말하자면 장순하의 초기 사설시조는 일반적 상식이 통용되지 않는 어처구니 없는 현실, 즉 부조리한 상황에 대한 강렬한 고발과 비판의 정신을 담보하고 있는 것이다.

5.

70년대의 시대적 성격은, 가장 범박하게 말해, 5 · 16이후 군사정권 하의 정치적 억압과 응전 및 급속한 산업화에 기인한 정신주의의 타락과 물신주의의 횡행으로 설명될 수 있다. 군사 쿠테타에 의해 정권을 장악한 제3공화국 정부는 70년대초 급기야 유신헌법을 제정하여 독재체제의 기틀을 마련하였고, 대재벌중심의 산업화는 도시의 비만화와 소득 재분배의 날카로운 불균형, 그리고 공동체적 질서의 붕괴에 따른 극심한 가치관의 혼란 등 속악한 자본주의 사회의 모순과 문제점을 속속들이 드러내기 시작한다. 70년대초 전태일의 분신사건이나 YH여공사건 등은 표면적으로는 불공정한 소득 재분배에 대한 개인적 항거이지만 궁극적으로는 오랜 기간의 군사 독재정권에 대한 근본적인 회의와 불신에 뿌리를 둔 집단적 저항의지의 표현으로 보아 무방하다.

이 시기에 들어 시조시인이 양산되었지만, 현실문제에 예각적인 관심을 기울인 시인이 의외로 적었던 것은 시조에 대한 그릇된 인식과 시조의 형식적 한계가 공동으로 빚어낸 결과라 보인다. 다시 말해 대부분의 시조시인들은 사대부들의 관념적. 음풍영월적 시조풍을 시조의 순수한 본질인 것처럼 이해하여 현실의 질곡적 상황에 민감하게 반응하지 못한 채 우울하고 허무에 찬 내적 독백의 작품을 빚어 내었던 것이다. 그리고 거기에는 작가의 활달한 상상력과 문제의식을 겸제(箝制)하여 현실의 문제를 자유롭게 풀어내지 못하게 작용한 시조 특유의 정형적 제한성이 개입되어 있음을 간과해서는 안 된다. 말하자면 시조시인들은 시조의 정형률 속에 현대라는 시대적 상황을 수용해야 하는 이중의 어려움을 겪어야 했으며, 이 두가지 요소의 조화에 많은 시행착오를 경험해야 했던 것이다. 그러나 한 자료(《문예연감》)에 따르면, 1978년의 경우 시조시인의 숫자를 대략 180명 정도로 파악하고 있는데 이러한 숫자는 십 년 전의 그것과 비교할 때 엄청난 증가라 하지 않을 수 없다. 요컨대 70년대 시조계는 외적 팽창에 힙입어 내적 변화와 실험을 모색한 시기로, "현대를 지나치게 의식한 나머지 시는 제법 얻었는데 시조를 잃고 만 결과를 낳기도 했고, 리듬[律]을 중시하다가 시를 많이 잃어버린", 일종의 과도기적 상황으로 인식되어졌던 것으로 보인다.

　다른 문학 장르에서 찾아보기 어려운 시조계만의 특징은 노선배들이 보여주는 왕성한 창작의욕이 아닐까 한다. 70년대 역시 김상옥·이호우·이영도·이태극·송선영·장순하·박경용 등 4,50년대 출신 작가들이 놀라운 정력으로 자신의 시세계를 확장, 심화하는 저력을 과시하면서 침체된 시조계의 부흥을 위해 선배로서의 역할을 성실히 수행했던 것이다. 이와 함께 당대에 등장한 젊은 시인들은 선배세대와 차별화되는 감수성과 언어감각으로 시조의 새로운 가능성에 근본적인 문제를 제기하면서 자신의 목소리를 가다듬기 시작한다. 그 가운데 사설시조를 전문으로 하는 신인들이 그 어느 때보다 많이 눈에 띄는 것에 주목하지 않을 수 없을 것이다. 특히 평·사설 혼작, 평·엇 혼작, 평·엇·사설 혼작의 다양한 형식으로 우리 민족의 영속성을 노래하고 있는 김 종의 「밑불」은 70년대 사설시조의 가장 기념할 만한 수확으로 치켜세워도 좋을 듯하다. 그리고 김상묵의 경우는 등단작품부터 사설시조일 뿐만 아니라 우직하다싶을 정도로 이 부문에 전력투구하고 있다. 고향 횡겡이(弘慶里)에서 체험한 공동체적 삶을 토대로 근대화 이후의 도시적 삶의 비속성을 활달한 문체와 걸쭉한 입담으로 풍자하고 있는 그의 작품은 조선조 사설시조의 정신과 방법론을 거의 그대로 계승한 것으로 여겨진다.

> 사장은 돈도 많고 명망도 높고 취미도 많다.
> 번쩍이는 고급가구에 냉장고 피아노는 물론 고려청자 이조백자에 난초 수석 골동 서책으로 그득그득한 방에다 요즘 에어콘과 오디오 兩시스템을 설치하고는 고루 쓸고 닦고 문질러 비비며 이리 피해 앉고 저리 가려 서게 됐는데 이제 잠일랑 아예 그 무엇들 틈에 옹신하여 껴 잔다고 한다.
> 거 아주 썩 믿음직한 家具 파수꾼이다.   김상묵, 「圖式 V」

주지하다시피, 사설시조는 사대부들이 구축한 평시조의 절제와 균형의 미학을 파괴하고 거기에 서민들의 저항의지를 담고자 한 데서 그 존재의 의를 찾을 수 있다. 즉 초. 종장의 율격과 균제미는 그대로 유지하되 중장에서 과감하게 비속어까지 사용하면서 해학과 풍자, 기지와 조소 등 미적 요소를 드러내는 것이 사설시조만의 특징이자 감칠맛이다. 그러므로 사설시조의 성패는 중장의 율격과 풍자적 효과에 있다고 보아 그리 잘못이 아니다. 김상묵의 위 시조는 중장의 가락이 3·4조 또는 4·4의 전통을 충실히 따르려 노력하고 있을 뿐만 아니라 산업화 이후 급속히 증가한 졸부들의 속물적 행태를 풍자적으로 고발하고 있다는 점에서 사설시조의 내용·형식적 요건을 일정수준 담보한 작품으로 판단된다. 이 작품의 풍자성은 "돈도 많고 명망도 높은" 사장의 취미가 "냉장고 피아노 고려청자 이조백자 에어콘 오디오" 등과 같은 가구 사들이기라는 데서 드러난다. "거 아주 썩 믿음직한 가구 파수꾼"이라는 종장은 주제를 너무 현시화(顯示化)한 흠이 없지 않지만, 지시어와 부사어를 거듭 병렬함으로써 물신주의자의 속물근성에 대한 야유와 풍자가 한층 통렬하게 전달된다. 그밖에 서벌·윤금초·선정주·이재창·경철(景鐵)·최우림 등이 꾸준하게 사설시조를 발표하고 있다.

박시교·임종찬·유재영·이우걸·김현(金顯)·서우승·김몽선(金夢船)·김광수·윤조현·전원범 등 신인들과 김원각·석성우·김정휴·이청화 등 승려시인, 그리고 한분순·김남환 등 여류들은 70년대 시조계의 지평을 더욱 비옥하게 일군 농부들이며 언어의 광맥을 탐사하고 원석을 제련한 광부들이다. 이들은 전통에 충실하면서도 지나친 관념과 주관에 몰입하기보다 사물과의 객관적 거리를 유지하면서 내면의 심화에 깊은 관심을 보여준다. 그와 함께 일군의 시인들은 현실의 암담함에 절망하거나 거꾸로 현실 극복의 신념을 강하게 드러내 보이기도 한다. 그 결과 "어둠은 조금씩 상하기 시작했고 / 이제 남은 것이란 한 접시의 절망뿐 / 아득히 살아 빛나는 한 접시의 절망뿐"(유재영, 「무변기·4」), "오늘 이 아픔을 말로 다 못할 것이라면 / 무심히 그냥 그렇게 겨울江을 가보아라 / 은밀히 숨죽여 우는 겨울江을 가보아라"(박시교, 「겨울江」), "정말이여 나, 나 설운 게 아니여 / 정말 조각난 늬 아픈 델 가린다고 모를까 / 이렇게 / 흐느끼는 건 / 설워서가 아니여"(유제하, 「낮달」), "잊으리라 눈 감으면 벙벙히 차오르는 물소리 / 접고간 생각마다 멈추는 발끝마다 / 시간의 물레에 감겨 굽이쳐 온 임진강"(전원범, 「임진강」), "阡의 다리 阡의 팔이 비비꼬인 이 매듭을 / 재갈 물린 한 역사의 넌덜머리 이 결박을 / 실꾸리 가닥을 풀듯 아, 아픔의 끈을 풀자"(윤금초, 「漁樵問答·7」), "살점 죄 배로 가고 가죽만 뼈로 덮는 / 갈 데 없는 눈 먼 羊의 씨 모르는 滿朔이다 / 누구냐 빼꼼히 넘보는 어둠 속의 저 눈망울"(서우승, 「필름·11」), "겹겹이 빛을 벗기며 / 玲瓏한 집을 짓는 / 성낸 바다를 끌어오던 / 기나긴 여름만 살게 하던 / 蜜柑내 그윽히 스미듯 / 살쩜마다 스미는―"(한분순, 「실내악을 위한 주제·1」), "밤이면 밤물결로 부딪치는 벼랑이여 / 뼈마디 퉁그러진 그 哭聲을 너, 듣는가 / 귀먹고 돌아 누워도 화살로 와 꽂히는 넋"(백리운, 「가을의 새남터」) 등과 같은 뛰어난 작품을 얻는다.

김상옥·정완영·이영도·최승범 등의 고참 선배들의 활약 또한 신인들의 패기와 열정에 결코 뒤지지 않는 면모를 보여준다. 제1회 노산문학상(1976)을 수상한 김상옥의 「나의 악기」에 내재한 한국적 가락은 일품이거니와, 최승범의 「閑日」도 빼어난 시상과 절제된 표현으로 시조의 한 진경을 보여준다.

    책의 먼질 털다.
    옛 문자에 귀 기울이다.

    차를 달이다.
    서창 水墨빛 댓잎에 눈주다.

    바다 밖
    고운 소릴 그리다.
    말을 줍다.
    白紙여라.   최승범, 「閑日」

  이 시는 책과 옛문자로 표상되는 역사, 차와 댓잎으로 언표화되는 자연, 그리고 역사와 자연(고향)을 통해 내면적 성숙을 추구하는 자아가 혼연일체를 이루고 있어 동양적 정신주의의 고색창연하고 그윽한 기품을 느끼게 한다. 고서를 뒤적거리다 차를 마시며 문득 바라본 서창 밖의 대나무에서 고향을 연상한 시인은 언어를 찾기위해 고심하던 자신의 노력이 부질없음을 느끼는 순간 머리 속이 투명하게 맑아진다. 그러한 찰나야말로 우주 삼라만상의 진면목이 확연히 전개되는 환희의 시간이 아니고 무엇이랴. 그리고 그러한 때 이 세상은 온통 새하얀 백지로 용출(湧出)하며 새로운 세계를 그릴 수 있는 바탕이 마련되는 것이다. 일상적 삶에서 선(禪)의 경지를 획득한 시인의 정신세계를 명징하게 드러낸 시편이 아닐 수 없다.

    6.

  '춘래불사춘(春來不似春)', 80년의 봄은 전국민의 민주화 열망을 여지없이 배반한 채 더욱 암담한 인고의 세월을 강요한다. 광주의 비극은 다시 떠올리기조차 꺼려지는 사건이거니와, 그럼에도 불구하고 군부독재의 종식을 염원하는 전국민의 의지는 마침내 6·29선언을 이끌어내기에 이른다. 또한 숨돌릴 겨를조차 없이 급박하게 변전하는 세계 정세는 동구권의 몰락과 소련의 해체라는 세기적 사건을 초래하기도 한다. 요컨대 80년대는 국내외적으로 엄청난 변화와 개혁의 폭풍이 몰아쳐 전면적인 체제 개편의 가능성이 엿보인 시기라 말할 수 있다.

  80년대 시조계는 전세대의 실험과 모색의 조정기를 보내고 현대시로서의 시조에 대한 근본적인 성찰과 변신을 꾀한 시기이다. 그러한 움직임은 먼저 명칭에 대한 격론으로부터 시작된다. 최승범, 한춘섭 등이 '시조시(時調詩)'라는 새로운 명칭을 주장하고 나서자 윤금초와 이태극이 반론을 제기하지만, '시조시'란 새로운 이름은 차츰 일반화되어가는 조짐을 보여준다. 이와 함께 시조의 형식적 구조를 3장 6구 45자 내외로 이해하는 관례가 식민잔재라는 비판이 제기되면서 3장 6구 12음보로 시조의 형식 개념을 수정하는 작업이 진행된다. 또한 시조를 '정형시(定型詩)'로 볼 것인가 '정형시(整形詩)'로 파악할 것인가의 문제가 활발한 논의를 유발하고 최근에는 후자로 인식하는 것이 지배적이다. 이밖에 흥미로운 사건은 박경용이 제5회 가람시조문학상 수상을 거부한 일과, 신인추천 문제 때문에 시조시인들 사이에 원색적인 비난의 글이 오고갔다는 점이다. 이상과 같은 일련의 작업은 50년대 이후 시조의 현대화 노력이 줄기차게 이어졌기 때문에 가능한 일이며, 80년대 들어서 시조계의 난맥상은 어느정도 정리되었다고 볼 수 있다. 그러나 이 자리에서 개인적 견해를 피력하는 것이 허용된다면, 이들의 진지한 관심과 열띤 논쟁, 특히 '현대'와 '시조'에 관한 논의가 필자에게는 도저히 납득할 수 없는 일로 받아들여진다. 굳이 말을 꺼내는 일조차 새삼스럽지만, 시조가 '시절가조(時節歌調)'의 줄임말이라는 단순한 지식만 상기하더라도, 즉 '시(時)'의 의미에 대한 분명한 자각만 있어도 '현대'라는 시간성과 '시조'라는 양식이 배타적인 것으로 오해될 까닭이 전혀 없기 때문이다. 말을 바꾸면 진정한 의미의 시조란 그 시기가 근대이건 현대이건 아무 상관없이 당대의 현실을 가장 민감하게 반영해야 할 의무를 갖는다. 앞서 잠깐 말한 것처럼 시조의 발생이 급변하는 정치적 사회적 상황과 유기적 상동관계를 지닌다고 볼 때 시조의 가장 시조다운 면모는 현실 문제의 알레고리화 혹은 상징화에서 찾아야 옳다. 글의 성격상 이 문

제에 대해 더이상의 상론을 피하거니와, 어쨋든 80년대 이후 시조가 구시
대의 낡은 유물이라는 그릇된 편견에서 벗어나 문학의 한 장르로 정당한
대접을 받게 된 것은, 때늦은 감이 없지 않지만, 다행한 일이라 하겠다.

　80년대 시조의 흐름이 대체로 자연 관조와 존재 탐구, 일상적 경험의 표
백과 내적 성찰, 탈주정적 성향과 실험의식, 현실인식의 반영과 사설시조
의 꾸준한 성장 등으로 성격화되는 것은 전세대와 거의 유사한 족적을 밟
고 있음을 말해준다. 이와 함께 대형 서사시조나 긴 연작 시조에 대한 관
심이 점차 확산되어 『밑불』(김 종), 『카메라탐방』(서우승), 「아, 이땅의
민들레」(조주환) 등과 같은 성과를 얻게 되었는데, 이것은 평시조의 한계
를 지양하려는 오랜 노력의 결실로 생각된다. 그리고 한 해 40명에 이르는
신인 배출과 시조집 발간의 양적 증가도 이 시기의 한 특징으로 지적할
수 있을 것이다. 80년대 간행된 시조집과 이론 · 비평서 가운데 필자가 주
목했던 것들은 『겨울강』(박시교), 『의상대 해돋이』(조종현), 『土辭』(김상
묵), 『가을 寓話』(박영교), 『나(ego)』(임영창), 『동해 바닷 속의 돌거북이
하는 말』(이근배), 『카메라탐방』(서우승), 『시간에 기대어 흐르는 사랑을
듣네』(김남환), 『살아가는 흐름 위에』(허 일), 『다시 수유리에서』(김월한),
『네 사람의 얼굴』(윤금초. 박시교. 이우걸. 유재영), 『蓮과 바람』(정완영),
『紙燈같은 달이 뜨면』(최승범), 『겨울 中浪川』(선정주), 『겨울 서정』(공석
하), 『꽃 · 화두』(이상범), 『寂』(박경용), 『내 사랑은』(박재삼), 『어떤 목비
명』(송선영), 『반도. 그림자』(정운엽), 『韓紙. 냉이꽃 그 하얀 이마』(김몽
선) 등 시조집과 『시조문학의 구성연구』(김동준), 『현대시조의 쟁점』(이
우걸)과 같은 이론 비평서, 그밖의 신인의 작품들이다.

　일상적 삶의 체험을 소재로 한 작품이 항용 빠지기 쉬운 함정은, 통어
되지 못한 감정처리에서 오는 과도한 주관화나 섣부른 체관 의식같은 것
들일 터이다. 특히 시조시인들에게서 흔히 볼 수 있는 동양적 신비주의에
의 때이른 집착은 경계되어야 마땅하리라 본다. 그런데 박옥금은 주부가
겪는 일상적 경험을 소재로 하면서도 예의 주관과 관념을 말끔히 제거하
고 있다.

食卓 위에 뛰어오른
傲慢不遜 가난의 行悖
송아지 같은 눈빛들이
잠자코 아침을 뜯는다
햇살이 찰랑이는 숭늉그릇에
민들렌양 며느리 얼굴

박옥금, 「생활의 書 · 3」

며느리의 따스한 마음이 담긴, 그러나 가정의 경제적 형편이 고스란히 반영되어 간소하게 차려진 소채류 위주의 아침 식탁을 바라보는 화자의 심정은 서글픔과 분노이다. 가족들에게 풍성한 식탁을 마련해 줄 수 없는 현실적 가난이 화자에게는 "오만불손 가난의 행패"로 인식되는 것이다. 그럼에도 불구하고 가족들은 선량한 "송아지같은 눈빛들"로 한끼의 식사를 마련해 준 가장과 주부에게 감사한다. 식사를 마치고 숭늉그릇을 받아든 화자는 그릇에 담긴 며느리의 청초하고 진솔한 정성을 체온으로 느끼는데, 고부간에 오가는 사랑의 농도가 마치 숭늉처럼 진하고 구수하다. 이와는 달리 도시인의 일상을 거의 사실적으로 반영하면서 희망과 순수를 추구한 정수자의 「새벽전철을 타고」나 강인환의 「북창을 열고」, 그리고 산업화의 도도한 파도가 어촌에 까지 밀려들어 공동체적 삶의 현장이 붕괴되는 아픔을 노래한 이창희의 「광양만의 안개」 등도 주목되는 작품들이다.

이름없는 백성들의 강인한 생명력에 대한 문학적 관심은 70년대 이후 가장 중요한 주제 가운데 하나이다. 김 종의 「밑불」, 조주환의 「아, 이땅의 민들레」, 이상범의 「들풀」, 이준섭의 「벼 일으켜 세우기」 등은 문학의 시대적 경향에 적극적으로 대응한 작품들이다. 가령 이상범과 이준섭의 다음 시를 보기로 하자.

풀에 뼈대가 있나
대쪽같은 지조가 있나
두들기면 부서져도
꺾이잖는 삶의 힘줄

한참을 죽은 듯이 죽어도
깨어나는 더운 목숨   이상범,「들풀·16」

벼가 다 익기 위해선
얼마나 땅을 치며
피눈물을 흘렸던가
몸과 맘 썩혔든가
쓰러져 쓰러져도 일어선
벼들의 단결된 힘   이준섭,「벼 일으켜 세우기」

　풀과 벼를 민중의 상징으로 내세운 대표적 시인은 김수영과 이성부이거
니와, 위 두 시편에서 우리는 선배 자유시인들이 성취한 시적 경지에 조금
도 부족하지 않는 기량과 주제의식을 간취할 수 있다. 김수영과 이성부 이
후 유행어가 될 만큼 진부하게 되어버린 풀과 벼라는 소재를 가지고 "두
들기면 부서져도 / 꺾이잖는 삶의 힘줄", "쓰러져 쓰러져도 일서선 / 벼들
의 단결된 힘"과 같은 구절을 얻을 수 있었던 것은 이들의 서민들에 대한
친연적 사랑과 사물을 관찰하는 예리한 통찰력에 힘입은 것이다.
　장순하, 윤금초 등은 사설시조가 뿌리를 내리는 데 결정적인 공헌을 한
시인들이거니와, 이들이 지속적으로 보여준 실험정신은 자못 놀라운 바가
있다. 장순하의 「이런 函數」, 「拔齒記」는 물론 서양 畵集을 통해 얻은 영
감을 현실의 문제와 연계시킨 윤금초의 일련의 작품은 시조의 한 방향성
을 제시했다는 점에의 의의가 크다. 특히 윤금초의 경우 현대시조계 일각
의 타성과 근친상간적 비평작업을 지목하여 "오늘의 시조가 〈마스터베이
션 문학〉으로 타락"하고 있다고 통렬히 비판하고 나서기도 하였다. 이러
한 선배들의 각성 못지않게 80년대 신인 또한 사설시조 부분에서 결코 만
만치 않는 역량을 보여준다. 李起羅의 「장마 '80」, 제갈태일의 「코이야
기」 등이 독자의 시선을 강하게 흡인하는 작품인데, 여기서는 「장마 '80」
을 보기로 하자.

　참 지루키도 하네

이 우라질 장마비

농약 탓으로 붕어 새끼도 없는 앞 개울에 물이 불어, 더럽디 더러운 오만
잡것들 훑어내리는 일은 스무해 묵은 체증이 트이듯 무척 후련키도 하건만 뉘
벌퉁인지 아깝게 떠내리는 일에는 장마가 원수거니,
　어떻든 이 비 그치고 나면 다시는 맑은 물만 흘러 내리는 꼴을 볼라는지

　그것이 참으로 궁금스럽고 의심가는 일인거라.　　　　李起羅,「장마 '80」

1984년 중앙시조 신인상 수상작이기도 한 이 작품은 "우라질", "오만
잡것", "꼴"과 같은 비속어를 적절히 사용함으로써 풍자적 효과를 배가하
고 있다. 국가주도형 산업화는 세계가 경악할 경제발전을 이룩하였지만 금
수강산의 치명적인 훼손, 따뜻한 인정주의의 소멸, 빈부차의 극대화 등 부
정적인 증후를 심각하게 제기하였다. 이 시가 문제삼고 있는 것도 장마라
는 자연현상이 인간 세상의 온갖 부정과 부패를 제거하여 맑고 깨끗한 자
연, 인간적 정감이 교호하는 공동체적 삶에 대한 희망이지만, 화자의 결론
은 대단히 비관적이다. 그것은 우리 사회가 거의 모든 분야에 걸쳐 치유되
기 어려운 질환을 앓고 있다는 현실인식에서 연유하는 것으로, "拘束이야
/ 拘禁이야 / 留置야 / 監禁이야. / 선량한 울부짖음 / 묵살되고 / 만다마는
/ 억울한 생애였음을 / 剝製되어 웃거라."(「동물원에서」)라는 강한 현실비
판과 부정의 정신으로 고양되기도 한다.
　시조와 시의 경계를 무시함으로써 역설적으로 시조의 현대시적 성격을
강조한 시인들이 있다. 이우걸·박경용·서 벌·박시교·이은방·윤금초
등 주로 5,60년대부터 시작활동을 한 이들은 탁월한 언어 조작 능력과 참
신한 이미지의 선택으로 개성적인 정신 세계를 구축하고 있다.

처라 가혹한 매여, 무지개가 보일 때까지
나는 꼿꼿이 서서 너를 증언하리라
무수한 고통을 건너
피어나는 접시꽃 하나　　　　　　　　　　　　　이우걸,「팽이」

여직도 안드러나게
피를 씻는 兄山江이
물이 피보다 진함을
일깨워 온 兄山江이
이 봄사 놓여난 몸이 풀려
비를 불러 젖는다.

들러리 東山들도
허물어져 물에 들고
솔숲은 陰毛처럼
고니떼는 發情처럼
다투어 진한 암내를
강에 실어 흘리누나   박경용, 「兄山江 봄비」제1, 2연

피고말고 그럼그럼, 밟히는 덴 이력이 난 걸
손쉽게 버려진 자리 뿌리로 버티면서
막다른 이승의 골목 아득바득 돌아섰는 걸

죄 털리고 주저앉아도 꿇지않은 이 남루를
미소로 塗褙하고는 오냐 부딪혀보자 하늘아
눈뜨면 홀로인 새벽 流星 한줌 움켜쥘 뿐
                                    서우승, 「이 땅의 민들레」제1,2연

친구여, 오늘 우리가 무엇을 노래하겠나
답답한 가슴으로 켜는 술잔의 무중력
그렇게, 산다는 것은 이름을 지우는 일
애써 지워도 돋아나는 것 이미 별이라네
자네와 더불어 사는 어두운 땅 별이라네
꽃이면 어찌 이보다 더 아름답다 할 것인가

그러나 어깨에는 부릴 수 없는 무거운 한 짐

　　쉽게 부려서도 안 될 우리들 형벌의 등짐
　　친구여, 오늘 우리가 무엇을 노래하겠나　　　　　박시교, 「바람집·5」

　마지막으로 김원각·조오현·석성일·김정휴·이청화 등 승려시인들의
정진을 지적하지 않을 수 없다. 이들은 선적 직관과 달관의 정신으로 사물
의 본질을 적확하게 통찰하고 있지만, 복잡한 현실의 문제를 정면으로 다
루지 않는다는 지적을 받기도 한다. 그러나 김원각의 다음 작품은 위의 우
려를 말끔히 씻어줄 만큼 현실성을 확보하고 있다.

　　백성이란
　　죽일 수 있어도
　　이길 수는 없느니라
　　칼 아래 목숨 놓은
　　조선의 그 선비들
　　알겠네
　　왜 우리 마음에
　　청댓닢 소리 들리는가를.

　　言路란 나라의 혈맥
　　그 혈관 터놓으려고
　　사약을 마시고 간
　　조선의 그 선비들
　　알겠네
　　어째서 漢江이
　　도도히 흐르는가를.　　　　　　　　　　　　　　김원각, 「上疏文」

　7.

　이우걸은, 최근의 한 좌담회에서 90년대 시조계의 특징으로 "시조의 보
편적 질서보다 개인적 질서에 더 관심을 둠으로써 선대 시인들의 반발을

불러 일으킬 만큼 파격적인 데"(「한국 정형시를 생각한다」, 《현대시》, 1995. 7)가 있다고 말한다. 실제로 몇몇 신인들은 현대시의 한 경향인 해체적 기법에까지 관심을 보이기도 하지만(가령, 안의선의 「경고문」은 "깨끗한도시환경을조성하기/위하여쓰레기를아무곳에나버/리지맙시다.   쓰레기를함부로버/리는사람은폐기물관리법제45조1항의규정에의해원이하/의과태료부과처분을받게됩니/다"라는 경고문의 내용을 띄어쓰기도 무시한 채 고딕 활자로 제시하는 파격적 실험정신을 드러내기도 한다.) 이것이 90년대의 특별한 징후인가에 대해서는 섣불리 단정짓기 곤란하다. 오히려 90년대 중반을 넘어선 지금 분명하게 말 할 수 있는 것은 자유시인들과 체계적 이론교육을 받은 현장 비평가들 사이에 민족 정형시로서의 시조에 대한 이해와 관심이 높아가고 있다는 사실이다. 특히 《시조시학》이 박철희, 조남현, 장경렬 등 평론가를 편집위원으로 내세우고 현대시조이론을 정립하려 애쓰는 것이라든지 김재홍·반경환·장석주·장경렬 등으로 하여금 직접 비평행위에 참여하게 한 것 등은 그동안 '눈치·선심·아부'의 근친상간적 성격이 짙었던 시조비평에 충격을 가한 획기적 사건이라 할 수 있다. 그러나 이들의 비평작업이 대체로 서구 문예 이론에 바탕을 둔 작품 분석이어서 과연 우리의 토속적 문학작품을 박래품의 독한 향기가 물씬 풍기는 서양 이론으로 재단하는 것이 정당한가 하는 문제가 남는다. 이 글을 쓰는 동안 나의 의식을 부단히 고문했던 문제도 바로 그것이었는데, 왜냐하면 필자 역시 그들과 동일한 처지에 있다는 부끄러움을 떨쳐버릴 수 없었기 때문이었다. 고백하건데, 이 글을 준비하고 쓰는 과정을 통해 필자는 시조가 마땅히 현대시의 한 장르로 인식되어져야 하며 실제로 그런 인식이 파급되고 있다는 확신을 갖게 되었다. 그렇다면 현대시의 한 장르로서의 시조가 싫든 좋든 서구적 영향을 받을 수밖에 없고, 따라서 서구 이론으로 해석하는 것이 별문제가 되지 않는다는 안이한 생각도 가능하지만, 시조 비평마저 외국 이론에 기댄다면 우리 문학 이론의 정립은 요원한 것이 아닌가 하는 회의를 떨칠 수 없는 것이다. 시조시인들은 시조가 시조인 근본적인 이유를 정확히 인식해야 할 것이며 시조를 비평하는 평론가 역시 시조의 고유한 특성에 대한 정확한 이해의 바탕 위에서 작업을 해야 할 때가 되었다고 본다. 그러한 인식의 공감대가 빨리 확산되고 정착되는 것이야말로 90년대 시조계가 풀어야할 초미의 과제라 생각하는 것은 비단 나 혼자만이 아닐 터이다.

모성적 세계 인식과 화해의 지평

1.

80년 이른바 '서울의 봄'은 말 그대로 찰나(刹那)처럼 가버리고 신군부의 폭압적 권력에 의한 국민 대다수의 육체적·정신적 억압과 살상이 공공연히 또는 은밀히 자행되면서 80년대는 우리 모두에게 '재앙의 나날들'로 각인 된다. 당시의 끔찍한 시대적 상황에 대한 기억을 환기시키기 위하여 광주 항쟁 등의 세목을 일일이 예거하는 행위는 부질없어 보인다. 오히려 대다수 사람들이 그 시기를 '정치의 시대'로 규정짓는 데 선선히 수락 의사를 표시한 것만으로도 80년대의 시대적 성격이 충분히 설명될 수 있으리라 믿기 때문이다. '정치의 시대'라는 말이 전혀 과장이 아닌 것이, 당시 우리 모두는 정치와 더불어 호흡하고 정치를 식량으로 삼았을 만큼 일상 생활에서 정치가 가장 중요한 담론의 하나로 부상하였던 것이다. 문학권내에 소속되어 있는 이들도 그러한 정치적 삶에서 예외적 존재가 아니었는데, '민중 문학'·'노동 문학'에 대한 논의가 그 어느 때보다 활발했을뿐만 아니라 괄목할 만한 성과를 거둔 것이 그 사실을 입증한다.

80년대 초 몇몇 문학 계간지가 폐간되는 암울한 상황 속에서도 다양한 무크지와 동인지가 연이어 출간되고 문인들의 숫자도 엄청나게 증가했다는 것은 하나의 역설이면서 동시에 불행한 시대에 작가의 역할이 무엇인가를 새삼 숙고하게 하는 계기가 된다. 오늘날 우리 문학계에서 가장 주목받는 작가(시인)로 성장한 이들의 상당수가 이 시기에 글을 쓰기 시작한 사람들이란 점을 고려하면 더욱 그렇다. 여성들의 사회적·문학적 발언이 눈에 띌 만큼 증대되고 그들의 활동을 긍정적인 시각으로 바라보기 시작한 것도 80년대의 특징 가운데 하나라 말할 수 있다. 80년대 여성 시인들은 대체로 식민지와 전쟁, 그리고 절대 빈곤의 공포스러운 경험으로부터 다소 자유로운 세대이면서 권력과 제도의 폭력적 억압에 길들여지기를 완강히 저항하려는 심리적 기반을 공유한다. 그들은 남성 중심주의가 팽배한 사회에서 여성이 어떻게 부당한 대우를 받고 있는가, 그리고 여성으로서 글을 쓴다는 행위가 얼마나 많은 오해와 난관에 직면하는가를 직접 체험하면서 분노하지만 그렇다고 현실에 좌절하거나 그것과 타협하는 비굴한 모습은 보이지 않는다. 요컨대, 여성으로서의 글쓰기가 본질적으로 제도에 대한 부정과 저항의 의미를 내포하고 있다는 점을 누구보다 잘 인식하고 있었던 그들은 남성들과는 다른 담론의 방식으로 세계를 해석하고 자아를 성찰하는 성숙된 모습을 보여주면서 서서히 제도의 중심권역에 편입된다. 그들의 관심이 역사나 현실과 같은 공적·외적 상황에 치중하기보다 여성으로서의 자아라고 하는 사적·내적인 영역에 집중되는 것도 여성의 글쓰기가 남성의 그것과 근본적으로 다르다는 사실을 말해주는 징표라 할 수 있는 것이다. 안니 르끌렉의 말처럼, 자기 고유의 말을 하려는 모든 여성은 억압적이지 않은 말, 말을 끊지 않고 말문을 트이게 하는 그런 말을 만듦으로써 '여성'을 창조해야 한다. 따라서 그들이 남성 중심 사회에서 부당하게 억압받는 여성의 모습과 여성의 정체성에 대해 깊은 관심을 기울이는 것은 조금도 이상한 일이 못된다.

이 글은 8,90년대에 두드러진 활동을 하고 있는 몇몇 여성 시인들의 작품 세계와 그 특징을 살피기 위해 쓰여진다. 필자는 이 글에서 김정란·김혜순·허수경·신현림 등 네 시인들의 최근 시집을 중심으로 8,90년대 여성 시인들의 시적 관심과 특질이 무엇인가를 규명해보고자 한다. 대상의 선정은 전적으로 필자의 개인적 취향과 판단에 따른 것인데, 그것은 무엇보다 내게 주어진 시간과 지면이 지극히 제한되어 있었다는 사실과 관련된다. 어쨌거나 위 네 시인이 8,90년대를 대표하는 여성 시인군(詩人群)에 포함될 자격이 충분하다는 필자의 생각에 부전(附箋)을 달아 이견을 제출할 사람은 그리 많지 않아 보인다.

2.

　1979년 등단하여 1989년에야 첫시집 『다시 시작하는 나비』를 펴낸 김
정란의 시적 작업은, 자신의 말마따나 무척 더딘 행보였다고 할 수 있지
만, 그 행보가 어떤 대상의 본질을 파악하기 위해 벌이는 진지한 고투의
궤적이라는 점에서 일관된 흐름을 유지한다. 시인이 추구하는 대상은 '시
(詩)·사랑·당신·존재·언어·신(神)'이란 다양한 기표로 언표화되고
있는데, 실상은 그 모두를 아우르는 포괄적이고도 다의적인 의미망으로 얽
어진 이미지의 그물로 이해하는 게 옳을 듯하다. 김정란의 시는 섬세하고
투명한 감수성과 선열한 이미지, 그리고 교묘하게 절제된 담론의 양식에
의해 진술되고 있어서 기의(記意) 해독에 상당한 어려움이 수반된다. 하지
만 그의 시의 상당수가 연작시로 구성되어 있고, 그것이 대체로 「나의 시
(詩)」, 「나의 병」, 「추함에 길들이기」, 「결핍으로서의 존재」라는 제목(또
는 부제)을 달고 있다는 사실에 주목하면 그의 시 세계를 이해하는 데 따
르는 곤란함이 어느 정도 탕감될 수 있을 것이다. 그의 시작 목표는 "당
신에게 가는 것이 나의 궁극"이라는 사실에 대한 명확한 인식으로 표출되
고, 그 희망이 "우리는 구원받을 것이다. 나는 거의 확실히 믿는다"라는
단정적 진술에 의해 뒷받침되고 있지만, 시인은 아직까지 자신의 시작업이
"途上에 있"을 뿐이라는 점을 수긍하는 겸손한 자세를 보이기도 한다. 시
인에 따르면, "우리의 세상은 겨울"이고 "허위의 왕이 // 우리의 뿌리를
뽑아 흔들"며 "내 육체가 나를 속"이는 타락한 세계이기 때문에 자신의
존재(자아)는 '넝마'나 '두부' 같은 부정적 심상으로밖에 인식되지 않는다.
하지만 시인은 뭐가 삐걱거리는 "이 삶에 대해, 감잡고 있"다는, 또는
"내 시가 내 삶의 터, / 내 뿌리, 내 인식의 싸움터"라는 내적 판단에 기
대어 이 세상에서 헤매며 시를 쓰고 '당신'을 꿈꾼다. 허위와 왜곡이 편재
하는 세상에서 시인의 언어가 '不在'와 '자유'에 봉사하기 위하여는 독특한
전략이 요청될 수밖에 없는데, 이때 김정란이 선택한 방법은 야유나 쉼표,
또는 임의의 뒤틀기와 같은 수사학적 전략이다. 이런 점에서 다음의 시는

김정란 시의 창작 원리를 극명하게 노출시킨 보기라 할 수 있다.

    나는 구체성의 원수이다.
    나는 구체성을 향하여 돌진한다.
    죽어라.
    나는 아무렇게나 말한다. 요컨대, 나는 아주 잘 말한다.
    사실을 아주 잘 말하고 싶을수록 나는 아무렇게나 말한다.

    나는 시니피앙을 들이대며 악악댄다.

                       (요컨대 나는 들키기 싫은 것이다.)

    숨겨진 옷자락 가늘게 흔들리는…내가 숨죽여 이토록
    사랑하는…보여줄 수 없는…세상은 거칠어…작은 아니마.

    나의 예쁜 병균. 나는 그것과 더불어 꽁꽁
    자폐의 형식을 음모한다. 모반.
    알지…세상에선 딱딱한 형식만이 득세한다.   —「절망적인 詩法」 전문

  이 시인은 자신의 삶과 언어가 각질(角質)로 이루어져 있어서 시 외의 다른 방법으로는 세상에 대하여 "효과적으로 / 꼬장을 피울" 수 없으리라는 사실까지도 눈치채고 있을 만큼 영리하다. 따라서 그의 꼬장 피우기 방법은, 위 시에 드러나 있는 것처럼 아무렇게나 잘 말하는 방식이거나 형태를 거부하는 의미로서의 물과 같은 비정형의 모습으로 형상화된다. 하지만 그 비정형의 물체는 끊임없는 변신을 거듭하여 때로는 끈끈한 피나 광기로, 때로는 "가난한 넝마의 혼 안에서 울부짖는 날개"로 구체화되면서 "역사와 탈역사의 꼭 가운데에서 / 팥죽으로 끓는"다. 그 행위는 "신이라 부르는 / 존재의 궁극"의 피안에 도달하기 위한 전략 가운데 하나인데, 그것을 시인은 "절대성의 존재놀이"라 이름짓는다. 이런 점에서 김정란 시의 장점은 '나'와 '그들(他者)'과의 불화합으로 갈등을 겪으면서도 '나'와 '그들'이 서로의 안으로 삼투해 들어가 마침내 합일에 이르는 행복한 꿈을

포기하지 않는다는 점에서 찾을 수 있다. 타자와의 합일을 지향하는 시인은 '형식'과 '절차'로 표상되는 세속적 삶의 원리를 수납하는 데 당당한 태도를 보이는 한편, 달에 유배되어 추악한 돼지의 형상을 하고 있으면서도 "'거기'에 가고 말겠어. 돼지인 채로라도―말이지, '이곳'의 돼지인 채로라도."라는 소망을 결코 포기하지 않는 끈질김을 보여주기도 한다. "'영원히 헤매는 자의 땅'"인 그곳은, 물론, 시인이 다양한 양태로 말하거나 보여주고 있는 존재의 궁극, 자아와 타자가 서로 삼투해 들어가 완벽한 조형(造形)을 연출해내는 행복한 세계일 터이다. 자아와 타자의 갈등은 실과 바늘의 그것처럼 근본적인 불화해의 관계에 있지만, 시인은 자신의 굼뜬 시적 행보와도 유사한 인내의 뜨개질로 한 벌의 '스웨터'를 짜 마침내 화해의 언덕에 보다 가깝게 배를 대기에 이른다.

> 실은 바늘 위에서 늘 미끄러진다. 바늘과 실의 근본적인 불화해. 실이 징징댄다. 잘못 태어났어. 너무 늦거나 또는 너무 일찍. 손이 실을 잡아챘다. 알아? 그렇다고 바늘의 필연성을 니가 어쩔 수 있을 줄 아니? 서투른 손은 바늘과 화해하지 못하는 실을 순수함의 이름으로 너무나 잡아당긴다. 삶의 한 코와 한 코 사이를 빠져나가려는 역사라는 이름의 바늘이 겪는 빡빡함. 아이들이 구호를 외쳐댔다. 대결만이 정당해, 나머지는 어용이야. 그렇게 빡빡하게 짠 스웨터는 전시용 이론이다. 그 스웨터는 한번만 물 속에 담궈지면, 옷으로서의 효용을 잃는다. 이데올로기의 일회성.
>
> ―「결핍으로서의 존재 ―어두움의 기록 · 2:뜨개질의 성찰」 부분

남성 중심 사회에서 전문적 지식인으로 살아가는 여성의 험한 행로와 주위의 무책임한 요구와 간섭 등을 이처럼 실감 있게 전하는 작품이 달리 또 있을까 싶을 정도로 위 인용시는 구체성과 현실성의 힘을 확보하고 있다. 이 시에서 시와 바늘, 순수함과 역사, 대결과 어용 등의 시어가 갖는 상징적 의미는 별다른 부연 설명이 필요없이 쉽게 해독된다. '여성'의 정체성을 상실하지 않으려는 퍼소나는 온갖 사회적 관습과 금기의 제약에서 자유롭지 못할 뿐더러 주위의 악의적인 소문이나 간섭에 거의 무방비 상태로 노출되어 있다. 특히 퍼소나의 의식을 고문하는 것은 남성과의 적극

적 투쟁을 통해 여성의 정체성을 확립하라는 선동적 목소리이지만, 그는 그런 유혹과 선동의 배후에 숨어있는 이데올로기의 또다른 허위와 편가름 의식의 정체를 날카롭게 간파한다. 그것은, 여성(자아)과 남성(타자)의 진정한 화해가 극렬한 투쟁의 방식으로 성취되기보다, 오른손이 왼손의 도움을 받아야 일이 매끄럽게 해결될 수 있듯이, 서로의 이해와 양보가 전제되어야 비로소 가능하리라는 실제적 삶의 경험에서 추론된 것이어서 상당한 설득력을 확보하게 된다.

김정란은 여성적 자아의 구현, 자아와 세계의 화해를 꿈꾸는 시인이다. 그 꿈에 대한 확신으로 그는 신(神)을 꿈꾸고, "시를 쓰며 욕구로서의 자아를 갈망"한다. 김정란의 그러한 꿈꾸기와 시 쓰기 행위는 앞으로도 더욱 성숙된 형태로 지속될 터이지만, 소처럼 더딘 그의 행보가 달라지리라는 조짐은 좀처럼 찾아지지 않는다. 그러한 추측의 단서 가운데 하나로, 최근 문예지에 발표되는 김정란의 글이 시 창작에 비해 비평적 진술이 압도적인 우위를 차지하는 현상을 지적할 수 있을 것이다.

3.

김혜순의 시에서 제일 먼저 눈에 띄는 특징은 다소 도발적이라는 느낌을 주는 이미지의 연쇄와 재치 있는 언어의 구사라는, 시의 기법과 관련된 것이다. 그의 작품에서 극적 긴장을 느끼거나 지적 언어유희의 경쾌함을 발견하게 되는 것도 모두 그 때문이다. 김정란과 여러모로 유사한 패턴을 보여주는 그가 김정란과 변별될 수 있는 일차적 요인은, 4~5년의 시차를 두고 지속적으로 시집을 묶어낸 정력적인 현역 시인(?)이라는 사실에서 찾을 수 있을지도 모른다. 시인이면서 평론가로 활동하는 두 여성이 시와 비평 어느 한 분야에 더욱 몰두함으로써 발생한 이 극명한 대비는 이들의 성향을 이해하는 데 매우 시사적인 의미를 내포한다. 요컨대, 김정란과 김혜순은 여성으로서의 글쓰기를 통해 정체성을 확인하고 세계와의 화해를 모색하는 공통분모로 묶이면서도 그 방법과 기질의 측면에서 있어서는 상당한 격차를 보이는 것이다.

　　김혜순 시의 여성 화자는 때때로 매우 공격적이고 표독스러운 가면(per-sona)을 쓰고 등장한다. 가령, 「프레베르의 아침 식사에 대한 나의 식사」가 그 대표적 보기라 할 수 있는데, 이 작품에 등장한 화자의 행동은 남성적 폭력에 대한 여성의 강렬한 대응으로 이해하면 족할 뿐 작가의 심성적 특징과 관련시킬 필요까지는 없으리라 본다. 어쨌거나 김혜순 시의 여성 화자가 당돌하고 거침없으며 폭력적이기까지 하여 위화감을 촉발한다는 사실만은 부정할 수 없는 현상이다. 예컨대, 부부 싸움을 핑퐁 게임으로 희화화한 것이 분명해 보이는 「대결」에서 여성 화자는 “두 주먹을 움켜 쥐고 / 이를 악물고 / 나를 향해 / 내 눈알을 / 빼 / 던진다”. 여성이 사력을 다해, 자신의 육체의 일부분에 손상을 입혀가면서까지 적극적으로 대처하는 이 싸움에서 남성은 “탁구공을 보내듯 무심”한 반응을 보일 뿐이다. 그러니까 여성 화자의 그악스러운 대거리는 바로 남성의 철저한 무관심에 대한 분노에서 촉발된 게 분명해진 셈이다. 하지만 김혜순 시의 여성 화자가 언제나 표독스런 암코양이처럼 발톱을 치켜세운 채 남성에게 대들려고 긴장한 자세를 유지하는 것은 아니다. 오히려 그녀는 짓밟히고 억눌리는 과정 속에서도 하나의 물질에 생명력을 부여하는 놀라운 상상력과 화해의 정신을 보여준다. 오크 통 속에서 숙성하는 포도주를 시적 제재로 한 「복수」, 칼국수를 미는 과정을 섬세하고도 유쾌한 상상력과 언어적 기교로 형상화한 「너」, 무우와 배추를 재배해 김치를 담그는 과정을 도시인의 일상과 흥미롭게 연계시킨 「우리 배추와 무우들은」 같은 작품에서 폭력은 도처에 미만해 있는 것으로 나타난다. 이것은 현대인들이 가정과 사회에서 항상 폭력에 노출되어 있을 뿐만 아니라 그것에 길들여져 웬만한 폭력은 폭력으로 여기지도 않는 사실에 대한 날카로운 질타라 할 수 있다. 거기에는 여성·남성의 성차(性差)가 있을 수 없지만, 그 폭력에 상처 입은 육체와 정신을 따뜻이 감싸안고 상처를 치유해주는 것은 여성, 즉 어머니이다.

　　아버지는 바람 속에 알을 낳고 어머니들은
　　나뭇가지 사이에서 새끼를 기르네
　　그곳의 사람들은 부지런히 산맥을 길러

육지를 세우고 달을 퍼올리네
내 한없는 바닷속 그 깊은 곳에는 참 이상한
거꾸로 된 세상이 늘 깊어 있네

　　　　　　　　　　　　　　　　　－「눈동자 속」 부분

　아버지가 자식을 낳고 어머니가 기른다(父生母育)는 사고 체계는 유교적 가치관의 오랜 전통과 관습에 대한 수락을 전제로 한 것이다. 유교적 가부장적 사회에서 아버지는 상징적 존재로 남아 있고 가사와 육아는 모두 어머니의 소관으로 돌려진다. 장려하고 광활한 시적 이미지들에 의해 웅혼한 기상마저 느낄 수 있는 위 시에서도 새끼를 기르는 이는 어머니인데, 그녀는 "산맥을 길러 육지를 세우고 달을 퍼올리"는 절대적·신화적 존재로 표상된다. 우주의 생명을 낳아 기르는 신화적 존재로서의 '어머니'는 모든 불화와 갈등을 무화시키는 절대적 힘을 펴 보이면서 현실 저편의 세상을 지향한다. 그 세계는 우리의 내면 깊은 곳에 존재하면서 현실과 모든 게 거꾸로인 이상한 세계이다. 다시 말해 '어머니'가 주도하는 세상은 남성 중심사회와 전혀 그 양상을 달리하는 세계인 것이다.
　"시는 언술이 생명이다."라는 시인 자신의 말처럼, 김혜순의 시는 다양한 담론 양식으로 직조된 현란한 비단옷감과도 같다. 『나의 우파니샤드, 서울』(1994)에는 산문 형태의 작품이 상당수에 달하고 심지어는 시나리오의 양식을 차용하거나 제목을 괄호로 묶은 것도 눈에 띈다. 이러한 외적 형식의 다양함은 위트와 아이러니를 자유자재로 구사하는 그의 시창작 원리의 적극적인 도움에 힘입어 독특한 정서적 반응을 이끌어낸다. 현실의 허구와 폭력에 직면하고 있는 그가 현실에 대응하는 방식은 부정의 방식이다. 이를테면 그는 "지하 미로의 매달린 문들의 이름을 믿지 마라"거나 "그건 네 길이지 내 길은 아니야"라는 부정어법을 씀으로써 대상의 본질을 직관적으로 파악할 것을 권고하고 있다. 그렇기 때문에 시인의 눈에는 전동차의 역동적인 운행조차 전기의 동력에 의한 것이 아니라 사람들의 건강한 심장의 박동으로 움직이는 것으로 보이고, 불켜진 도시의 빌딩 속에서 따뜻한 실핏줄이 선명히 들어온다. 현대 물질 문명의 산물인 전동차나 건물과 같은 차가운 비생명체에서 심장과 핏줄을 발견하여 생명력을

부여하는 그의 놀라운 상상력은 근본적으로 이 세상에 대한 희망과 사랑
에 근거하고 있는 것처럼 보인다. 하지만 그 사랑은 자폐의 감옥을 깨는
고통과 자신의 전 생애를 탕진하겠다는 각오 없이는 불가능한 것이다.

> 배추벌레 한 마리
> 제 길 다 먹어치우고
> 아무도 없는 저 하늘
> 배추흰나비의 길
> 혼자 놓아 가려고
> 저렇듯 안간힘 다해 초록길
> 먹어치우고 있다
>
> —「자동 인화기」 부분

배추벌레는 제 길을 다 먹어치워야 비로소 성충이 된다. 애벌레가 혼신
의 정력을 다하여 걷는 그 길이 정신과 육체의 비상을 예비하는 초록길이
라는 위 진술은 물질 문명에 생명력을 부여하는 상상력과 함께 이 시인의
긍정적인 현실 인식을 입증해주는 보기라 할 수 있다. 다시 말해 김혜순은
현실이 뒤틀리고 거꾸로 돌아간다는 사실을 명백하게 인식하고 있지만, 그
럼에도 불구하고 현실에 절망하거나 타협하지 않는다. 이러한 미래 지향적
세계관이야말로 시인의 의식의 윤활유가 되어 인식의 지평을 확장시키고
형식적 실험을 지속하게 하는 추동력이라 생각되는 것이다.

4.

허수경의 『혼자가는 먼 집』(1992)에서 가장 빈번하게 나타나는 시어는
아마도 '애처러움'과 '마음'이란 단어인 듯하다. 그 애처러움은 대개 마음
과 마음이 혹은 몸과 몸이 격절되어 있다고 시인이 느낄 때 즉각적으로
그의 영혼에서 내출혈 한다. 말을 바꾸면 시인은 "마음끼리 살 섞는 방
법"을 갈망하지만 몸과 마음이 서로 등돌리고 외면하는 현실 속에서 살아
가는 모든 상처 입은 영혼을 위하여 대신 아파하는 것이다. 이처럼 허수경
의 감수성은 따뜻하고 부드러운 유동체적 속성을 지닌 채 경계를 초월한

‘건달’을 지향한다. 건달은 원래 제석천의 음악을 주관하는 신, 또는 항상 부처님이 설법하는 자리에 나타나 정법(正法)을 찬탄하고 불법을 수호하는 신이란 뜻의 범어 건달바(乾達婆, Gandharva)를 말의 뿌리로 하고 있다. 그런 점에서 「산수화」의 ‘건달’이란 시어는 현실에서 통용되는 뜻으로 이해해도 무방하지만, 그 단어의 근원적 의미에 상당히 근접한 용례처럼 보인다.

> 강을 넘어
> 산을 넘어
> 경계를 허무니 저 또한 건달 아닌가
>
> —「산수화 —그 어디멘가 포크레인은」 부분

> 마음들끼리는 서로 마주보았던가 아니었는가
> 팔 없이 안을 수 있는 것이 있어
> 너를 안았던가
> 너는 경계 없는 봄그늘이었는가   —「不醉不歸」 부분

현실에서 인간이 경험하는 온갖 갈등과 대립의 고통은 너/나, 마음/몸, 사랑/증오, 슬픔/기쁨, 삶/죽음 등을 분별하여 생각하는 마음에서 비롯된다. 이렇게 이분법적으로 나뉘어진 "모든 관계는 비통하다"는 것을 누구보다 잘 알고 있는 시인의 마음은 "울울한 나무 그늘이 될 만큼" 아프고, 그의 "생애는 쓰리"다. 그리하여 시인은 "이 세상 정들 것 없어 병에 정"드는 역설적 방식으로 상처 입은 영혼들을 감싸 안는데, 그 정신은 세상의 모든 갈등과 대립을 포용하고 무화시키는 절대 모성과 매우 근접한 거리에 있는 것이다. 말하자면 허수경에게 있어서의 모성은 현실이라는 고통의 바다에서 경계 없는 언덕으로 나아가기 위하여 힘겹게 노 젓고 있는 뗏목(허수경의 시에는 ‘바퀴’란 단어가 많이 나온다. 하지만 ‘바퀴’면 어떻고 ‘뗏목’이면 어떠랴. 목적이 아니라 수단이라는 점에서 ‘뗏목’과 ‘바퀴’ 다를 바 없는 것이다.)이라 말할 수 있다. 그 뗏목은 "너의 마음 곁"을 지향하며 쉬임없이 항해하는데, 그 항로에는 "버려진 마음이 너무 많아" 위

독하고 대책 없는 것처럼 생각된다. 그럼에도 불구하고 뗏목의 항해는 곳곳에 밝혀진 불빛을 따라 계속된다. 허수경의 시에서 불빛 이미지는 '환하다'라는 형용사 못지 않게 중요한 기능을 담당하는 것으로 보인다. 이를테면 허수경에게 있어서 "등불 너머(는) 당최 분간 못 할 칠흑"만이 존재하는 공포스러운 세계이거나 "무표정과 동무할 수 있는 건 도시의 등불밖엔 없"는 부정적 대상으로 나타난다. 반면에 "마음이 켜놓은 세상의 등불" 또는 "나 믿는 혼자 있는 불빛"이 비추는 세계는 환하다. 시인은 등불의 불빛이 그것을 믿는 이들의 마음속에서 무한대로 증폭하기를 간절히 염원한다. 왜냐하면 "저 燈이 나그네 하나쯤 거느릴 수 있다면" 이 세상이 얼마나 환하고 투명하게 빛날 것인가를 누구보다 잘 아는 사람이 바로 그이기 때문이다.

허수경은 이제 삼십대 초반의 젊은 나이이지만 그 정신 세계는 무척 유현(幽玄)한 듯하여 문득 우리를 놀라게 한다. 이를테면, 다분히 불교적 세계관에 경도되어 있는 듯한 그의 정신주의는 원당으로 가는 길에서 "무수한 생이 끝나고 또 시작하는" 영겁적 윤회의 비밀을 꿰뚫는 통찰력을 보여주고 있기 때문이다. 이와 더불어 그가 현실의 나보다 "마음의 古老를 좇아" 쉬임없이 길을 가며 사랑의 노래를 부르는, 갈 데 없는 유랑악사라는 사실이 지적되어야 한다. 그런데 이 유랑악사는 대개의 경우 울고 있는 것으로 그려진다. 그가 우는 까닭은 "설명할 수 없는 세상의 일들" 때문이기도 하고 스스로에게서조차 버려진 것 같다는 지독한 소외감 때문이기도 하다. "지나간 일을 생각하면 내 몸이 마음처럼 아픈가"라거나 "내일의 노래란 있는 것인가"라고 고통스럽게 자문하며 울고 있는 이 유랑악사는 그러나 결코 허무주의자가 아니다. 오히려 그는 불우의 극한에 지복(至福)이 있음을 확신하는 구도자의 낙천적인 모습을 닮아 있다. 이 구도자가 어느 한 순간 모든 경계를 초월한 듯 "불망천지 아늑한 / 벼랑 / 천지간에 문 열리는 소리 // 오, 내 몸 속의 / 나여"라고 읊을 때 우리는 아연 긴장하지 않을 수 없다. 이런 초월적 깨달음의 인식은 시집 맨 뒤에 실려 있는 「백수광부」에서 보다 깊은 사유의 흔적과 적절한 표현의 묘를 획득한 것처럼 보인다.

다 저녁 환한 저녁

文字도 없이 文書도 없이
滅조차 적적한 곳으로
화엄도 도솔도 없이 문명의 바깥으로
無望 속으로
환하게
　　　　　　　　　　　　　　　　　　　　　　　　　　－「백수광부」 전문

　　마침내 이 시인은 경계 없는 언덕에 올라 우주의 교향악을 연주하며 우렁찬 오도송을 읊는 것일까? 문자(형식)/문서(내용)의 구별이 사라지고 화엄(우주의 본체)도 도솔(미륵이 거주하는 곳)도 없으며, 사라짐〔滅〕조차 무망 속으로 사라진 적적(寂寂)한 출세간의 세계를 그는 이미 보아버린 것일까? 예전에 「늙은 가수」에서 "인생을 너무 일찍 누설하여 시시쿠나 // 그게 바로 창녀 아닌가, 제 갈 길 너무 빤해 우는 거"라며 인생의 비밀을 한 장 열어 보인 그의 솜씨가 결코 우연에 의한 것이 아니었다는 말인가. 위 시가 이러한 의문에 대해 적절한 해답을 제시하고 있지만, 우리의 판단은 좀더 유보되어야 할 것으로 보인다. 그가 세간(世間)의 혼몽 속에서도 모성적 어법으로 환한 세상을 꿈꾸는 것은 이제까지 보아온 바와 같거니와, 위와 같은 잠언적 언술이 관념적 사유의 산물이거나 단순한 희망의 표현일 수도 있다는 점은 늘 경계해야 하기 때문이다.

　　5.

　　신현림은 미술학과에 진학하기 위하여 4수(四修)를 했지만 편안히(?) 국문과를 선택, 그 후유증으로 4년간 신경정신과를 왕래하고 첫 연애에도 실패한 뒤 도서관 정기간행물실에 파묻혀 싸르트르·카프카·바슐라르·까뮈·김수영·이성복 등을 접하면서 비로소 문학에 눈을 뜬 것으로 자신의 이십대를 요약하고 있다. 두 번째로 사귀던 남자의 교통사고는 그에게 삶과 존재에 대한 심각한 고뇌와 겸손을 가르치기도 했지만 독신생활을 선택하게 하는 결정적 요인이 되었던 것처럼 보이기도 한다. 그 와중에서 30년 야당생활과 3수 끝에 아버지가 13대 국회의원으로 당선되고, 자신은 스물 아홉의 나이로 정식 시인으로 데뷔하기도 하면서 여자 나이 서른의 의미가 무엇인지를 곱씹는다. 이런 일련의 과정을 통해 "삼십 세로 끌려가는 일이란 모든 집착에서 벗어나야 함을 체득하는 것"이라는 사실을 깨닫는 한편, 어린 시절 의지박약증 환자였던 자신이 집요증 병자로 독하게 변했다는 점을 아프게 반추한다. 서른 살에 가족의 울타리로부터 벗어난 그가 4년간의 독신생활 끝에 얻은 소중한 진리는 "독신생활은 때론 향기로우나 처절해서 교도소가 따로 없더라"라는 지독한 외로움의 절규로 표백(表白)된다. 이처럼 신현림의 두 번째 시집 『세기말의 블루스』(1996)는 놀라울 만치 솔직한 고백으로 이루어져 있는데 그 대표적인 예가 「나의 이십대」라는, 지금까지 다소 거칠게 요약한 작품이다.

그는 몇 년째 독신으로 지내고 있으나 그 생활에 만족하는 것 같지 않다. 오히려 그는 "쓸쓸한 내 손 잡아줄 / 당신"을 못내 그리워하는 연애시를 쓰며 외로움과 고통스럽게 싸운다.

먼 빛 속에서
출렁거리는 아침바다로 오십니다
창공을 흔들고 제 가슴을 치며
야생화보다 풋풋하게 오시는

당신은
해저같이 캄캄한 제 영혼이
끝없이 다다를 역입니다

인간이 결국
무덤이라는 둥근 빵을 얻기 위해 살듯
방을 가진 마음처럼 둥그래져야겠지요

빵 속의 해와 강물이 쏟아지지 않도록

끌어안은 당신이 아름답습니다
무덤까지 당신을 따라가겠습니다　　　　　　　　　　　　　-「빵을 가진 남자」전문

　　서른 셋의 독신녀로 가부장제 사회에서 살아가야 하는 삶이 얼마나 힘
겹고 눈물나는 일인지를 절감하고 있는 이 시인은 자신의 낭군일 "착한
목동의 손을 가진 남자"와의 조우를 간절히 소망한다. 그러한 남성과의
만남이야말로 치욕과 좌절의 이십대를 보내면서 심연처럼 가라앉은 영혼
이 비로소 편안히 기대어 쉴 수 있는 종착역 같은 것으로 믿어지기 때문
이다. 위 시의 화자는 가부장제 사회에서 전형적인 여성상으로 틀 지워 놓
은 여성의 덕성을 고루 갖춘 그런 여성의 모습과 특별히 구분되지 않는
것 같다. 다시 말해 신현림 시의 여성 화자는 지극히 평범하고 헌신적인
여성이지만, 가부장제 사회의 여성에 대한 편견과 푸대접에 대해서 결연히
맞서는 단호함을 보여주기도 한다. 전문적 생업에 종사하는 여성들에게 따
라붙는 '여류'란 관형사야말로 여성에 대한 편견과 폄하의 대표적 사례임
을 자각하고 있는 그가 "날 여류시인이라 부르지 마 / 여류가 뭐야? 이쑤
시개야, 악세사리야? / 여류는 화류란 말의 사촌 같으니 / 여자라는 울타리
에 가두지 마"라고 강력히 항의하는 것도 이런 맥락에서 이해할 수 있는
것이다. 그렇다고 신현림을 아마조네스와 같은 거친 여전사(女戰士), 또는
교조적 의미의 페미니스트라 이해하는 것은 옳은 태도가 못된다. "삶이란
자신을 망치는 일과 싸우는 일"이란 시구에서 확인할 수 있는 것처럼, 그
가 저항하는 세력은 왜곡된 현실의 제도와 인습일 뿐이지 '남성(성)' 그
자체는 아니기 때문이다.

　　이십대에서 삼십대에 이른 십여 년의 세속적 시간을 보내며 집요증 병
자로 변모한 신현림은 그 시절을 "마음으로라도 날고 뛰지 않으면 살 수
없는 날들"이란 고통의 언어로 축약해 보여준다. 일종의 광기로 버텨낸
그 기간을 통해 시인이 깨달은 것이 있다면, 그것은 인간에 대한 절실한
그리움과 사랑만이 세상을 구원할 수 있다는 단순명료한 사실의 발견일
터이다.

괴롭고도 큰 나이구나 서른셋
슬픔으로 슬픔을 해탈할 나이 서른 셋
　(10행 생략)

나는 고된 노동 끝에 떠오른
만월 같은 밥으로 언 몸을 밝히고
사람을 그리워하기 위해 사람으로부터 떠나며
세계를 끌어안기 위해
강철 밤바다에 창을 뚫는다
　　　　　　　　　　　　　　　　　　　　　－「유배된 시인」 부분

　그는 후기 자본주의 사회의 온갖 부정적 징후들이 현시하는 현실의 위기를 절망적으로 응시하는 한편 "지옥에 살면서 뭐하러 종말을 두려워하니?"라고 날카롭게 꼬집기도 하지만, 세기말의 종말론적 인식마저도 참고 견디며 감싸안는 인내와 사랑의 힘 앞에서는 무력할 수밖에 없다는 사실을 잘 이해하고 있는 것처럼 보인다. 이와 같은 사랑에 도달하기 위해서는 더 많은 것을 잃고 더 많이 아파야 하는 자기 희생의 노역을 감수하지 않으면 안 된다. 독립된 하나의 인간으로 선 삼십세의 여성이 "무엇에든 용감해"져야 하는 것도 모두 그 때문이고, "지상에서 남은 나날을 사랑하기 위해 /(…)/ 마음을 폐가로 만드는 모든 것과 싸"워야 하는 것도 그 때문이다. 그런 점에서 신현림의 시는 이 세상과 화해하기 위해 벌이는 정직하고 당찬 한 여성의 고투의 기록이며 내밀한 독백이라 해도 지나치지 않다.

삼재 원융(三才圓融)의 시세계

1. 저녁에 샛별과 대화하는 시인

하늘 아니면 땅만 보고 걷는 사람
유월이면 薔薇의 마스크를 쓰는 사람
개스와 소음이 제일 싫은 사람
가슴속에 시냇물이 흐르는 사람
市井에 살면서도 보이지 않게 사는 사람
저녁이면 金星과 통신하는 사람

─「自畫像」

박희진의 「자화상」은 우리가 익히 알고 있는 서정주나 윤동주의 「자화상」과 판이한 양상을 보여준다. 식민지 백성의 원죄의식과 다를 바 없었던 치욕과 좌절을 고통스럽게 토로한 미당의 자화상이 애비는 종이었고 자신을 키워온 것은 팔할이 바람이었으며 병든 수캐마냥 헐떡이며 왔다는 충격적 진술로 이루어져 있고, 윤동주의 자화상 또한 자신의 초라한 모습에 대한 증오와 연민, 그리움의 감정적 색채로 채색되어 있는 데 반해 박희진의 그것은 추악하고 번잡한 현실 저편에서 정신적 삶을 영위하는 은일지사 혹은 투명한 정신의 소유자로 묘사되고 있는 것이다. 이러한 순수한 정신주의에의 지향때문에 이 시인이 7,80년대의 피비린내나는 현실을 도외시하고 있다는 일부의 비판적 지적에서 자유롭지 못하지만, 바로 그것이 박희진 시의 유다른 특징이라는 점에 대해서는 많은 사람이 동의하고 있는 것처럼 보인다.

사물을 바라보고 대하는 시인의 시선은 무명처럼 순백하고 투명해 우리를 편안하게 하면서 사물의 본질을 통찰하는 예지와 직관, 그리고 현실에 대한 날카로운 비판이 내재해 있어 우리의 긴장감을 자극한다. 위에 예시한 「자화상」에서 "개스와 소음이 제일 싫은 사람"이란 구절이 무엇을 말하는가를 설명하는 것은 췌언이 되겠거니와, "저녁이면 金星과 통신하는 사람"이란 구절에서 우리는 현세의 모든 암흑과 혼돈이 사라진 참신한 새벽을 기다리는 시인의 내적 갈망을 어렵지 않게 포착할 수 있다. 굳이 설명하기조차 생급스러운 감이 없지 않지만, 계명성은 새벽 동쪽하늘에서 주위의 어둠이 무색할 만큼 또렷한 광채를 발산하며 새로운 아침을 예비하는 성좌이다. 그런 별자리와 저녁에 통신하는 시인은 저녁에 새벽을 보는 형안의 소유자이거나 일체의 암흑과 공포를 부정하는 예언적 지성일 수밖에 없는 것이다.

그러나 박희진 시의 본령은 뭐니뭐니 해도 동양의 유현하고 그윽한 순수와 달관의 정신세계라 할 수 있다. 특히 그의 최근시는 불교의 공사상(空思想) 또는 장자의 무위자연사상에 깊숙히 침윤된 흔적을 보이는데, 열네번 째 시집 『연꽃 속의 부처님』(만다라, 1993)은 표제가 암시하는 바대로 선적 통찰과 직관의 세계로 일관하고 있다. 뿐만 아니라 그는 이미 어떤 깨달음의 경지에 이른 듯 고승의 어법이나 수사를 자유자재로 활용하기도 하고 만상(萬象)을 꿰뚫어 우주가 하나가 된 법열을 토로하기도 하며 선승과의 첫만남에서 혼과 혼의 자연스러운 교감을 경험하기도 한다. 우주와 자연의 비의(秘義)를 손에 쥔 그가 속악한 인간세계를 멀리하고 성자(聖者)의 삶이나 소나무의 탈속적 경계에 몰입하는 것은 따라서 의당 있을 수 있는 일이다. 그러나 박희진의 시세계에서 인간의 모습이 완전히 증발하였다고 단언한다면, 그건 옳은 판단이 아니다. 다시 말해서 박희진의 시에서 사라진 것은 부박한 일상에 부대끼며 살아가는 현대인의 왜소한 초상일 뿐이고 맑고 투명한 정신세계를 살아가는 거대한 인간들의 모습은 오히려 더욱 부각되어 나타난다.

박희진의 신작시집 『몰운대의 소나무』를 관통하고 있는 시정신이 천·지·인 삼재의 원융이라는 점도 그 연속성상에서 이해할 수 있는 것이다.

2. 욕망의 소멸과 정신의 부활

한때 『四行詩三百首』(山房, 1991)라는 시집을 상재할 정도로 4행시에 매력을 느꼈던 그는 『몰운대의 소나무』에서 14행시라는 파격적 형태를 실험하고 있다. 1~2연은 각각 4행, 3~4연은 각각 3행의 4연 구성으로 이루어진 이 시편들의 형식적 특징에 대해서는 더 많은 논의가 있어야 할 터이지만, 세속적 나이가 환갑을 넘었음에도 불구하고 시형식의 실험을 멈추지 않는 것은 일부 젊은 시인들이 시류적 유행에 편승하다가 갑작스럽게 조로현상을 보이는 것과 좋은 대비를 이룬다.

환력을 지낸 이 시인의 관심을 견인하고 의식을 지배하는 것은 자아와 세계의 합일에 대한 청명한 사유 및 종교를 초월한 성자들의 순결하고 무욕한 삶에의 경배이다.

> 앞으로도 더욱 물샐틈없이 精進하라는,
> 新生의 신호인가. 그는 심신이 상쾌해졌다.
> 북한산은 침묵으로 이렇게 속삭였다.
>
> 「맞다네 그대, 죽을 때까지 하나로 꿰뚫어야
> 그대의 생애는 마침내 如意珠 되리.
> 詩의 如意珠, 점이자 우주되리」
>
> —「어느 獨身 詩人의 회갑」 제3,4연

> 왜 경건한 인도사람들은
> 聖者를 만났을 때, 엎드려 절하며,
> 손으로 그의 발을 만지는지
> 까닭을 아는가?
>
> 사람들은 서로 얼굴을 보며
> 인사하게 돼 있지만,
> 聖者의 얼굴을 神에게 가 있기에
> 보이는 발에나마 경배하는 것이라네.

―「왜 경건한 인도사람들은」제1,2연

　독신으로 환갑을 맞은 아침, 시인은 정결한 마음으로 목욕재계한 뒤 "北漢山을 단군 성조 이래/면면이 이어온 조상이라 생각하고/큰 절"을 올린다. 그때 불현듯 얼굴을 뜨겁게 적시는 눈물이 독신으로 늙어가는 자신의 신세에 대한 서글픔이나 인간성이 마멸되어가는 세상에 대한 원망에서 우러나온 것이 아님은 말할 필요조차 없다. 그것은 평생 정결한 시심을 잃지 않고 살아온 자신에 대한 위안의 눈물이며 "앞으로도 더욱 물샐틈없이 정진하라"는 태고적 조상 또는 어떤 정신적 스승의 따뜻한 격려와 축복에 대한 내면적 반응이다.

　북한산으로 표상되는 자연을 조상으로 인식하는 시인의 웅장한 상상력은 자신의 시가 인간세상의 온갖 불의와 오욕을 정화시켜줄 여의주로 화하고 한 개의 점이면서 동시에 우주 전체로 확장되기를 희망한다. "그 작음으로 말하자면 안이 없고(其小無內), 크기로 치자면 하늘 가장자리조차 없다(其大無垠)"는 도가적 상상력은 혼돈이 질서이며 질서가 곧 혼돈이라는 불교의 불이적 세계관과 그대로 상통하는 것이라 할 수 있다. 따라서 시인에게는 거지도 성자일 수밖에 없으며 가장 천한 발에 경배하는 인도인들이야말로 진정 신에 가깝게 다가간 거룩한 인간들로 비쳐진다. 인도의 성자 카비르가 입적했을 때 그를 추종하던 무리들 사이에서 분규가 발생하자 죽음의 자리에서 벌떡 일어나 "「나의 시체의 절반은 매장하라/이슬람교도의 儀式을 따라서/그리고 나머지는 화장을 하려므나/힌두교도의 의식을 좇아서」"(「카비르와 제자들」)라고 명쾌한 해답을 제시한 것이나, "세속의 집착을 완전히 여읜" 그리하여 "영원의 빛으로 사는 법도 있다는 걸" 일깨워준 성녀 기리 발라를 예찬한 것 등은 세속의 부귀영화나 이욕을 위한 다툼의 허망함과 정신적 삶의 영원함을 명징하게 드러낸다.

　앞에서도 잠깐 언급한 것처럼, 박희진의 '기소무내 기대무은(其小無內 其大無垠)' 또는 불이적 상상력은 우주와 자연, 자연과 인간의 교감만을 대상으로 하지 않는다. 그는 오히려 정직하고 순결한 인간의 혼과 혼이 만나는 순간의 충격적 경험과 희열을 더욱 소중하게 생각하는 듯하다. 그들

순결한 영혼의 소유자들에게는 종파(宗派)·인종·시간의 거리가 완벽하게 소멸하고 천지일기(天地一氣)의 본원적 세계만이 존재한다. 요가 수행자 파라마한사 요가난다와 테레즈 노이만 수녀와의 영적인 만남이라든가(「테레즈 노이만 修女와의 對話」), 광옥과 문길의 잘 알려진 지음(知音) 고사(「無題」)같은 것은 초탈한 인간의 정신세계가 얼마나 유현하고 그윽한 향기를 간직하고 있는지를 설명해주는 전범적인 예이다. 그러므로 이 시인이 "불암은 크나큰 연꽃자리로 바뀌고, / 本來淸淨을 되찾은 이 몸이 / 빛 뿜고 있다해서, 이상할 게 있으랴"(「佛巖山」)고 자못 거드름을 피우는 태도가 별로 어색하게 여겨지지 않는 것도 동양적 정신주의에 대한 공감에서 연유하는 것이다.

그런 점에서 시인이 자연을 훼손하는 인간들에게 "명심하라, 악한이여, 너 당장 벼락을 / 맞지 않았다고 무사할 줄 아는가"(「죄와 벌」)고 강렬한 어조의 비난을 쏟아붓는 것이나, "오오 맙소사, 인간이 이처럼 자연 모독에 / 익숙해지고, 무감각해졌다니!"(「충격적 悲報」)하고 통탄하는 것 등은 인간과 자연이 결국 하나라는 사실, 즉 천지인 삼재 원융정신의 강조와 진배없다. 광대무변한 우주를 구성하는 기본소인 하늘과 땅과 사람이 하나로 융섭되는 세계에서 모든 인간은 선남선녀가 되고 그들의 정신은 투명해지며 삼차원적 세계의 경계는 전혀 무의미한 것이 된다. 자아와 세계, 주체와 객체, 너와 나의 분별을 잊은 상태는 하늘의 기운(神氣)과 땅의 영기(靈氣) 그리고 무염(無染)한 인간의 정신이 막힘없이 교통하여 혼탁한 세상을 무릉도원으로 인식하게 하는 견인차 역할을 한다.

3. 신기(神氣)와 영기(靈氣)의 조화

『몰운대의 소나무』에서 시인은 가까이는 도봉산에서 멀게는 민족의 성지 백두산까지 쉬임없이 여행한다. 그는 때로 혼자 길을 떠나는 경우도 있지만 대개 선녀들과 함께 산을 오르고 강가를 거닐며 "백년을 一瞬에 꿰뚫는 소나무들"(「安眠島의 소나무」)을 바라보기도 하고 "三次元에서 / 四次元 속으로 뛰어든"(「四月 어느 날」) 것 같은 신비체험을 경험한다. 이럴

때의 시인은 갈 데 없이 신선(그는 자신과 여행하는 여성들을 항시 선녀
라 호칭하고 있는데, 선녀를 대동하고 명산대천을 주유하는 사람이 어찌
세속적 욕망에 찌든 추레한 사내일 수 있으랴!) 또는 사사무대(事事無碍)
의 경지에 도달한 자유인의 모습 그대로이다.

> 그 물고기의 정체는 무엇일까?
> 어쩌면 그것은 하늘로 솟구치는,
> 登龍 직전의 거대한 잉어 같은
> 북한산 仁壽峯의 精靈이었을까?
> 또는 事事無碍란
> 이러한 것이라는,
> 大自由 앞에서는
> 次元의 한계도 사라지고 만다는
> 暗示이었을까?
>
> —「體驗」 부분

 비는 멎었지만 잔뜩 흐린 삼각산의 풍경을 바라보던 시인의 눈에 갑자
기 "길이 3미터, 폭 50센티 쯤"의 흰물고기가 공중에서 홀가분하게 유영
하는 모습이 들어온다. 처음에는 환각이 아닌가 여겼던 시인이 물고기의
출현을 재차 기원하자 또다시 모습을 드러냈다 사라진 물고기의 모습을
그는 "북한산 인수봉의 정령"이거나 차원의 한계를 초월한 대자유인의
경계로 해석하고 있는 것이다. 필자같은 청맹과니로서야 이런 영적체험을
기대하지도 못하고 그 경지가 어떤 것인지 땅띔도 못하지만, 어쨋거나 시
인은 자신을 신선으로 주변의 여성을 선녀로 확신하면서 한국의 명산대천
을 유유자적하며 무애행을 즐긴다.

> 경상북도 울진군 평해면 월송리,
> 솔밭 지나 나타나는 亭子라서 越松亭인가.
> 다시 솔밭 건너 망망 滄波 위엔
> 갈매기떼 노니는데, 東天엔 낮달이,
> 西天엔 석양이, 亭子 안엔 백발 老詩人과

두 仙女가 포즈를 취하네요.
보이지 않는 손길의 카메라가 그들 앞에 놓였기에,
지금, 이 시간 속의 永遠을 찍으려는.
—「越松亭」

　박희진이 한국의 산과 소나무에 쏟는 애정과 거기서 느끼는 감격은 자
못 특별한 바가 있어 보인다. 좀더 자세히 말하자면, 그는 한국의 소나무
숲을 거닐며 "하늘에선 神氣받고 / 땅에선 靈氣 받아" "비로소 純人間"
이 되고 "저절로 道人 된다". (「安眠島의 소나무」) 그것은 한국의 소나무
가 "생명의 근원" 또는 "우주의 중심"이어서 "삼라만상이 그와 더불어 /
숨쉬는 까닭이다."(「몰운대의 소나무」) 소나무가 생명의 근원이고 우주의
중심이라는 통찰은 자연과 인간이 하나가 되는 이른바 물아일체의 저 유
서깊은 동양적 자유자재의 정신적 지평이 아니면 이해하기 곤란한 것이다.
어쩌면 이 시인은 동양의 옛 성인 장주(莊周)의 "지인은 물아의 구별이
없다(至人無己)"거나, 중니(仲尼)의 "도는 허한 데서 모일 따름이니 허한
게 곧 마음의 재계(唯道集虛 虛者心齋也)"라는 말의 속뜻을 두루 꿰뚫고
있을뿐만 아니라 실제로 체험하고 있는지도 모를 일이다. 그래서 그는,

나의 머릿속은
가을의 碧空인 양
그저 텅 비워져 있었건만,
그동안 어쩌면 兜率天의 높이에로
가 있었던 모양
—「강원도 청태산 잣나무 숲 속에서」 부분

　이라는 정신적 비상과 초월의 경험을 노래하기도 하고, "巨松은 현실인
가, 초현실인가. / 老松은 시간인가, 초시간인가."(「義林池의 소나무」)라며
과거와 현재의 경계가 소멸되어 신운(神韻)을 온몸으로 느끼는 찰나의 충
격적 깨달음을 고백하기도 한다. 연하고질(烟霞痼疾)을 자연삼매(自然三
昧)의 차원으로 승화시킨 시인의 정신세계의 심연과 광활은 삼라만상에
대한 대긍정을 지향하는 한편, 번쇄(煩碎)한 일상사 혹은 끝모를 인간의

탐욕에 관하여는 가차없는 독설과 분노를 터뜨리는 양면성을 보여준다.

> 사람은 사람의 시체를 뜯어 먹기도 하나니.
> 그 게걸스러움, 가공할 食慾.
> 만물의 영장이기는커녕
> 有史 이래 지구상 최악의 추물이지.
> 괴물 중의 괴물이지.
>
> ―「더 늦기 전에 각성하세 인간이여」

『몰운대의 소나무』에서 자연을 망치는 일부 집단을 질타하는 내용의 작품은 서너 수에 불과해 별다른 의미를 부여하지 않아도 좋을지 모르겠다. 하지만 이런 시편들에서 우리는 삼재 원융의 세계와 대척점에 서있는, 말을 바꾸면 탐진치의 삼독에 물든 인간들의 추악한 모습을 만나게 되고 시인의 그들에 대한 분노와 연민을 읽을 수 있기에 결코 간과할 수만은 없을 것으로 보인다. 자연을 내몸과 같이 여기는 시인에게 그들이 다만 자연의 훼손자에 그치는 게 아니라 자아와 우주를 부정하고 괴멸시키는 인류역사상 가장 가증스러운 파괴자요 "지구상 최악의 추물"로 여겨지는 것은 당연한 귀결이 아닐 수 없다. 하늘과 땅과 인간의 기운이 하나가 될 때 비로소 인간본성의 순연함을 회복하고 적멸위락(寂滅爲樂)의 성스러움에 도달할 수 있다고 믿는 시인에게 그들의 자연파괴는 그대로 신성모독 행위로밖에 여겨지지 않을 터이기 때문이다.

그러나 시인의 천지인 삼재 원융사상을 십분 감안하더라도, 이 시집에서 인간의 유형을 극단적으로 대비시킨 것은 문제가 있어 보인다. 말하자면 이 시집에는 여항(閭巷)에서 살아가는 인간들의 모습은 거의 보이지 않고 자연 속에 몰입하거나 그와는 정반대의 행태를 보이는 인간의 유형만 대립적으로 묘사되고 있어 독자의 충분한 공감을 자아내기 어렵다고 여겨지는 것이다. 병석에 누은 유마힐 거사가 수보리를 위시한 십대제자의 병문안을 받은 것이나 신라시대의 성승(聖僧) 원효가 천여년 후에도 여전히 존중의 대상이 되는 까닭은 그들이, 진부한 표현대로, 진흙 속에서 찬연한 연꽃을 피웠기에 가능한 일이었다는 점은 새삼 강조해도 좋으리라. 삼재의 원융은 이 우주를 구성하는 모든 요소의 종합과 조화를 통해 이루어지는 것이어야지 무엇을 부정하고 거부하는 선별적 독선이어서는 안 된다. 이 시집에서 삶의 시궁창 속에 몸담고 있으면서도 인간에 대한 근원적 사랑과 연민의 감정을 잃지 않는 우리 이웃들의 훈훈한 향기를 맡을 수 없어 아쉬운 것은 비단 필자만이 아닐 터이다.

4. 시궁창의 연꽃을 피우기 위하여

《馬耳山詩篇》·《新年詩 기타》 등 이 시집의 뒷부분에 수록되어 있는 작품들은 소백산맥 자락의 평균고도 500미터를 헤아리는 진안고원의 마이산의 산수와 거기에 탑을 세운 이갑룡이라는 실존적 인물에 대한 찬가, 신년시, 그리고 「한글과 한자의 영원한 混用을 위하여」라는 제목의 장시로 엮어져 다소 산만한 인상을 준다. 한가지 특이한 사실은 박희진이 소나무를 "생명의 근원"이자 "우주의 중심"으로 여기듯, 마이산을 "우리 배달겨레 전체의 聖地요, / 참회도량이며, 기도처"(「馬耳山 塔寺와 李甲龍」)로 인식한다는 점이다. 그것은 마이산에 얽힌 전설이 유별나기 때문이기도 하지만, 무엇보다 그곳에 조성된 팔십여 기의 석탑과 그 탑을 손수 조성한 이갑룡에 대한 경외감에서 비롯된 것이다. 「馬耳山 塔寺와 李甲龍」은 1860년 임실에서 태어난 이갑룡이 25세되던 해 산신의 계시를 받고 마이산에 돌탑을 쌓게된 내력과 그 탑의 역사적 의미를 서술한 장시이다. 시인은 이갑룡의 신이한 행적을 소상하게 기술하는 한편, 석탑의 의의를 다소 과장된 어조로 노래하고 있다.

> 檀君聖祖 이래 면면히 이어온 玄妙한 道,
> 天地의 기운과 眞人의 기운은 둘이 아니매,
> 天地人 三才의 균형과 조화, 그것을 찬미하고
> 그것을 증거할 방도는 무엇일까?

그때 塔의 조성이라는 靈感이 떠올랐다.
그렇다 塔을, 그것도 이왕이면
萬佛塔을 세워 보자. 억조창생 구원과
만국평화 기원하여.

―「馬耳山 塔寺와 李甲龍」 부분

위 인용부분에는 『몰운대의 소나무』를 일관하는 사상이 요약되어 있는 것으로 생각된다. 다시 말해 이 시는 현묘지도(玄妙之道;화랑의 풍류정신), 천지인 삼재의 균형과 조화, 억조창생 구원과 만국평화 등 시대를 관통하고 세계를 포괄할 만한 한민족의 얼과 사상이 한데 어울어져 민족의 수난을 증거하고 그 극복의 방법을 제시하고 있는 것이다.

박희진의 시가 천지인 삼재의 조화와 원융이라는 동양의 유현한 정신세계를 기반으로 하고 있다는 것은 지금까지 살펴본 그대로이다. 자연을 정복의 대상으로 인식하기보다 자연과의 합일을 통한 무위자연 혹은 물아일체의 삶을 소망하는 것은 우리의 문학적 전통을 고려할 때 대단히 친숙한 주제 가운데 하나이다. 특히 성리학을 국가의 통치이념과 개인의 수양덕목으로 내세운 조선조 유학자들의 시가작품은 거의 이러한 주제에 바탕하고 있다해도 지나치지 않다.

그러나 조선조 성리학자들의 자연회귀사상이 현실과 유리된 관념의 산물이라는 비판에 무방비하게 노출되는 것처럼, 박희진의 시 또한 이러한 지적에서 완전히 자유롭지 못하다. 그것은 시인의 삼재원융의 정신이 신비주의로 경도되거나 비현실적 공상의 산물이어서가 아니라 혼돈스러운 현실의 와중에서도 참된 사랑의 씨앗을 소중하게 간직하고 움을 틔우는 평범한 사람들의 삶을 괄호 속에 묶어두고 있기 때문이다. 하늘과 땅과 사람이 하나의 기로 연결된다는 삼재원융의 사상이야말로 세상의 온갖 갈등과 불화를 무화시키는 절대 긍정의 세계관이라 할 수 있다. 『몰운대의 소나무』에 구현된 삼재 원융의 시세계가 보다 구체적이고 현실적인 공감을 확보하기 위해 여항간 초동급부의 진솔한 삶의 반영이 요구되는 것도 이런 사정과 관련되는 것이다.

바람과 불, 그리고 사랑
—문정희론

1. 화려한 소문과 빈궁한 평가

문정희가 첫 시집 『꽃숨』을 낸 것은 1965년이다. 당시 진명여고 재학생이었던 그녀의 시집 뒤에 적힌 약력에는 "이대·숙대·성대·경희대·동국대·적십자사 등 15개 여의 문학 콩쿨에서 입상"한 것으로 기록되어 있다. 실제로 문정희는 고등학교 시절 장안의 문예 콩쿨을 거의 휩쓸다시피 했는데, 가령 같은 날 두 곳에서 열린 백일장에 모두 참여하여 장원한 것만 보더라도 그녀의 문학적 재질이 범상하지 않았음을 알 수 있다. 아직 풋내음도 가시지 않은 여학생이 서울의 명문대학 백일장에서 발군의 전적을 거두었을 뿐만 아니라, 미당 서정주의 총애를 받으며 동국대에 입학했으니 그녀의 콧대가 얼마나 높았을 것인가는 짐작되고도 남는다. 그러나 그녀가 정작 시인의 관문을 통과한 것은 첫시집을 낸지 4년 뒤인 1969년, 동국대 국문과 재학생 시절이었고, 본격 시인으로 처녀시집(『문정희시집』, 월간문학사)을 상재한 것은 또 그로부터 4년 뒤의 일이었다. 그 이후 문정희의 연보를 간략히 살펴보면, 시극집 『새떼』(1975, 민학사, 현대문학상 수상)·시집 『혼자 무너지는 종소리』(1984, 문예출판사)·시집 『아우내의 새』(1986, 일월서각)·시집 『그리운 나의 집』(1987, 예전사)·『찔레』(1987, 전예원)·시선집 『우리는 왜 흐르는가』(1987, 문학사상사)·시집 『하늘보다 먼 곳에 매인 그네』(1988, 나남)·연시집 『제 몸 속에 살고 있는 새를 꺼내주세요』(1990, 들꽃세상)·시선집 『어린 사랑에게』(1991, 세계사)·시집 『별이 뜨면 슬픔도 향기롭다』(1992, 미학사)·시집 『남자를 위하여』

(1996, 민음사) 등 십여 권에 이르고, 여기에 수필집 등을 첨가하면 그 숫자는 훨씬 많아진다. 그런데 이 연보를 살피다 보면 한 가지 흥미로운 사실을 발견하게 된다. 그것은 문정희가 80년대 후반 이후 더욱 활발한 작품 활동을 벌이면서 잇달아 시집을 묶어 내고 있다는 점이다. 그것은 그녀와 동시대 시인들이 대부분 80년대 후반 이후 침묵하고 있는 것과 좋은 대조를 이룬다.

그러나 이와 같은 탁월한 시적 자질과 화려한 이력에 비해 문정희에 대한 문학적 평가는 지극히 영성한 것으로 보인다. 필자가 이 글을 쓰기 위해 자료를 수집하면서 다소 뜻밖이었던 것은, 문정희에 대한 본격적인 논평을 거의 찾아볼 수 없었다는 점이었다. 그녀와 동시대 시인들에 대한 평론과 연구는 제법 눈에 띄어도 정작 문정희의 시에 주목하고 그녀의 문학 세계를 세심하게 조망한 글은 찾을 수 없어 당혹스럽기까지 했던 것이다. 그렇다면, 우리가 알고 있는 문정희 신화(?)는 말 그대로 신화에 불과한 것이었단 말인가. 그녀는, 대개의 조숙한 천재들이 항상 그렇듯이 어린 시절에 반짝 문학적 재기를 드러냈다가 이내 시들고 만 것인가. 우리는 고작 어린 고등학생의 깜찍한 문학적 감수성에 현혹되어 지금까지 속아만 지내 왔던 걸까. 이러한 의문을 갖고 문정희의 시 전체를 통독한 필자의 결론은, 아니다! 였다. 필자가 보기에 문정희의 성가(聲價)는 전혀 과장된 게 아니라 오히려 주위로부터 부당할 정도로 홀대받아 온 것으로 여겨진다. 이처럼, 무성한 소문과 달리 초라한 평가를 받게 된 까닭이 무엇인지 정확히 밝히기는 어렵지만, "검정 무명 책보 허리에 맨 / 저 당당한 사람들 속에 // 난 혼자만 아직도 / 똥가방 메고 서 있어"(「책보와 가방」)라는 구절에서 그 원인의 일단을 짐작할 수 있을 것이다. 요컨대 그것은 문정희의 문학적 이력과 개성이 남달랐다는 사실, 좀더 자세히 말하면 그녀가 동년배 시인들보다 훨씬 감각적으로 세련되어 있었고 문단의 유행에 휩쓸리지 않으면서 독자적 행보를 밟아 왔다는 점과 관련되는 것으로 보인다.

어떤 점에서 그녀에 대한 빈곤한 평가는 그녀 자신에게서 비롯된 것일 수도 있다. 이를테면 숱많은 곱슬머리와 커다란 눈, 그리고 머플러와 풍성한 코트를 즐겨 걸치고 다니는 그녀의 풍모에 사람들은 이질감을 느꼈을 수도 있고, 또 그녀의 당당한 어투와 화려한 제스처에 지레 겁먹어 거리를 두고 대했던 경우도 있을 수 있다. 하지만, 한 시간 정도만 그녀와 이야기를 해 본 사람은 그것이 얼마나 위험한 편견이었던가를 확인하고 쑥스러워 한다. 여기서 문정희 개인의 성격적 장점을 길게 논할 필요는 못 느끼지만, 이런 외적 조건이 문학적 평가에 부정적 영향을 미쳤다고 한다면 그것은 문정희 개인으로서나 우리 문학을 위해 안타까운 일이 아닐 수 없다. 이 말이 오해되지 않기를 바라지만, 인격적으로 거의 파산한 지경에 있으면서 뛰어난 작품을 쓰고 또 실제 이상으로 좋은 평가를 받는 문인들이 얼마나 많은가. 그들이 펼친 기행은 늘 술좌석의 안주거리로 올라도 그것이 개인의 문학적 성과를 폄하하는 요인으로 작용한 적은 별로 없다. 사실 어떤 문인의 기행은 파렴치 수준을 넘어 명백한 성격파탄자 혹은 범죄자의 그것에 가까운데, 오히려 그것이 그의 천재를 입증하는 미덕인 것처럼 호도되는 예도 없지 않았던 게 사실이다. 그에 반해 문정희는 혼탁한 세상에 감염되지 않으려는 오기와 선열하고 관능적인 감수성 때문에 정당한 평가에서 소외된 것인지 모른다. 이제 30년 이상 시창작에 전념해 온 문정희의 시세계와 문학적 특징을 본격적으로 논의해야 할 때가 되었다고 믿는다. 이 글이 그러한 논의의 시발점이 될 수 있다면 다행이겠다.

2. 바람과 관능의 미학

문정희 시에서 제일 먼저 눈에 띄는 특징은 바람과 관능의 이미지에 대한 집요한 추적이다. 이 두 가지 심상은 서로 독립적으로 혹은 은밀히 교합하면서 생성하는 싱싱하면서도 뜨거운 정열로 치환되어 나타난다. 바람과 관능은 문정희 시를 지탱하는 기본 정서일 뿐 아니라 그의 정신을 끊임없이 충격하여 세속적 삶 속에서도 돌올(突兀)한 자태를 유지하게 하는 원초적인 힘이기도 하다. 그녀가 삶의 한 복판에서 마주치는 바람은 "죽은 여자의 흰 머리칼 / 흐느끼는 소리"나 "넓고 싱싱한 울음"(「갈대의 노래」)과 같은 청신한 영혼의 바람일 때도 있지만, "꽃보다 뜨거운 손으로 / 허공 두드리는 / 바람"(「새벽의 소리」) 또는 "뭇 잡놈들이 시선을 받으며

/ 바람에게 시집와서 살다가"(「춘궁」)처럼 후끈 달아오른 육신의 바람일 경우도 있다. 따라서 바람은 이 시인에게 삶 그 자체이거나 사랑의 다른 표현이다. 말을 바꾸면 문정희에게 있어 바람은 일종의 원죄 의식 또는 부모로부터 물려받은 유전적 형질과도 같아서 현실의 경험 속에서 맞닥뜨리는 모든 아픔과 그리움, 미움과 사랑, 육욕적 열망과 종교적 참회의 태반으로 기능 하는 것이다.

> 태어날 때부터 나의 피 속에는
> 죄도 없이 죄의 피 흐르고 있었다.
> 골골이 뜨겁게 광기와 바람으로 달아 있었다.
> 서출(庶出)에 서출로 무성한 벌판에
> 애비는 이미 황혼의 덤불이었다.
> 태어날 때부터 칼로 얻어맞아
> 피칠한 수숫대로 흔들렸다.
> 몸 속에는 언제나 바람이 불고
> 애비의 유서가 꿰어 다녔다.
>   (…중략…)
> 아, 나를 낳은 건 흙이 아니었다.
> 애비와 에미가 아니었다.
> 광기가 바람으로 달아올라
> 끝없이 뻗쳐 오르던 한 여름의
> 지독한 뙤약볕이었다.
>
> ─「수숫대」부분

 다분히 미당의 「자화상」과 유사한 상상력 및 구성 방식에 의존하고 있는 위 시는 문정희가 등단 초기부터 추구해 온 바람과 관능의 상징성을 명징하게 드러낸다. 자신을 낳은 것이 흙도 아니고 애비와 에미도 아닌 뜨거운 광기였다는 충격적 고백은, 화자의 삶이 육체적·정신적 자아와의 부단한 투쟁의 연속이었음을 강력하게 암시하는 보기라 할 수 있다. 이 시의 화자가 고통을 겪는 것은 "서출(庶出)에 서출"로 이어지는 가계(家系)

의 치부 같은 외적 조건에서 연유하는 것만이 아니다. 오히려 그는 때도 없이 뜨겁게 달아오르는 육신의 욕구를 해결하지 못하고 영혼과 육체를 비생산적으로 소모시켜야 하는 현실을 괴로워하고 있는 듯하다. 태어날 때부터 골골이 뜨겁게 광기와 바람으로 달아 있는 육신을 완전히 연소(燃燒)하기 위해서는 "야생의 히스크리프처럼 털이 세고 / 하나밖에 다른 것은 모르는"(「폭풍우」) 상대를 만나 "그에게 피를 빨리우고 나면 / 나는 어지러워 / 언제나 하얀 재가"(「흡혈귀」) 되거나 "높은 벽에 온몸 부딪고 / 스러"(「황진이의 노래1」)지도록 육체적 욕망의 불길을 활활 불살라야 한다. 그 일이 불가능할 때 그는 "피를 뽑아주랴 / (…) / 무엇이 모자라서 / 아직도 온 몸둥이에 붙어 / 나를 달구는 / 아아, 이 원수 같은 햇살"(「젊음」)과도 같은 어쩔 수 없는 몸부림에 고통스러워하는 것이다.

　문정희의 시는 관능의 미학이라 불러도 무방할 만큼 성적 모티프가 많은 부분을 차지한다. 하지만 그것은 육체에의 탐미나 저급한 성적 호기심의 유발과는 달라 야하거나 천박하다는 느낌을 불러일으키지 않는다. 그것은 광기와 바람을 모태로 태어나 뜨거운 육체를 가진 여성의 당연한 본능적 욕구이며 증오와 원망을 무화시킬 수 있는 가장 강력한 힘으로 인식된다. 다시 말해 문정희의 관능 미학은 고루한 도덕주의의 각질 속에 갇혀 있는 인간의 싱싱하고 탄력 있는 욕망의 불씨를 재생시키는 주술이며, 이상과 현실의 엄청난 간극에 절망하지 않고 끊임없이 화합의 가능성을 모색하려는 시인의 소망의 간접적 투사이다. 가령, 다음과 같은 시는 그녀의 관능에 대한 관심이 선연한 언어적 감수성과 시각적 이미지의 조화에 힘입어 얼마나 아름다운 정신 세계를 구현하는가를 실증하는 예라 할 수 있다.

　　신보다 더 가까이 꽃불이 타고 있어
　　내 몸이 이글이글 꽃불에 익고 있어
　　도덕처럼 차가운 무쇠솥에 넣어둔
　　촛농이 남몰래 끓고 있어서

　　시퍼런 강물에 던져 버릴까
　　천둥처럼 무섭게 강물이 갈라지는

물더미 불더미에 누워 버릴까
세상에서 제일 캄캄한
재로 삭아 버릴까.

—「어느 친전(親展)」부분

  자기 몸에 "도덕처럼 차가운 무쇠솥에 넣어둔 / 촛농이 남몰래 끓"듯, 걷잡을 수 없는 육체적 욕망이 성난 뱀처럼 아무 때나 대가리를 쳐드는 것을 이 시인은 감추거나 미화하지 않고 있는 그대로 진솔하게 고백한다. 더군다나 이 시는 신(神)과 인간, 도덕과 본능(촛농), 차가움과 뜨거움, 꽃불과 강물, 물더미와 불더미, 불과 재 등 서로 대립되는 이미지의 연속적인 병치로 모순된 현실에 대한 놀라운 통찰을 보여주는 한편, 뛰어난 미적 성과를 아울러 획득하고 있다. 앞서 말한 것처럼, 문정희는 관능을 노래하되 그것을 남녀가 서로 발가벗고 성교를 하는 동물적 차원으로 격하시키지 않으며, 그렇다고 애써 그것을 정신적 차원으로 이끌어 올리려 의뭉을 떨지도 않는다. 그녀는 성욕 또한 인간의 여러 가지 본능 가운데 하나라는 사실을 검박하게 인정하면서 그것을 통해 세계의 본질적 모순을 예리하게 포착하려 성실하게 노력할 뿐이다. 신과 인간, 도덕과 본능은 서로 대립되고 모순되는 관계에 있지만, 바로 그 점 때문에 인간의 삶은 더욱 풍요롭고 원숙해질 수 있다. 말을 바꾸면 이 세상이 근본적으로 모순투성이라는 사실에 대한 철저한 인식이야말로 높은 정신만이 도달할 수 있는 현실 인식의 높이인 것이다. "도덕이란 오히려 뜨거운 사랑 / 감정에 정직하고 몸이 말하는 대로 / 꾸밈 없이 사는 거"(「연극대사조로」)라는 잠언적 명제는 이런 인식의 바탕에서 자연스럽게 터져나온 발성이다. 또 그녀가 결혼한 지 몇 해 안되는 새댁이면서도 첫시집에서 "몸뚱이만 벌겋게 남아 뒤채이지"(「유령」)라거나, "허허벌판에 누워서 / 깨끗한 남자를 기다린다. // (…)드디어 그 남자가 / 길을 무찔러 오는 소리"(「떠오르는 방」)와 같은 표현을 천연덕스럽게 할 수 있었던 것도 관능을 단순한 육욕으로 해석하지 않고 있다는 명백한 증좌가 된다.

3. 불온한 침묵과 힘줄 보이지 않는 힘

문정희를 민중 시인이라 할 수 없다는 것은 분명하지만, 그렇다고 그녀를 낭만적 동경의 세계에 함몰한 도피주의자라 말하는 것도 옳지 않다. 문정희는 바람과 관능의 마술적 힘에서 상당한 매력을 느끼는 한편, 그 힘을 현실에 대한 정직한 분노와 절망으로 전이시키는 놀라운 장인적 재질을 구비한 시인이다. 유신 독재의 한복판에서 출간된 그녀의 두 번째 시집 『새떼』 제1부는 침묵을 강요하는 시대에서 침묵할 수밖에 없었던 시인의 자괴감과 부도덕한 정치 현실에 대한 분노가 강렬한 어조로 토로되어 주목을 끈다. 당시의 험렬했던 정치 사회적 상황을 고려할 때 이처럼 직접적인 현실 비판의 목소리를 낸 시인의 숫자가 과연 얼마나 되었을까 의심스러우며, 그럼에도 불구하고 문정희의 비판적 성향의 시가 거의 알려져 있지 않은 것이 기이하게 여겨질 정도이다. 그녀는 70년대 현실을 "강요 당한 침묵의 밧줄"(「선언」)로 규정하고 따라서 "온 몸으로 통곡하는 것이 / 이 시대의 감동"(「참회 詩 Ⅰ」)이라 단언한다. 그것은 "우리들의 침묵이 / 거짓임을 알았"(「정월 日記」)기 때문이고, "꿈이라는 단어가 역사책 속에서 낄낄 웃는"(「참회 詩 Ⅱ」) 소리가 환청이 아니라 실제 상황이라는 사실을 정확히 이해하고 있었기 때문이다. 이러한 시대에 시인의 시는 "고기 떼로 죽어버린 / 우리들의 말(言)"이고, 그들의 분노와 좌절은 "목까지 치밀었던 / 우리들의 슬픔"(「강물」)으로밖에 인식되지 않는다. 하지만 그녀의 생래적 오기와 강단은 현실과의 싸움에서 물러나거나 패배하는 것을 참아 내지 못한다. 다만 그녀는 "울다가 잡혀간 친구를 / 기다리는 이 겨울"(「村長」)을 견뎌 내는 힘을 인고의 바다에서 찾으려는 우회적 방법을 선택할 뿐이다. 이러한 우회적 방법의 선택은 우리 민족의 피에 면면히 이어져 흐르는 끈질긴 기다림과 순간적 폭발력의 정신적 전통에 대한 강한 믿음에서 연원하는 것이라 할 수 있다.

기다리는 바다에서는
뇌성이 쑥 쑥 자란다.

비로소 한꺼번에 쳐들어와
삼켜가고 말
무서움이 도처에서 잉잉거린다.

—「夜想曲」일부

우리가 말하지 않는다 해서
오해 말라.

살(肉)은 무섭지만
그러나
말하지 않는 눈은 더욱 무섭다.
(…중략…)
저 放火를 일삼는 하늘 복판의
검은 제왕을 떠받든 채
죽는다 한들
우리의 눈이야 깊이 죽으랴.

—「응시」일부

흐르는 것이 어디 강물 뿐이랴
피도 흘러서 하늘로 가고
가랑잎도 흘러서 하늘로 간다.
어디서부터 흐르는지도 모르게
번쩍이는 길이 되어
떠나감 되어.

—「새떼」일부

침묵과 기다림이 더 이상 약자의 현실순응적 자기보호막이 아님을 이 시인은 강력히 주장한다. 오히려 인고와 침묵은 뇌성(雷聲)을 키워 한꺼번에 쳐들어올 잠재적인 힘이며, 간사한 육체보다 훨씬 무서운 눈(眼)을 내면에 숨기고 있어 "어둠이 쌓이고 쌓여서 / 새벽을 만"(「村長」)드는 불씨와도 같은 것임을 정확히 간파하고 있는 것이다. 따라서 이 시인이 불의와

부정, 독재의 권력이 미만해 있는 혼탁한 현실을 앞에 놓고 시선을 하늘로
돌리는 것은 "하늘을 보면 / 언제나 / 힘을 생각한다 // 불끈불끈 함부로 /
힘줄 보이지 않는 / 힘"(「하늘을 보면」)을 온몸으로 느끼고 언젠가 "봄이
오면 / 내 기다림과 부끄러움을 말"(「참회詩 I」)하겠다는 다짐의 표현과
다를 바 없는 것이다.

　『새띠』 이후 시작된 문정희의 기다림과 흐름의 시간은 꽤 오래 지속되
었던 것 같다. 오랜 기다림과 흐름의 시간을 가지면서 그녀는 차츰 용서와
이해의 철학을 배우고 있었던 것은 아닐까. "4월에는 / 비로소 용서하고 /
가슴을 여는 // 날개의 몸짓으로 / 가득하다."(「4월에는」)로 출발한 관용의
정신이 "흐르는 물에 / 다리를 담그고 앉아 / 천 년 후의 / 항아리 한 개
를 생각한다."(「흐르는 물에」)와 같은 관조적 세계로 발전하여 마침내 산
이 돌을 낳고 돌이 다시 산으로 화하는 윤회적 상상력으로 변주되는 것만
보아도 이런 추정이 큰 무리가 아님을 알게 된다.

　　돌은
　　산에서 태어나서
　　구르고 굴러서

　　끝없이 작아진 몸으로
　　제살과 제뼈와
　　헤어지고 헤어져서
　　다 헤어질 수 없을 때까지 헤어져서

　　비로소 어머니인
　　산이 되었다.

　　그리하여
　　새로이 모나고 둥근 것으로
　　태어나기 시작했다.

—「돌」전문

산과 돌이 서로 몸을 바꾸며 영원한 삶을 지속한다는 이 상상력을 단순한 순환의 논리로 이해할 수 없음은 분명하다. 이 시는 큰 것과 작은 것, 어머니와 자식, 헤어짐(소멸)과 만남(부활), 모난 것과 둥근 것의 대립적 혹은 혈연적 관계의 병치를 형식적 구성 원리로 하면서 우주 생성의 원리와 삶의 보편적 법칙을 명료하게 제시하고 있다. 우주 삼라만상의 온갖 사상(事象)의 본질을 한눈에 직관적으로 통찰하는 이 시인의 놀라운 능력은 오랜 수련과 절차탁마에 의해 획득되어진 것과는 거리가 멀다. 앞에서도 잠깐 언급한 것처럼 사물의 모순 관계를 자유자재하게 병치시킴으로써 직핍적으로 주제를 형상화해 내는 능력은 생이지지(生而知之)의 천부적 재질로 보아 큰 잘못이 아니다. 더군다나 순수한 토속어만으로 이처럼 명징하고 깊이 있는 사유의 세계를 펼쳐 보이는 것이 어찌 한두 해의 골방 속 습작 과정으로 가능한 일이겠는가. 물론 그녀는 "하늘 그대로 내려 앉은 빛깔 / 꿈의 몸뚱아리"인 항아리를 갖고 싶어 "열 개를 구워놓고 천 개를 깨뜨렸다. / "(「허공」)고 겸허하게 고백하고 있지만, 이러한 각고의 노력에 천부적 시재(詩才)가 뒷받침되지 않았다면 그것은 공허한 언어의 유희에 그치고 말았을지 모를 일이다.

80년대 이후 이 시인이 예전의 카랑카랑한 현실 비판적 목소리를 낮추고 어머니와 아들, 그리고 불혹의 나이에 접어든 자신 등 주변 사람이나 "불가해한 광기를 가지고 흔들렸던 몇 사람의 천재들의 〈필름〉"(『하늘보다 먼 곳에…』自序)에 깊은 관심을 기울이게 된 까닭은 무엇일까. 사실상 80년대 초중반 동토(凍土)의 시절에 관한 문정희의 문학적 성찰과 고뇌의 기록은 거의 찾아보기 힘든 형편이다. 고작해야 그녀는 "입만 버리면 / 풀풀 시가 쏟아져 // 들키면 큰일나는 / 시가 쏟아져 // 풀빵이나 먹고 / 입은 봉하고 / 배나 채우자 // 시인아."(「풀빵」)라는 자조적 넋두리를 늘어놓거나, "관념어와 추상명사로 된 날벌레들이 온 몸에 / 까맣게 달라붙어서 그 늪에 빠져 허우적 거렸다"(「취생몽사」)는 비명을 지를 뿐이었던 것이다. 그러나 이 시기에 문정희는 피붙이와 고향(또는 조국)에 대한 사랑을 더욱 간절하고 그윽하게 키우는 한편, 불혹을 넘어선 중년 여인답

게 인생을 관조적으로 바라보며 젊은 시절의 욕망을 다독거리고 있었던
것으로 보인다.

4. 사랑, 향기로 스미는 혹은 조용히 물이 드는

사랑한다는 것은
조용히 물이 드는 것
아무에게도 말 못하고
홀로 찬바람에 흔들리는 것이지

그리고 이 세상 끝날 때
가장 깊은 살 속에
담아가는 것이지

—「가을 노트」일부

사람의 한 평생에 있어 사십대의 나이는 특별한 감회를 안겨 주는 모양
이다. 가령 미당같은 시인도 "마흔 다섯은 / 귀신이 와 서는 것이 / 보이
는 나이. // (…) // 귀신을 길들만큼 지긋치는 못해도 / 처녀 귀신 허고 /
相面은 되는 나이"(「마흔다섯」)라는, 다소 섬뜩하면서도 달관한 듯한 자
세가 엿보이는 시를 쓴 적이 있거니와, 문정희는 「마흔살의 시」·「마흔
살 오후의 시」에서 "아, 숫자가 내 기를 시든 풀처럼 / 팍 꺾어놓는구나."
고 엄살을 떨거나 "이대로 살아선 안 될 것 같다"고 마구 조바심을 치고
있는 것이다. 아닌게 아니라 "새벽별처럼 아름다웠던 젊은 날에도 / (…)
/ 향기로운 독버섯 냄새를 풍기며 / 속으로 나를 흔드는 바람"(「젊은날」)
과 "붉은 머리 풀어헤치고 / 으르렁거리는 // 목 아프도록 징그러운 / 그
리움"(「폭풍우」) 때문에 하릴없이 광풍(狂風)처럼 부대끼며 살아온 이 시
인에게 드디어 자신이 중년의 추레한 여성으로 늙어 가고 있다는 사실은
퍽이나 충격이었을 것이다.

그러나 문정희는 자연의 법칙을 거스를 수 없다는 사실을 이내 수긍하
면서 중후한 나이에 걸맞게 너그럽고 겸허한 태도로 자신의 욕망을 갈무

리한다. 그리하여 그녀의 관심은 어머니와 자식, 고향과 조국에 대한 양보할 수 없는 애정으로 심화되기도 하며, 천재적 광기로 인생을 불살랐던 사람들이나 언제나 극복의 대상이었던 남성들의 전부를 푸근하게 끌어안는 여유로 나타나기도 한다. 『찔레』 이후 불현듯 고향과 어머니에 대한 그리움의 시편이 눈에 띄게 늘어난 것이 그 단적인 보기라 할 수 있는데, "어머니 // 나는 가시였어요. / 당신의 생애를 찌르던 가시 // 당신 떠난 후 / 그 가시 나를 찔러요. / 내가 나를 찔러요."(「가시」)라거나 "어머니는 / 안방 경대 앞에 / 당신 대신 / 흰 버선 벗어 놓고 / 대체 어디로 가셨을까?!"(「슬픔 소묘」)와 같은 시편은 돌아가신 어머니에 대한 누를 수 없는 그리움과 자식을 기르는 어미로서의 자신의 심정을 간절하게 표현한 것들이다. 이러한 원초적 그리움은 그녀가 외국에서 한동안 체제하면서 더욱 웅숭깊게 자란 것으로 보인다. 그녀가 외국에서 보고 느낀 것은 선진국의 화려하고 풍족한 물질과 여유가 아니라 그곳에서 힘겹게 살아가는 "밑바닥 뒤지는 천덕꾸러기" 형제들 또는 히스패닉의 초라한 모습과 안타까움이다. 그래서 그녀는 "제미랄 것 / 그만 고향 가서 우리들끼리 찌들리며 삽시다."(「귀향」)며 전라도 토속어로 성깔을 부리기도 하고 "돌아가면 / 한 석 달 잠자고 일어나 / 전라도 살리."(「돌아가면」)라는 소박한 꿈을 꾼다. 전남 보성군 노동면 학동리 호미동 351번지 큰 감나무 서 있는 고향집은 "내가 때묻은 티티새처럼 / 이름도 없는 항구로 / 떠돌아다니는 동안에도 // 저 산맥 저 무덤은 비바람에 / 이마를 적시며 날 기다리고 있었"(「고향을 찾아서 · 1」)을 뿐만 아니라 "송장 메뚜기처럼 / 살아남은 이복언니가 // (…) // 내 슬픔 당당하게 뺏어들고 / 땅을 치며 먼저 울어버"(「고향을 찾아서 · 2」)린 원초적 친밀성의 공간과도 진배없는 곳으로 다가온다. 말하자면 고향은 그녀의 광기와 바람을 다독거려 세상을 그윽하게 응시하는 정신적 지주와 같은 것이다.

어머니와 고향의 강한 부름에 이끌려 그들을 되돌아 본 뒤 문정희의 사랑은 보다 폭넓고 사유 깊은 양상을 띠기 시작한다. 그녀는 이제 더 이상 애태워 사랑을 유혹하려 들지 않는다. 오히려 그녀는 진정한 사랑이란 그윽한 향기로 스미거나 조용히 물이 드는 것으로 이해하면서, 산처럼 크낙

한 그리움을 키우고 있는 것처럼 보인다. 이와 같은 관조적 태도가 일부 시인의 거짓된 정신주의와 다른 점은 그녀의 생래적 직관과 통찰력이 갈수록 원숙미를 더하고 있는 데서 얼마든지 확인할 수 있다. 예컨대 아파트 그늘 아래 떨어져 죽은 나비를 보고 "잘 가거라, 나비야 / 살아서는 더운 피로 사랑하다 / 어느날 흔적도 없이 사라질 수 있는 것은 / 아무래도 가슴 벅찬 축복"(「잘 가거라 나비야」)이라 생각하며 인생을 긍정하는 태도를 보이거나, "저 산맥들은 / 무슨 커다란 그리움 있어 / 이렇듯 푸르름을 사방에다 풀어 놓았을까"(「그리움 속으로」)에서 처럼 초록의 시각적 심상을 그리움이라는 정감적 이미지로 치환시키는 것 따위가 그 좋은 예에 해당한다. 또 그녀는 남근사상이 우세한 이 사회에서 수많은 고통을 겪고도 세상 남자들을 모두 오빠라고 부르기로 작정한다. 그 결심 속에는 "오빠라는 말로 한방 먹이면 / 어느 남자인들 가벼이 무너지지 않으리 / 꽃이 되지 않으리."(「오빠」)에서 보는 것처럼 남자들의 속성을 단숨에 간파한 노회하면서도 흉물스럽게 여겨지지 않는 중년 여성의 은근한 여유가 내재해 있어 절로 미소를 짓게 한다. 이런 점에서 최근에 출간된 그녀의 시집 표제가 '남자를 위하여'로 붙여진 것은 의미심장하다.

문정희를 가리켜 가장 감각적인 언어 구사 능력(김선학)과 뿌리 깊은 시적 자질을 타고난(김용직) 거의 무한한 가능성을 지닌 시인(정규웅)이라 평한 논자들의 지적은 대체로 온당한 것으로 보인다. 이제 지천명의 나이에 접어든 그녀의 시가 앞으로 어떤 깊이와 높이로 우리 앞에 모습을 드러낼지 자못 궁금하다. 그러나 사랑을 "잘 익은 과일 같은 것"(「과일의 사랑」) 또는 "살모사 같은 어둠을 씻어내는 일"(「숯」)로 인식하고 있는 그녀가 오랜 기다림과 흐름의 시간을 인고하며 도달한 아래 시에서 앞으로 전개될 문정희 시의 어떤 조짐을 발견해낼 수 있을 듯하다.

내 힘으로 여기까지 왔구나.
솔개처럼 푸드득 날고만 싶은
눈부신 신록, 예기치 못한 이 모습에

나는 몸둘 바를 모르겠다.

지난 겨울 깊이 박힌 얼음
위태로운 그리움의 싹이 돋아
울고만 싶던 봄날도 지나
살아 있는 목숨에
이렇듯 푸른 노래가 실릴 줄이야.

좁은 어깨를 맞대고 선 간판들
수수께끼처럼 꿰어 다니는
물고기 같은 차들도
따스한 피돌아 눈물겨워 한다.

아무리 생각해 보아도
참고 기다닌 것밖엔
나는 한 일이 없다.
아니, 지난 가을 갈잎되어
스스로 떠난 것밖엔 없다.
떠나는 일 기다리는 일도
힘이 되는가.

박하 향내 온통 풍기며
세상에 눈부신 신록이 왔다.　　　　　　　　　　—「신록」전문

소를 그려 목을 베다
―전원책론

　전원책은 율사다. 그는 하늘의 별따기 만큼이나 어렵다는 사법고시의 관문을 힘들이지 않고 통과한 뒤 군법무관으로 근무하다가 육군 중령으로 전역을 한 것으로 알려져 있다. 중령 출신의 현직 변호사와 시인? 실존적 개인 전원책을 지칭하는 이 두 단어는 아무래도 아퀴가 맞지 않는 것 같다. 전업 시인이란 말이 아직까지는 우리 귀에 생소한 만큼 시를 쓰면서 생업을 갖는 것이 이상한 일은 아니지만, 딱딱하고 두터운 육법전서를 뒤적거리는 시인의 모습은 억지로 꿰맞춘 몽타주처럼 어색하기만 하다. 그러나 그가 고등학생 시절에 이미 '학원문학상'을 수상했고, 1977년 '백만원 고료 한국문학 신인상'을 받으며 정식 문단에 진출했을 뿐만 아니라 1990년 조선일보 신춘문예로 재등단한 그의 문학적 이력을 다소간이라도 아는 사람에게는 그의 변호사라는 직업이 오히려 낯설게 느껴진다. 실제로『슬픔에 관한 견해』(1991, 청하) 이후 전원책의 시작업에 관심을 가진 사람들은 그가 "아주 풍부한 정서와 예민한 감각을 가진 시인"이라는 장석주의 우정어린 평가에 쉽게 공감할 수 있을 것이다.

　전원책의 첫시집『슬픔에 관한 견해』는 J라는 이니셜을 가진 한 여성에게 바쳐진 사랑의 헌사다. '지상에서 가장 아름다웠던 사람, 가장 고마웠던 사람' J와 시인의 사랑이 결실을 맺지 못한 까닭이 궁금하지 않은 것은 아니지만, 그 일에 대한 통속적 관심과 그 이면을 추적하려는 행위는 추악하고 불결하다. 하물며 그의 실연시가 J에 대한 형언할 수 없는 그리움의 선명한 낙인으로 다가옴에 있어서랴. 비근한 예로 J에게 헌정된 다섯 편의 시와「동해단장」연작은 그의 사랑이 얼마나 심원한 것이었는지,

사랑의 실패로 그가 얼마나 많은 나날을 통곡과 광기로 탕진해야 했는지를 실감나게 전해준다. 실의와 좌절의 청춘기를 보내면서 그가 깨달은 것은 시간의 폭력, 혹은 망각의 가공할 위력에 대한 공포인 동시에, 바닥이 보이지 않는 우물에 켜켜이 쌓이는 이끼와도 같은 그리움이다.

> 나, 그대 질책하지 못하리
> 그대 행한 것이
> 설령 내 법전엔 죄악이라 칭할지라도
> 혹은 사람들이 배신이라 정할지라도
> 나, 그대 영혼의 베일을 열어
> 무슨 바람이 그대 가지를 흔들고
> 잎을 떨어뜨렸는지
> 어느 향기가 독성을 감춘 긴 손톱을 뻗어
> 그대를 할퀴었는지
> 알고 있나니
> 결코 나, 그대 버리지 못하리
> 차마 잊지 못할 것이
> 지나간 시간들이 아니고
> 지금 그대 흘리는 눈물인 것도
> 다 알고 있나니
>
> ─〈J를 위한 靈歌〉

시인은 "아무도 가보지 않은 안식처에" "편히 잠들어" 있는 J를 질책하거나 버리지 못한다. 왜냐하면 시인은 "무슨 바람이 그대 가지를 흔들고 / 잎을 떨어뜨렸는지 / 어느 향기가 독성을 감춘 긴 손톱을 뻗어 / 그대를 할퀴었는지" 잘 알고 있기 때문이다. 여기서 J는 가지와 잎을 가진 식물적 이미지로 치환되어 나타나는데, 그것은 시인 자신을 나무로 비유한 것과 동일한 상상력의 소산이다. 시인은 스스로 "사랑에 빠진 나무 하나가 잎 떨어진 자리마다 다 그대로 잎을 달고서 사람들이 웃는 것도 모르는 채 떡 버티고 서 있습니다."(「무모한 나무」)에서 고백하고 있거니와, 나무는 대지에 뿌리를 내리고 천상을 향해 수직 상승하는 존재, 다시 말해 화자와 그대의 관계를 지속시켜 주는 신성한 영매(靈媒)인 것이다. 또 나무는 풍성한 번식력과 영원한 자비의 상징이기도 한데, 이는 시인의 그리움의 우물이 아직도 마르지 않았음을 말해 주는 것으로 보인다.

그러나 전원책의 그리움의 대상이 식물적 이미지로 표상 되는 경우는 그리 흔하지 않다. 오히려 그의 시에서 화자가 그리워하는 대상은 대부분 달(빛)·별·새 등과 같이 인간의 손이 닿을 수 없는 존재로 환치된다. 잘 알려진 것처럼, 달은 대기의 처녀이면서 풍요와 다산의 여신이고, 일정한 주기로 차고 기울어짐을 반복하는 성질 때문에 재생의 상징으로 이해되기도 한다. 한자 문화권에서 달(月)의 상형은 "태음의 정(精)이요 상하의 현(弦)이 궐(闕)한 형상을 본뜬 것"으로 풀이되는 바, 이 또한 완벽을 전제로 한 자의(字意) 해석이라는 점을 감안하면 달의 상상력은 완전한 채워짐의 가능성에 대한 간절한 희원과 진배없는 것이다. 요컨대, 태양이 남성의 상징인 것처럼 달은 여성적 창조성의 상징이고 채워지지 못한 욕망을 달성하고자 하는 강력한 소망의 투사이다. 이 시인이 "그대 / 그리운 어머니 / 달을 만나"(「강림한 아프로디테를 위한 戀歌」)기를 바라는 공간이 절대적 모성의 또다른 상징인 바다라는 것도 이런 점과 관련된다.

이와 함께 전원책이 세 살 때 육체적 성장을 스스로 멈춘 소설 속의 주인공 오스카르를 통해 타락한 세속의 유리창을 깨뜨리려는 시도를 거듭 반복하는 한편(「서울 양철북」 연작), 일상적 경험과 구속으로부터 자유로운 새의 이미지(「새에 대하여」 연작)에 경사되어 있는 것도 주목할 만하다. 귄터 그라스의 소설을 패러디한 「서울 양철북」 연작에서 화자는 "유리의 도시를 간단없이 깨뜨릴지 모른다는 예감"의 씨앗을 키우지만 결국 "단 한 장의 유리도 깨어지는 것을 앞으로는 보지 못할 것"이고 대신 "미끈하게 자란 청년이 되어 / 양철북을 그리워하고 있을지" 모를 오스카르를 회상하는 것으로 나타난다. 그것은 오스카르 자신이 "양철북과 목소리를 잃어버린" "난쟁이에 불과하다는 것을 결정적으로 깨"달아 "스스로 교수대로 가"기로 마음먹었기 때문이다. 화자가 오스카르의 의식을 통해 바라본 서울의 현실은 "양철북 대신 불붙은 화염병을 들고 / 소리지르는 대신 돌멩이를 날려보내"지만 "어떤 사태에도 이제는 놀라지 않는" 어른들만이 살아가기 때문에 "세상이 자라지 않"으며, 거꾸로 "94센티미터에서 멈추어 버린" 지체 부자유인 오스카르만이 자유로운 의식을 가진 것으로 파악된다. 오스카르의 양철북은 그의 지체 부자유와 의식의 자유를 상징하는 매개물로, 양철북이 찢어진 채로 발견됨으로써 그의 육체적 불구는 치유된 것으로 보인다. 하지만 신체적으로 미끈하게 성장한 오스카르가 정신의 자유를 유보 당했으리라는 점을 상상하는 것은 그리 어렵지 않다. 말하자면 「서울 양철북」 연작에서 시인은 현대 사회를 타락하고 부패하여 유리처럼 깨지기 쉬운 그 무엇으로 이해하면서도 그것이 좀처럼 깨지지 않으리라고 불길하게 투시하고 있는 것으로 보인다.

사랑의 좌절로 치유하기 어려운 상처를 입고 현대 문명에 혐오를 느낀 그가 내부 세계로 침잠하는 것은 어쩌면 당연한 귀결인지 모르겠다. 그런 점에서 「새에 대하여」 연작은 상실과 좌절의 경험을 극복하려는 자아의 내밀하고도 끈질긴 노력의 기록이라 할 만하다. 그는 허공을 자유롭게 비상하는 새의 이미지를 통해 과거의 어두운 기억으로부터 벗어나려 한다. 이때 선적 공안(公案)과 역설의 수사학은 대단히 유효한 방법론으로 떠오른다. 가령,

> (1) 갈대들은
>   가을날 꽃을 잃을 때부터
>   청정한 아침의 경지에 든 것이다   —「새에 대하여 · 1」
>
> (2) 돌 속의 새는 살아 있느냐?
>   돌 속에 갇혀 있느냐?   —「새에 대하여 · 3」
>
> (3) 날개를 잃지 않기 위하여
>   새들은 처음 땅으로 추락한다   —「새에 대하여 · 10」

와 같은 시구들은 전형적인 선적 직관과 역설의 상상력에 바탕을 둔 것이다. 특히 '돌 속의 새는 살아 있느냐?'는 김성동의 『만다라』 이후 일반인에게도 널리 알려진 〈병 속의 새〉 화두의 변형임을 쉽게 알 수 있다. 새

가 병 속에 있든 돌 속에 있든 갇혀있는 것은 분명한데, 시인이 관심을 갖는 것은 어떻게 그 울타리를 깨고 나올 것인가가 아니라 새가 아직도 살아 있느냐라는 보다 직접적이고 본질적인 문제이다. 직관과 돈오(頓悟)를 요체로 하는 선가의 상식을 배반하고 굳이 산문적으로 이 부분을 해석하자면, 병과 돌은 생존의 조건을 가름한다는 점에서 천양지차이다. 달리 말해 시인의 새가 갇혀 있는 곳은 생명을 유지하는 데 필요한 기본 조건도 갖추지 못한 극한적 공간인 것이다. 그것을 불교식으로 말하면 천지를 분간할 수 없는 무명의 상태일 터인데, 그러한 상황을 초래한 것은 다름아닌 시인(화자) 자신이다. 즉 "무기질로 곱게 가라앉은 너의 잠 / 오래 유폐된 너의 그림자"가 그로 하여금 새의 시야를 얻지 못하게 방해하고 더 나아가 자기를 둘러싼 우주를 돌 속이라 생각하게 한 것이다. 그러므로 새가 돌 속에서 뛰쳐나와 창공을 비상하기 위해서는 무엇보다 "이 척박한 땅에 대한 기억을 빨리 잊는" 일이 요긴하다 하겠다. 하지만 그것이 과거와 현실로부터의 완전한 절연, 또는 은자의 세계로의 도피를 의미하는 것은 아니다. 시인에게 현실과의 결별은 새가 비행하던 '원래의 고도'를 회복하여 거기서 다시 정상을 향하여 날고자 하는 의지의 표상, 말을 바꾸면 자기 부정(self-negation)을 통한 자기 초월(self-transcending)의 적극적 표현이기 때문이다. 그리하여 시인은 새를 닮기 위해 "산에 오른다." 새가 활강하던 높이에서 "시간보다 더 빠르게 비행"하여 "위로 마침내 더 오를 곳이 없을 때" 문득 시인은 의식의 진공상태에서 한 소식을 얻는다. 그것은 "정상이 미래에 있다"(《展望》)는 지극히 상식적인 결론이지만, 그러한 깨달음에서 시인의 새로운 정신의 편력이 시작된다는 점에서 간과할 수 없는 의미를 획득한다.

『슬픔에 관한 견해』 이후 전원책은 선적 직관 또는 화두에 몰입하고 있는 듯하다. 그가 참구하고 있는 공안은 널리 알려진 숲에 숨은 소 찾기, 즉 심우(尋牛)의 도정이다. 흔히 심우십도(尋牛十圖)로 일컬어지는 이 도정은 감추어진 기의를 일상적 수행의 기표와 연결시키는 행위이고, 종교적 비의의 심오함이 일상적 담론이나 형상으로 재창조되는 과정을 추적하는 것이다. 불립문자 언어도단(不立文字 言語道斷)을 지향하는 선의 세계는 상식을 전복하는 초월적 논리와 역설로 충만하다. 석지현에 따르면 선에서의 언어는 ① 언어의 부정, ② 언어의 철저한 파괴, ③ 언어(관념)가 형성되는 최초의 관념인자 즉 언어의 뿌리를 뽑아 버리는 것, ④ 언어의 철저한 파괴와 그 파괴와 맞서고 있는 창조를 다같이 잘라 버리는 것, ⑤ 언어로 하여 본질로 돌아가게 하는 것(석지현,「문학에 나타난 선에 있어서의 언어문제」,《문학사상》, 1976. 5 참조) 등으로 요약되는 바, 이것은 부정과 초월의 변증법적 관계를 단계적으로 설명한 것이라 할 수 있다. 그렇다면 선이 추구하는 부정과 초월의 대상은 무엇인가. 그것은 일체의 앎(識)을 부정하고 상식을 초월한다. 인간의 모든 지식은 자아와 타아를 분별함으로써 비롯된 망상일 뿐, 진리의 본체와는 엄청난 상거가 있다는 인식에 바탕을 둔 선적 상상력은 따라서 기상천외한 수사와 폭력적 비유로 우리의 지식 체계를 통째로 교란한다.

우물밑 진흙소가 달을 향해 짖고 　　　　　井底泥牛吼月
구름 속 목마 울음 바람에 섞이네 　　　　雲間木馬嘶風
이 하늘 이 땅을 휘어잡나니 　　　　　　把斷乾坤世界
누가 동서남북을 분별하여 말하는가 　　誰分南北東西

진흙소(泥牛)와 목마는 돌여자(石女)·뿔없는 쇠소(無角鐵牛)·구멍없는 피리(無孔笛) 등과 함께 선시에 자주 등장하는 불가사의한 이미지들이다. 돌여자가 애를 낳고, 진흙소가 밭을 갈며 목마가 힘차게 울음을 우는 따위의, 우리의 일반적 상식으로는 도저히 용납할 수 없는 현상을 즐겨 비유적 대상으로 삼은 까닭은 무엇일까. 언어가 가지는 축자적 의미를 송두리째 부정하는 이런 논법은 불교적 불이관(不二觀), 즉 공사상에서 유래한 것이다. 현상과 본체가 결국 다르지 않다는 불이적 사유는 사물의 본질을 직핍적으로 깨닫는 것을 목적으로 한다. 비유컨대, 손가락을 보지 말고 달을 보라는 친절한 가르침의 방편인 것이다.

　전원책은 「소를 보신 적이 있으십니까」·「숨은그림찾기」·「牛行」·「소를 죽이다」·「소에 대해서」 등 소를 찾는〔尋牛〕 일련의 과정을 통해 자아의 본질을 추구하려는 노력을 더욱 심화시켜 가고 있다.

> 황소를 그렸는데, 욕심을 내어, 목이나
> 발을 단칼에 베었다 치자
> 牛耳讀經이란 말이 있듯이
> 목 없이도 가고, 발 없이도
> 자기 집으로 묵묵히 가고 있는
> 저 뒷모습
> 황소걸음

—「牛行」 부분

그는 "종로네거리나 명동 어디쯤 멍청하게도 / 풀을 뜯다가 / 눈을 껌벅이며 딴청을 부리는"(「소를 보신 적이 있으십니까」) 소를 찾아 나서지만, "아직은 황소가 무엇으로 숨어있는지"(「숨은그림찾기」) 모르겠다거나 "내가 칭찬했던 모든 일들에 대해서 / 반성해야겠다"(「반성」)고 겸허히 고백한다. 그의 반성은 수문에 의해 경계지어지고 단절되어 있던 정신이 "제 자리에 이르기 위"(「水門」)한 간단없는 노력, 또는 "산도 / 오래 보면 線이 없는 / 어쩌면 그렇게 태평할 수 있는 / 경지에만 있는지"(《「오연수論 혹은 초일리행」) 깨닫기 위한 방법론적 자기성찰이다. 그리하여 그는 "행여 길이 무너질까 돌아보지 못해 그 길끝에 이르고"(「尋牛錄1」) "호주머니에 황소를 넣고 다니다가 / 몹시 술취한 밤 / 코뚜레를"(「소에 대해서」)하거나, 위 시에서 보는 것처럼 소의 그림을 그린다. 소를 그려 그 소의 목이나 발을 베는 행위는 분명 언어도단이다. 그럼에도 불구하고 그림 속의 소는 목이나 발 없이도 묵묵히 황소걸음으로 제 집을 향해 간다! 고사성어('우이독경')와 상투어('황소걸음')를 교묘하게 배치하여 상징적 효과를 배가하고 있는 이 시는 그의 「소」 시편 중에서도 표현과 의장의 묘를 가장 잘 체득한 것이라 여겨진다. 도시를 떠돌며 소를 찾던 시인이 소의 그림을 그리는 것은 어떤 면에서 관념으로의 퇴행이라 볼 수도 있다. 하지만 선사들의 수행과 깨달음의 정도를 달마도로 추량하는 관습이 있다는 사실을 고려하면, 소 그림 그리기는 시인의 심우행이 상당한 성과를 거두고 있음의 반증이라 할 수 있는 것이기도 하다. 더군다나 그의 소 그림은 평면 속에 정지되어 있는 게 아니라 살아 움직이며, 심지어 목과 발이 없이도 묵중한 황소걸음으로 집을 향하는 것이다. 뿐만 아니라 소의 귀에는 경 읽는 소리(讀經)가 낭랑히 울려 퍼지지만 그것과도 무연하게 "발과 목을 다 제 뜻대로 움직"이는 "능청"마저 보여준다. 소를 그려 목을 행위는 현실과 허구의 경계를 자유자재로 넘나드는 시인의 의식이 자유의 정점을 향해 얼마나 힘차게 약동하고 있는가를 여실히 드러낸 것이라 할 수 있다. 따라서 "이제 빗장을 깨고 나와 / 내 벗은 몸을 실컷 보라며 호통친다는 / 이 즐거운 소문은 어떻게 된 것인가"(「等身佛을 죽이다」)라는 시인의 호언이 전혀 과장처럼 들리지 않는 것이다.

「滿月을 위하여」 연작으로 구성된 전원책의 근작시는 그의 관심의 향방이 초기시의 그것에서 크게 벗어나지 않고 있음을 증명한다. 초기시와 다른 것은 달의 이미지가 보다 초월적인 정신의 영역으로 확장하고 있다는 점일 터이다. 살아 퍼덕이는 민물장어의 목을 치고 기름을 발라 불 위에 얹으며 "장어도 생명이다"(「반성」의 시작메모)는 자명한 진실을 거듭 확인하고, 바닷가 횟집에서 우럭을 먹으며 "우럭의 / 몸통에서 / 달빛을 한 점 들어내어 씹"(「滿月을 위하여·2」)는 그의 일거수 일투족은 세속적 삶을 살아가는 일상인의 모습과 다를 바 하나도 없는 것으로 나타난다. 그러나 바닷가에서 그가 정작 은밀히 저작(詛嚼)을 즐기며 육신의 일부로 받아들이는 것은 생선의 고깃덩어리가 아니라 혼돈과 망각의 현실 저편에 자리하고 있는 섬, 즉 시공을 초월해 존재하는 정신의 태아이다.

솔섬에 가서
바다는
잠들고 싶을 때 잠들었다
섬이 우두커니 앉아
아랫도리 달빛에 축축이 젖어드는 걸
한 번쯤 볼 수 있었던
사람들은

솔섬에 가서 다 섬이 되었다
섬이 되어
바다를 부르고 싶을 때
바다는 벌써 달려와 있었다

　　　　　　　　　　　　　　　　　　　　　　　　　　　　　　　－「滿月을 위하여·6」

　섬·바다·달의 이미지와 상징은 유기적으로 연결된다. 그것들은, 이미 앞에서 살펴본 것처럼, 죽어서 다시 태어나는 존재이며 현실초월적 의미의 표상이기 때문이다. 바다와 달이 각각 지상과 천상의 세계를 표상한다면, 섬은 현실(바다)에 떠 있으면서 이상(달)을 지향한다는 점에서 일종의 교량적 역할을 수행한다. 그리고 섬은 바다가 잉태한 태아로서의 상징적 의미를 내포한다. 요컨대 위 시에서 섬·바다·달은 하나의 실에 꿰인 구슬처럼 일사불란하게 주제의 형상화에 기여하고 있는데, 천지인 삼재 원융을 경험한 이의 충만한 희열이 바로 그것이다. 달빛에 젖은 사람이 섬이 되어 바다를 부르고 싶은 마음이 일면 곧바로 수응(酬應)하는 경지야말로 자아와 타아의 분별이 없고 삼재가 하나 되어 이심전심의 법열을 느끼는 순간일 터이기 때문이다. 그때 "인생의 잡동사니들, / 지상의 것들은 다 잘 타올라 / 연기처럼 흩날"(「허공에서의 하룻밤」)려 소멸하고 線마저 사라져 "어느 곳까지 가서 멈추는지 알 수 없는 / 경계없는" 정신을 소유하게 될 게 분명하다.

　그렇다고 하여 전원책이 부박한 일상의 삶과 완전히 단절된 채 무애의 경지를 노닌다고 말하면 잘못이다. 오히려 그는 극장에서 마돈나를 보며 "나의 여자를 다시 살려낸다"(「暗轉」)는 세속적 욕망에 들끓기도 하며, "길은, / 어느 길이든 / 왜 이리 먼 것일까"(「오연수論…」)고 자탄에 빠지기도 하고, 민물장어와 생선회를 탐식 하거나 노래방에서 "線이 굵게 노래를 부르"는 범속한 중년사내에 불과하다. 하지만 그가 속세의 진잡과 번뇌로 찌든 남루를 훨훨 벗어 던지고 우화등선하는 신선의 흉내에 자족하는 시에 골몰한다면 그처럼 안타까운 일도 달리 없으리라. 서울 거리에서 소를 찾고 포도에 뒹구는 낙엽을 보며 성철 대선사의 열반 소식을 떠올리는 그가 선적 달관의 경지를 얼만큼 이해하고 있는 것만은 분명해 보이지만, 그것조차도 "무덤같은 극장문을 나설 때 / 世上은 바뀌지 않는다"는 현실 인식이 뒷받침될 때 공감을 자아낼 수 있는 것이다. 그런 점에서 나는 이 시인이 좀더 현실과 밀착하여 세사에 번뇌하는 일상인들의 삶을 품위있고 투명하게 조상(彫像)해 내기를 바란다.

지금까지 살펴본대로, 사랑하는 이의 돌연한 죽음에서 시작된 전원책의 자아 찾기 여정은 빌딩과 차량이 들끓는 도심에서의 소찾기 단계로까지 나아가고 있다. 지상에서 가장 아름다웠던 사람을 잃은 시인이 파괴와 분열의 충동에 함몰되어 자아를 해치기보다 내적 성찰의 과정을 거쳐 명징한 정신의 자유를 구가하고 있는 듯한 그의 시편력은 독특한 깊이와 울림을 자아낸다. 이른바 선취(禪趣)가 가득한 그의 근작시에서 짐작되는 정신의 지평도 광활하고 심오하다. 한가지 아쉬운 것이 있다면, 때로 행간이 너무 넓어 의미 해독에 지장을 주는 예가 산견된다는 점이다. 과도한 이미지 조작에 몰두하는 시인들의 작품에서 항용 발견되는 서투른 난해함같은 것들이 정제될 때 비로소 정신의 영역이 확연히 드러나게 될 것이다.

앞에서 나는 '전원책은 율사다.'라고 적었거니와, 이 시인처럼 자신의 직업과 무관하게 자신의 내면 세계만을 추구한 예도 흔치 않을 것이다. 서정시나 선시가 다같이 세계의 자아화를 장르적 특징으로 하고 있으므로 그의 시세계가 현실과 다소 거리가 있는 정신주의에의 편향을 보이는 것은 자연스러운 일이다. 그럼에도 불구하고 세간의 가장 낮은 곳에서 고통을 겪는 사람들을 가깝게 대하는 이 시인이 정작 그 일에 대해서는 무관심한 듯한 인상을 주는 것은 의외가 아닐 수 없다. 하기야 그의 글쓰기 행위는 법조인으로서의 일상사가 아닌 시인으로서의 내밀한 작업이어서 수긍 못할 바도 아니다. 하지만, 필자의 개인적 욕심을 말하는 것이 허용된다면, 나는 그의 시가 보다 현실의 밑바닥에 깊이 뿌리 내리기를 바란다. 굳이 유마나 경허의 예를 빌지 않더라도, 관념의 때를 벗은 청정한 정신은 고해의 바닷물을 흠씬 들이킨 뒤에야 비로소 화려하게 개화한다고 믿기 때문이다.

재생과 화합의 의지
—김규태론

1.

　김규태는 1957년 《문학예술》과 《사상계》에 작품을 발표하면서 등단한 이래 지금까지 『鐵製 장난감』(삼애사, 1969), 『졸고 있는 神』(열음사, 1985), 『들개의 노래』(빛남, 1993) 등 세 권의 시집을 상재한 시인이다. 40여년의 시작 과정을 통해 고작 세 권의 시집을 발간한 사실에서 알 수 있듯이 그의 시적 행보는 매우 더딘 편이라 할 수 있지만, 이런 외적 현상만을 가지고 그의 문학적 열정이나 작품의 수준을 섣불리 재단하려드는 행위는 바람직하지 않을 것으로 보인다. 이 글을 통해 자연스럽게 밝혀지리라 믿지만, 그의 세 시집은 각각 일관된 시인의 관심과 주제의식을 반영하고 있기 때문이다. 또한 이 시인의 일관된 시적 관심과 주제의식이 당대 현실의 폭력적 상황과 불가분의 관계를 맺고 있다는 사실은 그의 날카로운 비판 정신과 선열한 의식 세계를 입증하는 보기가 된다.

　김규태는 소학교(지금의 초등학교) 졸업을 즈음하여 해방을 맞이하였고 한창 감수성이 예민할 열일곱 나이에 6·25의 참상을 겪어야 했으며 이십대 후반의 정열과 패기로 4·19의 감격과 좌절을 경험했다. 이처럼 정치·사회적 격동기에 인생의 가장 소중한 시절을 저당 잡혀야 했던 이들 세대들의 현실적 고뇌와 투쟁에 관한 이야기는 다양한 회로와 코드를 통해 전파되어 그 대략의 윤곽에 관하여 우리는 거의 전모를 꿰고 있다고 해도 과언이 아닐 정도다. 가령, 6·25의 재앙과 상혼에 대한 문학적 비판과 성찰의 기록은 일일이 예거할 수 없을 정도로 많은 축적을 이루고 있으며 7,

80년대 독재 정권의 야만적 폭력성과 그에 정면 항거한 이들의 고뇌와 투쟁에 관한 문학적 담론 역시 결코 적지 않은 분량을 차지한다. 그렇지만 동일한 역사적 사건을 바라보고 해석하는 관점은 얼마든지 다를 수 있으며, 그처럼 다양한 시각과 해석적 관점에 의해 하나의 사건이 역사적 사실로 구체화되고 의미화될 수 있는 것이다. 올바른 의미에서의 시인이라면, 현실을 날카롭게 통찰하는 형안과 함께 미래를 투시할 수 있는 비전을 고루 갖추어야 하리라 믿는다. 다시 말해 시인의 사명은 현실을 정확하게 반영하는 '거울'로서의 역할과 희망적 미래를 제시하는 '등불'의 기능 가운데 어느 한가지도 포기할 수 없다는 데 주어진다. 그런 점에서 음악과 시의 신인 뮤즈가 날개 달린 말 페가수스를 타고 있다는 그리스 신화는 매우 시사적이라 할 수 있다. 말하자면 뮤즈가 페가수스를 타고 대지를 거닐고 창공을 비상하는 것은 시인이 현실과 이상의 간단없는 교섭을 추구하는 자라는 사실을 말해주는 것이라 생각되기 때문이다. 이런 관점에서 볼 때, 김규태의 40년에 가까운 시적 편력은 현실과 이상의 조화를 모색하기 위한 진지한 탐구의 여정이었다고 할 만하다. 그 구체적인 예로 그의 첫시집 『철제 장난감』이 전쟁의 폭력과 재앙에 관한 직접적인 분노의 표출이면서 동시에 사랑과 부활에의 개인적 소망이 강하게 투영되어 있다는 사실을 지적할 수 있을 것이다. 또한 제2시집 『졸고 있는 신』에서 김규태가 끈질기게 천착하고 있는 문학적 화두가 '말(言)'이라는 점은 표현의 자유가 상당부분 억압받고 있었다는 70년대 사회의 현실적 조건과 밀접한 관련을 맺고 있으며, 『들개의 노래』에서 현실의 어떠한 타협의 유혹에도 흔들리지 않는 자아의 모습을 그리고 있는 것 또한 그가 시인의 소명 의식을 망각하지 않고 있다는 사실을 말해주는 것으로 생각된다.

이 글은 『철제 장난감』·『졸고 있는 神』·『들개의 노래』 등 김규태의 시집을 텍스트로하여 그의 문학 세계를 살피기 위해 쓰여진다. 이 세 시집은 이십여 년의 시차를 두고 간행되었는데, 그 시기는, 앞서 말한 것처럼, 한국 현대사의 파행적 진행과 그대로 일치한다. 따라서 김규태의 시를 읽고 분석하는 일련의 작업은 한국 현대사의 상처와 화농을 새삼스럽게 들추어 현실에 조응시키는 일임과 동시에 이 시인의 가치관·세계관 및 현실 인식 태도 등을 살피는 일이 되리라 믿는다.

　2.

　일반적 의미에서의 전쟁이란, 우리와 이해를 달리하는 적대세력으로 하여금 우리의 이데올로기를 수용하도록 강제하는 폭력 행위라 규정된다. 전쟁은, 그 연유야 어찌됐든 상관없이 인명의 대량 살상과 천문학적 재산의 피해를 야기할뿐만 아니라 여성들의 순결을 짓밟고 어린아이들에게 현실의 경악에 눈뜨게 하는 악마적 속성을 갖는다. 또 그것은 불가항력적 천재지변이 아니라 인위적 재앙이라는 점에서 잔학성을 더하며 후유증 또한 지속적이다. 문학적 상상력에 수용된 전쟁의 양상은 '침묵·수성(獸性)·정신질환·잔학' 등으로 편재화하는데, 전후 문학의 대부분이 파괴와 상실, 불안과 공포, 증오와 적개심 등의 강렬한 정서적 반응을 기반으로 하고 있는 것이 그 예증이 된다.

　『철제 장난감』을 지배하는 주된 심상은 전쟁과 독재정권에 대한 공포와 전율, 그리고 재생과 부활에 대한 강한 신념이다. 『철제 장난감』에는 총칼이 난무하고 참혹한 살륙이 거리낌없이 자행되는 전쟁의 실제적 모습이나, 이데올로기의 대립과 갈등 같은 문제는 직접적으로 나타나지 않는다. 어떤 편인가 하면, 김규태의 시는 전쟁이 초래한 파괴와 상실의 체험 및 그 상흔에 대한 처절한 기억의 연쇄로 이루어져 있다. 십대에서 이십대로 넘어가는 과정에서 동족 상잔의 아비규환을 체험한 이 시인에게 있어서 전쟁이 모든 것을 앗아가고 파괴하는 불가사의한 폭력으로 인지되는 것은 당연한 일이라 할 수 있다. 말하자면 전쟁의 과도한 폭력과 증오에 의해 청소년 특유의 순수함과 열정이 치유될 수 없는 상처를 입은 시인에게 "유월의 기억은 쓰레기"에서 한치도 벗어나지 않는 것이 된다.

　　유월의 記憶은 쓰레기다.
　　(……)
　　뜨거운 유월의 하늘을 받쳐들고

싱그러운 과일을 씹던 기억은
젊은 無名의 王子들,
그 머리속에 남아 있지만
그것은 쓰레기다.
불의 曜日의
불꽃에 튀긴 帝王이
잠자다 일어 났을 때
이미 폐허속이었다.　　　　　　　　　—「六月에 흩어진 記憶들」 부분

　　1950년 6월 25일 일요일의 평화와 적요를 깨뜨리면서 발발된 동족 상잔의 비극적 전쟁은 '왕자'로 표상되는 청소년들의 모든 희망과 꿈을 폐허로 만든 가공할 인위적 재난이 아닐 수 없다. 그러나 시인은 그 폭력에 압도당하거나 전율하기보다 그것을 '쓰레기'라 규정지음으로써 전쟁의 맹목성과 비인도적 속성을 가차없이 질타하고 있는 것이다. 다른 무엇보다 용서할 수 없는 전쟁의 폭력성은 '젊은 무명의 왕자'가 이제까지 소중한 보물처럼 간직하고 있던 모든 아름다운 경험과 기억을 전혀 무가치하고 추악한 폐물더미로 변질시켰다는 데 있다. 전쟁은 동심의 세계에도 여지없이 틈입하여 그들로 하여금 쇠붙이로 만든 장난감의 매력에 완전히 빠져들게 한다. 그런 점에서 "철제 장난감을 매만지는 / 어린이들의 瞳子를 보고 있으면 / 저들이 어른들의 피어린 눈망울을 닮아 가는 것 같아 / 자꾸만 미심쩍어 진다."(「철제 장난감」)는 우려는 이 시인의 전쟁에 대한 인식을 단적으로 드러내주는 보기라 생각된다. 말을 바꾸면 김규태에게 있어서 전쟁의 폭력성과 잔인성은 인명의 살상과 재산의 손실 그 자체에 있는 것이 아니라, 그것이 아이들세대까지 자연스럽게 세습되는 놀라운 전파력에 있는 것이다.

　　동족 상잔의 처참한 기억과 함께 이 시인의 의식을 고문하는 것은 4월 혁명의 실패에 따른 상실감과 좌절감인 것으로 보인다. 그럼에도 불구하고 그는 꺼져버린 성냥에서 "다시 불붙는 火藥庫"(「성냥」)를 꿈꾸고, 죽은 나뭇잎들이 다시 일어서는 감격스러운 재생의 몸짓을 본다. 다시 말해 그는 4월 혁명의 역동력은 완전히 고갈된 것이 아니라 그 불씨를 깊숙이 내

재하고 있어서 언제든지 화염으로 솟구칠 것이라는 낙관적 전망을 가지고 있는 것이다. 그러나 그 불씨는 인내와 침묵으로 부활의 의지를 내연(內燃)하고 있을 뿐 쉽게 현시화(顯示化)하지는 않는다.

　　○ 때로는 침묵으로 다스리는 처방 / 풀리지 않는 地層의 수수께끼처럼 / 깊이 간직된 사랑을 안긴다「포옹」
　　○ 너는 견딤으로 자라는 魂「청자연적」
　　○ 젖어서 무거운 눈, / 소리나지 않는 손벽도 / 그리고 숨겨진 勝利 / 입안에서 사라져간 분노… / 이 모든 것은 / 언젠가 한 번은 소리칠 것이다.「아무도 말하지 않으면」

4·19의 실패는 이 시인에게 전쟁의 경험보다 더 큰 좌절감을 심어주었던 것 같다. 이를테면 그는 전혀 개선될 가망이 보이지 않는 현실에 대해 "어디다 심어주나 / 정말 영혼의 씨앗은 / 심어 줄 데가 없다."(「半獸로 자라겠네」)고 탄식하거나 "당신이 水仙처럼 피어서 / 내 못물가에 앉아 있대도 / 그것은 너무 환한 거짓이다."(「종기앓이」)라며 노골적인 회의의 시선을 보내는 것이다. 그럼에도 불구하고 김규태는 혁명의 열기가 다시 뜨겁게 불타오르리라는 완강한 믿음을 포기하지 않는다. 부당한 현실의 폭력에 저항하기 위해 시인이 선택한 최선의 전략은 말없이 견디며 내부의 분노를 더욱 살찌우는 것으로 요약된다. 현실의 폭력적 상황에 대한 개개인의 분노는 아무런 힘을 발휘하지 못하는 것 같지만, 오랜 세월을 거쳐 충분히 숙성하면 놀라운 응집력을 갖게 될 것이라는 확신이 이 시인으로 하여금 현실을 견디게 하는 힘이 되는 것이다.

『철제 장난감』이 기본적으로 낙관적 전망에 기대어 있다는 점은 지금까지 살펴본 바와 같거니와, 그럼에도 불구하고 이 시집에는 관념어의 지나친 사용, 적절한 거리 조절의 실패, 모호한 이미지와 상징이 산견되는 점 등 간과할 수 없는 문제점을 지니고 있다. 이러한 문제점은 김규태 혼자만의 것이라기보다 당시 유행했던 모더니즘적 경향에의 서투른 모방에서 비롯된 것으로 생각하는데, 그러한 판단은 두 번째 시집 『졸고 있는 신』에서 거의 대부분 해결되고 있다는 사실에 기인하는 것이다.

3.

　『졸고 있는 신』에서 시인은 말의 진정한 의미가 억압당하고 왜곡되는 부도덕한 현실에 대해 강한 비판의식을 드러낸다. 그것은 이 시집의 시대적 배경이 되는 70년대가 사상과 표현의 자유가 그 어느 때보다 부당하게 억눌렸던 시절이라는 시대적 조건과 불가분의 관련을 맺는다. 4월 혁명의 좌절에 뒤이는 군사 쿠테타로 정권을 잡은 세력은 절대 빈곤으로부터의 탈출을 지상명제로 삼으면서 개인의 자유와 인권을 상당부분 제약하기에 이른다. 더욱이 1972년 창출된 유신정권은 지식인들에게 참혹한 인고와 치욕의 세월을 강요하여 나치의 아우슈비츠 감옥보다 못하지 않다는 지식인들의 절망적 탄식을 자아낸다. 그 가운데서도 언론에 대한 검열과 통제는 더욱 가혹했는데, 《동아일보》의 백지광고 사건은 당시의 정황을 여과없이 보여주는 대표적 사례라 할 만하다. 이런 상황 속에서 김규태가 참된 '말(言)'이 가사상태에 빠졌다는 자체 진단에 의거해 "말의 원형질"을 찾고자 집요하게 매달린 것은 말을 직업적으로 다루는 그의 입장에서 너무도 당연한 일이라 할 수 있다. 하지만 언어를 생업의 수단으로 삼았던 이들 가운데 적지 않은 사람들이 무력한 침묵으로 일관한 사례에 비추어 볼 때 그의 참된 말의 부활에 대한 뜨거운 애정과 끈질긴 관심은 충분히 주목받아 마땅한 것이기도 하다. 이와 더불어 첫시집에서 보였던 재생과 화합의 이미지가 지속적으로 나타나는 것도 매우 흥미로운 현상이다.

　시인의 비판적 지성에 비쳐진 70년대 현실은 오늘이 어제 같고 내일이 오늘 같은, 역사의 진보라는 명제가 헛된 망상에 불과하다는 지독한 패배의식으로 가득찬 공간이다. 그러한 암울한 상황 속에서 진정한 말의 부활을 꿈꾸는 것은 마치 다람쥐가 쳇바퀴 도는 무의미한 행위와 다를 바 없는 것으로 인지된다.

　　우리 집 뜰에서는

　　다람쥐 한 쌍이
　　교대로 체바퀴를 돌면서
　　아니라고 아니라고 몸짓을 한다.
　　旅路는 끝남이 없고
　　새로운 세계는 열리지 않는다고 몸부림친다.　　　　－「소리의 虛像」 부분

　　"여로는 끝남이 없고 / 새로운 세계는 열리지 않는다"는 단정적 인술은 권력의 핵심부에 소속된 기득권 계층의 허위의식의 산물이거나 또는 일상적 삶에 편재해 있는 폭력의 횡포에 길들여진 대다수 일상인들의 현실순응적 태도로 이해해도 큰 잘못을 아닐 터이다. 다람쥐로 표상되는 기득권 계층 혹은 현실 순응주의자가 하필이면 우리 집 뜰에 있다는 것은 그만큼 그들의 세력이 사회 구석구석 스며들고 심지어 내 집안에까지 침범해 왔다는 사실을 입증한다. 그들이 무서운 것은 무엇보다 지식인들에게 끊임없이 패배의식과 좌절감을 이식하여 그들을 세뇌하고자 획책하는 데서 찾을 수 있다. 이를테면 "기상통보는 / 끝없이 높새바람을 점치고 / 언 땅은 풀리지 않는가고 / 새들은 아득히 달아났다."(「관자놀이의 아픔」)라는 구절은 지식인들에 대한 협박과 회유가 얼마나 간교하고 집요한 것인가를 단적으로 드러내 보여준다. 따라서 이 시인이 "내 주변의 사태에 대해 / 나는 다시 아니라고 소리"치는 부정의 부정으로 현실의 유혹과 협박에 저항하고 있지만 그의 처절한 노력은 왜소해 보이고 그의 목소리 또한 앙상한 "소리의 껍질"만 잉태할 뿐인 것으로 그려진다. 요컨대, 시인이 줄기차게 찾아 헤매는 말의 실체는 좀처럼 손에 잡히지 않을 뿐더러 "낱말 속의 참속을 가로막는 / 분장은 걷히지 않는"(「宿醉」) 채 "말의 속알도 포말처럼 꺼져(가고) / 話者도 사라진다."(「쓸쓸한 寓話」) 표현을 달리하면, 70년대 현실에서 "혈액같이 끈적한 참말, / 사무쳐 있는 어휘들은 / 신통력을 잃고 / 이 땅 위에선 휘발하고 있"(「떠 다니는 碑」)는 것이다. 그리하여 시인은 말의 생명력을 회복하는 방법이 "공폭한 자들의 냉혈을 도려내는 刀法"(「어느 날의 化身」) 외에는 달리 있을 수 없다는, 이른바 "네 칼로 너를 치리라"는 이이제이(以夷制夷)의 전략을 심각하게 고려하기도 하지만,

결국은 "죽이지 않고 / 죽이는 법을 배운 요즘은 / 매우 유쾌하다."(「어떤 암살」)는 관용과 사랑의 방법을 삶의 원리로 받아들이면서 화해의 지평을 개척한다. 다시 말해 이 시인이 현실에의 반역의지를 포기하지 않으면서 체득한 최선의 저항 논리는 사랑과 인내의 철학인 셈이다. 이를테면,

우리는 단지
우거진 말들의 숲 속에서
찰과음을 피하는 한 방법으로
흐르는 言語, 너의 눈물에서
탄생하지 않는 말의 실체를 본다   ―「흐르는 言語」 부분

배겨내기 어려운
하나의 절망까지도
우러러 보는 방법을 가르쳐 준
나의 모자 벗기 운동   ―「모자 벗기 운동」 부분

같은 시에서 확인할 수 있는 것은 묵묵한 인고의 세월을 통해 얻어진 삶의 값진 지혜 같은 것이다. 그것은 "눈에는 눈, 이에는 이"와 같은 야수적 보복의 감정이 아니라 끝없이 인고하며 포용하면서 새로운 생명의 씨앗을 잉태하는 동양의 정신주의에 바탕을 둔 것으로 보인다.

겨울에 피어 있는 꽃은
하나의 추운 혼이다

내가 너의 몸에서
손을 떼면
너는 불시에 사라질 혼이다.

겨울은 내 손에 다가와서
너를 피게 했다.

눈 온 뜰에 번지는
죽은 꽃들의 긴 한숨,

사라진 꽃들이 부활을 위하여
너는 나에게 와서
불의 종자가 되었다.
　　　　　　　　　　　　　　　　　　　　　　－「茶梅花」 전문

　겨울에 붉은 꽃을 피우는 '다매화(동백꽃)'에서 시인은 고독하고 연약한 인간의 영혼을 본다. 하필이면 겨울에 개화하는 동백꽃은 외롭고 추우며, 누군가의 세심한 보호와 관심이 없으면 금방이라도 시들고 말 것 같은 연약한 자태로 서 잇다. 그러나 겨울꽃인 동백은 새로운 봄의 예고를 확신케 하는 전령(傳令)이기도 하다. 다시 말해 봄부터 가을까지 흐드러지게 피었던 백화(百花)의 주검을 거름으로 동백이 핀 것처럼, 동백 또한 새 봄에 피어날 온갖 꽃들이 땅속에 깊이 뿌리를 내리고 굳건하게 자라게 하는 "불의 종자"로서 봉사하게 되는 것이다. 이처럼 하나의 생명이 또 다른 생명의 주검 위에서 새롭게 생성되는 윤회적 삶에 대한 시인의 통찰은 가령, "불은 잿가루가 되어 날으고 / 잿가루는 다시 불로 살아"(「蓮꽃 위에서」)난다는 시구절을 통해서도 거듭 반복된다. 이렇듯 생명의 지속에 대한 시인의 믿음은 마침내 "내 목소리는 비록 황폐하지만 / (…) / 빛의 회생과 죽은 목소리들의 재생이 깃들어 있다"(「황량한 목소리」)라는 재생의 의지, 또는 "내가 너를 한 번 부르면 / 너는 천 개의 목소리로 대답해 온다"(「파도에게」)와 같은 당당한 목소리로 확산되기에 이른다.

　　4.

　『졸고 있는 신』과 『들개의 노래』 사이에는 8년이란 물리적 시간의 격차가 존재한다. 이 기간에 우리는 오랜 군부 독재 정권의 종식과 함께 문민정부의 출현이라는 감격적 사건과 해후하게 된다. 따라서 『들개의 노래』에는 예전에 보였던 정치 사회적 폭압에 대한 시인의 고뇌와 울분의 목소리가 거의 지워지고 있는 것으로 나타난다. 그렇다고 시인의 현실 반역 의지가 퇴색하거나 휘발해 버린 것은 아니다. 이제 그가 싸워야 할 적은 현실 순응과 타협에의 끈질긴 유혹으로 대상이 바뀌었을 뿐, 비상과 화합을 위한 시인의 저항 의지는 여전히 살아 숨쉰다. 이런 맥락에서 "우리 주위엔 / 공포의 상징물들이 / 마치 땅속에 남몰래 매설된 지뢰처럼 / 혹은 지상에 숨겨져 있는 시한폭탄처럼 / 참담하게 널려있"(「잔인한 휴식」)다는 우울한 현실 진단은 권력의 체제는 바뀌었을지 모르지만 세계는 여전히 폭력과 공포로 가득차 있다는 시인의 인식을 그대로 반영한 것으로 이해할 수 있다. 이처럼 변한 것이 아무 것도 없는 세계에서, 그리고 현실 타협의 유혹이 더욱 집요하게 시인의 의식을 압박해오는 상황에서 "굴복하지 않고 산다는 것은 / 여간 힘든 일이 아니"며 현실과 "등지고 산다는 것은 / 오히려 죽음보다 어려운 일이다"(「달팽이」). 현실과 타협할 수도 없고 그것을 외면할 수도 없는 일상적 자아로서의 시인의 자괴는 "나는 도시의 외로운 개"(「들개의 노래」)라거나 "나는 살아서 풍화하고 있다"(「바람 불지 않는 날의 우화」)라는 목소리로 표백(表白)되기도 하고 불면의 고통스러운 밤을 지새우는 것으로 나타난다. 그러나 자신의 본능적 반역 의지가 사회의 제도적 관습 같은 것에 결단코 길들여지지 않을 것이라는 점을 그는 다음과 같이 노래하고 있다.

> 나는 먼 역사 속
> 한 마리 울부짖는 원형의 짐승처럼 잠 못든다.
> (……)
> 어딘지 모르나
> 짐승같이 본디 자리로, 달아나려는 꿈.
> 얼은 살아서 더욱 맑게 깨어 있다.
> 무딘 살점과 하얀 뼈대만으론 잠이 안든다.   ―「불면의 이유」 부분

  김규태의 시에는 강렬한 야성(野性)의 냄새가 물씬 풍기는 짐승의 이미지가 자주 나타나는데, 그것은 일상의 노예가 되지 않으려는 시인의 의식을 투사한 것이라 보아 무방하다. 하지만 김규태 시의 주요한 이미지를 구

축하는 짐승이 인간과 짐승을 반반씩 닮은 반수(半獸)라는 점에서 그의 인간적 고뇌와 갈등의 일단을 짐작할 수 있게 된다. 어쨌든 시인은 "무딘 살점과 하얀 뼈대", 즉 육체에 의해 영위되는 삶은 거짓이며 순수한 영혼을 상실하지 않는 삶이야말로 진실되다고 생각하고 있기 때문에 속악한 현실로부터의 정신적 비상과 탈출을 꿈꾼다. 이때 시인에게 있어서 비상은 "닫힌 것에서 끝없이 열어가고자 하는 행위"(「독수리의 죽음」)이며, 일상적 삶으로부터의 탈출은 곧 "내 몸에 가득 넘치는 독을 씻어 내려"(「밤의 질주」)는 자구(自救)의 노력과 다를 바 없는 것이다. 그리하여 시인의 시선은 무심히 스쳐지날 수도 있는 사소한 사상(事象)들에서 삶의 진실을 채굴하는 깊이를 갖게 된다. 우리는 먼저 시인의 의식의 변화가 자신의 삶을 객관적으로 응시하는 자성의 태도로 나타나는 데 주목할 필요가 있다. 이를테면 시인은 이제까지 자신의 삶이 "창을 안에서만 보고 살았"던 것처럼 아집에 가득 찬 무명(無明)의 상태였음을 자각하는 한편, "창 밖에서 창 안의 나를 관찰하는 시선들은 / 대체로 신의 눈빛"(「窓의 혼돈」)이라는 사실을 겸허하게 수용하면서 안팎의 경계를 허물고자 노력하는 것이다. 또 그는 조개무지 발굴 과정에서 쏟아져 나온 고래의 뼈에서 영겁의 세월과 윤회의 궤적을 발견하기도 하고, 하찮은 멸치떼의 죽음에서 생사윤회의 비밀을 깨닫기도 하면서 서서히 동양의 그윽한 정신주의, 보다 자세히 말하면 불교적 불이관(不二觀)에 깊숙이 침윤하여 그윽한 정신 세계의 유영을 즐긴다. 오랜 상실과 좌절의 세월을 지내오면서 쌓아온 "그토록 오랜 분노도 / 삭아지면 발효하는 술이 되는가. / 아무리 마셔도 취하지 않는 독이 되는가."(「술과 毒 사이」)라는 깨달음의 시편이 우리에게 보다 절실한 감동으로 다가오는 것도 전적으로 그 때문이라 할 수 있다.

『들개의 노래』 제2부 「일주문 앞에 서면」에 실린 시편들은 이 시인의 불교적 세계관에의 경도를 여실히 보여주고 있다. 그는 이 시편들에서 때이르게 달관한 것 같은 과장된 몸짓을 보여주거나 지나치게 설명적인 언술로 시의 미적 효과를 훼손하는 등 다소 거칠고 산만한 정신 세계를 드러내기도 하지만, 세속적 욕망과 분별의 아집에서 벗어나려는 구도자적 자세에 힘입어 다음처럼 아름다운 시 한 편을 얻는다.

술에 흥건히 젖어 있을 때
그렇지, 그 때는
법구경을 들춰보는 재미

아무쪽이나 펼쳐도
거기 내가 잃어 버린 하늘이
몇 개씩 열려 있다.

법구경을 읽다가
잠드는 날은
숙취가 가시고 말 때가 있다   —「법구경과 숙취」 전문

『법구경(法句經)』은 불교의 교리를 가장 알기 쉽게, 그리고 실생활과의
밀접한 연관 관계 아래 서술한 것으로 불교의 요체를 담은 책이다. 하필이
면 술에 흥건히 취해 『법구경』을 들춰본다는 것이 불자들이 지켜야 할
기본 계율 가운데 하나인 음주계(飮酒戒)에 정면 위배되는 행위인 것 같
기도 하지만, 그러한 행위를 통해 잃어버린 자아를 발견하고 현실의 긴잡
에서 벗어날 수 있다면 굳이 외형적 계율에 얽매어 영혼과 육신을 탕진시
킬 필요는 없을 것으로 보인다. 또한 그의 이러한 깨달음이 이순(耳順)의
세속적 나이에 이르면서 획득된 것이라는 점에서 일부 시인들의 시에서
볼 수 있는 관념적 정신주의와 현격히 구분되는 특징을 갖는다. 물론 참된
깨달음이 세속적 나이의 많고 적음에 따라 성취된다고 말할 수는 없다. 하
지만 오랜 세월동안 현실의 폭력과 음모에 적극적으로 저항해 오면서 재
생과 화합의 의지를 꿈꾸어온 이 시인이 이순의 나이에 도달한 경지가 우
리의 우려와 불신을 해소하는 데 큰 영향을 미칠 것은 자명한 사실이다.
더구나 김규태의 최근시가 초기의 그것에 비해 훨씬 간결하면서도 정제된
면모를 보이는 것도 우리의 신뢰가 결코 잘못된 게 아님을 입증시켜 준다.
앞서 말한 것처럼 『철제 장난감』에 수록된 거의 대부분의 시가 생경한
관념과 한자어의 나열이었다면, 『들개의 노래』는 토속어를 바탕으로 쉽게
쓰여졌으면서도 강한 흡인력으로 독자를 공감의 바다로 초대하고 있기 때

문이다.

김규태는 시력 40여년의 중견시인이면서도 일선 비평가들의 관심 영역에서 다소 비껴나 있었던 것 같다. 그 속사정이야 세세히 알 수 없어도 한국 문학에 관한 논의가 주로 서울에서 활동하는 문인들을 중심으로 이루어지는 우리의 문단적 풍토가 그 일차적 요인으로 지적될 수 있을 것이다. 다시 말해 김규태의 주된 생활 공간이 부산이라는 비문학적 조건이 그의 문학에 관한 진지하고도 본격적인 관심의 회로를 차단하는, 건전한 상식으로는 도저히 납득하기 곤란한 결과를 초래할 수도 있었다는 것이다. 실제로 지방 문학에 대한 중앙의 관심은 상대적으로 소홀한 편이며 그 때문에 역량 있는 지방 문인이 일반 독자들에게 널리 알려지지 못하는 예도 종종 발생하는 것으로 알려져 있다. 그나마 고무적인 현상은 최근 지방의 문예지 발간이 활발하게 이루어지고 있으며 그것이 폭넓게 전파되어 많은 관심과 반향을 불러일으키고 있다는 점일 터이다.

김규태가 《문학예술》이나 《사상계》와 같은 5,60년대의 대표적인 잡지를 통해 등단했다는 사실은 그의 문학적 열정과 재능을 짐작케 하는 하나의 단서가 될 수 있다. 뿐만 아니라 등단과 함께 조로(早老)하고 만 동년배 시인이 허다한 데도 불구하고 그가 소처럼 굼뜬 걸음으로나마 시작(詩作)을 멈추지 않고 있으며 갈수록 원숙한 작품을 생산하고 있다는 것은 여러 번 강조해도 좋은 이 시인의 미덕이자 장점이라 할 수 있다. 전쟁과 독재정권의 폭력에 대한 저항에서 시작된 김규태의 시적 방법론은 이제 일체의 경계를 허물고 인간과 세계의 따뜻한 교감을 향해 나아가는 것으로 거칠게 요약할 수 있다. 인간과 세계의 근본적인 화해를 지향하는 이 시인에게 있어서 그 교감(交感)은 "죽음이나 삶까지 한 오랏줄에 / 묶여 있는 것을 / 문득 깨닫기 위한 연습"(「가까이 다가가기 위하여」)이기도 하지만, 궁극적으로는 "이차돈같이 그렇게 완벽하게"(「소리못에 와서」) 버리고 자유인이 되기 위한 노력이기도 하다. 분노가 삭아져 발효하면 술이 된다는 놀라운 진실을 통찰한 이 시인의 앞으로의 시작업이 기대되는 것도 이런 사정과 결코 무관하지 않다.

시선의 그윽함과 서정의 깊이

1. 간직해야 할 것과 버려야 할 것

만약 나이를 스무살이나 먹은(혹은 스무살밖에 안 된) 녀석이 노상 학교 도서실 고정석에서 토익 책에 파묻혀 있거나 방 구들장을 지고 줄담배만 펴대고 있다면, 싹수가 노란 정도가 아니라 아예 처음부터 시들어버려 그에겐 어떤 기대나 희망도 품지 않는 게 좋으리라. 스무살이라면, 제법 꼴이 잡히고 윤기마저 반지르하게 흐르는 볏(鷄冠)과 울긋불긋한 갈기를 오만불손하게 곤두세우고 쉼없이 위협적인 시선을 던지며 으스대지만 아직 솜털이 채 가시지 않은 풋내기 중닭과 같은 나이 아닌가. 녀석은 범 무섭지 않은 하룻강아지처럼 천방지축으로 날뛰며 까불어대다가 때로는 장닭에게 호되게 쪼이기도 하고 개나 고양이에게 쫓기기도 하겠지만, 그런 시련과 고통의 과정을 거쳐야 비로소 경험많고 노련한 장닭으로 성장하게 되는 것이다. 인간의 생애에서 이십대가 가장 소중하고 귀하게 여겨지는 까닭은 그 시기에 누구나 "반역의 꿈"과 "불타는 청춘의 칼날"(「동해」)을 가슴에 품고 관습과 제도에 순결한 반역을 꾀하기 때문이며, "세상이 너무 / 사랑스러워 // 뒹구는 / 돌눈썹 하나에도 / 입맞춤"(「스무살」)할만큼 다정다감한 심성을 보석처럼 간직하고 있는 나이이기 때문이다.

곽재구의 다섯 번째 시집 『참 맑은 물살』은, 시인의 고백에 따르면, "여전히 스무살 무렵"의 치기와 순결함으로 쓰여진 작품들로 구성되어 있다. 스물을 넘긴지 이십 년도 지난 장년의 사내가 스무살 무렵의 정신과 태도를 잃지 않고 있다는 것부터가 경이로운 일이거니와, 실제로 이 시집의 전편에는 시인의 초기작에서 확인할 수 있었던 섬세하면서도 녹록치 않은 사유의 깊이가 엿보이고, 날카로운 듯하면서 따뜻함과 배리되지 않는 감성과 역사의식이 화선지의 먹물처럼 배어있음을 느끼게 된다. 그는 사십이 넘은 나이에도 방방곡곡으로 돌아다니며 우리가 눈여겨 보지 않는 범속한 사람들의 삶을 관찰하기도 하고 때로는 용정이나 캘리포니아까지 날아가 그곳의 물정과 인심을 세밀하게 전달해주기도 한다. 그러나 곽재구가 줄곧 싸돌아다니면서 관심을 갖는 것은 궁벽한 외지의 신기한 풍물이나 이국의 정취가 아니라 이제는 그 흔적만 남아있는 한국적인 것에의 안타까운 향수이다. 뿐만 아니라 그는 소리꾼, 몸파는 여인, 장돌뱅이, 혁화공(革畫工), 농투성이 등 후기 자본주의 사회의 물질적 혜택에서 철저하게 소외되거나 버림받은 그늘 속의 사람들에게 육친애적 사랑을 쏟아 붓는다. 말하자면 이 시인은 이 땅에 몸담고 살아가는 대다수 사람들이 그리움과 서러움의 천형(天刑)을 지고 있다고 믿고, 그들을 위무하고 다독거려주는 것이야말로 시인의 업보를 타고난 자신의 소명이라 생각하는 듯하다. 따라서 남도의 외진 곳에서 만난 사람들이 "눈에 부딪는 산과 강 다 그리워 / 버리지 못하고 가슴에 안고 가"(「봄언덕」)야 할만큼 "사는 일 배춧입 푸르듯 눈에 다 훤한데 / 그리고 아쉬운 일 앞뒷산 / 쑥꾹이 울음처럼 수북수북 널렸"(「육자배기」)다는 사실을 속속들이 꿰뚫고 있는 그가 "등어리에 주루룩 서러운 살이 돋거들랑 / 고개 들어 산벚꽃나무 불꿈 하나 보아라."(「흥타령」)며 용기를 주거나, "사는 것 어느 때나 가슴 쓰라린 일 / 저무는 소쩍새 울음에 귀기울이노라면 / 박속 같은 그리움 그예 있나니"(「꽃은 피고 새는 울고」)와 같이 서러움을 그리움으로 환치시키기도 하고, "극락이 어디냐고 누군가 묻거들랑 / 아랫목에 밥그릇 묻고 / 된장국 내음 갯바람 날리던 / 한평생 뱃물 녹인 / 그리운 그 땅이라 일러주게."(「만가」)라는 향두가(香頭歌) 가락을 구성지게 뽑아낼 수 있는 것도 모두 그런 소명 의식에 바탕을 둔 것으로 보인다.

그러나 곽재구가 자연적으로 이루어진 마을의 황톳길과 고샅, 혹은 산과 강, 뜰팡과 논밭의 구석구석을 살피면서 보고 들은 것이 그처럼 서럽고 아쉬운 인생사의 음지인 것만은 아니다. 이 시집의 제목이 알려주는 것처

럼 그는 오천년 역사를 감싸안고 유유히 흐르는 강물을 보고 "가장 아름
다운 별들이 / 눈동자를 빛내던 신비한 여울목"(「단오」)이라 느끼거나
"강물은 한없이 맑아서 / 우리들의 마음 되비추이는 곳"(「꽃은 피고 새는
울고」)이라는 교훈을 얻기도 하고, "아무때나 만나서 / 한몸이 되어 흐르
는 / 눈물나는 저들 연분홍 사랑"(「참 맑은 물살)을 발견하고 느꺼워하기
도 하는 것이다. 이런 점에서 강은 그에게 현실의 오욕과 분노를 새삼 일
깨우는 매개물인 동시에 일상적 삶의 남루를 벗고 삼독을 씻어내 새로운
정신으로 거듭나게 할 수 있는 정신적 의지처로 인식된다.

> 내 가슴 속
> 건너고 싶은 강
> 하나 있었네
> 오랜 싸움과 정처없는
> 사랑의 탄식들을 데불고
> 인도 물소처럼 첨벙첨벙
> 그 강 건너고 싶었네
> 들찔레꽃 향기를 좇아서
> 작은 나룻배처럼 흐르고 싶었네
> 흐르다가 세상 밖 어느 숲 모퉁이에
> 서러운 등불 하나 걸어두고 싶었네.

—「강」 전문

　내면의 강물을 응시하며 인간사의 온갖 분쟁과 불화, 사랑과 증오의 감
정을 중화시킬 넉넉한 마음과 힘을 갈구하는 시인의 의식은 투명하고 아
름답다. 이런 넉넉하고 투명한 힘과 마음이야말로 민족주의적 역사 의식의
기반을 형성하는 전통적 서정이나 가락과 함께 곽재구 시의 개성을 두드
러지게 하는 중요한 요인이라 생각된다.
　자본주의 사회의 그늘에서 힘겹되 성실하게 살아가는 사람들에게 따뜻
한 시선을 보내는 그가 국토 곳곳에서 부패한 독재 정권의 상흔을 발견하
고 분노하거나 일부 사이비 정치꾼 또는 권력지향적 인간들을 향해 신랄

한 독설을 퍼붓는 것은 따라서 조금도 이상한 일이 못된다. 무엇보다 그는 용정의 젊은 소설가가 한국을 방문하여 다연발 최루탄 발사기의 콩볶는 소리를 들으며 관동군 토벌대의 기관총 소리를 연상했다는 것이 부끄럽고, "한국은 한국이지 / 조국은 아닌 것 같다고 말"(「해란강 이야기」)한 것에 가슴 아파한다. 한때 민주화의 투사로 닭장차에 실려가고 호박꽃도 아름다운 꽃이라고 말했던 사람이 "갑자기 장미나 백합을 들먹이며 / 나머지 꽃들은 뽑아 / 없애라고 이야기"(「권력」)하거나, "까닭 모를 똥심을 쓰"(「똥심」)는 것도 이 시인에게는 구역질날 정도로 불쾌한 사건에 속하는 것들이다. 요컨대 곽재구는 순백하고 투명한 마음의 눈으로 인간과 사물을 관찰하여 그들에게 새로운 생명력을 불어넣어주기도 하지만, 부정과 불의, 독재와 부패, 부당한 권력과 권위에 대하여는 가차없이 비판의 시퍼런 칼날을 들이대는 단호함을 보여주기도 한다.

그러나 이 시인이 고심하여 기억하거나 찾아낸 시어와 비유·상징들이 위에서 살펴 본 여러 가지 미덕을 상쇄할 만큼 치명적인 결함으로 작용한다는 점에 대해서는 별다른 지적이 없는 듯하다. 앞서 말한 것처럼 이 시인은 우리의 기억과 경험 저편에 아스라하게 잔존하는 것들, 이를테면 "조선 매화·조선 소리·조선의 핏방울·토종돼지·순 토종 조선 복숭아·마음 착하고 얼굴 이쁜 우리나라 조선꽃들·조선호박·조선새" 등에 각별한 애정을 드러내거나 일부러 그런 단어들을 골라 쓴 듯한 흔적이 역력하다. 개항과 더불어 일제의 지배를 받았고 동족상잔의 참혹한 기억이 가시기도 전에 가파른 서구화 과정을 겪어야 했던 우리 현대사를 감안하면, 우리 주변에서 이제 우리 것이라고 할 만한 것을 찾기가 매우 어렵게 되었다는 사실은 많은 사람들이 동의하는 바다. 된장 고추장도 일본에서 수입해다 먹는 사람이 적지 않다는 것은 더 이상 화제거리도 못되는 일이거니와, 서민이 즐겨 찾는 돼지 삼겹살도 덴마큰가 하는 유럽 어느 나라에서 수입한 것이라는 얘기를 듣고 입맛 떨어진 것도 비단 필자만의 경험을 아닐 터이기 때문이다. 그러나 이 시인이 그토록 '조선의 무엇'에 매달리는 이유가 필자에게는 잘 납득이 되지 않는다. 다시 말해 매화면 그냥 매화인대로 한국 매화가 연상되고 소리(唱) 또한 다른 나라에서는 찾아볼 수 없는 우리의 전통적 가락인데 굳이 '조선 소리'라 강조하는 까닭이 이해되지 않는 것이다. '조선의 무엇'을 강조하는 시인의 의도를 모르는 바 아니지만, 그에 대한 집착과 남용은 애초의 의도를 왜곡시켜 천박한 유행어로 전락하게 만들거나 관념적 상투어로 변질되어 싱싱한 생명력을 상실할 우려가 있다는 점을 항상 경계해야 할 것이다.

2. 뿌리의 상승력과 덩굴의 친화력

김완하의 두 번째 시집 『그리움 없인…』에서 제일 먼저 눈에 띄는 것은 식물적 상상력, 특히 "아픔으로 얼크러져 바로 서고 / 서로의 상처를 온몸으로 감싸"(「칡덩굴」)주는 덩굴의 친화력과 "실낱 같은 그 뿌리 하나로 / 잠든 대지를 두들겨 깨우고 / 몇십 척 미루나무 둥치 밀어 올려 / 허공 속으로 솟구치게"(「뿌리의 노래·1 나무」) 하는 뿌리의 상승력에 관한 섬세한 통찰이다. 뿐만 아니라 그의 시는 나무·새·꽃·풀·산·강·별 등 자연을 제재로 한 것이 대부분을 차지할 만큼 자연 현상을 통해 세계와 자아의 핵심에 접근하려는 그의 노력과 관심은 다대한 것으로 보인다. 우리 현대시사의 한 주류를 형성하는 것이 바로 자연과 인간의 교감을 토대로 한 세계와 인간의 해석이라 한다면, 김완하의 시적 관심과 경향이 한국시의 전통적 흐름을 충실히 계승한 것으로 보아도 큰 잘못을 아닐 터이다.

시의 서정성을 강조하는 시인들이 항용 그렇듯이 김완하의 시적 관심도 부조리하고 왜곡된 현실의 이면을 파헤쳐 고발하기보다 나무와 강과 같은 자연물에 의탁하여 시적 자아의 세계관을 상징적으로 드러내는 일에 치중하고 있다. 실제로 김완하의 시에서 현실의 미궁 속 삶을 살아가는 곤비(困憊)한 일상인의 모습을 발견하거나, 불편부당한 현실에 온몸을 던져 반항하는 투사적 인간형을 찾는 것은 거의 불가능한 일에 가깝다. 그는 이웃의 사사로운 삶에 별다른 흥미를 느끼지 않는 듯하고 눈앞에 전개되는 상식을 초월한 사건들에 대하여도 섣불리 분노하거나 개탄하지 않는다. 이런 점들이 그의 시가 아름답고 깔끔하다는 느낌은 주어도 사회적인 삶, 역사적인 삶에의 탐구가 다소 부족하다는 비판의 근거가 되기도 한다. 사실 이런 지적은 일정한 타당성을 인정받을 수 있는 것이어서, 김완하로서는 겸허히 귀담아 새겨야 할 부분이라 본다. 그런데 『그리움 없인…』에는, 비록 명시적이진 않더라도 인간과 세계에 대한 시인의 진지한 관심이 식물적 상상력에 힙입어 구체화되고 있어 주목된다. 이러한 변화는 그의 처녀시집 『길은 마을에 닿는다』에서 이웃들의 삶을 관념적인 시각으로 조응하거나 사물의 언저리에서 변죽만 울리던 태도에서 한걸음 나아가 그 핵심을 파헤치는 데 주력하고 있음을 말해주는 것으로 보인다.

● 저렇듯 얽혀 사는 아름다움을 보라 / 험한 비탈길 함께 기어 오르는,
「칡덩굴」

● 기대지 않고는 설 수 없는 땅에서 / 서로의 어깨에 팔을 두르고 / 하나의 기둥으로 서고 싶다
「나팔꽃의 꿈」

● 폭력은 싫다 / 내 스스로 가슴을 가르리   「작은 노래 13·수박」

● 밤이면 가지 끝마다 별들이 주렁주렁 열릴 때 별들이 가지 위에 내려앉아 나무와 무슨 얘기를 나눌까 생각하다가 그때 나는 문득, 이 세상을 살아가며 내가 끌어안아야 할 일들을 어렴풋이 떠올리기도 했었지.
「우리 마을 나무」

● 뿌리로 휘감아 올리는 / 그리움의 깊이, 줄기가 껴안을 구름의 이랑은,
「한 그루 오동나무가」

위에서 보는 것처럼, 김완하는 칡이나 수박 또는 나무와 같은 식물을 제재로 삼아 인간사의 미세한 결을 꼼꼼이 찍어내는 데 남다른 특장을 가진 시인이다. 마구 얽히고설킨 칡덩굴에서 그는 서로 융합하며 살아가는 인간의 따뜻한 친화력을 발견하기도 하며, 잘 익은 수박을 먹으면서도 단호하게 폭력을 거부하는 의지를 드러내기도 한다. 또 어린 시절 더 말할 나위도 없이 훌륭한 놀이 상대였던 고목에 올라가 사랑과 포용의 철학을 배우고, 그 나무의 뿌리를 통해서 수직으로 상승하는 놀라운 생명력을 감득하기도 한다. 이러한 수직적 상승과 수평적 포용의 생명력과 친화력은

우주 삼라만상, 특히 인간 본성에 대한 강인한 믿음과 그리움, 그리고 기다림의 정신(가령, 이 시집의 표제작이기도 한 「그리움 없인…」의 "믿음 없인 별 하나 떠오르지 않으리 / 그리움 없인 저 별 내 가슴에 닿지 못하고 / 기다림 없는 들판에서는 / 발목 젖은 풀 뿌리 하나에도 / 별빛 다가와 안기지 않으리"과 같은 대목을 보라)을 태반(胎盤)으로 한 것이어서 매우 친숙한 느낌을 유발한다.

모든 욕심과 미망을 비우고 알몸으로 선 사물에서 지순한 아름다움의 광석을 채굴하고 "팽팽히 감도는 우주의 긴장"에 전율하는 이 시인의 감성은 감탄할 만한 것이다. 나무와 새가 이 시집에서 가장 빈번히 등장하는 시적 제재라면, '비다(호)'란 형용사와 '알몸'이란 명사는 제일 많이 반복되어 쓰인 시어라 할 수 있다. 그는 가을 산 떡갈나무 한 그루를 보고도 "알몸의 침묵으로 / 온 세상을 말"하는 웅장한 목소리를 듣기도 하고, 겨울의 황량한 들녘이 "제 가슴 모조리 비운 것은 / 저 겨울 산 뜨겁게 품기 위해서"임을 이해하며, "새벽 들판 알몸으로 누운 것은 / 산 하나 가슴 깊이 묻어 / 새봄 세우기 위해서"라는 놀라운 진실을 통찰하기도 한다. 한마디로 비움과 알몸의 철학이라 명명할 수 있을 듯한 이런 정신세계는 불교의 공사상(空思想)과 매우 유사한 것으로, 비움으로써 더 큰 충족을 얻을 수 있다는 역설의 논리와 긴밀한 관련을 맺는다. 즉, 김완하의 시는 투명하고 섬세한 의식의 그물로 포착한 정신세계를 지향하고 있으며, 그리움과 기다림이라는 전통적 정서와 사물의 본질을 순간적으로 통찰하는 선적 직관이 조화를 이루고 있는 것으로 이해할 수 있다. 그가 나무와 산과 강에 각별한 애정을 기울이는 것도 동양의 유현하고 기품있는 정신주의에 깊은 영향을 받은 것으로 보이는데, 물신주의가 군림하는 현실 사회에서 그것은 간과할 수 없이 긴요한 정신적 항체가 될 수 있을 것으로 여겨진다.

그럼에도 불구하고, 몇몇 평자가 이미 언급한 것처럼, 김완하의 시가 과거 공동체적 사회에 대한 낭만적 동경의 차원에 맴돌면서 현실의 가파른 일상사에 대하여는 몸을 사리는 것은 안타까운 일이 아닐 수 없다. 개인적 의견을 약간 내비쳐도 무방하다면, 필자는 식민지 시대 카프 계열의 이데올로기 편향적 시작품이나 80년대의 선동·선전시에 대해 별다른 감흥을 느끼지 못했던 기억이 있다. 그러나 군부독재에 항거하던 젊은 목숨이 속절없이 지고 있을 때 음풍영월이나 난해한 이미지 조작에 몰두하는 시인의 작품을 보면서 뜨겁게 분노했던 기억도 생생하다. 이런 맥락에서 시인은 현실의 냉정한 감시자 역할을 충실히 수행하는 일과 함께, 있었던 혹은 있어야 할 현실을 상상하는 몽상가의 역할도 포기해서는 안 된다고 믿는다. 요컨대, 지나치게 현실의 문제에 매달려 살벌하고 생경한 목소리를 내는 것도 바람직하지 않지만, 그렇다고 현실을 괄호 안에 묶어둔 채 정신세계 속에서 유영(遊泳)하는 몰역사적 태도를 칭찬할 수 없는 것 또한 자명한 일이다. 물론 김완하의 시세계가 현실과 완전히 절연된 탈속적 정신주의에 함몰되어 있다고 말할 수는 없지만, 역사와 현실 속에 알몸으로 뛰어들어 일상에 부대끼는 사람들을 온몸으로 껴안고 그들의 뜨거운 호흡을 함께 나누는 적극적인 자세가 요청되는 것이다.

3. 개가살이 누이의 靑靑한 눈물과 狂氣같은 그리움

조두섭에 대한 첫인상은, 시집 표지 날개에 실린 그의 사진만 보고 받은 인상에 국한하여 말한다면, 눈매가 마치 흑염소의 그것처럼 그윽한 깊이와 슬픔을 온축하고 있어 사람들에게 저절로 연민과 친밀감을 느끼게 할 것이라는 점이었다. 다분히 주관적 감상에 가까운 이런 느낌은 그의 시집을 통독하는 동안 점차 확신으로 굳어졌는데, 그 까닭은 이 시집 전체를 지배하는 정서가 '눈물'·'그리움'·'아아' 등과 같은 농도 짙은 감정적 시어에서 발산되는 한과 그리움이었기 때문이다. 시 각편의 제목이나 시 구절에서 표제를 따는 일반적 관행을 거부하고 '눈물이 강물보다 깊어 건너지 못하고'란 제목을 붙인 것만 보더라도 이 시인이 눈물과 그리움, 그리고 한의 정서에 얼마나 깊숙히 침윤되어 있는가를 짐작할 수 있을 것이다. 그렇다면 조두섭이 장년의 사내로서는 매우 드물게 눈물의 이미지에 그토록 집착하는 이유가 무엇인지 궁금하지 않을 수 없는데, 그것은 첫 시집살이에서 소박받고 개가를 한 누이가 "마지막 남은 황새바위 산밭 / 팔아

갚던 날" 죽은 사건에 대한 안타까움에서 비롯된 것으로 보인다.

『눈물이…』제2부 〈눈물이 강물보다 깊어 누이는 건너지 못하고〉는 첫살이·개가살이·혼자살이·남의집살이를 하다 가난과 빚의 엄청난 하중에 짓눌려 숨진 누이의 고단한 삶에 대한 연민으로 점철되어 있다. 화자의 누이는 "가난 주름살 펴지 못한 / 죄아닌 죄로 소박"(「달」)을 맞고 개가하는데, 개가살이 살림도 궁하기는 마찬가지여서 "하늘에 삿대질"하거나 "빈 둑에서 / 쌍욕을 불쑥불쑥 내뱉"(「개망초꽃」)다가 "나중 남자 죽어서 남긴 농사빚 / 마지막 남은 황새바위 산밭 / 팔아 갔던 날"(「여뀌꽃」) 혀 빼물고 자살한 것으로 그려져 있다. 그녀가 두 번의 시집살이를 하며 소박을 당하거나 마침내 목매달아 죽게 된 배경에는 혹독한 가난과 가부장적 제도의 횡포가 자리하고 있다. 말하자면, 화자의 누이는 아들을 낳지 못해 쫓겨났던 과거 가부장적 사회에서도 그 사례를 찾기 어려울 만큼 비상식적 이유로 시집에서 배척당한 뒤 힘겨운 삶을 영위해야 했던 것이다. 평생 혹독한 경제적 궁핍과 맞대항하여 싸웠지만 끝내 가난의 가공할 위력에 눌려 자살한 누이의 "前後살이 남의집살이 / 발톱 속에까지 차오르던 / 눈물"(「가랑잎」)과 "소름치는 아픔"이 화자에게 "무덤 속에서도 삭지 않을"(「별」) 슬픔과 한으로 인식되는 것은 의당 있을 수 있는 일이다. 그런데 더 가슴저린 일은 눈물로 얼룩진 삶을 살았던 누이가 이젠 "눈물을 퍼내고 퍼내어 / 퍼낼 것이 없어 / 악이 받쳐"(「천둥」) 울어도 눈물샘이 말라 눈물은 흐르지 않고 "깜정 염소똥만한 슬픔"(「염소」)만 떨어진다는 사실이다. 투명한 눈물을 새까만 염소똥 같은 슬픔의 이미지로 환치시킨 시인의 상상력과 그 속에 함축된 인생사에 대한 웅숭깊은 통찰력은 예사롭지 않은 시적 기량을 보여주는 보기라 할 수 있다.

이 시집에서 주목되는 또하나의 이미지는 푸른색과 관련된 것이다. "청동 창날·청천 반야월·靑靑한 눈물·청보리밭·청동항아리·연푸른 종아리·靑참외·靑솔·靑하늘·靑靑하구나·靑靑한 너의 손·청보리·내 발등을 찍는 퍼런 빛·푸른 별" 등 다소 억지스러운 조어도 섞여 있을만큼 조두섭의 푸른색 이미지에 대한 경사는 유다른 바가 있어 보인다. 그리고 이런 색채 이미지가 대부분 눈물 또는 별과 긴밀한 상관 관계를 맺고 있는 점을 고려한다면 『눈물이…』의 정신적 세계를 이해하는 관건이 무엇인가는 일목요연해진다. 즉, 조두섭은 일체의 자연물이나 계절의 변화를 통해 '누이' 혹은 '그대'로 언표화된 임과의 정신적 교감을 간절히 소망하지만, 그러한 희원이 끝내 좌절되는 비극적 상황을 노래하고 있는 것이다. 시인(화자)과 임의 정신적 교감을 가로막는 것은, 앞에서 살펴본대로 누이의 처절한 삶의 정직한 반영이라 할 눈물이 땅에 떨어지지 못하고 하늘로 치솟아 차가운 별로 응고되었기 때문이다.

> 귀뚜라미 눈물은
> 바람 불어도 날리지 않고
> 강물 흘러도 흐르지 않고
> 들국화 피어도 취하지 않고
> 귀뚜라미 눈물은 하늘에 떨어져
> 눈시울 떨리는 별이 된다
>
> —「눈물은 하늘에 떨어져 별이 된다」 부분

이 시집에서 귀뚜라미는 천상의 임(별)과 긴밀한 정신적 유대를 맺고 있는 지상의 화자의 분신으로 이해해도 무방하다. 화자와 임 사이에 놓인 물리적 거리는 지상과 천상의 차이가 드러내듯 결코 맞닿을 수 없는 것이지만, 둘 사이의 정신적 거리는 손에 닿을 듯 가깝거나 때로 하나가 되어 거리감이 완전히 소멸한다. 그렇다면 임에 대한 그리움과 연민의 감정에서 연유한 화자(귀뚜라미)의 눈물을 곧바로 임(별)의 눈물로 전이시키는 것이 논리의 비약이 될 까닭도 없다. 다만 화자와 임 사이의 물리적 거리는 극복될 수 없는 것이어서 "눈물이 깊어 / 하늘이 깊"(「가을 문천지」)게 여겨지고, "귀뚜라미 눈물은 立冬이 되어도 / 땅에 떨어지지 않"(「귀뚜라미」)는다. 이러한 화자의 눈물은 지상에서 "깊은 강 건너는 두려움"(「눈물」) 혹은 "벌판 끝에서 멈추지 않고 오히려 흘러 깊어지는"(「겨울강」) 강물이 되어 화자의 가슴 속에 영원히 흐른다. 눈물이 별이 되어 차갑게 빛나거나 강물이 되어 끝이 보이지 않아도 흐르는 것은 그것이 화자의 가슴 깊은 곳 피멍의 아픔과 광기같은 그리움으로 남아있기 때문이다. 그 피멍울을 삭여 온전한 사랑으로 승화시킬 수 있는 유일한 길은 자연의 법칙에 대한 겸허한 순응의 자세 혹은 인간의 존엄과 가치를 가장 우선하는 마음가짐 같은 것이다. 그 때 눈물은 더 이상 하늘로 역류하지 않고 지상으로 순하게 낙하할 것이며 그것은 다시 화자와 임의 무한한 거리를 단숨에 이어줄 무지개로 화려하게 탈바꿈할 것이다. 그런 맥락에서 이 시인이 "떨어져야 할 눈물은 떨어져야" 하고 "뽑아야 할 눈물의 뿌리는 뽑아야" 함을 거듭 강조하는 것도 "사람으로 하늘을 바라보고 / 사람으로 땅을 밟고 / 그리운 너를 찾아 가"(「떨어질 눈물은 떨어져야 한다」)려는 열망의 투사 외에 다른 게 아니다.

지금까지 살펴본 것처럼, 조두섭 시는 눈물·그리움의 이미지와 자연의 법칙에 순응하는 태도의 수용이 조화를 이룬 독특한 서정의 자장과 상상력의 세계를 보여준다. 특히 이 시집의 제1부 〈눈 내리는 밤에도 문천지는 슬프다〉는 5, 6행의 연작시로 구성되어 있는데, 이처럼 짧은 형식 속에 농도 짙은 한과 그리움을 적절히 배합한 솜씨는 높이 살만하다. 그러나 눈물 이미지와 감탄사의 남발은 자칫 이 시인의 시세계가 감상적 낭만주의로 오인될 조건이 된다는 점을 염두에 둘 필요가 있다. 이성에 의해 통어되지 않은 감정의 무분별한 나열은 세상을 원망하거나 비탄에 빠진 자의 공소한 넋두리밖에 안 될 것이기 때문이다.

4. 어느 소시민의 '밥과 돼지갈비 철학'

지금까지 간략히 검토해 본 곽재구·김완하·조두섭의 시가 시인의 개인사와 얼만큼 거리가 느껴지는 세상 사람들 혹은 자연물에 관한 명상과 철학적 사유의 서정적 반응이었다면, 양승준의 『이웃은 차라리…』에 실린 작품들은 거개가 시인 자신의 직접적 삶과 밀착되어 있다. 그의 첫시집인 『이웃은 차라리…』에는 아버지의 부재와 "가난으로 포박된 꿈의 생채기"(「겨울회상 2」)가 선명한 유년의 어두운 기억으로부터, 아내와 두 자식을 거느린 가장으로서 힘겹게 때론 행복하게 살아가는 불혹의 사내의 모습이 판화처럼 찍혀 나온다. 공자 같은 성인은 사십의 나이에 이 세상 만물에 대하여 더 이상 의심나는 것이 없게 되었다고 하지만, 양승준 시인이나 필자와 같은 범부들에게 그런 경지는 감히 땅띔도 못할 일이다. 오히려 세상은 살아갈수록 이해할 수 없는 일 투성이이고 "여전히 불투명한 모습으로 / 낯선 어둠 속으로 날 버려두"(「不惑의 강에서 2」)는 공포의 대상일 따름이다. 말하자면 이 세상은 사십년을 살아온 시인(화자)에게 친근하고 정겨운 그 무엇이 아니라 여전히 두렵고 외경스러운, 범접할 수 없는 거리감이 느껴지는 거인과 같은 존재인 것이다. 이런 외경과 공포의 대상인 세상을 살아가는 시인은 "어머니 하얀 치마폭같은 그리움으로도 / 세상살이는 더욱 낯설"(「어머니前 上書」)게만 여겨지고, "좀더 따스한 불빛을 찾아 / 세상을 헤매이다 가는 것이 / 우리들 인생이라면 / 내가 찾는 불빛은 / 대체 어디에 있"(「저녁 만찬을 위한 현악 4중주 · 1 퇴근 후, 집에서」)을까 하는 문제를 화두처럼 안고 살아간다. 이런 점에서 『이웃은 차라리…』를 관통하는 주제는 사람답게 살아가는 방법에 대한 성찰과 그것에 대한 정직한 실천으로 요약할 수 있을 터이다.

> 작은 촛불도 하나 둘 모이면
> 이처럼 밝은 빛을 낼 수 있는 거란다
> 얘들아, 자신을 불태우는 아픔 뒤에는
> 누군가 그 밝은 세상을
> 고운 눈물로 맞이하게 되리니
> 너희는 더도 말고
> 이 촛불만큼 만한 사람이 되거라
> —「저녁 만찬을 위한 현악 4중주 · 3 다시 집에서, 케익을 자르며」 부분

결혼기념일, 가족들과 외식을 한 후 집에 돌아와 케익의 촛불을 밝히며 자식들에게 당부한 위 말 속에는 이 세상을 정직하게 살아온 한 사내의 평범하되 진실한 삶의 철학이 명징하게 투영되어 나타난다. 양승준은 자신의 일상적 삶의 행위, 즉 하루 세끼 밥 먹고 가족들의 배웅을 받으며 출근해서 학생들을 가르치고, 민방위 훈련을 받거나 동료들과 술을 마시는 자질구레한 일들을 반복하면서도 그러한 경험을 그냥 흘려넘기는 법이 없다.

그는 밥을 먹으면서 한알의 볍씨가 밥이 되어 상에 오르기까지의 과정을 생각하며 고통과 인내의 철학을 배우기도 하고(「밥은 곧 王이다」), 인간의 가치가 경제적·물질적 수량에 따라 환산되는 자본주의 사회를 살아가는 현대인의 비애를 풍자적 어조로 고발하기도 하며(「신생활 5대 실천 과제 발표에 즈음한 담화문」), 돼지갈비를 먹으면서도 "더러운 우리 속에서도 / 불평 한마디 없던 묵묵함과 / 본능마저 거세당한 고통을 인내하며 / 제 몸을 살찌워야 했던 처절함"(「돼지갈비 집에서 2」)에 숙연해 하기도 하고, "세상의 모든 주검이 / 이 돼지갈비만큼 향기롭다면 / 누가 죽음을 두려워 하랴"(「돼지갈비 집에서 3」)라는 철학적 깨달음을 얻기도 한다. 지극히 사사로운 경험을 이처럼 명징한 삶의 철학으로 승화시킬 수 있는 힘의 원천은 전적으로 시인의 자기성찰적 삶의 태도에 있는 것으로 보인다. 그는 "때론 철저하지 못하거나 / 과장의 표피로 위장하고 / 적당한 논리로 내 삶을 변호하다가 / 마침내 부끄러운 얼굴로 돌아"(「告解聖事」)오거나, 이와 흡사하게 "때론 과장의 말로 자신을 변호하거나 / 잘못을 얼버무리고 또는 / 진심으로 뉘우치는 표정까지 덧붙"(「혀닦기」)는 자신의 추레하고 비겁한 모습을 적나라하게 드러내 보이면서 간단없이 스스로를 채찍질한다. 그가 이제까지의 삶을 문득 되돌아보면서 "내 삶의 무게는 얼마나 될까"(「눈금에 대한 斷想」)라는 엄정한 자기 비판의 시간을 가지면서, 불현듯 "나이테가 선명한 걸 보니 / 대단히 훌륭한 삶을 사셨군요 / 라며 담당 의사가 사각사각 / 흠모의 메스를 움질일 때면 / 나는 얼마나 황홀할까"(「나이테에 관하여」)와 같은 행복한 상상을 하고, 칼라하리 사막에서 가장 자유롭게 살아가는 부시맨의 모습을 그리면서 "높고 낮음이 없는 / 완전 평등의 세상을 이루며 / 뺏고 빼앗길 것이 없는 풍요 속에서 / 문명의 영원한 순수로 남아 / 태초로의 화려한 復原"(「부시맨」)을 꿈꾸는 것도 이러한 자기성찰적 삶의 자세와 전혀 무관한 게 아니다. 그는 껌을 씹으면서도 "쓴맛 단맛 다 뺏긴 다음" "시커먼 똘골로 죽어 가는 / 개 같은 내 인생"을 우울하게 반추하고, 가족과 노래방에 가서도 세상을 요령있게 살아가기 위해 자신의 가치관에 일대 변혁을 가져다 줄 개혁안을 다소 시니컬한 어조를 띤 채 발표한다. 또 그는 상가(喪家)에서 화투를 치는 사람들을 보고 "죽음에 이르러서도 먼저 / 삶과 죽음에 대한 손익을 따질 것"(「우리 시대의 문상객」)이라고 날카롭게 꼬집기도 한다. 요컨대 양승준은 자기 주변에서 벌어지는 사소한 일상사를 섬세하고 예리한 눈으로 관찰하여 풍자성이 강한 어조로 비판하는 작업에 남다른 장기를 가진 것으로 보인다. 『이웃은 차라리…』에 사랑을 노래한 시편이 전혀 없는 것은 아니지만 양승준의 '시적 제재나 관심이 매우 다양해서 그런 성향의 작품은 별로 눈에 띄지 않는다. 또 이 시집에서는, 앞에서 살펴본 세 시인이 각각 특이한 상징이나 투어에 집요하게 관심을 기울이는 것에 비해, 특별히 주목을 끄는 상징이나 비유 혹은 이 시인이 즐겨쓰는 어투가 찾아지지 않는 것도 유의해 볼만한 부분이다. 그것은, 일차적으로 이 시인이 예민한 후각과 종이의 뒷면까지 투시하는 날카로운 시선으로 세상을 끊임없이 관찰·감시하고 있다는 증좌로 생각되어 양승준 시세계의 변화와 발전에 기대를 걸 수 있게 하는 요인으로 기능할 것이 분명하기 때문이다.

5. 새로운 서정의 농도와 투어의 배격

최근들어 예전과는 그 양상이 현저하게 다른 서정적 성향의 작품이 양산되는 듯하다. 이것은 7,80년대의 시대적 정치적 암담한 상황을 노골적으로 비판하거나 우회적으로 풍자하면서 구축되었던 강한 서사성 또는 경직된 구호에서 다소 비껴나 시 본연의 모습을 조금씩 회복해가고 있는 징후라 여겨진다. 그렇다고하여 비판의 기능이나 서사적 담론 양식과 완전히 결별해야 비로소 시다운 시가 완성된다는 편협한 시론을 주장하려는 의도는 없지만, 문학성을 사상(捨象)한 관념적 정치시의 해독을 인식하고 새로운 탈출구를 전통적 서정의 세계에서 찾고자 하는 노력은 눈여겨 볼 만한 것이다.

이제까지 살펴 본 네 시인의 근작시집은 하나같이 전통적 가락과 서정의 세계를 시적 기반으로 하면서 인간과 현실의 복잡다기한 문제를 세밀하게 추적·성찰하는 공통성을 보여준다. 이들 네 시인의 관심 영역이 모두 동일한 것은 아니어서, 국토의 외진 곳에서 한국적인 것을 소중하게 보존하고 살아가는 사람들에 대한 친연적 애정이나 지극히 사사로운 경험의 투영으로 나타나기도 하지만, 대상의 본질을 천착하고 그것의 철학적 의미를 탐구하는 방법론의 측면에서는 상당한 유사성을 드러낸다. 그것은, 거듭 반복되는 말이지만, 대상에 대한 치밀한 관찰의 결과를 강렬한 개성과 농도 짙은 서정성으로 감싸안는 지극히 평범한 시적 방법론이다. 따라서 이들의 작품 가운데 어떤 것들은 우리가 흔히 보아왔던 선배 시인들의 시 성향과 흡사하여 별달리 주목받지 못하거나 일종의 에피고넨이 아닌가 하는 혐의를 받을 수도 있다. 이런 우려를 기우로 귀결시기기 위해서는 무엇보다 독특한 개성을 확보하는 일이 우선이겠지만, 그것이 또다른 상투적 몸짓이 되지 않게 하기 위한 끊임없는 자기반성의 노력이 필요하다는 점은 새삼 강조해도 좋다. 멀티 미디어 시대에 20년대식 낭만적 서정을 고집하는 것이 시대착오인 것처럼 고유상표만을 고집하여 새로운 이미지 상품 개발에 게으르면 순식간에 도태당하는 현대 자본주의 사회의 냉혹한 적자생존 원리가 문학동네라고 예외인 것은 아니다.

헌 집 물리고 새 집 짓기

　　처세와 관련한 몇 가지 충고 가운데 늘 우리의 뒷덜미를 잡고 있는 것 중 하나가 아무리 친한 사이라 하더라도 절대 빚보증을 서거나 동업을 하지 말라는 점에의 강조이다. 이 말 속에는 돈이 개입하면 몇십 년 묵은 친교도 순식간에 공중에 녹아 날아가 버린다는 경세적 의미가 담겨져 있다. 실제로 우리 주변에서 빚보증을 섰다가 파산한 사람에 관한 이야기나 동업 관계에서 적대적 관계로 뒤바뀐 사람들의 불행한 이야기를 듣는 일은 그다지 어렵지 않다. 그러나 세상사가 그처럼 이해타산에 셈 빠른 것만은 아니어서, 주위의 우려를 오히려 비웃기나 하는 듯이 좋은 관계를 유지하는 동업자도 손가락으로 이루 셀 수 없을 정도이다. 1986년부터 1995년까지 십년 동안 매해 동인지를 발간하며 문학에 대한 열정과 선후배 사이의 우정을 돈독히 다져온 '비동인' 그룹도 그런 경우에 해당한다. 더욱이 이들 '비동인' 그룹이 이제 십년 간의 동인 체제를 삽십대 전후의 후배들에게 고스란히 물려준다니, 이런 일은 세상에 널리 알려야 마땅한 경사(?)가 아니겠는가.

　　'비동인' 그룹은 "大衆이 群衆이 되고 群衆이 愚衆이 되고, 맹목화가 되"는 현실에서 그들을 "따뜻한 긍정의 시선"으로 껴안기 위해 원구식·김용국·김규진·남진우·오광수·이승하 등 중앙대 문창과 동문들끼리 결성한 순수 창작 모임이다. 이들은 원래 동인지 이름을 '대중시(大衆詩)'로 붙였으나, 어처구니 없게도 모처로부터 '대중을 선동하려는 불순한 의도가 개입된 게 아니냐'는 혐의를 받아 고초를 겪은 뒤, 다소 자조적인 발상에서 '비동인(非同人)'이란 이름을 걸고 십년을 버텨왔던 것이다. 80년대, 비온 끝의 대나무순처럼 머리를 내밀었던 허다한 동인지들이 거의 흔적도 없이 사라진 지금, 끈질기게 동인 체제를 유지해 온 선배와 그것을 승계하겠다는 갸륵한 후배가 있다는 사실이 우리를 다소 놀라게 한다. 이들 '비동인' 그룹은 문단의 섹티즘화나 헤게모니에는 별로 관심을 보이지 않고 그저 각자의 가난한 호주머니를 털어 동인지를 발간하는 일 자체에 즐거움과 보람을 느끼는 사람들이다. 갈수록 문학 그 자체보다 문단 정치에 관심을 쏟는 사람이 많아지는 현실에서 이들의 행위는 어쩌면 유치한 해프닝 정도로 오해될 소지도 없지 않다. 그러나 이들 대부분이 우리 시단에서 주목받는 젊은 시인이란 점을 고려하면, 선후배 사이의 〈동인 체제 물려주고 이어받기〉는 대단히 의미있는 사건으로 기억될 만하다.

『멀리 있어도 가깝게 불리어지는 이름』에는 모두 14명의 동인 작품과, 과거 동인 관계로 결속되었던 시인들의 대표작이 실려 있어, 명실상부하게 '비동인' 그룹의 전모를 확인할 수 있게 한다. 적게는 세 편(원태희)에서 많게는 열세 편(김영산)의 근작시를 묶어 펴낸 이 동인지의 시세계와 작품 성향을 한두 마디로 요약하는 일은 용이하지도 않을뿐더러 불필요한 일이기조차 하다. 그러나 이들 동인들이 90년대 후반에 가장 활발한 시작 활동을 벌이고 있다는 사실과 관련하여,『멀리 있어도…』의 성격을 짐작하게 하는 일관된 정신적 흐름 또는 문제 의식을 발굴해 내는 작업은 유용하다고 믿는다. 이 시집에서 제일 먼저 눈에 띄는 특징은, 대부분의 동인들이 속악한 자본주의 사회에서 갈등 겪는 일상인들의 삶과 정신적 고뇌에 대해 근본적인 문제 제기를 하고 있다는 점이다. 그들은 현실을 부도덕한 폭력과 욕망이 지배하는 모순의 시대로 규정하는 점에서는 공통된 인식을 보이지만, 현실 대응과 문제 해결 방식에 있어서는 각기 독특한 개성을 드러낸다. 글의 성격상, 이들의 현실 인식과 문학적 개성을 동인지에 게재된 시인 순서대로 간략히 검토하기로 한다.

원동우의 「다산의 비석에 기대어」는 불의와 부정이 횡행하는 시대에 참된 지식인으로서 갖추어야 할 조건을 압축하여 보여준다. 특히 지식인의 역할을 종(鍾)의 그것에 비유하여 "공중을 떠도는 심지에 불을 당기고 온

몸을 던져 저 무언의 암흑을 불지르는 것, 스스로 불덩이가 되어가는 것"
으로 조탁해낸 솜씨는 탁월하다. 천년 고찰의 쇠북 소리가 온갖 중생의 번
뇌를 끊어주듯, 다산(茶山)과 같은 용기 있는 지식인이 혼탁하고 오염된
현실을 광정(匡正)해 주기를 바라는 염원이 잘 형상화되어 있다.

　원태희의 「作亂」 연작은 동일한 통사구조와 문장부호를 사용하여 일정
한 효과를 노리고 있다. 그가 바라본 현실은 하느님의 존재가 불투명하고,
어제와 오늘이 전혀 다르지 않으며, 할 말 못하고 기다리기만 하고 살아온
세월이 한스럽게 여겨지는 그런 세상이다. 각각 14행으로 구성된 「作亂」
연작시 세 편은 7~10행을 문장부호(느낌표·물음표·말없음표)의 강조로
처리함으로써 독특한 시각적 효과를 자아내는 한편, 시 전체의 긴장감을
팽팽히 당겨 놓는다. 그러나 이런 기법의 실험이 도식성에 빠질 위험은 늘
경계해야 할 것이다.

　다소 그로테스크한 상상력을 빌어 물질만능의 현실을 비판적으로 조감
하고 있는 조재훈의 시는 모든 것이 제자리를 지키는 행복한 세상을 꿈꾸
고 있다. "숟가락은 숟가락통에 밥그릇은 밥상에 / 가지런히만 있다면 /
누가 만만히 보랴만"과 같은 구절은 매사가 뒤죽박죽이고 원칙이 무시되
는 현실에 대한 날카로운 성찰의 결과이다.

　과거 공동체 사회에 대한 동경 또는 소멸해가는 것에 대한 경건한 추모
의 자세를 기조로 하고 있는 원용대의 시들은, 그러나 "비구름 위에도 태
양은 뜨는 것", "아이들이 날리는 연이 / 바람을 타고 먼저 날은다."처럼
비극적 현실 속에서도 희망을 상실하지 않는 낙관적 태도를 보여준다. 특
히 「화장터에서」같은 경우, 한 생명의 소멸을 장자(莊子)적 상상력으로
처리함으로서 동양 정신주의의 유현하고 웅장한 경지에 얼마간 근접해 있
음을 알게 한다.

　오선홍의 주된 관심사는 현상과 본질, 이상과 현실, 자아와 타아의 왜곡
된 관계에 대한 부정이다. 「당신은 이야기합니다」에서 이 시인은 "살다
보면 기쁜 일도(슬픈 일도) 있는 거"라는 당신의 말을 믿고 살지만, 그 말
이 갈수록 무력하게만 느껴지는 현실에 대한 분노와 절망을 동일한 통사
구조의 반복으로 처리하고 있다. 그렇다고하여 이 시인이 현실의 표면만

보는 것은 아니다. 그는 아버지와의 전화통화에서 "임종 후에도 / 어머님 손목에 꽂혀 떨어지고 있는 / 링겔 주사액" 소리를 듣고 느꺼워 하며, 밥솥에서 "막 퍼올린 잘 익은 母性"을 느끼는 예리한 직관력을 보여주기도 한다. 이것은 그가 본질적으로 인간과 세계를 긍정적으로 이해하는 따뜻한 감성의 소유자라는 사실을 암시하는 것으로 보인다.

김정성의 현실 인식은 앞에서 살펴 본 선배들의 그것에 비해 다소 격렬하고 비관적이다. 그는 "길은 여전히 안 보이는 새벽 바다의 눈부신 파도를 향해" 혼신의 힘을 다해 나아가지만, 현실은 "어디에서나 집이 있는 곳에, 가장 가까운 殺意가 / 날을 세"우거나 "아침마다 하루 해는 / 고요하게 저물"어 도저히 화해할 수없는 거리감만을 확인시켜 줄 뿐이다. 그럼에도 불구하고 이 시인은 "옆구리나 등줄기 깊숙이 박힌 / 작살의 질긴 끈"으로 고통 당하면서도 "絕命의 마지막 숨이 다하도록 / 먼 바다 한가운데로" 나아가려는 의지를 버리지 않는다.

이 세상과 우리의 삶이 본질적으로 모순으로 가득차 있다는 생각에서 아이러니와 파라독스는 성립한다. 그리고 그것은 인간과 세계의 본질에 대한 철저한 탐구 정신에서 비롯한 성숙한 정신만이 도달할 수 있는 인식 방법과 내용이라 할 수 있는 것이다. 김용국의 시는 「길 위에서 길을 잃는다」, 「기쁜 노래도 슬프지 않으면」과 같이 제목부터 반어적 특성을 강하게 드러낸다. 실제로 그는 "깊은 밤이면 / 별을 헤아리므로 / 방향을 찾으나 // 다시 사위 밝는 / 아침이면 / 기억 나질 않"는다거나, "너를 사랑할수록 나는 / 눈물이 지하수처럼 북받치는구나"와 같이 반어 혹은 역설의 논리를 즐겨 구사한다. 이러한 그의 세계 인식은 강물에 비친 빛을 "물과 불의 흘레"로 바라보고 자신의 깊은 내면에 "얼마나 서러운 사람이 숨었길래 / 자꾸 우는 소리가 들리는 것"인가를 성찰하는 통합적 · 성찰적 태도에서 기인하는 것으로 여겨진다. 다시 말해 그는 정현종과 다르게 사람 사이에 사람이 있으며 "나는 / 그 사람들 / 사이에서 / 절망한다"고 엄살을 떨기도 하지만 "내일은 오늘보다 / 낮이 / 길어지리라"는 희망을 포기하지 않는다. 그런 점에서 필자는 「그의 임종 —장인어른께」와 같이 힘과 서사성을 담보한 시가 김용국의 문학적 특질을 더욱 두드러지게 할 것으로 본다.

이승하는 현대사의 부끄럽고 치욕적인 사건을 자괴하는 아비의 심정을 아프게 노래하고 있다. 이것은 우리의 역사가 우리 것만이 아니라 자식에게 그대로 전수된다는 엄정한 역사법칙을 이해한 자만이 할 수 있는 고백이며 당부이다. 또 그것은 이해와 용서, 믿음과 사랑만이 이 세상을 존속시킬 수 있는 유일한 방법이라는 사실의 자각 외에 다른 게 아니다. 이런 믿음은 맹문재의 시에서도 그대로 확인되며, 김영산에게서는 다소 시니컬한 어조로 나타난다.

이밖에 언론과 광고의 파렴치한 상업주의를 요설체로 비판하고 있는 오준, 중산층의 무력감과 비애를 냉소적으로 바라본 박영우, 그리고 우영창과 반칠환의 시도 날카로운 현실 인식과 뛰어난 감수성을 바탕으로 하고 있어 주목되나, 좀더 자세히 다루지 못해 못내 아쉽다.

'비동인(非同人)' 그룹이 새집을 짓기 위해 헌 집을 후배들에게 물려주는 것은, 그 집이 퇴락하고 쓸모 없어졌기 때문이 아니며 무조건 새 것이 좋다는 일부 속물들의 태도와는 더군다나 거리가 멀다. 집이란 원래 오래 살수록 길이 들고 정이 붙으며 널리 알려지는 법이런만, 이들이 굳이 헌 집을 떠나려 하는 것은, 비유컨대 장성한 자식이 분가를 하는 일과 유사한 것이라 생각한다. 정든 헌 집을 떠나 새 집을 지으려는 이들 동인 아닌 동인(非同人)들의 결단과 헌 집에 들어가 그 집을 더욱 광채나게 길 들이려는 후배들의 겸손한 용기는 참으로 귀하고 예쁜 정신이 아닐 수 없다. 헌 집을 떠난 이들과 헌 집에 들어간 이들의 차후 시작업, 즉 동인 개개인의 시적 성취나 '비동인지(誌)'의 괄목할 만한 변화에 남다른 관심과 기대를 갖게 되는 것도 모두 이런 사정과 관련되는 것이다.

■장영우 약력

서울 출생
동국대학교 국문학과 졸업
동국대 대학원 국문학과 졸업(문학박사)
《문학예술》(1990) 및 《문화일보》(1994) 문학평론 당선
현재 동국대학교 한국문학연구소 전임연구원
저서 : 『이태준 소설연구』, 『이태준 문학연구(공저)』
등이 있다.

중용의 글쓰기

1996년 12월 15일 인쇄
1996년 12월 20일 발행

지은이 장 영 우
펴낸이 박 현 숙
박은곳 아 우 내 인 쇄

110 - 290 서울시 종로구 인사동 153-3 금좌B/D 305호
T : 722-3019, 723-9798 F : 722-9932

펴낸곳 도서출판 깊 은 샘

등록번호/제2-69. 등록년월일/1980년 2월 6일

ISBN 89-7416-069-2

*깊은샘은 HiTEL ID kpsm으로 만나실 수 있습니다.
※잘못된 책은 교환해 드립니다.
값 10,000원